BRANDON SANDERSON

布兰登·桑德森 ———— 三界宙 ———— 系列

无界秘典

ARCANUM UNBOUNDED

The Cosmere Collection

[美] 布兰登·桑德森 —— 著　　徐羚婷　小 龙 —— 译

重庆出版集团　重庆出版社

Arcanum Unbounded: The Cosmere Collection
By Brandon Sanderson
Copyright © 2016 by Dragonsteel, LLC
Illustrations copyright © 2016 by Dragonsteel, LLC
Excerpt from White Sand volume 1 used by permission of Dynamite Entertainment. © 2016 Dragonsteel, LLC
Illustrations by Ben McSweeney and Isaac Stewart
Published in arrangment with JABberwocky Literary Agency, Inc., through The Grayhawk Agency Ltd.
Simplefied Chinese Translation Copyright © 2025 by Chongqing publishing House Co., Ltd.
All right reserved.

版贸核渝字（2022）第 136 号

图书在版编目（CIP）数据

无界秘典 /（美）布兰登·桑德森著；徐羚婷，小龙译. -- 重庆：重庆出版社，2025.3. --（三界宙系列）. -- ISBN 978-7-229-18998-3
Ⅰ. I712.45
中国国家版本馆CIP数据核字第2024AM3867号

三界宙系列：无界秘典
SANJIEZHOU XILIE : WUJIE MIDIAN
[美] 布兰登·桑德森 著　徐羚婷　小　龙 译
责任编辑：邹　禾　唐弋淄　陈　垦
封面图案设计：谢颖设计工作室
责任校对：郑　葱
版式设计：池胜祥

重庆出版集团 出版
重庆出版社

重庆市南岸区南滨路 162 号 1 幢　邮政编码：400061　http://www.cqph.com
重庆市国丰印务有限责任公司 印刷
重庆出版集团图书发行有限公司 发行
邮购电话：023-61520646
全国新华书店经销

开本：890mm×1230mm　1/32　印张：21.625　字数：582 千
2025 年 3 月第 1 版　2025 年 3 月第 1 次印刷
ISBN：978-7-229-18998-3
定价：128.00 元

如有印装质量问题，请向本集团图书发行有限公司调换：023-61520678

版权所有　侵权必究

目　录

瑟尔星系　　　　　　　　　　　　　　　1

皇帝魂　　　　　　　　　　　　　　　　7

伊岚翠的希望　　　　　　　　　　　　123

司卡德瑞尔星系　　　　　　　　　　　145

第十一种金属　　　　　　　　　　　　149

熔金术师贾克与艾尔塔尼亚巨坑　　　　171

迷雾之子：秘史　　　　　　　　　　　193

泰尔丹星系　　　　　　　　　　　　　367

白　沙　　　　　　　　　　　　　　　371

天挽星系 415

地狱森林的寂静幽影 419

德罗米纳星系 477

黄昏的第六子 481

柔刹星系 541

缘　舞 547

瑟尔星系

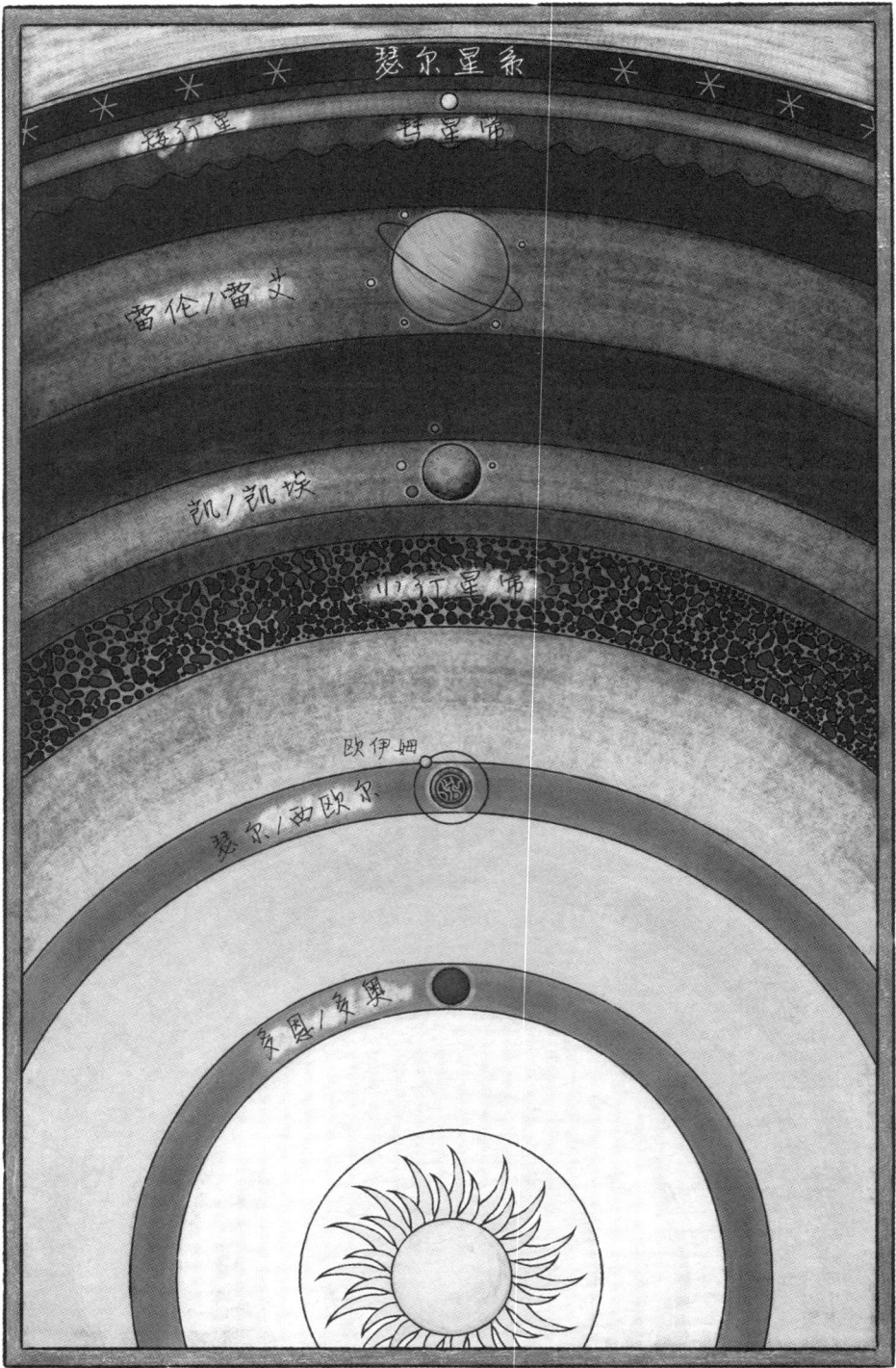

瑟尔星系

瑟尔星系的中心是瑟尔行星,行星上拥有多个帝国。尤为独特的是,各国对彼此不甚了解。这是一种自我麻痹的行为,其中三大帝国的任何一国都假装别国只是地图上的点缀,几乎不值得留意。

瑟尔本身的条件也促成了这种局势,因为它的体积是三界宙标准①的 1.5 倍,比多数行星都庞大,它的重力则是三界宙标准的 1.2 倍。广袤的陆地和浩瀚的海洋形成了多种多样的地貌,单单一颗星球上就有着极其丰富的变化,既能看到白雪覆盖的平原,又能看到辽阔的沙漠。这其实是三界宙中不少星球的常态,如果我在初次拜访时还没有发现这一点,一定会觉得很了不起。

瑟尔因双神瑛体系而闻名,是三界宙中少数几颗能吸引两位独立的阿多拿西神瑛的星球之一。栖息在此的神瑛"忠爱"和"统御",对瑟尔人类社会的发展产生了极大的影响,星球上的大部分传统和宗教都可以追溯到这两者。瑟尔人如今使用的语言和文字都直接受到了两位神瑛的影响,这在三界宙是绝无仅有的。

---

①指三界宙人类的起源星尤伦,本文作者将该星球作为比较的基准。

我认为，两位神瑛早年对人类采取的是一种不闻不问的态度。人类缓慢而稳步地发现了遍及这片土地的种种能力，从而形成了社会。不过这一说法已经难以证实，因为忠爱和统御在上古时期就被摧毁了。两者失去意识，灵魂进入彼界，曾经握有的神能则无人掌控，化为了瑛灵。

至于这些神能究竟是马上得到了遏制，还是遗留在世上肆虐了一番，迄今并无定论。这一切都发生在瑟尔的史前时期。

至此，构成双神瑛神力的大部分神能便陷入了知界域。忠爱和统御的神能互为两极，统称为"铎"，能量受到强压喷涌而出，驱动了形形色色的魔法。

由于知界域中泾渭分明（不同于大部分形式的神能所在的灵界域），取用于知界域的瑟尔魔法也仰赖于具体的位置，并且十分注重感知与意图，甚至可以在能力者从知界域调用魔法时，通过语言或类似的功能决定魔法的性质。

语言、位置和魔法的共通之处，对瑟尔星系而言不可或缺。即便是微小的变化，也会对铎的使用造成深远的影响。事实上，我认为瑟尔的地形饱受神能作用，已经逐渐产生自我意识，这在三界宙的其他星球上是前所未见的。我不明白其中的原理，也不知道会产生什么后果。

我已经开始怀疑，瑟尔正在发生的事，其实比我们这些银光城学人的推测还要严重。此事关系到星球的起源，却失落在历史长河之中。埃瑞会的伊岚翠人也许更了解内幕，但他们对此闭口不谈，还屡次回绝了我的合作请求。

应当简略提及的还有名为"侍灵"和"御灵"的瑛灵。它们都是具备自我意识的神能的碎片，并且养成了人类的习性，相信瑟尔的本质之谜与它们脱不开干系。

瑟尔星系的其他情况则无关紧要。星系中还存在一些其他行星，其中只有一颗勉强处于宜居带。该行星贫瘠荒凉，常伴有剧烈的沙尘暴，又和名为"梅熙"的恒星距离不远，地表温度高得令人不适，就连在泰尔丹的亮面常住过的人也会觉得难以忍受。

皇帝魂

献给露西·段和雪莉·王，
　她们给了我灵感。

序　章

高图纳的手指拂过厚厚的画卷，审视着他见过的最伟大的画作之一。只可惜，它是一件赝品。

"这个女人很危险，"他身后有个声音嘶嘶地说，"她做的事令人憎恶。"

高图纳将画卷微微转向壁炉里橘红色的火光，眯起眼睛。他年事已高，目光的锐利已不复往昔。*真是细致*，他审视着那些笔触，触摸着一层层的油彩，心里想着。*和原画一般无二。*

单凭他自己，绝无可能察觉那些瑕疵。一朵稍稍偏离了位置的花，一弯过于接近地面的新月。几位行家仔细察看了好些天，才发现这些谬误。

"她是在世的塑造师中最出色的几人之一。"高图纳的那些仲裁官同僚——也是帝国最有权势的官僚——说道，"她的名声已经传遍了帝国。我们必须处决她，以儆效尤。"

"不，"仲裁官领袖伏蕊瓦以尖利的鼻音说道，"她是件有用的工具。这个女人可以救我们于水火。我们必须善加利用。"

为什么？高图纳又一次想道。一个有能力画出如斯杰作之人，为什么会去绘制赝品？她为什么不去创作自己的画作？她为什么不去成为真正的画师？

我一定要知道答案。

"没错，"伏蕊瓦续道，"这女人与窃贼无异，她的画作也令人厌恶。但我可以控制她。凭借她的才华，我们就能解决我们陷入的困局。"

其他人担忧地低声反驳。他们提到的那个女人——万思露——并不只是个普通的骗子，远远不止。她能够改变现实的本质。这就引发了另一个问题。她为何要费心学习绘画？和她的神奇才能相比，绘画根本不值一提，不是吗？

疑问太多了。高图纳从壁炉边的座椅上抬起头。其他人仿佛一群密谋者那样，聚集在伏蕊瓦的书桌周围，他们五颜六色的长袍在炉火的映照下闪闪发光。"我赞同伏大人的看法。"高图纳说。

其他人都看着他。蹙起的眉头表示他们对他的话不以为然，但他们身体的姿势却是另一回事。他们将对他的尊敬埋藏在内心深处，但并未忘记。

"召她来。"高图纳说着，站起身，"我想听听她的说法。照我看，控制她会比伏大人说得更难，但我们别无选择。我们只能利用那女子的技艺，否则就必须放弃在帝国的权力。"

私语声平息下来。伏蕊瓦和高图纳多年来难得地意见一致，而且还是在这样充满争议的事务上：如何处置那位塑造师。

其余三位仲裁官一个接一个地点头。

"那就这样吧。"伏蕊瓦轻声说道。

第二天

阿思将指甲嵌进牢房墙壁上的一块石头，石头微微凹陷下去。她拂去指间的灰尘。是石灰石。作为监狱墙壁的原料相当罕见。但并非整面墙壁都是石灰石，它只是其中的一条脉络而已。

她笑了。石灰石。这条细小的脉络很容易看漏，但如果没弄错的话，此时她终于在这间圆形牢房的墙壁上辨认出了全部的四十四种石材。她在自己的床铺边跪下，用一把叉子——她折弯了大部分叉齿，只留下一根——在一条木头床腿上做着记号。没了眼镜，她在书写时只能眯起眼睛。

要塑造一件东西，就必须了解它的过去和本质。她的准备工作就快完成了。但当她借着烛火看到床腿上的另一组记号时，先前的快乐消失无踪。那组记号代表了她被囚禁的天数。

没多少时间了，她心想。如果她的计算没错的话，离公开行刑只剩下一天了。

她的神经绷紧得好比琴弦。一天。只剩下一天的时间去塑造魂印，然后逃脱。但她手边没有魂石，只有一片粗糙的木头，仅有的雕刻工具则是一把叉子。

过程会非常艰难。这正是他们的目的。这间牢房就是为她这样的人准备的：用脉络不同的石材制成，让塑造的过程更加困难。这些石头来自不同的采石场，有着各自不同的历史。她对这些石头的过去几乎一无所知，塑造它们也就成了几乎不可能的事。就算她真的能转变这些石头，恐怕还会有什么后备措施等着她。

黑夜啊！她惹上了好大的麻烦。

做完记号后，她发现自己正看着那把叉子。在撬下金属的部分以后，她就一直在叉子的木柄上雕刻，希望将它作为粗糙的魂印。**你没办法靠这种法子逃出去的，阿思**，她告诉自己。**你需要另想办法。**

她等待了六天，搜寻其他出路。可以利用的卫兵，可以贿赂的人，关于这间牢房本质的线索。但目前为止，毫无头绪……

上方远处，地牢的门开了。

阿思连忙起身，把叉子的握柄塞进后腰的束腰带里。他们是来送她去刑场的吗？

沉重的靴子踩在通往地牢内部的阶梯上，她眯起眼睛，看着出现在牢房上方的那些人。四个卫兵，陪同着一个脸孔和手指都很长的男人。是统领帝国的士大夫阶层。那件蓝绿相间的长袍代表他是通过了科举考试的官员，但官阶不高。

阿思紧张地等待着。

那个士大夫俯下身，通过牢房上方的格栅看着她。他只迟疑了一瞬，然后便挥挥手，示意卫兵打开牢门。"仲裁官要审问你，塑造师。"

阿思退后几步，看着他们打开牢房的天花板，然后放下一架梯子。她小心翼翼地爬了上去。如果她想拼命，就不能让卫兵察觉到自己的意图，所以她不打算抵抗。可他们带阿思离开地牢的时候，并没有给她戴上镣铐。

从路线判断,他们似乎真的要把她带去仲裁官的书房。阿思努力让自己镇定下来。这意味着新的挑战。她该把它视作一次良机么?她本不该被捕的,但眼下悔之已晚。她上了别人的当。她认为可以信任的那个皇家弄臣背叛了她。他拿走了她制作的"月色如意"的复制品,替换了真品,然后逃之夭夭。

阿思的文叔叔教导过她,一山还有一山高。无论你多么优秀,总有比你更优秀的人。只要记住这一点,就永远不会因为骄傲而疏忽大意。

上一次她输了。这次她会赢。她将被捕入狱的挫败感抛到脑后,决心无论如何都要抓住这次机会。她会把握时机,扭转乾坤。

这次她为的并非金银珠宝,而是她的性命。

这些卫兵是"先锋卫"——士大夫这么称呼他们。他们过去自称为"穆拉迪尔",但他们的祖国早在多年前就被帝国纳入版图,这个称呼已经很少有人使用了。先锋卫们个子高大,肤色苍白,身材瘦削却强壮。他们的头发几乎和阿思一样黑,只是他们满头卷发,而她的发丝又直又长。她勉强压抑住了那种低人一等的感觉。她所属的迈鹏族并不以身材高大著称。

"你,"她走在这群人的前方,对为首的先锋卫说道,"我记得你。"从他整齐的发型判断,这位年轻的卫兵队长不怎么戴头盔。士大夫们相当看重先锋卫,提拔他们的情况也并不罕见。这个先锋卫看起来野心勃勃。他的铠甲擦得锃亮,一副精神抖擞的样子。没错,他肯定幻想自己有朝一日会身居要职。

"那匹马,"阿思说,"我被捕的时候,你把我丢到了这匹马的背上。它很高大,有戈瑞希马的血统,而且毛色纯白。是匹好马。你懂得鉴赏马儿。"

那位先锋卫目视前方,却压低声音说道:"臭女人,我会享受杀死你的过程的。"

真棒,他们走进宫殿的皇家区时,阿思心想。这儿的石雕工艺十分出色,采用古老的拉米奥样式,搭配高大的浮雕大理石柱。石柱之间的那些巨瓮是模仿拉米奥古国的陶器制成的。

事实上,她提醒着自己,**传承宗仍旧统治着帝国,因此……**

皇帝必然来自于传承宗,由五位仲裁官组成的议会也一样——真正负责治理的大多是后者。他们所属的宗派推崇过往文化的光荣与学识,甚至重建了宫中属于他们的区域,将其仿造成古代建筑的样子。阿思怀疑这些"古代"巨瓮的底部都刻有魂印,并且将它们改造成了与那些杰作完全相同的样子。

没错,那些士大夫说阿思的力量"令人憎恶",但在她的行为之中,唯一触犯律法的只有利用塑造术来改变他人。帝国允许对物体的**寂静塑造**,甚至充分加以利用,不过前提是对塑造师严加管束。毕竟如果有人将其中一只巨瓮翻转过来,除去底部的魂印,那它就会变回一件简单粗陋的陶器。

先锋卫们领着她来到一扇镶有黄金的门前。门打开的时候,她瞥见门扇的底部边缘刻有红色的魂印,将这扇门变化为与古物相仿的样子。卫兵们领着她走进一个舒适的房间,这里有劈啪作响的壁炉,厚厚的地毯,以及染色的木制家具。**仿造的是五世纪的狩猎小屋**,她猜想。

传承宗的五位仲裁官全部都等候在房间里。其中三个——两个女人,一个男人——坐在壁炉边的高背椅里。另一个女人坐在门边的书桌后:那是伏蕊瓦,传承宗里地位最高的仲裁官,在帝国的权势恐怕仅次于皇帝席拉凡本人。她花白的头发编成长长的辫子,系着金红相间的缎带,垂在一件与之相衬的金色长袍上。阿思早就想从这个女人手里弄走点什么了,毕竟伏蕊瓦的职责之一就是管理皇家画馆,她的办公场所也与之毗邻。

伏蕊瓦显然刚刚还在和高图纳争论，那位年长些的男性士大夫就站在书桌旁。他站得笔直，双手背在身后，一副若有所思的样子。高图纳是统领帝国的仲裁官中最年长的。据说不受皇帝宠爱的他也是地位最低的那个。

阿思进门的时候，两人都沉默下来。他们看着她，就像看着一只撞倒了珍贵花瓶的猫儿。阿思想念她的眼镜，但当她走上前去、面对这些人的时候，她努力不让自己眯缝起眼睛：她必须让自己显得尽可能地强大。

"万思露，"伏蕊瓦说着，伸手拿起书桌上的一张纸，"你的罪行简直罄竹难书。"

她这口气……这女人在玩什么把戏？她有求于我，阿思断定。*这是他们召我前来的唯一理由。*

良机就在眼前。

"冒充一位地位高贵的女子，"伏蕊瓦续道，"擅闯宫殿的皇家画馆，重塑你自己的灵魂，当然，还有企图盗窃'月色如意'。你真以为我们分辨不出那件重要的皇家财产与你的粗糙赝品之间的区别吗？"

你们只来得及发现区别而已，阿思心想，*看来那个弄臣带着真品逃走了*。阿思意识到，如今在皇家画馆占据了"月色如意"的荣显之处的，是她的仿造品。她感到了一丝兴奋和满足。

"这又是怎么回事？"伏蕊瓦说着，朝一名先锋卫挥了挥她修长的五指，示意对方从房间一侧拿来某件东西。卫兵放在书桌上的是一张画。那是韩书贤的传世之作，《春塘百合图》。

"这是在你的旅店房间里找到的。"伏蕊瓦说着，手指轻轻敲打那幅画，"原作在我的手里，它可是全帝国最知名的画作之一。我们把这幅画拿给了鉴定师，他们判断说，你的仿作只能算是外行水准。"

阿思迎上那女人的目光。

"告诉我，你为什么要仿制这幅画。"伏蕊瓦说着，倾身向前，

"你显然打算用它来调换我在皇家画馆旁的办公处里的那幅画。可你又对'月色如意'心怀不轨。你为什么打算盗走这幅画?出于贪欲?"

"我的文叔叔说过,"阿思说,"有备无患。我不确定那块如意会不会展出。"

"噢⋯⋯"伏蕊瓦说。她换上一副近乎慈母般的表情,只是同时又充满嫌恶(而且她的掩饰技巧很差)与降尊纡贵的态度。"就像大多数囚犯那样,你请求仲裁官干预处刑。我一时兴起,决定答应你的请求,因为我对你仿制这张画作的目的感到好奇。"她摇摇头,"可是孩子,别以为我们会放你自由。毕竟你犯下了这么大的罪过。你卷入了史无前例的困境,而我们的宽大最多只能⋯⋯"

阿思看向其他仲裁官。坐在壁炉边的那几个看似漠不关心,但并没有交头接耳。他们在聆听。*出了某种岔子*,阿思心想。*他们在担忧。*

高图纳仍旧站在旁边。他审视着阿思,眼神里不带任何感情。

伏蕊瓦的态度就像在责骂孩童。她刻意拖长调子,好让阿思产生获释的希望。这样双管齐下,目的是让她屈服,让她为了自由而答应任何要求。

的确是个良机⋯⋯

是时候主导对话了。

"你们有求于我,"阿思说,"现在可以讨论我的酬劳了。"

"你的酬劳?"伏蕊瓦问,"孩子,你明天可就要被处死了啊!就算我们真的有求于你,酬劳也只会是你的性命。"

"我的性命由我自己做主,"阿思说,"何况我都乖乖待了好些天了。"

"拜托,"伏蕊瓦说,"你可是被关在塑造师牢房里,墙壁都是用三十种不同的石材筑成的。"

"事实上，是四十四种。"

高图纳赞许地扬起一侧眉毛。

黑夜啊！幸好我没弄错……

阿思看向高图纳。"你们以为我认不出那些石头，是吗？拜托，我可是个塑造师。我在学艺的第一年就学过石材分类。那些石材显然是从赖氏采石场运来的。"

伏蕊瓦张开嘴，嘴角浮现一丝浅笑。

"没错，我知道牢房的石墙之后还藏着拉卡莱铁板——那种无法塑造的金属，"阿思大胆地猜测道，"那面墙是吸引我注意力的幌子。你们不可能真的用石灰石打造一间牢房，毕竟囚犯有可能放弃塑造、凿洞逃生。你们建造了墙壁，又用拉卡莱铁板挡在后面，切断逃脱的道路。"

伏蕊瓦闭上了嘴巴。

"拉卡莱铁的问题在于，"阿思说，"它并非十分坚硬的金属。噢，我的牢房顶上的格栅倒是很结实，我没法打破。但是，一块薄薄的铁板就不好说了。你听说过无烟煤吗？"

伏蕊瓦皱起眉。

"那是种会燃烧的石头。"高图纳说。

"你们给了我一根蜡烛，"阿思说着，把手伸向背后。她把那只做工粗陋的木头魂印丢到桌上。"我只需要塑造那面墙壁，让石头相信它们是无烟煤——这并不难，毕竟我知道了所有四十四种石材。我可以点燃墙壁，它们就会烧穿墙后的那块铁板。"

阿思拉过一张椅子，坐在书桌前。她靠向椅背。在她身后，那名先锋卫的队长低吼一声，伏蕊瓦的双唇却抿成一条线，未置一词。阿思放松身体，默默地向未名神祷告了一番。

黑夜啊！看来他们相信了。她原本担心他们对塑造术知根知底，进而看穿她的谎言。

"我本来打算今晚逃跑的,"阿思说,"但你们希望我做的事想必十分重要,重要到让你们情愿和我这样的不法之徒打交道。所以,我们不妨来商讨一下酬劳吧。"

"我还是可以将你处死,"伏蕊瓦说,"就在此时此地。"

"可你不会这么做,对吧?"

伏蕊瓦绷紧了下巴。

"我提醒过你,她恐怕是个难以操控的人。"高图纳对伏蕊瓦说。阿思能看出自己给他留下了深刻的印象,但与此同时,他的双眼又流露出……悲伤?她没有看错吧?她觉得这个老人就像睿典语①著作那样难懂。

伏蕊瓦抬起一根指头,朝一侧晃了晃。有位仆役端着一只用布料包裹的小盒子走上前。看到它的瞬间,阿思的心狂跳起来。

仆役咔嗒一声拨开盒子前方的搭扣,随后掀起盒盖。盒子的衬里是柔软的布料,内有五个放置魂印用的凹槽。每个圆柱形的魂印都长如手指,宽度则与魁梧男子的拇指相当。放在魂印上的那本皮面记事簿因常年使用而磨损不堪,阿思隐约嗅到了它熟悉的气味。

它们名为"本源印鉴",是最为强大的一种魂印。每一枚本源印鉴都与特定的某个人调谐,可以暂时改写那个人的过去、人格和灵魂。这五枚印鉴的调谐对象是阿思。

"五枚可以改写灵魂的印章,"伏蕊瓦说,"每一枚都令人厌恶,持有即是非法。这些本源印鉴本该在今日午后销毁。即便你成功逃脱,也会失去它们。制作一枚需要多久?"

"好几年。"阿思低语道。

她没有别的备用品了。而且无论怎样保密,相关的笔记和图表都太过危险:别人可以借此窥见你灵魂的秘密。她这些本源印鉴从不离

---

①原文为 Svordish,拼写与发音都近似"瑞典"。

身，这次是被人强行取走的。

"你愿意接受这些作为报酬吗？"伏蕊瓦嘴角下弯，仿佛在讨论一顿烂泥和腐肉组成的饭菜。

"愿意。"

伏蕊瓦点点头，那名仆役合上了盖子。"那就让我告诉你该做什么吧。"

* * *

阿思从未见过任何一位皇帝，更别提用手指去戳皇帝的脸了。

八十骄阳之皇帝，席拉凡——玫瑰帝国的第四十九任统治者——并没有对阿思的行为作出任何反应。他以茫然的眼神目视前方，浑圆的脸颊红彤彤的，但表情却全无生气。

"发生了什么？"阿思从皇帝的床边直起身，问道。那张床做成拉米奥古国的样式，床头板的形状是只飞向苍穹的凤凰。她在一本书上看过这样的床头板的素描。

"一场刺杀。"仲裁官高图纳说。他站在床的另一边，身旁是两位医师。而在先锋卫之中，只有他们的那位队长阿祖有资格进入房间。"刺客在两天前的晚上闯入，袭击了皇帝和他的正妻。她被杀害了。皇帝的头部被十字弓矢射中。"

"考虑到这些情况，"阿思评论道，"他的气色还真不错。"

"你对封伤熟悉吗？"高图纳问。

"略知一二。"阿思说。她的同胞称之为"血肉塑造法"。用这种技巧，高明的医师可以塑造躯体，除去所有的伤口与疤痕。塑造师需要了解每一条肌腱，每一根血管和每一块肌肉，以此实现精准的治疗。

在塑造术的诸多分支之中，封伤是阿思只懂皮毛的少数几个分支之一。如果普通的塑造出了差错，只会做出一件拙劣的作品。而血肉塑造一旦失误，就会有人送命。

"我们的封伤师是全世界最优秀的。"伏蕊瓦说着，绕过床脚，双手背在身后，"未遂的刺杀过后，皇帝很快得到了治疗。他头部的伤口已经治好，但……"

"但他的头脑没治好？"阿思说着，又将手在那个男人面前晃了晃，"听起来，他们的水平不尽如人意啊。"

一位医师清了清嗓子。这个矮小男人的耳朵就像在艳阳天里大敞四开的窗扇。"封伤能修复身躯，让它恢复如新。但这就像用新的纸张重新装订一本烧毁的书。是啊，看起来也许一模一样，而且完整无缺。但书里的文字……那些文字都不见了。我们给皇帝换了一副新的大脑。只不过里面空无一物。"

"哈，"阿思说，"你们查清是谁想杀他了吗？"

五位仲裁官交换了几个眼神。没错，他们知道。

"我们还不确定。"高图纳说。

"换言之，"阿思补充道，"你们知道，但你们没有足以指控幕后主使的证据。这么说，是朝廷里的另一个宗派？"

高图纳叹了口气。"荣光宗。"

阿思轻轻地吹了声口哨。这么一来就合情合理了。假如皇帝死去，荣光宗有相当大的机会将自己宗派的继承者送上皇位。席拉凡皇帝年届四十，但以士大夫的标准仍算年轻。他原本是有希望再统治个五十年的。

假如他驾崩，房间里的五位仲裁官也会下台——他们在帝国政界的地位也会随之一落千丈。他们将失去至高无上的身份，成为帝国的八十宗派里最不起眼的一群人。

"刺客当场伏法，"伏蕊瓦说，"因此荣光宗并不知道他们的密谋是否成功。你要做的，就是用仿制品……"她深吸了一口气，"替换皇帝的魂魄。"

他们疯了，阿思心想。塑造自己的魂魄已经够难的了，而且还不必从头开始。

这些仲裁官根本不知道自己提出的是怎样的要求。他们当然不知道。他们憎恨塑造术，至少他们自称如此。他们在仿造的地板上走路，身边是仿制的古代陶器，让他们的医师修复人的身躯，但他们从不把这些称之为"塑造"。

至于塑造灵魂，在他们看来更是可憎到了极点。这就意味着阿思的确是他们唯一的希望。在他们的部属中，没有人办得到这一点。她恐怕也办不到。

"你能做到吗？"高图纳问。

我不知道，阿思心想。"能。"她说。

"这次塑造必须十分精准。"伏蕊瓦严厉地说，"如果荣光宗对我们的手段稍有察觉，就会把它当作把柄。绝不能让皇帝举止失常。"

"我说了，我能做到。"阿思答道，"但过程会很困难。我需要皇帝的生平资料，有多少就要多少。我可以用史官的记载作为参照，不过那些内容太笼统了。我需要那些最熟悉皇帝的人给出翔实的说法和记录，包括仆役、友人，还有家人。他平时写日志吗？"

"写的。"高图纳说。

"太好了。"

"那些文献都在封存中，"另一位仲裁官说，"陛下希望我们全部销毁……"

房间里的所有人都看向他。他吞了口口水，随即低下头去。

"无论你要求什么，都会有人拿来。"伏蕊瓦说。

"我还需要一名测试用的对象，"阿思说，"让我测试自己的塑造术。我需要一位男性士大夫，他必须经常跟随在皇帝身边，而且了解皇帝。这样我就能知道人格塑造得是否正确了。"*黑夜啊！人格准确*

与否是之后考虑的事。让这种魂印真正生效……这才是第一步。她不确定自己能否做到这点。"还有，不用说，我还需要魂石。"

伏蕊瓦双臂交叉，看着阿思。

"你们该不会指望我不靠魂石就做到吧。"阿思冷冷地说，"有必要的话，我可以用木头雕出魂印，但你们的要求太困难了。魂石。要很多。"

"好吧，"伏蕊瓦说，"但你这三个月会处在监视之下。近距离的那种。"

"三个月？"阿思说，"照我的计划，至少要花两年才够。"

"你有一百天的时间，"伏蕊瓦说，"事实上，已经只剩九十八天了。"

办不到的。

"关于皇帝最近两天的闭门不出，"另一位仲裁官说，"我们给出的解释是，他正在为妻子服丧。荣光宗会认定我们是在皇帝死后拼命争取时间。等到百日的独处结束后，他们就会要求皇帝上朝。如果他无法上朝，我们就完蛋了。"

这个女人的言外之意是：*你也会一起完蛋*。

"那你们得用黄金犒赏我才行，"阿思说，"把你们觉得我会要求的数额翻一番。我要带着大笔钱财离开这个国家。"

"成交。"伏蕊瓦说。

答应得真轻巧，阿思心想。*表情还很愉快。他们打算事情一了就杀我灭口*。

好吧，至少她有九十八天的时间可以思考出路。"把那些文献拿来给我。"她说，"我需要工作的场所，充足的日常用品，还要拿回我的东西。"不等他们抱怨，她便抬起一根手指，"除了本源印鉴以外的一切。我可不要穿着监狱里的衣服干三个月的活儿。另外，我希望马上洗个澡。"

第三天

次日,沐浴完毕,吃饱喝足,在被捕后头一次睡了好觉的阿思听到了敲门声。

他们给了她一个房间。房间很小,恐怕是整个宫殿里最缺乏装饰的,还带着淡淡的霉味。他们安排卫兵监视了她一整晚,而且根据她记忆中对于这座庞大宫殿的印象,她是在宫中最冷清的区域,而这里通常是用来贮存物资的。

但它还是好过牢房。虽然没好上太多。

听到敲门声,阿思在房间里那张老旧的柏木桌后抬起头。这张桌子上次铺上油布的时间,恐怕要追溯到阿思出生以前了。卫兵之一打开了门,那位年长的仲裁官高图纳走了进来。他的手里拿着一只宽约两掌、深仅几寸的盒子。

阿思匆匆走上前去,令侍立在旁的卫兵队长阿祖怒目而视。"和高大人保持距离!"阿祖吼道。

"否则怎样?"阿思说着,接过盒子,"你就一剑刺死我?"

"总有一天，我会享受——"

"是啦是啦。"阿思说着回到桌前，打开盒盖。盒子里是十八枚魂印，底部光滑，尚未雕刻。她激动地拿过一枚，举起来仔细察看。

她已经取回了眼镜，所以不必再眯着眼睛了。她还穿上了比那套脏囚服合身得多的衣物。一条长及小腿的红裙，以及一件带纽扣的外衣。士大夫们会觉得这一身不够时髦，他们将古式长袍和披肩视为当下的流行。阿思只觉得那种服装古板乏味。在外衣下面，她穿了一件贴身的棉衬衣，裙下则穿着裹腿。像阿思这样的淑女，随时都可能需要抛弃外面这一层衣物来实现伪装。

"这块石头不错。"阿思说的是指间的那枚魂印。她取出一把尖端几乎细如针头的凿子，开始刮擦石头的表面。这块魂石的确不错。雕刻时既轻松又精准。魂石几乎和白垩同样柔软，但刮擦时不会碎裂。你可以雕刻出极其精细的图案，然后用火烘烤，魂石就会硬化到接近石英的程度。要制作品质更高的魂印，唯一的方法是使用水晶雕刻，但过程将会异常困难。

在墨水方面，他们提供了明红乌贼的墨汁，再混入低比例的蜡。任何一种新鲜的天然墨水都是不错的选择，只不过动物墨水比植物墨水更胜一筹。

"你是不是……从外面的走廊那儿偷走了一只花瓶？"高图纳说着，皱眉望向放在房间一侧的那样东西。她沐浴归来时，顺走了一只花瓶。有个卫兵本想制止她，但阿思充耳不闻。那位卫兵此时涨红了脸。

"我对你们的塑造师的技巧很感兴趣。"阿思说着放下工具，把那只瓶子放到桌上。她将瓶子倒转过来，露出底部和印在陶土里的红色印记。

塑造师的印记不难发现。它不仅印在物体的表面，更会渗入其中，留下红色的凹痕。圆形印记的边缘也是红色的，但却向外凸出，就像浮雕。

从一个人设计魂印的方式,能够得知关于他的很多事。比方说,这枚魂印就带着枯燥乏味的感觉。它算不上什么艺术品,与花瓶那种细致而精巧的美丽截然相反。阿思听说,传承宗会让尚未出师的塑造师以死记硬背的方式制作这些作品,就像制鞋工坊里的工匠一样。

"我们的工匠不是塑造师,"高图纳说,"我们不这么称呼他们。他们是铭记师。"

"这没什么分别。"

"他们不会碰触灵魂,"高图纳严肃地说,"除此以外,我们所做之事都是对过去的感恩,从不以愚弄或者欺骗人民为目的。我们致力于让人们更好地理解传统。"

阿思扬起一边眉毛。她拿起木槌和凿子,然后对着花瓶上那块印记的浮雕边缘斜斜地敲了下去。印记奋力抵抗——有一股力量努力让它维持在原处——但这一击还是打垮了它。印记其余的部分突然浮现,凹痕逐渐消失,印记也变成了普通的墨迹,失去了力量。

花瓶立刻开始褪色,化作朴素的灰色,形状也开始扭曲。魂印不仅是对外观造成改变,还会改写这件物体的历史。没有了魂印,花瓶变得丑陋不堪。制作这只花瓶的人肯定不在乎成果会是怎样的。也许他们早就知道它会被用来塑造。阿思摇了摇头,转身继续制作她尚未完工的魂印。这颗魂印并不是用在皇帝身上的——她还没做好准备呢——但雕刻能帮助她思考。

高图纳摆手示意卫兵们离开,只有阿祖还留在他身旁。"你带来了一个难题,塑造师。"等另外两名卫兵走出房间,关上门以后,高图纳说。他在两张快要散架的木椅之一落座。这两张椅子,加上满是裂纹的床,年代久远的桌子,还有装着她的所有物品的那只箱子,这些就是房间里的全部家具了。仅有的那扇窗的窗框是弯的,会透进风来,就连墙壁都有裂缝。

"难题?"阿思说着,把那只魂印举在面前,近距离打量自己的作品,"什么样的难题?"

"你是个塑造师。因此我们必须监督你的一举一动。只要你想到可行的方法,就会立刻逃跑。"

"那就让卫兵盯着我啊。"阿思说着,又刻了几下。

"那样的话,"高图纳说,"我怀疑你过不了多久就能用恐吓、贿赂或者要挟的方式让他们听话了。"

站在一旁的阿祖身体僵硬。

"无意冒犯,"高图纳对他说,"我对你们的族人很有信心,但眼前这位是老练的骗徒和窃贼。你手下最好的卫兵迟早会被她玩弄在股掌之间。"

"过奖。"阿思说。

"我没在夸你。凡是你们触碰过的东西,最后总会腐化。就算只把你交给凡夫俗子去监督一天,我都会心神不宁。按照我对你的了解,你简直能让神明都拜倒在你脚下。"

她雕刻的动作片刻不停。

"我不相信镣铐能困住你,"高图纳轻声说道,"毕竟为了让你解决我们的……麻烦,我们把魂石都交给了你。你可以把镣铐变成肥皂,然后趁着夜色逃走,再尽情嘲笑我们。"

这番陈述显然暴露了高图纳对塑造术原理缺乏认知的事实。塑造的目标物必须合乎情理——必须可信——否则物体就不会变化。谁会用肥皂制作镣铐?这太荒谬了。

但有些事她能够做到,那就是查明镣铐的起源和成分,然后改写其中的一部分。她可以塑造镣铐的过去,让其中一节链环的做工留下瑕疵,并作为可资利用的漏洞。即使她无从得知镣铐确切的过去,也同样可以逃脱——不完美的魂印无法长时间维持,但她只需要片刻时间,就能用木槌敲碎那节链环。

他们也可以用拉卡莱铁——也就是"不可塑造的金属"——制作镣铐，但这样做只能拖延她的逃脱时间。只要有充足的时间，再加上魂石，她就能找到方法。她可以塑造墙壁，让它留下一条脆弱的缝隙，这样她就能抽走镣铐的另一端。她可以塑造天花板，让其中一块石头松脱掉落，从而砸碎脆弱的拉卡莱铁链。

如果没有必要，她并不想用如此极端的手段。"我不觉得你有必要提防我，"阿思一边雕刻，一边说道，"我对这件事很感兴趣，而且你们还答应要给我丰厚的奖赏。这些足够留下我了。别忘记，我在上一间牢房也是随时都能逃脱的。"

"噢是啊，"高图纳说，"你本可以用塑造术穿过牢房的墙壁的。但请为我解惑：你研究过无烟煤吗？就是你准备将墙壁塑造成的那种物质。我似乎记得，要让那种材质燃烧是非常困难的。"

这家伙的才智远超别人对他的评价。

只用蜡烛的火恐怕很难点燃无烟煤——根据文献记载，这种石材会在温度合适时燃烧，但让整面墙都达到足够的温度将会极其困难。"我完全可以用取自床铺的木材和几块变成煤的石头制造出足够的引火物。"

"不靠窑炉？"高图纳的语气有些愉悦，"也不靠风箱？但这些都无关紧要。告诉我，你打算如何在以两千度高温熊熊燃烧的牢房里生存下来？这样的大火难道不会抽尽所有可呼吸的空气吗？噢，当然了。你可以将床单转变成其他不良导热体，比如玻璃，将那里作为你的藏身之处。"

阿思不安地继续雕刻着。他说话的口气就像是……没错，他知道她办不到。大部分士大夫在塑造术方面都十分无知，这个人当然也算不上了如指掌，但他知道的部分足以推断出她无法逃出那间牢房。就像床单无法转变成玻璃那样。

除此以外，将整面墙壁转变成另一种石材也是非常困难的。她必须改变许许多多的东西——改写它的历史,让每种石材所属的采石场都接近无烟煤的矿床,而且还要让每一块可燃材料阴错阳差地开采出来。这会是次非常大规模的塑造,而且近乎无法成功,尤其是在不了解相关采石场的特定细节的情况下。

"情理之中"是所有塑造的关键,无论是否在意料之外。人们总是传说塑造师能点铅成金,却不知点金成铅要容易得多。你可以为一块黄金编造历史,说在某时某刻,有人在里面掺进了铅……这就是情理之中的谎言。而倒转过来就显得不合常理,将其变化的魂印也无法支撑太久。

"你令我钦佩,高大人,"阿思最后开口道,"你的思考方式就像个塑造师。"

高图纳脸色一沉。

"我是在夸奖你。"她解释道。

"年轻人,我看重的是真相,并非塑造。"他看她的眼神就像一位对孙女失望的祖父,"我见过你的作品。你仿造的那幅画……非常出色。但它却是为了谎言而诞生。如果你关注的是绘画和美,而非财富和欺骗,你会创作出多么伟大的作品啊。"

"我的画作已经很伟大了。"

"不。你是在仿冒他人的伟大作品。你的画作技艺惊人,却完全缺乏灵魂。"

她手里的凿子差点滑脱,双手也绷紧了。他好大的胆子!威胁要处死她是一回事,可侮辱她的绘画才能?听他的口气,她就像是……像是那些流水作业的塑造师,不断炮制着一个又一个花瓶!

她费力地让自己镇定下来,随后摆出一张笑脸。阳婶婶告诉过阿思,对于最恶毒的侮辱,你可以一笑置之,但对于微不足道的指责,却应该大发雷霆。这么一来,就没人知道你在想什么了。

"那你们打算如何管束我呢?"她问道,"你们已经认定我是这座宫殿里最恶毒的恶棍之一。你们不能绑住我，又不相信自己的士兵能看住我。"

"噢，"高图纳说，"只要时间允许，我就会亲自监督你的工作。"

她更希望由伏蕊瓦来监督自己——她看起来更容易摆布些——但这样也可以接受。"随你的便，"阿思说，"对不懂塑造术的人来说，大部分内容都很无趣。"

"有趣与否不是我所关心的，"高图纳说着，朝阿祖摆了摆手，"每次我到这儿来，阿祖队长都会护卫我。在先锋卫之中，只有他知道皇帝的伤势有多重，也只有他知道我们和你的计划。其他卫兵会在其他时候负责监督你，而你不可向他们提起你的使命。我们所做之事绝对不能走漏风声。"

"你用不着担心我说出去，"阿思难得地说了真话，"越多人知道塑造之事，它就越容易失效。"*而且*，她心想，*如果我告诉那些卫兵，你们无疑会杀他们灭口*。她不喜欢先锋卫，但她更不喜欢帝国，而且*这些卫兵其实只是另一种形式的奴隶*。阿思可不想害别人无缘无故死去。

"好极了，"高图纳说，"确保你……专心工作的另一个手段正等在门外。劳驾你了，阿祖。"

阿祖打开了门。一个身披斗篷的身影伫立在卫兵之间。那个身影走进房间里：他步履轻盈，却不知为何有些不自然。阿祖关上房门，那个身影便除下兜帽，露出的那张面孔肤色雪白，双眼通红。

阿思透过齿缝轻轻地呼出一口气。"你们能做出这种事，居然还说我的行为令人憎恶？"

高图纳没有理睬她，而是起身向那人问好。"告诉她吧。"

那人将细长的白色手指按在房门上，审视着门板。"我会把符咒设在这里，"他以浓重的口音说道，"如果她因为任何理由离开这个房间，或者更改符咒与房门，我就会知道。我的宠物们会来找她的。"

阿思发起抖来。她瞪着高图纳。"血印师。你们居然邀请血印师到宫里来？"

"这一位近来已经证明了自己的价值，"高图纳说，"他既忠诚又谨慎。他的手脚也很麻利。有些……时候，必须借助小恶来抵御大恶。"

当那位血印师从长袍里取出某件东西的时候，阿思不禁低呼一声。那是一块用骨骼制成的粗糙魂印。他的"宠物"也是由骨骼制成，是以死者的骷髅所仿制的生灵。

血印师看着她。

阿思退后几步。"你们该不会打算——"

阿祖抓住了她的双臂。黑夜啊，他力气真大。她开始恐慌。她的本源印鉴！她需要本源印鉴！有了印鉴，她就能搏斗，离开，然后逃亡……

阿祖割开了她手臂下侧的皮肤。伤口很浅，她几乎感觉不到痛楚，但她依旧奋力挣扎。那血印师走上前来，用阿思的血浸湿了他那颗骇人的魂印。接着，他转过身，将魂印按在房门的正中央。

他抽回手的时候，木头上留下了一块散发着微光的红色印记。它的形状就像一只眼睛。就在按下魂印的那一刻，阿思感到手臂的伤口传来剧痛。

阿思喘息着睁大了眼睛。从没有人胆敢这样对她。也许被处死都还好些！也许——

控制你自己，她对自己说。努力成为能够应付这一切的人。

她深吸一口气，让自己变成了另一个人。一个在这种情况下依然冷静的人。这是种非常粗糙的塑造，只是在自己头脑里玩的小花招，但却十分有效。

她挣脱了阿祖，然后接过了高图纳递来的手帕。她瞪着那个血印师，手臂的疼痛也逐渐消退。他对她露出微笑，嘴唇发白、微微透明，就像蛆虫的皮肤。他对高图纳点点头，接着戴上兜帽，走出房间，然后关上了门。

　　阿思强行平复呼吸，让自己冷静下来。血印师所做之事毫无精妙可言：他们不靠精妙的技艺吃饭。他们擅长的并非技巧或者艺术，而是诡计和鲜血。但他们的魂印仍旧有效。如果阿思离开房间，那个人就会知道——他的魂印沾上了她的鲜血，与她调谐一致。只要有那枚魂印，无论她逃到哪里，他的不死宠物都能追踪而至。

　　高图纳坐回椅子里。"你知道逃走的话会发生什么吧？"

　　阿思瞪着高图纳。

　　"你现在该明白，我们有多么不顾一切了，"他轻声说着，十指交叉在身前，"如果你逃跑，我们就把你送给血印师。你的骨头会成为他的下一只宠物。这是他要求的唯一酬劳。你现在可以开始工作了，塑造师。好好干吧，这样你就能逃脱这样的命运了。"

第五天

她努力工作。

阿思开始查阅皇帝的生平记载。没有多少人明白，塑造的过程其实大多与查阅和研究相关。这是一项任何人都可以学习的技艺：它所需要的无非是平稳的手，关注细节的眼睛，以及花费数日、数月甚至数年去制作理想魂印的意愿。

阿思并没有几年的时间。她带着焦虑的心情翻阅着一本本传记，还往往抄录笔记直至深夜。她不觉得自己能办到他们的要求。要在这么短的时间里，做出另一个灵魂的可信仿制品，这简直是不可能的事。不幸的是，她还必须在计划逃跑的期间，装出进展良好的样子。

他们不让她离开房间。她在内急的时候就用夜壶，需要洗澡时则有人送来装满温水的浴桶和毛巾。她自始至终处在监视之下，包括入浴的时候。

那位血印师每天早上都会前来重设门上的印记。每次他都会需要阿思的些许血液。她的双臂很快布满了细小的伤口。

高图纳也会不时来访。她查阅书籍的时候，那位年老的仲裁官就会打量她，眼神带着评判……但并无憎恨。

　　在构想逃亡计划的时候，她断定了一件事：想要得到自由，恐怕就得用某种方式操控高大人。

第十二天

阿思将魂印按在桌上。

像以往那样,印章稍稍陷入木头里。魂印会留下可以触摸的印记,无论所接触的材质为何。她将魂印扭动了半圈——这样做并不会刮花墨水,但她不太明白原因。她的导师之一说过,这是因为魂印在此时接触的是物体的灵魂而非外表。

当她收回魂印的时候,木头上留下了一块亮红色的印记,仿佛是铭刻进去的。变化自印记迅速蔓延开去。这张破旧的暗灰色书桌变成了一张保养良好的漂亮桌子,桌面反射着对面那根蜡烛的温暖光亮。

阿思将手按上这张新桌子:触感十分光滑。桌子的侧面和桌腿都经过细致的雕刻,到处都镶嵌着白银。

高图纳坐直身子,放下了他在读的那本书。目睹这次塑造,阿祖不安地挪了挪身子。

"这是怎么回事?"高图纳质问道。

"我受够了木刺了,"阿思说着靠向椅背。椅子嘎吱作响。下一个就轮到你了,她心想。

高图纳站起身,走到桌边。他碰了碰桌子,仿佛指望这次变化只是幻象。但并非如此。这张精美的桌子在肮脏的小房间里显得格格不入。"你之前就在忙这个?"

"雕刻能帮助我思考。"

"你应该专注于自己的使命!"高图纳说,"这太轻率了。帝国正危在旦夕!"

不,阿思心想。危在旦夕的不是帝国,只是你们的地位而已。不幸的是,经过了十一天以后,她还是没找到高图纳的弱点,至少没到可资利用的程度。

"我正在努力解决你们的问题,高图纳,"她说,"你的要求可不简单。"

"改变这张桌子就很简单?"

"那当然,"阿思说,"我只需要改写它的过去,让它得到保养,而不是就这样年久失修下去。这根本不费什么功夫。"

高图纳犹豫了片刻,随后单膝跪在桌边。"这些雕刻,还有镶嵌的白银……这些可不是原本就有的东西。"

"我也许是做了一点补充。"

她不太确定这次的塑造会不会成功。或许过不了几分钟,印记就会消失,桌子也会变回原本的模样。但她相当肯定自己对这张桌子过去的猜想。她查阅的某些历史文献里提到了各种礼品的来处。按照她的猜测,这张桌子来自遥远的睿典国,是赠予席拉凡之前的那位皇帝的礼物。但两国间紧张的局势让那位皇帝冷落并忘掉了这张桌子的存在。

"我不认得这件作品。"高图纳还在看着桌子。

"你为什么会认得?"

"我对古代艺术涉猎颇广,"他说,"这是维瓦尔王朝的作品吗?"

"不。"

"你模仿的是查拉夫的作品吗？"

"不。"

"那又是什么？"

"什么也不是，"阿思恼怒地说，"我没有模仿任何东西；它只是变得比原本更好了而已。"这是衡量塑造是否优秀的准则：在基础上略微改进。这样一来，人们往往就会接受赝品，因为它更加出色。

高图纳站起身，神情困惑。他又觉得我的才能都浪费了，阿思厌烦地想着，推开了一堆关于皇帝生平的记录。这些是根据她的要求，从宫中的仆役那里收集来的。她想要的不仅仅是史官的记载。她需要的是真实可信的记录，不是死板单调的官样文章。

高图纳坐回椅子里。"我还是不认为改变这张桌子是很轻松的事，虽然它显然比你担负的使命简单得多。这两件事在我看来同样难以置信。"

"改变一个人的灵魂要困难多了。"

"我能接受这个概念，但我不了解具体的细节。为什么困难？"

她看着他。他想更加了解我在做什么，她心想，这样就能猜出我打算如何逃脱了。当然了，他知道她会企图逃跑。但他们都假装对方不知道这回事。

"好吧，"她说着站起身，走到房间的墙边，"我们来谈谈塑造。你们关过我的那间牢房的墙壁由四十四种石材筑成，大致上是作为吸引我注意力的陷阱。如果我想逃脱，就必须弄清墙壁的每一种成分和对应的过去。为什么？"

"当然是为了塑造那面墙壁了。"

"可为什么要了解全部？"她问道，"为什么不只是改变一块或者几块石料？为什么不干脆造出个能够钻过去的大洞，当作逃生的隧道？"

"我……"他皱起眉,"我不清楚。"

阿思将手按在房间靠外的那面墙壁上。墙面涂过漆,但好几处的油漆已经脱落。她能摸到石料间的连接处。"高大人,所有事物都在三个界域存在。实界域、知界域、灵界域。现实就是我们能感受到的这部分。认知是他人如何看待这件事物,而它就是如何看待自身的。灵界域包含这件事物的灵魂——它的本源——以及它与周遭的人或事的关联。"

"你要明白,"高图纳说,"我无法认同你的异端迷信。"

"是啊,你们信仰的是太阳,"阿思压抑不住语气中的愉悦,"或者说'八十骄阳'——你们相信,就算每天的太阳看起来相同,但实际上却不是同一个。好吧,你想知道塑造如何运作,还有皇帝的灵魂为何会如此难以仿造。要理解这些,三大界域的理论就至关重要。"

"好吧。"

"关键在于,一件事物作为整体存在得越久,在外人眼中以这种状态存在得越久,它的完整感就越强烈。这张桌子是用多种木材拼接而成的,但我们会这样看待它吗?不。在我们眼里,它是完整的。

"要塑造这张桌子,我就必须理解作为整体的它。塑造墙壁的时候也一样。这面墙存在了很久,足以让它将自己看作整体。也许我可以对每一块石料分别下手——它们的区别或许依旧明显——但这么做会非常困难,因为墙壁希望被人看作整体。"

"墙壁,"高图纳用单调的语气说,"希望被当作整体对待。"

"是的。"

"你是在暗示墙壁拥有灵魂。"

"万物皆有灵魂,"她说,"每一件事物都对自己有着认识。关联和意图是至关重要的。正因如此,仲裁官大人,我不可能只为你们的皇帝写下人格,盖上魂印,然后就万事大吉。我读过的七份报告里说,他最喜欢的颜色是绿色。你知道为什么吗?"

"不，"高图纳说，"你知道?"

"我还不太确定，"阿思说，"我觉得是因为他六岁时死去的兄长一直喜欢绿色。皇帝依赖这种色彩，因为它能让他想起过世的兄长。可能也有一丝爱国情怀的作用，因为他出生在乌阔奇省，那个行省的旗帜以绿色为主色。"

高图纳面露困惑之色。"你需要知道那么细枝末节的事吗?"

"黑夜啊，当然需要了!还有另外一千件同样细枝末节的事。我可能会弄错其中一些。我肯定会犯错的。我只希望大部分错误都不妨事——它们的确会让皇帝的人格有些偏差，可反正每个人每一天都会有些改变。如果我弄错了很多事，那也就不重要了，因为魂印会无法维持下去。至少维持不了多久。我想如果你们的皇帝每隔一刻钟就要重盖魂印，秘密就不可能保守得住了。"

"你想得没错。"

阿思叹着气坐了下来，看着自己的笔记。

"你说过自己能办到的。"高图纳说。

"是啊。"

"你做过类似的事，用你自己的灵魂。"

"我了解自己的灵魂，"她说，"我了解自己的过去。我知道做出怎样的改变才能达到需要的效果——即便如此，正确使用本源印鉴也不是那么简单的事。现在我不仅要塑造另一个人的灵魂，改变的程度也大得多。而且我只剩下九十天的时间了。"

高图纳缓缓地点点头。

"好了，"她说，"告诉我，你们是如何维持皇帝仍然清醒，而且身体健康的假象的。"

"我们做了所有必要的工作。"

"我可不太相信。我想你们应该明白，在欺骗方面，我比大部分人都要擅长。"

"我想你会很吃惊的，"高图纳说，"毕竟，我们可是政客。"

"好吧。但你们至少在送食物过去，对吧？"

"当然，"高图纳说，"每天的三餐都会送到皇帝的卧室。碗盘拿回到厨房时都是空的，当然了，我们有专人负责给皇帝喂肉汤。他会顺从地喝下汤，但始终目视前方，就像是又聋又哑。"

"夜壶呢？"

"他没法控制自己，"高图纳面露苦相，"我们只能给他用尿布。"

"黑夜啊！没人出去倒夜壶？你不觉得这很可疑吗？宫女和门前的卫兵会说闲话的。你们应该考虑到这种事的！"

高图纳不由得涨红了脸。"我会去安排的，虽然我不喜欢再让别人进他的房间。他们都有可能发现他的异状。"

"那就挑选你们信任的人，"阿思说，"还可以在出入方面定下规矩。除非带着你本人盖章的文牒，否则任何人都不得进入。是啊，我知道你张嘴想要反驳什么。我很清楚皇帝卧室的守卫严密程度——我在打算潜入画馆时做过研究。那些刺客可以证明你们的保卫措施不够完善。照我建议的去做吧。保护手段越多越好。万一皇帝的情况走漏出去，我也就无疑会回到牢房里等待处决了。"

高图纳叹了口气，但还是点点头。"你还有什么建议？"

第十七天

    凉爽的风带着陌生的香料气息吹入阿思窗户的缝隙。低沉的欢呼声透过墙壁传来。外面的整个城市都在欢庆。戴巴哈节，一个直到两年前才为人所知的节日。传承宗努力发掘和复兴这些古代节日，目的是让公众更加支持他们。

    但这起不了什么作用。帝国并非共和国。在指定新皇帝方面有发言权的，也只有来自不同宗派的仲裁官。阿思将注意力从庆典那边收了回来，继续阅读皇帝的日志。

    我终于决定，答应我的宗派的要求，日志上写道。我会像高图纳时常建议的那样，去谋求皇帝的宝座。亚扎德皇帝病体虚弱，新任的皇帝很快就将选出。

    阿思做着记录。高图纳曾鼓励席拉凡谋求帝位。然而在后来的日记里，席拉凡提到高图纳时却语气轻蔑。为什么会有这种变化？她做完笔记，然后开始阅读数年后的又一篇日记。

    席拉凡皇帝的日志令她着迷。这本日志是他亲手所写，其中还写下了死后便将其销毁的指示。仲裁官们给她这本日志的时候显得很不情愿，还以各种理由为自己开脱。他并没有死，他的身体还活着。因此他们不销毁他的手迹并没有错。

他们的语气信誓旦旦，但她能看出他们眼中的犹疑。他们太容易被看穿了——只有高图纳除外，这个人内心的想法始终让她捉摸不透。他们不懂得这本日志的用意。他们只觉得奇怪：如果不是留给子孙后代，又何必写下呢？如果不打算给别人看，又何必将想法记在纸上？

就像他们无法理解我为何满足于制造赝品和看着它展出，尽管欣赏它的人全然不知那是我的——而非原作者的——作品那样，她心想。

这本日志告诉了她许多史官记载中没有提到的、关于皇帝的事，而且不仅仅来自日志的内容。日志的纸页磨损不堪，还因为时常翻阅而沾有污渍。席拉凡写这本日志是为了阅读——让他自己阅读。

究竟是哪段记忆让席拉凡如此重视，致使他一再翻阅日志？他是在虚荣地回忆征讨四方的过去？还是因为他缺乏自信？他花费了许多个钟头去搜寻那些词句，是不是因为他想要纠正过去的错误？或者还有别的什么理由？

她房间的门开了。他们甚至连门都不敲了。何必呢？他们本来就没给她任何隐私。她仍旧是个囚犯，只是比从前更重要了而已。

一身淡紫色长袍的仲裁官伏蕊瓦板着面孔，步履优雅地走了进来。她的灰色发辫如今缠着金色和紫色的丝线。卫兵队长阿祖跟随在旁。阿思在心里叹了口气，正了正眼镜。高图纳去参加庆典了，她还以为自己能安安静静地研究和盘算一个晚上呢。

"我听说，"伏蕊瓦说，"你的进展不怎么快。"

阿思放下书本。"事实上，已经很快了。我快要准备好制作魂印了。就像我今早提醒仲裁官高图纳的那样，我仍旧需要一位对皇帝足够了解的测试对象。那个人和皇帝的关系让我可以在他身上测试魂印，然后他们的灵魂会暂时维系起来——这些时间足够我做几番尝试了。"

"你会得到这么个人的。"伏蕊瓦说着，在闪闪发光的桌边走了几步。她用手指抚过桌面，在那个红色的印记处停了下来。伏蕊瓦指了指那个印记。"真刺眼。既然你费了这么大工夫把桌子变漂亮了，为何不把印记留在底下？"

"我为我的作品而骄傲，"阿思说，"任何一个看到这张桌子的塑造师都可以审视魂印，看清楚我是怎么做的。"

伏蕊瓦嗤之以鼻。"你不该为这种事骄傲，小贼。另外，塑造的要点不就是掩盖塑造的事实吗？"

"有时候是，"阿思说，"当我仿造签名或者伪造画作的时候，掩饰就是工作的一部分。但对于塑造，对于真正的塑造，你不能掩盖自己所做的事。印记会永远留在上面，向他人描述所发生之事。你也可以为它骄傲。"

这就是她的人生令外人费解的地方。想要成为塑造师，必须学习的并不只是魂印的使用——还有彻底模仿事物的技艺。书法、绘画、印章……在她的族人的秘密教导下，塑造师学徒要学习所有平凡的伪造技艺，最后才会学习魂印的使用。

魂印是其中最高等的技巧，但也是最难以隐藏的。没错，魂印可以盖在物体上的那些不起眼的位置，然后再进行遮掩。阿思也时不时会这么做。然而，只要魂印会被人发现，塑造就称不上完美。

"你们出去吧。"伏蕊瓦对阿祖和其他卫兵说。

"可——"阿祖说着，踏前一步。

"同一句话我不想说两遍，卫兵队长。"伏蕊瓦说。

阿祖低声咕哝了一句，但还是顺从地鞠了一躬。他瞪了阿思一眼——这些天来，看守阿思已经成了他的另一项职责——然后带着部下走出门去。他们轻轻地关上了门。

血印师的印记还挂在门上，今早刚刚重设过。在大多数日子里，那位血印师会在每天的同一时刻到访。阿思对此做了细致的记录。在他稍微迟到的那几天，印记就会在他到来前变得模糊。他每次都能及时赶来重设，但或许某一天……

伏蕊瓦审视着阿思，像是在计算着什么。

阿思不慌不忙地对上她的目光。"阿祖觉得在我们独处的时候，我会对你做些可怕的事。"

"阿祖头脑简单，"伏蕊瓦说，"不过需要杀人的时候，他还是非常有用的。希望你永远不必体验他的狠辣手段。"

"你不担心吗？"阿思说，"你正和一个怪物共处一室。"

"我是在和一位投机取巧者共处一室，"伏蕊瓦说着，走到门边，打量着陷入门板中的印记。"你不会伤害我的。你太好奇我遣走卫兵的原因了。"

事实上，阿思心想，我非常清楚你遣走他们的原因。我也非常清楚，你为什么会乘着所有仲裁官同僚都忙于处理节庆事务的时候来见我。她等待着伏蕊瓦做出提议。

"你有没有想过，"伏蕊瓦说，"一位从善如流的皇帝对于帝国该是多么有用啊。"

"席拉凡皇帝肯定是个从善如流的人吧。"

"有时候是，"伏蕊瓦说，"还有些时候，他显得……愚钝而又鲁莽。如果他一生下来就缺乏这样的品性，难道不是件大好事吗？"

"我还以为你们希望他的举止跟过去一样，"阿思说，"尽可能贴近真人。"

"没错，没错。但你被誉为有史以来最伟大的塑造师之一，而且我也从可靠的途径得知，你在塑造自己的灵魂方面很有天赋。你当然可以让亲爱的席拉凡的灵魂既可信，又倾向于聆听劝告……特定的某些人的劝告。"

夜火啊,阿思心想。你倒还真是毫不掩饰,对吧?你希望我在皇帝的灵魂里留下一道后门,而你说出这种话居然不觉得羞愧。

"我……也许能办到这种事,"她说着,装出恍然大悟的模样,"但会很困难。我需要配得上这番努力的奖赏。"

"你会得到合适的奖赏,"伏蕊瓦说着,转身看着她。"我看得出,你恐怕打算在获释以后离开皇城,可为什么?有一位支持你的皇帝在位,这座城市对你来说应该意味着无穷的机遇。"

"麻烦把话说清楚,仲裁官大人,"阿思说,"别人在欢庆的时候,我还要研究一整夜呢。我没心思玩文字游戏。"

"这座城市的地下走私生意十分兴旺,"伏蕊瓦说,"了解相关的动向是我的兴趣之一。我希望有合适的人帮我打理。如果你为我办成这件事,我就把那些生意交给你。"

这是他们常犯的错误——他们以为自己知道阿思干这一行的理由。他们以为她会欣喜若狂,以为走私者和塑造师本质上是一回事,因为他们都不服从别人的法律。

"听起来不错。"阿思说着,露出她最真诚的微笑——明显带着一丝虚伪的那种。

伏蕊瓦以露骨的笑容作为回应。"我会给你时间考虑。"她说着拉开门,然后拍了拍手,示意卫兵们回到房间里。

阿思惊恐地坐回椅子里。不是因为伏蕊瓦的提议——她几天前就猜到了——而是她此时才明白提议里隐含的意图。走私生意的提议当然是假的。伏蕊瓦也许有能力做这种安排,但她是不会这么做的。就算阿思原本认为伏蕊瓦不打算杀死她,这项提议也足以否定她的看法。

但不止如此。远远不止。*她这番话让我想到了操控皇帝这回事。她根本不信任我的塑造术。她觉得我会为自己留下后门,让席拉凡彻*

底受我操控，而不是她。

这又代表什么？

这代表伏蕊瓦手下还有一名塑造师。而且这一位多半缺乏才能或者胆量，没法尝试塑造另一个人的灵魂——但他可以审视阿思的成果，找出她布置的后门。那位塑造师应该更受信任，可以改写阿思的成果，转而让伏蕊瓦得到控制权。

如果阿思做的工作足够多，那个人甚至有接手完成的可能。阿思本打算用整整一百天计划逃亡的方法，但如今她才明白，她随时都可能突然被杀。

她的塑造越是接近完成，这种可能性就会越高。

第三十天

"焕然一新啊。"高图纳打量着面前的彩色玻璃窗。

对阿思来说,这扇窗带给了她不少灵感。塑造窗户的尝试失败了许多次:每一次,只要经过五分钟左右,窗户就会变回原本破烂漏风的样子。

然后阿思在一侧窗框上发现了一小块彩色的玻璃。她意识到,这扇窗户原本是彩色玻璃窗,就像宫里的许多窗户那样。窗玻璃曾经碎裂过,而且打破窗户的那东西也撞弯了窗框,留下如今透进寒风的开口。

但人们并没有将它修复,而是将普通的玻璃装在窗户上,也留下那个开口。阿思盖在右下角的魂印修复了窗户,也改写了它的历史,让某位细心的工匠大师发现了摔落的窗户,并将它修复成原样。即便在这么多年以后,这扇窗依旧认为自己非常美丽。

也或许只是她又在自作多情了。

"你说过今天会带来测试对象的。"阿思说着,吹开一枚刚刚完成的魂印上的石屑。她在魂印背面刻下一串简单的记号。每个魂印上都会有这种定型记号，代表不需要继续雕刻了。阿思一直觉得这些记号就像她的祖国迈鹏的形状。

　　刻完记号以后，她便将魂印举到火焰上方。这是魂石的特质：火能让它变硬，这样魂印就不会碎裂缺角。她其实不必做到这一步的。魂印上的那些定型记号就足够了，而且她可以用任何东西雕刻出魂印，只要雕出的图案足够准确就行。然而，魂石的珍贵正是在于它硬化的特质。

　　等到烛火熏黑了魂印以后——先是一端，然后是另一端——她便将魂印举起，用力一吹。小块的炭屑随着她吐出的气息飘飞而去，露出下面红灰相间的漂亮大理石。

　　"没错，"高图纳说，"测试对象。我按照承诺的那样带来了。"高图纳穿过小房间，走向站在门口的阿祖那边。

　　阿思靠向椅背——几天前，她把这张椅子塑造得舒服了许多——开始等待。她在心里和自己打赌。测试对象会不会是皇帝的卫兵之一？还是说是某个宫中的下仆，或许是从前给席拉凡送信的人？这些仲裁官打算以帝国福祉为借口强迫什么人来忍受阿思的渎神之举呢？

　　高图纳在门边的椅子上落座。

　　"怎么？"阿思问。

　　他抬起双臂，伸向两侧。"你可以开始了。"

　　阿思将双脚放到地上，挺直背脊。"你？"

　　"对。"

　　"你可是仲裁官啊！你是整个帝国最有权势的人之一！"

　　"噢，"他说，"我都没注意到。但我符合你的要求。我是男性，和席拉凡在同一个地方出生，而且我非常了解他。"

　　"可……"阿思的声音小了下去。

　　高图纳身子前倾，十指交扣。"我们就此讨论了好几周。其他人选不是没有，但我们没法问心无愧地命令哪个手下承受这种渎神行为。唯一的结论就是派出我们之中的某个人。"

阿思摇摇头，从震惊中回过神来。伏蕊瓦下达这种命令的时候绝不会良心不安，她心想。其他仲裁官也一样。你肯定是坚持要自己来的，高图纳。

他们把他看作对手，所以他们恐怕乐于让他承受在他们看来可怕而扭曲的行为。她打算做的事完全无害，但她没法让士大夫们相信这一点。但当她拉过椅子坐在他身边，然后打开盒子，拿出过去三周雕刻的那些魂印时，她还是希望自己能让高图纳放松下来。

"这些魂印是短效的，"她说着，拿起其中一枚，"这是塑造师的用语，意思是说这种魂印造成的变化太过反常，所以不可能稳定存在。恐怕每一枚魂印对你的影响都不会超过一分钟——还是在一切顺利的前提下。"

高图纳犹豫片刻，然后点点头。

"人的灵魂和物体的灵魂很不一样，"阿思续道，"人是在不断成长和变化的。因此用在人身上的魂印会逐渐耗损，而用在物体上就不会发生这种事。即使在最好的情况下，使用在人身上的魂印也只能持续一天。我的本源印鉴就是个例子。它们的效力在大约二十六个钟头之后就会消退。"

"那……皇帝呢？"

"一切顺利的话，"阿思说，"他只需要每天早晨盖一次魂印，就像那个血印师每天在我房间的门上盖印那样。不过，我会在魂印里增加让他记忆、成长和学习的能力——他在每天早晨不会变回原本的模样，而且可以在我赋予他的基础上成长。然而，就像人的身体会疲劳、需要睡眠那样，人身上的魂印也会恢复原样。幸好任何人都能盖印——席拉凡本人应该也能这么做——只要准备好合适的魂印就行。"

她把手里的魂印递给高图纳，让他得以仔细审视。

"我今天要用的这些特别的魂印，"她续道，"会改变你过去的某件小事，或者你与生俱来的性格。由于你并非席拉凡，这种改变不会持续。然而，如果一切顺利的话，你们两人在历史上的相似程度足以让印记在短时间内维持。"

"你是说，这是……皇帝灵魂的图案？"高图纳看着那枚魂印问道。

"不。只是一小部分的仿制品。我甚至无法确定最后的成品是否有效。就我所知，以前从未有人做过相同的尝试。但文献中提到，曾有不少人出于……邪恶的目的而塑造他人的灵魂。我借鉴了他们的做法，做出了这些魂印。就我所知，如果这些魂印在你身上能维持至少一分钟，就应该能在皇帝身上维持很久，因为它们和他的特定过去紧密相连。"

"他的灵魂的一小部分，"高图纳说着，递还了那颗印章，"也就是说，这些测试……你不打算把这些魂印当做最终成品使用？"

"是的，但我会选出可用的那些部分，加入到复杂得多的灵魂图案中去。就把每个魂印看做巨幅画卷上的一个人物吧，我会在最后将每个人物聚拢起来，讲述完整的故事。不幸的是，即使塑造成功，也还是会有细微的区别。我建议你们开始散播皇帝受伤的流言。千万别说是重伤，但要暗示说他的脑袋重重地撞到了一下。这样就能解释那些差异了。"

"已经开始有谣言说他死了，"高图纳说，"是荣光宗的人散播的。"

"噢，那就指出他没有死，只是受伤了。"

"可——"

阿思举起魂印。"就算我达成了这桩难以置信的使命——别忘记，我自己也只做过那么几次——塑造出来的灵魂也不会拥有皇帝所有的记忆。它只会包含我查阅到或者猜测的那些事。塑造的灵魂无法让席拉凡回忆起过去的许多次私下谈话。我可以赋予他临时虚构的本领——我对这方面的了解颇深——但虚假的灵魂也就只能做到这些了。终究有一天，会有人意识到他的记忆中存在许多漏洞。把流言散播出去吧，高大人。你们会用得着的。"

他点点头，然后挽起袖子，露出手臂让她盖印。她举起魂印，高图纳叹了口气，然后紧闭双眼，又点了点头。

她将魂印按在他的皮肤上。和以往一样，魂印碰触到皮肤的时候，感觉就像印在某种坚实之物上——就好像他的手臂变成了石头。魂印微微下陷。这种感觉让人有些不安。她扭动魂印，然后抬起，在高图纳的手臂上留下了红色的印记。她掏出怀表，看着滴答作响的表针。

魂印散发出淡红色的细烟：只有对活物使用魂印时才会如此。灵魂正抗拒着被改写。但魂印并未立即消散。阿思松了口气。这是个好兆头。她在想……如果她在皇帝身上用这种魂印，他的灵魂是否会奋起对抗入侵？还是说它会接受魂印，希望借此纠正所有的异常？就像那扇窗希望恢复原本的美丽那样。她无法断定。

高图纳睁开了双眼。"它……生效了吗？"

"效力暂时维持住了。"阿思说。

"我没感觉到任何不同。"

"这就是关键。如果皇帝能感受到魂印的效力，他就会明白有什么地方出了问题。好了，回答我的问题吧，但不要思考：凭借你的直觉开口。你最喜欢的颜色是什么？"

"绿色。"他立刻答道。

"为什么？"

"因为……"他仰起头，声音渐渐小了下去，"不为什么。"

"你的兄长呢？"

"我对他没什么印象，"高图纳耸耸肩说，"在我很小的时候，他就过世了。"

"幸好如此，"阿思说，"如果他被选中，肯定会成为非常昏庸的皇帝——"

高图纳站起身。"你怎么敢对他出言不逊！我要把你……"他僵直着身体看了看阿祖，后者警觉地将手伸向了剑柄。"我……兄长……？"

印记消失了。

"一分零五秒，"阿思说，"看起来不错。"

高图纳抬起一只手，捂住自己的头。"我记得自己有过一位兄长。但……我并没有兄长，从来都没有。我记得自己非常崇拜他，我记得他的过世带给我的痛苦。如此的*痛苦*……"

"这些记忆会渐渐淡去，"阿思说，"你会忘却这些印象，就像忘掉噩梦的残留部分。一个钟头之内，你就只能勉强想起自己不安的原因了，"她做着笔记，"我想你对我的侮辱的反应过于强烈了。席拉凡崇拜他的兄长，但始终出于内疚而将这些感受深埋在心底：他觉得兄长会成为比他更优秀的皇帝。"

"什么？你能肯定？"

"你说这件事？"阿思说，"是的。我需要对这枚魂印稍稍做些修正，但我认为它大体上是正确的。"

高图纳坐回椅子里，那双苍老的眼睛打量着她，锐利的目光仿佛要刺穿她的身体，挖掘她的内心。"你对人的了解真不少。"

"这是塑造师要学习的基本技艺之一，"阿思说，"甚至在接触魂石之前，我们就要学习这些了。"

"如此优秀的才能……"高图纳低声说道。

阿思压下心头的恼怒。他怎敢这样看待她，就好像她虚度了人生一样？她热爱塑造术。她喜爱这种充满刺激，以及凭借智慧获得成功的人生。她就是这样的人，不是吗？

她想起了那些本源印鉴之中的某一颗。她从未使用过那颗印鉴，但它同时又是五颗印鉴里最珍贵的。

"我们试试另一颗魂印。"阿思没理睬高图纳的目光，自顾说道。她可负担不起生气的后果。阳婶婶总说，骄傲会是阿思毕生的大敌。

"很好，"高图纳说，"但有一件事让我困惑。根据你告诉我的那些事，我无法理解为什么这些印记能对我生效。为了保证魂印生效，你需要确切了解事物的过去，不是吗？"

"是的，为了让魂印长期维持，"阿思说，"就像我所说的，重点在于'情理之中'。"

"但这完全不合情理！我根本没有兄长。"

"噢。好吧，我会试着解释一下，"她说着，身子靠向椅背，"我改写了你的灵魂，让它与皇帝的灵魂相符——就像我改写那扇窗的历史时加上了新的彩色玻璃。这两次塑造能够生效，都是因为相似。窗框知道彩色玻璃窗是个什么样子。它曾经装着彩色玻璃。即使新窗户和过去并不相同，魂印仍然可以生效，因为它的样子符合彩色玻璃窗的一般概念。

"你经常跟随在皇帝的左右。你的灵魂和他非常熟悉，就像窗框和彩色玻璃的熟悉那样。所以我才必须用你这样的人——而不是用我自己——来测试魂印。我在你身上盖印的时候，感觉就像……就像在向你的灵魂提起一件它本该知道的事。但必须是不起眼的一段往事，并且正如我所说，你的灵魂必须认为这段往事和席拉凡有相似之处，魂印才会短暂生效，然后消失。"

高图纳茫然地看着她。

"我猜你觉得这些全是迷信的胡言乱语，对吧？"阿思说。

"听起来……相当令人费解，"高图纳说着，摊了摊手，"窗框会知道彩色玻璃窗的'概念'？灵魂能理解另一个灵魂的存在？"

"这些东西超乎于我们而存在，"阿思说着，拿出另一枚魂印，

"我们会回想窗户,我们知道关于窗户的事。但说到什么是窗户,什么又不是窗户,这些在灵界域才有其意义。可以说,窗户在灵界域才会拥有生命。无论是否相信这种解释,我想都不重要。事实在于,我可以在你身上测试这些魂印,如果效力能维持至少一分钟,就在很大程度上证明我猜中了。

"理想的情况是以皇帝本人做测试,但以他现在的状态恐怕无法回答我的问题。我不仅需要让这些魂印生效,还要让它们协同生效——这就需要你来解释相应的感受,我才能朝正确的方向进行修改。好了,能把你的手臂再伸出来吗?"

"好吧。"高图纳努力让自己镇定下来,而阿思将另一枚魂印按在他的手臂上。她将魂印转了半圈,但她的手刚刚抬起,印记就化作一阵红烟消失不见。

"该死。"阿思说。

"怎么了?"高图纳说着,摸了摸胳膊。他的手指沾染了普通的墨水,印记消失得太快了,墨水甚至没来得及融入进去。"这次你又对我做了什么?"

"看起来,我什么都没做。"阿思说着,在那枚魂印上寻找瑕疵。但一无所获。"我弄错了,错得厉害。"

"它是关于什么的?"

"关于席拉凡答应成为皇帝的理由,"阿思说,"夜火啊。我还以为肯定是那一颗呢。"她摇摇头,把魂印放到一旁。看起来,席拉凡成为皇帝并不是出于深埋在心中的渴望:向家族证明自己,并逃离兄长始终徘徊不去的影子。

"我可以告诉你原因,塑造师。"高图纳说。

她看了他一眼。*是这个人鼓励席拉凡登上帝位的,*她心想。*席拉凡后来还因此记恨他。我想是这样的。*

"好啊,"她说,"为什么?"

"他想改变，"高图纳说，"改变帝国里的一些事。"

"他在日志里没提到这些。"

"席拉凡是个谦逊的人。"

阿思扬起一边眉毛。这与她看过的那些文献不符。

"噢，他的确有脾气，"高图纳说，"而且如果你和他争论，他会紧咬牙关，固执己见。但他……他的……内心深处的确是个谦逊的人。你必须理解这一点。"

"我懂了。"她说。*你也对他这么做过，是吗？*阿思心想。*露出那种失望的表情，暗示说我们原本可以成为更优秀的人。*并不是只有阿思觉得，高图纳看待自己的样子就像是郁郁不快的祖父。

这让她动了不再让高图纳继续测试的念头。只不过……他是自愿来做测试对象的。他认为她所做的事非常可怕，所以他不肯派别人前来，而是坚持由自己接受惩罚。

*你的话是真心的，对吗，老人家？*阿思这么想着，而高图纳靠向椅背，眼神恍惚起来：他在回忆皇帝的事。她发现自己有些生气。

在她这一行里，有不少人会嘲笑诚实的人，把他们称作"肥羊"。这完全是谬论。诚实并不会让人变得幼稚。不诚实的傻瓜和诚实的傻瓜同样容易蒙骗，只是对应的方法不同。

但既诚实又聪明的人，永远要比聪明却不诚实的人更难蒙骗。

真诚。从定义上来说，它就是难以伪造的。

"你的心里在想些什么？"高图纳身子前倾，问道。

"我在想，你肯定也曾像对待我那样对待过皇帝，无休无止地唠叨他本该做到些什么，所以才惹恼了他。"

高图纳哼了一声。"或许是这样吧。但这不代表我现在和过去的看法是错误的。他本可以……噢，他本可以达成杰出得多的功绩。就像你完全可以成为非凡的艺术家。"

"我已经是了。"

"我是说真正的艺术家。"

"我已经是了。"

高图纳摇摇头。"伏蕊瓦的画……我们一直没提这件事，对吧？她让评估师检查了那件赝品，他们找出了几处细微的谬误。如果没人提醒，我可看不出来——但那些谬误的确存在。现在回想起来，我还是感到费解。那幅画的笔触毫无瑕疵，堪称杰作。风格的搭配也十分完美。如果你能做到这些，又为什么会把月亮画得太低呢？这是个微不足道的错误，但我却觉得你不可能犯这种错——至少不会是因为粗心。"

阿思转身去拿另一枚魂印。

"他们认为是真品的那幅画，"高图纳说，"挂在伏蕊瓦的办公处的那一幅……也是伪造的，对吗？"

"对，"阿思叹息着承认了，"在向'月色如意'下手的几天前，我就把那幅画掉了包：我当时在调查宫中的保卫措施。我溜进画馆，进入伏蕊瓦的办公处，然后调换了那幅画作为试探。"

"这么说，他们觉得是赝品的那幅画就是真迹了，"高图纳笑着说，"你在真迹上添上了那些谬误，让它看起来就像是仿制品！"

"不是这样的，"阿思说，"虽然我过去的确用过这套花招。两幅画都是赝品。只不过其中一幅明显的赝品，是用来让人发现，以防情况有变的。"

"这么说真品还藏在什么地方……"高图纳的口气充满好奇，"你潜入宫殿来调查保卫措施，然后用赝品替换了真迹。你在自己的房间里留下了另一幅稍差的赝品，充当虚假的线索。如果你溜进去的时候被人发现——或者你因为某些原因被同伙出卖——我们就会搜你的房间，找到那张比较差的赝品，然后认定你尚未实施掉包。官员们会认为那张优秀的赝品是真品。这样一来，就没有人会去寻找真迹了。"

"差不多吧。"

"这可真聪明,"高图纳说,"哎,如果你潜入皇宫偷窃如意的时候被捕,可以招认说自己想偷的是那幅画。搜查你的房间以后,他们会找到赝品,而你会因为企图盗窃伏蕊瓦的财物而被定罪,这要比盗窃皇家文物的罪名轻多了。你会被判十年苦役,而非处决。"

"不幸的是,"阿思说,"我遭受背叛的时机不太好。那个弄臣做了安排,让我在带着如意离开画馆后才被捕。"

"可真迹呢?你藏在哪儿了?"他犹豫了片刻,"它还在宫里,对吗?"

"可以这么说吧。"

高图纳看着她,脸上仍然挂着笑容。

"我烧掉了。"阿思说。

笑意消失得无影无踪。"你撒谎。"

"这次可没有,老人家,"阿思说,"那幅画不值得我冒险带出画馆。我把它掉包只是为了测试保卫措施。把赝品带进去并不难:他们搜身的对象是出来的人,不是进去的人。'月色如意'才是我真正的目标。是否偷到那幅画并不重要。掉包之后,我就把真品丢进了画馆主厅的壁炉里。"

"这太可怕了,"高图纳说,"那是韩书贤的真迹,是他最杰出的作品!他已经瞎了,再也无法作画。你想过它的价值……"他气急败坏地说,"我不明白。为什么,你为什么要做出这种事?"

"这不重要。没人会知道我做过什么。他们会继续看着那幅赝品,然后感到心满意足,没人会因此蒙受损失。"

"那幅画是件无价的艺术品!"高图纳怒视着她,"你掉包它只是出于自负,仅此而已。你根本不打算卖掉真迹。你只想要你的仿作挂在画馆里。你摧毁某件美丽的事物,只是为了抬高你自己!"

她耸耸肩。情况没这么简单,但事实在于,她的确烧毁了那幅画。她有她的理由。

"今天就到此为止。"高图纳涨红着脸说。他站起身,轻蔑地朝她摆了摆手。"我本来还觉得……呸!"

他大步走出门去。

第四十二天

每个人都是一幅拼图。

她在塑造术方面的启蒙导师陶老师是这么解释的。塑造师跟普通的骗子不同。塑造师是以人的认知作画的画师。

街边随便哪个满身脏污的流浪儿都能骗过别人。塑造师追求的是更高的目标。普通骗子的做法是用一块布蒙住别人的眼睛,然后在对方反应过来之前逃之夭夭。塑造师则必须创造出非常完美、非常美丽而又非常真实的东西,让受蒙骗的人始终无法察觉。

每个人都像一片丛林,长满了纠缠的藤蔓、杂草、灌木、树苗和花朵。没有人只有一种情感,没有人只有一种欲望。他们有许多欲望,而且这些欲望往往会互相冲突,就像两片蔷薇丛会争夺同一块土地。

陶老师教导过她,要尊敬那些被你欺骗的人。只要欺骗的时间够久,你就会开始理解他们。

查阅文献的同时,阿思也在写一本书,一本席拉凡皇帝真正的生平故事。它会比那些刻意美化他的史官记载更真实，甚至比他自己记录的更真实。阿思慢慢地拼着拼图，也逐渐深入席拉凡内心的那片丛林。

就像高图纳所说的那样，他*曾经*是个理想主义者。现在她从他早期日志中那种谨慎的担忧，以及对待仆役的方式就能看出来。帝国并不是多么糟糕的东西，但它也并不美好。帝国就只是帝国而已。人们能忍受帝国的统治，是因为他们能承受些许的暴政。腐化是无可避免的。你必须接受它的存在。或是接受腐化，或是接受混乱的未知。

士大夫受到格外的偏袒。而在谋求朝廷公职——最有利可图，也最有名望的行当——的时候，贿赂和关系往往比技艺和天资更重要。除此以外，对帝国贡献最大的人群——商贩和工匠——却要遭受层层盘剥。

这些事尽人皆知。席拉凡想要改变这一切。他当初是这么想的。

然后……好吧，也没什么然*后*可言。诗人们会指出，席拉凡性格中的一处缺陷导致了他的失败，但一处优点或者瑕疵无法代表一个人。如果阿思只以某项品质为基础进行塑造，那么她制作出的就只会是拙劣的仿制品。

但……她能指望的最好结果就这样了吗？或许她应该尝试在特定方面务求真实，塑造出一位在宫廷上行止得体、却无法骗过亲近之人的皇帝。或许这样就够好了，就像戏院里的舞台道具。只要戏还在演，它们就能发挥应有的作用，但细看之下就会暴露。

这倒是比较现实的目标。也许她可以去找仲裁官们，说明自己能做到什么，然后给他们一位有缺陷的皇帝——一个能在公务方面受他们操纵的木偶，然后再以患病为由解释他的异样。

她能做到。

但她发现自己不想这么做。

这样显得毫无挑战。这是街边蟊贼水准的伎俩，为的只是短期利益。塑造师的方法是营造出持久的骗局。而在内心深处，这番挑战让她兴奋不已。她发现自己想让席拉凡活过来。至少她想要试试看。

阿思躺回床上，而那张床经过她的塑造，如今更加舒适，配有床柱和厚厚的被子。她放下了床帘。负责在晚上看守她的卫兵们正在她的桌边玩牌。

*为什么你想让席拉凡活过来？*阿思暗自想着。*没等你看到成果，那些仲裁官就会杀死你。逃脱应该是你唯一的目标。*

但……那可是皇帝本人啊。她选择盗走"月色如意"，是因为它是全帝国最知名的画作。她希望让自己的作品在宏大的皇家画馆展出。

她如今所做的工作比这更重大许多。让仿造品坐在玫瑰帝国的王位上——哪位塑造师达成过这样的成就？

不，她告诉自己，而且这次更加坚定。*别被诱惑了。提防骄傲，阿思，别让骄傲控制了你。*

她打开书，翻到后面的几页，她把逃脱计划写成密文，伪装成术语和人名对照表的样子。

血印师曾在某天飞奔着赶来，仿佛担心自己会来不及重设印记。他的衣服沾着浓重的酒气。看起来，他很享受宫廷对他的款待。如果她能设法让他某天早上提早前来，然后再确保他当晚醉得格外厉害……

先锋卫的山脉与德扎玛国交界，而血印师们居住的沼泽就在那里。先锋卫和血印师之间的仇怨很深，甚至胜过他们对帝国的忠诚。有几个先锋卫在血印师到来时显得特别反感。这些天里，阿思和卫兵们逐渐热络起来。他们会不经意地互开玩笑，或者谈论彼此身世的相似之处。按照命令，这些先锋卫是不能和阿思说话的，但时间已经过去了好几周，而阿思所做的无非是翻阅书籍，或者跟那些上了年纪的仲裁官谈话。卫兵们觉得无聊，要操控百无聊赖的人向来都很简单。

阿思的手上有充足的魂石，她也会善加利用。但她常用的往往是那些更加简单的方法。人们总觉得塑造师做任何事都会用到魂印。士大夫们讲述着塑造师的黑暗邪术，说他们会趁人睡着时在其脚上盖印，改变他们的性格，入侵他们的心灵，劫掠他们的头脑。

事实上，魂印往往是塑造师的最后手段。魂印太容易被人察觉了。但眼下她宁愿付出不菲的代价，只要能换回她的本源印鉴……

她几乎想要重新雕刻一枚印鉴，然后用它来逃跑。但他们肯定料到了这一点，而且她恐怕很难找到机会进行必需的数百次试验。如果她在自己的手臂上盖印测试，卫兵就会立刻上报，而在高图纳身上做测试根本毫无意义。

至于使用未经测试的本源印鉴……噢，结果可能会非常糟糕。不，她的逃脱计划会用到魂印，但核心部分用到的则是更加传统的诡计。

第五十八天

伏蕊瓦再次造访时，阿思已准备万全。

那女人在门口停下脚步，卫兵们毫无异议地缓缓离开房间，让阿祖队长接替他们的工作。"你最近很忙啊。"伏蕊瓦评论道。

阿思从文献堆里抬起头。伏蕊瓦所指的不是她的研究进展，而是她的房间。阿思在不久前改进了地板的外观。这并不难。关于建造宫殿的石料的一切——采石场、开采日期、负责建造的石匠——都记录在文献中。

"你喜欢吗？"阿思问，"我觉得大理石和壁炉的搭配很不错。"

伏蕊瓦转过身，眨了眨眼。"壁炉？你是从哪儿……这房间是不是比从前大了些？"

"隔壁的储藏室荒废很久了，"阿思咕哝着，重新埋首于书中，"而且两个房间之间的墙壁是几年前才建起的。我改写了建筑结构，让这儿比隔壁更大一些，这样就能放下壁炉了。"

伏蕊瓦似乎很是震惊。"我真没想到……"她回头看着阿思，摆出平时的严肃神情,"我很难相信你在认真对待自己的使命,塑造师。你要做的是塑造一位皇帝,不是修缮这座宫殿。"

"雕刻魂石能让我放松,"阿思说,"在不会让我联想起壁橱的房间里工作也有同样的作用。你会及时得到你们皇帝的灵魂的,伏蕊瓦。"

仲裁官大步穿过房间,审视着书桌。"这么说,你已经开始雕刻皇帝的魂石了?"

"我已经雕刻了很多颗魂石了,"阿思说,"过程会很复杂。我已经在高图纳身上——"

"你该说高大人。"

"——在那位老人家身上测试了一百多枚魂印。每一枚都是这幅拼图的一小部分。等我测试过所有部分以后,就会将它们重新雕刻成更小、更细致的图案。这样一来,我就能将大约十来枚测试样品刻成最终的一枚魂印。"

"但你说你测试了超过一百枚魂印,"伏蕊瓦说着,皱起眉,"你最后只会用其中十余枚?"

阿思大笑起来。"十余枚?用来塑造一个完整的灵魂?恐怕不行吧。最终的魂印,你们每天早晨需要用在皇帝身上的那枚魂印,作用就像……车辖①,或者说拱门上的楔石。这才是唯一需要按在他皮肤上的魂印,但这枚魂印会和一百枚关系纵横交错的印章相连。"

阿思把手伸向腰间,取出她的笔记簿——最后那几枚魂印的初稿草图就在里面。"我会把这些魂印印在一块金属板上,然后与你们每天用在席拉凡身上的那枚印章相连。他必须始终随身带着那块金属板。"

"他需要随身携带一块金属板,"伏蕊瓦冷冷地说,"而且每天还

---

① 即车轴两端的销钉。

要盖一次魂印?你不觉得这会让他很难像普通人那样生活吗?"

"我想,成为皇帝本来就意味着很难过上普通人的生活。一般来说,这块金属板可以设计成某种装饰物。比如一枚大奖章,或者方形的臂环。如果你看过我的本源印鉴,就会发现盒子里也有对应每枚魂印的金属板。"阿思犹豫片刻,"话说回来,我从没制作过这样的魂印,也没有任何人制作过。有可能……要我说的话,可能性还不小……随着时间流逝,皇帝的头脑会消化吸收这些知识。就像……就像你在一叠纸上每天描画同一个图案,等到一年以后,下面的每一张纸都会出现相同的图案。或许在盖印几年之后,他就不需要这种治疗了。"

"照我看,这仍旧异乎寻常。"

"比死还不如吗?"阿思问。

伏蕊瓦把手放在阿思那本写满记录和半成品草图的笔记簿上,然后拿了起来。"我会让文书拿去抄录一份。"

阿思站起身。"我还要用呢。"

"这是当然的,"伏蕊瓦说,"所以才需要抄录下来,以备不测。"

"抄录花的时间太久了。"

"我会在一天之内还回来。"伏蕊瓦轻描淡写地说着,转身走开。阿思朝她伸出手,但阿祖却上前几步,佩剑几乎出鞘。

伏蕊瓦转身看着他。"好了,好了,卫兵队长。不必如此。塑造师只是关心她的作品。这是好事。这代表她投入了心血。"

阿思和阿祖目光交接。*他想要我的命*,阿思心想。*非常想*。至于原因,她也已经明白了。守卫这座宫殿是他的职责,而入宫行窃的阿思等于侵入了他的领地。阿祖没能抓获她,反而是那个皇家弄臣告发了她。这次失败让阿祖坐立不安,出于报复的目的,他才想除掉阿思。

阿思最终偏开了目光。虽然她满心不快,但又必须甘居下风。

"小心，"她提醒伏蕊瓦，"别让他们弄丢，哪怕一页。"

"我会保护它，就好像……就好像这关系到皇帝本人的性命。"伏蕊瓦觉得自己的笑话很好笑，便向阿思露出罕见的笑容。"你考虑过我们讨论的另一件事没有？"

"考虑过了。"

"然后？"

"好的。"

伏蕊瓦笑得更欢了。"我们回头再谈吧。"

伏蕊瓦带着那本记录了近两个月工作内容的笔记簿离开了。阿思非常清楚她的目的。伏蕊瓦不会拿去找人抄录——她会拿给她手下的另一位塑造师看，让他确认借用这些资料能否完成余下的工作。

如果他认定可以，那么在其他仲裁官反驳之前，阿思就会无声无息地遭到处决。阿祖应该会很乐意亲自下手。一切都会在这里结束。

第五十九天

阿思那天晚上辗转难眠。

她很确定自己的准备做得很充分了。但此时此刻,她还是要像脖子上套着绞索那样等待下去。这让她不安。要是她误解了局势,那该怎么办?

她有意将笔记写得艰涩难懂,而且每一条都在暗示工作量会有多么庞大。难辨的文字,数量众多的交叉引用,无数提醒她该做什么的清单……这些和那本厚厚的笔记簿加在一起,足以证明她的工作复杂至极。

这也是一种塑造。是最难的几种塑造之一,模仿的并不是特定的某个人或者某件事物。它所模仿的是一种语气。

走开,笔记簿里的语气这样述说着。你不会想把这份工作做完的。你会让阿思继续做麻烦的那些部分,因为工作量实在太过庞大。而且……如果你失败……上绞架的可就是你了。

这本笔记是她创造过的最为精妙的赝品之一。里面的每一个字都真假参半。恐怕只有塑造大师才能看出它是赝品，以及看出她在阐明这项工作的危险和困难方面花了多少心血。

伏蕊瓦的塑造师有没有这个本事？

阿思会不会在早晨之前死去？

她没有睡觉。她很想睡，也应该睡上一觉。等待时间一分一秒地过去简直是种煎熬。但想到他们或许会在自己睡着时到来……感觉就更糟了。

最后她起了床，取了几份席拉凡的生平记录。在她的桌边玩牌的卫兵们看了她一眼。有个卫兵看到她通红的眼睛和疲惫的样子，甚至同情地点了点头。"光太亮了吗？"他说着，指了指房间里的灯。

"不是的，"阿思说，"只是有个念头总在脑袋里转悠。"

一整晚，她就这样看着席拉凡的生平度过。她为少了笔记簿而恼火，随后拿出一张白纸，开始进行新的记录，准备等笔记还回来的时候添进去。如果伏蕊瓦真的会物归原主的话。

她觉得自己终于明白，席拉凡为什么会放弃年轻时的理想了。至少，她知道了导致他走上现在这条路的种种因素。权力导致的腐化是其中一部分，但并不是主要的部分。缺乏自信也是理由之一，但并非决定性的理由。

不，席拉凡失败的是他的人生本身。在宫廷中度过的人生，以及作为钟表般运作着的帝国的一部分度过的人生。在帝国，一切都有其存在的意义。噢，也许它们并不美好，但仍有意义。

挑战这一切需要花费精力，而有时集中精神是件非常困难的事。他过着清闲的生活。席拉凡并不懒惰，但对于帝国官场的运作方式来说，懒惰与否并不重要：你会告诉自己，下个月我就会做出这些改变。随着时间的推移，他也就越来越容易在玫瑰帝国这条大河里随波逐流。

到了最后，他变得放纵。他关心自己宫殿的华美，甚至胜过关心自己的臣民。他也放任仲裁官处理越来越多的国家事务。

阿思叹了口气。即便是这样的描述也简单得过了头。这段话没有提到皇帝过去是怎样的人，又成为了怎样的人。大事年表可不会提到他的脾气，他对争论的热爱，他的审美眼光，或者他创作拙劣诗句，却希望自己的手下一致赞美的习惯。

这段描述也没有提到他的傲慢，或是成为另一种人的隐秘愿望。所以他才会一遍又一遍地阅读自己的日志。或许他是在寻找让自己的人生走上歧途的那个岔路口。

他并不明白。一个人的人生中，很少有什么显而易见的岔路口。人们都会随着时间慢慢改变。你不可能仅仅踏出一步，却发现自己置身于截然不同的新场所。起先，你会为了避开几块石头离开路面。你会沿着路边走上一阵子，接着，为了走在更松软的泥地上，你会走到稍稍远离路面的地方。然后你会不再关心什么道路，就这样越走越偏。最后你会发现自己来到了错误的地方，却怪罪路牌没有好好给你指路。

她房间的门开了。

阿思在床上坐直身子，几乎丢下了手里的笔记。他们来抓她了。

但……她弄错了，时间已经是早上了。阳光透过彩色玻璃渗入房间，而卫兵们也纷纷站起，伸着懒腰。开门的是那位血印师。看他的样子，像是又宿醉未醒，手里像平常那样拿着一叠纸。

他今天来得早了，阿思看了看怀表，心想。**他平时经常迟到，今天为何来得这么早？**

血印师一言不发地割破她的皮肤，将印记盖在门上，这让阿思的手臂传来剧痛。他匆匆走出房间，仿佛要去赴某人的约。阿思目送他离开，然后摇了摇头。

片刻之后，门又开了，伏蕊瓦走了进来。

"噢，你醒了。"就在先锋卫们敬礼的时候，那女人说。伏蕊瓦把阿思的笔记簿重重地丢在桌上。她似乎很是恼火。"抄录完成了,继续干活吧。"

伏蕊瓦匆匆离去。阿思靠向床头板,松了口气。她的花招见效了。她又赢得了几周的时间。

第七十天

"这么说,这个符号,"高图纳指着她的草图上那几个即将雕刻的重要魂印之一,"是时间记号,特指……七年前的某个时刻?"

"对,"阿思说着,拂去一枚刚刚刻成的魂印上的石屑,"你学得很快。"

"可以说,我每天都在接受外科手术,"高图纳说,"如果能知道用在自己身上的手术刀有哪几种,我心里会好受些。"

"改变不是——"

"不是永久的,"他说,"是啊,你一直是这么说的。"他伸出手臂,让她盖印。"但这又让我不禁思索。如果划伤身体,伤口会痊愈——但如果在同一个位置反复划伤,就会留下伤疤。灵魂的差别不可能这么大吧。"

"但灵魂跟身体的确天差地别。"阿思说着,在他的手臂上盖了印章。

由于烧毁韩书贤那幅杰作的事,他一直没有完全原谅她。他们打交道的时候，她就能看出这一点。他不仅对她失望，还生她的气。

愤怒随着时间渐渐淡去，他们又恢复了讲求实用的工作关系。

高图纳仰起头。"我……这次有点奇怪。"

"哪里奇怪？"阿思看着怀表上的时间一分一秒地过去，不禁问道。

"我想起了我鼓励自己成为皇帝的情景。而且……我憎恨自己。原因是……光辉之母啊，他真是这么看待我的吗？"

印记在他的手臂上留存了五十七秒。足够了。"是的，"印记褪去时，她说，"我相信他正是这么看待你的。"她有些激动。这枚魂印终于生效了！

她正在接近。接近理解皇帝，接近将拼图拼凑完整。每当手头的工作接近尾声的时候——比如一幅画，一次大规模的灵魂塑造，一座雕塑——她就会在某个时刻看到作品的全貌，即使它远未到完成的时候。当那个时刻到来时，在她的脑海中，工作已经完成了：接下来就只剩走走形式了。

她这次也接近那个时刻了。皇帝的灵魂在她面前铺展开来，只剩下几个角落仍然被阴影笼罩。她想要顺利完成，她渴望知道自己能否让他重获新生。在阅读了这么多关于他的文献以后，在开始觉得自己十分了解他以后，她必须完成这份工作。

当然了，她的逃亡可以等到完工后再说。

"就是它，对吗？"高图纳问，"它就是你试过十几次都没能成功的魂印，是代表他为何自愿成为皇帝的那一枚。"

"对。"阿思说。

"他和我的关系，"高图纳说，"你认为他下定决心是因为他和我的关系，以及……以及他跟我说话时的那种羞愧感。"

"对。"

"而且这枚魂印生效了。"

"对。"

高图纳靠回椅背。"光辉之母啊……"他再次低语。

阿思拿起魂印,放入她确认可用的那些魂印之中。在过去的几周里,其余每一位仲裁官都做出了和伏蕊瓦相同的举动:他们分别来找阿思,答应用慷慨的奖赏来换取对皇帝的绝对掌控。只有高图纳没有贿赂她的意图。他是个诚实的人,却同时又是帝国政权中地位最高的官员之一。真不寻常。利用他恐怕要比她想象中的困难许多。

"我要再重复一次,"她说着,转身看着他,"你让我印象深刻。我不觉得有多少士大夫会花时间去学习魂印的知识。他们会避开他们认为邪恶的这些东西,永远都不会去尝试理解。你改变看法了吗?"

"没有,"高图纳说,"我仍旧认为你所做的事,即使不算邪恶,也肯定不能说是神圣。而且我有什么资格评论呢?我是在指望你借由我们鄙夷的方法来维系我们的权力。我们对权力的渴望盖过了良知。"

"对其他人来说的确如此,"阿思说,"但这并不是你的动机。"

他朝她扬起一边眉毛。

"你只想要席拉凡活过来,"阿思说,"你拒绝接受失去他的事实。你将他视如己出——他是你教导的那个年轻人,也是你一直相信的那位皇帝,尽管他有时连自己都不相信。"

高图纳偏开目光,神情显然很不自在。

"那不是他,"阿思说,"就算我能让皇帝活过来,那个皇帝也不是真正的他。你当然明白这一点。"

他点点头。

"但话又说回来……有时候出色的赝品和真品一样好,"阿思说,"你是传承宗的一员。你身边的古物并非真正的古物,画作也只是那些失传多年的杰作的仿制品。我想有一位赝品皇帝也没什么区别。而你……你只是想尽己所能而已。为了他。"

"你是怎么做到的?"高图纳轻声问道,"我见过你和卫兵们说话的方式,也发现你甚至记住了仆役的名字。你似乎了解他们的家庭生活,他们的喜好,他们每晚会做的事……而你始终被锁在这个房间里。你已经几个月没出过门了。你是怎么知道这些事的?"

"从本质上来说,"阿思说着,起身去拿另一枚魂印,"人们总是会尝试向周遭的事物运用力量。我们建造墙壁和屋顶是为了遮风避雨。我们让自然听从我们的意志。这让我们觉得自己拥有权力。

"但这样做只是用一种影响替代了另一种而已。影响我们的不再是风,而是墙壁。人造的墙壁。人的影响力无处不在,染指一切。人造的地毯、人造的食物。在这座城市里,我们碰触、看见、感受、体验的一切都来自于某些人的影响。

"我们也许觉得自己拥有权力,但除非我们去理解人们,否则一切都是空谈。操控环境的方式不再是阻挡风雨,而是了解侍女昨晚为何哭泣,或者某个卫兵玩牌时为何屡战屡败,或者你的雇主当初为何会雇你。"

高图纳看着她坐进椅子里,随后举起一枚魂印。他犹豫着伸出手臂。"我忽然觉得,"他说,"即使我们认真告诫过自己,结果却还是低估了你。"

"很好,"她说,"你开始专心了。"她把魂印盖了上去。"现在告诉我,你究竟为什么讨厌鱼?"

第七十六天

我必须这么做，血印师割开她的手臂皮肤时，阿思心想。今天。**我今天就可以离开。**

她在袖子里藏着一张纸，仿造成那位血印师早早到来时经常会带着的纸。

她在两天前瞥见其中一张纸上有一块蜡。那些是信。她恍然大悟。她对他的看法从一开始就错了。

"是好消息吗？"当他将魂印沾上她的血液时，她问道。

嘴唇苍白的男人轻蔑地看了她一眼。

"是家乡寄来的，"阿思说，"在迪扎玛的那个女人写来的信。她的信是今天寄到的？这座皇宫每天早晨都会收到信件。他们敲响你的房门，递上一封信……"**然后把你吵醒，**她在心中补充道，**所以你那些天才会准时到来。**"你连她的信件都随身带着，看来你肯定非常思念她。"

那人放下手臂，揪住阿思的衣襟。"别碰她，妖女，"他嘶声说道,"你……你别碰她!不准用你的诡计和妖法加害她!"

他比她以为的还要年轻。这是迪扎玛人经常带给他人的错误印象。他们的白发和白皮肤对外乡人来说很难看出年纪。阿思早该看出来的。他很年轻。

她将嘴唇抿成一条线。"你的手里拿着浸有我血液的魂印,却大谈我的诡计和妖法?威胁要派骷髅追捕我的人可是你。我所做的不过是把桌子弄得漂亮些而已。"

"你……你……噢!"那年轻人放弃地抬起双手,然后将魂印盖在门上。

卫兵们以事不关己的愉悦和不以为然的态度看着这一幕。阿思刻意斟酌过的话语巧妙地提醒了他们,她毫无危害,而血印师才是真正反常的存在。将近三个月以来,卫兵们看着她像个友善的学者那样做着修补的活儿,而那个血印师却每天让她见血,还用来施展可怕的巫术。

我必须丢下那张纸,她心想着,垂下了袖子,打算趁着卫兵们望向别处的时候丢下那封伪造的信件。她的逃脱计划将由此展开……

但真正的塑造尚未完成。皇帝的灵魂。

她犹豫了。她愚蠢地犹豫了。

门关上了。

机会溜走了。

阿思麻木地走到窗边,坐在床沿,那封伪造的信仍旧藏在袖子里。她为何犹豫?她自保的本能就这么不值一提吗?

我可以多等一段时间,她告诉自己。等到席拉凡的本源印鉴完成以后。

她已经这么说了好些天了。事实上,是好几周。距离最后期限近上一天,伏蕊瓦下手的可能性也就大上一分。那女人又提出了其他的借口,把阿思的笔记拿去研究。要不了多久,那位塑造师就能轻松地解读并且完成阿思的工作了。

至少他会这么认为。但她的进展越大，也就越意识到这项使命有多么艰巨。而她也越希望将其完成。

她拿出那本记录皇帝生平的书，很快发现自己在回顾他的年轻时代。想到他没法再活过来，想到她的所有工作只是在计划逃脱时用来掩人耳目的骗局……她就会郁郁寡欢。

黑夜啊，阿思心想。你喜欢上他了。你开始像高图纳那样看待他了！她本不该有这种感觉的。她从没见过他。何况他还是个卑劣的人。

但以前的他并不卑劣。不，事实上，他从未真正卑劣过。真正的他要复杂得多。每个人都很复杂。她能够理解他，她明白——

"黑夜啊！"她说着，站起身，把那本笔记放到一旁。她需要平复思绪。

六个钟头后，当高图纳踏入她的房间时，阿思正在将一枚魂印盖在门对面的墙壁上。老人打开门，走了进去，发现地板充斥着色彩时，他的身体僵住了。

藤蔓的花纹从阿思的魂印上盘旋涌出，仿佛飞溅的颜料。碧绿、鲜红、明黄。颜料仿佛活物般生长，枝头发出新叶，结出鲜嫩多汁的果实。图案愈加复杂，金色的镶边骤然出现，仿佛溪水般流淌，包围在树叶边缘，反射着阳光。

壁画越来越复杂，每一寸都给人以正在移动的错觉。卷曲着的藤蔓，意料之外的荆棘在树枝后隐现。高图纳敬畏地呼出一口气，然后走到阿思身边。阿祖跟在他身后，另外两名卫兵走出房间，关上了门。

高图纳伸出手去抚摸墙壁，那些颜料当然是干的。高图纳单膝跪地，看着阿思盖在壁画底部的那两枚魂印。但真正引发这番变化的，却是第三枚盖在上方的魂印：前两枚只是关于如何塑造图案的笔记。

它们是指南和说明，是对过去的回顾。

"这是怎么做到的？"高图纳问。

"津多的亚津虎来访玫瑰宫的时候，是由一名先锋卫护卫的，"阿思说，"亚津虎得了病，在客房里休养了三周。他的房间就在上面那一层。"

"你的塑造术把他换到了这个房间里？"

"对。那是在去年水渍渗透这里的天花板之前的事，所以他在这儿下榻也合乎情理。墙壁记得亚津虎在这里的那些天虚弱得无法启程离开，但仍有绘画的力气。每过一天，他都会画上几条藤蔓，几片叶子或者几颗果实。为了消磨时间。"

"这些壁画应该不会长久维持才对，"高图纳说，"这次塑造太牵强了。你改变得太多了。"

"不，"阿思说，"这次塑造抓住了重点……也就是发掘它的最美之处。"她将魂印放到一旁。她几乎不记得过去六个钟头的事了。狂热的创作欲占据了她。

"但是……"高图纳说。

"它会持续下去的，"阿思说，"如果你是墙壁，你又会怎么选呢？是沉闷无趣，还是生动美丽？"

"墙壁可不会思考！"

"但这不会阻止它们在乎这些事。"

高图纳摇摇头，嘀咕着"迷信"之类的话。"花了多久？"

"你是说制作这枚魂印？我在过去的一个月里一直时不时地雕刻它。这是我想为这个房间所做的最后一件事。"

"那位艺术家是津多人，"他说，"或许是因为你和他属于同一民族，才会……不！这种想法就跟你们的迷信差不多了。"高图纳摇摇头，想要明白这幅壁画为何能持续下去，虽然在阿思看来，这是理所当然的事。

"顺带一提，津多人和我的族人并不一样，"阿思恼火地说，"我们也许在很久以前曾有血缘关系，但从那时起，我们就和他们大不相同了。"这群士大夫。只因为别人长相相似，士大夫们就觉得他们完全是同一种人。

高图纳的目光扫视着她的房间，还有房间里那些雕工精巧、擦得闪闪发亮的家具。大理石的地板里镶嵌着白银，壁炉劈啪作响，还有一盏小巧的枝形吊灯。一块上好的地毯——从前它只是一条破破烂烂的被子——铺在地板上。彩色玻璃窗在右方的墙上闪闪发光，照亮了美丽的壁画。

唯一保持原样的是那扇厚重却毫不起眼的门。只要上面还印着血印，她就没法塑造它。

"要知道，现在你的房间是整座宫殿里最好的了。"高图纳说。

"我很怀疑，"阿思说着，哼了一声，"皇帝的房间肯定是最好的。"

"是最大的没错。但不是最好的。"他在壁画前单膝跪地，查看着底部的印记。"你把绘制这幅壁画的细节都归纳出来了。"

"要创造真实的塑造品，"阿思说，"你就必须拥有想要模仿的那种技艺，至少得有相当的水准才行。"

"也就是说，你可以自己画这幅壁画。"

"我没有颜料。"

"但你完全可以。你可以要求颜料。我会给你送来。可你却创造了一幅赝品。"

"我就是这样的人。"阿思说。他又一次惹恼了她。

"这是你的选择。如果墙壁也会希望自己成为壁画，那么万思露，你也可以希望自己成为伟大的画师。"

她将魂印重重地拍在桌上，然后深吸了几口气。

"你有副坏脾气，"高图纳说，"和他一样。事实上，我非常清楚他的感受,因为你让我体验过好几次了。我很想知道,你所做的……这些事,能否成为帮助人们互相理解的工具。把情感刻在魂印里,然后让其他人亲身感受……"

"听起来很不错,"阿思说,"要是塑造灵魂不是什么'对自然的可耻冒犯'该多好。"

"是啊。"

"既然你已经能解读那些印记,说明你已精于此道了,"阿思故意转换了话题,"我几乎都觉得你是在作弊了。"

"事实上……"

阿思振作精神,驱走心中的怒火,毕竟她的气头已经过去了。她刚才是怎么回事?

高图纳怯懦地将手伸进长袍上宽大的衣袋里,拿出一只木头盒子。那是她用来保存她的宝贝——那五枚本源印鉴——的盒子。在必要的时候,这些魂印能改写她的灵魂,从而将她改变成本可以成为的样子。

阿思踏前一步,但高图纳打开盒子时,她才看到那些印鉴不在里面。"很抱歉,"他说,"但我觉得,如果现在给你这些印鉴,会让我显得有些……愚蠢。任何一枚魂印似乎都能帮你立即逃出去。"

"事实上,只有其中两枚能办到,"阿思酸溜溜地说着,手指抽搐起来。这些印鉴代表了她整整八年的辛劳。她从出师以后就开始雕刻第一枚印鉴了。

"唔,是啊。"高图纳说。小盒子里有几块金属板,上面分别铭刻着组成她的灵魂改写蓝图的那些独立的小魂印。"应该是这一枚吧?"他拿起一块金属板。"思战,翻译过来就是……铁拳阿思?把这枚魂印盖在身上,你就会成为一名斗士?"

"对。"阿思说。这么说,他一直在研究她的本源印鉴:所以他才会如此擅长解读她的魂印。

"这里铭刻的图案,我能理解的部分恐怕只有十分之一,"高图纳说,"但它给我的印象足够深刻了。说真的,制作这些肯定需要许多年的时间。"

"它们对我来说……非常宝贵。"阿思说着,强迫自己坐在桌边,不再紧盯着那些金属板不放。如果她带着这些金属板逃走,就能轻而易举地做出新的本源印鉴。她还是得花掉几周时间,但这么一来,她大部分心血就不会付诸东流了。只不过,如果他们要毁掉这些……

高图纳坐在平常的那张椅子上,若无其事地看着那些金属板。如果换作别人,她会觉得这种举动隐含着威胁。*看看我手里拿着什么,看看我能对你做些什么*。但高图纳不同。他的好奇是由衷的。

但事实真是如此吗?她无法压抑本能的担忧。一山还有一山高。正如文叔叔的教诲那样。高图纳会不会从始至终都在耍弄她?她强烈地觉得自己应该相信她对高图纳的看法。但如果她错了,结果会是一场灾难。

无论如何,结果恐怕都不会变了,她心想。*你几天前就该逃跑的*。

"把你变成斗士的这枚我能理解,"高图纳说着,将金属板放到一边,"还有这个。林中居民和生存专家。看起来用途非常广。真了不起。这儿还有一枚成为学者的印鉴。可为什么?你已经是学者了。"

"没有哪个女人无所不知,"阿思说,"能用来学习的时间就这么多。如果我用这枚本源印鉴盖在自己身上,我就会突然能说十来种语言,从芬国语到穆拉迪尔语——甚至包括几句塞克拉语。我会了解数十种不同的文化,以及融入其中的方法。我会了解科学、数学以及世界上的各大政治派系。"

"噢。"高图纳说。

别废话了,赶紧给我,她心想。

"可这又是什么?"高图纳说,"乞丐?为什么你会希望自己变成那副憔悴的模样?而且……这儿显示你的大部分头发都会脱落,皮肤也会结满疮疤。"

"它能改变我的外表,"阿思说,"彻底地改变。这很有用。"她没有提到,那副模样的她会了解在街头和社会底层生存的方式。不用这枚魂印,她的撬锁技艺也并不太差,但盖上魂印以后,她就无可匹敌了。

盖上这枚魂印以后,她应该就能爬出这扇狭小的窗户——那枚印鉴会改写她的过去,赋予她多年的柔术表演者的经历——然后从五楼爬下,前往自由。

"我早该想到的。"高图纳说。他拿起最后一块金属板。"那就只剩下最让人困惑的这一枚了。"

阿思一言不发。

"烹饪,"他说,"农活,缝纫。我猜是另一个假身份。为了模仿那些较为无知的人?"

"对。"

高图纳点点头,放下了那块金属板。

诚实。必须让他看到我的诚实。诚实是无法作伪的。

"不。"阿思说着,叹了口气。

他看着她。

"它是……我的出路,"她说,"我永远不会去用。但如果需要的话,我随时都能用它。"

"出路?"

"如果我使用这枚印鉴,"阿思说,"它就会改写我作为塑造师的过去。改变相关的一切。我会忘记如何制作最简单的魂印:我甚至会忘记自己学习过塑造。我会变成一个普通人。"

"你想这么做吗?"

"不。"

她顿了顿。

"好吧，也许想。一部分的我一直很想。"

诚实。诚实真的很难。但有时候，诚实是唯一的出路。

她有时会梦想那种简单的生活。但却是以一种病态的方式，就像某个人站在悬崖边缘，思索着跳下去会是什么感觉。尽管荒谬，却仍是种诱惑。

平凡的人生。不再躲藏，不再撒谎。她喜爱作为塑造师的生活。她喜爱那种刺激，那种成就感和惊奇。但有些时候……身陷囹圄，或者被迫逃命的时候……她会梦想不一样的人生。

"你的婶婶和叔叔呢？"他问，"文叔叔，阳婶婶，他们也是改写的一部分。我在这儿看到了。"

"他们是假的。"阿思低声答道。

"但你总在引用他们的话。"

她用力闭上双眼。

"我猜，"高图纳说，"是充斥着谎言的人生让你混淆了真实和虚假。但就算你真的使用这枚魂印，也不可能忘记一切。你要如何欺骗你自己？"

"它将是有史以来最伟大的塑造，"阿思说，"甚至连我也能愚弄。这枚印鉴铭刻的图案会让我相信，如果不能每天将它盖在自己身上，我就会死。印鉴包括一段过去的病史，而治疗我的人……用你们的说法，是封伤师。用魂印治疗病人的医师。我从他们那里得到了治疗用的魂印，每天早晨都必须使用。阳婶婶和文叔叔会写信给我；这是我用来蒙骗自己的手段之一。信我早就写好了。在使用那枚本源印鉴之前，我会付给信使一大笔钱，让他们定期分别寄出那几百封信。"

"可万一你想去探望他们呢？"高图纳说，"去探究你的身世……"

"那块板子上都写着呢。我会变得害怕旅行。这并不是完全的谎话，因为我年轻时确实害怕离开村子。使用那枚印鉴的时候，我会远离城市。我会觉得探访亲戚的旅途太过危险。但这不重要。我是绝对不会使用它的。"

那枚魂印会终结她。她会忘记过去二十年的事，回到她八岁那年——那时她才刚刚开始打听成为塑造师的方法。

她会彻底成为另一个人。其他那些本源印记都做不到：它们能重写她的一部分过去，但她仍然记得自己的真实身份。但最后这枚不同。它是名副其实的"最后一枚"。这让她害怕。

"以一件绝对不会使用的东西来说，你花费的精力还真不少。"高图纳说。

"人生有时就是如此。"

高图纳摇摇头。

"我是受雇去毁掉那幅画的。"阿思脱口而出。

她不太确定是什么驱使她说出这句话的。她需要和高图纳坦诚相见——只有这样，她的计划才能运作——但他不需要知道这件事。不是吗？

高图纳抬起头。

"是韩书贤雇我毁掉伏蕊瓦的画的，"阿思说，"所以我才会烧毁那幅杰作，没有把它偷出画馆。"

"韩书贤？但……他是那幅画的画师啊！为什么他会雇你毁掉自己的作品？"

"因为他憎恨帝国，"阿思说，"他当初创作那幅画，是为了送给他所爱的女子。那个女人的子女将画作为礼物送给了帝国。韩书贤现在既老又盲，几乎无法动弹。他已经半截身子入土，不想让自己的作品继续为帝国增光添彩。他央求我烧毁那幅画。"

高图纳简直目瞪口呆。他看着她，仿佛想要看穿她的灵魂。阿思不明白他何必费这种功夫：在这场对话中，她已经知无不言，言无不尽了。

"像他那样的大师是很难模仿的,"阿思说,"尤其是在没有原作参照的情况下。只要思考一下,你就会明白:如果我想创作赝品,就必须得到他的协助。他允许我进入他的书房,也愿意和我交流思想:他把创作那幅画的过程告诉了我。他教导我应该用怎样的笔触。"

"可你为什么不把真迹还给他呢?"高图纳问。

"他快死了,"阿思说,"拿回这幅画对他来说毫无意义。这件作品是为他的爱人所画。她已经逝去,而他觉得那幅画也应该随她而去。"

"无价的珍宝,"高图纳说,"就因为愚蠢的自尊而一去不复返。"

"那是他的作品!"

"不再是了,"高图纳说,"它属于所有见过它的人。你不该答应这种要求的。摧毁这样的艺术品不可能是正确之举。"他犹豫了片刻,又说:"但我想我能理解。你所做的事有其高尚之处。你的目标是'月色如意'。毁掉那幅画是在给你自己平添危险。"

"韩书贤在我年轻时教过我绘画,"她说,"我没法拒绝他的要求。"

高图纳似乎不以为然,但他似乎可以理解。但阿思却觉得心神不宁。

这是必要的,她告诉自己。*而且或许……*

但他并没有把金属板还给她。她并不指望他会这么做,至少不是现在。她得等到他们的协议达成的那一天——而她能肯定自己没法活着看到那一天,除非她成功逃走。

他们测试了最后一组魂印。每一枚都至少持续了一分钟,正如她的预料。她迎来了那个时刻,也看到了最后的灵魂该有的样子。等她完成第六枚魂印的测试以后,高图纳静静等待着。

"就这些。"阿思说。

"今天就这些?"

"全部就这些。"阿思说着,将最后那枚魂印收好。

"你完工了?"高图纳站得笔直,"几乎早了一个月!这——"

"我还没完工,"阿思说,"现在才是最困难的部分。我必须把这几百颗魂印刻成细小的图案,合并起来,然后制作一颗车辖魂印。我目前所做的就像是准备好全部颜料,做好上色和形象方面的研究。现在我必须把这些整合起来。我上次这么做的时候,花去了超过两个半月的时间。"

"而你只有二十四天。"

"而我只有二十四天。"阿思说着,突然感到一阵内疚。她必须逃跑。而且要尽快。她不可能等到完工再离开。

"那我就不打扰你了。"高图纳说着,站起身来,放下了袖子。

第八十五天

没错,阿思这么想着,开始在床边的那堆纸张里翻找。书桌不够大,所以她把床当成了堆书的地方。**没错,他的初恋来自那本故事书**。正因如此……库西娜的红发……但那种爱应该是下意识的。他不可能知道。所以那份感情藏在心底深处。

她怎么会看漏这件事?她并不像自己以为的那样接近完工。没时间了!

阿思把刚才的发现添加在她正在雕刻的魂印上:它集合了席拉凡的倾慕与情史的数个部分。她将一切都囊括其中:无论是令人难堪的、不够体面的,还是辉煌壮丽的。她将她发现的一切——再加上一点点推测——在考虑过预期风险后填入那个灵魂之中。席拉凡与他不记得名字的某位女性的调情。无所事事时的幻想。与一位如今已过世的女性间近乎恋爱的关系。

这是灵魂中阿思最难以模仿的一部分,因为它最为私密。皇帝所做之事很少有真正的秘密,但席拉凡并非生来就是皇帝。

她必须自行推断，以免让这个灵魂缺乏修饰，毫无激情。

如此私密，如此**强大**。梳理那些细节的时候，也是她觉得自己和席拉凡最为接近的时候。这并非出于窥探隐私的欲望：在那一刻，她就是他的一部分。

她现在手中有两本笔记。对外的那本笔记表明她的进度严重落后，而且遗漏了不少细节。而另一本笔记上的内容才是真实的，只是伪装成无用的记录，显得杂乱无章。

她的进度的确落后了，但并没有那本公开的笔记所显示得那么严重。她希望这个花招能够将伏蕊瓦下手的日子延后几天。

就在阿思搜寻某段记录的时候，恰好看到了她的逃脱计划。她犹豫起来。*第一步，处理门上的印记*，密文写就的那段文字如此说道。*第二步，让卫兵闭嘴。第三步，可能的话，取回你的本源印鉴。第四步，逃离皇宫。第五步，逃离城市。*

她为每一步写明了具体的实施方法。她并没有忘记逃跑这回事，并没有彻底忘记。她制订了完善的计划。

但她却发狂地想要完成灵魂，并为此投入了绝大部分的精力。再过一周，她告诉自己。再有一周时间，我就能在最后期限的五天前完工。然后我就能逃跑了。

第九十七天

"嘿,"赫力说着,弯下腰来,"这是什么?"

赫力是个体格健壮的先锋卫,总是装得比实际上要笨。这让他总能赢牌。他有两个孩子——都是女孩,都还不到五岁——但最近常和一名女性卫兵私会。私底下,赫力希望自己能成为他父亲那样的木匠。如果他意识到阿思对他的了解有多深,肯定会大惊失色的。

他拿起自己在地上找到的一张纸。血印师刚刚离开。在被囚禁的第九十六天清晨,阿思决定实施她的计划。她必须逃走。

皇帝的灵魂尚未完成。只差一点了。只要再努力一晚,她就能完工。反正按照计划,她也需要再等待一晚。

"肯定是草秆指落下的。"依尔说着,走了过来。她是今早在房间里的另一名守卫。

"那是什么?"阿思在书桌边问道。

"信。"赫力咕哝着说。

两名卫兵在阅读时都陷入了沉默。皇宫里的每个先锋卫都识字。

这也是所有二阶以上的帝国公职人员必备的能力。

阿思沉默而紧张地坐在那儿，小口喝着一杯柠檬茶，努力平复自己的呼吸。她强迫自己放松下来，虽然放松是她最不想做的事。阿思很清楚那封信的内容。毕竟那是她亲笔写就，又趁着血印师匆忙离开时悄悄扔到了地上。

信上写着：兄弟，我就快完成这边的使命了，我赚到的财富甚至能和从南方诸省归来后的艾扎雷克匹敌。我看守这个人根本不花什么力气，但我又有什么资格质疑付我大笔酬劳的雇主们的理由呢？

我很快就会回到你那里。我要自豪地宣布，我在这儿的另一项任务也大获成功。我鉴别出了几名有能力的武者，也从他们那里收集到了足够的样本。头发、指甲，还有几件丢失了也没人在意的私人物品。我相信，我们很快就会拥有自己的私人护卫了。

信的内容还在继续，信纸的正面和背面都写满了字，所以看起来并不可疑。阿思在信中提到了许多宫中的话题，包括其他人认为她不知道、而那个血印师却知道的事件。

阿思担心那封信有点太明显了。那些卫兵会不会觉得它是伪造的？

"那个库努坎，"依尔用他们的语言低声说道。这句话翻译过来，大致相当于"嘴巴就像肛门的人"。"那个帝国库努坎！"他们显然相信这封信真是他写的。这些武人向来不太注意细节。

"我能看看吗？"阿思问。

赫力把信递给她。"我没弄错他的意思吧？"那位卫兵问道，"他一直在……*搜罗*我们的东西？"

"他指的也许不是先锋卫，"阿思读完信以后说，"他没提到你们。"

"他为什么想要头发？"依尔问，"还有指甲？"

"有了你的一部分，他们就能作法，"赫力又咒骂了一句，"你也看到他每天拿阿思的血在门上做什么了。"

"我不觉得他用头发或者指甲能做到什么,"阿思怀疑地说,"这只是夸口而已。不超过一天的新鲜血液才能用在他的魂印上。他是在跟兄弟吹牛。"

"他不该做这种事。"赫力说。

"换作是我,就不会担心这个。"阿思说。

另外两人对视一眼。几分钟以后,另一组卫兵前来接班。赫力和依尔离开时低声交谈,那封信还塞在赫力的口袋里。他们应该不会伤那个血印师太重。威胁他倒是肯定的。

人人都知道,那个血印师习惯每晚光顾附近的茶馆。她几乎觉得有些对不起他了。根据她的推断,每当他收到家乡的音信时,就会准时到她的房间来。他有时会面露喜悦。没收到信件的时候,他就会酗酒。今天早晨,他看起来有些悲伤。看来是有阵子没收到信了。

今晚的遭遇也不会让他这一天更好过。没错,阿思几乎为他感到内疚,但她随即想起了门上的血印,还有他今天蘸过血以后,她缠在手臂上的绷带。

在卫兵交班结束的那一刻,阿思深吸了一口气,随后继续埋首于工作。

今晚。今晚,她就能完工。

第九十八天

　　阿思跪倒在地板上，周围是四散的书页，每一页都满是难懂的文字与绘制的印章。在她身后，早晨睁开了惺忪的睡眼，阳光透过彩色玻璃窗渗透进来，为房间染上了鲜红、天蓝和深紫色。

　　一枚用光滑的石头雕刻而成的魂印——印章的部位朝下——放在她面前的金属板上。就石材而言，魂石看起来和滑石或者其他纹理细致的石头不无相似之处，只是其中会混入红色的斑点。仿佛有几滴血液沾在了上面。

　　阿思眨了眨疲惫的双眼。她真的打算逃脱吗？她睡了……多久来着？过去三天加起来不超过四个钟头？

　　她肯定可以再等等。她当然可以再休息一晚。

　　休息，她麻木地想着，然后我就再也不会醒来了。

　　她跪在那里，一动不动。那颗魂印仿佛是她见过的最美妙的东西。

　　她的祖先崇拜从夜晚的天空落下的石头。他们把那些石块称之为

"破碎神明之魂"。工匠大师会将它们雕刻成神明的样子。阿思曾经觉得这很愚蠢。何必去膜拜你自己创造出来的东西呢?

但跪倒在这件杰作面前的时候,她明白了。她觉得自己将全部心血都倾注其中。她在三个月的时间里付出了平时两年的努力,而最高潮就是那一整晚不顾一切地疯狂雕刻。在昨天晚上,她改写了笔记的内容,也改写了灵魂本身。巨大的改变。她仍然不清楚这些改写源于她脑海中所看到的成果的样子,还是疲惫和幻觉所滋生的错误想法。

直到她使用那枚魂印之前,都不会知道这些。

"这……完成了吗?"一名卫兵问道。两人早已挪到了房间的另一边的壁炉旁,给她留出地方,让她能在地板上忙碌。她依稀记得自己移开了房间里的家具。她花了不少时间把床底下的成堆纸张搬出来,又爬进床下去找其余的那些。

完成了吗?

阿思点点头。

"这究竟是什么?"那卫兵问。

黑夜啊,她心想。这就对了。他们根本不知道。每次和高图纳谈话之前,普通卫兵就会离开房间。

这些可怜的先锋卫恐怕会被调派到帝国边远地带的某个哨站,负责守卫通往遥远的泰奥德半岛之类地方的关隘,就这样度过余生。他们会被雪藏起来,免得不小心泄露任何相关的秘密。

"想知道的话,就去问高大人吧,"阿思轻声说道,"他们不允许我回答。"

阿思毕恭毕敬地拿起那颗魂印,然后将它和那块金属板放进事先准备好的盒子里。魂印放在红色的丝绒上,而金属板——形状就像一块又大又薄的奖章——则放入盒盖底部的凹口中。她合上盖子,然后拖来另一只稍大些的盒子。盒子里放着五枚魂印,是为了她即将开始的逃脱而雕刻和准备的。如果她能成功逃脱的话。其中两颗已经使用过了。

如果她能睡上几个钟头的话。只要几个钟头……

不。反正我已经不能用那张床了。

但在地板上蜷成一团似乎也很有诱惑力。

门缓缓开启。阿思突然有些恐慌。是血印师吗？遭到那些先锋卫的殴打以后，他本该在床上醉得不省人事才对啊！

有那么一瞬间，她有种古怪而又内疚的解脱感。如果血印师真的来了，她今天就没有逃脱的机会了。她可以睡上一觉。难道说赫力和依尔没去教训他？阿思相当确定自己对他们的看法，而且……

……而且，疲惫的她发现自己太早下结论了。房门敞开，有人走了进来，但并不是那位血印师。

是阿祖队长。

"出去。"他对那两个卫兵吼道。

他们立刻站起身。

"事实上，"阿祖说，"你们今天可以休息了。我会一直看守到换班为止。"

两人敬了个礼，随后离开。阿思觉得自己就像一头被鹿群遗弃的麋鹿。门关上了，而阿祖缓缓地、不慌不忙地转过身，看着她。

"魂印还没有准备好，"阿思说谎了，"所以你可以——"

"用不着准备好，"阿祖说着，厚厚的嘴唇掀起，露骨地笑了起来。"我想我三个月前答应过你一件事，小贼。我们还有……恩怨未了。"

房间昏暗，那盏灯的灯油快要燃尽，天色也才刚刚破晓。阿思向后退去，飞快地修订着自己的计划。不应该是这样的。她不是阿祖的对手。

她的嘴动个不停，努力分他的心，同时也匆忙开始虚张声势。"如果伏蕊瓦发现你来过这儿，"阿思说，"她会大发雷霆的。"

阿祖拔出了剑。

"黑夜啊！"阿思说着，退到窗边，"阿祖，你不需要这么做。你不能这么做。我还有必须完成的工作！"

"会有别人来完成你的工作，"阿祖恶狠狠地看着她说，"伏蕊瓦手下还有个塑造师。你以为你很聪明。你大概准备好了明天出逃的完美计划。这次我们要先下手为强。你根本没料到，是不是啊，谎话精？我会享受杀死你的过程的。非常享受。"

他举剑刺来，剑锋钩到了她的上衣，在布料上划开了一道口子。阿思向后跳去，大呼救命。她仍然在虚张声势，但这不需要什么演技。她的心脏狂跳，恐慌升起，而她手忙脚乱地绕过那张床，让它阻挡在她和阿祖之间。

他露骨地笑着，随后跳到了床上。

床立刻垮了下去。在昨天夜晚，趁着爬到床下拿笔记的时候，她塑造了床身的木料，让它因昆虫肆虐而留下严重的缺陷，从而脆弱不堪。她还把下面的床垫切开了好几道长长的口子。

阿祖连大叫都来不及，便随着分崩离析的床落进她在下方地板上留下的开口。渗入她房间的水渍——她第一次进房间时嗅到的霉味——就是关键。根据文献记录，要不是他们迅速找到了漏水的位置，木头的横梁和天花板早就塌下来了。她只用一次简单的塑造——非常合乎情理——就让地板塌陷了下去。

阿祖摔进了下面那层楼空荡荡的储物室里。阿思气喘吁吁地站起身，朝地上的窟窿里看去。那人躺在床的残骸之间。其中一些是柔软的填充材料。他多半还活着——她本打算用这个陷阱对付平时的卫兵之一，而她还挺喜欢那个人的。

和我计划的不太一样，她心想，*但仍旧行得通*。

阿思跑到桌边，收起她的东西。那只装着魂印的盒子，皇帝的灵魂，几块多余的魂石和墨水。还有解释她制作的那些复杂魂印的两本笔记——给外人看的那本，还有真正的那本。

经过壁炉时，她把前一本笔记丢了进去。接着她在门口停了下来，计算着自己的心跳次数。

她痛苦地看着血印师的印记持续脉动。终于，在折磨人的几分钟过后，门上的印记闪烁了最后一次……然后渐渐消失。血印师没能及时赶回来重设它。

自由。

阿思冲进走廊，抛弃了她过去三个月来的家，那个如今金碧辉煌的房间。门外的走廊离她那么近，但感觉上就像是另一个国度。她将第三枚准备好的魂印按在外衣上，将它变成宫廷仆役那样的装束，左胸处还绣有皇家的徽章。

她必须抓紧时间。要不了多久，血印师就会走进她的房间，或者坠落的阿祖会苏醒过来，又或者接班的卫兵会抵达。阿思很想跑着穿过走廊，直奔宫殿的马厩。

但她没有这么做。奔跑只代表两种状况——犯下了过错，或是担负着重要的使命。两者都会给人留下印象。于是她只是加快了步子，而且摆出一副目的明确、旁人勿扰的表情。

她很快走进了这座庞大宫殿里不那么冷清的区域。没有人拦住她。在某个铺着地毯的十字路口，她自己停了下来。

在她的右方，那条长长的走廊的尽头，就是皇帝的卧室。她右手中那枚装在盒子里的魂印似乎在她指间跃动。她为什么不把魂印留在房间里，让高图纳能够找到？如果那些仲裁官拿到魂印，应该就不会那么努力追捕她了。

她可以把魂印留在这儿，留在这座挂满历代统治者的肖像、散布着塑造出来的古代陶器的走廊里。

不。她带走魂印是有理由的。她准备好了进入皇帝卧室所需的工具。她自始至终都清楚自己会这么做。

如果她现在离开,就永远无法真正知晓魂印是否有效。那种感觉就像是造了栋屋子,却从未踏入过一步。就像铸造了一把剑,却从不挥舞。就像创造了一件杰出的艺术品,然后便将它锁入柜中,再也不看上一眼。

阿思沿着长长的走廊走了起来。

等到四下无人的那一刻,她便翻过其中一只丑陋的瓮,破坏了底部的印记。它变回了原本毫无装饰的陶土形态。

她有充足的时间可以弄清这些瓮是在哪里、又是由谁制作的。她准备的第四枚魂印将陶瓮变成了一只装饰华丽的黄金夜壶。阿思沿着走廊大步走向皇帝的房间,走到门前时,她将夜壶夹在手臂下面,对卫兵们点点头。

"我没见过你。"卫兵之一说道。她也没见过那张满是伤疤的脸和那对斜眼。正如她的预料。仲裁官们刻意将看守她的卫兵与其他卫兵隔离开来,这样一来,他们就无法泄露工作的内容了。

"噢,"阿思面露困窘之色,支支吾吾地说,"很抱歉,大人。我是今早才被安排来做这份活儿的。"她涨红了脸,从口袋里摸出一张方方正正的厚纸条,上面盖着高图纳的印章,还有他的签名。这些是她用比较传统的方法伪造的。幸好他听从了她对于皇帝房间的保卫措施方面的建议。

她没有遇到其他麻烦便通过了。之后的三个宽大的房间空无一人。那些房间后面是一扇上锁的门。她只好将那扇门塑造成昆虫侵蚀过的木头——用的是她在床上动手脚时的那枚魂印——才得以通过。效力维持不了太久,但这几秒钟足够她踢开那扇门了。

门后便是皇帝的卧室。他们提议给她这个机会的时候,带她来的就是这个房间。除了躺在床上的他,房间里以外空无一人。他醒着,双眼却漫无焦点地看着天花板。

这里很静。很安静。气味……太干净了。就像一张空白的画纸。

阿思走到床边。席拉凡没有看她。他的双眼一动不动。她将五指按在他的肩上。他有一张英俊的面孔，但比她要年长十五岁左右。这对士大夫们来说算不了什么：他们的寿命比大多数人都要长。

尽管卧床许久，他的外表依然很有气势。金色的头发，紧绷的下巴，还有显眼的鼻子。他的五官和阿思的族人迥然不同。

"我了解你的灵魂，"阿思轻声说道，"比你自己还要了解。"

到目前为止，周围还很安静。阿思知道示警声随时都可能传来，但她还是跪在了床边。"我真希望自己能认识你。不是你的灵魂，而是你。我读过关于你的事；我窥视过你的心。我尽我所能重塑了你的灵魂。但这并不一样。但这不代表我认识你，不是吗？我只是了解关于你的事而已。"

她刚才是不是听到了宫殿远处响起的呼喊？

"我要求的并不多，"她柔声说道，"只要你活着。只要你像过去那样。我已尽我所能。希望这样就足够了。"

她深吸一口气，随后打开盒子，取出了他的本源印鉴。她蘸上墨水，然后掀开他的衬衣，让他的上臂暴露在外。

阿思犹豫片刻，然后将魂印盖了上去。魂印碰触到血肉，一如既往地停滞了片刻。皮肤和肌肉随后放弃了抵抗，而魂印陷入了几分之一寸。

她旋动魂印将其固定，随后抽离。亮红色的印记闪烁微光。

席拉凡眨了眨眼。

阿思起身后退，而他坐了起来，四下张望。她沉默地数着数字。

"这儿是我的房间，"席拉凡说，"发生了什么？有人袭击我。我……我受了伤。噢，光辉之母啊。库西娜。她死了。"

悲伤浮现在他的脸上，但他很快便将其掩盖。他毕竟是皇帝。他也许脾气不好，但只要他没有大发雷霆，就很善于掩饰自己的感受。他转身面对着她，充满生机的双眼——能够看到东西的双眼——看向了她。"你是谁?"

这个问题让她心头一紧,尽管她早有预料。

"我算是某种医师吧,"阿思说,"你受了很重的伤。我治好了你。只不过,我用的方法在你们的某部分文化看来……令人厌恶。"

"你是个封伤师,"他说,"是……塑造师?"

"某种程度上是这样。"阿思说。他认为是什么就是什么吧。"这种封伤非常困难。你必须每天给自己盖上魂印,并将那块金属始终带在身边——它就在那个盒子里,形状像块圆片。如果没有这些,你就会死,席拉凡。"

"给我。"他说着,伸手去拿那枚魂印。

她犹豫起来。她并不清楚原因。

"给我。"他的口气强硬了些。

她将魂印放进他的手里。

"别把这儿发生的事告诉任何人,"她对他说,"卫兵或者仆役都不行。只有你的仲裁官知道我做了什么。"

外面的吵闹声更响了。席拉凡朝那边看去。"如果说不能让任何人知道,"他说,"你就必须离开。离开这个地方,再也不要回来。"他低头看了看那颗印章。"你知道了我的秘密,我本该处死你的。"

这是他在多年的宫廷生涯中学到的自私。噢,她没弄错这部分。

"可你不会的。"她说。

"我不会的。"

还有深埋在他心底的仁慈。

"走吧,趁我还没改变主意。"他说。

她朝门那边踏出一步,然后看了看她的怀表——已经远远超过一分钟了。印鉴起效了,至少在短时间内是有效的。她转过身,看着他。

"你在等什么?"他问道。

"我只是想多看一眼。"她说。

他皱起眉头。

呼喊声更响亮了。

"走吧,"他说,"拜托。"他似乎知道那些呼喊声是怎么回事,至少他能猜到。

"这次做得更好些吧,"阿思说,"拜托。"

说完这句话,她开始逃跑。

她一度考虑过给他的灵魂加入保护她的欲望。但这么做没有合适的理由,至少以他的角度来说是如此,而且很可能会损害塑造的效力。除此以外,她也不相信他**有能力**救她。直到哀悼期结束前,他都不能离开自己的房间,或者跟除了他的仲裁官之外的人说话。在此期间,统治帝国的是那些仲裁官。

反正他们也是实际上的统治者。不,只是草率地改写席拉凡的灵魂,并让他保护她,这种做法是不会成功的。靠近最后一扇门的时候,阿思拿起了伪造的夜壶。她举高夜壶,跌跌撞撞地穿过那扇门。她对着远处的呼喊声倒吸了一口凉气。

"那是因为我吗?"阿思大叫道,"黑夜啊!我不是故意的!我知道我不应该看到他。我知道他在独自哀悼,可我只是开错了一扇门!"

卫兵们盯着她,然后其中之一放松下来。"不是因为你。回你的房间待着去吧。"

阿思匆匆鞠了一躬,然后快步走开。大部分卫兵都不认识她,因此——

她感到腰侧传来剧痛。她倒吸一口凉气。那种感觉就像是每天早晨,血印师往门上盖印时那样。

她惊慌地摸向身侧。被切开的不光是她的外衣——那是阿祖的剑划过的位置——甚至还有她黑色的内衣!她抽回手指,发现上面沾了好几滴血。只是一处划伤,没什么大碍。手忙脚乱的她甚至没注意到自己受了伤。

但阿祖的剑锋……上面沾了她的血。新鲜的血液。血印师找到了那些血,开始了追捕。痛楚意味着他正在寻找她的位置,将他的宠物与她调谐一致。

阿思丢下夜壶,开始飞奔。

寻觅藏身处已经不值得考虑了。举止低调也失去了意义。如果血印师的骷髅仆从追上她,她就会死。就这样。她必须尽快找到马匹,而且随后的二十四个钟头内都不能让那些骷髅追上,直到她的血不再新鲜为止。

阿思飞奔着穿过走廊。仆从们开始指指点点,还有些尖叫起来。她几乎撞倒了一位身穿红色祭司铠甲的南方使节。

阿思咒骂一声,匆匆绕过那个人。皇宫的出口应该已经封锁了。她很清楚。她研究过保卫措施。现在再想出去恐怕难比登天。

有备无患,文叔叔这么说过。

她一向如此。

阿思在走廊里停下脚步,然后认定——虽然已经有些迟了——跑向出口也毫无意义。她此时几乎陷入恐慌,血印师又在追踪她,但她必须清晰地思考。

有备无患。她的后备手段虽然孤注一掷,但却是她仅有的出路。她又开始奔跑,绕过一个转角,朝她来时的路跑了回去。

黑夜啊,我对他的看法千万别错,她心想。如果他其实是比我优秀得多的骗术大师,我就死定了。噢,未名神啊,拜托。这次请别让我失望。

她心跳飞快,将疲惫抛诸脑后,最后在通往皇帝房间的走廊里急停下来。

她在那儿等待着。卫兵们皱眉打量着她,但仍然按照训诫坚守在走廊尽头的岗位上。他们招呼她上前。停止不动真是种煎熬。那个血印师正带着他可怕的宠物逐渐逼近……

"你为什么会在这儿?"有个声音问。

阿思转过身,看到高图纳转进了走廊。他首先想见的人是皇帝。其他人都会寻找阿思,但高图纳会来见皇帝,确保他的安全。

阿思焦虑地走到他身边。这恐怕是我这辈子最差劲的后备手段了,她心想。

"成功了。"她轻声说道。

"你试过魂印了?"高图纳说着,拉住她的手臂,瞥了眼那些卫兵,然后把她拉到他们听不到的位置。"所有这些草率、疯狂而又愚蠢的——"

"成功了,高图纳。"阿思说。

"你为什么会来见他?为什么不趁机逃跑?"

"我必须知道。必须。"

他看着她,迎上她的双眼。一如既往地看穿了她的眼睛,窥见了她的灵魂。黑夜啊,她本可以成为出色的塑造师的。

"血印师知道你的去向,"高图纳说,"他召唤了那些……东西来追捕你。"

"我知道。"

高图纳犹豫了仅仅一瞬间,然后从他宽大的口袋里拿出一只木头盒子。阿思的心跳到了喉咙口。

他递了过去,她用单手接过,但他并未放手。"你知道我会来这儿,"高图纳说,"你知道我带着这些印鉴,也知道我会交给你。你把我当成傻瓜摆布了。"

阿思一言不发。

"你是怎么做到的?"他问道,"我以为我看你看得够仔细了。我很确定自己没被你操纵。可我到这边来的时候,却隐约觉得会遇见你。我知道你需要这些印鉴。直到这一刻,我才意识到这些或许全在你的计划之中。"

"我确实操纵了你,高图纳,"她承认道,"但我被迫选择了最为困难的方法。"

"什么样的方法?"

"坦诚相待。"她答道。

"靠坦诚可不能操纵别人。"

"不能吗?"阿思问,"你能有今天的地位,靠的不就是这种方法吗?你言行坦荡,让别人能看清你的本质,也期望他们以诚实回报你。"

"这不是一回事。"

"是啊,"她说,"的确不是。但这是我能想到的最好方法。我对你说过的一切都是真话,高图纳。我毁掉的那幅画,关于我人生和希望的那些秘密……全都是真话。只有这样,我才能把你争取到我这一边。"

"我不在你那一边,"他顿了顿,"但我也不希望你被杀,孩子。尤其是被那些*东西*所杀。拿去吧。天啊!拿上这些,然后走吧,趁我还没改变主意。"

"谢谢你。"她低声说着,将盒子贴在胸前。她摸索着上衣的口袋,拿出一本厚厚的小册子。"好好保管这个,"她说,"别给任何人看。"

他犹豫着接了过去。"这是什么?"

"真相,"她说着凑近身子,在他脸颊上亲了一口,"如果成功逃脱,我就会改写我的最后一枚本源印鉴。就是我永远不打算用的那一枚……我会在印鉴里——也就是我的记忆里——加上一位救过我性命的和蔼祖父。一位拥有智慧和同情心,让我十分尊敬的男子。"

"走吧,傻孩子。"他说。他的眼里真的涌出了一滴泪。要不是她已经处在恐慌的边缘,肯定会为此自豪。并为曾经的骄傲而羞愧。

为过去的她而羞愧。

"席拉凡活过来了，"她说，"每当你想到我的时候，就请想起这件事吧。成功了。黑夜啊，成功了！"

她转过身，沿着走廊飞奔而去。

* * *

高图纳听着女孩离去的声音，但并没有转身目送她。他看着皇帝的房间。两个困惑不解的卫兵，以及一扇门……通往哪里？

通往玫瑰帝国的未来。

领导我们的，将会是个并非真正活着的人，高图纳心想。**那是我们肮脏的努力结出的果实。**

他深吸一口气，然后走过卫兵身边，推开那扇门，打算去看看他一手促成的那个东西。

只是……拜托，千万别是个怪物。

* * *

阿思沿着皇宫走廊大步走着，手里拿着那只装着魂印的盒子。她脱掉了那件带有纽扣的上衣——露出下面那件黑色的紧身衬衣——然后将盒子塞进口袋里。她留下了衬衣和裹腿。这一身跟她受训时的衣着差别不大。

仆从们在她面前四散奔逃。他们从她的样子就能看出避之则吉。突然间，阿思的心中涌出了前所未有的自信。

她取回了她的灵魂。全部的灵魂。

她脚下不停，同时取出一枚本源印鉴。她用力蘸上墨水，把盒子塞回衬衣口袋里。随后，她重重地将印章按在她右臂上，将印记固定，也改写了她的过去，她的记忆和人生经历。

在那个瞬间，她同时回忆起了两个过去。她想起自己闭门不出整整两年，设计和制作这枚本源印鉴。她想起了她作为塑造师的一生。

与此同时，她又记起自己过去的十五年是与铁卢国的人们一起度过的。他们收养了她，还将他们的武艺传授给她。

同时身在两地，平行的两段人生。

随后前者渐渐消退，她成为了"思战"——那是铁卢人给她取的名字。她的身体变得更结实、更苗条。这是武者的体格。她摘下了眼镜。她的双眼很久以前就治好了，她已经不需要什么眼镜了。

融入铁卢人的社会是很困难的：他们不喜欢外乡人。在学艺的期间，她有十几次险些被杀。但她还是学成归来了。

她失去了所有制作魂印的知识，以及所有对学识的爱好。她仍然是她自己，而且她记得近期发生的一切：遭到逮捕，身陷囹圄。她知道自己刚才用那颗魂印做了些什么，也明白她如今想起的这段人生是伪造的。

但她的感觉却并非如此。就在印记烙入她的手臂时，她也成了另一个自己：如果她真的能融入那样严酷而尚武的文明，并且与他们共同生活十余年，就会变成这个样子。

她蹬掉了脚上的靴子。她的头发变短了，右脸颊处还有一条伤疤，从鼻子那里蔓延而下。她的步态就像个武者：她悄然潜行，而非大步前进。

她来到了马厩前的仆役区，皇家画馆就在她的左方。

一扇门在她面前打开。身材高大、嘴唇发肿的阿祖走了过来。他的额头有一道伤口——鲜血正从绑在那里的绷带渗出——而且衣物也因为坠落而破破烂烂。

他的眼中满是怒意。看到她的时候，他便冷笑起来。"你已经完蛋了。血印师带我们找到了你。我会很享受——"

他的话戛然而止,因为思战身形一晃,化手为刀,一招便击碎了他的腕骨,也令他的剑脱手落下。她的手骤然抬起,击中了他的咽喉。随后她变掌为拳,短促有力地打向他的胸口。六根肋骨顿时粉碎。

阿祖蹒跚后退,大口喘息,又在震惊中瞪大了双眼。他的剑当啷一声落到地上。思战走过他身边,抽出他腰带上的匕首,向上一挥,割开了他斗篷的系带。

阿祖倒在地上,斗篷落入她的手中。

换作阿思,也许会对他说些什么。思战可没有说俏皮话或者出言讥讽的耐心。武者仿佛河流,从不停歇。她披上斗篷,走进阿祖身后的走廊,步履依旧飞快。

他艰难地喘息着。他会活下去,但恐怕要几个月没法举剑了。

走廊的那一边有了动静:一群白色肢体的东西,身形单薄到绝非活物。思战扎下马步,身体转向侧面,面对走廊,膝盖微微弯曲。那个血印师手下有多少怪物并不重要,她是赢是输也并不重要。

重要的在于挑战本身。挑战即是一切。

怪物有五个,形状像是持剑的人。它们匆匆穿过走廊,骨骼咔嗒作响,没有眼球的颅骨打量着她,始终一副咧嘴大笑般的神情,露出满口尖牙。几块骨头换成了雕刻过的木头,用来固定在战斗中被损坏的部分。每个骷髅的额头上都有闪闪发光的红色印记:要赋予它们生命,就要用到鲜血。

即使是思战,也从未和这样的怪物交过手。戳刺它们恐怕毫无用处。但那些替换过的部分……有些是肋骨或是其他搏斗时用不着的骨头。如果打碎或者抽走几块骨头,这些怪物会不会停止动作?

这似乎是最好的方法。她从不深思。思战是依靠本能行动的生物。当那些怪物来到她面前的时候,她甩动阿祖的斗篷,裹住了为首那个怪物的脑袋。它奋力挣扎,拍打斗篷的时候,她已经对上了第二只怪物。

她用阿祖的匕首接下了它的攻击,随即欺近身前——她都能嗅到它骨头的气味了——将手探入那怪物的胸腔下方。她抓住脊椎,用力一拉,扯下一把椎骨,而它的胸骨的尖端划伤了她的前臂。每只骷髅的每一根骨头似乎都被磨尖过。

它垮了下去,骨头发出咔嗒的响声。她没猜错。只要拿走作为中枢的骨头,这种怪物就无法继续活动了。思战把那几块椎骨丢到一旁。

还剩四只。就她有限的知识而言,骷髅不会疲累,而且残酷无情。她必须速战速决,否则就会被它们拖垮。

身后那三只骷髅朝她攻来,思战矮身避开,绕过刚刚扯下斗篷的第一只。她将手指伸进它的眼窝,抓住颅骨,手臂也因此多了一道深深的剑伤。她的鲜血喷洒在墙壁上的同时,颅骨被她扯脱下来:那只怪物其余部分的身体落到地上,变成了一堆骨头。

保持移动。别放慢速度。

如果稍有迟缓,她就会死。

她转身面对另外三只骷髅,用那颗头骨挡下了一剑,又用匕首格开了另一剑。她扭身避开第三把剑,剑尖在她的身侧留下了一道口子。

她感觉不到疼痛。她做过训练,能在搏斗时忽略痛楚。这是好事,因为从不受伤的人世间少有。

她将头骨砸在另一只骷髅的头上,两者同时粉碎。见对手倒下,思战便从另外两只骷髅之间闪身而过。它们双剑交击,发出叮当的响声。思战踢得其中一只踉跄后退,又以身体撞上了另一只,令它重重砸在墙壁上。它的骨头全部挤到了一起,而她抓住脊椎,又扯脱了几节椎骨。

那怪物的骨头在一阵响声中散了架。思战的身子晃了晃,随即努力站稳。她流了太多的血。她的速度慢下来了。她在何时丢下了匕首？一定是她将那只骷髅撞到墙上的时候滑脱了。

集中精神。还剩一只。

它朝她冲来，双手各持一把剑。她纵身扑去——在它挥剑之前便欺近身前——随后抓住了它的两条前臂的臂骨。从这个角度，她没法扯脱骨头。她低哼一声，努力阻止那两把剑。但很勉强。她越来越虚弱了。

它凑近思战的身子。思战大吼一声，双臂和腰侧血流如注。

她用头撞上了那只怪物。

这一招没有故事里描述得那么有效。思战的视野模糊起来，进而跪倒在地，喘息不止。那只骷髅在她面前倒下，破碎的颅骨因这一击的力道滚到一旁。她的脸侧开始滴落鲜血。她的额头破了，或许还撞碎了自己的颅骨。

她倒向一旁，挣扎着想要维持清醒。

黑暗缓缓退去。

思战发现自己置身于一条石制长廊里，周围只有散落了一地的骨头。唯一的色彩就是她的血。

她赢了。她完成了又一场挑战。她大声吟唱着养父母教她的一段赞歌，随后拿起匕首，从外衣上切下几条布料。她用这些布料包扎了伤口。她的失血状况很严重。在今天，即使受过她这种训练的女子也无法应付其他挑战了。至少是那些需要花费力气的挑战。

她勉强起身，拿回了阿祖的斗篷——仍旧动弹不得的他震惊地看着她。她收起血印师的全部五名骷髅仆役的颅骨，系在斗篷里。

做完这些以后，她沿着走廊继续前进，努力展现出力量——而非她实际感受到的疲惫、晕眩和痛苦。

他应该就在附近的什么地方……

她拉开走廊尽头的一间储物室的门，发现血印师就坐在门后的地板上，他目光呆滞，为自己仆役的接连被毁而震惊。

思战抓住他衬衣的领子，拖着他站了起来。这个动作几乎让她再度失去意识。小心。

那血印师呜咽起来。

"回你的沼泽去，"思战低声吼道，"等着你的人不在乎你是不是在首都，不在乎你是否赚到了大笔钱财，也不在乎这一切都是为了她。她只想要你回家。所以她的信里才会那么说。"

这番话是思战为阿思说的：就算思战不觉得内疚，阿思也会的。

那人困惑地看着她。"你是怎么……呃啊！"

最后那一声，是因为思战刺入他腿中的那把匕首。她松开了抓着他衬衣的手，而他倒在地上。

"这一下，"思战俯下身，轻声说道，"是以血还血。别来追捕我。你看到我是怎么对付你的仆役的了。你的下场会更惨。我会带走这些头骨，这样你就没法再派它们来抓我了。滚。回。家。去。"

他无力地点点头。她转过身，不再去看缩成一团，抱着血流不止的腿部的他。那群骷髅也让其他人退避三舍，包括卫兵们。思战大步走向马厩，随即停下步子，想到了什么。那儿并不太远。

这些伤已经快要了你的命了，她告诉自己。别做傻事。

但她都做了这么多傻事了。

不久后，思战走进马厩，只看到了几个心惊胆战的杂役。她选中了马厩里最与众不同的那匹马。这样一来，身披阿祖的斗篷，骑着阿祖的马儿的她，就能光明正大地冲出宫殿大门，没有任何人会阻止她。

* * *

"她说的是实话吗，高图纳？"席拉凡看着镜中的自己，问道。

高图纳从座椅上抬起头。是实话吗？他心想。他始终猜不透阿思的想法。

席拉凡坚持要自己穿衣,虽然他明显因长期卧床而虚弱不堪。高图纳坐在附近的一张椅子上,努力梳理纷乱的情绪。

"高图纳?"席拉凡说着,朝他转过身来,"我真像那女人说的那样受了伤?你不用我们训练有素的封伤师,却找了个塑造师来医治我?"

"是的,陛下。"

他的表情,高图纳心想。*她是怎么重现这一切的?他提问前皱眉的样子,以及没有立刻听到回答的时候歪头的动作。他站立的姿势,还有说到他认为尤其重要之事时摇晃手指的习惯……*

"迈鹏人的塑造师,"皇帝说着,套上了他的金色外套。"我真的不认为有那种必要。"

"您的伤超出了封伤师的能力范围。"

"我还以为他们什么伤都能治好。"

"我们曾经也这么以为。"

皇帝看着手臂上的红色印记。他的表情严肃起来。"这会是一副镣铐,高图纳。一份重担。"

"你会因此受苦。"

席拉凡转身看着他。"看起来,你的君主的濒死经历并没有让你变得更懂礼貌,老人家。"

"我最近很疲倦,陛下。"

"你在评判我,"席拉凡说着,回头看向镜子,"一向如此。天光啊!总有一天我会摆脱你。你自己也很清楚,对不对?要不是因为你过去的功劳,我根本不会把你留在身边。"

这太离奇了。他和席拉凡简直一般无二;这件仿制品如此完美、如此精妙,要不是高图纳早已知道真相,恐怕永远也看不出破绽。他很想相信皇帝的灵魂仍在原处,仍在皇帝的身体之中,而那颗印章只是……将灵魂揭露出来而已。

这会是个适合用来欺骗自己的谎言。或许高图纳迟早会开始相信的。不幸的是，他见过皇帝那种毫无生气的眼神，而他知道……他知道阿思做了些什么。

"我该去找其他仲裁官了，陛下，"高图纳说着，站起身，"他们肯定也想见您。"

"很好。你可以走了。"

高图纳朝门那边走去。

"高图纳。"

他转过身。

"卧床三个月，"皇帝说着，打量着镜中的自己，"没有人可以见我。封伤师也无能为力。而所有普通的伤势他们都能治好。我受的伤跟大脑有关，对吗？"

他本不该发现真相的，高图纳心想。她说过，她不会把这段记忆加入他的灵魂。

但席拉凡是个聪明人。归根结底，他一直都是个聪明人。阿思让他恢复了原来的样子，而她无法阻止他去思考。

"是的，陛下。"高图纳说。

席拉凡咕哝了一声。"算你走运，你的计划成功了。你可能会毁掉我的思考能力——你可能会出卖我的灵魂。考虑到风险的程度，我不太确定自己该赏赐你还是惩罚你。"

"我向您保证，陛下，"高图纳说，"在过去的这几个月里，我已经同时得到了丰厚的奖赏和巨大的惩罚。"

说完，他转身离开，留下皇帝去凝视镜中的影子，思考隐藏在这种治疗背后的含意。

无论结果好坏，他们的皇帝回来了。

至少他的翻版回来了。

终章：第一百零一天

"正因如此，"席拉凡对来自八十个宗派，此时集结在一起的仲裁官们说道，"我希望能借此平息某些恶毒的谣言。夸大我的病情显然是一厢情愿的妄想。我们尚未查明刺客的主使者，但我们不会忘记皇后的遇害，"他扫视着仲裁官们，"也不会让此事就这么过去。"

伏蕊瓦抱着双臂，满意却又不悦地看着皇帝的复制品。*你往他的脑袋里安插了怎样的后门，小贼？*伏蕊瓦思索着。*我们会弄清楚的。*

彦已经在察看那些魂印的复制品了。那个塑造师声称自己能以追溯的方式进行解译，虽然这样做要花费不少时间。或许好几年。但伏蕊瓦终究还是会知道操控皇帝的法子。

那女孩倒是挺精明，把笔记烧了个一干二净。莫非她猜到了伏蕊瓦并没有真的找人抄录？伏蕊瓦摇摇头，走到高图纳身边，后者正坐在他们位于演说剧院的包厢里。她坐在他身边，用细如蚊蚋的声音说："他们相信了。"

高图纳点点头，目光定格在伪造的皇帝身上。"他们连半点怀疑都没有。我们所做的……不仅胆大妄为，在旁人看来也毫无成功的可能。"

"那个女孩掌握的把柄足以要了我们的命，"伏蕊瓦说，"我们所做之事的证据已经烙进了皇帝本人的身体。在随后的这些年里，我们必须小心行事。"

高图纳点点头，显得有些走神。天光啊，伏蕊瓦真希望自己能想办法让他下台。他是仲裁官之中唯一曾表态反对她的人。就在那次刺杀之前，在她的怂恿下，席拉凡已经准备撤他的职了。

那几次谈话都是私下进行的。阿思不知道这回事，所以这个假货应该也不知道。伏蕊瓦只能重头再来一次，除非她能找到操控席拉凡的复制品的方法。两个选择都让她泄气。

"一部分的我不敢相信我们真的成功了，"高图纳轻声说着，这时那位假皇帝开始了下一段演讲，内容则是呼吁团结。

伏蕊瓦嗤之以鼻。"计划一直都很顺利。"

"阿思逃走了。"

"我们会找到她的。"

"我不这么认为，"他说，"我们能抓住她一次已经够走运了。不过幸好，我认为我们不必担心她会给我们惹麻烦。"

"她会勒索我们的。"伏蕊瓦说。*或者想方设法控制皇帝。*

"不，"高图纳说，"不，她已经心满意足了。"

"因为她活着逃走了？"

"因为她将自己的一件作品送上了皇位。她曾经敢于欺骗成千上万的人——但如今，她有了愚弄数百万人的机会。愚弄整个帝国。在她看来，揭露真相就会毁掉这番壮举。"

*这老傻瓜真的相信这些？*他的幼稚经常给伏蕊瓦以可乘之机：就因为这点，她也曾考虑让他保留现有的地位。

假国王继续着演讲。席拉凡*从前*就喜欢听自己说话。那个塑造师没弄错。

"他在利用这次刺杀作为壮大我们宗派声势的方法,"高图纳说,"你听到了吗?他说我们必须团结一致,上下同心,回忆起我们伟大的血脉,这些话里的暗示……还有谣言,荣光宗传播的关于他已经遇害的谣言……通过这番话,他在削弱他们的势力。他们赌他不会回来,但如今他回来了,而他们成了傻瓜。"

"的确,"伏蕊瓦说,"这些是你教他的?"

"不,"高图纳说,"他拒绝让我在演讲方面给予他建议。但这种做法像是从前的席拉凡会做的事,就像是十年前的他。"

"这么说,这件复制品并不完美,"伏蕊瓦说,"我们必须铭记此事。"

"是的。"高图纳说。他的手里拿着什么东西,是一本厚厚的小册子,伏蕊瓦没见过那东西。

包厢后面传来窸窸窣窣的响声,一名佩戴伏蕊瓦家徽的仆从走了进来,从仲裁官史提威和乌娜卡身边经过。那名年轻的仆人走到伏蕊瓦身边,随后弯腰行礼。

伏蕊瓦不快地看了那女孩一眼。"你有何要事,竟来此打扰我?"

"抱歉,大人,"那女子轻声说道,"但您之前要求我布置您在宫中的办公处,以便进行下午的会晤。"

"那又怎样?"伏蕊瓦问。

"大人,您昨天进过那个房间吗?"

"没有。我要处理那个无赖血印师的事,以及执行皇帝的旨意,还有……"伏蕊瓦的眉头皱得更深了,"怎么了?"

* * *

阿思转过身,看着皇城。城区铺展在连绵的七座高山之间:外侧的六座山头各有一座主要宗派的房屋,而皇宫占据着中央的高山。

她身边的马儿与她从皇宫带出的那匹几乎毫无相似之处。它缺了几颗牙,走路时低垂着头,还驼着背。它的皮毛看起来有几百年没刷洗过了,而且一副营养不良的样子,肋骨紧贴毛皮,就像是椅背上的一根根木条。

阿思这几天一直保持低调,用她那颗能变成乞丐的本源印鉴隐藏在皇城的贫民区。有了这番伪装,再加上改头换面的坐骑,她毫不费力便离开了那座城市。但离开以后,她就立刻去除了印记。用乞丐的方式思考让人……很不舒服。

阿思松开马鞍,然后将手伸到马腹下,用指甲按住那个发光的印记。她稍稍用力按下印记边缘,也解除了塑造的影响。马儿立刻发生了变化,它挺直背脊,昂起头颅,腰侧的肌肉也长了出来。它犹豫地挪动了几下步子,脑袋前后甩动,拉扯着缰绳。阿祖的座驾是匹好马,在帝国的某些地方,它的价值比一栋小房子还高。

藏在马背上的补给品之间的,是阿思再次从仲裁官伏蕊瓦的办公处偷来的那幅画。一件赝品。阿思从没试过偷自己的作品。那种感觉……很有趣。她留下了空荡荡的画框,还在画框正中央的墙上刻下了一个"里奥"符文。它的含意令人不怎么愉快。

她拍了拍马儿的脖子。考虑到所有这些,这份活儿还不坏。一匹好马加上一幅画,画虽然是赝品,但逼真到足以让拥有者认为是真迹。

*眼下他应该在演讲吧,*阿思心想。*我倒是很想听听看。*

她的珍宝,她至高无上的杰作,身披代表皇帝权势的大氅。这让她兴奋,但这份兴奋却驱使她前行。她如此热忱地工作,并不是为了让他再活一次。不,到了最后,她拼命鞭策自己,其实是为了灵魂里加入几处特别的改动。或许是这几个月与高图纳的坦诚相待改变了她。

只要在一叠纸上不断描画同一个图案，阿思心想，总有一天，下面的每张纸都会出现相同的图案。清晰的图案。

她转过身，取出那枚会将她变成生存专家和猎手的本源印鉴。伏蕊瓦应该以为阿思会走大路，所以她选择深入附近那座粟特森林。森林能良好地隐藏她的行迹。在几个月的时间里，她会谨慎地离开这个行省，继续她的下一件工作：找到那个背叛了她的皇家弄臣。

但眼下，她只想远离高墙、皇宫和宫廷谎言。阿思坐上马鞍，对皇城与如今统治帝国的那个男人道别。

好好活下去，席拉凡，她心想。让我为你骄傲。

* * *

当天深夜，在皇帝的演讲结束以后，高图纳坐在自己书房里那座熟悉的壁炉边，看着阿思给他的那本小册子。

并为之惊奇。

这本册子是关于皇帝的那枚魂印的记录，包括细节和笔记。阿思所做的一切都在此一览无余。

伏蕊瓦不可能找到操控皇帝的方法，因为这种方法根本不存在。皇帝的灵魂是完整的，毫无空隙，而且完全属于他自己。但这并不代表他跟过去完全一样。

如你所见，我冒昧地做了些改动，阿思的笔记解释道。我希望尽可能准确地复制他的灵魂。这是我的使命，也是挑战所在。我正是这么做的。

随后我更进一步，加深了某些记忆，淡化了其余那些。我在席拉凡的内心深处植入了某种诱因，让他会对这次刺杀和自己的死里逃生做出特别的反应。

这并非更改他的灵魂。这也不会让他成为截然不同的人。这只是在敦促他走上特定的某条道路，就像街头的骗子强烈地暗示下手的目标拿起特定的某张牌。他还是他。他会成为原本可以成为的那个人。

谁又知道呢？也许他本就想成为这样的人。

当然了，高图纳只靠自己肯定无法得知真相。他在这方面的知识少得可怜。但就算他精于此道，他也不认为自己能察觉阿思动的手脚。她在笔记中解释说，她的做法非常巧妙，非常谨慎，没人能看出她的改动。除非对皇帝本人极其了解，才可能有所怀疑。

借助这些笔记，高图纳看出来了。席拉凡的濒死体验令他进入了深刻的自省。他会找来自己的日志，一再重读年轻时的记录。他会看到自己过去的样子，最终也会下定决心，试着重拾当时的雄心壮志。

阿思指出，这个转变的过程将会非常缓慢。在几年之内，席拉凡会成为原本似乎注定会成为的那个人。深藏在交织的魂印之间的微弱倾向，会促使他追求美德而非颓废。他会开始思考自己的祖先，而非下一场筵席。他会想起自己的人民，而非佳肴美餐。他会最终敦促八十个宗派进行这些改革——他，还有他之前的许多位皇帝，都曾经认为必须做出的改革。

简而言之，他会成为一名斗士。他会踏出这简单——但十分艰难——的一步，跨越梦想家和实干家之间的界线。高图纳在字里行间看到的正是这些。

他发现自己流下了眼泪。

不是为了未来，也不是为了皇帝。这些是看到杰作的人才会流下的泪水。真正的艺术不仅仅在于美，也不仅仅在于技艺。它并不只是一件仿制品。

它大胆豪放，它差异鲜明，它精妙绝伦。在这本册子里，高图纳看到了难得一见的作品，足以和任何时代中最伟大的画师、雕塑师和诗人媲美。

这是他曾目睹过的最伟大的艺术品。

高图纳虔诚地举着这本书，就这样度过了大半个夜晚。它是狂热、专注而超卓的艺术天才耗时数月的成果——尽管有外界的压力逼迫，却在崩溃的边缘大功告成。质朴，却毫无瑕疵。轻率，却面面俱到。

出色，却无人得见。

正因如此，这个秘密必须保守下去。如果任何人得知阿思的所作所为，皇帝就会下台。事实上，整个帝国都可能因此陷入动荡。不能让任何人知道，席拉凡成为伟大领袖的决心，来自于一名渎神者蚀刻在他灵魂中的几个字。

黎明破晓之时，高图纳缓缓地——也浑身酸痛地——从壁炉边站起身。他拿起那本册子，那本举世无双的艺术品，将它举向前方。

然后将它丢入了火中。

后　记

在写作课上,老师经常教导我说:"写你了解的事物。"这是作家耳熟能详的箴言,却令我感到迷惑。写我了解的事物?我要怎样才能做到?我写的是奇幻小说。我不可能知道使用魔法的感觉——这么说来,我也不可能知道女性的感受,但我仍想以多样化的视角进行创作。

随着写作技巧的纯熟,我开始理解这句箴言的含意。尽管我们创作的是幻想题材,但最恰当的做法却是让故事植根于现实世界。对我来说,魔法的描写最好能与科学原理相符。架构世界时,最好的方法也是从我们的世界中寻找素材。创作角色时,最好的方法则是以真实的人类情感和体验为根基。

因此,作为作者,观察和想象同样重要。

我会努力在新的体验中寻找灵感。在这方面我非常幸运,因为我可以经常旅游。每次游览一个新的地方,我都会尝试将当地的风土人情写成故事。

最近我去了中国台湾。我有幸能去参观台北故宫博物院,并由我的编辑雪莉·王与翻译露西·段为我充当向导。一个人没法在短短数小时内完全了解中国的数千年历史,但我们尽了最大的努力。幸好我之前接触过一些亚洲的历史与传说。（我曾经作为后期圣徒会的传教士在韩国生活了两年，也在大学期间辅修过韩语。）

这次的台湾行让故事的种子在我心中生根发芽。其中令我印象最为深刻的则是印章。在英语里，我们有时将它叫做"chops"，韩语里则叫做"tojang"。在中国古代，人们称之为"yìnjiàn"。在亚洲的许多文化中，这种图案复杂的石头印章，是作为签名使用的。

在我的博物院之行中，我看到了许多熟悉的红色印章。当然了，有一些是画家的印章——但也有作为其他用途的。有一幅书法作品就盖着这种印章。露西和雪莉解释说——中国古代的文人与贵族如果喜爱某件艺术品，有时就会用自己的印章盖在上面。有位皇帝对此尤为热衷，他会在美丽的雕塑和上百年的玉器上盖上他的印章，或许还会刻下几行他创作的诗句。

这是多么迷人的想法啊。想象一下，作为国王，你特别喜欢米开朗基罗的大卫像，便在大卫的胸口刻下自己的名号。从本质来说，这是一回事。

这个概念太不同寻常了，于是我开始在脑海中琢磨起"印章魔法"的构思来。魂印——可以改写一件事物存在的本质。我不想让它和"飓光"世界中"铸魂"的概念过于相似，于是我运用了博物院的历史气息带给我的启发，设计了一种能够改写事物过去的魔法。

故事便以此作为起点，逐渐成形。由于这种魔法和《伊岚翠》背景中的赛尔世界关系密切，我便将这个故事设定在那里。（我还以现实中的亚洲塑造出了几个文明，使背景更加丰满。）

你不可能永远写自己了解的事物——未必一定是你所"了解"的。还可以是你所"看见"的。

布兰登·桑德森

致　谢

这本书的封面上只有一个人的名字，但没有任何一件作品是凭空生成的。我所创作的一切能够存在，全都要归功于许多人给予我的支持。

我曾经提到过，这本书的灵感来自于我的一次台湾之旅。非常感谢露西·段与雪莉·王，我将这本书献给她们，感谢她们带我游览那座城市。同时感谢伊凡娜·许和奇幻基地的所有人，他们让这次旅行为我留下了深刻的印象。还要感谢促成了这次旅行的格雷·谭（我的台湾代理人），以及我的美国代理人约书亚·比尔默和炸脖龙（JABberwocky）文学代理公司的每位成员。

我与超光速粒子出版社的雅各布·魏斯曼与吉尔·罗伯茨的合作非常愉快，感谢他们出版了这部作品。也要感谢马蒂·哈珀恩做了这本书的编辑校对工作。美丽的封面图画出自亚历山大·纳尼奇科夫之手，它简直无与伦比。伊萨克·斯图尔特用那张封面图设计了电子版的封面，他绘制的印章插图也非常精美。谢谢！

这个中篇故事能有如今的架构，全都要归功于玛丽·罗宾奈特·科瓦尔。是她让我明白，我原本创作的序章对这本书的情节来说并不是最合适的。尽管已经改换东家,摩西·菲德尔仍然热心地为我逐行校订,让这本书得以精益求精。布莱恩·希尔、伊萨克·斯图尔特与凯伦·奥斯特罗姆给了我重要的阅读反馈。

我仍要一如既往地感谢我的家人,特别是我的妻子艾米丽。此外,我还要特别感谢彼得·奥斯特罗姆,为这部作品花费了大量的时间。(甚至不厌其烦地敦促我写下这段致谢文字,尽管我忘掉了很多次。)

向你们所有人,致以我最深的感谢。

伊岚翠的希望

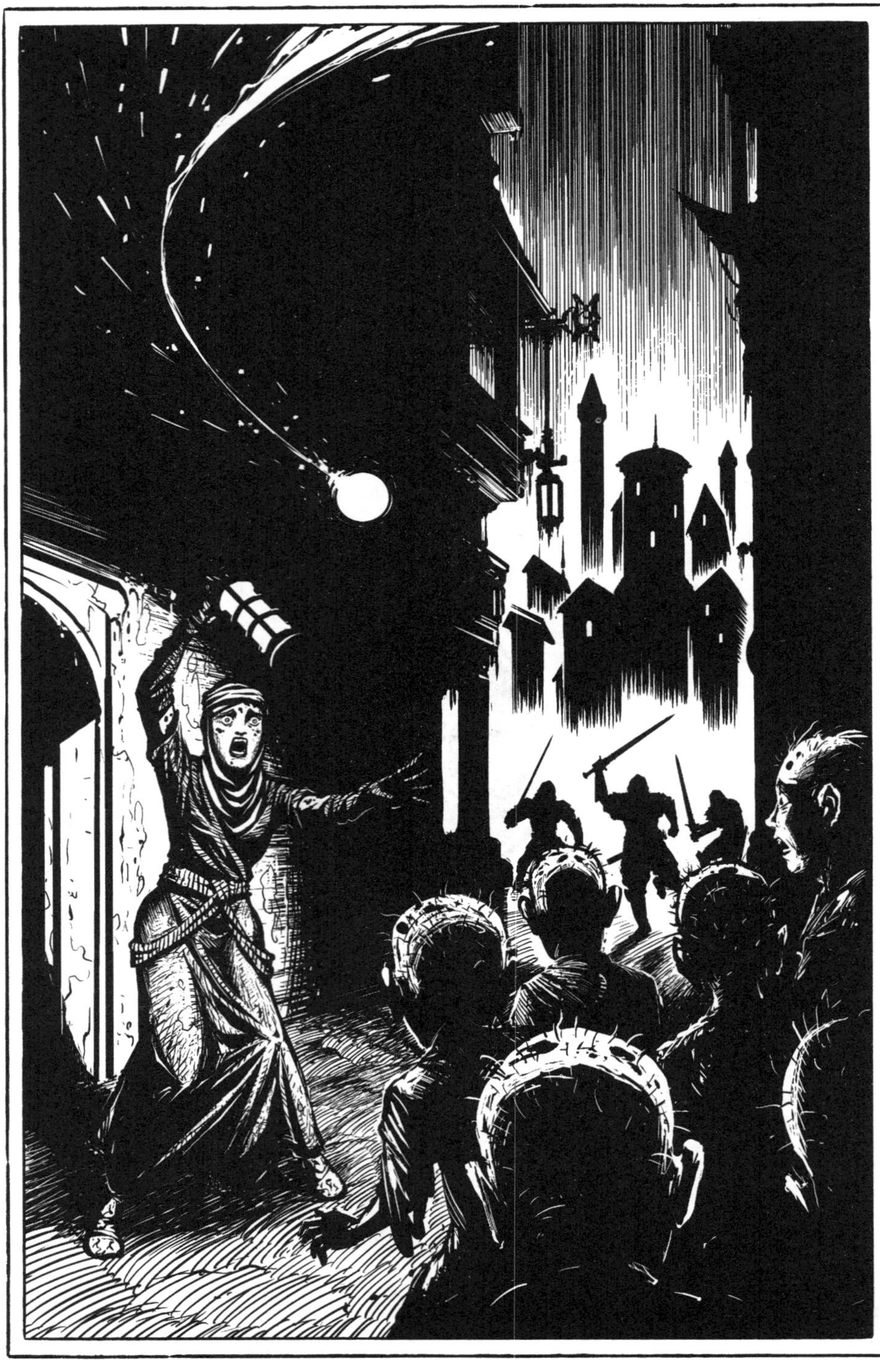

"大人，"艾熙从窗口飘了进来，"莎睿妮夫人请求您原谅，她要晚一点来用餐。"

"晚一点？"坐在桌边的雷奥登忍俊不禁，"一小时前就该用餐了。"

艾熙微微震动："抱歉，大人，莎睿妮夫人让我保证，如果您抱怨了，就给您传个信，说她怀孕是您的错，所以您必须依着她的意思。"

雷奥登笑了。

艾熙又震动起来，尽量表示尴尬，毕竟它只是一只光球。

雷奥登叹了口气，把手臂放在伊岚翠王宫的桌上。四周的墙壁发出微弱的光芒，不需要火把或提灯照明。以前他总是纳闷，为什么伊岚翠城里没有灯架。加拉顿曾向他解释说，城里挂着一些一按就能发光的金属盘，但他俩都忘了，有多少光亮来自石材本身。

他低头看着自己的空盘子，心想：*我们也曾为了一点点食物而苦*

苦挣扎。如今，在饭前磨蹭一个小时都已经稀松平常了。

然而食物是充足的，雷奥登亲手就能将垃圾转变成精良的玉米，阿雷伦的人民再也不会挨饿了。不过，一想到这些事，他的思绪就飘回了新伊岚翠，以及他在城里打造的那种简单、纯粹的和平。

"艾熙，"雷奥登忽然有了一个想法，"我一直想问你一件事。"

"您请问，陛下。"

"伊岚翠光复前的最后几个小时，你去哪儿了？我几乎一晚上都不记得你的情况。其实我只记得你来告诉我，说莎睿妮被绑架到泰奥德去了。"

"没错，陛下。"艾熙说。

"那你去哪儿了？"

"说来话长，陛下。"侍灵飘到雷奥登的椅子旁，"一开始，莎睿妮夫人派我去新伊岚翠提醒加拉顿和卡拉妲，说她要给他们运一批武器。那时修士团还没有袭击凯伊城，而我去了新伊岚翠，完全不知道会发生什么……"

* * *

梅泰丝负责照顾孩子。

这是她在新伊岚翠的职务，人人都得有活干是性灵的规定。她不介意自己的工作，也很愿意干。她带孩子的时间比性灵来这儿的时间还长，自从戴熙发现了她，把她带回卡拉妲的宫殿，她就一直在照顾那些小家伙。性灵的规定只是给了个准信。

她固然享受自己的职务，但那只是大部分时候。

"梅泰丝，我们真的要上床睡觉吗？"泰奥尔问道，极力睁大眼睛看着她，"就不能熬夜吗？就这一次？"

梅泰丝交叉双臂，冲着男孩扬起没有眉毛的眉线。"你们昨天到这个点就必须上床睡觉了。"她指出，"前天也是，大前天其实也是。我不明白你们为什么觉得今天就该有差别。"

"可今天出事了。"泰埃尔走到伙伴身边，"大人都在画符文。"

梅泰丝往窗外看了一眼。由她照顾的五十多个孩子住在敞开着窗户的房子里，由于室内的大部分墙壁都装饰着鸟类雕刻，房子便有了"鸟巢"的称呼。"鸟巢"离城中城的中心不远，靠近性灵的住处，也就是他举行大多数重要会议的珂拉西教堂。大人都希望时刻管着孩子。

不巧的是，这意味着孩子也能时刻留意大人。窗外光芒闪烁，数百根手指在空中勾画艾欧符文。夜深了，孩子们早该就寝了，但在这天晚上，要让他们上床睡觉可特别困难。

泰埃尔说得没错，梅泰丝心想，**是出事了**。但这不是允许他熬夜的理由，况且他越是醒着，梅泰丝就越不可能亲自出去调查骚乱。

"没事。"梅泰丝回头看着孩子们。有些人已经睡在了色彩鲜艳的床单上，但不少人还很精神，他们观望着梅泰丝要如何对付那两个捣蛋鬼。

"我看不像没事。"泰奥尔说。

"他们在写符文呢。"梅泰丝叹道，"如果你有兴趣，我们应该可以破例允许你熬夜……假如你想练符文的话。我想今晚肯定还能再上一堂课。"

泰奥尔和泰埃尔的脸上霎时没了血色。勾画符文可是学校里要学的东西，性灵已经逼他们重新上学了。梅泰丝看着两个男孩连连却步，不由得窃笑起来。

"好啦，"她说，"都拿上纸笔，我们可以画上大概一百次艾欧·艾熙。"

两个男孩领会了话里的暗示，灰溜溜地回到了各自的铺位。在房间的另一边，别的几名护工在铺盖间穿行，以确保孩子们都睡下了，梅泰丝也是如此。

"梅泰丝,我睡不着。"有人说了一句。

梅泰丝扭头看着一个坐在铺盖上的小姑娘,莞尔道:"莱埃卡,你怎么知道?我们才刚让你上床,你还没睡呢。"

"我知道睡不着的。"小姑娘振振有词地说,"梅埃总是给我讲睡前故事,不讲我就睡不着。"

梅泰丝叹了口气。莱埃卡几乎没睡过好觉,特别是在要侍灵陪的晚上。她中了宵得术之后,她的侍灵自然发疯了。

"躺下,亲爱的。"梅泰丝安慰道,"睡睡看。"

莱埃卡嘴上回了声"不",但还是躺下了。

查房完成后,梅泰丝走到房间前面,瞥了一眼孩子们蜷成一团的身影,发现有不少人还在辗转反侧,她承认自己同样感到忧虑。今晚是有点不对劲。性灵大人不见了踪影,加拉顿却告诉他们不要担心,梅泰丝觉得这是个不祥的征兆。

"他们在外面干吗?"埃多翠在一旁轻声问。

梅泰丝瞧了瞧窗外,看到许多成年人站在加拉顿周围,在夜色中勾画符文。

"符文不管用了。"埃多翠说。这个少年可能比梅泰丝大两岁,但这种事在伊岚翠并不重要,大家的皮肤都是斑斑驳驳的灰色,头发也稀稀拉拉的,要么全掉光了。中了宵得术的人,他们的年龄往往很难确定。

"这可不是不练符文的理由。"梅泰丝说,"符文是有力量的,你也看得出来。"

符文背后确实有一股力量。这股力量在空中勾画而成的光线背后肆虐,梅泰丝总能感觉到。

埃多翠嗤之以鼻:"还不是没用。"他抱起双臂。

梅泰丝莞尔一笑。她不清楚埃多翠的脾气是不是一直都这么差,还是说他只是在"鸟巢"干活时才这样。年纪轻轻却没有获准成为戴熙的部下,而是被安排来照顾孩子,他似乎不太情愿。

"待在这儿。"她走出"鸟巢",前往大人们站着的露天庭院。

埃多翠只是照常嘟囔了一声,坐了下来,确保没有孩子溜出寝室。他向其他几名少年点了点头,他们已经照看好了各自负责的孩子。

梅泰丝穿过新伊岚翠的开阔街道。夜里有些冷,但她并不在意,这也是当伊岚翠人的一大好处。

似乎很少有人像她这么想。别人并不认为当伊岚翠人有什么好处,不管性灵大人怎么说。然而,他的话对梅泰丝而言是有意义的,但这也许和她的处境有关。她在外面一直是要饭的,一辈子都遭人冷眼,觉得自己一无是处。但在伊岚翠,有人需要她,她也能发挥重大的作用。孩子们仰慕她,她也不用劳神去乞讨或者偷东西吃。

起初的情况确实相当糟糕,当时戴熙还没有在满是污泥的小巷里发现梅泰丝。而且她受过伤,脸颊上就有一处,那是她在刚进伊岚翠时划到的,现在依然像一开始那样疼。不过这只是一个小小的代价。在卡拉妲治下的宫殿里,梅泰丝头一次真正尝到了派上用场的滋味。当她和卡拉妲帮派的其他人一道搬进新伊岚翠时,那种归属感只是变得更强烈了。

更不用说,被丢进伊岚翠后,她还认了一个父亲。

戴熙看到她走过来,在灯光下笑着转过身。他自然不是她的亲生父亲,她没中宵得术时就是个孤儿。况且,戴熙和卡拉妲算是他们捡回宫殿的所有孩子的父母。

不过,戴熙似乎对梅泰丝怀有特殊的感情。有她在身边,这位一本正经的战士总会笑得更开心。需要做重要的事务时,他也会找她。有一天,她干脆称他为父亲了,而他从来没有反对过。

她在庭院的边缘和他会合,他把手搭到她肩上。他们前方的一百来人几乎一致地挥动手臂,手指在半空中划出一道道光线,留下曾经催生艾欧铎魔法的轨迹。加拉顿站在队伍前排,带着杜拉德人特有的拖腔大声喊出指令。

"真没想到杜拉德人也能教艾欧符文。"戴熙轻声道,另一只手按着剑柄的圆头。

他也很紧张,梅泰丝心想,抬起头。"父亲,别说得这么难听。加拉顿是个好人。"

"他可能是个好人,"戴熙说,"但他不是做学问的,经常把笔画搞混。"

戴熙自己勾画符文的手法也很糟糕,只是梅泰丝没有指出来。她瞄了一眼父亲,发现他耷拉着嘴角,于是说:"性灵还没回来,你生气了吧。"

戴熙点点头:"他应该带着大伙来这儿,而不是去追那个女人。"

"他在外面可能有大事得去了解,跟别的国家和军队有关。"梅泰丝轻声道。

"外面怎么样跟我们无关。"戴熙说。他有时候很固执。

其实他大多数时候都这样。

加拉顿在人群的前排说:"很好。那是艾欧·戴阿,是表示力量的符文,可喽?现在,我们要练习添加裂谷线,但不要画到艾欧·戴阿上,毕竟谁都不想把漂亮的人行道炸出窟窿,对不对?我们就在艾欧·雷奥上练习吧,那玩意好像没什么大用。"

梅泰丝皱了皱眉:"父亲,他在说什么?"

戴熙耸耸肩:"性灵似乎认为符文现在也许能用了,不知为何。我们以前的画法一直是错的,要么也是差不多的原因。我倒不明白了,设计符文的学者怎么会每个字都漏掉一整道笔画?"

符文恐怕不是学者"设计"的。它们带着一股……过于原始的气息,是自然的产物,就像风一样,不是人为的。

但她还是一言不发。戴熙是个善良、果决的人,但他并没有多少学术头脑。梅泰丝觉得无所谓,毕竟从某种程度来说,将新伊岚翠从野蛮人造成的灾难里拯救出来的,正是戴熙的剑。在整个新伊岚翠,没有比她父亲更优秀的战士了。

但她还是好奇地看着加拉顿谈论这根新添加的线。这是一道很奇怪的笔画,横贯符文的底部。

这样符文就能用了吗?她心想,似乎是很简单的修改,真的能行吗?

后方传来清嗓子的声音,他们立即转身,戴熙差点就拔剑了。

一只侍灵悬浮在空中。他很清醒,散发着明亮的光芒,没有疯得在伊岚翠漫无目地飘来飘去。

"艾熙!"梅泰丝高兴地说。

"梅泰丝小姐。"艾熙在空中上下起伏。

"我可不是什么小姐!"她说,"你应该知道的呀。"

"这个称谓对我来说一直恰如其分,梅泰丝小姐。"他说,"戴熙大人,卡拉妲女士在附近吗?"

"她在图书馆呢。"戴熙把手从剑柄上拿开。

图书馆?梅泰丝心想,什么图书馆?

"啊,"艾熙用低沉的声音说,"加拉顿大人似乎很忙,或许我可以把口信带给您。"

"请便。"戴熙说。

"大人,新的物资就要到了。"艾熙轻声说,"莎睿妮夫人希望您尽快得知此事,因为这批物资……相当重要。"

"是吃的吗?"梅泰丝问。

"不是,小姐,"艾熙说,"是武器。"

戴熙来了精神:"当真?"

"当真,戴熙大人。"侍灵说。

"她为什么要送武器?"梅泰丝皱着眉问。

"主人她不放心。"艾熙轻声说,"外部的紧张局势正在加剧,她说……希望新伊岚翠做好准备,以防万一。"

"我会立刻召集士兵,"戴熙说,"然后去取武器。"

艾熙上下起伏,表示这主意不错。父亲走开后,梅泰丝望着那只侍灵,忽然有了一个想法。也许……

"艾熙,可以借用你一会儿吗?"她问。

"当然,梅泰丝小姐。"侍灵说,"您需要我做什么?"

"其实只是件小事,"梅泰丝说,"但可能帮得上忙……"

* * *

艾熙把故事讲完了,梅泰丝看着睡在铺盖上的女孩莱埃卡,暗自笑了笑。最近几周,这孩子似乎头一次安定下来。

艾熙被带进"鸟巢"后,没睡的孩子还大惊小怪,但当他说起话来,才证明了梅泰丝的直觉。侍灵低沉浑厚的声音抚慰了孩子们,他的言语抑扬顿挫,十分让人宽心。听侍灵讲故事,不仅莱埃卡被哄睡了,其他小家伙也一样。

梅泰丝站起来,伸了伸腿,朝外面的门点点头。艾熙飘在她身后,又一次经过了闷闷不乐的埃多翠。埃多翠正在前门的门口朝一只蛞蝓扔石子,那只蛞蝓不知怎么的就爬进了新伊岚翠。

"很抱歉占用了你这么长时间,艾熙。"梅泰丝轻声说。他们已经走远了,不会吵醒孩子们。

"哪儿的话,梅泰丝小姐。"艾熙说,"莎睿妮夫人会放我一马的。再说,又能讲故事的感觉还真好。我的主人早就过了孩提时代了。"

"你在莎睿妮夫人这么小的时候就传给她了?"梅泰丝好奇地问。

"我在她出生时就传给她了,小姐。"艾熙说。

梅泰丝苦笑了一下。

"我想,您总会拥有自己的侍灵的,梅泰丝小姐。"艾熙说。

梅泰丝不解地歪过头:"怎么说?"

"以前,几乎每个伊岚翠人都拥有侍灵。我开始觉得性灵大人也许能修复这座城市了,毕竟他修复了艾欧铎。这样的话,我们就该给您物色一只侍灵。叫'艾泰'如何?您就是以这个符文命名的,对不对?"

"对,"梅泰丝说,"是'希望'的意思。"

"我觉得这个符文很适合您。"艾熙说,"好了,既然我的任务完成了,也许我该——"

"梅泰丝!"有人喊道。

梅泰丝眉头一皱,看了看挤满熟睡孩子的"鸟巢"。一盏灯在夜色中摇曳,灯光从一条小巷里打过来,正是喊声传来的方向。

"梅泰丝?"那人又喊道。

"轻点声,梅里西!"梅泰丝低语着,悄悄穿过街道,来到那人站着的地方,"孩子们在睡觉呢!"

"噢。"梅里西顿了顿。这个傲慢的伊岚翠人穿着亮色的衬衫和裤子,是标准的新伊岚翠打扮,但他把衣服改了一下,系上了两条腰带,因为他认为这样才更有"美感"。

"你父亲呢?"梅里西问。

"在教人剑术呢。"梅泰丝轻声说。

"啥?"梅里西问,"这深更半夜的!"

梅泰丝耸耸肩:"你也知道戴熙是什么样的人。他一动什么念头,就……"

"先是加拉顿跑了,"梅里西抱怨道,"现在戴熙又在夜里舞刀弄剑。要是性灵大人回来就好了……"

"加拉顿跑了?"梅泰丝来了精神。

梅里西点点头:"他偶尔会像这样消失,卡拉妲也是。他们不肯告诉我他们去了哪儿,总是搞得神神秘秘的!说一句'归你管了,梅里西',就丢下我去开秘密会议了。真是的!"说完,他举着提灯走了。

去了秘密的地方? 梅泰丝心想,难道是戴熙提到的图书馆吗?她瞧了瞧还悬浮在身旁的艾熙。如果她劝导有加,艾熙没准会告诉她——

就在这时,响起了尖叫声。

这突如其来的声音把梅泰丝吓了一跳。她转身四顾,想确认声源的位置——似乎就在新伊岚翠城门附近。

"艾熙!"她说。

"我正要去呢,梅泰丝小姐。"侍灵蹿到空中,如同夜色中的光点。

尖叫声没有停歇,仍在远处回荡。梅泰丝浑身发抖,不由得后退几步,耳边传来金属相击的铿锵声。

她回身面对"鸟巢",发现负责管理"鸟巢"的成年人泰埃德穿着睡衣走出了楼房,就算在暗中也能看到他一脸担忧。

"待着别动。"他说。

"别丢下我们!"埃多翠惊恐地环顾四周。

"我会回来的。"泰埃德跑开了。

梅泰丝与埃多翠对视。其他值班照看孩子的少年都回屋睡觉了,现在只剩他们俩了。

"我要和他一起去。"埃多翠跟在泰埃德后面。

"你不能去!"梅泰丝抓住他的胳膊,把他拉了回来。远处的尖叫声还未散去,她看了"鸟巢"一眼,说:"去把孩子们叫醒。"

"什么?"埃多翠气愤地说,"我们费了好大的劲才把他们哄睡!"

"快去。"梅泰丝厉声道,"叫他们起来,把鞋子穿好。"

埃多翠抗拒片刻,嘀嘀咕咕地走进寝室。过了一会儿,梅泰丝听到了他按要求唤醒孩子们的声音,便急忙跑进街对面放着物资的楼房,在里面发现了两盏油灯,还有火刀和火石。

她顿了顿。我到底在干什么?

只是在做准备,她告诫自己,浑身发抖。尖叫声依旧没有消散,似乎越来越近了。她赶紧跑回街对面。

"小姐!"艾熙的声音响起。她抬头一看,发现侍灵又朝她飞了过来。他体内的符文暗淡无光,都快看不到了。

"小姐,"艾熙急切地说,"敌兵袭击了新伊岚翠!"

"什么?"她惊诧地问。

"他们穿着红衣服,长着斐优旦人的个头和黑发,小姐。"艾熙说,"有好几百人。你们的一些战士正在城前作战,但人数太少了。新伊岚翠已经被攻占了!小姐,敌兵在搜查房屋,正朝这边赶来!"

梅泰丝呆立在原地。不。不可能,不会出事的。这里平静又安宁,是个好地方。

我逃离了外面的世界,找到了自己的归属,这不可能是冲着我来的。

"小姐!"艾熙惊慌地说,"我听到了惨叫声……敌兵正在袭击他们找到的人!"

而且,他们正朝这边赶来。

梅泰丝站在那儿,攥着提灯的手指麻木了。这下没救了。毕竟她能怎么办?她算不上大人,以前又是个要饭的女孩,没有亲人,无家可归。她能怎么办?

可我要负责照顾孩子。

这是性灵大人交给我的工作。

"我们得把孩子们带出去。"梅泰丝奔向"鸟巢","敌人知道去哪里搜查,因为伊岚翠的这片区域是我们打扫过的。城市很大,如果我们把孩子们带到不干净的地方,就可以把他们藏起来。"

"遵命,小姐。"艾熙说。

"你去找我父亲!"梅泰丝说,"把我们的办法告诉他。"

说完,她走进"鸟巢",艾熙也飘入夜色。寝室里,埃多翠已经照她的要求做了,孩子们睡眼蒙眬,正在穿鞋子。

"动作快点,孩子们。"梅泰丝说。

"出什么事了?"泰埃尔问。

"我们得走了。"梅泰丝对这个小捣蛋鬼说,"泰埃尔、泰奥尔,我需要你们帮忙——除了你们,还有其他大一点的孩子,好吗?你们要努力帮助弟弟妹妹,带着他们一直走,别让他们出声,好吗?"

"为什么?"泰埃尔皱着眉问,"到底怎么了?"

"情况紧急,"梅泰丝说,"别的不用知道。"

"为什么是你说了算?"泰奥尔走到他朋友面前,抱起双臂。

"你们认识我父亲吗?"梅泰丝问。

他们点点头。

"你们知道他是军人吗?"梅泰丝问。

他们又点点头。

"这样我也算个军人了,是遗传的。既然他是军官,那我也不例外。也就是说,我有资格指挥你们。只要你们答应照我说的去做,就可以当我的副手。"

两个男孩顿了顿,泰埃尔一点头,说:"有道理。"

"很好。快行动吧!"

两个男孩去帮助更年幼的孩子了。梅泰丝领着他们走出前门,来到昏暗的街道上,但不少孩子察觉到了夜晚的恐怖,害怕得不敢动弹。

"梅泰丝!"埃多翠低声说着,走了过来,"怎么了?"

"艾熙说新伊岚翠遭到了袭击。"梅泰丝跪在提灯旁,"敌兵正到处屠杀。"

埃多翠默不作声。

她依次点上提灯,站了起来。不出所料,大大小小的孩子都被光明和光明所提供的保护吸引了。她把一盏提灯递给埃多翠,透过光亮看到了他惊恐的面容。

"怎么办?"他嗓音颤抖地问。

"赶紧逃。"梅泰丝冲出房间。

孩子们紧随其后,追逐着光芒,不愿留在黑暗中。泰埃尔和泰奥尔牵着小一点的孩子,埃多翠则努力哄着突然哭起来的孩子。梅泰丝担心一路点灯会有危险,但似乎只能这么办了。他们好不容易才发动孩子们,抄了最近的道,领着他们往出城的方向走,直接远离了近在耳边的惨叫。

同时,他们也远离了新伊岚翠人口密集的区域。梅泰丝希望途中能遇到帮手,可惜那些没有外出练习勾画符文的人都和她父亲在一起,拿武器操练。只有艾熙说过的那些受到袭击的建筑被占领了,而住户们……

别去想那些,梅泰丝心念道。由五十个孩子组成的散乱队伍来到了新伊岚翠的边缘。他们就快自由了,接下来就可以——

后方骤然响起一个刺耳且难懂的声音。孩子们害怕极了,梅泰丝转过身,越过他们的头顶望去,发现新伊岚翠的中央隐约闪着火光。

那里着火了。

死亡的火焰映衬着一支由三个敌兵组成的小队,他们身穿红色制服,手里握着剑。

他们肯定不会杀掉小孩,梅泰丝心想,拎着提灯的手在发抖。

她看到了敌兵狰狞而严酷的眼神。他们一步步地朝她带领的队伍逼近。不错,他们会杀掉小孩,最起码会杀掉其中的伊岚翠人。

"快跑!"梅泰丝声音颤抖地说,但她知道孩子们绝不可能跑得比敌兵快,"快跑!去——"

忽然,不知从哪儿飞出一只光球。艾熙在敌兵之间穿梭,绕着他们的脑袋打转,分散他们的注意力。敌兵们咒骂起来,愤怒地挥着剑,抬头望着侍灵。

所以他们根本没看到戴熙向他们冲了过来。

他穿过新伊岚翠一条阴暗的小巷,从一侧袭击他们。剑光一闪,他便击倒了一个敌兵。他转向另外两个敌兵,他们骂骂咧咧地回过身,不再看着侍灵。

我们得离开这儿! "快走!"梅泰丝又喊道,催促埃多翠等人继续前进。孩子们避开剑斗,跟着手拿提灯的埃多翠走进夜色。梅泰丝留在队尾,扭头望着父亲,很是担心。

戴熙打得很艰难。虽然他骁勇善战,但他毕竟是伊岚翠人,身体虚弱,而且又有两个敌兵加入了战局。梅泰丝站在原地,用颤抖的手拎着提灯,不知道该怎么办。孩子们在她身后的黑暗中抽泣,他们撤离得太慢了。戴熙奋勇战斗着,他换下了先前那把锈迹斑斑的剑,新的那把一定是莎睿妮送来的。他接连挡开敌人刺来的利刃,但还是被包围了。

必须想点办法! 梅泰丝思忖道,往前迈了一步。这时,戴熙转过身,脸上和身上的伤口清晰可见。看到他恐惧的眼神,梅泰丝浑身发僵。

"走吧,"他低语道,声音淹没在喧嚣中,但他的嘴唇在动,"快跑!"

一个敌兵用剑刺穿了戴熙的胸口。

"不!"梅泰丝高喊道,但她的叫声只是引起了他们的注意。戴熙瘫倒下去,在地上发抖,疼痛难忍。

敌兵们瞧了瞧梅泰丝,开始朝她逼近。戴熙干掉了不止一人,但还剩三人。

梅泰丝感到麻木。

"求你了，小姐！"艾熙飘落在她身边，焦急地盘旋着，"你得赶快跑！"

父亲死了，更糟的是他成了虚客。梅泰丝摇摇头，强行保持警惕。她在要饭时就目睹过悲剧，现在她也能坚持下去。她必须这么做。

那些敌兵一定会找到孩子们，他们动作太慢了，除非……她抬头看了看跟在一旁的侍灵，发现艾熙体内那个发亮的符文是"光"的意思。

敌兵们逐渐靠近。"艾熙，"她急切地说，"去前面找埃多翠，叫他把灯灭了，然后领着大家去安全的地方！"

"安全的地方？我不知道哪里还有安全的地方。"

"你说起过的图书馆，"梅泰丝飞快动起脑筋，"在哪里？"

"从这里一直往北走就到了，小姐。"艾熙说，"图书馆在一座矮楼底下的密室里，门口标着艾欧·雷奥符文。"

"加拉顿和卡拉妲都在图书馆。"梅泰丝说，"把孩子们带到他们那儿去，卡拉妲会想办法的。"

"遵命。"艾熙说，"是个好主意。"说完就飞走了。

"别忘了叫埃多翠把灯灭了。"梅泰丝说。她转身面对逼近的敌兵，抬起手，开始用颤抖的手指勾画符文。

半空中，光芒随着笔顺喷薄而出。她强行保持镇定，不顾恐惧画完了符文。敌兵们愣愣地望着她，很快有人用一种粗嘎的语言说了些什么，她觉得那是斐优旦语。他们继续朝她逼近。

梅泰丝照着侍灵伙伴的样子画完了艾欧·艾熙符文。符文当然没有效果，只是照例悬在空中。敌兵们漫不经心地走来，径直走到它跟前。

最好能奏效，梅泰丝心想，她把手指放在加拉顿演示过的位置，添上最后一笔。

艾欧·艾熙符文立刻在敌兵面前发出强光。突如其来的闪光刺过他们的双眼，他们大叫起来，然后咒骂着，跌跌撞撞地往后退。梅泰丝俯身抓起提灯，拔腿就跑。

敌兵们在她身后呼喊，跟了上来，像先前的孩子们那样直冲着她那盏灯。埃多翠等人离得不远，她发现他们的影子还在夜色中晃动，但敌兵们的目光被蒙蔽了，看不清细微的动静，而且埃多翠已经把灯灭了，他们只能注意到她那盏灯。

梅泰丝惊恐地攥着提灯，把他们引开，带着他们遁入漆黑的夜幕。她进了伊岚翠城，追兵的脚步声清晰可闻。新伊岚翠的干净石子路不见了，取而代之的是污泥和黑暗，梅泰丝只好急忙停下，免得滑倒。

尽管如此，她还是匆匆绕过一个个街角，努力赶在追兵前面。她非常虚弱，跑步对伊岚翠人来说是相当困难的。她没有力气跑太快，已经逐渐感到一种强烈的疲惫。她听不到追兵的脚步声，也许……

她拐了个弯，迎面撞上了两个站在夜色中的敌兵。她吓得停下脚步，抬头看着他们，认了出来。

他们是训练有素的士兵，她心想，**当然会包抄敌人！**她转身想跑，但一个敌兵抓住她的手臂，狞笑着用斐优旦语说了些什么。

梅泰丝大叫起来，丢下了提灯。敌兵一个趔趄，但还是牢牢地抓着她。

快想办法！梅泰丝告诫自己，**你只有一点时间**。她的双脚在污泥里打滑。她顿了顿，索性跌倒下去，冲抓着她的敌兵的腿就是一踢。

她只能指望自己幼时生活在伊岚翠这个优势。她知道如何在污泥中行动，但敌兵不知道。她那一脚踢得很准，敌兵立刻滑倒，撞到同伴身上，然后摔在了泥泞的街道上，松开了梅泰丝。

她挣扎着站起来，鲜艳漂亮的衣服沾满了伊岚翠的污秽。她的腿又痛起来了，她扭伤了脚踝。以前她一直小心翼翼，不让自己产生钻心的痛楚，但这次比以往更痛，甚至比她脸颊上的伤口还要痛。她的腿痛得不可思议，而且痛楚没有减轻，依然十分剧烈。伊岚翠人的伤口永远不会愈合。

但她还是强迫自己一瘸一拐地离开。她不假思索地向前走，只想摆脱那些敌兵。她听到了他们的咒骂声，发觉他们跟跟跄跄地站了起来。她连蹦带跳、一步不停地往前走。等她看到新伊岚翠城里的火光，她才意识到自己绕了一个圈，又回到了起点。

她一愣，发现戴熙躺在石子路上。她不顾还有追兵，赶紧跑了过去。父亲的胸口还插着那把剑，他的低语声隐约可闻。

"快跑，梅泰丝，逃到安全的地方去……"是虚客的呢喃。

梅泰丝摇摇晃晃地跪在地上。她已经把孩子们带去了安全的地方，这就够了。后方传来动静，她扭头看到一个敌兵正在靠近，他的同伴肯定去了另一个方向。敌兵浑身沾满污泥，她认了出来，就是被她踢中的人。

我的腿好疼！ 她心想，转身抱着戴熙一动不动的躯体，累得、痛得无法再动了。

敌兵抓住她的肩膀，将她从父亲的躯体上拽开，一把将她扭转过来，又弄疼了她的双臂。

"快说，"那人操着浓重的口音，"其他小孩去了哪里？"

梅泰丝徒劳地挣扎着。"不知道！"她说。其实她知道，艾熙告诉过她。*我为什么要问他图书馆在哪里？*她自责道，*如果我不知道，就不会暴露他们了！*

"快说。"那人一手抓着她，一手去拔腰间的匕首，"快说，否则看我怎么收拾你。"

梅泰丝还在挣扎，但没有用。如果伊岚翠人的眼睛能流泪，她肯定早就哭了。敌兵在她面前举起匕首,好像真要收拾她似的。梅泰丝从没有这么害怕过。

就在这时,大地摇晃起来。

随着黎明的到来,东边的天空泛起霞光,但城市周围突然迸出光芒,让霞光黯然失色。敌兵一愣,抬头望着天空。

梅泰丝突然感到一阵暖意。

她已经习惯伊岚翠人冰冷而陈腐的身体了,没有发觉自己是多么怀念温暖的感觉。那阵暖意似乎在她体内流动,就像有人在她的血管里注入了温热的液体。这种感觉是如此美妙,她顿时惊呆了。

这就对了,对极了!

敌兵朝她转过身。他歪过脑袋,接着伸出手,用一根粗糙的手指揉了揉她的脸颊,那里在很久以前受过伤。

"你的伤好了?"他不解地问。

梅泰丝感觉棒极了。她感受到了……她的心!

那人一脸疑惑,又举起匕首。"你的伤是好了,"他说,"但我还是可以收拾你。"

梅泰丝感到身体变强壮了,但她仍然只是个女孩,而对方是个训练有素的军人。她挣扎着,这才领悟过来。她的皮肤变成了银色,不再是斑斑点点的了。是真的!被艾熙说中了!伊岚翠光复了!

然而她还是会死,这不公平!她哀号起来,奋力挣脱。简直太讽刺了,城市正在复原,却不能阻止这可怕的家伙——

"我想你大概漏掉了什么,朋友。"忽然传来一个声音。

敌兵一怔。

"如果她被光明治好了,"那个声音说,"那我也不例外。"

敌兵一声惨叫,松开了梅泰丝,踉跄欲跌。梅泰丝往后退了几步,当那个可怕的家伙倒下时,她终于看清了站在后面的人。她父亲通体发光,身上的污点已经消失了。他就像一个神,银光闪闪、威风凛凛。

他的衣服在他受伤的部位都是破的,但他的皮肤已经恢复。他握着先前刺穿他的那把剑。

梅泰丝哭着向他跑去——她总算又能哭了!——一把抱住了他。

"别的孩子呢,梅泰丝?"他急切地问。

"我负责照顾他们,父亲。"她轻声说,"人人都有活干,照顾孩子就是我的职责。"

* * *

"孩子们后来怎么样了?"雷奥登问。

"我带他们去了图书馆。"艾熙说,"加拉顿和卡拉妲已经走了,我们一定是在他们跑回新伊岚翠时跟他们错过了。但我让孩子们藏在里面,陪着他们,叫他们不要吵闹。我很担心城里的情况,但那些可怜的小家伙……"

"我明白。"雷奥登说,"还有戴熙的女儿梅泰丝,我都无法想象她的经历。"说完,他莞尔一笑。为了感谢戴熙为新伊岚翠所做的贡献,雷奥登送了他两只侍灵。这两只侍灵在伊岚翠光复后恢复了理智,却发现没有可以服侍的对象,因为他们的主人都过世了。戴熙把一只侍灵给了他女儿。

"她最后得到了哪只侍灵?"雷奥登问,"艾泰?"

"其实不是。"艾熙说,"我觉得是艾尤。"

"也很合适。"雷奥登说。这时门开了,他笑着站起身,莎睿妮王后挺着孕肚走了进来。

"我也觉得很合适。"艾熙缓缓飘到莎睿妮身边。

艾尤,是"勇敢"的意思。

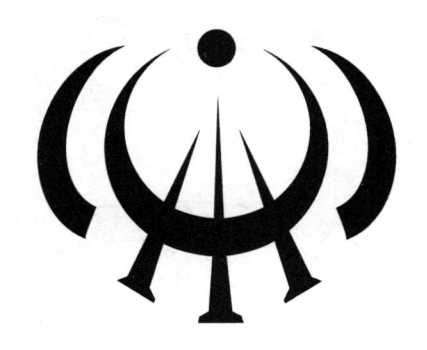

司卡德瑞尔星系

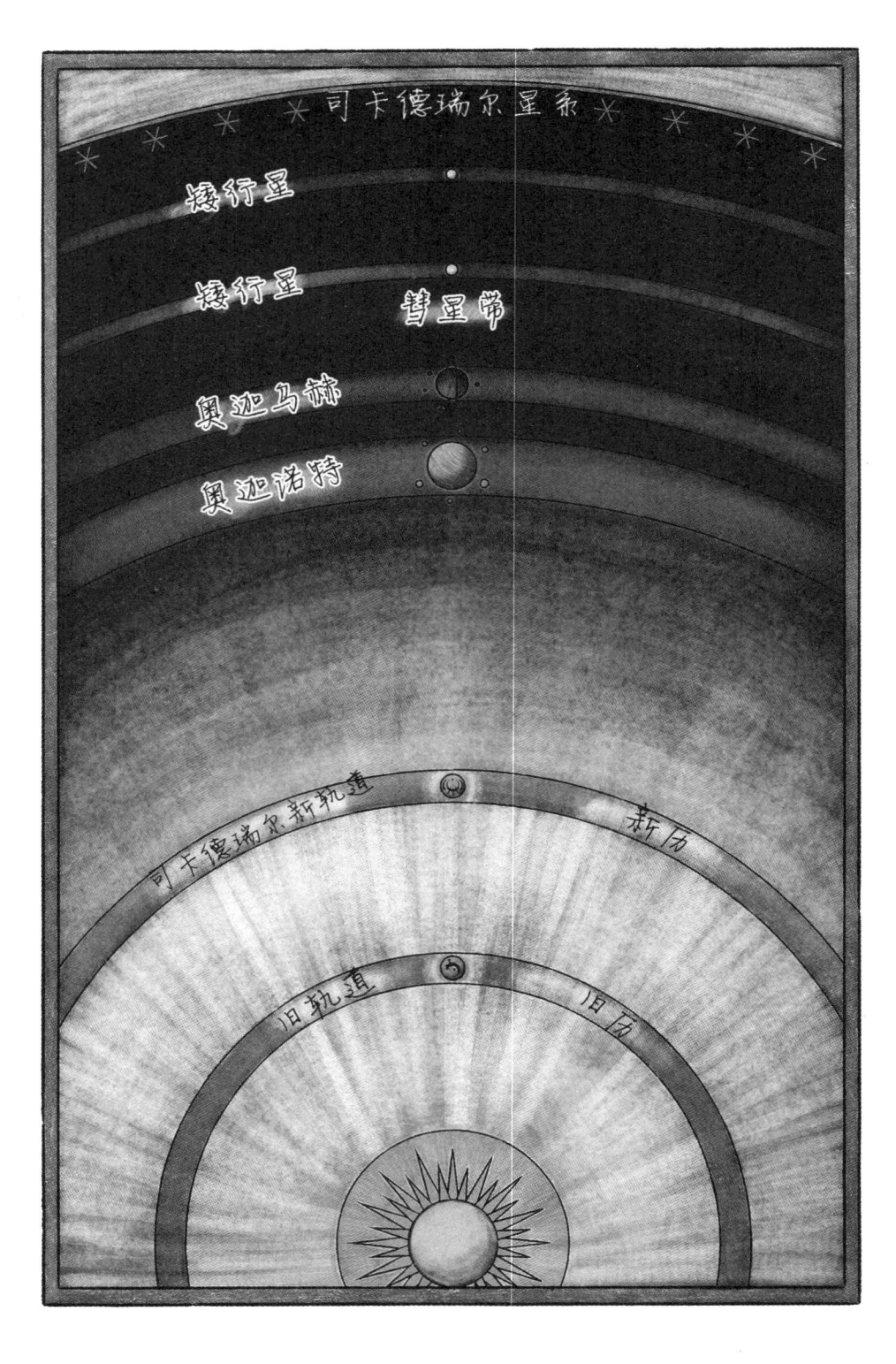
司卡德瑞尔星系
矮行星
矮行星
彗星带
奥迦乌赫
奥迦诺特
司卡德瑞尔新轨道
新历
旧轨道
旧历

司卡德瑞尔星系

这个星系的内部基本是空荡荡的,仅有司卡德瑞尔一颗行星。考虑到星系出于神瑛的影响而经历的巨变,这只能说是偶然的现象。

司卡德瑞尔的非凡之处在于,虽然灾难反复发生,人类却在星球上繁衍生息。三界宙中的其他星球自然也遭受过更严重的灾难,但你不会在任何一颗星球上找到如此繁荣、技术如此先进的社会。

其实,若非统御主对星球的技术发展实施了上千年的压迫,司卡德瑞尔一定会在科教领域和科学进步上超越其他世界,而且是凭借一己之力,无需像我们在银光城享受的那样进行学会交流。

司卡德瑞尔又是一颗双神瑛体系的星球,有着许多与众不同的特征。司卡德瑞尔的人类起源于神瑛降临之后,而三界宙中只有两个世界如此。从我的研究来看,在司卡德瑞尔的神瑛"灭绝"和"存留"抵达星系之前,这颗星球并不存在。两位神瑛挑选了一颗孤立恒星,特意选择了这个位置。由于四周空无一物,他们便可以在那里任意放置星体。

两位神瑛在创造生命的过程中,无疑借鉴了尤伦的人类(他们的载体在升华之前也确实是人类),所以司卡德瑞尔的动植物都和尤伦十分相似（当然指的是没有殊化①的动植物）。它的体积和引力也和尤伦非常接近，恰好是三界宙标准的 1 倍。

虽然司卡德瑞尔是两位神瑛共同创造的，但它很快就成了双方冲突的象征和战利品。谈论载体的个性不是我的专长，大家最好去咨询我的同行，他们并不研究秘术②，而是专门研究阿多拿西破碎之前的传记和历史。但可以说，两位神瑛的冲突直接体现在了司卡德瑞尔人对神能的运用上。

这是一种强大的魔法，人类经常从中获得巨大的爆发力。我敢说，除了柔刹以外，没有一颗星球上的凡人能如此广泛地运用如此强大的神能。在司卡德瑞尔的历史上，男男女女总会定期获得巨大的力量，产生不可思议的影响。最明显的证据便是我的同行盖因好心提供的星图，上面为司卡德瑞尔列出了两条轨道。这颗星球的确在不同时期被拥有大量神能的个体挪动过（顺便说一句，这给我们理解星球以往的历法造成了不小的麻烦）。

我为这颗星球的魔法体系写过许多文章，我对镕金术、藏金术和血金术的看法甚至可以写成厚厚的专著。但我坚持认为，还是血金术对三界宙的潜在影响最大。这种危险的法术能突破星球或神能的限制，扭曲各种灵魂，创造出未经神瑛安排的虚假联结，而且只要掌握正确的知识就能使用。

虽然司卡德瑞尔所在的星系平平无奇，但星球本身还是颇具吸引力的。这点一再得到了证实，哪怕人类过去只生活在相对较小的一部分区域（这在最后帝国的极端环境被移除后开始改观）。

从人类对环境的适应（不管是自发的还是被迫的），再到不同纪元发生的巨大地貌变化，司卡德瑞尔依然是三界宙中我最喜欢研究的星球，星球上的魔法与自然物理的联动是多样而迷人的。

---

①尤伦世界的一种生命形态。殊化体生物为六肢，呈灰白色。
②三界宙魔法学的统称。

第十一种金属

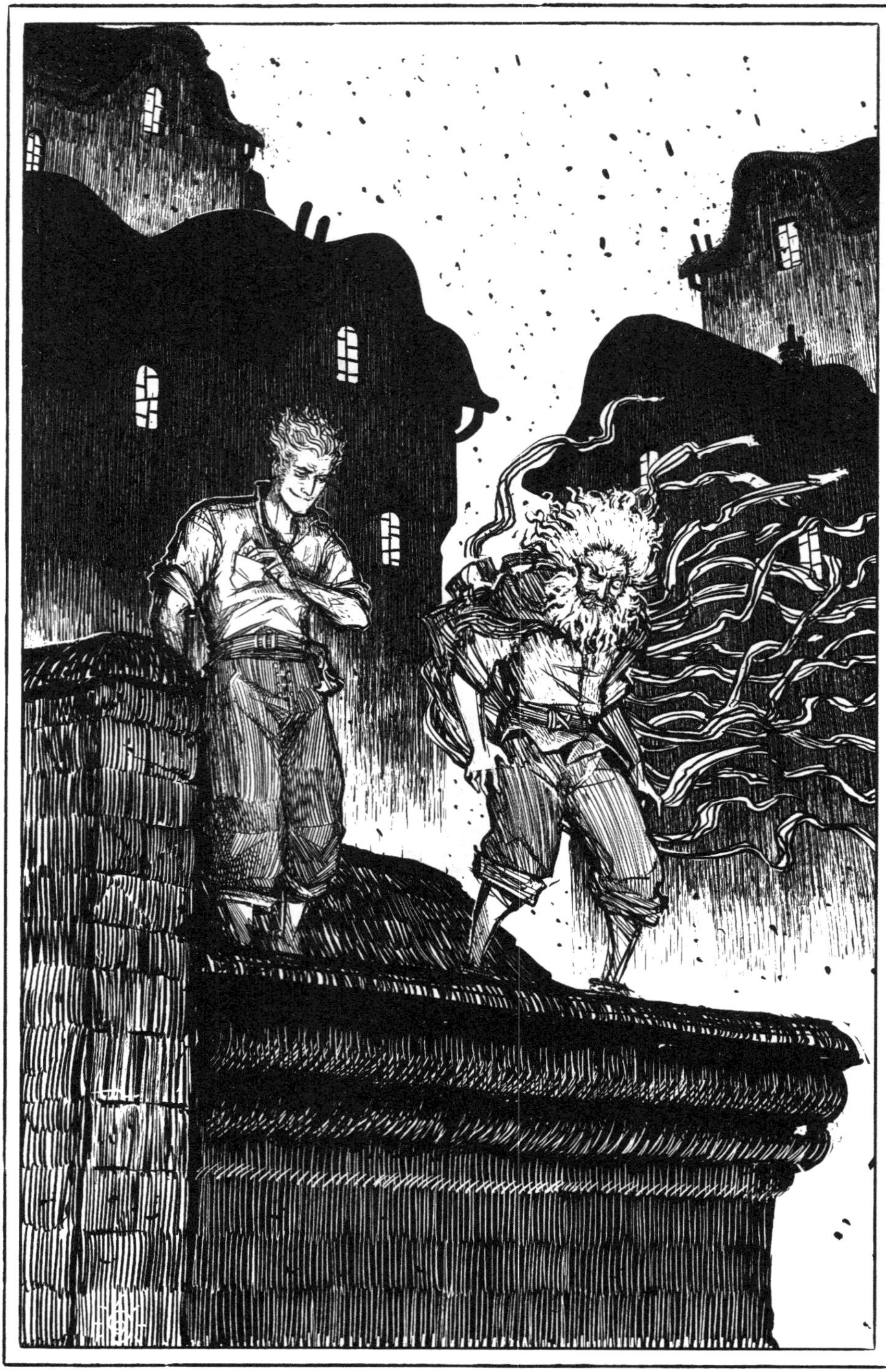

卡西尔用两根手指捏住那张不断摆动的小纸片。风吹打和拉扯着那张纸，但他捏得很紧。

他不下二十次拿起笔来，尝试重现她总是带着的那张画。他可以肯定，原版已经被毁掉了。他没有任何能回忆和缅怀她的东西。所以他才会用拙劣的笔法再现她珍视的画。

一朵花。那就是它的名字。一段传说，一个故事。一个梦。

"你不该再这么做了，"他的同伴粗鲁地说，"我真该阻止你继续画那些东西的。"

"不妨一试。"卡西尔轻声说着，把那张纸条夹在两根手指之间，然后塞进衬衣口袋。他会回头再试。花瓣得更接近泪滴形状才行。

卡西尔平静地看了盖穆尔一眼，然后笑了。那个笑像是挤出来的。在没有她的世界，他怎么可能笑得出来？

卡西尔保持着微笑。他会一直笑下去，直到笑容变得自然。直到那份麻木慢慢消失，直到他内心里的那个结逐渐解开，而他的感受也恢复正常为止。如果存在这种可能的话。

存在的。请让它存在吧。

"画那些画儿总会让你想起过去。"盖穆尔厉声道。这名上了年纪的男子有一副乱糟糟的花白胡子,头发也蓬乱不堪,甚至在被风吹打时反而显得更整齐。

"的确,"卡西尔说,"我不会忘了她的。"

"她背叛了你。该向前看了。"盖穆尔没有留给卡西尔反驳的时间。他迈步走开;他经常像这样在争论途中离开。

卡西尔很想闭上双眼,很想对着逝去的白昼发出反抗的尖叫。但他没有这么做。他把关于梅儿背叛的记忆从脑海中赶走。他不该把自己的担忧告诉盖穆尔的。

但他这么做了。木已成舟。

卡西尔笑得更欢了。这很费力。

盖穆尔回头看着他。"你这么干的时候很吓人。"

"那是因为你这辈子就没真正笑过,你这堆陈年老灰。"卡西尔说着,来到盖穆尔所在的屋檐下的矮墙边。他们俯视着单调乏味的,几乎被灰烬淹没的曼提兹城。西方统御区极北部的这些居民,并不像陆沙德人那样擅长打扫。

卡西尔本以为这里的灰烬会少些——毕竟这儿相当偏僻,附近只有一座灰山。但没有人组织打扫的事实,意味着这里的灰感觉上只会更多。

卡西尔一手抓住墙顶。他一向不喜欢西方统御区的这个部分。这里的建筑就像是……融化了。不,这用词不对。它们显得太过圆润,缺乏棱角,又很少对称——房屋总是有一侧较高,或者凹凸不平。

但灰烬依旧令人熟悉。它包裹了面前这栋建筑物,正如它包裹着整座城市,为万物套上的黑灰相间、整齐划一的石膏那样。一层灰覆盖了街道,粘附在屋脊上,堆积在小巷里。灰山的灰烬就像煤灰,颜色比普通火堆产生的灰烬更深。

"哪一座？"卡西尔说着，目光扫过那四座破坏城市轮廓线的高大城堡。曼提兹城在这个统御区算是座大城市，只不过——这也理所当然——和陆沙德城毫无相似之处。和陆沙德相似的城市根本不存在。但这座城市依旧相当壮观。

"谢兹勒堡。"盖穆尔说着，指向城市中央附近的那栋高而纤细的建筑物。

卡希尔点点头。"谢兹勒。要进去并不费力。我需要一套装束——品质优良的衣物，外加几件饰品。我们得找个能卖掉天金珠的地方——还有个能管住嘴巴的裁缝。"

盖穆尔哼了一声。

"我有陆沙德口音，"卡西尔说，"根据我早先在街上听到的消息，谢兹勒大人痴迷于陆沙德的贵族阶级。他会奉承那些用正确方式自我介绍的人；他想要在首都附近的社会建立关系。我——"

"你的思考方式可不像熔金术师。"盖穆尔用粗哑的嗓音打断了他的话。

"我会使用情感熔金术，"卡西尔说，"把他变成我的——"

盖穆尔突然怒吼一声，转向卡西尔，动作快得出奇。不修边幅的男子抓住卡西尔的衬衣前襟，将他推倒在地，随后站到他身前，令屋顶的瓦片咔嗒作响。"你是迷雾之子，不是为了几个夹币在街头讨生活的安抚者！你又想被抓走吗？被他的喽啰逮住，送回原来那里？你想吗？"

卡西尔回瞪盖穆尔的同时，雾气开始在他们周围的空气中凝聚。有时候，盖穆尔比起人类更像野兽。他开始喃喃自语，仿佛在跟卡西尔看不到也听不到的某个朋友说话。

盖穆尔凑近身子，嘀咕不停，呼吸急促，口气刺鼻，瞪大的眼睛里满是疯狂。这个人的心智并不完全正常。不。这么说太保守了。这个人只剩下少得可怜的理智，而且就连那一点都在逐渐耗损。

但他是卡西尔唯一认识的迷雾之子，见鬼，卡西尔还得向他学习呢。否则他就只能拜贵族为师了。

"现在听着，"盖穆尔用近乎恳求的语气说，"听我一次就好。我是来教你如何战斗的，不是来教你怎么说话的。你早就这么做过了。我们来这儿，不是为了让你到处闲逛，耍弄贵族，就像你从前那样。我不会让你凭口才过关的，不会的。你是迷雾之子。你要战斗。"

"我会使用必要的手段。"

"你会战斗！你想再变得软弱，让他们再抓走你吗？"

卡西尔沉默不语。

"你想对他们复仇吧？对吧？"

"是的。"卡西尔厉声道。某种庞大而黑暗之物在他心中蠢动，那是一头因盖穆尔的刺激而醒来的巨兽。它甚至穿透了那种麻木感。

"你想要杀戮，不是吗？因为他们对你所做的一切。因为他们夺走了她。对吧，孩子？"

"对！"卡西尔大吼着燃烧起金属，推开了盖穆尔。

记忆。那是一个黑洞，周围排列着剃刀般锐利的水晶。她死去时的呜咽。他们破坏他、打垮他、撕裂他的时候，他自己的呜咽。

还有他重塑自己时的尖叫。

"对。"他说着，站起身来，白镴在他体内燃烧。他挤出笑容。"是的，我会复仇，盖穆尔。但我会用自己的方式。"

"而你的方式是？"

卡西尔踌躇起来。

这对他来说是种陌生的体验。从前的他一直都有计划。环环相扣的计划。现在没有了她，没有了一切……火花已经熄灭，而促使他始终在想法上超前于别人的，正是那道火花。是它引领他制订一个又一个计划，展开一场又一场劫掠，夺取一份又一份财富。

它已然消失，取而代之的是那种麻木感。这些天来，他唯一能感觉到的只有愤怒，而愤怒无法指引他。

他不知该如何是好。他痛恨这种情况。他向来清楚自己的下一步。但现在……

盖穆尔嗤之以鼻。"等我的训练结束，你就能只用一块硬币杀死上百人。你可以拉引别人手里的剑，用它杀死那个人。你能将别人碾碎在自己的铠甲里，也能切割空气，就像迷雾本身。你会成为神。等我的训练结束以后，再去把时间浪费在情绪熔金术上吧。至于现在，你要去杀人。"

蓄须男子大步跑回墙边，瞪着那座城堡。卡西尔缓缓控制住怒气，揉搓着倒地时撞痛的胸口。然后……他察觉了一件怪事。"你是怎么知道我过去的样子的，盖穆尔？"卡西尔低声问，"你究竟是什么人？"

提灯和石灰光灯在夜色中亮起，光芒透过窗户，照向蜷曲的迷雾。盖穆尔蹲坐在墙边，再次低声自语。就算他听到了卡西尔的问题，也没有给出回应。

"你应该继续燃烧金属才对。"卡西尔靠近的时候，盖穆尔说。

卡西尔把"不想无谓浪费"这句话咽回肚里。他解释过自己作为司卡人，从小就学会了节约使用资源。盖穆尔听后却大笑起来。那时候，卡西尔还以为那番大笑源自于盖穆尔与生俱来的怪异性格。

但……那会不会是因为他知道事实？知道卡西尔并非街头长大的贫穷司卡人？知道他和他哥哥曾过着特权阶级的生活，并向社会隐瞒了他们的混血本质？

他痛恨贵族，这点不假。他们的舞会和聚会，他们的循规蹈矩与自我满足，他们的优越感。但他无法否认——无法对自己否认——他也曾是他们的一员。正如他曾是街头的司卡人的一员。

"怎样？"盖穆尔问。

卡西尔点燃了体内的一些金属，燃烧了他储备的八种金属中的几种。他听熔金术师提过几次这种储备,但从未想过能亲身体验。它们就像是能够汲取的能量之井。

在体内燃烧金属。听起来多奇怪啊——但感觉上又如此自然。就像呼吸空气并从中汲取力量那么自然。他储备的那八种金属各自在某些方面强化着他。

"全部八种,"盖穆尔说,"全部。"他肯定正在燃烧青铜,所以才能察觉卡西尔燃烧了什么。

卡西尔只燃烧了四种肢体金属。他不情愿地燃烧了其余那些。盖穆尔点点头。由于卡西尔燃烧了黄铜,对方就无法察觉他施展熔金术的任何迹象了。黄铜,多么有用的金属啊——它能让其他熔金术师无法察觉你,也让你对他们的情绪金属免疫。

有些人诋毁黄铜。说它没法用来战斗,没法用来改变事物。但卡西尔一直很羡慕他的朋友"罗网",后者是位黄铜迷雾人。能知道你的情绪并非外界干预的结果,是件非常有用的事。

当然了,燃烧黄铜也就意味着他必须承认,他所感受到的一切——痛苦、愤怒、甚至是那种麻木——都属于他自己。

"我们走吧。"盖穆尔说着,朝着夜色飞身跃出。

迷雾几乎已彻底成形。它们每晚都会出现,有时很浓,有时很淡。但始终都在。迷雾的移动方式仿佛数百条层层堆叠的溪流。它们扭动旋转,比普通的雾气更浓,也更有生气。

出于某种无法描述的理由,卡西尔一直很喜欢迷雾。沼泽声称这是因为其他人都畏惧迷雾,而卡西尔太过傲慢,不屑于效仿他人。当然了,沼泽似乎也从不害怕迷雾。两兄弟都能从迷雾中感觉到什么,某种默契,某种意识。在某些方面,迷雾与他们很相似。

卡西尔跳下低矮的屋顶,同时燃烧白镴来增强力量,让自己平稳落地。然后他跟着盖穆尔,赤脚在坚硬的卵石路上奔跑。锡在他的胃里燃烧;它让他更加警觉,让他的五感更敏锐。迷雾似乎变得潮湿了，它们在他皮肤上凝成的露珠也更加冰凉。他能听到耗子在远处小巷里奔窜的声响，听到猎犬的吠叫，听到某个男人在附近屋子里轻柔的鼾声。那是普通人的耳朵能够听见的一千种声音。在燃烧锡的时候，感觉就像杂音。他没法燃烧得太过剧烈，以免噪音令他分心。只要让他能看得更清楚就好；锡会让迷雾显得更加淡薄，虽然他并不清楚原理。

他跟着盖穆尔被阴影笼罩的身体，两人就这么来到谢兹勒城堡的围墙边，然后背靠墙壁。在墙头上，守卫们正在黑夜中高声对话。

盖穆尔点点头，然后丢下一枚硬币。片刻过后，这个蓄须的瘦削男子跳向空中。他身披迷雾斗篷——那是一件深灰色的斗篷，由胸口以下的许多流苏组成。卡西尔向他索要过这种斗篷。盖穆尔只是回以嘲笑。

卡西尔走向落地的那枚硬币。附近的雾气下沉和旋转，仿佛靠近火焰的飞虫——在正在燃烧金属的熔金术师附近，雾气总是这个样子。他在沼泽周围就见过这种情景。

卡西尔跪在硬币旁。在他的眼里，有一条淡淡的蓝线——几乎就像是蜘蛛丝——从他的胸口伸出，与那枚硬币相连。事实上，数百条细线连接着他的胸口与附近的金属源。钢和铁创造了这些线——前者用来推，后者用来拉。盖穆尔让他燃烧所有金属，但盖穆尔的话经常不合情理。根本没理由同时燃烧钢和铁，这两者是截然相反的。

他熄灭了铁，只留下钢。凭借钢，他就能**推**动任何与他相连的金属源。**推**动是用意志进行的，但感觉上跟用双臂推动物体很相似。

卡西尔站在那枚硬币上方，然后推动了它，就像盖穆尔训练他的时候那样。由于硬币不可能向下，卡西尔的身体就被甩向了上方。他飞到大约十五尺高的空中，然后笨拙地抓住了上方的墙头。他闷哼一声，奋力将身体翻过墙壁。

新的一组蓝线从他的胸口冒出，而且越来越密集。金属源正迅速向他靠近。

卡西尔咒骂了一声，伸出一只手，然后推动。飞向他的那些硬币被推回夜色里，穿透了迷雾。盖穆尔走上前来，无疑正是那些硬币的来源。他有时会攻击卡西尔；他开始接受训练的第一天晚上，盖穆尔就把他丢下了悬崖。

卡西尔还是没法断定，那些袭击究竟是测试，还是说那个疯子真的想杀了他。

"不，"盖穆尔喃喃道，"不，我喜欢他。他几乎从不抱怨。另外三个总是在抱怨。这一个很强。不。还不够强。不。还不行。他会学会的。"盖穆尔身后的墙头上有几具尸体。那些是死掉的卫兵，鲜血沿着石墙流下。血液在黑夜里是黑色的。不知为何，迷雾仿佛在……畏惧盖穆尔。它们不会像围绕其他熔金术师时那样打转。

这没道理。只是他的头脑在欺骗他而已。卡西尔站起身，对刚才的攻击只字未提。那么做也没意义。他只需要保持警惕，从这个人身上学到尽可能多的东西。最好能避免在过程中被杀。

"推动的时候不需要用手，"盖穆尔对他嘟囔道，"浪费时间。而且你需要学会维持白镴燃烧。翻过墙壁不应该那么费力。"

"我——"

"别用节约金属做借口，"盖穆尔说着，审视起前方的城堡来，"我见过街头的孩子。他们从不节省。如果你袭击其中一个，他们就会动用手头的一切——所有力气，所有伎俩——来解决你。他们知道自己走的路有多危险。祈祷你永远不会遇上其中一员吧，美男子。他们会把你撕碎，把你生吞活剥，然后用你留下的东西充当新储备。"

"我想说的是，"卡西尔冷静地说，"你还没告诉我今晚要做的是什么呢。"

"潜入这座城堡。"盖穆尔说着，眯起眼睛。

"为什么？"

"这有关系吗?"

"见鬼,当然有。"

"这儿有个重要的东西,"盖穆尔说,"而我们要找到那东西。"

"噢,这下我全明白了。多谢你如此开诚布公。既然你伟大到能让我茅塞顿开,或许你也能为我指点迷津,告诉我生命的意义是什么?"

"不清楚,"盖穆尔说,"我想意义就是让我们能死掉。"

卡西尔斜靠着墙壁,忍住没有发出呻吟。我说那句话的时候,他心想,心里清楚只会得到枯燥无味的回答。统御主啊,我真想念多克森和他们那群人。

盖穆尔不懂幽默,即使是拙劣的幽默。我应该回去,卡西尔心想。回到真正关注生活的人身边去。回到我的朋友身边去。

这个念头让他发起抖来。从海司辛深坑的……事件算起,才刚刚过去了三个月。他手臂上的伤口大都只剩下了伤疤。他伸手挠了挠。

卡西尔知道自己的幽默感是强装出来的,而他的笑容也显得半死不活。他不明白自己为何觉得有必要推迟返回陆沙德的日子,但事实的确如此。他的内心仍有尚未痊愈、血流不止的伤口。他必须远离那儿。他不想让他们看到他这副模样。缺乏安全感,在睡梦中蜷缩成团,体验着仍未消退的恐惧。一个没有计划,也没有远见的人。

此外,他需要学习盖穆尔教他的那些东西。在返回陆沙德之前,他必须首先……变回他自己。至少是长出伤疤的他自己:等到伤口都已愈合,记忆也不再喧嚣以后。

"那我们就去查清楚吧。"卡西尔说。

盖穆尔瞪着他。这个老疯子一向不喜欢卡西尔掌握主导权的举动。但……好吧,这是卡西尔一贯的做法。总得有人掌握主导。

谢兹勒堡的建筑风格很不寻常,这是远离陆沙德城的西方统御区特有的样式。没有楼群和尖顶,只有正前方的四座锥形塔楼,几乎给人以有机物的印象。他认为这些建筑肯定是用石制框架建成,外部则是某种硬化后的泥土,并雕刻和塑造成了所有这些弧度和凹凸。这座城堡——就像其余的建筑那样——让卡西尔觉得尚未完工。"该去哪儿?"卡西尔问。

"向上,"盖穆尔说,"然后向下。"他从墙边跳开,为自己丢出一枚硬币。他推动硬币,而他的重量驱使它向下。硬币碰触地面的同时,盖穆尔的身体也飞向这栋建筑的高处。

卡西尔跳了起来,推动自己那枚硬币。两人跃过雕刻墙壁和亮着灯火的城堡之间的距离。明亮的石灰光灯在彩色玻璃窗后燃烧;在西方统御区的这里,那些窗户往往奇形怪状,而且各不相同。这些人就没有正常的审美吗?

靠近那栋建筑以后,卡西尔开始拉动而非推动——他将自己燃烧的钢切换成铁,然后猛拉一条与钢制窗框相连的蓝线。这代表他会被拉向上方,仿佛身上系着绳索。这很棘手;地面仍旧会将他拖向下方,而他前冲的势头仍在,所以他拉动的时候必须小心翼翼,以免撞上什么东西。

凭借拉动,他提升了高度。这是必要的,因为谢兹勒堡很高,就和陆沙德的城堡一样高。两位熔金术师沿着正墙向上,不时抓住或是踩踏石墙的凹凸部位。卡西尔落在一块凸出物上,甩动双臂来维持平衡,然后抓住了一尊出于他无法理解的理由设置在那里的雕像。雕像上覆盖着色彩各异的小块釉面。

盖穆尔从右方飞过;那位迷雾之子的动作优雅而灵巧。他朝侧面丢出一枚硬币,而它落在某块凸出的墙壁上。紧接着,盖穆尔推动硬币,将身体调整到正确的方向。他旋转身体,迷雾斗篷掠过迷雾,然后将自己拉向另一扇彩色玻璃窗。他抵达了目标,手指抓住小块的金属和石头,像昆虫那样悬挂在那儿。

石灰光灯的明亮光芒透过窗户传来,而窗玻璃将光线打碎成不同色彩,洒落在盖穆尔的全身,仿佛他的身体也覆盖着小块釉面。他抬起头,嘴角浮现笑意。沐浴着那道光芒,再加上悬在他身下的迷雾斗篷,而迷雾又在他周围舞动,卡西尔忽然觉得盖穆尔变庄严了。不再是那个衣衫褴褛的疯子,而是某个伟大得多的人物。

盖穆尔跳进迷雾,然后将自己拉向上方。卡西尔看着他离开,惊讶地发现自己在嫉妒。*我会学习的*,他告诉自己。*我也会变得这么出色。*

从一开始,他就对锌和黄铜很感兴趣,相应的熔金术能让他玩弄他人的情绪。这和他过去在不借助外力的情况下做到的那些事很像。但他在可怕的深坑里得到了重生,已经焕然一新。无论他过去是怎样的人,都是不够的。他需要成为更强大的存在。

卡西尔跃向上方,将自己拉向这栋建筑的屋顶。盖穆尔不断向上,越过了屋顶,飞向装饰着建筑正面的那四座尖塔的顶端。卡西尔丢下一整袋硬币——推开的金属越多,飞得也就越高越快——然后开始燃烧钢。他用尽全力推动,让身体如离弦之箭般飞向上方。

迷雾在他周围涌动。彩色玻璃窗的绚烂光芒在下方远去。他的两边各有一座尖塔,而且变得越来越细。他推向覆盖着其中一座尖塔的锡,将身体挪向右方。

他最后一推,登上了那座尖塔的顶端,那里有个人头大小的球状突出物。卡西尔落在上面,燃烧白镴以强化身体能力。这不仅会让他更强壮,也会让他更加灵巧。让他能单脚站在离地数百尺、又仅有一掌宽的球体上。表演完杂技动作以后,他停在那里,盯着脚下。

"你变自信了。"盖穆尔说。他停在靠近尖塔顶端的地方,就在卡西尔下方。"这是好事。"

盖穆尔迅速跃起,挥出手臂,让卡西尔立足不稳。卡西尔大叫着失去平衡,坠入迷雾。盖穆尔推动了卡西尔——就像大多数熔金术师那样——系在腰带上的那些装满金属片的小瓶。这一推让卡西尔远离建筑,飞向迷雾。

他笔直下落，一时间失去了理性思考的能力。坠落会引发原始的恐惧。盖穆尔说过要控制那种恐惧，学会不畏惧高处，避免在落下时失去方向感。

这些教诲掠过卡西尔的脑海。但他正在坠落。速度飞快。穿过翻涌的迷雾，迷失方向。只需要几秒，他就会撞上地面。

他不顾一切地推动那些装着金属片的小瓶，同时希望自己对准了正确的方向。它们从他的腰带脱落，砸碎在下方的某物上。那是地面。

里面的金属片不多。只够勉强减缓卡西尔的速度。他在推动的几分之一秒后撞上地面，冲击挤出了他肺里的空气。他的视野发白。

他头晕目眩地躺在那儿，这时有东西重重地落在他旁边的地上。是盖穆尔。那家伙嘲笑地哼了一声。"蠢货。"

卡西尔呻吟起来，用双手和膝盖撑起身体。他还活着。值得注意的是，他的身体似乎完好无损——虽然身侧和大腿痛得要命。他的身体会留下严重的瘀青。白镴保住了他的性命。换作别人，这样的坠落——即使算上最后那次推动——足以折断骨头。

卡西尔摇摇晃晃地爬起身，怒视着盖穆尔，但没有抱怨。这也许是学习的最好方法了。至少是最快的。从理性角度考虑，卡西尔也会选择这种方法——被人丢下去，然后被迫在途中学习。但这不会阻止他痛恨盖穆尔。

"我还以为我们要上去。"卡西尔说。

"然后下来。"

"我猜接下来又是上去？"卡西尔说着，叹了口气。

"不。再下去一点。"盖穆尔大步跨过城堡的地面，经过装饰用的灌木丛——在夜色里，后者化作迷雾包裹的昏暗轮廓。卡西尔快步跟在盖穆尔身边，提防着下一次袭击。

"它在地下室里，"盖穆尔咕哝道，"偏偏是地下室。为什么是地下室?"

"地下室里有什么?"卡西尔问。

"我们的目标,"盖穆尔说,"我们必须先去高处,让我能寻找入口。我想这边的花园里就有一个。"

"等等,这听起来居然很合理,"卡西尔说,"你刚才肯定是撞到头了。"

盖穆尔瞪了他一眼,然后把手塞进口袋,拿出一把硬币。卡西尔准备好金属,打算反击。但盖穆尔却转开了手,将硬币洒向那两个沿着小径跑来、想要确认这些夜游者身份的守卫。

两人倒了下去,其中之一叫出了声。盖穆尔似乎并不在乎暴露行踪。他大步走在前头。

卡西尔犹豫了片刻,看着那些垂死的人。敌人的手下。他很想同情他们,但他办不到。那个部分的他被海司辛深坑撕成了碎片,但另一部分的他却为他的麻木而不安。

他匆忙跟在盖穆尔身后,后者找到了一间像是用于园艺工作的棚屋。然而,当他拉开门以后,里面却没有工具,只有一段通向下方的昏暗楼梯。

"在燃烧钢吗?"盖穆尔问。

卡西尔点点头。

"注意会动的东西。"盖穆尔说着,从钱袋里抓起一把硬币。卡西尔朝倒地的守卫抬起一只手,拉动盖穆尔用来对付他们的硬币,令他们翻过身来,面对着他。他见过盖穆尔轻轻拉动物体,以免它们全速朝自己飞来。卡西尔尚未掌握那种技巧,他只好蹲下身体,让那些硬币飞过他头顶,撞上棚屋的墙壁。他拾起那些硬币,然后跟着不耐烦的盖穆尔走下楼梯,后者正以不悦的目光看着他。

"我手无寸铁,"卡西尔解释道,"我的钱袋留在楼顶上了。"

"像这样的失误会导致你送命。"

卡西尔没有回答。这的确是个失误。当然了,他原先打算取回钱袋——也会这么做,如果盖穆尔没有把他打落尖塔的话。

　　他们走下楼梯,而光线逐渐昏暗,最后近乎漆黑。盖穆尔没有拿出火把或提灯,而是挥手示意卡西尔先走。又是某种测试?

　　钢在卡西尔体内燃烧,让他能够通过蓝线辨认出金属源。他停下脚步,然后将那一把硬币丢到地上,让它们沿着楼梯滚落。在落下的过程中,硬币会让他看到楼梯的位置,等硬币停下以后,他的脑海就会浮现出更清晰的画面。

　　蓝线并不代表他能真的"看见",他落脚时也依旧需要谨慎。但那些硬币帮了他大忙,而他也的确在靠近后看到了那只门栓。卡西尔听到身后传来盖穆尔的咕哝声,而且似乎难得地带着赞赏。"硬币的把戏很漂亮。"他喃喃道。

　　卡西尔笑了笑,朝楼梯底部的那扇门走去。他摸索了几下,然后抓住了金属门栓。他小心翼翼地将它拉开。

　　门的那边亮着灯。卡西尔蹲下身子——不管盖穆尔怎么想,他都有过潜入和夜盗的经验。他不是什么菜鸟。他学过这些,只是因为对他这样的混血儿来说,生存意味着要么掌握口才,要么学会隐匿;在大多数情况下,正面战斗都是愚蠢之举。

　　当然了,这三种方法——战斗,说服,或者隐匿行踪——在那天晚上都不适用。他被捕的那天晚上,除她以外没人能背叛他的那个晚上。可他们为什么要连她也抓走?她不可能——

　　停,他这么告诉自己,同时保持着蹲伏姿势,轻手轻脚地进入房间。房间里有许多张长桌,桌上都堆满了各种各样的熔炼器具。并非那种庞大的锻造装置,而是冶金学者使用的小型燃烧器和精巧的工具。墙上挂着点燃的油灯,角落里有一座硕大的红色熔炉。卡西尔感觉到新鲜空气从某处吹来;房间的另一边与好几条走廊相连。

　　房间看起来空无一人。盖穆尔走了进来,而卡西尔把手伸向身后,将那些硬币重新拉向自己。其中几枚沾有死去守卫的鲜血。他依旧保持蹲姿,经过一张书桌——上面堆满了书写用具和布面装订的小开本书籍。他看了眼盖穆尔,后者大步穿过房间,完全没有隐匿行踪的打算。盖穆尔双手叉腰,四下张望。"所以他在哪儿?"

"谁?"卡西尔问。

盖穆尔低声咕哝着穿过房间,扫落了桌上的几件器具,让它们在地板上摔得四分五裂。卡西尔悄然来到房间边缘,想要窥探侧面的那些走廊,确认是否有人过来。他察看了第一条走廊,发现它通向一个狭长的房间。房间里有人。

卡西尔愣了愣,然后缓缓起身。房间里有五六个人,有男有女,手臂都被绑在墙上。那儿并非牢房,但这些可怜人看起来都被打得只剩一口气了。他们的身上只有破布,而且全都血迹斑斑。

卡西尔摇头让自己清醒过来,然后放轻脚步,来到最靠近的那名女子身边。他抽走了她嘴里的塞口物。地板很潮湿;恐怕有人最近才朝这些囚犯泼过成桶的水,以免实验室遭受臭气侵袭。与房间相连的那条走廊的尽头吹来一股风,带来了新鲜空气的味道。

他碰到她的那个瞬间,那女人绷直身体,双眼猛地睁开,又惊恐地张大。"拜托,拜托不要……"她低声说。

"我不会伤害你的。"卡西尔说。他心中的麻木似乎正在……改变。"相信我。你们是什么人?这儿是怎么回事?"

那女人就这么凝视着他。卡西尔抬起手,想为她解开束缚,她却瑟缩着身子,这让他犹豫起来。

他听到了模糊不清的声音。他转过头去,看到了另一名女子,这一位年纪更大,也更有威严。殴打令她全身皮开肉绽。然而,她的眼神却比较为年轻的那个女人正常得多。卡西尔走了过去,取下了她的塞口物。

"求你了,"那女人说,"放了我们。要不就杀了我们。"

"这是个什么地方?"卡西尔低声说着,开始对付她手臂的束缚。

"他在寻找混血儿,"她说,"为了测试他的新金属。"

"新金属?"

"我不知道,"那个女人说着,脸颊上挂着泪水,"我只是个司卡人,我们全都是。我不知道他为什么会选中我们。他提到过某些东西。金属,未知的金属。我不认为他的心智完全正常。他做的那些事……他说目的是引出我们的熔金术师天赋……可天啊,我根本没有贵族血统。我没法——"

"嘘。"卡西尔说着,解开了束缚。某种东西烧穿了他内心的那团麻木。和他感受到的愤怒相似,但似乎又不太一样。没那么简单。那种感觉令他很想哭泣,却又带着暖意。重获自由的女子盯着自己的双手,以及被绳索蹭破皮肤的手腕。卡西尔转向另外那些可怜的俘虏。他们大都醒了过来。他们的眼里没有希望。他们就这么注视前方,目光呆滞。

是的,他能感觉到。

*我们为何能忍受这样的世界?*卡西尔想着,前去帮助其他囚犯。*为何能忍受会发生这种事的世界?*最骇人的悲剧在于,他知道这种惨事再平常不过。司卡人只是消耗品。没人会保护他们。没人在乎。

就连他也一样。他过往的大半人生都对这种暴行视而不见。噢,他假装抗争过。但他其实只是为了增添自己的财富。所有计划,所有抢夺,他的所有宏伟愿景。全都是为了他自己。只为他自己。

他释放了另一名囚犯,那是个年轻的黑发女子。她长得有点像梅儿。得到自由以后,她直接在地上蜷成了一团。卡西尔站在她身前,感到一阵无力。

没人反抗,他心想。*没人觉得他们可以反抗。*

但他们错了。我们可以反抗……我可以反抗。

盖穆尔走进房间。他的目光越过那些司卡人,仿佛根本没发现他们。他仍在喃喃自语。他才朝房间里走了几步,有个声音便从实验室那边传来。

"这儿怎么回事?"

卡西尔认出了那个嗓音。噢,他从未听过嗓音本身——但他认出了其中的傲慢与自负,以及轻蔑。他发现自己站起身,挤过盖穆尔身边,回到实验室里。

有个穿着精致外套、白衬衫的纽扣扣到领口的男人站在实验室里。他的头发按照最近的流行剪得很短,而他的外套看起来是从陆沙德运来的——当然也是根据最流行的样式剪裁而成的。

他专横地看着卡西尔。卡西尔发现自己在笑。自深坑以来——自那次背叛以来——他头一回露出了由衷的笑容。

那贵族吸了吸鼻子,然后抬起一只手,向卡西尔掷出一枚硬币。片刻的惊讶过后,卡西尔推动了硬币,就像谢兹勒领主所做的那样。两人都被甩向后方,而谢兹勒震惊地瞪大了眼睛。

卡西尔撞上了墙壁。谢兹勒是迷雾之子。但这没关系。另一种愤怒在卡西尔的心中浮现,让他露齿而笑。那种情绪像金属那样熊熊燃烧。仿佛某种未知的美妙金属。

他能反抗。他会反抗。

那贵族扯下腰带,将它——以及他的金属——丢到地上。他从身侧抽出一根决斗杖,跳向前去,动作快得惊人。卡西尔燃起白镴,然后是钢,接着推动其中一张桌子上的器具,将它甩向谢兹勒。

那人咆哮起来,抬起一条手臂,推开了其中一部分。两次推动——一次来自卡西尔,一次来自他的对手——再次相互碰撞,两人被迫后退。谢兹勒背靠桌子站稳了身体,而它摇晃起来。玻璃破碎,金属工具伴随着叮当声落地。

"你知道这些值多少吗?"谢兹勒咆哮道。他垂下手臂,朝他逼近。

"看起来值你的灵魂。"卡西尔低声说。

谢兹勒弓身靠近,挥出手杖。卡西尔后退了几步。他感觉到口袋在颤抖,于是他奋力一推,将谢兹勒正在推动的硬币挤出自己的外套。再迟个一秒钟,它们就该刺穿卡西尔的腹部了——而现在,它们仅仅撕开了他的口袋,接着射向房间后部的墙壁。

他外套的纽扣开始摇晃,虽然上面只是贴着几块金属薄片而已。他脱下外套,也丢弃了身上的最后一点金属。盖穆尔早该提醒我的!他的感官几乎无法察觉那些薄片,但他还是觉得自己很蠢。那个老人家说得对;卡西尔的思维方式不像熔金术师。他太过注重外表,却忽视了可能害他送命的东西。

卡西尔继续后退,观察着他的对手,决心避免再犯错误。他参与过街头斗殴,但次数不多。他会尽可能避免——打架是多克森的老习惯了。此时此刻,他真希望自己在那方面没那么克制。

他沿着一张桌子挪动,等待盖穆尔从侧面进入房间。他没有进来。他恐怕根本不打算来。

这一切都是为了寻找谢兹勒,卡西尔明白过来。**为了让我和另一个迷雾之子战斗。这儿有个重要的东西……**突然间,那句话有了意义。

卡西尔怒吼一声,随后被自己发出的声音吓了一跳。他体内灼热的怒意在渴望复仇,但它还有别的目的,更伟大的目的。复仇的对象不仅仅是伤害他的那些人,还有整个贵族社会。

在那个瞬间,谢兹勒——傲慢地走向前来,更关心他的设备而非司卡人的性命——成为了他怒意的焦点。

卡西尔发起了攻击。

他没有武器。盖穆尔提到过玻璃刀,但从未给过卡西尔。所以他从地板上拾起一片碎玻璃,不顾它在手指上留下的割伤。白镴让他忽视了苦痛,就这么跳向谢兹勒,刺向他的喉咙。

他的赢面本该不大。作为熔金术师,谢兹勒的技巧和经验都比他丰富——但他显然不习惯和实力相仿的人战斗。他用决斗杖打向卡西尔。但凭借白镴的力量,卡西尔没理会这次攻击,而是将玻璃刺进了对方的脖子——整整三次。

几秒钟之内,搏斗就结束了。卡西尔蹒跚后退,痛楚开始浮现。谢兹勒的击打恐怕让他断了几根骨头;毕竟那家伙也用了白镴。但那个贵族躺在自己的血泊里,抽搐不止。白镴能让你在很多情况下保住性命,但被人割断喉咙的时候除外。

那人被自己的血呛着了。"不,"他嘶声说,"我不能……不该是我……我不能死……"

"谁都会死,"卡西尔低声说着,丢下了那块染血的玻璃碎片,"谁都会。"

然后,一个念头——某个计划的雏形——开始浮现于他的脑海。

"这也太快了。"盖穆尔说。

卡西尔抬起头,鲜血从他的指尖滴落。谢兹勒最后喘了口气,然后倒了下来,不再动弹。

"你需要学会推和拉,"盖穆尔说,"在空中起舞,像真正的迷雾之子那样战斗。"

"他就是个真正的迷雾之子。"

"他是个学者。"盖穆尔说着,走上前去。他踢了踢那具尸体。"我先挑了个弱的。下次就没这么轻松了。"

卡西尔回到司卡人所在的那个房间。他一个接一个地释放了他们。他没法为他们做太多事,但他承诺会把他们安全送出城堡。或许他能帮他们联系本地的地下组织;他在这座城市逗留的时间足以建立一些人脉了。

释放了所有人以后,他转过身来,发现他们正聚在一起看着他。他们的眼中似乎重新燃起了生机,还有好几个人偷偷窥视倒毙的谢兹勒。盖穆尔正在翻阅某张桌子上的那本笔记。

"你是什么人？"先前和他说过话的那名威严女子问。

卡西尔摇了摇头，目光不离盖穆尔。"我是个过去不堪回首的人。"

"那些伤疤……"

卡西尔低头看着自己的双臂，那儿有深坑给他留下的数百道细小伤疤。脱掉外套的同时，他也暴露了那些伤疤。

"来吧，"卡西尔对那些人说着，压抑着遮住双臂的冲动，"我们会把你们送到安全的地方。盖穆尔，看在统御主的分上，你在干什么？"

老人咕哝一声，快速翻阅着某本书。卡西尔快步走进房间，瞥了一眼。

关于第十一种金属存在的理论和推测，那一页以潦草的字迹这么写着。**个人笔记。安提利乌斯·谢兹勒**。

盖穆尔耸耸肩，把那本书丢回桌上。然后他谨慎而仔细地从散落在地的工具和其它实验用具里挑出一把叉子。他自顾轻笑。"这才叫叉子。"他把它塞进口袋。

卡西尔拿起那本书。没过多久，他便领着受伤的司卡人离开了城堡，而士兵们正在庭院里巡视，试图弄清发生了什么。

等他们回到街上以后，卡西尔转身面对那座闪闪发光的建筑，面对鲜艳的灯光和漂亮的窗户。他在盘绕的迷雾里听着守卫们愈发慌乱的呼喊。

麻木感消失了。他发现某种东西取而代之。他找回了目标。火花重新燃起。他先前的想法太狭隘了。

计划开始萌芽，那是个大胆到让他几乎不敢考虑的计划。

复仇。以及更多。

他转身回到夜色里，回到等待着他的迷雾里，然后找人为他制作迷雾斗篷去了。

熔金术师贾克
与艾尔塔尼亚巨坑

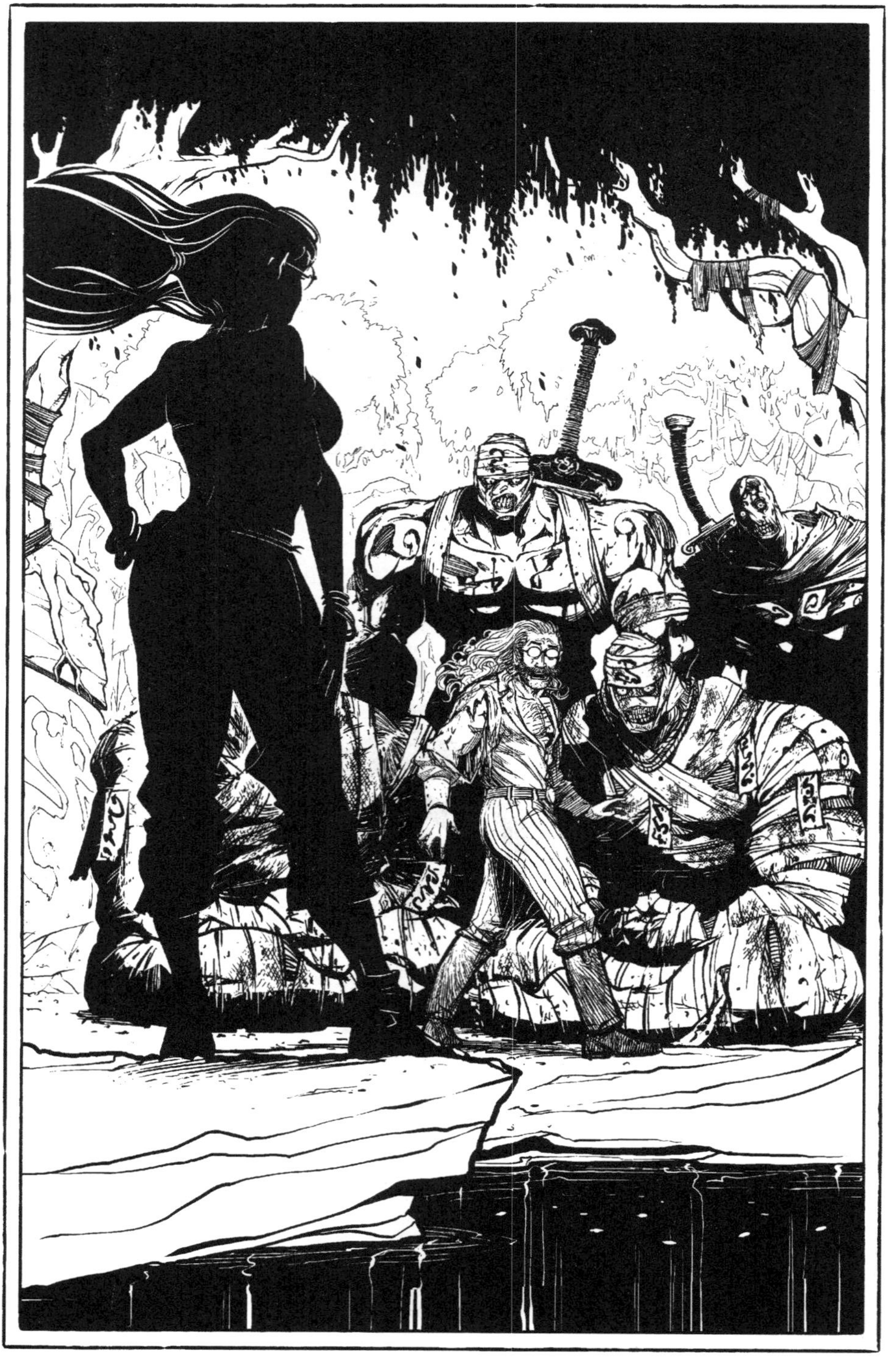

我在剧烈的头痛中醒来，开始写本周的信。

说真的，亲爱的读者们，这种疼痛难以置信——其后果是在我脑海里的嘈杂响声，与上百支来复枪开火的动静不无相似之处。我呻吟一声，在昏暗的石室里翻身跪坐；我的脸先前贴着冰冷的石头。我的视野颤抖，花了点时间才恢复如常。

我的身上发生了什么？我想起了自己和那个克罗司挑战者的较量——那个壮汉的体格就像蒸汽列车引擎，还有与之相称的力气。我打败了他，用一颗子弹打穿了他的眼睛，不是吗？我由此维持了整个克罗斯氏族对我的效忠，对吧？＊①

我爬起身来，小心地摸了摸后脑勺。在那儿，我摸到了干涸的血

---

① ＊的确，这就是贾克那个勇敢——或许有勇无谋——的计划的成果。见第二十六幕。现在，贾克已经当了三幕的克罗司"国王"，并在最近一次对自身权威的挑战中存活下来，也更加接近他们保守的那些与"幸存者宝藏"有关的秘密。

迹。无需担心,伤势不严重。我见过大得多的风浪。完全比不上那次:当时我发现自己正在海里下沉,双手被缚,双脚绑在一尊幸存者的金属半身像上。†①

干燥的空气和透过破碎的岩石传来的呼啸风声表明,我还在蛮苦之地,这是好事。这片冒险与危险的土地是我天生的栖息地,它们提供的挑战让我茁壮成长。如果在奶白色的伊兰黛尔那种安全又平凡的环境里待得太久,我担心自己会枯萎。

我的周围是某种天然洞窟,石壁粗糙,洞顶有垂下的钟乳石。但这座洞窟很浅,从我的起始位置到尽头只有几尺的距离。看来我没法从那个方向逃出去了。*②

我提防着可能袭来的枪弹,缓缓挪到洞窟前部,向外张望。正如我根据略带寒意的空气猜想的那样,我此时身在高处。我这座洞窟位于一座小型峡谷的山壁上,洞口仅仅通向一片峭壁,以及下方远处的大堆圆石。

在我的对面,峡谷另一边的山脊之上,一群蓝色的人影正在观察我的洞穴。这些身躯庞大的克罗司人较为年老,皮肤紧绷破碎,身体遍布刺青,披着他们杀死和吃掉的那些人的皮。†③

"为何要将我困在这里,你们这些可怕的野兽?"我朝他们大喊,声音在峡谷里回荡。"你们对美丽的伊丽赞德菈·德拉马利又做了什

---

① † 见第十四幕《熔金术师贾克与古老面具》。然而,贾克原本写的是"迷雾之子阁下的半身像"。我很好奇贾克是否会抽空阅读自己出版后的作品。对我来说,幸好他似乎不会读。

② *也许有人会好奇,贾克为什么觉得有必要逃走,毕竟他并未确认自己是否遭到囚禁,也没有尝试从洞窟正面走出。如果你抱有这方面的疑问,是否需要我提醒你,贾克在故事开头带着头痛醒来的次数已有十八次?每一次,他都遭受了某种形式的俘虏。

③ † 谢天谢地,贾克完全不了解关于克罗司人的现代研究,后者指出克罗司人很少(甚至从未)以真正的人皮作为战利品。事实上,关于他们食人的记载也是被严重夸大的。

么？如果你们伤害了她永远美丽的头皮上的一根毛发，你们就将知晓激怒一位熔金术师的后果！"

那些蛮族没有答话。他们围坐在闷燃的火堆周围，甚至没有转头看向我这边。

也许我的处境没有最初判断的那么理想。洞外的山壁光滑得就像玻璃，又极其陡峭，就像玛里旅舍的威士忌价格那么吓人。我当然不可能就这么爬下去，毕竟伤势仍旧令我头晕目眩。

但我也不能就这么干等着。德拉马利小姐，我亲爱的伊丽赞德菈，恐怕正面临危险。那女人和她顽固任性的作风；她本该按照指示留在营地的。我不清楚她——还有忠诚的汉德维姆——可能会有怎样的遭遇。*①克罗司人不敢伤害他，因为他们向泰瑞司人发过誓†②，但他肯定在为我的安全担忧。

我没怎么思考自己为何会来到这种可怕的位置。我需要金属。我身体里的金属已经半点不剩；为了精准命中那个觊觎我王位的克罗司人，我燃烧了仅剩的那些，让双手和双眼保持稳定。不幸的是，俘虏我的那些人偷走了"闪光"——克罗司人很野蛮，但他们没有蠢到不拿走枪械，尤其是亲眼见证过我运用那把可靠手枪的技巧以后。他们还取走了我装金属的小瓶。也许他们想看看里面装的是不是威士忌。有些蛮苦之地的熔金术师会把金属储存在这种溶液里，但我向来避免这么做。绅士冒险家的头脑需要时刻维持清醒！‡③

藏在我鞋跟里的那只装锡的小袋子想必能派上用场。但不幸的是，我当初和那个克罗司斗士扭打的时候，鞋跟的暗格似乎被撞开

---

①*其实我睡着了。这一天很漫长。如果我真能想起这回事，肯定会为他担心的。然而，克罗司人提供的床铺出奇地舒适。

②†见第二十六幕，我们发现了他们"不伤害泰瑞司人"的誓言，他们也解释了为何在我们的冒险中对我如此尊敬。我对这件事还是颇感兴趣的。

③‡他不是刚刚才提过自己在旅舍常喝的威士忌吗？也许贼窝不算是需要清醒头脑的地方吧。

175

了。那只袋子丢了！我提醒自己，回头得和拉奈特谈谈她的鞋跟装置与它意外开启的倾向。

真是灾难！没有金属的熔金术师。我仅存的工具只有我的才智了。只是这些——尽管数量不算少——恐怕是不够的。谁知道漂亮的伊丽赞德菈此时此刻卷入了怎样的麻烦？

我下定决心，开始在洞窟里四下摸索。机会渺茫，但我们所在的这片高地之所以受人重视，就是因为这里开采出矿物的可能性很高。的确，幸存者今天保佑了我，因为我在远处的石壁上找到了一条散发微光的细长金属。近乎隐形，我是用触碰的方式找到它的。*①

现如今，我从偶尔前往伊兰黛尔的时候得知，我在他人眼里有了几分"英雄"的名声。各位好读者，我要向你们保证，我只是个卑微的冒险家，配不上这种受人崇拜的身份。也就是说，尽管我从未渴望过荣耀，†②但我的确重视自己的声誉。因此，如果我能抹去随后这段描述给你们留下的印象，我应该会这么做的。

然而，我的目标始终是为你们呈现真实且未经删改的蛮苦之地的旅行记录。诚实是我最大的美德。‡③因此，我会向你们坦白那件必然发生的事。

我跪在地上，开始舔墙。

我当然不想在你们眼中显得愚蠢，亲爱的读者们。§④但为了在蛮苦之地生存下去，你就必须主动把握机会。我也是这么做的。用舌头。

这举动只带来了少许可以燃烧的锡，但这些足够在短时间内强化

---

① *是的，按照这句话的写法，可以理解成他自己隐形了。不，他不肯让我改动句子。

② †呃……

③ ‡严格来说，这也许是真的。

④ §噢，恐怕在第一卷过后，再说这话已经太迟了。

感官能力。¶①

我期待地抬头看去，然后发现一只乌鸦停在从岩壁长出的一丛野草上。这有可能吗？

"干得好！"那乌鸦用她不似人类的嗓音高声说道，"你甚至在牢狱里都能找到金属，贾克。你的足智多谋取悦了幸存者。"

是她。琳迪普，我的灵导，幸存者在考验最为艰难的时刻就会派她来见我。*②我早就怀疑她是无面永生者之一，†③

"琳迪普！"我惊呼道，"德拉马利小姐还好吗？克罗司人没有伤害她吧？"

"他们还没有，勇敢的冒险家，"琳迪普说，"但她遭到他们的俘虏，此时正被囚禁。你必须逃脱，而且要快，因为可怕的命运正等待着她。"

"但我要怎么逃脱？"

"我不能告诉你方法，"琳迪普说，"我是向导，但我不能为英雄解决问题。这不是幸存者的作风，他认为所有人都必须走自己的路。"‡④

"好吧，"我说，"但告诉我，向导：我为何又被俘虏了？莫非我尚未赢得克罗司氏族的忠诚；莫非我不是他们的国王？我打败了挑

---

①¶我得承认，我对贾克舔墙这段剧情抱有合理的怀疑。我的研究表明，在天然洞穴构造的内部，实在不太可能找到像这样暴露在外的纯锡。就算是锡石，某种意义上的锡矿石，在该区域也不太可能出现——而且锡石在熔金术的角度上又不够纯净，无法发挥效果。但贾克说的是实话，他的确弄丢了装锡的小袋子。我在他第二次被俘后，在营地里找到了那只袋子，里面装满了锡，尚未打开。

②*琳迪普的最近一次露面见本故事的第七幕。我要重复当时说过的话：我当时没看见，也从来看不见这只所谓的会说话的鸟儿，无法确认她是否存在。

③†且不提无面永生者是"道"的神话形象，不属于幸存者教。贾克从来不在乎自己在神学概念上的混淆。

④‡我怀疑贾克全程都在幻觉中度过——那是他的头部创伤导致的。校订这段故事的时候，我有好几次希望自己受到相似的影响。

战者！"

　　我敢肯定自己的恼火溢于言表，希望你们——亲爱的读者们——不会因为我对灵导言辞激烈而看不起我。然而，我关心的不只是我亲爱的伊丽赞德菈的安全，失去克罗司人氏族的忠诚同样令我伤心欲绝。尽管他们是一群蛮族，却似乎随时会向我揭示他们的秘密——我相信那些秘密会引领我找到矛头的符号，找到血染的脚印，以及幸存者的宝藏。

　　"我并不确定，"琳迪普说，"但我怀疑是因为你用枪杀死了挑战者。先前，在赢得氏族忠诚的过程中，你并未射杀对手，而是用子弹的落点吓退了他。许多克罗司人氏族认为，在远处用枪杀戮是软弱的表现，而非力量的象征。"

　　残忍的野兽——的确是蛮族。*①枪可是最优雅的武器，属于绅士的武器。

　　"我必须逃离这儿，解救美丽的伊丽赞德菈，"我说，"向导，你看到我来到这座洞窟牢狱的过程了吗？这儿会不会有什么秘密通道，而克罗司人就是这么把我带上来的？"

　　"我看到了，热爱冒险的人，"琳迪普说，"但事实不是你想听的那样。这儿没有秘密通道——事实上，你是被下方的某些克罗司人扔上来的。"†②

　　"铁锈灭绝啊！"我惊呼道。毫无疑问，那些野兽——出于对我用过的强大武器的畏惧——把我放在这儿，想让我死于饥饿，以免亲手杀死我，进而触怒他们的神灵。

---

　　① *我曾经告诉贾克，我的同胞泰瑞司人一度也被视为蛮族——至少根据和谐给我们的记录来看是这样。他一手按在我的肩上，说："没关系的。能有个蛮族朋友，我很骄傲。"他当时的语气如此诚恳，我甚至不敢说明那句话有多么侮辱人。

　　②†即使对贾克的故事来说，我也觉得这种说法缺乏合理性。克罗司人从高处把他放到那儿的可能性更大一些。

我需要找到出路，而且要快。我再次向外看去，注意到了近处的暴风云。这让我思考起来。我低头看向峡谷底部的细小水流。根据我的观察，这座峡谷的两侧格外光滑。就像是……风雨侵蚀的痕迹。

没错！我注意到了山壁上的清晰线条——那是水痕，是又深又急的河水冲刷出来的。我的逃亡大道很快就会到来！的确，雨水正在上游的平原倾泻，很快就会涌入这片峡谷，随后——在这里相对狭窄的界限内——河面就会开始上涨。

我紧张地等待踏入河水的合适时机，在等待期间，我压抑焦虑，抽空写下了这封给你的信。我把它封在粗糙长裤的特制防水口袋里，希望在我发生意外的情况下，别人找到我的遗体后，能把它送到你的手里。

雨点开始落入峡谷的时候，我再也等不下去了。我纵身跃入了下方开始上涨的水面。‡①

我的读者们，我相信你们顺利地看到了这封信。你们也许还记得，在上周信件的末尾，我不顾危险跃向了汹涌的河水。我本以为自己大限已至，但我要略带欣慰地表示，我活下来了。只是"略带"，是因为我很快要向你们透露的真相。如果你们一定要读下去，请注意：这封信的内容很骇人，也许会令那些较为脆弱和年轻的读者产生不适——甚至是反胃。

我的确从洞窟牢狱跳进了上涨的河水。我必须在此严肃地劝告各位读者，这种行为应当避免，除非情况万分紧急。蛮苦之地风格的山

---

① ‡ 这标志着这一幕的结束和下一幕的开始——不，我不知道他把信件封在裤袋里以后，又是怎么写下最后这段话的。无论如何，我不认为你们会觉得这就是贾克的死期，毕竟这本合集包含了三幕故事，而这只是第一幕。然而，许多在周报上阅读这些信件的读者的确担心这就是贾克的结局。正如他们在另外三百幕结尾时的担心那样。我经常突发奇想，希望找到那些人，然后弄清他们把颅骨里的东西卖给了谁，又卖了多少。我个人更喜欢合集的读者，比如这一本的。他们对我个人评注的热切期待证明他们拥有超卓的品位与智慧。

洪是很危险的，充斥涡流和致命的岩石。如果我当时还有别的选项，我肯定不会走这条路的。

河水在我周围翻腾，仿佛蜂拥的人群。幸运的是，我有在这种水流中存活的经验。*①

在这种水流里游泳的要诀，就是不去挣扎。你必须随浪而行，就像任由海水牵引的船舶。尽管如此，光是在这种暴风雨里保持漂浮就需要经验、运气和意志力。

凭借手臂的力量，我努力避开了最致命的岩石，我在这条细小的支流汇入兰锡德——本区域最大的河流——的宽大河面时幸存下来。在这里，较为庞大的水量减缓了水流的速度，我有些费力地游到岸边，奋力甩开河水。

我精疲力竭，头部伤势带来的晕眩未消，就这么扑倒在河岸上。然而，我的自由才到来不久，一双有力的手臂就将我提了起来。

克罗司人。我再次遭受了俘虏。

这些野兽将全身湿透的我拖离怒号的河水。我在尘土里留下了一道水迹。*②我没有反抗俘虏我的人。他们共有六个，都是中等身材的克罗司人，蓝色的皮肤在身体上绷紧，撕扯他们的嘴角和最发达的肌肉周围。

他们没有用那种野蛮的语言和我说话，我也清楚自己没法同时击败六个人。毕竟我既没有枪，也没有金属。我认为让他们把我拖去希望的地方比较好。也许他们会把我塞回洞窟牢狱去。

但这些克罗司人却带着我前往一丛与周围格格不入的树木，它藏

---

① *见《熔金术师贾克与恐惧水域》，在其中数个同样难以置信的例子里，贾克曾在急流和白浪（指河水快速流过岩石而形成的白色浪花）里游泳。我不禁好奇，为何我在场的时候从未发生过这种惊险事件。

② *我不太清楚上一幕里对他的逃亡起到重大作用的那场雨发生了什么。他再也没提起过它。

在一片遍地岩石的小型山谷里。我从没来过这片区域——克罗司人总是避免让我靠近这儿，声称此处是片荒地。那么这些树又从何处而来？†①

这些树木后面是土灰色地面包围下的一小片绿洲，天然的泉水从中涌出。我觉得很奇怪，毕竟水源通常都会标注在我的地图上。

他们拖着我穿过树林，绕过那汪泉水，我看到水坑很深——以至于深处的水是蓝色的，一眼看不见底。水坑的内壁都是石头。我吃惊地意识到，这片水池的形状依稀像是矛头。

会是它么？幸存者宝藏的位置会在这儿么？我终于找到它了么？‡②我寻找别的迹象，寻找传说中提到的血脚印。直到我潮湿的身体被拖过最靠近水池的那些石头，我才发现它们的踪影。

如果你在蛮苦之地旅行得够久，你会发现水有时能揭露石头真正的颜色。亲爱的读者们，在你们多数人居住的城市并非如此，毕竟那些石头包裹着尘垢和煤烟。但在这里，这片土地干净又新鲜。从我身体滴落在石面上的水揭示了岩石上的某种形状，与一排通向绿洲水池里的脚印不无相似之处。

就是它！尽管并非真正的脚印，我能理解疲惫的旅者来到此地时为何会误认。关于幸存者本人的虚构故事——矛头造成的伤口流着血，而他在此处歇脚饮水——也说得通了。

这地方的岩石上留有克罗司人的刺青图案，部分树干又裹着他们的皮革制品。这儿显然是他们的圣地，这既能解释我为何从未听说过这片绿洲，也能解释人们为何会在此地失踪。误入这里的任何人都会

---

①†把"从何"多余地写成"从何处"，对贾克来说只是细枝末节的毛病，所以我没有改动。我的确删去了本段中多余的十六个逗号。贾克还觉得在"克罗司人"这个词的中间加上感叹号会更好，而我至今没能弄清他的理由。为了我的心智健康着想，我删去了这些符号，但我担心为时已晚。

②‡是的。

被杀,因为他们看到了不该看到的东西。

他们把我带来这里,是否代表我的未来也会如此? *①

当然了,这里的克罗司人更多。有些年纪很大,皮肤已经彻底迸裂;他们坐在那儿,身上裹着皮革,以阻止从皮肤缓慢渗出的鲜血。如果你从未见过老年克罗司人,这次你就走运了。他们庞大的身躯与五官的怪异相称,没有鼻子或嘴唇,露出红色血肉的脸上双眼凸出。大多数克罗司人在到达这一状态前就会死于心脏疾病。这些人会在失去皮肤以后继续变老,直到命运取走他们的性命。

古时候,这样的老人会被杀死。然而在现代,老年克罗司人受人尊敬——至少以我所知是这样,虽然来源是故事。†② 我怀疑所有部落安置老人的场所,都是和这里一样的圣地。

我的护卫把我丢在那些老人面前。我警惕地跪起身来。

"你来了。"老人之一说。

"你不是人类。"另一个说。

"你击败了我们的领袖,又杀死了所有挑战者。"第三个说。

"你们要对我做什么?"我开口发问,同时强迫自己站了起来。尽管我全身湿透,头晕目眩,但我会直面我的命运。*③

"你会被杀死。"一个说。

"这取决于挑战你的那个人的女儿的意愿。"另一个说。

"你必须加入我们。"第三个说。

---

① *贾克对此处的描述听似离奇,但我亲眼见过,也只能表示认同。那些图案的确像是脚印,那片水池也似乎是矛头的形状。克罗司人没和任何人提起过它。尽管难以置信,但他真的找到了幸存者宝藏的所在。我认为这是和谐看顾着我们所有人的证据,因为只有这位神祇才会具备如此残忍的幽默感,一而再、再而三地允许贾克碰巧取得这种非凡的成功。

② †关于这种尊敬,见故事的第二十五幕。

③ *或者换句话说:"我没法马上逃脱,但我希望做好准备,一有机会就像孩子那样尖叫着逃跑。所以我站了起来。"

"加入你们?"我问,"要怎么做?"

"克罗司人过去都是人类。"老人之一说。

我以前也听过这种话。而且,亲爱的读者们,我发现自己对他们过于轻视了。我本以为他们愚蠢又喜欢臆想。

我必须怀着沉重的心情告诉你们,我错了。大错特错了。我由此得知了可怕的真相。这些老人说的是真话。

克罗司人是人类。

过程非常骇人。为了让外人跻身他们的行列,他们会抓住那个人,用小巧的金属钉固定住他。这会引发某种神秘的转变,在此期间,那个人的心灵和自我认同会受到极度地削弱。最后,那个人会变得像克罗司人一样迟钝而愚笨。

克罗司人不是天生的。克罗司人是被制造出来的。他们的野蛮存在于我们所有人的内心。也许这就是汉德维姆一直想要告诉我的事。†①

他们说我必须加入他们。这就是我最后的结局了吗?失去心智,作为野兽在偏远的村落度过一生?

"你们提到了挑战者的女儿,"我说,"那是谁?"

"我。"有个柔和而熟悉的嗓音说。

我转过身,发现伊丽赞德菈·德拉马利从附近的几棵树后面走了出来。她不再身穿衣裙,只用皮革遮住最私密的身体部位。的确,关于她身材的细致描述对较为敏感的读者来说太过刺激,所以我选择了克制。*②

---

① † 其实不是。但就当我是这个意思吧。请注意,贾克的描述是不幸的事实。我——以及另一些学者——亲眼见证过,具体过程的真实性也得到了广泛认可。我的确曾数次尝试向贾克说明这件事。

② * 当然了,这无法阻止报纸编辑在出版这幕故事的时候附上细节详实的场景插图。

她还戴着眼镜，金色头发向后挽成平时的马尾，但她的皮肤……她的皮肤如今带着蓝色，这是我从未见过的。

伊丽赞德菈，美丽的伊丽赞德菈，有克罗司血统。†[①]

"这不可能！"我瞪着美丽的伊丽赞德菈，惊呼道。这是我逐渐爱上，又无比珍视的女子。这名女子从始至终都以某种方法向我隐瞒了本质。

伊丽赞德菈有克罗司血统。

各位忠实的读者，我真希望自己不必写下这些字眼。但这些是真的，就像我可怜的心流出的血一样真。就像这张纸上的墨水一样真。

"那是化妆，"伊丽赞德菈说着，端庄的双眼带着沮丧，"如你所见，和某些拥有克罗司血统的人相比，我皮肤的蓝色很淡。巧妙运用扑面粉和手套就能隐藏我的本质。"

"可你的头脑！"我说着，朝她走去，"你能思考，又拥有智慧，和这些野兽不同！"‡[②]

我迈步上前，想要朝她伸出手，却又犹豫了。我觉得这名女子所知的一切都是谎言。她是个怪物。不是我所知的那位美丽又出色的贵族女子，而是荒野的造物，是凶徒和蛮族。

"贾克，"她说，"我还是我。我生来就是克罗司人，但没有接受那种转变。我的头脑还是和人类一样敏锐。求你了，我亲爱的，请看

[①]† 故事初版的倒数第二幕在这里结束，因此——这是我听说的——几乎引发了暴动，促使次日出版了一份特刊，其中包括本故事的结尾。幸运的是，我们把三幕故事打了个包，全部放在这里了。人们对贾克的原始记录兴致盎然，却不愿等待我更加合理的评注版本，这一点始终令我惊奇。大众的缺乏品味正是我离开伊兰黛尔，来蛮苦之地旅行的重要原因之一。不这么做，我就只能饮弹自尽，而我作为管家的和平誓言又禁止我做出伤害之举。

[②]‡ 研究证明，克罗司血统拥有者的平均智力不逊色于普通人类——但接受那种转变的完整克罗司人显然就差多了。至少对大多数冒险家来说是这样。

透我的皮肤，窥见我的内心。"§①

我再也无法忍受了。她也许撒了谎，但她仍旧是我的伊丽赞德菈。我和她抱在一起，在满心困惑之时感受她甜美的温暖。

"你现在非常危险，亲爱的，"她朝我的耳中轻声说道，"他们会把你变成他们的一员。"

"为什么？"

"你吓跑了他们的首领，"伊丽赞德菈轻声说，"又不顾我们的挑战统治了氏族。最后，你杀死了他们最强大的斗士。我母亲。"

"那位斗士是个女人？"我问。

"当然。你没发现吗？"

我看向聚集在此的克罗司人，他们裹着缠腰带，但通常不穿上衣。就算有除了……咳……窥探以外的办法区分男性和女性，我也不清楚。事实上，我宁可不知道其中有女人存在。我饱经风霜的厚实脸颊已经很少发红了，因为我见识过的那些事足以磨破你们脆弱的心灵。但如果我还有脸红的能力，当时我应该就脸红了。

"那我得向你道歉，因为我杀了她。"我说着，看向仍旧抱着我的伊丽赞德菈。

"这是她自己选择的人生，"伊丽赞德菈说，"充斥暴力和谋杀的人生。我不会为她哀悼，但如果你被迫投入他们的怀抱，亲爱的，我会为你哀悼。他们说这是我的意愿，事实当然不是这样，但他们不肯听我的抗议。"*②

---

① §我把这段剧情拿给伊丽赞德菈看，而她的回应是一阵大笑。想怎么理解都随你。但请注意，我和她提到这件事的时候，她似乎不怎么以自己的血统为耻，尽管她刚开始向我们隐瞒了这点。

② *回应仍然是大笑。如果你了解赞德菈，也许就会意识到，如果某句发言里的辱骂用词少于三个——而且没有对于贾克可疑出身的评论——那么发言肯定就与她无关。但她似乎真的很喜欢他。不知为何。

"为什么他们要把我关在那座洞穴里等死?"我问。

"这是一场考验,"伊丽赞德菈说,"最后的挑战。如果你没能逃脱,他们就会在三天后放你自由——但既然你逃脱了,也就证明自己有资格加入他们的行列,彻底成为他们的新首领。但要做到这点,你就必须经受转变!你会失去大部分的自我,变成他们那种本能驱使的生物。"†①

那我就必须逃跑了。这种命运比死更可怕——这会是心灵的死亡。尽管我非常尊敬这些克罗司蛮族,*②但我从未打算成为他们的一员。

"是你把我带到了这儿,"我看向伊丽赞德菈,反应过来,"自从我们在蛮苦之地找到你以后,你就一直在指引我前来这个氏族。你知道这个池子。"

"根据你对寻找之物的描述,我猜这里就是那份宝藏的所在,"我最美丽的女子说,"但我并不确定。我从未来过圣池。贾克……等他们转变了你以后,打算对我做同样的事,不顾我的意愿。我这一生都在反抗这件事。我不会允许他们夺走我的心智,就像夺走年轻人的心智那样——现在的我不会允许!"

"说得够多了!"长老之一说,"你们将要接受转变!"

其余克罗司人一齐拍起手来。某个老人伸出一只沾血的颤抖手掌,掌中是一把小小的钉子。

---

① † 对此感到困惑的人——包括贾克在内——应当明白,这的确是彻底成为克罗司人的方式。他们的儿女出生时的肤色范围从蓝色到斑驳的灰色,但并非真正的克罗司人的深蓝色。他们的儿女基本上是人类,但他们的肉体拥有种类丰富的天赋。每个孩子在十二岁那年都可以选择完成最终的转变。那些不愿接受转变的孩子必须离开,加入人类社会。根据我的估计,的确有许多克罗司人离开——但也有同样多的普通人类不满在城市的生活,选择前往克罗司氏族并加入,接受转变。这么一来,你就无法分辨他们的出身是人类还是克罗司人了。

② * 尊敬程度显然不足以让他们改掉"蛮族"这个称呼。

"不!"我惊呼道,"没这个必要!我已经是你们的一员了!"

伊丽赞德菈的手抓紧了我的胳膊。"什么?"她低声说。

"我只能想到这个计划。"我低声回答。然后我抬高嗓门,宣布道:"我是个克罗司人!"

"这不可能。"老人之一说。

"你不是蓝皮肤。"另一个说。

"你不像克罗司人。"第三个说。

"我杀死了你们的斗士!"我断言道,"你们还需要什么证明!普通人类能强大到这种程度吗?"

"枪,"某个老人说,"用枪不需要强大。"

铁锈灭绝啊!"那好吧,"我大声说,"我会在最终考验里证明的。因为我会把幸存者的宝藏带给你们!"

克罗司人沉默下来。他们停止了拍掌。

"这不可能,"老人之一说,"最强大的克罗司人都没能做到。"

"那如果我成功,你们就会知道我说的是实话。"我对这群野兽说。

我为自己安排了必然的死亡。我真希望自己能告诉你们,那天是勇敢在指引我的口舌,但事实只是不顾一切而已。我说出口的是自己唯一能想到的事,是唯一允许我拖延时间的事。

如果传说是真的,那么宝藏就藏在"天空的对面,只会因生命本身浮现"。天空的对面肯定就代表这座池子的底部——它是那么深,我根本看不到底。我只能潜到水下,然后找到那份宝藏。

"这不可能。"另一个老人说。

"我会证明这是可能的!"我大声说。

"贾克!"伊丽赞德菈说着,手按在我的胳膊上,"你是个傻瓜!"

"我也许是个傻瓜,"我说,"但我不会允许他们把我变成克罗司人。"

她把我拉向她，突然吻了我。亲爱的读者们，人生里能震撼我的事很少，但那个瞬间实现了这种不可能。她对我那么冷淡，有时我觉得自己的感情肯定得不到回报。

但这个吻……这个吻！就像我们旁边的池水那么深，就像幸存者的教诲那么真，就像飞出的子弹那样强而有力，就像在三百码外正中靶心那样难以置信。其中的激情温暖了我，驱散了我湿透衣物的寒意，以及颤抖的心灵的恐惧。

等她的吻结束，金属在我体内绽放了生机。尽管她并非熔金术师，却将少许锡粉放入口中，又通过那个吻将它传递给了我！

我抽身后退，惊异不已。"你太了不起了。"我低声说。

"见鬼，贾克，"她轻声回答，"你终于说了句聪明的话。" *①

克罗司人再次开始拍手。我拿起能搬动的最大的一块石头，接着——深吸一口气——跳进池水，任由石头将我向下拖去。

它很深。深不可测。*②

黑暗很快吞没了我。亲爱的读者们，你们只能想象这种彻底的黑暗了，因为我不觉得自己能准确描述。被黑暗吞没本身就是种不寻常的体验，但身处于光芒遁逃的水中……这种经历恐怖到难以置信的程度。在不断下降的过程中，就连我钢铁般的神经都开始了颤抖。

可怕的痛楚袭向我的双耳，至于这是否与那道伤口有关，我就不清楚了。我下沉了仿佛永远那么久的时间，直到肺部传来灼烧般的痛楚，头脑也逐渐麻木。我几乎放开了那块石头。

我无法思考。我的伤随时可能压倒我，尽管我看不见东西，却明白自己的视野正在逐渐模糊。在我笔直地坠向无意识的同时，我的身

---

① *我相信这是整个故事里唯一准确引用的伊丽赞德菈发言。她坦诚地告诉我，她威胁过他，说如果他不在公开叙述里加入这句话，她就会开枪打他的……咳……男性特征。

② *他的意思是，测算深度刚好18.3寻。我特意跑回去测过。

体开始不听使唤。我知道自己会死在这片无法视物的深渊里。

在那一刻,我想象了伊丽赞德菈被变成克罗司人,也失去那种令我着迷的美丽智慧。这个念头给了我力量,而我燃烧了锡。

正如我先前所说,燃烧锡能令头脑清晰。我前所未有地欢迎它的到来;这些清醒的瞬间赶走了笼罩我头脑的阴影。

我感觉到了水的冰冷,头部的痛楚也强烈到难以置信,但我还活着。

我落到了水底。我没敢放开充当重物的石头,用一只手疯狂摸索周围。我灼痛的肺部就像在燃烧的金属。它在这儿吗?

是的!它在。某种方方正正的非自然之物,一个金属箱子。是个保险箱?

我试图将它抬起,也成功让它移动了少许,但它沉得就像我那块石头。我沮丧地意识到,我是没法把它搬到水面上的。我的身体太虚弱了;带着这种重物游动,超出了我的能力范围。

也就是说,我要失败了?如果我没带宝藏就游到水面上,他们也许会直接杀死我,也可能会把我变成他们那样——无论如何,我都完蛋了。

我再度设法抬起箱子,却只能游出几尺远。我没有空气,没有力气。这是白费功夫!

然后我想起了那首诗。你会在天空的对面找到它,而它只会因生命本身而浮现。*①

生命本身。这地方有什么是生命?

空气。

我在箱子四周摸索,找到了一道碰锁,锁后面是某种物体。触感是皮质的,就像革水袋。我朝里面吹气,把肺里所有的空气都吹

---

① *是的,我明白他在整个叙述过程中引用了这首诗六次,而且每次都有些许不同。不,他不肯让我修改和保持前后统一。

了进去，那些空气无法再维持我的生命——但或许仍然能帮上我的忙。†① 接着，我蹬向水底，金属用尽，空气也消耗一空。

永恒。

当视野再度开始模糊时，我破开了池水的表面。我只看到了一瞬间的光明，然后黑暗便将我拖了回去，但柔软的手掌抓住了我，在我沉向末日之前将我拖出池水。我嗅到了伊丽赞德菈的香水味，在她关切的表情中醒来，脑袋枕着她的膝头。从下方观察她的皮衣不算得体之举，却让我心怀感激。

"你这傻瓜。"我翻过身来，咳出肺里的水的时候，她低声说。

"他失败了！"克罗司长老们宣布道。

就在这一刻，某种东西浮到了池面上——看起来是某种充气的动物膀胱，也许来自一头羊。我将手伸向水中，抓住那只漂浮在水下的保险箱。﹡②

克罗司人聚集在周围，而我跪在那只箱子边上，摆弄上面的锁。伊丽赞德菈递来了我们在漩涡之矿坑里找到的那把钥匙，它与那把锁完全契合。†③ 我转动钥匙，发出一声"咔嗒"，然后打开了箱盖。

里面放着长钉。

克罗司人的呼喊声先是让我担忧，但那些其实是欣喜的呼喊。我看向伊丽赞德菈，一脸困惑。

"新的长钉，"她说，"数量很多。有了这些，氏族就能扩大。他们和附近氏族的战况不利；我的氏族向来是这片区域里最小的一个。这能让他们增加数十人。对他们来说是真正的宝藏。"

---

① † 那些具备浮力或者压力知识的读者也许会在此处停止阅读，试图计算仅靠肺里的空气能在这种环境下起到多大的作用。

② ﹡ 如果一袋空气就能让宝藏浮上水面，我不禁好奇他这个无人可比的空话大王（原文为 windbag，字面意思为"装空气的袋子"）何必需要前文提到的羊膀胱。

③ † 唉。

我坐回自己的脚跟上。亲爱的读者们,我要向你们表示些许遗憾。我的旅行为的并非财富,而是发现的喜悦,以及和你们分享这个世界的机会——但这不是我想要发现的财富。一把小小的钉子?这就是我花费数月想要找到的东西?这就是幸存者本人留下的传奇宝藏?

"别这么闷闷不乐,亲爱的。"伊丽赞德菈说着,把钉子倒了出来,让那些老人拿走。那些老人聚集起来的时候,她拉着我退到一边。看起来在这种兴奋里,我们两个被人遗忘了。"看起来,我们拿回了人生的掌控权。"

的确,我们逃跑的时候,克罗司人并未阻拦。我们迅速离开了那座小小绿洲所在的山谷,前往河边以及——希望如此——我们车队剩下的部分。‡[①]

我发现自己仍然在失望。就在这时,我注意到了某件事。伊丽赞德菈拿着的箱子没有因为在水下度过的超过三个世纪而褪色太多。我示意她把箱子给我,然后我擦了擦箱盖的表面。然后我惊讶地眨了眨眼。

"怎么?"她停下脚步,问道。

我咧嘴一笑。"这是纯铝,亲爱的——价值好几千。我们还是找到了自己的宝藏。"

她大笑起来,又赐予了我一个吻。

在这里,我的读者们,我必须结束关于艾尔塔尼亚巨坑之旅的记述了。在寻得宝藏,失去人生——然后又找回——以后,我也完成了亲爱的米卡夫的遗愿。

这是我迄今为止最宏大的冒险,我想我会暂时休息一阵子,然后再次出击。我听说南方的天空出现了奇怪的光线,那里肯定藏着另一起神秘事件。

[①] ‡是的,他们把我忘了。

待到那时,冒险继续! *①

---

① *就这样,我们的又一卷评注本到达了尾声。我相信,那些目光雪亮又兼具优雅和体面的读者,能够理解我长久以来为确保贾克生存所付出的辛劳,也希望这些编辑评注能在漫长的冬日夜晚,带给他们独一无二的快乐。那么,我们该道别了。贾克承诺会有更多的冒险和神秘,但我给出的承诺会更加谦卑。我会努力让他在信件里正确运用标点符号,哪怕这辈子只有一次也好。目前来看,我相信我的差事会是两者之中更困难的那个。

内泰瑞司的汉德维姆
哈姆德第十七大街,341 号

迷雾之子：秘史

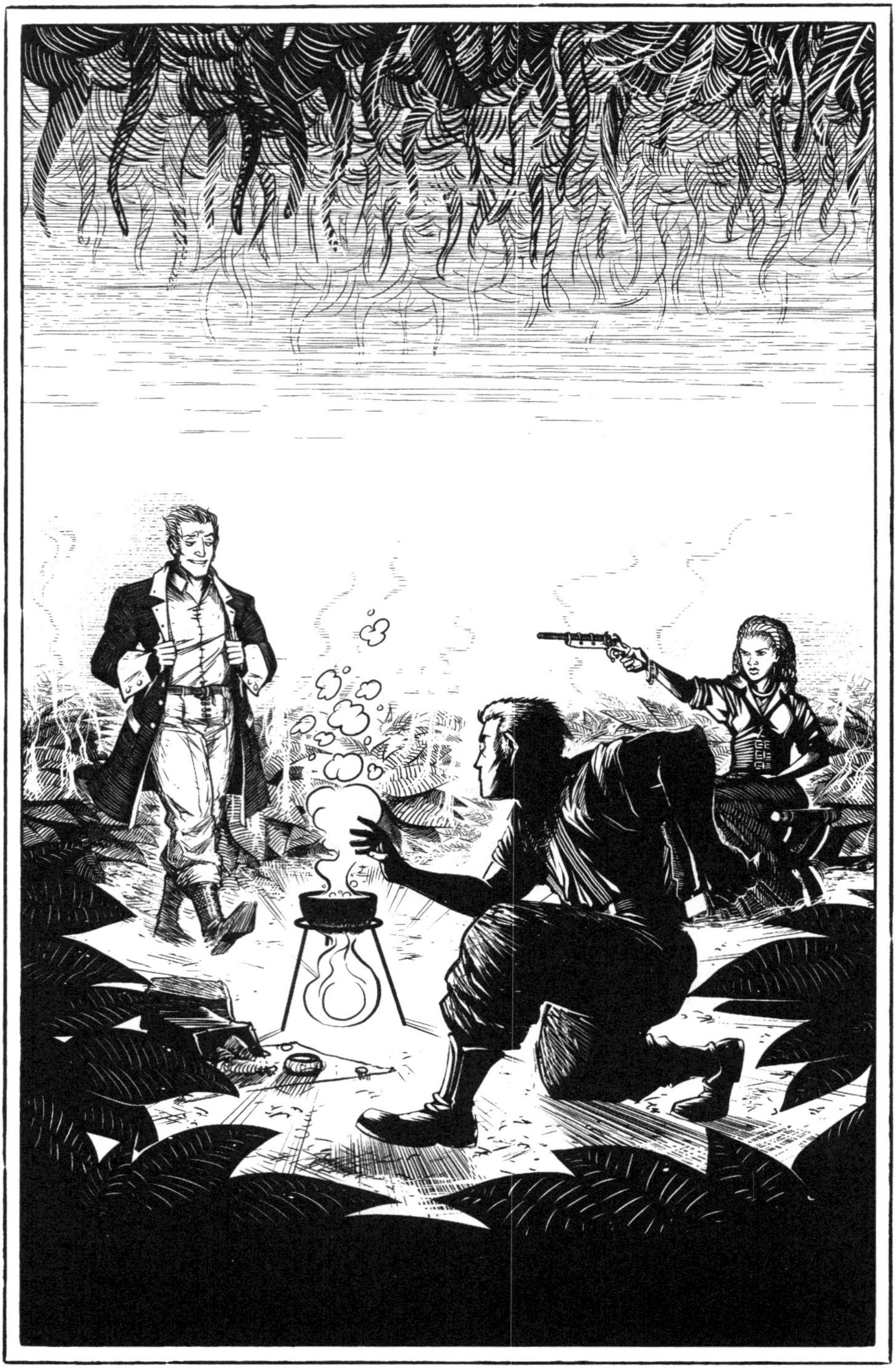

第一部分　帝国

一

卡西尔燃烧了第十一种金属。

毫无变化。他仍然站在陆沙德广场上,直面统御主。一群寂静无声的观众——既有司卡也有贵族——在广场周边观看。一只车轮在风中懒洋洋地转动,发出嘎吱的响声,挂在附近那辆倾覆的囚车侧面。一位审判者的脑袋钉在囚车底部的木头上,被自己的钢钉固定在那儿。

毫无变化,但一切也都变了。因为在卡西尔眼里,站在他前方的人变成了两个。

其中一个是那位统治了一千年的不朽皇帝:那人仪表堂堂,发色乌黑,胸膛被两根长矛刺穿,却似乎不以为意。他身边是个与他五官相同的男子——气质却截然不同。那人裹着厚实的毛皮,鼻子和脸颊发红,仿佛是因为寒冷。他的头发纠缠成团,又被风吹乱,姿态轻松,而且在笑。

那是同一个人。

我能利用这一点吗？卡西尔拼命思考。

在他们之间，有黑色的灰烬轻飘飘地落下。统御主看向被卡西尔杀死的那个审判者。"要替换他们可是很麻烦的。"他的嗓音专横跋扈。

那种语气似乎和他身边的那个人截然相反：那是个流浪者，是个拥有统御主面貌的山地人。这就是你的本质，卡西尔心想。但这无济于事。这只能进一步证明，第十一种金属不是卡西尔期待中的那种东西。那种金属不是什么解决统御主的神奇方案。他只能指望另一个计划了。

于是卡西尔笑了。

"我杀过你一次。"统御主说。

"你试过，"卡西尔答道，心跳飞快。另一个计划，不为人知的计划。"但你杀不死我，暴君。我代表的是你永远无法杀死的东西，无论你多努力都不行。我是希望。"

统御主嗤之以鼻。他随意地抬起一条胳膊。

卡西尔绷紧身体。他没法对抗永生不死的人。

至少活着没法对抗。

挺直背脊。给他们留下值得铭记的印象。

统御主反手抽中了他。痛苦袭向卡西尔，仿佛一道闪电。在那个瞬间，卡西尔骤烧了第十一种金属，然后瞥见了一幅全新的景象。

统御主站在一个房间里——不，那是个洞穴！统御主走进一个发光的水池，世界在他周围移动，岩石破碎剥落，房间扭曲变形，一切都在变化。

景象消失不见。

卡西尔死了。

事实证明，过程比他预想中的痛苦得多。他没有柔和地淡入虚无，反而有种可怕的撕扯感——就好像他是被两头凶残的猎犬以尖牙争抢的一块布料。

他尖叫起来,拼命尝试维持身体完整。他的意志毫无意义。他被扯碎、撕裂,随后丢进某个有迷雾在不断翻涌的地方。

他挣扎着跪坐起来,大口喘息,全身疼痛。他不确定自己跪在什么地方,毕竟他的下方似乎只有更多的迷雾。地面像液体那样泛起涟漪,触感柔软。

他跪在那儿,努力忍受,感觉到痛苦缓缓淡去。最后他松开牙关,吐出呻吟。

他还活着。算是吧。

他努力抬头看去。同样厚实的灰色在周围移动。是虚无?不,他能看到其中的形体,还有影子。是山丘?高高的天空上还有某种光线。也许是个小小的太阳,穿透了浓厚的灰色云团。

卡西尔吸气,呼出,接着大吼一声,站起身来。"好吧,"他大声宣布,"真够难受的。"

看来死后的世界是真实存在的,这算是个令人愉快的发现。这是否代表……代表梅儿也在这里的什么地方?他总和别人提起那些陈词滥调,说自己总有一天会去陪她。但在内心深处,他从来都不相信,从来不会真的以为……

结束并非结束。卡西尔又笑了起来,这次真的出于喜悦。他转身四顾,就在他观察周围的时候,雾气似乎后退了。不,感觉更像是卡西尔的存在愈发稳固,完整地进入这个地方。雾气的后退更像是他的头脑在逐渐清晰。

迷雾凝聚成形状。他先前误认为山丘的影子其实是房屋,模糊不清,由翻涌的雾气构成。他脚下的地面也是雾,深邃而广大,仿佛他正站在海洋的表面。它触感柔软,就像布料,甚至带着些许弹性。

附近躺着那辆倾覆的囚车,但在这里,它是雾气构成的。迷雾移动和变化,但那辆囚车维持了原本的形体。就好像雾气被某种看不见的力量困住，构成特定的形状。更引人注目的是，囚车这一侧的牢笼铁栏正在发光。除此之外，另一些细小如针尖的炽热光点出现在他周围，点缀着这片景色。门把。窗栓。活人世界里的一切都映照在此处，尽管大多数物件都是影影绰绰的雾气，金属却呈现出耀眼的光芒。

其中一些光芒在动。他皱起眉头，走向其中一道，这时才发现其中许多光芒是人。在他眼里，那些都是从人类形体放射而出的强烈白光。

金属和灵魂是同一种东西，他心想。**谁能想到呢？**

找回方向的同时，他察觉了活人世界里正在发生的事。几千道光芒在移动和流走。人群正在跑出广场。一道强烈的光，伴随那个大步走向另一边的高大身影，是统御主。

卡西尔试图跟上，却被脚边的某个东西绊倒了。一道迷雾形体瘫倒在地，被一根长矛刺穿。是卡西尔自己的尸体。

触碰它就像回想一段喜爱的经历。来自青年时代的熟悉气味。他母亲的声音。和梅儿躺在山坡上，看着灰烬落下的温暖。

那些经历逐渐淡去，似乎也在逐渐变冷。逃跑的那群人里的一道光——每个人都在发亮，要辨别个体很困难——跌跌撞撞地向他靠近。起初他以为也许这个人看到了他的灵魂。但并非如此，他们跑到他的尸体边，跪了下来。

在她靠近以后，他分辨出了这道身影的五官——以迷雾构成，从内部深处散发光芒——的细节。

"噢，孩子，"卡西尔说，"很抱歉。"他伸出双手，托住在为他哭泣的纹的脸，发现自己能感受到她。在他虚幻的手指里，她是实实在在的。她似乎感觉不到他的触碰，但他瞥见了她在现实世界里的模样：脸颊挂着泪水。

他最后和她说的话很严苛，不是吗？也许他和梅儿没有孩子是好事。

一道发光的身影冲出逃跑的人群,抓住了纹。那是哈姆么?从轮廓来看,肯定是他。卡西尔站起身,看着他们离去。他替他们启用了计划。也许他们会因此恨他。

"你是故意让他杀死你的。"

卡西尔转过身去,惊讶地发现有个人站在他身旁。不是雾气构成的身影,而是个衣着怪异的男子:单薄的羊毛大衣,下摆几乎盖住双脚,大衣下面是一件用束带系紧的衬衣,外加某种锥形的裙子。裙子上绑着一条腰带,腰带上有一把刺进圆环的骨柄匕首。

那人个子矮小,一头黑发,鼻梁高挺。他和其他人不同——他们都是由光芒构成的——看起来很正常,就像卡西尔。既然卡西尔已经死了,是否代表此人也是鬼魂?

"你是谁?"卡西尔问。

"噢,我想你知道。"那人对上卡西尔的目光,卡西尔在其中看到了永恒。冰冷而平静的永恒——那种永恒属于见证了世代变迁的石头,又或是察觉不到岁月变迁的粗心深渊,因为光芒永远不会抵达那里。

"噢,见鬼,"卡西尔说,"神真的存在?"

"是的。"

卡西尔揍了他。

那是干净漂亮的一拳,从肩膀发力,同时抬起另一边胳膊来阻挡反击。老多会很骄傲的。

神没有躲闪。卡西尔的拳头正中他的脸,伴随着令人满足的一声"砰"。那一拳将神打倒在地,尽管从他抬起视线的样子来看,他的震惊要多于疼痛。

卡西尔走向前去。"见鬼,你有什么毛病?你真实存在,却又放任这种事发生?"他朝广场挥挥手,然后惊恐地看到光芒正在熄灭。

审判者正在攻击人群。

"我会做我能做的事,"那具倒地的身体似乎扭曲了一瞬间,他的碎片向外扩散,仿佛逃离容器的雾气。"我会……做我能做的事。一切已经开始了,你明白的。我……"

卡西尔退后一步,瞪大眼睛,看着那位神灵四分五裂,然后拼凑完整。

在他周围,其余灵魂完成了过渡。他们的身体不再发光,灵魂随即闯入这片迷雾之地:跌跌撞撞,摔倒在地,仿佛是被自己的身体弹出来的。他们抵达以后,卡西尔在他们身上看到了色彩。同一个人——那位神灵——出现在每个人的身边。他突然变成了超过十二个人,面貌一般无二,又各自在和死者之一对话。

卡西尔身边的那位神灵站起身来,揉了揉下巴。"从来没人这么干过。"

"你说真的?"卡西尔问。

"是的。来到这里的灵魂通常会迷失方向。但有些会逃跑。"他看向卡西尔。

卡西尔攥起拳头。神退后几步,然后——滑稽地——向腰带上的小刀伸出手。

好吧,卡西尔不会揍他的,不会再揍一次。但他听出了他话语里的挑衅意味。他会逃跑么?当然不会。他能逃去哪儿?

在附近,有个倒霉的司卡女人闯进了死后的世界,几乎瞬间就开始消散。她的身形被拉长,转变为白色的迷雾,被拖向远处某个黑暗的小点。至少看起来是这样,但她被拖向的那个点不是某个地方——算不上。那是……彼界。某个不知为何显得遥远,无论他走向哪儿,都会更加远离他的位置。

她的身体被拉长,然后逐渐消失。来自广场的其余灵魂也一样。

卡西尔猛然转身,看着神。"发生了什么?"

"你不觉得这就是结束,对吧?"神灵说着,朝阴影笼罩的世界摆摆手,"这里是中间步骤。晚于死亡,早于……"

"早于什么?"

"早于彼界,"神灵说,"早于'他处'。灵魂必须前往此处。你必须前往此处。"

"可我还没去那儿。"

"镕金术师花的时间更久,但也是迟早的事。这是万物的规律,就像河水会流向大海。我来这里,不是为了让那件事发生,而是安抚你们。我认为这是……伴随我的身份到来的某种……职责。"他揉揉那半边脸,向卡西尔投去愤怒的目光,也表露出他的看法。

不远处,又有两个人消失在永恒里。他们似乎接受了它,踏入那片不断拉伸的虚无,脸上挂着释然而欢迎的笑容。卡西尔看着那些离去的灵魂。

"梅儿。"他轻声说。

"她去了彼界。你也会去的。"

卡西尔看着彼界的那个点,所有死者都会被吸引过去的那个点。他依稀感觉到它同样开始拉扯他。

不。现在不行。

"我们需要一个计划。"卡西尔说。

"计划?"神问。

"让我脱身的计划。我也许需要你的帮助。"

"没有脱身的办法。"

"你的态度很糟糕,"卡西尔说,"如果你总是这副口吻,我们什么事也办不成。"

他看向自己的手臂,后者令人不安地开始模糊,就像书页上在干燥前就被抹去的墨水。他有种流失的感觉。

他迈开步子,强迫自己大步走动。他不会就这么站在这儿,让永恒尝试吸走他。

"感到不安是很正常的，"神说着，跟在他身旁，"很多人都会焦虑。平静下来吧。你留下的那些人会找到自己的路，至于你——"

"噢，太棒了，"卡西尔说，"没时间听讲座了。跟我说说。有人成功抵抗过被拖进彼界这件事吗？"

"没有。"神灵的形体在律动中四散，又再次恢复完整，"我告诉过你了。"

见鬼，卡西尔心想。他自己看起来离崩溃就差一步了。

好吧，只能有什么就用什么了。"你肯定有什么我能尝试的点子，绒毛。"

"你叫我什么？"

"绒毛。我总得称呼你吧。"

"你可以试试'吾主'。"绒毛气呼呼地说。

"以集团成员来说，这昵称太蹩脚了。"

"集团成员……"

"我需要团队，"卡西尔说着，在阴影版本的陆沙德城里不断穿行，"如你所见，我的选项有限。我更希望老多在这儿，但他还得对付那个自称是你的人。另外，我这个集团的加入仪式也让人头疼。"

"可——"

卡西尔转过身，搂住较为矮小的神灵的肩膀。卡西尔的双臂变得更加模糊，逐渐被吸走，就像被拖入看不见的小溪的水流。

"你瞧，"卡西尔急切地小声说道，"你说过你是来安抚我的。这就是你该用的方式。如果你说的没错，那我做什么都无关紧要。所以干吗不迁就一下我呢？让我在面对最后的可能性之前找点乐子。"

绒毛叹了口气。"如果你能接受现实，那就更好了。"

卡西尔对上绒毛的视线。时间正在流逝；他能感觉到自己逐渐滑向湮灭，接近那个虚无、黑暗和不可知的遥远位置。但他没有移开目光。如果这个生物真能起到他所代表的那个人的作用,那么和他对视——自信、微笑、胸有成竹——就是有用的。绒毛会屈服的。

"所以,"绒毛说,"你不仅是第一个打我的人,还是第一个试图招募我的人。你真是个与众不同的怪人。"

"你不认识我那些朋友。和他们相比,我很正常。麻烦出点主意。"他沿着一条街道前进,但只是为了走动而走动。房屋隐现在两边,由涌动的雾气构成。看起来就像房屋的幽灵。时不时会有一道波浪——闪烁的微光——会脉动这穿过地面和房屋,让那些雾气翻腾盘绕。

"我不知道你指望我告诉你什么,"绒毛说着,加快脚步,跟在他身旁,"来到这儿的灵魂注定被吸入彼界。"

"你没有。"

"我是个神。"

是"个"神。所以不止一个。这要记住。

"好吧,"卡西尔说,"作为神的哪一点让你能不受影响?"

"一切。"

"我忍不住觉得,你根本不在乎自己在团队里的作用,绒毛。拜托。配合一下。你指出过镕金术师能坚持更久。藏金术师也一样?"

"对。"

"所以是拥有力量的人。"卡西尔说着,指了指远方克雷迪克·宵的尖塔。那是统御主先前离开的方向,通向他的宫殿。尽管统御主的马车已经离得很远,卡西尔仍然能看到他的灵魂在路上的某处发光。远比其他人明亮。

"他怎么了?"卡西尔说,"你说所有人都必将屈服于死亡,但这话显然不对。他是不朽的。"

"他是特例,"绒毛说着,来了精神,"他有好几种办法,能从一开始就避免死亡。"

"如果他真的死掉呢?"卡西尔追问道,"他在这儿坚持的时间会比我更久,对吧?"

"噢,的确,"绒毛说,"他升华过,尽管为时很短。他拥有足以扩展灵魂的力量。"

懂了。扩展我的灵魂。

"我……"神摇晃起来,身体扭曲失真,"我……"他歪了歪头。"我刚才在说什么?"

"关于统御主是怎样扩展灵魂的。"

"那可是件赏心乐事,"神说,"非常壮观!现在他存留下来了。幸好你没找到摧毁他的方式。其他人可以消逝,但他不行。太好了。"

"太好了?"卡西尔很想吐口水,"他是个暴君,绒毛。"

"他一成不变,"神辩解道,"他是个非常出色的样本。独一无二。我不认同他的所作所为,但你完全可以既同情羔羊,又钦佩雄狮,不是吗?"

"为什么不阻止他?如果你不认同他的所作所为,就做点什么啊!"

"好了好了,"神说,"那就太草率了。他完成的事要怎么才能抹消?结果只会是一位存在短暂的领袖上台——然后引发混乱和更多的死亡,远比统御主那时要多。还是保持稳定比较好。是的。稳定的领袖。"

卡西尔的拉扯感更强烈了。他很快就会离去。他的新身体似乎没法出汗,否则他的额头早就被汗水打湿了。

"或许你看到别人像他那样也会很愉快,"卡西尔说,"我是说扩展灵魂。"

"不可能。升华之井的力量在一年之内都没法汇聚并做好准备。"

"什么?"卡西尔说。*升华之井?*

他在记忆里搜寻,努力回想沙赛德讲述过的那些宗教与信仰。相关记忆的范围之广几乎将他压垮。他玩的是叛乱和王权的游戏——只会觉得有助于计划时关注宗教——可从始至终，这一切都在背景里。视而不见，全无察觉。

他觉得自己就像个蠢孩子。

绒毛说了下去，毫不在意卡西尔的恍然大悟。"但是不行，你没法运用那口井的。我没能把他封锁在外。我料到会这样；他更强大。他的本质会以自然形体的形式渗出。固体、液体、气体。因为我们创造世界的方式。他有计划。但究竟是那些计划比我的计划更深入，还是我的思考终于超越了他……？"

绒毛再次扭曲变形。他这番抨击让卡西尔一头雾水。他感觉这些内容很重要，但不是迫在眉睫的问题。

"力量正在回归升华之井。"卡西尔说。

绒毛迟疑了。"唔。是啊。呃，但它太远了。是啊，远到你来不及过去。太糟糕了。"

看起来，神灵很不擅长撒谎。

卡西尔抓住了他，小个子男人缩起身子。

"告诉我吧，"卡西尔说，"拜托。我能感觉到自己在向远处延伸，坠落，在被拉扯。拜托。"

绒毛挣脱了他的手。卡西尔的手指……确切地说，他灵魂的手指……没有之前那么有力了。

"不，"绒毛说，"不，这样不对。就算你碰到它，恐怕也只会增加它的力量。你会和其他人一样消失的。"

好吧，卡西尔心想。*该试试骗术了。*

他装作无力地靠向一栋幽灵建筑的墙壁。他叹了口气，坐在地上，背靠墙壁。"好吧。"

"你看！"绒毛说，"好些了。好多了，不是吗？"

"是的。"卡西尔说。

神似乎放松了下来。卡西尔发现那位神灵还在"泄漏"。雾气从他身体上几个针孔般的小点悄然流走。这家伙就像一头受伤的野兽，平静地过着日常生活，对咬伤视若无睹。

保持不动很困难。比面对统御主还要难。卡西尔想要奔跑，想要大叫，想要爬起身来，迈开步子。被吸走的感觉非常可怕。

他设法装出放松的模样。"你问过我，"他说着，就好像格外疲惫，光是说话都很费力，"一个问题，对吧？在你刚出现的时候？"

"噢！"绒毛说，"是的。你任凭他杀了你。我没料到。"

"你可是神。你没法看到未来么？"

"在某种程度上可以，"绒毛兴致勃勃地说，"但很模糊，非常模糊。太多可能性了。我在其中没看到这种情况，虽然它多半是存在的。你一定要告诉我。为什么你放任他杀死你？在最后，你只是站在那儿一动不动。"

"我逃不掉的，"卡西尔说，"一旦统御主出现，就无路可逃了。我必须面对他。"

"你甚至没有反抗。"

"我用了第十一种金属。"

"愚蠢，"神说。他开始踱步。"那是灭绝在影响你。但有什么意义呢？我不明白他干吗把那种没用的金属交给你。"他振作精神。"还有那场战斗。你和审判者。是的，我见过很多事，但那场战斗与众不同。让人印象深刻，虽然我希望你能别造成那么多的破坏，卡西尔。"

他重新踱起步来，但脚步似乎更有活力了。卡西尔没料到神灵会这么……像人。会兴奋，甚至精神奕奕。

"统御主杀死我的时候，"卡西尔说，"我看到了某些东西。曾经是他的那个人。他的过去？他的某个版本的过去？他当时站在升华之井边上。"

"你看到了？唔。对，那种金属，在过渡瞬间骤烧了。这么说，你瞥见了灵界域？他的联结和他的过去？很不幸，你使用的是亚提①的精华。你不该信任它，就算是稀释过的形式。除非……"他皱了皱眉，歪过脑袋，仿佛在回想某种早已遗忘之事。

"另一位神，"卡西尔低声说着，闭上眼睛，"你说过……你困住了他？"

"他迟早会挣脱的。这是无可避免的事。但监牢不是我的最后手段。不可能是。"

也许我应该直接放弃，卡西尔心不在焉地想。

"好了，"神说，"再见了，卡西尔。你帮他比帮我要多，但我尊重你的意图，还有你存留自己的出众能力。"

"我见过它，"卡西尔低声说，"群山高处的一座洞穴。升华之井……"

"是的，"绒毛说，"我把它放在了那儿。"

"但……"卡西尔说着，身体继续被拉长，"他改换了位置……"

"当然。"

统御主会怎么处理那种力量的源头？藏到远处？

还是放在非常近的地方？就在触手可及之处。卡西尔见过毛皮，就像幻景里的统御主穿过的那种，不是么？他在某个房间里也见过，就在一个审判者身后。一栋房屋内部的房屋，藏在宫殿的深处。

卡西尔睁开了眼睛。

绒毛转身看向他。"怎么——"

卡西尔站起身来，开始奔跑。他剩下的自我已经不多，只有模糊不清的形象。他用来奔跑的双脚成了扭曲的污点，他的形体则是一块被抽出和拆散的布。他在雾气的地面上几乎找不到着力点，他摇晃着

---

①灭绝（Ruin）的载体。

撞上一栋房屋，然后就这么穿了过去，不顾墙壁的存在，仿佛它只是一股劲风。

"所以你的确是会逃跑的那种，"绒毛说着，出现在他身旁，"卡西尔，我的孩子，这只是徒劳。我猜我早该料到的。你直到最后一刻都在疯狂地反抗命运。"

卡西尔几乎没听到他的话。他专心奔跑，专心去抵抗那股将他向着后方、向着虚无拖拽的力量。他在逃离死亡本身的魔爪，它冰冷的手指越抓越紧。

奔跑。

专心。

努力专心。

他不禁联想起了另一次逃亡，爬过深坑，双臂染血。他不会被抓住的！

那种脉动——那股周期性地涌过这片阴影世界的波动——成为了他的向导。他搜寻它的来源。他横穿房屋，跨越街道，对金属和人类的灵魂视而不见，直到抵达克雷迪克·宵——千塔之山——灰色的迷雾轮廓。

到了这儿，绒毛似乎理解了状况。

"你这只锌舌头的渡鸦，"神灵说着，毫不费力地跟在拼尽全力奔跑的卡西尔身边，"你没法及时赶到的。"

他又开始在迷雾中奔跑了。墙壁、人群和房屋纷纷淡去。只留下昏暗打旋的迷雾。

但迷雾从来不是他的敌人。

在那种响亮脉动的指引下，卡西尔在旋转的虚无中奋力穿行，直到一道光柱在他前方炸开。就在那儿！他能看到它在迷雾中燃烧。他几乎能触碰到它，几乎……

他就要跟丢它了。就要迷失方向了。他再也走不动了。

有什么东西抓住了他。

"拜托……"卡西尔低声说着,逐渐坠落,逐渐流失。

这样是不对的。绒毛的声音说。

"你想看些……壮观的东西?"卡西尔低声说,"那就帮我活下去。我会让你知道……什么是壮观。"

绒毛的身体晃了晃,卡西尔能感觉到这位神灵的犹豫。随之而来的是某种目的感,就像有盏提灯亮了起来,接着是笑声。

很好。存留下来吧,卡西尔。幸存者。

有什么东西把他推向前去,卡西尔汇入了那道光。

片刻过后,他眨着眼醒来。他静静地躺在雾气的世界里,但他的身体——好吧,应该说他的灵魂——经历了重塑。他躺在液体金属似的光芒之池里。他能感觉到它的温暖包围了他,令他精神奕奕。

他能分辨出池水外那座雾气弥漫的山洞;它似乎是天然岩石构成的,但他没法确定,因为山洞的这一边彻底被雾气笼罩。

那种脉动涌过他的身体。

"力量,"绒毛站在光的另一边说,"你现在是它的一部分了,卡西尔。"

"是啊,"卡西尔说着,爬起身来,耀眼的光辉从他身上滴落,"我能感觉到它在我体内流动。"

"你和他被困在一起了。"绒毛说。和卡西尔身处的强光相比,他显得微弱又暗淡。"我警告过你的。这是个监牢。"

卡西尔坐在地上,开始深呼吸。"我还活着。"

"只在非常宽松的定义上是这样。"

卡西尔笑了。"这就够了。"

二

事实证明，不朽比卡西尔预想的更让人懊恼。

当然了，他不知道自己算不算真的不朽。他没有心跳——发现这点的时候，他只觉得很不安——也不需要呼吸。但谁能断言他的灵魂在这地方会不会衰老？

在幸存之后的几个小时里，卡西尔审视着自己的新家。神是对的，这儿是监狱。他先前所在的水池位于中心，装满液态的光芒，就像是另一边的某种更为……强大之物的反光。

幸运的是，这口井虽然不够宽大，但中央部位的深度超过他的身高。他可以逗留在周边，液态光芒只会没过他的腰部。这些光很稀薄，比水更稀薄，在其中移动也很轻松。

他也可以走出池水和它附属的光柱，坐在岩石那一侧。这座洞穴里的一切都是雾气构成的，但井的边缘……似乎在这里，那些石头在他眼中更清晰，也更完整。它似乎有了某种真实的色彩。就好像这地方的一部分是灵魂，和他一样。

他可以坐在井的边缘，让双腿在光芒里晃荡。但如果他尝试离开升华之井太远，同一种力量的丝缕雾气就会尾随而来，阻止他前进，就像锁链。它们不允许他离开池子超过几尺远。他尝试拉伸、推动以及飞奔后把自己甩出去，但无一奏效。只要他拉开几尺距离，就会突然停下。

在几个钟头的尝试挣脱以后，卡西尔无力地靠着井的侧面，感觉……精疲力竭？这用词没错吗？他没有身体，感觉到的也不是传统的疲惫征兆。没有头疼，没有拉伤的肌肉。但他确实很疲惫。就像一面经历过许多次暴风雨，但仍然在风中飘荡的老旧旗帜。

他强迫自己放松下来，对他能够分辨的有限景物进行评估。绒毛离开了；在卡西尔的存留后不久，那位神灵就被某些事吸引了注意力，然后消失不见。只留下卡西尔和满是阴影的洞穴，这座发光的池子本身，还有穿过洞穴的几根石柱。在洞穴的另一边，他看到了金属碎片的光芒，但他分辨不出那些是什么金属。

这就是他存在的总和。他把自己永远关进了这座小小的监狱里么？这似乎非常讽刺：他也许成功地欺骗了死亡，却发现自己要承受可怕得多的命运。

如果他在这里度过几十年，他的心智会有什么变化？如果是几个世纪呢？

他坐在这口井的边缘，思考朋友们的事，试图分散自己的注意力。他在死亡的那一刻依然相信自己的计划，但现在，他发现了自己激励叛乱的谋划里有多少漏洞。万一司卡人没有起义呢？万一他事先准备的物资不够多呢？

就算一切顺利，那些缺乏准备之人的肩上，也会承受太多的负担。包括那位非常出色的年轻女子。

光芒吸引了他的主意，他一跃而起，迫不及待地寻找可能的消遣。一组身影进入了生者世界的这间石室，发光的灵魂勾勒出他们的轮廓。他们的身上有些奇怪之处。他们的眼睛……

审判者。

卡西尔拒绝退缩，尽管他的所有本能都在畏惧这些生物。他击败过其中的佼佼者。他不会再畏惧他们了。他反而在自己的牢房里走来走去，试图分辨这三个审判者朝他拖来的东西。某种硕大而沉重之物，但完全不会发光。

一具尸体，卡西尔反应过来。少了头部。

是他杀掉的那个么？没错，肯定是。另一个审判者恭敬地搬运着死者的长钉，那堆钉子摆放在一只装满液体的大罐子里。卡西尔眯眼打量它，朝监狱外走出一步，试图确定自己看到的东西。

"是血，"绒毛说着，突然出现在附近，"他们把长钉储存在血液里，直到能够再次使用。他们会用这种方式阻止长钉失去效力。"

"嘿。"卡西尔说着，让到一边，看着那些审判者把尸体投入井中，接着再丢下头颅。两者都瞬间蒸发了。"他们经常这么干吗？"

"每当他们的一员死去都会，"绒毛说，"我怀疑他们甚至不知道自己在做什么。把尸体丢进那个池子光用'毫无意义'都没法形容了。"

审判者们带着死者的长钉离开了。从他们无精打采的姿态来看，这四人都累坏了。

"我的计划，"卡西尔说着，看向绒毛，"进展如何？我的集团应该已经找到仓库了。这座城市的人民……成功了吗？司卡人愤怒了吗？"

"唔？"绒毛问。

"起义，计划。"卡西尔说着，朝他走去。神灵向后挪动步子，退到卡西尔刚好够不到的位置，把手伸向了腰带上的刀子。也许早先那一拳确实欠考虑了。"绒毛，听着。你必须想办法鼓励他们。想要推翻他，不会有比现在更好的机会了。"

"计划……"绒毛说。他崩溃了一瞬间,随后恢复如常,"是啊,有个计划。我……记得我有个计划。那时的我更聪明……"

"计划,"卡西尔说,"是让司卡人起义。等我们给统御主套上枷锁再关进牢房,他有多强大,又是否不朽,就都不重要了。"

绒毛点点头,看起来心不在焉。

"绒毛?"

他颤抖了一下,看向卡西尔,头部两侧缓缓散开——就像磨损的地毯,每一条线都在缓缓钻出,消失在虚无里。"他在杀死我,你知道的。他希望我在下一个循环前消失,但……我也许能坚持住。你听到我的话了,灭绝!我还没死呢。还在……还在这儿……"

见鬼,卡西尔不寒而栗地想,*神发疯了*。

绒毛开始踱步。"我知道你在听,在改变我正在写下和已经写下的东西。你把我们的宗教全部占为己有。他们几乎不记得真相了。你这条虫子还是这么狡猾。"

"绒毛,"卡西尔说,"你能不能直接去——"

"我需要一种记号,"绒毛低声说着,在卡西尔身边停下脚步,"某种他没法改变的东西。用来标记我埋下的武器。我想是水的沸点。也许是冰点?但如果这些计量单位随着岁月改变了呢?我需要某些会被永远铭记的东西。一眼就能认出的东西。"他前倾身体。"十六。"

"十……六?"卡西尔说。

"十六,"绒毛咧嘴笑了,"很巧妙,对吧?"

"因为这代表……"

"金属的数量,"绒毛说,"在镕金术范畴内。"

"是十种。如果算上我发现的那种,就是十一种。"

"不!不,不,这话太蠢了。十六。这才是完美的数字。他们会明白的。他们肯定明白。"绒毛又开始踱步,头部也恢复到了——基本恢复到了——早先的状态。

卡西尔在监狱边缘坐了下来。神灵的行为比先前古怪了许多。是否有什么改变了，还是说——就像患上精神疾病的人类——神灵只是有时状态良好，有时状态不佳？

绒毛突兀地抬起头。他缩了缩身子，视线转向天花板，仿佛它会随时坍塌在他身上。他张开嘴，下巴动了动，但没发出任何声音。

"你做了……"他最后开了口，"你做了什么？"

卡西尔在监狱里站起身。

"你做了什么？"绒毛尖叫起来。

卡西尔笑了笑。"希望，"他轻声说，"我心怀希望。"

"他是完美的，"绒毛说，"他是……你们之中唯一……会……"他突然转身，凝视卡西尔监狱另一边被阴影笼罩的石室。

有人站在另一边。一个高大威严的身影，并非由光芒构成。熟悉的衣着，黑白相间，自成对比。

统御主。至少是他的灵魂。

卡西尔踏上池子周围的那圈石头，等着统御主走向升华之井的光芒。注意到卡西尔的时候，他停下了脚步。

"我杀了你，"统御主说，"两次。可你还活着。"

"是啊。我们都明白，你无能到了多么惊人的程度。你自己也明白过来了，真让我高兴。这是通向改变的第一步。"

统御主嗤之以鼻，又扫视这间石室，打量它半透明的墙壁。他的目光扫过绒毛，但没怎么关注那位神灵。

卡西尔狂喜不已。他做到了。他真的做到了。怎么做到的？他看漏了什么秘密？

"那种笑容，"统御主对卡西尔说，"让人难以忍受。我确实杀死了你。"

"我也如数奉还了。"

"你没有杀死我，幸存者。"

"我打造了杀死你的那把利刃。"

绒毛清了清嗓子。"我的职责就是在你过渡时陪伴你。别担心,也别——"

"安静,"统御主说着,审视起卡西尔的牢房来,"幸存者,你知道自己做了什么吗?"

"我赢了。"

"你把灭绝带到了这个世界上。你是个棋子。骄傲得就像战场上的一名士兵,坚信自己能掌握自身的命运——却对成千上万的战友视而不见,"他摇摇头,"只有一年时间了。太短了。我本该再次赎回这颗不值得拯救的行星的。"

"这里只是……"绒毛吞了口唾沫,"这里是中间步骤。晚于死亡,早于他处。早于灵魂必须前往的地方。你必须前往的地方,拉刹克。"

拉刹克?卡西尔再次看向统御主。通过肤色是没法分辨泰瑞司人的;这是很多人会犯的错。有些泰瑞司人是深色肤色,另一些是浅色。但他本该想起……

那个堆满毛皮的房间。这个人很冷。

太蠢了。表面上的意义就是真相本身。

"全都是谎言,"卡西尔说,"是花招。你伪造了不朽?你的痊愈能力?那是藏金术。可你是怎么成为镕金术师的?"

统御主走到从监牢升起的光柱前方,和他对视。正如他们活着的时候在那座广场上对峙一样。

紧接着,统御主把手伸进了光芒。

卡西尔咬紧牙关,想象着突如其来的恐怖景象:和谋害了梅儿的那名男子一起被困在这里,直到永远。然而,统御主抽出了自己的手,拖曳的光线仿佛糖浆。他翻转手掌,审视那束最终暗淡消失的光辉。

"所以怎么着?"卡西尔问,"你要留在这儿?"

"这儿?"统御主大笑起来,"陪伴一只无能的老鼠和一只混血耗子?拜托。"

他闭上眼睛,身体随即向那个藐视几何学的"点"延伸而去。他逐渐暗淡,最终消失不见。

卡西尔目瞪口呆。"他走了?"

"去了他处,"绒毛说着,坐了下来,"我不该这么期待的。万物都会消逝,没什么是永恒的。灭绝总是这么断言……"

"他没必要离开的,"卡西尔说,"他本可以留下的。本可以幸存的!"

"我早说过了,在这种时候,理性的人都会放手。"绒毛消失了。

卡西尔仍旧站在那儿,站在他牢狱的边缘,发光的池水将他的影子投射在地板上。他盯着雾气弥漫的石室里的那些柱子,等待着,却又不清楚自己在等什么。确认,庆祝,某种改变。

什么都没有。没有人出现,包括审判者。起义的进展如何?司卡人成为社会的统治者了吗?他很想见证贵族阶层的毁灭,得到他们的奴隶曾经受到的待遇。

他没收到任何确认,任何征兆,无从判断那里发生了什么。他们显然不知道升华之井的事。卡西尔所能做的就是安顿下来。

并且等待。

第二部分　井

一

卡西尔很想要铅笔和纸。

能写字的东西，能消磨时间的手段。让他整理想法，制订逃脱计划的手段。

时间一天天过去，他试过把笔记刻在井壁上，但事实证明，这是不可能做到的。他试过解开衣服的线，然后打成结来代表词语。不幸的是，那些线在抽出后不久就会消失，他的衬衣和长裤也会立刻恢复为原本的模样。在绒毛为数不多的几次造访期间，他解释说这些衣服不是真的——确切地说，那些只是卡西尔灵魂的延伸而已。

出于同样的理由，他没法用头发或者血液来写字。严格来说，他同样不具备这两者。这让人无比沮丧，但在被囚禁的第二个月的某个时间点，他在内心承认了事实。写字没那么重要。他被限制在深坑里的时候同样没法写字，但他还是能制订计划。是的，那些计划充满狂热，是无法实现的美梦，但缺少纸张这点没能阻止他。

尝试写字与其说是为了制订计划，不如说是在寻找能做的事。某个能像海绵那样吸走时间的目标。它奏效了几星期。但说实话,他已经失去继续寻找写字手段的意愿了。

幸好就在他承认这点的时候,他在这座监狱里有了新发现。

那是耳语声。

噢,他听不到。但他还能"听到"什么呢?他又没有耳朵。他是……绒毛是怎么说的来着?知界幽影?某种维系他灵魂、阻止它扩散的心灵力量。萨兹肯定很想讨论一番。他最喜欢类似的神秘学话题了。

无论如何,卡西尔确实能感觉到某些东西。升华之井继续像从前那样脉动,让翻腾震颤的波浪穿过监狱的墙壁,进入现实世界。这些脉动似乎在增强,不断嗡嗡作响,就像青铜让人能"听到"正在运用镕金术之人的那种感觉。

在每一次脉动里,有着某种……东西。他称之为"耳语",但其中包含的不只是话语。这些"耳语"充满了声音、气味和影像。

他看到了一本书,还有墨水晕染的书页。一群人在分享故事。身穿长袍的泰瑞司人?沙赛德?

那种脉动低语着冰冷的字眼。永世英雄。宣告者。世界引领者。他记得这些词汇都来自艾兰迪日志里提到的泰瑞司预言。

卡西尔明白了那个令人不快的真相。他遇见了一位神灵,这就代表信仰有真正的深度和真实性。这是否代表萨兹收藏在口袋里——就像卡牌游戏的一整副牌——的那些宗教,其实都是有意义的?

你把灭绝带到了这个世界上……

卡西尔站到作为升华之井本身的那道强光里,又通过实践发现,如果他在脉动的前一刻将自己沉入中央位置,就能在短距离内搭乘那种脉动。他的意识可以离开升华之井,瞥见每一次脉动的目的地。

他觉得自己看到了图书馆,在那些安静房间的远处,有泰瑞司人在说话,他们交流故事,然后熟记。他看到疯人聚集在街头,低声讲述脉动带来的话语。他看到了一个迷雾人，那是个贵族，在房屋之间跳来跳去。

某个并非卡西尔的村子在搭乘这些脉动。某个存在——某个对泰瑞司知识很感兴趣的存在——在引导一场看不见的工作。卡西尔花了很久——久到让他尴尬的程度——才明白自己应该尝试另一个方向。他沉入池水中央，让过于稀薄的液体光芒包围自己，等到下一次脉动到来，他就将自己推向相反的方向——不再随着脉动前进，而是接近它的远拓。

光芒更加稀薄，而他看到了某个从未见过的地方。那是一片昏暗的广阔地带，既非死者的世界，也非生者的世界。

在那个地方，他找到了毁灭。

腐朽。并非黑暗，因为黑暗太过彻底，太过完整，没法代表他在彼界感受到的这种东西。那是一股庞大的力量，会欢快地接受黑暗这种单纯的事物，然后将它撕成碎片。

这股力量是无限的时间。它是经历风化的风，是戛然而止的风暴，是缓缓停止的永恒波浪，而太阳与行星都在冷却中化为了虚无。

它是万事万物的结局和命运。而且它很愤怒。

卡西尔抽身离开，奋力爬出液体光辉，大口喘息，颤抖不止。

他遇见了神灵。但每一次推动都意味着一次拉引。神灵的反面是什么？

他看到的景象让他心烦意乱，几乎没能回来。他几乎说服了自己，想要忽视那个黑暗里的可怕存在。他几乎拒绝再聆听耳语，试图假装自己从未见过那个可畏而庞大的毁灭者。

但他当然不能这么做。卡西尔向来无法抗拒秘密。和遇见绒毛相比，这个存在更能证明一件事：卡西尔原本参与的这场游戏，其规则远远超出了他的理解能力。

这让他既恐惧又兴奋。

于是他再次回到那里，注视那东西。他去了一次又一次，努力想要理解，却觉得自己就像一只试图理解交响乐的蚂蚁。

他这么做了好几个星期，直到那东西看向他的那一刻。

在此之前，它似乎都没能发现——就像一个人恐怕不会发现藏在锁孔里的蜘蛛。但这一次，卡西尔不知怎么惊动了它。那东西突兀地改变了动作，流向卡西尔，它的本质逐渐包围了卡西尔观察的位置。它在自身周围旋转，化作一道漩涡——就像开始围绕某个位置转动的海水。卡西尔不由自主地感觉到，一只永恒而庞大的眼睛突然间斜视着他。

他匆忙逃跑，回到自己的监狱里，一路上不断溅起液体光芒。他惊慌不已，甚至感觉到了不存在的心跳，他的本质认可了对震惊的恰当反应，试图加以复现。等他回到池子侧面的惯常位置以后，那种反应才平息下来。

那东西将注意力转向他的景象，那种在庞然巨物的面前格外渺小的感受，让卡西尔深感不安。尽管他满怀自信，又做了种种谋划，但他根本无足轻重。他的整个人生就是在实践"无意识地虚张声势"。

几个月过去了。他没有回去研究彼界的那个东西；卡西尔只是等待绒毛来确认他的状况，后者每隔一段时间就会到来。

等绒毛最终出现的时候，看起来比上一次更加"松散"，雾气从他的双肩逸散，左脸颊上有个小小的窟窿，暴露出他的口腔内部，他的衣服也变得更加破烂。

"绒毛？"卡西尔说，"我看到了什么东西。你提过的那个……灭绝。我想我能看到它。"

绒毛只是来回踱步，一言不发。

"绒毛？嘿，你在听吗？"

没有回应。

"白痴，"卡西尔尝试道，"嘿，你是神灵中的耻辱。你在听我说话么?"

就连羞辱也没能奏效。绒毛就这么继续踱步。

没用,卡西尔这么想着的时候,一股力量的脉动离开了升华之井。脉动经过的时候,他碰巧瞥见了绒毛的眼睛。

在那个瞬间,卡西尔想起了自己当初为何将这个存在称为神灵。那双眼睛的后面是某种无限,是被困在井中的那位神灵的补充。绒毛是发音完美、永不走调的音符的无限。是凝固而静止、捕获过往人生片段的画作的庄严。是许多许多个瞬间以某种方式浓缩为一的力量。

绒毛在他面前停了下来,脸颊彻底散开,露出下面的骨头,后者同样在逐渐散开,双眼闪耀着永恒。这个存在是神灵;他只是残缺不全。

绒毛离开了,卡西尔在随后的许多个月都没见到他。这座监牢的平静和沉默就像他先前研究的那些存在一样,仿佛无穷无尽。在某个时刻,他发现自己在考虑如何吸引毁灭存在者的注意,只为恳求它结束自己的性命。

他真正觉得担忧,是在他开始自问自答的时候。

"你做了什么?"

"我拯救了世界。解放了全人类。"

"只是在复仇。"

"目标是一致的。"

"你是个懦夫。"

"我改变了世界!"

"可如果你只是彼界那个东西的棋子呢?就像统御主宣称的那样?卡西尔,如果你的命运就只是在听从指示呢?"

他压抑住爆发的情绪,恢复冷静,但自身理智的脆弱令他焦躁不安。他在深坑的时候,神志就算不上完全正常。在某个寂静的瞬间,他注视着构成这间宽大石室的墙壁、不断翻腾的雾气,在心里承认了一个藏得更深的秘密。

他的神志从深坑以来就不怎么正常。

这也是有人和他说话的时候，他起初没有相信自身感官的原因之一。

"这是我没料到的。"

卡西尔摇摇头，然后怀疑地转开视线，担心自己看到了幻觉。如果你盯得太久，完全可能在构成洞穴墙壁的起伏迷雾里看到各种各样的东西。

然而，这道身影不是雾气构成的。那是个纯白色头发的男子，那张脸上有棱角分明的五官，鼻头尖尖的。他在卡西尔看来有些熟悉，但他不确定是什么。

那人坐在地板上，抬起一条腿，一边手臂拄在膝盖上。他手里拿着某种像是棍子的东西。

等等……不，他坐的不是地板，而是某个不知怎么像是飘浮在雾气上的物体。那个原木似的白色物件半埋在雾气的地板里，就像水上的船只那样摇来晃去，上下起伏。那人手里的棍子是一支短桨，他的另一条腿——那条没有抬起的腿——靠着原木的侧面，消失在雾气地面里，其轮廓只是依稀可见。

"你，"那人对卡西尔说，"非常不擅长做你该做的事。"

"你是谁？"卡西尔说着，走向监狱边缘，眯起眼睛。这不是幻觉。他拒绝相信自己的神志失常到了这种程度。"灵魂么？"

"唉，"那人说，"死亡从来都不适合我。对气色不好，你明白的。"他打量着卡西尔，嘴唇扬起心照不宣的弧度。

卡西尔立刻讨厌起他来。

"你被困在这儿了，对吧？"那人说，"在亚提的牢狱里……"他咂了咂舌。"以你的所作所为来说，这样的补偿很合适。甚至富有诗意。"

"我的所作所为?"

"你摧毁了海司辛深坑,那个伤痕累累的地方。那是这颗行星上仅有的一个可以相对轻松通行的垂贯点。这边这个非常危险,危险程度还时刻在增加,又很难找。你的所作所为基本上终结了穿越司卡德瑞尔的交通。颠覆了整个贸易生态系统,我得承认,这件事还挺有趣的。"

"你是什么人?"卡西尔说。

"我?"那人说,"我是个漂流者。是个恶棍。是火焰呼出的最后一口气,由它消逝时的烟雾构成。"

"这简直是……毫无必要的装傻。"

"噢,那也是我,"那人歪了歪头,"说实话,大部分都是我。"

"可你声称自己没有死?"

"如果我死了,还要这个干吗?"漂流者说着,用船桨敲了敲那只原木小船的前部。这个动作让它上下起伏,卡西尔也终于辨认出它是什么了。他早先看漏的手臂垂在雾气里,模糊不清。一颗脑袋从脖子上垂下。一身白袍掩盖了体型。

"一具尸体。"他低声说。

"噢,这位斯班奇只是个灵魂。在这片天空下旅行麻烦得要命——任何有实体的存在,都得冒险穿过迷雾然后坠落,这个过程也许是永远。有那么多的想法汇聚在这里,变成了你在周围看到的东西,想要在这里游历,就需要更细致的手段。"

"太可怕了。"

"在死者背脊上打造革命的男人如是说。至少我需要的只有一具尸体。"

卡西尔交叠双臂。这个人很警惕——尽管他语气轻松,却谨慎地看着卡西尔,同时保持距离,仿佛在考虑攻击的方法。

*他有求于我,*卡西尔猜想。*也许是为了我拥有的某种东西?*不,

发现卡西尔在这儿的时候,他似乎真的很惊讶。他来到了这儿,为了特意摆放升华之井。也许他想要进入井中,取用这股力量?又或者说,他只是想看看彼界的那个东西?

"好吧,你显然足智多谋,"卡西尔说,"也许你能帮我解决这种困境。"

"唉,"漂流者说,"你的情况是没法解决的。"

卡西尔的心沉了下去。

"是的,毫无办法,"漂流者说了下去,"你的确只能用那张脸存在下去了。你在这一边呈现的也是同样的面貌,这证明就连你的灵魂都无奈地承认,你看起来从来都是个丑陋的混——"

"杂种,"卡西尔插嘴说,"你还真骗过了我一秒钟。"

"噢,这话就大错特错了,"漂流者说着,指了指,"我相信这儿只有一个人是非婚生子,那个人不是我。除非……"他用船桨拍了拍那具漂浮尸体的脑袋。"你呢,斯潘奇?"

那尸体还真的低声说了句什么。

"父母婚姻美满?仍然在世?真的?我对他们的损失深表同情。"漂流者看着卡西尔,无辜地笑了笑,"这边没有杂种。你那边呢?"

"生来就是杂种,"卡西尔说,"永远好过自愿去当的杂种,漂流者。如果你承认自己的本性,我也同样会承认。"

漂流者轻笑起来,双眼亮起。"很好,很好。既然说到这个,告诉我吧,你属于哪一边?举止高贵的司卡人,还是有司卡人爱好的贵族?哪一边更像是你,幸存者?"

"噢,"卡西尔干巴巴地说,"考虑到我贵族那一半血统的亲戚花了超过二十年时间想要消灭我,我得说我更倾向于司卡人那边。"

"哦哦哦,"漂流者说着,身体前倾,"但我问的不是你更喜欢哪边。我问的是你属于哪边。"

"这有关系吗?"

"这很有趣，"漂流者说，"对我来说就足够了。"他把手伸向他充当小船的那具尸体，然后从口袋里拿出了什么。那东西在发光，但卡西尔不清楚它天然就会发光，还是某种金属制品。

漂流者把那东西交给他的小船，光芒随之暗淡下去，接着——他用一声咳嗽来掩饰动作，仿佛不想让卡西尔发现他在做什么——偷偷将一部分光芒放在了船桨上。他把船桨放回雾气里，而船桨带着小船迅速靠近了升华之井。

"我有办法逃出这座监狱么？"卡西尔问。

"这样如何？"漂流者说，"我们来一场骂战。赢家可以问一个问题，另一方必须如实回答。我先来。潮湿又丑陋，手臂上还有伤疤的东西是什么？"

卡西尔扬起一边眉毛。这场对话从头到尾都只是个幌子，证据就是漂流者再次迅速拉近了和这座监狱的距离。*他要尝试跳向升华之井，*卡西尔心想，*就这么跳进来，指望快到我反应不过来。*

"猜不到么？"漂流者问，"答案是几乎所有和你相处过的人，卡西尔，因为他们最终都会割开手腕，殴打自己的脸，然后把自己溺死在水里，好忘掉这段经历。哈！好了，轮到你了。"

"我会杀了你。"卡西尔语气柔和。

"我——等等，什么？"

"如果你走进这儿，"卡西尔说，"我就会杀了你。我会割断你手腕的肌腱，让你的双手只能无助地拍打我，而我会用膝盖压住你的喉咙，将生机缓缓碾出你的身体——在此期间，我会一根接一根地切掉你的手指。我会在最后允许你疯狂地喘一口气——但在那一刻，我会把你的中指塞进你的嘴里，迫使你在挣扎呼吸的时候把它咽下去。你死的时候，会明白你是因为自己腐烂的血肉窒息而死的。"

漂流者目瞪口呆地看着他，嘴巴无声地动了动。"我……"他最后说，"我不觉得你明白这游戏的玩法。"

卡西尔耸了耸肩。

"说真的,"漂流者说,"你需要找人看病了,朋友。我认识一个人。高大,秃头,戴很多耳环。下次和他聊聊——"

漂流者突然停了口,跃向监狱,双脚踢开漂浮的尸体,纵身扑向这片光芒。

卡西尔已经准备好了。在漂流者进入光芒的那一刻,卡西尔抓住那人的手臂,将他甩向池子侧面。他的策略成功了,进入井中的漂流者也似乎能碰到墙壁和地板。他重重地撞上墙壁,令光芒的水花飞溅而起。

卡西尔本想趁漂流者重心不稳的时候殴打他的脑袋,但那家伙却用池子侧面撑住身体,给卡西尔来了一记扫堂腿。

卡西尔倒进池水,令光芒的水花飞溅,他又本能地尝试燃烧金属。什么都没发生,但这里的光芒有些古怪。有些熟悉——

他努力站起身来,发现漂流者冲向池子中央最深的部分。卡西尔抓住那人的手臂,将他甩开。无论这个人想要什么,卡西尔的本能都在表示"不能让他得逞"。此外,升华之井是卡西尔唯一的资产。如果他能阻止这个人得偿所愿,再设法制服他,也许就能得到想要的答案。

漂流者步履蹒跚,随即冲向前去,试图抓住卡西尔。

卡西尔的反应是旋转身体,将拳头埋进那人的腹部。这个动作让他兴奋起来;枯坐了那么久以后,能做点什么的感觉真的很好。

那一拳让漂流者闷哼一声。"那好吧。"他咕哝道。

卡西尔抬起双拳,站稳身子,随后朝漂流者的脸挥出一连串拳头,其速度足以让对方眼花缭乱。

等卡西尔抽身后退——他不想用力过猛,伤得对方太重——的时候,发现漂流者在对他微笑。

这似乎不是好兆头。

漂流者不知为何没受影响。他跳向前去，避开了卡西尔试探的拳头，随后矮身一拳打中了卡西尔的肾脏。

很痛。卡西尔没有身体，但他的灵魂显然能感受到痛苦。他咕哝一声，抬起双臂护住脸部，在液体光芒里步步后退。漂流者毫不留情地发起攻击，双拳狠狠打在卡西尔身上，完全不在乎可能给自己造成的伤害。

到地上去，卡西尔的本能告诉他。他垂下一只手，试图抓住漂流者的手臂，打算带着他倒进光芒的池水里，进行扭打。

不幸的是，漂流者的动作有点太快了。他闪身避开，再次扫出一腿，接着抓住卡西尔的喉咙，将他反复——动作凶狠——砸向这座牢狱浅水区的底部，令光辉四下飞溅——那些光稀薄到不可能是水，但仍旧令他难以呼吸。

漂流者最后将瘫软无力的他举了起来。那人的双眼在发光。"真令人不快，"漂流者说，"但不知为何又让人满足。你显然已经死了，这代表我可以伤害你。"卡西尔试图抓住他的胳膊，但漂流者将卡西尔再次摔向池底，接着将头晕目眩的他重新拽起。

"抱歉，这么粗鲁地对待你，幸存者，"漂流者说了下去，"但你不该出现在这里。你做了我需要你做的事，但你是个不可控因素，我不想现在就应付你。"他顿了顿，又说，"如果这算得上安慰的话，你可以觉得骄傲。我上一次被人打得措手不及，已经是很多世纪之前的事了。"

他放开了卡西尔，让他无力地倒下，靠着牢狱的侧面，半个身体浸在光芒里。卡西尔怒吼一声，试图起身去攻击漂流者。

漂流者叹了口气，接着反复踢击卡西尔的腿，让他痛苦到休克。他抱住那条腿尖叫起来。这样的踢打本该让他腿骨开裂，尽管没有，痛苦也让他无法忍受。

"这是给你的教训，"漂流者说，但他在痛苦中很难听到这些话，

"但不是你想象的那种。你没有身体,我也不打算真正伤害你的灵魂。那种痛楚是你的头脑引发的;它在思考应该发生在你身上的事,并且做出回应。"他犹豫片刻。"我会克制自己,不去尝试用你的血肉让你窒息。"

他朝池子中央走去。卡西尔透过因痛苦而颤抖的双眼看着这一幕,而漂流者将双手伸向两侧,闭上眼睛。他走进池子中央最深的部分,消失在光芒里。

片刻过后,一道身影爬出了池子。但这一次,那个人笼罩在阴影里,又从内部放射光芒,就像……

就像生者的世界里的某个人。这座池子让漂流者从死者的世界过渡到了现实世界。卡西尔张大了嘴,视线跟随着漂流者,后者大步经过石室里的柱子,停在另一边。在卡西尔的眼里,两道小小的金属来源仍旧在闪耀强光。

漂流者选择了其中之一。那块金属很小,他将它丢到空中,然后接住。卡西尔能感觉到他动作里的得意。

卡西尔闭上眼睛,集中精神。没有痛苦。他的腿其实不痛。专心致志。

他成功让一部分痛楚消退了。他在池子里坐了起来,泛着涟漪的光芒没过他的胸口。他吸气又呼气,虽然他不需要空气。

该死。他在几个月里见到的第一个人痛殴了他,又从外面的石室里偷走了某种东西。他不知道那是什么,或者理由,甚至不知道漂流者是怎么从一个世界进入另一个世界的。

卡西尔爬到池子中央,让自己沉入深水区域。他站在那儿,双腿仍旧隐隐作痛,双手伸向两侧。他集中精神,试图……

做什么?过渡?这会对他产生怎样的影响?

他不在乎。他感到沮丧又丢脸。他需要向自己证明,他不是无能之辈。

他失败了。无论如何专心和想象，或者绷紧肌肉，都没法让他做到漂流者做到的事。他疲惫又后悔地爬出池子，坐在池边。

他没发现绒毛站在那儿，直到那位神灵开了口。"你做了什么？"

卡西尔转过身。绒毛最近很少来访，但他每次到来都很突然。就算他开口，也往往是像疯子那样胡言乱语。

"有人刚刚来过，"卡西尔说，"一个白发的男人。他不知怎么运用了这口井，从死者的世界去了生者的世界。"

"我懂了，"绒毛轻声说，"他胆子很大，对吧？这样很危险，毕竟灭绝奋力想要挣脱束缚。但如果说有谁会做出这么有勇无谋的尝试，那就肯定是塞凡德琉斯了。"

"我想他偷走了什么，"卡西尔说，"从房间的另一边。一小块金属。"

"噢……"绒毛轻声说，"我还以为既然他拒绝了我们，就不会再插手了。我不该蠢到相信他的暗示。就算是他给出的明确承诺，也有一半不可信任……"

"他是谁？"卡西尔问。

"一位老朋友。不，我知道你要问什么，但你没法像他那样在界域之间过渡。你和实界域的纽带已经被切断了。你就像断了线的风筝，和地面毫无联系。你没法用垂贯点通行。"

卡西尔叹了口气。"那他为什么能来到死者的世界？"

"这儿不是死者的世界。这儿是心智的世界。人——确切地说，万物——就像一道光。地面是实界域，光芒汇聚之处。太阳是灵界域，光芒起始之处。这个界域，知界域，是光芒延伸的空间。"

这番比喻让他一头雾水。*他们知道的都很多*，卡西尔心想，*我知道的却那么少*。

但至少绒毛今天说话的时候正常了很多。卡西尔对绒毛笑了笑，却在那位神灵转头的瞬间愣住了。

绒毛缺失了半张脸。左脸彻底不见了。并非受伤，也没有露出骨头。完整的那半边像被烟熏过，散发出丝缕雾气。他的半边嘴唇还留着，而他向卡西尔回以笑容，仿佛一切正常。

"他偷走了我的一部分本质，精炼过的纯粹本质，"绒毛解释说，"它可以赋予某个人类，让他或者她拥有熔金能力。"

"你的……脸，绒毛……"

"亚提想要解决我，"绒毛说，"的确，他的刀子很久以前就刺中了我。我已经死了。"他又笑了笑，那个表情阴森可怕，随即消失不见。

精疲力竭的卡西尔无力地靠着池子侧面，躺在石头上——触感有点像是真正的石头，没有那些由雾气构成的物体的松软感。

他痛恨无知的感觉。其他人都在为某个精彩的笑话发笑，他却是笑柄本身。卡西尔抬头看向天花板，沐浴在升华之井和那根光柱的闪烁光芒里。最后，他暗自做出了决定。

他会找出答案。

在海司辛深坑里，他领悟了目标，决定摧毁统御主。好吧，他会再醒悟一次。他站起身来，走进光芒里，更加坚定。这些神灵的冲突很重要，井里的那东西很危险。除了这一切之外，他不知道的东西还有很多，正因如此，他有了活下去的理由。

也许更重要的是，他有了维持神智正常的理由。

二

　　卡西尔不再担忧疯狂或者无聊了。每当他厌倦这种囚禁生活时，就会想起他在漂流者手里体会到的那种感受——那种耻辱。是的，他被困在只有大约五尺方圆的空间里，但他能做的事有很多。

　　他首先恢复了对那个彼界存在的研究。他强迫自己潜入光芒之下，去面对和迎上它不可思议的凝视——当它将注意力转向他的时候，他也没有退缩。

　　灭绝。对那股关于侵蚀、腐朽和毁灭的巨大感受而言，这是个合适的名字。

　　他继续追寻井的脉动。这些旅程让他得到了关于灭绝动机与计划的模糊线索。从他所改变的事物上，他感觉到了某种熟悉的模式——灭绝似乎在做卡西尔做过的事：笼络某个宗教。通过改动传说和典籍的方式，灭绝操控了那些人的心灵。

　　这让卡西尔惊恐。他经由这些脉动观察世界，目的也随之扩张。他不只需要理解这个存在，还需要和它对抗。这股可怕的力量一旦找到机会，就会终结一切。

因此，他拼命尝试理解自己看到的东西。灭绝为什么要改写古老的泰瑞司预言？那个漂流者——卡西尔极偶尔会在脉动里看到他——在泰瑞司统御区做什么？这个让灭绝如此关心、身份神秘的迷雾之子究竟是谁，他对纹又是否构成威胁？

搭乘那些脉动的时候，卡西尔也在留意——渴望——他所知和所爱的那些人的踪迹。灭绝对纹非常感兴趣，他的大部分脉动都是为了观察她和她爱的男人——那个依兰德·泛图尔——而存在的。

逐渐增加的线索让卡西尔担忧。军队包围了陆沙德。那座城市仍旧混乱不堪。而且——他很不想面对这个事实——那个泛图尔家的男孩似乎成为了国王。意识到这点的时候，卡西尔非常愤怒，甚至好多天没去搭乘脉动。

他们离开了，却让一个贵族执掌大权。

是啊，卡西尔救过那个男人的命。他违背了自己的判断，救下了纹爱的男人。出于对她的爱，或许还有某种父辈般的扭曲责任感。和那些同类相比，泛图尔家的男孩不算太坏。但把王位交给他？似乎就连老多也在听泛图尔的吩咐。卡西尔料到微风会见风使舵，可多克森？

卡西尔很愤怒，但他没法一直袖手旁观下去。他渴望再次瞥见他的朋友们。尽管每次都很短暂——就像眨眼时看到的画面——但他不愿放手。这些能让他想起，在这座牢房外面，生活还在继续。

他不时会朝另一个人投去一瞥。他的兄弟沼泽。

沼泽活下来了。这个发现令人愉快。不幸的是，这份愉快掺有杂质。因为沼泽是个审判者。

他们两个从来都算不上正常人眼里的家人。他们在人生中选择了分歧的道路，但这不是他们之间疏远的真正缘由——甚至不是因为沼泽的严肃与卡西尔的圆滑的冲突，也不是沼泽未曾言明的那种对卡西尔拥有之物的嫉妒。

不，事实在于，他们从小就知道自己随时可能被拖到审判者面前，因为那种混血出身而被处死。关于如何度过本质上被判了死刑的人生，他们的态度并不相同：沼泽沉默、紧张又谨慎，卡西尔却用好斗的自信来掩饰秘密。

他们都知道一个简单又无法逃避的事实。如果兄弟之一被捕，就意味着另一个作为混血的身份会曝光，多半也无法幸免。也许换作别的兄弟，这种情形只会让他们团结一心。卡西尔羞愧地承认，这件事反而成为了他和沼泽之间的一根楔子。每次提到"注意安全"或者"照看好自己"时，都仿佛带着"别搞砸了，否则你会害死我"的潜台词。他们的父母死去后，两人如释重负：他们一致同意放弃伪装，在陆沙德城转入地下。

有时候，卡西尔会幻想可能发生的事。他和沼泽能否彻底融入其中，成为贵族社会的一部分？他能否克服对贵族以及贵族文化的憎恨？

但无论如何，他都不喜欢沼泽。"喜欢"这个词听起来充满了公园散步或者一起吃糕点的意味。就像对爱看的书的喜欢。不，卡西尔不喜欢沼泽。但奇怪的是，他仍旧爱他。他起初为对方活着的消息高兴，但比起他现在的遭遇，死亡也许是更好的结局。

卡西尔花了好几个星期，才明白灭绝对沼泽如此感兴趣的理由。灭绝可以和沼泽对话。和沼泽以及其他审判者对话，这点从他瞥见的零星片段和那种"送出话语"的感觉就可以判断出来。

怎么会？为什么是审判者？卡西尔在他看到的景象里找不到答案，尽管他的确见证了一次重大事件。

那个名为灭绝的存在愈发强大，它在跟踪纹和依兰德。卡西尔在一次穿梭脉动的旅途中清晰地看到了它。看到那个男孩——依兰德·泛图尔——睡在自己帐篷里的景象。灭绝的力量结合起来，构成了一具形体，恶毒而危险。它等在那里，直到纹进入帐篷，然后尝试刺死依兰德。

卡西尔失去那股脉动的踪迹时，最后看到的是纹挡开那一刀，救下依兰德的画面。但他很困惑。灭绝是特意在那里等纹回来的。

它不是真的想要伤害依兰德。它只是想要纹看到他这么做。

为什么？

三

"它就是个塞子。"卡西尔说。

绒毛——或者说存留,这是那位神灵给出的称呼方式——坐在这座监狱外面。他仍旧缺失了半张脸,身体其余部分的泄漏范围也更大了。

这些天以来,神灵在升华之井附近逗留的时间变长了,卡西尔对此心怀感激。他一直在练习从这个存在身上获取信息的方法。

"唔?"存留问。

"这座井,"卡西尔说着,指着周围,"就像个塞子。你给灭绝打造了一座监狱,但最牢固的地洞也肯定有入口。这就是那个入口,用你自己的力量把它封死,阻止他离开,毕竟你们两个是对立的。"

"那是……"存留的声音越来越小,最后消失了。

"那是?"卡西尔催促道。

"那是完全错误的看法。"

该死,卡西尔心想。他花了几星期才想出这套理论。

他开始有种紧迫的感觉。升华之井的脉动愈发剧烈，灭绝似乎也越来越渴望接触世界。最近升华之井的光芒出现了异动，不知怎么开始浓缩和聚集。有什么事就要发生了。

"我们是神，卡西尔，"存留的音量逐渐降低，然后升高，然后又逐渐降低，"我们充斥万物。岩石是我。人是我。他也是我。一切都在持续，却又腐朽。灭绝……以及存留……"

"你对我说过，这是你的力量，"卡西尔说着，指着这座井，试图让神灵回到话题上，"说它们聚集在这儿。"

"在这儿，也在别处，"存留说，"但没错，在这儿。就像汇聚的露水，我的力量会聚集在那个点。这是自然而然的。是一种循环：云朵，雨水，河流，湿气。如果你把太多本质放进一套系统，它就免不了在这儿或者那儿凝结。"

太棒了。他完全听不懂。他继续追问，但绒毛不再回答，于是他换了个话题。他需要让存留继续说话——防止神灵陷入那种安静的恍惚里。

"你害怕么？"卡西尔问，"如果灭绝逃脱，你害怕他会杀了你么？"

"哈，"存留说，"我告诉过你了。他在很久以前就杀死我了。"

"我觉得这话很难相信。"

"为什么？"

"因为我正坐在这儿跟你说话。"

"我也在和你说话。你有几分是活人？"

有道理。

"和你们相比，死亡对我这样的存在不怎么像死亡，"存留说着，再次发起愣来，"很久以前，在我决定打破誓言的时候，我就已经被杀死了。但我拥有的这种力量……它依然持续，而且记得。它自己想要活下去。我死了，但我的一部分留了下来。足够让我知道……有那些计划……"

就算尝试打听那些计划,也是没用的。无论他制订了怎样的"计划",他都不记得了。

"所以它不是塞子,"卡西尔说,"那它又是什么?"

存留没有回答。他甚至好像没听到。

"你跟我说过,"卡西尔说着,抬高了音量,"力量的存在就是为了使用。说它需要被使用。为什么?"

仍旧没有回答。他得换一套策略了。"我又开始观察他了。你的对立面。"

存留站起身来,将他只剩一半的可怕视线转向卡西尔。提到灭绝带来的冲击,往往能让他脱离呆滞状态。

"他很危险,"存留说,"离他远点儿。我的力量会保护你。别去挑衅他。"

"为什么?他被关起来了。"

"没什么是永恒的,就连时间本身都不是,"存留说,"我对他的囚禁最多只有拖延作用。"

"那力量呢?"

"是的……"存留说着,点点头。

"是什么?"

"是的,他会使用的。我明白。"存留开了口,仿佛醒悟了——也可能只是想起了——某件重要的事。"我的力量打造了他的牢狱。我的力量也能打开牢狱。但他要怎么找到能做到这种事的人?谁会在掌握创造的力量以后,又拱手让出……"

"而这……是我们不希望发生的事。"卡西尔说。

"对。这样会释放他!"

"上一次呢?"卡西尔问。

"上一次……"存留眨了眨眼,似乎更加清醒了一些,"是啊,上一次。统御主。我上一次就成功了。我安排她来做这件事,但我能听到她的想法……他在设法影响她……全都混在一起……"

"绒毛?"卡西尔犹豫不决地发问。

"我必须阻止她。得有人……"他的双眼失了焦。

"你在做什么?"

"嘘,"绒毛的语气突然威严起来,"我正在尝试阻止呢。"

卡西尔扫视周围,但没看到别人。"阻止谁?"

"别以为你在这里看到的我是唯一的我,"绒毛说,"我无处不在。"

"可是——"

"嘘!"

卡西尔闭上了嘴,部分是因为他乐于看到这位神灵在长久的停滞后爆发出如此强烈的情绪。但过了一会儿,他无力地坐了下来。"没用,"绒毛喃喃道,"他的工具更强大了。"

"所以……"卡西尔尝试着开口,想看看对方会不会再让他安静,"上一次。拉刹克运用了力量,而不是……什么?放弃它?"

绒毛点点头。"艾兰迪就会选择正确的做法,因为他明白。他会放弃力量——但那样只会释放灭绝。'放弃力量'等同于把力量交给他。力量会将其解读为我释放了他。我的力量,直接接受了他回归世界的触碰。"

"太棒了,"卡西尔说,"所以我们需要牺牲。需要有人接纳永恒的力量,然后用来做自己想做的事,而不是放弃它。好吧,我很适合做出这样的牺牲。我该怎么做?"

存留审视着他。他早先的强烈情绪不复存在。他正在逐渐淡去,失去人类的特性。举例来说,他不再眨眼,也不会在发话前假装呼吸。他可以彻底静止,生机全无,就像一根铁棒。

"你,"存留最后说,"要用我的力量。你。"

"你允许统御主这么做了。"

"他想要拯救世界。"

"我也一样。"

"你想把一群人从着火的船上救下来，可你的做法却是凿沉那条船，然后断言说：'至少他们没有被烧死。'"神灵犹豫片刻。"你又要打我了，对吧？"

"我碰不着你，绒毛，"卡西尔说，"说回力量。我该怎么用它？"

"你用不了，"存留说，"力量是这座监狱的一部分。这就是你把灵魂融入井里的后果，卡西尔。你无论如何都没法拥有这种力量了。你和我的联结不够充分了。"

卡西尔坐了下来，思考这件事，但他还没思考多久，就注意到了一件怪事。外面石室里的那些是人影？没错，那些就是。活着的人，从他们发光的灵魂就能看出。又有审判者来这里丢尸体了？他有好久没见过他们了。

两个人偷偷进入走廊，接近了升华之井，经过一排又一排圆柱——在卡西尔看来，那些都是虚幻的雾气。

"他们来了。"存留说。

"谁？"卡西尔眯起眼睛问。那些灵魂都在发光，他很难分辨出面容的细节。"那是……"

那是纹。

"怎么？"存留看向卡西尔，注意到了他的惊诧，"你觉得我什么都没想就来这等着了？这件事会在今天发生。升华之井已经满了。时候到了。"

另一个人是那个男孩，依兰德·泛图尔。卡西尔惊讶地发现，他看到这一幕并不愤怒。是啊，他的集团不该这么不明事理，让贵族执掌大权，但这其实不是依兰德的错。他一向漫不经心，算不上什么危险人物。

此外，无论他的父母有多少过错，这个泛图尔家的男孩一直站在纹这边。

卡西尔交叠双臂，看着泛图尔跪在池子边。"如果他敢碰，我就扇他耳光。"

"他不会的，"存留说，"那是留给她的。他很清楚。我一直在帮她做准备。至少我尝试过了。"

纹转过身，似乎看着神灵。是的，她能看到他。卡西尔能设法利用这一点么？

"你试过？"卡西尔说，"你解释过她需要做的事么？你的对立面一直在观察她，设法和她产生交集。我看过他这么做。他试图杀死依兰德。"

"不，"绒毛忧心忡忡地说，"他在模仿我。他在他们面前装成我的样子，然后试图杀死那个男孩。不是因为他在乎一个人的死，而是因为他希望她不再信任我。希望她把我视为敌人。但她看不出区别吗？他的憎恨和毁灭，还有我与和平之间的区别。我没法杀戮。我从来都没法杀戮……"

"和她说啊！"卡西尔说，"告诉她该做什么，绒毛！"

"我……"存留摇摇头，"我没法和她沟通，没法和她说话。我能听到她的心灵，卡西尔。他的谎言就在那里。她不信任我。她觉得她需要放弃力量。我试过阻止。我给她留下了线索，又尝试让别人阻止她。但……我……我失败了……"

噢，该死，卡西尔心想。*得想个计划。要快。*

纹准备放弃力量。也释放那东西。就算存留没有如此断言，卡西尔也知道纹会怎么做。她向来是比他更优秀的人，又从来不觉得自己配得上那些奖赏。她得到了这种力量，又断定自己必须为了更崇高的利益而放弃它。

但该怎么改变她的想法？如果存留没法和她对话，那该怎么办？

依兰德站起身来，靠近了存留。是的，这男孩也能看见存留。

"她需要诱因。"卡西尔说着，有个想法出现在他脑海里。灭绝尝试刺杀依兰德，想以此吓坏她。

这是个好点子。只要他别做到那种程度就好。

"捅他。"卡西尔说。

"什么？"存留惊骇地说。

卡西尔挤出监狱的边界，迈出几步，靠近了绒毛，后者就站在外面。他奋力将自己的束缚拖长到了极限。

"捅他，"卡西尔说，"就用你腰带上的那把刀子，绒毛。他们能看见你，你也能影响他们的世界。去捅依兰德·泛图尔。给她运用力量的理由。她会想救他的。"

"我是存留，"他说，"这把刀……有上千年没有真正出过鞘了。你想让我模仿他的行为，就像他假装成我一样！太可怕了！"

"你必须这么做！"卡西尔说。

"我不能……我……"绒毛把手伸向腰带，手掌散发微光。刀子出现在他手中。他低头看去，刀刃闪烁光芒。"老朋友……"他低声对它说。

他看向依兰德，后者点点头。存留抬起手臂，武器在手。

然后停下了。

他的半张脸仿佛痛苦面具。"不……"他低声说，"我存留……"

他不会下手的，卡西尔这么想着，看着依兰德对纹开口，摆出安慰的姿态。*他做不到。*

别无选择了。

"抱歉，孩子。"卡西尔说。

卡西尔抓住存留发光的手臂，划过泛图尔男孩的腹部。

他觉得就像在伤害自己的血肉。不是因为泛图尔，而是因为他知道这对纹的影响。看到她跑向泛图尔身边，哭泣不止的模样，他的心也沉了下去。

好吧,他救过这个男孩一命,所以现在扯平了。而且她会救他的。她肯定会救依兰德。她爱他。

卡西尔退后几步,回到监狱范围内,留下一脸惊骇的存留盯着自己的手,从倒地的男子身边蹒跚退开。

"腹部受伤,"卡西尔低声说,"他不会那么快死的,纹。攫取力量吧。它就在这儿。运用它。"

她把泛图尔抱在怀里。卡西尔焦急地等待。如果她进入池水,就能见到卡西尔了,对吧?她会变成超然的存在,就像存留。还是说,她需要先使用那种力量?

卡西尔会因此得到自由吗?他不清楚答案,只是确信无论发生什么,他都不能允许彼界的那个东西逃脱。他转过身。

然后震惊地发现,它就在那儿。他能感觉到它的存在:无尽的黑暗正紧贴着这个世界的现实。不再是他先前对存留的浅薄模仿,而是完整而庞大的力量。它不在特定的某片空间,但与此同时,它却紧贴现实,他怀着浓厚的兴趣看着这一幕。

卡西尔惊恐地看到,它发生了变化,仿佛蜘蛛细长腿足的刺毛伸向前来。在另一边,像提线木偶那样晃荡的,是一具人形的躯体。

*纹……*它低声说。*纹……*

她看向池子,举手投足都透出悲伤。然后她离开泛图尔,进入井中,从卡西尔身边经过,直达最深处,却没看到他。她缓缓沉入光芒里。在最后一刻,她扯下耳朵上某个发光的物体,丢了出去——那是一小块金属。她的耳环?

她彻底沉入其中,却没有出现在另一边。反而有一场风暴刮了起来。一道光柱在卡西尔周遭升起,让他除了纯粹的能量什么都看不到。就像一股突如其来的潮水,一场爆炸,一次发生在瞬间的日出。它彻底包围了他,活跃又兴奋。

你不能这么做，孩子，灭绝用他像是人类的提线木偶说。它为什么能用如此令人平静的嗓音说话？他能看到它身后的那股力量，那种毁灭性，但它伪装的那张脸却如此和蔼。**你知道自己该做什么。**

"别听它的，纹！"卡西尔尖叫起来，但他的嗓音却被力量的咆哮声盖了过去。他叫喊和咒骂，而那个声音却在哄骗纹，警告她说如果她接受那种力量，就会摧毁世界。卡西尔奋力穿过光芒，试图找到她，抓住她，然后解释清楚。

他失败了。一败涂地。他没法让纹听见自己的声音，没法触碰她。事实证明，就连他伤害依兰德的临时计划也很愚蠢，因为她释放了力量。哭泣、痛苦又心碎的她，做出了他所见过的最无私的举动。

也由此，宣判了他们的末日。

在她释放的同时，那股力量变成了武器。它凭空制造出了一根长矛，在现实上撕开一个空洞，进入了灭绝的等待之处。

灭绝飞快地穿过那个空洞，奔向自由。

四

卡西尔坐在如今空无一物的升华之井旁边。光芒消失不见,他的监狱也一样。他可以离开了。

他似乎没被拖长和消失。看起来,暂时成为存留力量的这段经历,扩展了卡西尔的灵魂,允许他逗留下去。虽然说实话,他只希望自己现在就消失。

在他看来,光芒四射的纹躺在依兰德·泛图尔身边,紧抱着他,哭泣不止,后者的灵魂不断脉动,愈发虚弱。卡西尔站起身,背对这幕场景。因为他发挥了全部才智,最后却让这个可怜女孩伤透了心。

我肯定是这儿最聪明的白痴了,卡西尔心想。

"这是原本就会发生的事,"存留说,"我还以为……也许……"卡西尔用眼角余光看到绒毛靠近了纹,然后低头看向倒地的泛图尔。

"我可以存留他。"存留低声说。

卡西尔猛地转过身。存留开始向纹招手,而她摇晃着站了起来。她跟着那位神灵走出几尺远,来到依兰德落下的某件东西那儿,那是一块金属。它是从哪来的?

泛图尔家的男孩进来的时候就拿着它,卡西尔心想。那是来自房间另一边的最后一小块金属,和漂流者偷走的那块相同。卡西尔走过去的时候,纹拿起那块小得出奇的金属,靠近了依兰德,随后放入他的口中。她喂了他一小瓶金属,并帮助他喝进肚里。

灵魂和金属融为一体。依兰德的光芒变得强烈,发出鲜明的光彩。卡西尔闭上眼睛,感受着嗡嗡作响的平和感。

"干得漂亮,绒毛。"卡西尔说着,睁开眼睛,对朝他走来的存留笑了笑。纹的举止透出难以置信的喜悦。"我几乎要相信你是个仁慈的神了。"

"伤害他很危险,而且痛苦,"存留说,"我没法宽恕这种鲁莽之举。但无论我的感觉如何,也许这么做是正确的。"

"灭绝自由了,"卡西尔说着,抬头看去,"那东西逃脱了。"

"是啊。幸运的是,在我死前,我推动了一个计划。我不记得内容,但我能肯定她很出色。"

"要知道,喝了一整晚的酒以后,我偶尔也会说类似的话,"卡西尔揉了揉下巴,"我也自由了。"

"是的。"

"你在这种时候应该开个玩笑,说你不确定放出哪一个更危险。是我还是另一个。"

"不,"绒毛说,"我知道哪一个更危险。"

"恐怕我是白费口舌了。"

"但也许……"存留说,"也许我不确定哪一个更烦人。"他笑了。在他的半边脸已经融化,脖子也开始消失的情况下,这笑容令人不安。就像瘸腿的小狗发出的欢快吠叫。

卡西尔拍拍他的肩膀。"我们会让你成为集团固定成员的,绒毛。但现在,我想离开这鬼地方。"

第三部分　魂灵

一

　　卡西尔真的很想喝点什么。这就是出狱的时候该做的事,不是吗?去喝点儿酒,用痛饮和严重头痛的方式享受自由。

　　活着的时候,他总会避免这种不慎重的举动。他喜欢掌控局面,而不是让局面掌控自己——但不可否认,他现在渴望些能喝的东西,以麻木他刚才经历的事。

　　这似乎非常不公平。没有了身体,可他还是会渴?

　　他钻出升华之井周围的那些洞穴,穿过雾气的石室和通道。就像从前那样,每当他触碰到某种东西,就能看到它在现实世界里的模样。

　　他的双脚稳稳地踩在变化不定的地面上;虽然它带有几分弹性,就像布料,但无论他踩得多用力,地面都能支撑他的重量——他的双脚会陷进去,就像踩进厚实的烂泥里。如果他想,甚至可以穿过墙壁,但要比他在死前狂奔的时候困难不少。

　　他离开洞穴,来到克雷迪克·宵——统御主的宫殿——的地下室里。在这里走动甚至比平时更轻松，毕竟一切在他眼里都是雾气。他在经过时触碰那些迷雾构成的物体，以便更好地想象周遭环境。一只花瓶，一块地毯，一扇门。

卡西尔终于作为一个自由的人——虽然是个死人——来到了陆沙德的街道上。有那么一会儿，他只是在城市里漫步，为自己离开了那个空洞松了口气，把灭绝的逃脱带来的恐惧感抛之脑后。

他肯定就这么游荡了一整天，坐在屋顶上，又信步走过喷泉旁边。他看着这座城市：其中点缀着金属光芒，就像悬停在夜晚雾气里的灯光。他最后来到城墙顶上，观察那些在城外扎营，但不知为何似乎没在杀人的克罗司。

他得确认是否有办法联络朋友们。不幸的是，没有了脉动的指引——灭绝逃脱的时候，脉动就停止了——他不清楚该如何着手。他在兴奋中离开了洞穴，也失去了纹和依兰德的踪迹，但他记得自己搭乘脉动时看到的某些东西。这给了他几个能去搜寻的地点。

他终于在泛图尔堡垒找到了自己的集团。升华之井的灾难已经过去了一天，他们似乎在举行一场葬礼。卡西尔漫步穿过庭院，经过发光的人类灵魂，每一个都放射出石灰光灯那样的强光。他和那些人擦身而过的时候，脑海里就会浮现出对他们外貌的印象。他认出了其中许多人：他在人生最后的几个月里接触、激励和鼓舞过的司卡人。其余的就很陌生了。曾为统御主效命的士兵数量多到令人不安。

他在前排找到了纹，后者坐在泛图尔堡垒的台阶上，缩起身子，有气无力。依兰德不见踪影，但哈姆站在附近，交叠双臂。在庭院里，有人对着人群挥舞双手，发表讲话。那是德穆？他在指挥葬礼上的人？躺在庭院里的那些肯定是尸体，他们的灵魂已经不再闪耀了。他听不见德穆说了什么，但讲话的内容似乎显而易见。

卡西尔坐在纹旁边的台阶上。他在身前十指相扣。"所以……一切顺利。"

当然了，纹没有回答。

"我是说，"卡西尔说了下去，"是的，我们最终释放出了能终结世界的毁灭与混沌之力，但至少统御主死了。任务完成了。另外，你的贵族男友还在，所以挺好的。别担心他肚子上的伤疤。这样只会让他更粗犷。看在迷雾的份上，这个小书呆子是该学着强硬点儿。"

她没有动弹，只是维持那种无力的姿势。他将手臂放在她的肩头，也得以瞥见她在现实世界里的模样。充斥色彩与生机，却不知为何……饱经风霜。她似乎苍老了许多，不再是他当初见到的那个在街头欺骗委托人的孩子了。

他在她身旁俯下身去。"我会去打败这个存在，纹。我会处理好这件事的。"

"可是你，"存留在台阶下方的庭院里说，"打算怎么办到？"

卡西尔抬起头。尽管他做好了目睹存留的心理准备，眼前的景象仍旧让他缩起了身子——他甚至失去了人类形体，更像是个散开的烟雾线团，依稀给人以头部、双臂和双腿的印象。

"他自由了，"存留说，"就这样。时间用完了。合同到期了。他会拿走承诺的东西。"

"我们会阻止他的。"

"阻止他？他是熵的力量，是普适常数。你没法继续阻止他，正如你没法阻止时间。"

卡西尔站起身，把纹留在原地，自己走下台阶，迎向存留。他真希望自己能听到德穆在对那个发光灵魂的小小群体说些什么。

"如果没法阻止他，"卡西尔说，"我们就拖慢他的脚步。你这么做过，对吧？你的伟大计划？"

"我……"存留说，"是的……我有个计划……"

"我现在自由了。我可以帮助你推动计划。"

"自由？"存留大笑起来，"不，你只是进入了一间更大的牢房。

受这个世界束缚，被它限制。你什么也做不了。我什么也做不了。"

"这话——"

"他在看着我们，你知道的。"存留说着，抬头看向天空。

卡西尔不情不愿地循着他的视线看去。天空——雾气弥漫，不断变化的天空——显得那么遥远。就好像天空和这颗星球拉开了距离，就像人群避开一具尸体。在那片广袤里，卡西尔看到了某个不断扭动和翻滚的黑暗物体。比雾气更接近固态，就像一片蛇的海洋，遮蔽了小小的太阳。

他认识那片广袤。灭绝的确在注视他们。

"他觉得你无足轻重，"存留说，"我想他只是发现你很有趣——仍然存在其中的亚提的灵魂肯定会笑出声来。"

"他有灵魂？"

存留没有回答。卡西尔走上前去，经过地面的雾气构成的尸堆。

"如果他还活着，"卡西尔说，"他就是可以被杀死的。无论有多强大。你就是证据，绒毛。他正在杀死你。"

存留笑了，那是一阵刺耳又尖利的噪音。"你总是忘记我们之中哪一个是神，哪一个只是可怜又死去的幽影。等待消散的幽影。"他挥动一条几乎彻底散开的手臂，松散而螺旋状的雾气细线构成了他的手指。"听听他们的话吧。他们的称呼不会让你尴尬么？幸存者？哈！我存留了他们一千年。你为他们做了什么？"

卡西尔转头看向德穆。看起来，存留忘记卡西尔听不到讲话内容了。卡西尔本打算触碰德穆，好看看他现在的模样，却碰到了地上的一具尸体。

那是个年轻人。从打扮看来是个士兵。他不认识这个男孩，但他开始担忧了。他回头看向哈姆站着的位置——他身边的那道人影应该是微风。

其他人呢？

他身体发冷，随即开始触碰尸体，寻找他认识的人。他的动作愈发狂乱。

"你在找什么？"存留问。

"这里有多少——"卡西尔吞了口唾沫，"这里有多少我的朋友？"

"有一些。"存留说。

"有集团成员么？"

"没有，"存留说，于是卡西尔松了口气，"没有，因为他们死在了几天前的闯入行动里。多克森。歪脚。"

一根寒冰的长矛洞穿了卡西尔。他想要从正在观察的尸堆边站起身，却立足不稳，又努力挤出几个字来。"不。不，别是老多。"

存留只是点点头。

"那……那是什么时候的事？他是怎么死的？"

存留笑了起来。笑声带着疯狂。他和卡西尔最初到来时，那个和蔼又犹疑的男子几乎毫无相似之处。

"他们俩都是在围城战爆发时被克罗司杀害的。他们的尸体几天前就火化了，卡西尔，当时你还被困在井里。"

卡西尔发起抖来，不知所措。"我……"卡西尔说。

老多。我没有来找他。他死的时候，我本可以再见他一面。和他说话。也许还能救他一命？

"他死的时候在骂你，卡西尔，"存留嗓音刺耳，"他把一切归咎于你。"

卡西尔垂下了头。又失去了一位朋友。还有歪脚……两个好人。他的人生里失去了太多那样的人，该死的。太多太多了。

抱歉，老多，歪脚。抱歉，我辜负了你们。

卡西尔抓住那股愤怒，那股苦涩和羞愧，然后加以引导。他在监狱里待着的那几天再次找到了目标。他不会再次迷失了。

他站起身，转向存留。令人震惊的是，那位神灵缩起身子，似乎很害怕。卡西尔抓住那位神灵的形体，也在短暂的瞬间看到了彼端的宏大景象。无所不知的存留之光渗透了万物。世界、迷雾、金属、人类的灵魂。这个生物本身不知为何正在死去，但他的力量远不至于消失。

他同样感受到了存留的痛苦。就像老多的死带给卡西尔的伤痛，只是放大了成千上万倍。存留能感觉到每一道熄灭的光芒，感受和了解他们，就好像那些都是他所爱的人。

在整个世界上，他们死去的速度都在加快。有太多的灰烬落下，按照存留的预想，这种情况只会不断加剧。克罗司的军队肆意横行，不受控制。死亡，毁灭，这个世界已经奄奄一息。

另外……在南方……那是什么？人？

卡西尔就这么抓住存留，这个存在的神性痛苦令他心生敬畏。接着卡西尔将他拉近，拥抱了他。

"真的很抱歉。"卡西尔小声说。

"噢，塞纳……"存留低声说，"我要失去这里了。失去所有人……"

"我们会阻止它。"卡西尔说着，抽身退后。

"它是阻止不了的。交易……"

"交易是可以违反的。"

"这种交易不行，卡西尔。我把灭绝哄骗到了这儿，把他关起来，再骗他认同我们的协议。但那不是违约，更像是在协议里留下可以利用的漏洞。这次没有漏洞了。"

"那我们就去拼命挣扎一番，"卡西尔说，"你和我，我们是一伙的。"

存留仿佛在凝结，他的形体聚拢起来，线条也在重新编织。"一伙的。是啊。集团。"

"去做不可能的事。"

"藐视现实,"存留低声说,"人人都说你是个疯子。"

"我也一直觉得他们言之有理,"卡西尔说,"问题在于,尽管他们确实应该质疑我的理智,但他们的理由从来都是错的。他们该担忧的不是我的野心。"

"那他们该担心什么?"

卡西尔笑了。

存留也回以笑声——那声音不再紧张,那种刺耳也消失了。"我没法帮你做到……你觉得自己在做的事。没法直接帮你。我没法……正常思考了。但……"

"但什么?"

存留的形体又凝固了一点点。"但我知道你该去哪里寻找能做到的人。"

二

　　卡西尔循着一条存留之线——就像在跟随一条雾气的卷须——穿过这座城市。他确保自己不时抬头张望，面对天空的那股力量，后者在那边的雾气里涌动翻腾，眼看就要支配四面八方。

　　卡西尔不会退缩。他不会允许自己再被那东西吓倒。他已经杀死了一位神灵。第二次杀戮从来都比第一次简单。

　　存留的卷须带领他经过阴影笼罩的房屋，穿过在这一边不知为何更加压抑的贫民窟——全都拥塞不堪，人类的灵魂惊恐地挤在一起。他的集团拯救了这座城市，但卡西尔这一路上遇到的许多人似乎都不知道这回事。

　　最后，卷须带着他离开破损的城门，前往北方，经过瓦砾和正在被缓慢分类的尸体。经过活着的军队和那支可怕的克罗司大军，离开城市范围，在河边徒步走完一小段路，前往……湖泊？

　　陆沙德就建造在和它同名的那座湖泊不远处，但城里的大多数民众都刻意忽略了这个事实。陆沙德湖不是那种适合游泳或者运动的湖泊,除非你喜欢在灰烬比水更多的烂泥汤里洗澡——而且好几个世纪以来,旁边那座城里都住满了饥肠辘辘的司卡人,如果你还指望在湖里抓到寥寥无几的鱼儿,那就只能祝你好运了。在这么靠近灰山的地方,想要保持河流和湖泊的通航,需要一整个阶层的人——运河工人,一种鲜少与城市居民通婚的古怪司卡人——进行全日制地维护。

如果他们知道这一边的湖泊——事实上还有那条河——不知为何是颠倒过来的,肯定会惊恐不已。与他脚下的雾气带着的液体感相反,湖泊耸立为一座固体的小丘,高度只有几寸,却比他开始习惯行走的这种地面要坚硬,又莫名地更有实质感。

事实上,这座湖泊就像是从雾气之海里升起的一座低矮的岛屿。固体和液体在这里莫名地颠倒了。卡西尔走到这座岛屿的边缘,仿佛缎带的存留本质卷曲着经过他身边,来到这座岛屿上,就像神话中的伊萨松大迷宫里指出回家道路的那条线。

卡西尔把双手塞进裤袋,踢了踢岛屿的地面。它就像某种被烟熏过的深色石头。

"怎么?"存留低声说。

卡西尔被吓了一跳,随即看向那条光芒之线。"你……在那里面么,绒毛?"

"我无处不在,"存留说着,嗓音柔和而脆弱。他的语气透出疲惫。"你干吗停下?"

"这儿不一样。"

"是啊,它会在这里凝固,"存留说,"它得应对人们思考的方式,还有他们多半会经过的地方。至少是在某种程度上应对。"

"可'它'又是什么?"卡西尔说着,踏上那座小岛。

存留没再说下去,于是卡西尔继续朝岛中央走去。无论在这儿"凝固"的是什么,都像极了石头。那些生长在上面的东西也一样。卡西尔经过了那些从坚硬的地面长出、矮小而茂盛的植物——不是雾气构成、尚未定型的植物，而是色彩鲜艳的真正植物。它们有宽大的棕色叶片，奇怪的是，还有像是雾气的东西从叶片中升起。这些植物最高也不超过他的膝盖，但数量仍旧远超他的预想。

他经过其中一片植物的时候，觉得自己看到某种东西在其中疾驰，所过之处的叶片沙沙作响。

死者的世界里也有植物和动物？ 他心想。但那不是存留对它的称呼。**知界域。这些植物是如何生长出来的？浇灌它们的又是什么？**

他越是深入这座岛，周围就越是昏暗。灭绝遮蔽了那颗小小的太阳，卡西尔甚至开始怀念原本那种微弱的阳光——穿过城市里无孔不入的虚幻迷雾以后的光线。没过多久，他就像是在暮光中前行了。

存留的缎带逐渐变细，最终消失了。卡西尔停在它的末端附近，低声说："绒毛？你在吗？"

没有回答，这阵沉默在驳斥存留先前说自己"无处不在"的断言。卡西尔摇了摇头。也许存留能听见，但没有给出回复的能力。卡西尔继续向前，经过一片植物长到齐腰高度的区域，从宽大叶片升起的雾气就像从滚烫的餐盘飘出的蒸汽。

最后，他在前方看到了光。卡西尔站直身子。他先前自然而然地选择了低调行动，从出生的那天算起，名副其实地在欺骗中度过的一生带来的本能指引着他。他跪在地上，摸索石头或者树枝，但这些植物不够高大，没有派得上用场的部分，地面本身又光滑而毫无缺口。

存留承诺过会帮助他，但他不确定自己能信任多少存留的话。说来也怪，经历过自己的死亡，本该让他在信任神灵的话语时更加犹豫才对。他解下腰带作为武器，但它却在他的手中凭空消失，又回到他的腰间。他摇摇头，继续潜行向前，来到火光附近，最后分辨出了两个人。他们是活人，而且身在这个界域，不是发光的灵魂或者雾气的幽灵。

那个男人穿着司卡服饰——背带裤，挽起袖子的衬衣——正在照看一小堆烹饪用火。他一头短发，脸瘦削到近乎憔悴。他腰带上的那把刀子——几乎有剑的长度——应该随时都能拔出。

另一个人坐在一张小折叠椅上，可能是个泰瑞司人。在那个人种里，的确有些人的肤色和她一样深，但他见过的一些来自不同南方统御区的人也有深色皮肤。她穿的肯定不是泰瑞司服饰——她身上穿着一件耐用的棕色裙子，腰间围着一条宽大的皮带，头发扎成细小的辫子。

两个。他能对付两个人，对吧？就算没有镕金术或者武器也一样。无论如何，还是小心为上。他尚未忘记漂流者带给他的耻辱。卡西尔谨慎地做出决定，随后站起身，抚平外套，大步走进他们的营地。

"噢，"他大声说，"这么不寻常的日子可不多见，这点我可以断言。"

火边那个男人匆忙后退，手按刀柄，瞪大眼睛。女子仍旧坐在那儿，却拿出了身侧的某个东西。那是根细小的管子，底端有个把手。她用那根管子指着他，仿佛它是某种武器。

"所以，"卡西尔说着，看向天空中变化翻腾、看起来结实得过了头的大团卷须，"还有人会为我们头顶那股贪得无厌的毁灭之力而心烦吗？"

"幽影啊！"那人大喊道，"是你。你死了！"

"这取决于你对'死'的定义，"卡西尔说着，大步走向火堆。那女子手里的古怪武器跟随着他的动作。"见鬼，你们的火里烧的是什么？"他抬起头，看着那两人。"是什么？"

"怎么会？"男人语无伦次地说，"你做了什么？是在什么时候……"

"……为什么？"卡西尔体贴地为他补充。

"没错，为什么？"

"你们明白的，我的体质非常虚弱，"卡西尔说，"死亡似乎觉得这样很不利于消化。所以我决定不去他那边了。"

"没有人能只靠决心就成为幽影！"那个男人惊呼道。他说话时带着微弱的陌生口音，卡西尔一时间对不上号。"仪式是很重要的！有各种要求和规矩。这……这真是……"他猛地抬起双手。"真让人恼火。"

卡西尔面露微笑，对上那女子的视线，后者拿起身边地上的一杯温暖的液体。她用另一只手收起武器，仿佛从未将它握在手中。从外貌来看，她大概三十五六岁。

"海司辛幸存者。"她思忖着说。

"这局面似乎对我很不利，"卡西尔说，"很不幸，这也是声名狼藉的坏处之一。"

"依我看，名声会给窃贼带来很多不利条件。试图摸走皮夹的时候，没人会愿意被人认出来。"

"考虑到这片土地上的居民对他的看法，"那人说着，仍旧警惕地看着卡西尔，"我猜如果他们发现他在偷东西，只会满心欢喜。"

"是啊，"卡西尔干巴巴地说，"他们都为了这种荣幸排起长龙了。还需要我重新介绍自己么？"

她思索片刻。"我叫克里丝，来自泰尔丹。"她朝另一名男子点点头，后者不情不愿地收起了刀子。"那是纳兹，他受雇于我。"

"太棒了，"卡西尔说，"知道存留为什么希望我来找你们谈话么？"

"存留？"纳兹说着，走上前去，抓住卡西尔的手。所以和漂流者一样，他们也能触碰卡西尔。"你直接和神瑛之一说过话？"

"当然，"卡西尔说，"绒毛和我是老交情了。"他挣脱纳兹的手，拿起火堆旁的另一件折叠工具——那是两块叠在一起的简单木头，中间有一块用来坐的布。

他把那东西放在克里丝对面,坐了下来。

"我不喜欢这样,克里丝,"纳兹说,"他很危险。"

"幸好,"她回答,"我们也是。那位神瑛'存留',幸存者。他长什么样子?"

"这是在测试我是否真的和他说过话,"卡西尔说,"还是真心想要询问那位存留的状况?"

"两者都有。"

"他快死了,"卡西尔说着,在指间转动纳兹的刀子。他在片刻前的争执中就将它摸了过来,好奇地发现它虽然是金属制成,却不会发光。"他是个黑发的矮个子男人——至少曾经是。他一直在……好吧,散开。"

"嘿,"纳兹说着,眯眼看着那把刀子。他看看腰带,还有空空如也的刀鞘。"嘿!"

"散开,"克里丝说,"所以是缓慢死去。亚提不知道怎么把另一个神瑛变成瑛灵吗?还是说他不具备那种力量?唔……"

"亚提?"卡西尔问,"存留提起过那个名字。"

克里丝小口喝着饮料,同时用一根手指指向天空。"那就是他。至少是他变成的东西。"

"还有……神瑛是什么?"卡西尔问。

"你是学者么,幸存者先生?"

"不,"他说,"但我宰掉过几个。"

"真妙。好吧,你无意中卷入了某种比你、你们的政治,还有你们的小小星球庞大得多的事态里。"

"大到你应付不了的程度,幸存者,"纳兹说着,将卡西尔用手指托着的刀子夺了回去,"你应该趁早抽身。"

"纳兹的话是有道理的,"克里丝说,"你的问题很危险。一旦你走入幕后,看到那些演员的真面目,就很难再假装这出戏是真实的了。"

"我……"卡西尔前倾身子,扣拢双手。见鬼……火堆很温暖,但看起来什么都没烧。他盯着火焰,吞了口唾沫。"我从死亡中醒来的时候,内心以为不存在什么死后世界。我发现神灵是真实的,可他也在死去。我需要答案。拜托。"

"好奇心。"她说。

他抬起头来,紧蹙眉头。

"我听过你的许多故事,幸存者,"她说,"那些故事往往会称颂你众多的可敬品质。但诚实从来不在其列。"

"如果符合你的预期能让你更安心,"卡西尔说,"我可以再从你的仆人那儿偷点什么。"

"你可以试试。"纳兹说着,绕过火堆,交叠双臂,显然在努力摆出威吓的架势。

"神瑛们,"克里丝开了口,也吸引了卡西尔的注意,"不是神,但它们是神的碎片。灭绝、存留、蜘蛛、培养、忠爱……共有十六个。"

"十六个,"卡西尔轻声说,"还有十四个那种东西在到处乱跑?"

"其余的都在别的星球上。"

"别的……"卡西尔眨眨眼睛,"别的星球。"

"噢,你看,"纳兹说,"你让他彻底崩溃了,克里丝。"

"别的星球,"她温和地重复道,"是的,还有几十颗。很多都住着和你我非常相似的人。有一颗原初星球被遮蔽和隐藏在三界宙的某处。我尚未找到它,但我找到了不少故事。

"总之,有那么一位神灵。阿多拿西。我不知道那是一种力量还是一个存在,虽然我怀疑是后者。十六个人联手杀死了阿多拿西,将它撕碎,然后瓜分了它的本质,成为了最先升华的人。"

"他们是谁?"卡西尔说着,努力理解这番话。

"一群迥然相异的人，"她说，"有同样迥然相异的动机。有些想要力量；另一些觉得杀死阿多拿西是他们仅有的合理选择。他们联手杀害了一位神祇，然后自己成为了神祇。"她亲切地笑了笑，仿佛在示意他为接下来的话做好心理准备。"其中两位创造了这颗星球，包括上面的居民，幸存者。"

"所以……我的世界，还有我认识的每个人，"卡西尔说，"都是两个……半神的造物？"

"确切地说，是几分之一的神，"纳兹说，"而且他们没有什么成神的资格，只是共谋杀死了上一个干这份工作的人而已。"

"噢，见鬼……"卡西尔轻声说，"难怪我们会把局面搞得一团糟。"

"事实上，"克里丝说，"无论是被谁造出来的，人类通常都会变成这样。如果这算得上安慰的话——最初的人类是阿多拿西创造出来的，所以你们的神灵才有了参照物。"

"所以我们是有缺陷的原作的复制品，"卡西尔说，"不怎么能算是安慰。"他看向天空。"那个东西呢？它过去是人类？"

"力量……扭曲了，"克里丝说，"有个人在那里的某处指引它。又或许只是在此时此刻驾驭它。"

卡西尔想起了灭绝曾经作为外表的那个提线木偶，那个人形之物。如今它本质上只是个装满可怕力量的空壳。"所以如果那些东西之一……死了，会发生什么？"

"我对答案很好奇，"克里丝说，"我从没亲眼见过，过去的那些死亡也不太一样。神灵之力的粉碎和分散，每一次都是令人震惊的大事。这次更像绞杀，另外那些就像砍头。应该很有启发性。"

"除非我能阻止它。"卡西尔说。

她对他笑了笑。

"别摆出这种高人一等的态度，"卡西尔厉声说着，站了起来，那只凳子在他身后倒下，"我会阻止它的。"

"这个世界的转速正在减缓，幸存者，"克里丝说，"的确令人遗憾，但我不知道拯救它的方法。我来到这里，是希望自己也许能帮上忙，但我甚至没法再进入这里的实界域了。"

"有人摧毁了通道，"纳兹评论道，"那个人莽撞到难以置信。性急。愚蠢。不——"

"你说过头了，"卡西尔说，"漂流者已经说过我做的事了。"

"你说……谁？"克里丝问。

"一个白发的家伙，"卡西尔说，"瘦高个儿，尖鼻子，还有——"

"该死，"克里丝说，"他进到升华之井里面了？"

"还偷走了那儿的什么东西，"卡西尔说，"一小块金属。"

"该死，"克里丝说着，看向她的仆人。"我们该走了。抱歉，幸存者。"

"可——"

"不是因为你刚才说的话，"她说着，站起身来，招呼纳兹帮忙收拾东西，"我们本来就准备离开了。这颗星球正在死去；尽管我希望见证一位神瑛的死，但我不敢冒险在近距离观看。我们会从远处观察。"

"存留觉得你能帮上忙，"卡西尔说，"肯定有什么你能做的事。能告诉我的话。不能就这么结束。"

"抱歉，幸存者，"克里丝轻声说，"如果我知道更多的事，如果我能说服埃瑞会回答我的问题……"她摇摇头，"过程会很慢，幸存者，需要好几个月。但终究会发生。灭绝会吞噬这个世界，那个曾经名为亚提的男人不会有能力阻止。如果他真想阻止的话。"

"一切，"卡西尔低声说，"我所知的一切。在我的……我的星球上的每个人？"

在附近，纳西弯下腰，拾起了那堆火，让它消失不见。那堆大到夸张的火焰就这么在他掌中自行折叠，卡西尔觉得自己看到它冒出了一股雾气。卡西尔用一根手指提起自己的凳子，拧下底部的螺栓，然后用手托起，递给纳兹。

纳兹随即拖过一只旅行背包，其顶部绑着卷轴匣。他看向克里丝。

"留下来，"卡西尔说着，将目光转回克里丝，"帮我。"

"帮你？我自身难保，幸存者。我正在流亡途中，就算不是，我拥有的资源也不足以阻止神瑛。我恐怕根本不该来的。"她犹豫了片刻。"很抱歉，但我没法邀请你一起走。你的神灵正在注视你，卡西尔。他会知道你在哪儿，毕竟他的一小部分在你体内。光是在这里和你对话就已经很危险了。"

纳兹把背包递给她，她挎到肩头。

"我会阻止这一切。"卡西尔告诉他们。

克里丝抬起一只手，又弯曲手指，摆出某个陌生的手势，似乎是在向他道别。她转身背对这片空地，大步离开，进入灌木丛。纳兹跟在后面。

卡西尔无力地坐下。他们带走了凳子，所以他坐在地上，低垂着头。这是你应得的下场，卡西尔，他脑海的某个角落在想。你想和神灵共舞，窃取他们的财产。现在发现自己大祸临头，又有什么可惊讶的呢？

叶片的沙沙声让他匆忙站起。纳兹钻出了阴影。那个较为矮小的男子停在废弃营地的边缘，然后轻声咒骂了一句，走上前来，取下他身侧的刀子，连带刀鞘一起递给了卡西尔。

卡西尔迟疑片刻，随后接受了那把装在皮鞘里的武器。

"你和这地方的状况都不太好，"纳兹小声说，"但我还挺喜欢这儿的。该死的迷雾和所有这些。"他指了指西面。"他们在那边建了基地。"

"他们?"

"埃瑞会,"他说,"他们开始研究的时间比我们早很多,幸存者。如果说有人知道该怎么帮你,那就是埃瑞会了。去地面重新变得坚实的地方找他们吧。"

"重新变得坚实……"卡西尔说,"特瑞安湖?"

"更远。远很多,幸存者。"

"你说大海?那可是很多里路以外了。比去远统御区还远!"

纳兹拍拍他的肩膀,然后转过身,朝克里丝离开的方向走去。

"还有希望吗?"卡西尔喊道。

"如果我告诉你没有呢?"纳兹回头说,"如果我说,我觉得你们可以说是完蛋了。这话能改变你准备去做的事么?"

"不能。"

纳兹将手指抬到额边,像是在敬礼。"再会了,幸存者。照看好我的刀子。我还挺喜欢它的。"

他消失在黑暗里。卡西尔目送他离开,然后做了那件唯一合理的事。

他吞下了从凳子底部拧下的那颗螺栓。

三

　　螺栓没起到任何作用。他原本希望自己能运用镕金术，但那颗螺栓只是安顿在了他的胃里——化作一份陌生又令人不适的重量。他没法燃烧它，无论怎么尝试都不行。在行走途中，他终于将它咳了出来，然后远远抛开。

　　他走在小岛和陆沙德周边的雾气地面之间的过渡地带上，感到身上多了几分全新的重量。注定毁灭的世界，垂死的神灵，还有他从未知晓的整个宇宙。他现在唯一的希望是……前往大海？

　　就算和盖穆尔结伴旅行的时候，他也从未去过那么远的地方。靠双脚走完这段路恐怕需要几个月。他们还有几个月吗？

　　他将小岛抛在身后，跨越雾气堤岸的柔软地面。陆沙德耸立在不远处，那是一道由盘绕的迷雾构成、被阴影笼罩的高墙。

　　"绒毛？"他高喊道，"你在那边吗？"

　　"我无处不在。"存留说着，出现在他身旁。

　　"所以你刚才都听到了？"卡西尔问。

他漫不经心地点点头，形体磨损，面容模糊。"我想是的……我当然……"

"他们提到了'埃·瑞'这个名字，对吧？"

"是的，埃瑞，"存留说着，换了个稍微不同的发音方式，"就三个字母。I、R、E。在他们——那些来自另一片土地的人——的语言里，这个词有某种意义。那些死去却又没死的人。我感觉到他们聚集在我的视野边缘，就像夜晚的魂灵。"

"死了，但还活着，"卡西尔说，"就像我？"

"不。"

"那又是什么？"

"死了，但又没死。"

真棒，卡西尔心想。他转向西方。"据说他们都在海边。"

"埃瑞会建造了一座城市，"存留轻声说，"在世界之间的某处……"

"好吧，"卡西尔说着，深吸一口气，"那就是我要去的地方。"

"去？"存留说，"你要抛下我？"

话语里的迫切让卡西尔吃了一惊。"如果这些人能帮我们，我就需要和他们谈谈。"

"他们帮不了我们，"存留说，"他们……他们铁石心肠。他们在图谋我的尸体，就像食腐昆虫在等待心脏的最后一次跳动。别走。别抛下我。"

"你无处不在。我没法抛下你。"

"不。他们在我无法触及的地方。我……我没法离开这片土地。我在这里，在每块石头和每片叶子上都倾注了太多，"他抽动了一下，原本模糊的形体变得更加稀薄。"我们……很容易产生依恋，得非常坚决才能离开。"

"那灭绝呢？"卡西尔说着，转身面对西方，"如果他毁掉一切，还能逃脱么?"

"是的,"存留轻声说,"他可以离开。但卡西尔,你不能抛弃我。我们……我们是一伙的,对吧?"

卡西尔将手按在那个生物的肩头。他曾经那么自信,如今却不比空气里的黑灰好多少。"我会尽快回来的。如果我想阻止那东西,就需要某种程度的帮助。"

"你在怜悯我。"

"我怜悯自己以外的任何人,绒毛。这是我这样的人需要承受的风险。但有件事是你能做到的。盯紧灭绝,再想办法传话给纹,还有她那个贵族。"

"怜悯,"存留又说了一遍,"这就是……这就是我变成的模样?是啊……是啊,的确。"

他抬起一只轮廓模糊的手,从下方抓住了卡西尔的胳膊。卡西尔倒吸一口凉气,但随即忍住了,因为存留用另一只手抓住他的后脖颈,对上了他的视线。那双眼睛突然有了焦点,模糊突然间变得清晰。银白色的光芒迸发而出,笼罩了卡西尔,让他目不能视。

其余的一切都蒸发了;任何东西都无法抵挡那股可怕又美丽的光芒。卡西尔失去了形体、思维、存在本身。他超脱了自我,进入了一个光芒流动的地方。缎带状的光线从他身上爆发,他试图尖叫,却发不出声音。

时间没有流逝;在这里,时间无关紧要。这里不是什么"地方"。地点也无关紧要。只有联结:人与人,人与世界,卡西尔与神灵的联结。

而且那位神灵就是一切。他怜悯的那东西就是卡西尔脚踩的地面,是空气,是金属——是他自己的灵魂。存留无处不在。与之相比,卡西尔本身微不足道。只是事后补充的细节。

那片幻景逐渐淡去。卡西尔跟跄着远离存留,后者平静地站在原地，仿佛空气里的一团雾——但他的象征意义却又那么庞大。卡西尔手按胸口，愉快地——尽管他没法解释理由——发现心脏在跳动。他的灵魂学会了模仿身体，不知为何，有一颗狂跳的心脏令人安心。

"我猜这是我应得的，"卡西尔说，"运用那些幻景的时候要注意，绒毛。现实对人的自尊心算不上特别有益。"

"我觉得非常有益。"存留回答。

"我看到了一切，"卡西尔低声说，"所有人，所有东西。我和他们的联结，还有……还有……"

向未来的延伸，他这么想着，努力寻找合适的解释。可能性，那么多的可能性……就像天金。

"是的，"存留的语气透出疲惫，"这样可以帮你认清自己在事物中的真正位置。很少有人能应付这种——"

"把我送回去。"卡西尔说着，匆忙跑向存留，抓住他的双臂。

"什么？"

"把我送回去。我得再看一遍。"

"你的心灵太脆弱了。它会破碎的。"

"那个鬼东西很多年前就被我打碎了，绒毛。送我回去。拜托。"

存留犹豫不决地抓住了他，这一次，他的双眼隔了一会儿才开始发光。他的眼睛闪烁光芒，形体颤抖不止，有那么一瞬间，卡西尔还以为这位神灵要彻底消散了。

接着，那种光芒迸发了生机，瞬间将卡西尔吞没。这一次，他强迫自己看向存留之外的地方——尽管那与其说是"看"，不如说是尝试理清侵袭而来的过量信息和感受。

不幸的是，要将注意力从存留身上转移，就代表要承受将它投向另一样东西的风险——某个同样吸引注意的东西。这儿还有另一位神灵，漆黑又可怕，尖刺和细长的腿足从深色的雾气中涌出，伸向这片土地上的一切。

包括卡西尔。

事实上,和那数百根将他与彼界之物相连的黑色手指相比,他和存留的联系根本微不足道。他从它身上感受到了强烈的满足感,外加一个念头。并非话语,而是无可否认的事实。

你是我的,幸存者。

卡西尔奋力抗拒那个念头,但在这个完美的光辉之地,没人能否认事实。

卡西尔的灵魂在可怕的现实面前变形和崩溃,但仍旧转身看向朝远方延伸的光之卷须。可能性层层相叠,混杂在一起。无穷无尽,无可抵御。未来。

他再次脱离了幻景,这一次双膝跪地,喘息不止。光辉逐渐淡去,他也回到了陆沙德湖的堤岸上。存留在卡西尔身边蹲下,手按着他的背脊。

"我阻止不了他。"卡西尔低声说。

"我知道。"存留说。

"我能看到成千上万种可能性。在任何一种里,我都没能打败那东西。"

"未来的缎带从来都没有……该有的作用,"存留说,"我以前经常依赖它们。你很难分辨哪些是真正可能发生的,哪些是渺茫……也许既渺茫又遥远……"

"我阻止不了它,"卡西尔低声说,"我和它太相似了。我所做的一切都是在帮助它。"卡西尔抬头望天,面带微笑。

"你崩溃了。"存留说。

"不,绒毛,"卡西尔笑着站了起来,"不。我阻止不了它。无论我做什么,都阻止不了它。"他低头看向存留。"但她可以。"

"他知道。你是对的。他一直在做准备,在灌输她。"

"她能打败它。"

"渺茫的可能性，"存留说，"虚假的承诺。"

"不，"卡西尔轻声说，"是希望。"

他伸出了手。存留握住那只手，让卡西尔将他拉起身。神灵点点头。"希望。我们的计划是？"

"我继续往西走，"卡西尔说，"我在那些可能性里看到……"

"别相信你看到的东西，"存留说着，语气比早先更坚定，"需要有无限的心灵，才能设法从那些未来的卷须里收集信息。即便可以，结果也多半是错的。"

"我看到的那条由我开始的道路通向西方，"卡西尔说，"这是我能想到的唯一办法。除非你有更好的提议。"

存留摇摇头。

"你得留在这儿，对抗他，抵挡他——再设法和纹对话。如果纹不行，就去找萨兹德。"

"他……状况不太好。"

卡西尔歪了歪头。"在战斗中受伤了？"

"更糟。灭绝试图让他屈服。"

该死。可除了继续计划以外，他还能做什么呢？"做你能做的，"卡西尔说，"我会去找西边那些人的。"

"他们不会帮忙的。"

"我不是去请求他们帮忙的，"卡西尔说着，然后笑了笑，"我是去抢劫他们的。"

第四部分　旅行

一

　　卡西尔在奔跑。他需要行动起来的这种紧迫感，这种力量。需要怀着目的跑向某个地方。

　　他离开了陆沙德周围的区域，沿着一条运河慢跑，寻找方向。就像湖泊那样，这里的运河也是颠倒的——并非沟渠，而是一条细长的土丘。

　　在奔跑的同时，卡西尔再次尝试整理相互冲突的画面、印象和念头——这些都是他在那个能认知一切的地方体验到的。纹能打败这东西。这点卡西尔可以确定，正如他能确定自己无法击败灭绝。

　　但从这里开始，他的思路越来越模糊不清。这些人，这个"埃瑞会"，正在研究某种危险的东西。某种他能用来对付灭绝的东西……也许吧。

　　他别无选择。存留说得对；在那个瞬间之间的地方，各种线索纠缠不清，又转瞬即逝，能给他的最多只有模糊的印象。但至少这是他能做的事。

于是他奔跑。他没有走路的时间。他再次渴望镕金术，想要白镴借给他力量和忍耐力。和整个人生相比，他拥有镕金术的时间很短，但那种力量很快就成为了他的第二天性。

他没法再依靠那些能力了。幸运的是，因为没有身体，他似乎不会疲劳，除非他停下来思考自己应该疲劳这件事。这不是问题。如果说什么事是卡西尔擅长的，那肯定就是欺骗自己了。

希望纹能撑到拯救他们所有人的那一刻。对仅仅一个人来说，这会是可怕的重量。他会尽他所能分担一部分。

二

我认识这地方，卡西尔这么想着，在经过一座运河边小镇的时候放慢了脚步。这是个歇脚处，运河长们会让司卡人休息一下，自己喝点儿酒，在过夜前洗个暖和的澡。不同统御区有许多这种小镇，每一座都几乎毫无分别。这一座的特别之处在于，运河对岸那两座摇摇欲坠的高塔。

没错，卡西尔这么想着，停在街道上。即使在这个界域雾气笼罩、如梦似幻的风景里，那两座塔楼也与众不同。他这么快就赶到了这里？它远在中央统御区之外。他跑了多久了？

自从他死后，时间就变得怪异起来。他没有了进食的需要，也不会感觉疲惫，除非他的心灵投射出那种感受。灭绝遮蔽了太阳，也遮蔽了这片雾气之地的唯一光线，他很难判断究竟过去了多少天。

他的奔跑……有一阵子了。究竟有多久？

他突然感到了疲惫，思维开始麻木，仿佛在承受白镴消散后的影响。他呻吟一声，坐在运河土丘的边上，后者覆盖着矮小的植物。这些植物似乎会在现实世界里所有水域的位置生长。他发现它们是从杯子形状的雾气里长出来的。

在镇子之间的土地上——那些富有弹性的地面变得坚实的地方——他不时会发现另一些更加奇怪的植物。那些无人之地：点状的文明之间，被灰烬覆盖的宽广的空无。

他努力站起身，抗拒那种疲惫感。那些感受完全来自于他的想象。他不想强迫自己立刻开始奔跑，于是漫步穿过朗斯佛洛。这座小镇是围绕运河驿站发展起来的。好吧，应该说村子。在远离运河的地方，运营种植园的贵族们会来这里做买卖，以及将货物送往陆沙德城。它成了一个贸易枢纽，一座繁忙的市政中心。

卡西尔在这里杀过七个人。

还是八个？他迈着步子，清点数量。领主，他的两个儿子，他的妻子……是的，七个，外加两个守卫和那个远房亲戚。这就对了。他放了那个亲戚的妻子，因为她怀着孩子。

他和梅儿当时在那边的杂货店楼上租了个房间，假装是来自小家族的贵族商人。他走上建筑物外部的楼梯，在门口停下脚步。他用手指按着它，感受着实界域的它，尽管过去了那么久，它还是显得那么熟悉。

我们是有计划的！他们匆忙收拾的时候，梅儿说。你怎么能这样？

"他们杀害了一个孩子，梅儿，"卡西尔低声说，"把石头绑在她的脚上，再把她丢进运河里。就因为她弄洒了茶。就因为她弄洒了那杯该死的茶。"

噢，阿凯，她说。他们每天都会杀人。这很可怕，但这就是人生。你准备报复每一个贵族么？

"是的。"卡西尔轻声道。他攥起拳头，抵着门板。"我做到了。我让统御主本人付出了代价，梅儿。"

至于在天空中扭动翻腾的那条巨蛇……那就是后果。在存留让他看到的那个时间之间的瞬间里,他见过了真相。统御主一千年来都在阻止这场浩劫。

杀死一个人。完成复仇,却造成更多人的死?他和梅儿当时逃离了这座村子。他后来得知,审判者来到了这儿,拷问了许多他们在此结识的人,在寻找答案的过程中杀死了不止几个人。

杀戮,他们也回以杀戮。复仇,他们便回以十倍的复仇。

你是我的,幸存者。

他抓住门把手,但除了得到它外观的印象之外什么都做不到。他没法转动它。幸运的是,他可以推挤那扇门,强行穿过去。他跟跄着停下脚步,震惊地发现房间不是空的。有个孤单的灵魂——一个在发光,所以是现实世界的活人——躺在角落的简易床上。

他和梅儿离开的时候很匆忙,被迫把部分财物藏在了壁炉内一块石头后面的空洞里。那些早就不在了;他在梅儿死后偷偷取走了财物,这件事发生在他逃离深坑,又接受了那个名叫盖穆尔的奇怪老镕金术师的训练以后。

他绕开那个人,走向小小的壁炉。回来取走那些钱财的时候,他正在去往陆沙德城的路上,头脑里泛滥着宏伟的计划和危险的念头。他取回了钱币,找到的东西却超出他的预想。那袋钱币旁边,是梅儿的一本日记。

"如果我死了,"卡西尔大声说,"如果我放任自己被拖进另一个地方……我现在就能和梅儿在一起了,对吧?"

无人回答。

"存留!"卡西尔大喊道,"你知道她在哪儿吗?你看到她进入了你提到的那片黑暗,那个人们在此之后都会去的地方吗?如果我允许自己死去,就能陪在她身边了吗?"

存留仍旧没有答话。就算他的本质真的无处不在,他的心灵也显然不是。考虑到他最近的怪异举止，他的心灵恐怕没法完整地出现在一个地方。卡西尔叹了口气，扫视小小的房间。

接着他退后几步，意识到床上的那个人站起身来，正在四下张望。

"你想干吗？"卡西尔厉声道。

那人被吓了一跳。他听到了？

卡西尔走向那道身影，触碰了他，随后获取的画面是个老乞丐，胡须蓬乱，眼神疯狂。那人在喃喃自语，正在触碰他的卡西尔能分辨出其中一部分。

"在我脑袋里，"那人咕哝道，"滚出我的脑袋。"

"你能听见我说话。"卡西尔说。

那道人影又吓了一跳。"该死的耳语声，"他说，"滚出我的脑袋！"

卡西尔垂下了手。他在脉动中见过这一幕。有时候，疯子会低声讲述他们从灭绝那里听到的话。但看起来，他们也能听见卡西尔的话。

他能利用这个人么？*盖穆尔有时也会像这样嘀咕*，卡西尔忽然想到，身体也涌现寒意。*我一直以为他疯了。*

卡西尔尝试继续和他对话，但徒劳无功。这人不断惊跳和嘀咕，却没有真正回应过他。

最后，卡西尔离开了房间。他很庆幸，因为这个疯子分散了他的注意力，让他不再沉浸于这里的回忆。他在口袋里摸索，但他随即想起，关于梅儿那朵花的画已经不在了。他留给纹了。

他知道自己刚才向存留询问之事的答案。卡西尔拒绝接受死亡，也在同时放弃了回到梅儿身边的机会。除非那种扭曲的彼端空无一物，除非那种死亡真实而又彻底。

她肯定不会指望他就这么放弃，放任不断延伸的黑暗带走他吧？

我见到的其他人都心甘情愿地离开了，卡西尔心想。就连统御主也一样。我为什么要坚持留下？

蠢问题。毫无意义。世界陷入这种危险的时候，他不能离开。他也不会允许自己就这么死去，即使是为了陪伴她。

他离开了小镇，回到了前往西方的道路上，继续奔跑。

三

卡西尔跪在一堆不再燃烧的炊火边，在这个界域里，它的模样是一团阴影笼罩的冰冷柴火。他发现每隔几周左右停下来喘口气是很重要的。他已经奔跑了……噢，很久了。

今天，他打算彻底解开一道谜题。他抓住雾气构成的炊火残留。他立刻看到了它在现实世界里的样子——但他努力穿透那幅画面，去感受彼端的某种东西。

不只是形象，而是感受。近乎情绪的东西。冰冷的木头不知为何记住了温暖。这堆火在现实世界已经熄灭，但它希望自己能再次燃起。

意识到圆木也有愿望，这种感觉很奇怪。这堆火燃烧了好些年，喂养了许多司卡人家庭。无数个世代的人曾经坐在这个地板里的火坑边。他们让火堆几乎永无休止地燃烧。欢声笑语，享受他们短暂的喜悦时刻。

那些是这堆火给他们的。它渴望能再次做到这点。不幸的是，那些人离开了。卡西尔近来发现的废弃村落越来越多。灰烬落下的时间比平时更长，而且即便在这个界域，卡西尔也不时能感到地面在颤抖。地震。

他有能给这堆火的东西。**再次燃烧吧**，他告诉它。**再次温暖吧**。

这种事在实界域不可能发生，但那边的一切都可以呈现在这里。这堆火从未真正有过生命，但对曾经住在这里的人们来说，它几乎是活着的。一位熟悉又温暖的朋友。

燃烧……

光芒从他的手指迸发，从他的双手倾泻，一道火焰出现在那儿。卡西尔迅速将它丢下，退后几步，对劈啪作响的火焰咧嘴一笑。它像极了纳兹和克里丝带着的那堆火；木柴本身也出现在这一边，连同起舞的火焰一起。

火焰。他在死者的世界生了火。**不坏，阿凯**，他跪在地上，心想。一次深呼吸过后，他将手伸进火里，抓住木柴的中心，然后攥紧拳头，捕获了构成炊火本质的那一小团雾气。整个火堆自行折叠，逐渐消失。

他捧起那一小团雾气。他能感受到它，就像能感受到脚下的地面。富有弹力，但只要他别太用力去踩，就足够真实。他把炊火的灵魂收进口袋，相当确定只要自己不下命令，它就不会自行点燃。

他离开那栋司卡小屋，走进种植园里。他从未来过这儿——比起他和盖穆尔去过的地方，这儿还要往西很多。这座种植园由奇怪的矩形建筑物组成，又矮又宽，但都有宽大的庭院。他走出这一栋建筑物，来到一条从十来栋相似的小屋间穿过的街道上。

总的来说，这里的司卡的生活要比内统御区的那些好上不少。这话就像在说，溺死在啤酒里的人好过溺死在酸液里的人。

灰烬从天空落下。虽然在刚来到这个界域的那几天，他还看不到它，但他现在能辨认出来了。它在这里就像微小而卷曲的雾气，几乎不可见。卡西尔跑了起来，灰烬在他周围涌动。其中一些从他的身体穿过，让他觉得仿佛自己也是灰烬。燃烧殆尽的躯壳，化作余烬飘散在风中的尸体。

他见到了太多堆积在地面上的灰烬。这里本不该落下这么多的。灰山离这儿很远；根据他在旅途中听闻的消息，灰烬在这里每月只会落下一两次。至少在灭绝苏醒前是这样。这里的一些树木仍然活着，被阴影笼罩，其灵魂呈现为雾气的形体，就像人类的灵魂那样发光。

他靠近了那些在道路上向西走，前往海边城镇的人。他们的贵族多半已经逃往了那个方向，被突然增多的灰烬和另一些毁灭征兆吓坏了。经过人群的时候，卡西尔伸出手掌，拂过他们的身体，也对那些人的模样有了印象。

一位跛脚的年轻母亲，将新生的婴儿紧紧抱在胸前。

一位强壮的老妇人，就像老司卡人理所当然的模样。虚弱的那些通常会被抛下等死。

一个有雀斑的年轻男子，身穿材质上好的衬衣。那多半是他从领主的府邸偷来的。

卡西尔留意着疯狂或是胡言乱语的征兆。他已经确认，那些类型的人往往能听见他的话，尽管明显的疯狂并不总是必要条件。很多人似乎能分辨出他说出的特定字眼，只是会把那些当成虚幻的耳语，虚假的感受。

他加快速度，把镇民抛在身后。根据脚下雾气的光芒，他能判断出这片区域经常有人往来。在奔跑的这几个月里，他逐渐理解了——在某种程度上甚至接受了——知界域。他体会到了某种自由感，因为他能够不受阻碍地穿过墙壁，能够窥探他人和那些人生。

但他很孤独。

他一直努力不去思考这件事。他把心思放在奔跑和前方的挑战上。因为时间在这里混杂交融的方式，他并不觉得过去了几个月。说实话，这种体验比困在井中的那段消磨神志的岁月要好多了。

但他想念那些人。卡西尔需要人群、交谈、朋友。没有了这些，他有种干涸的感觉。他多希望存留——就算是一如既往地精神错乱——出现在这里，和他说说话啊。在这片迷雾的废土上，就算能和那个白发的漂流者聊几句也算得上愉快了。

他尝试寻找疯子，只为能和其他活物进行些许交流，无论有多么没意义。

至少我有所收获，卡西尔心想。他的口袋里有一堆营火。等到麻烦解决——他会解决的——的时候，他肯定有故事可以讲了。

四

"死亡幸存者"卡西尔终于登上最后一座小山,目睹横亘于眼前的惊人景色。陆地。

这片土地耸立于迷雾边缘,黑暗而宽阔,充满不祥的意味。他感觉那里的生机比脚下起伏的灰白色雾气还要少,但这一幕依旧令他愉快。

他释然地呼出一口长气。过去的几星期越来越难熬了。继续奔跑的念头开始让他反胃,而孤独感让他在翻腾的雾气里看到了幻影,在周围死气沉沉的虚无里听到了人声。

他的模样和离开陆沙德的时候大为不同。他将手杖拄在旁边的地上——他从现实世界的一名死去难民的尸体上找到了它,然后劝说它活了过来,给了它一个新家和可以侍奉的新主人。他裹在身上的那件斗篷也一样,边缘磨损,简直就像迷雾斗篷。

他身后的那只背包就不同了;那是他从一家废弃店铺拿来的。它没有过主人。它觉得自己的作用就是待在货架上,受人观赏。到目前为止，它仍然是个称职的伙伴。

卡西尔坐了下来，把手杖放到旁边，掏起了背包。他清点了球状雾气的数量，那些都在背包里包裹得严严实实。这次一个都没消失，很好。当一件物体在现实世界被人找回——更糟糕的情况下是被毁掉——的时候，它的同一性就会改变，魂灵也会回到身体所在的位置。

遗弃物件是最好的。那些物件被人拥有了很长时间，因此具备强烈的同一性，但目前在实界域没有照看它们的人。他拿出那团本质是营火的球状雾气，将它展开，沐浴在它的温暖里。它开始磨损，木柴上布满雾气的孔洞。他只能猜测自己把它带到了离起源之处太远的地方，这种距离让它苦恼。

他掏出另一团雾气，后者在他手中展开，变成了一只皮革水袋。他喝了一大口。这么做对他没什么实际好处；水会在倒出后不久消失，他似乎也没有喝水的必要。

但他还是喝了。嘴唇和喉咙沾水的感觉很好，这让他精神焕发，让他能假装自己活着。

他在山坡上蜷缩身子，俯瞰这片新的边境，在火焰的灵魂边品尝只是幻影的水。他在神灵国度的体验，那个时间之间的瞬间，如今已是遥远的记忆……但说实话，他在从中脱离的那一秒就感觉到了遥远。那些辉煌的联结和跨越永恒的启示立刻开始消散，就像朝阳下的雾气。

他必须抵达此处。但之后……他毫无头绪。那边有人的存在，但他该怎么找到他们？等到确定他们的位置以后，他又该做什么？

我需要他们拥有的东西，他这么想着，又喝了一口水袋里的水。但他们不会给我的。这点他可以确定。可他们拥有的是什么？知识？他甚至不清楚那些人会不会说他的语言，又该怎么欺骗他们呢？

"绒毛？"卡西尔试探着说，"存留，你在吗？"

没有回答。他叹了口气，收起水袋。他回头看向自己来时的方向。

接着他匆忙爬起，拔出身侧的刀子，迅速转身，让火堆阻挡在他和伫立在那边的东西之间。那道人影穿着长袍，有一头明亮的火红色头发。他的脸上挂着欢迎的笑容，但卡西尔能看到他皮肤下的尖刺。尖利的蛛腿数以千计，推挤着皮肤，让它以怪异的动作向外皱起。

灭绝的提线木偶。他见过这个由力量构建出来、试图接近纹的东西。

"你好啊，卡西尔，"灭绝通过那具形体的嘴唇说，"我的同僚现在不能见你。但如果你愿意，我可以替你转达请求。"

"退后。"卡西尔说，挥舞刀子，本能地尝试触碰他无法再燃烧的金属。见鬼，他好想念那种感觉。

"噢，卡西尔，"灭绝说，"退后？我早就在你周围了——你假装呼吸的空气，你脚下的地面。我在那把刀子里，在你的灵魂本身里。我究竟该怎么'退后'？"

"你想说什么都行，"卡西尔说，"但你没法主宰我。我不属于你。"

"你干吗这么抗拒？"灭绝说着，漫步绕过火堆。卡西尔走向另一边，让自己和这个生物保持距离。

"噢，我不知道，"卡西尔说，"也许因为你是象征毁灭和痛苦的邪恶力量吧。"

灭绝停下脚步，像是受了冒犯。"这话太没道理了！"他摊开双手，"死亡并不邪恶，卡西尔。死亡是必要的。每一口钟都会越走越慢，每一天都有结束的时候。没有我，就没有生命，也永远不会有生命。生命就是变化，而我代表了那种变化。"

"你现在却要结束生命。"

"这是我送出的礼物，"灭绝说着，朝卡西尔伸出手，"生命。奇妙而美丽的生命。新生儿的喜悦，父母的骄傲，工作出色完成的满足感。这些都来自于我。

"但那些都结束了，卡西尔。这颗星球像个老人，完整度过了一生，如今只剩最后几口气。给他想要的安息并不邪恶。这是仁慈。"

卡西尔看着那只表面不断起伏的手，那是内侧的蜘蛛在用尖针般的腿足不断挤压。

"但眼下和我说话的这个人是谁呢？"灭绝说着叹了口气，收回那只手，"是尽管自己的灵魂在渴望，尽管妻子在彼界期待他的到来，也不肯接受自己结局的人。不，卡西尔。我不指望你能明白终结的必要。所以如果你非得觉得我邪恶，那就这样吧。"

"再给我们一点点时间，"卡西尔说，"有这么让你痛苦么？"

灭绝笑了。"你真是贼心不改，总想着捞好处。不，死刑的暂缓已经给出过不止一次了。我猜你没有需要我转达的口信，对吧？"

"当然有，"卡西尔说，"告诉绒毛，让他帮我找个又长、又硬、又尖锐的东西，然后捅进你的屁股里。"

"说得好像他能伤害我似的。你是否明白，如果掌管这里的人是他，就没有人会变老了？没有人会思考和活着。如果一切都顺他的意，你们就会被冻结在时间里，无法做出任何行动，免得伤害彼此。"

"所以是你在杀死他。"

"我说过了，"灭绝说着，咧嘴笑了笑，"这是种仁慈。对一个早已不复壮年的老人来说。但如果你只想侮辱我，我就该走了。终结到来的时候，如果你还在那座岛上就太可惜了。我还以为你会很乐意和其他死去的人问好。"

"不可能这么快。"

"真就这么快，你很走运。但就算你真能帮上什么忙，在这里也是办不到的。真可惜。"

当然，卡西尔心想。你本可以看着我分心在使命上而暗喜，不需要特意跑来这儿跟我说这些。

卡西尔很擅长分辨圈套。灭绝想要他相信终结迫在眉睫，相信来到这里毫无意义。

这就表示事实是相反的。

存留说过，他没法来我要来的地方，卡西尔心想。灭绝也受到相似的束缚，至少在世界毁灭前都是如此。

也许几个月以来，这就是他逃离那片蠕动的天空和毁灭者视线的头一次机会。他向灭绝敬了个礼，收起营火，然后大步走下山丘。

"要逃跑么，卡西尔？"灭绝说着，出现在山坡上，双手交扣，看着从旁经过的卡西尔，"你没法逃离自己的命运。你和这个世界、和我绑在了一起。"

卡西尔继续前进，灭绝出现在山脚下，摆出同样的姿势。

"堡垒里的那些蠢货帮不了你的，"灭绝评论道，"我想等这个世界终结以后，我会去拜访他们。他们的存在已经久到不合适了。"

卡西尔在深色岩石构成的新土地——就像那座变成岛屿的湖泊——的边缘停下了脚步。这片土地更宽阔。海洋变成了大陆。

"你不在的时候，我会杀死纹，"灭绝低声说，"我会杀光他们。在你的旅行里想着这件事吧。等你回来的时候，如果还剩下点什么，我也许会用得上你。"

卡西尔踏上这块海洋大陆，把灭绝留在岸边。卡西尔几乎能看到细长的力量之线在操控这只提线木偶，让这股可怕的力量能够说出话语。

该死的。它的话都是谎言。他很清楚。

但仍旧伤人。

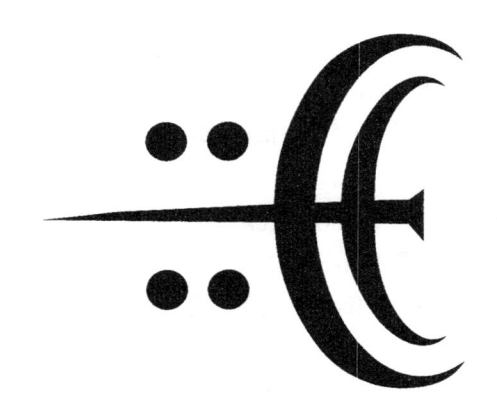

第五部分　埃瑞会

一

他原本希望灭绝从天空消失以后，太阳就会重新出现，但走到足够远的地方以后，他似乎把自己的世界抛在了身后——连同太阳一起。这里的天空只有空无一物的黑暗，别无其他。卡西尔终于找到了几根藤蔓，把逐渐衰弱的炊火绑在手杖的一头，充当临时火炬。

在昏暗的大地上徒步前进，手拿顶端有一整堆营火的手杖，这种体验很奇特。但木柴没有散落，那东西也远没有该有的重量。也没有该有的炽热，尤其是在拿出时没让它彻底显现的情况下。

植物在他的四面八方生长，无论触感还是视觉角度都很真实，只是有些陌生的品种，某些长有棕红色的复叶，另一些则是宽大的棕榈叶。这里树木众多——一座异域植物的丛林。

这里也有小团的雾气。如果他跪在地上，加以寻找，就能找到发光的小小灵魂。鱼类，还有海洋植物。它们在这里呈现于地面上，尽管在另一边的海洋里，它们多半是在海水深处。卡西尔站起身来，手里拿着某种大型深海生物——像是鱼儿，只是大小堪比房屋——的灵魂，感受着它的庞然伟力。

这一幕虚幻离奇，但他近来的人生也一样。他丢下那条鱼的灵魂，继续前进，徒步穿过高及腰际的植物，用燃烧的手杖照亮前路。

离岸边够远以后，他的灵魂感觉到了拉扯。这是他和抛在身后的那个世界的联系的体现。用不着做什么试验，他也知道那种拉扯的力度会不断变强，最终让他难以寸进。

他可以利用这点。这种拉扯感会是一件工具，可以判断他是在继续远离世界，还是在黑暗中走错了路。确认方向是近乎不可能的，毕竟现在没有运河或者道路能指引他。

通过判断灵魂的拉扯，他让自己始终笔直向外前进，远离他的家乡。他不完全确定那个方向就是他的目标，但这似乎已经是最佳选择了。

他在丛林里就这么走了好几天，但它随即开始缩小。最后，他来到了一个只能不时看到小丛植物的地方。取而代之的是结构怪异的岩石，就像玻璃雕塑。这些参差不齐的石头往往有十尺甚至更高。他不清楚这些是如何形成的。他没再遇见过鱼儿的灵魂，两个界域的这片地区也似乎没有任何活物。

和那种拉扯感的对抗令他愈发疲惫。就在他担心自己会被迫掉头返回的时候，他有了新发现。

那是地平线上的一道光。

二

当你严格来说没有身体的时候,潜行也会简单很多。

卡西尔收起了斗篷和手杖,悄无声息地前行。他丢下了背包,尽管路上还有少许植物,但他可以径直穿过,甚至不会让叶子沙沙作响。

前方脉动的光芒来自一座白色岩石砌成的堡垒。它并非城市,但在他看来够接近了。那道光有种奇异的特性;它不会像火焰那样燃烧或者闪烁。是某种石灰光灯?他靠近了些,在一块构造奇特、在这里却很常见的岩层旁边停下脚步。构状的尖刺从岩石上垂下,看起来简直就像树枝。

要塞的墙壁本身在微微发光。那是雾气么?它的色度似乎不太一样,太蓝了。卡西尔藏身在岩层的影子里,绕过墙壁,朝后部更加明亮的光源走去。

事实证明,那光源其实是一条会发光的绳子,有大树的树干那么粗。它那种力量的脉动缓慢而富有节奏,散发出的光芒与墙壁的色调相同，只是明亮得多。它似乎是某种运送能量的导管，通向遥远之处，在几里远的黑暗里都清晰可见。

那根绳索通过后方的一扇大门进入要塞。卡西尔凑近过去，发现小小的能量之线同样会穿过那些构成城墙的石头。那些线会分成越来越小的分支，就像一张发光的血管之网。

这座要塞高大庄严，就像堡垒——只是没有任何装饰。它的周围没有独立的防御工事，但墙壁垂直陡峭。守卫们在墙顶走动，其中之一经过的时候，卡西尔将自己推向地面。他现在可以让身体彻底陷入其中，变得近乎不可见，只是这么做需要抓稳地面，再向下拖动身体，直到仅有头顶可见。

守卫们没注意到他。他爬回地面上，又缓缓移动到堡垒墙壁的底部。他的手按在发光的石头上，也获取了远在另一个界域的石墙的印象。一片绿意盎然的陌生土地。他倒吸一口凉气，收回了那只手。

那些不是石头，而是石头的灵魂——就像他拥有的火焰灵魂。他们把这些灵魂带到了这儿，筑成了一座要塞。突然间，他觉得自己制作的手杖和背包没那么了不起了。

他再次触碰那块石头，看着那片翠绿的风景。那就是梅儿说过的景色：一片有开阔蓝天的土地。*那是另一颗星球*，他如此断定。*没有遭受我们这种命运的星球*。

在那一刻，他将那幅影像抛到脑后，想用手指穿过石头的灵魂。奇怪的是，这块石头在抗拒他。卡西尔咬紧牙关，继续用力。他成功地让手指陷入了一两寸，但没法继续深入。

是因为那种光，他心想。它在对抗他的力量。看起来和灵魂之光有点像。

好吧，他没法穿过城墙了。现在怎么办？他退回阴影里，开始思考。他该不该尝试从其中一座城门溜进去？他绕过堡垒周围，思索了一小会儿，然后突然觉得自己很蠢。他匆忙回到墙边，把手掌按在石头上,将手指埋入几寸。接着他抬起手,用另一只手做了同样的事。

他就这么攀爬起城墙来。

他很想念钢推能力,但事实证明,这种方法也相当有效率。他基本上可以随心所欲地抓住墙壁,这具身体又没什么重量。只要他能维持专注,攀爬就很轻松。绿色植物的景致令人分心。他看不到哪怕一粒灰烬。

一小部分的他始终以为,梅儿的花朵只是幻想出来的故事。这地方看似古怪,却以异样的美感吸引着他。它的某种特质异常吸引人。不幸的是,墙壁不断尝试吐出他的手指,因此维持抓握需要耗费大量的精力。他继续移动;他可以等下次再享受那种绿色草地和宜人山丘的奢侈风景。

三

　　要塞较高的楼层之一有一扇宽大到能钻进去的窗户，这是好事。要避开要塞顶端的那些守卫会很困难。卡西尔钻进窗户，进入一条石制长廊，穿过墙壁、地板和天花板，仿佛蛛网的力量之线提供了照明。

　　这些能量肯定是在阻止石材蒸发，卡西尔心想。他带着的灵魂都出现了劣化的迹象，但这些石头却坚实而完整。这些细小的力量之线在以某种方式维持石头的魂灵，而副作用恐怕就是阻止卡西尔这样的人穿过墙壁。

　　他悄然穿过这条走廊。他不确定自己要找什么，但就算干等在外面，他也不可能得到更进一步的线索。

　　流经此地的力量不断带给他另一个世界的影像——而且他不安地发现，这股能量似乎在渗透他的身体。和他灵魂本身的能量混合，后者已经被升华之井的力量触碰过了。仅仅几个瞬间过后，他就开始觉得那片长有绿色植物的土地很普通了。

他听到了走廊里回荡的人声，以鼻音说着某种奇怪的语言。卡西尔早有准备，他匆忙爬出一扇窗户，悬挂在窗外。

两名守卫快步穿过他旁边的走廊，等他们经过后，他向内窥视，发现他们穿着长长的蓝白色无袖外袍，肩头扛矛。他们皮肤白皙，看起来就像是某个统御区的居民——前提是不考虑他们奇怪的语言。他们说话时精神十足，而那些话语涌入耳中的时候，卡西尔觉得……他觉得自己可以听懂一部分。

是的。他们说的是属于开阔田野和绿色植物的语言。属于那些石头来自的地方，属于这股力量的源头……

"……相当确定他看到了什么，长官。"守卫之一说。

这些字眼让卡西尔莫名地惊讶。他一方面觉得这种语言本该无法解读。另一方面，他又立刻理解了那句话的意义。

"天挽人怎么会跑到这儿来？"另一个守卫厉声道，"要我说，这有违常理。"

他们穿过了走廊另一头的那扇门。卡西尔爬回走廊里，满心好奇。有守卫看到在外面的他了？这不太像是全体警报，所以就算他被人发现了，也只是略微瞥见了一眼。

他考虑了逃跑，但最后决定跟着那些守卫。大部分新手窃贼都会在潜入期间避开守卫，但根据卡西尔的经验，尾随他们通常是最好的做法——因为他们总会在最重要的那些东西周围转悠。

他不清楚他们能否伤害到他，但他觉得还是不知道比较好，所以他和守卫们拉开了不少距离。以曲折的路线穿过几条石头走廊以后，他们来到一扇门前，走了进去。卡西尔悄然上前，将门推开一条缝，映入眼中的是一个较大的房间，一小群守卫正在那里装设一台怪异的装置。足以有卡西尔拳头那么大的黄色宝石在中央闪闪发亮，比墙壁本身更耀眼。晶格状的金色金属包围了那块宝石，将它固定。

卡西尔身体前倾，但仍旧藏在门外。那块宝石……肯定值一大笔钱。

通向房间的另一扇门——正对他的那扇——轰然打开，这让好几个守卫吓了一跳，随即敬礼。走进房间的那个生物看起来……好吧，基本上是人类。那个女人的身体萎缩干瘪，嘴唇皱巴巴的，留着光头，皮肤还是古怪的银黑色。她的身体散发着像墙壁那样朴素的蓝白色微光。

"怎么回事？"那个生物用属于绿色生物的语言厉声道。

守卫队长敬了个礼。"也许只是误报，古老者。马奥德说他在外面看到了什么。"

"看起来像个人，古老者，"另一个守卫尖声说，"我亲眼看到了。它试探墙壁，手指陷进石头，但又被弹了出来。然后它后退了，我在黑暗里跟丢了它。"

所以他确实被人看到了。该死。至少他们似乎不知道他已经潜入了要塞。

"哎呀呀，"那个苍老的生物说，"我的远见现在好像没那么愚蠢了，是吧，队长？天挽的势力想要登上主舞台。启动装置吧。"

卡西尔立刻觉得心下一沉。无论那装置能做到什么，他都不觉得对自己会有好处。他转过身，想要飞快穿过走廊，跑向其中一扇窗户。在他身后，那块宝石的耀眼金光逐渐暗淡。

卡西尔什么都没感觉到。

"噢，"队长的声音从后面传来，回荡不止，"一天路程内都没有来自天挽的人。看起来确实是误报。"

卡西尔在空无一人的走廊里犹豫起来。然后他小心翼翼地走了回去，朝房间内窥探。那些守卫和那个干瘪的生物都站在装置周围，面色不悦。

"我并不怀疑您的远见，古老者，"守卫队长说了下去，"但我的确信任自己在天挽边境的力量。这儿没有幽影。"

"也许吧，"那生物说着，手指按在宝石上，"也许那儿确实有人，但守卫错把他当成了知界幽影。让守卫们保持警惕，装置也别关掉，以防万一。这样的时机在我看来太过恰到好处，不可能是巧合。我得和埃瑞会的其余成员谈谈。"

她说出那个词语的时候，卡西尔也领会了它在属于绿色植物的语言里的意义。它的含意是"岁月"，而他的脑海突然浮现了某种印象：有个奇怪的符号，由四个点和几条弯曲的线组成，就像河面的涟漪。

卡西尔摇摇头，驱散了那幅画面。这个生物朝卡西尔的方向走来。他匆忙后退，堪堪抵达一扇窗边，爬了出去，这时那个生物推开了门，大步穿过走廊。

新计划，卡西尔悬挂在外墙上，在彻底暴露的感觉中做出了决定，*跟着这位发号施令的奇怪女士*。

他让她先走了一会儿，随后进入走廊，悄无声息地跟在后面。她绕过要塞的外部走廊，最终抵达了它的尽头，那里是一扇有人看守的门。她走进门里，卡西尔思索片刻，从另一扇窗户爬了出去。

他必须谨慎；就算高处的守卫还没有开始严密监视城墙，很快也会的。不幸的是，他怀疑自己只要穿过那道门，就会引来这地方的所有守卫。于是他沿着要塞的外墙爬行，最后来到那道门另一侧的窗户那里。这扇窗比他先前钻过的那几扇都要小，更像是射箭用的开口，而非真正的窗户。幸运的是，它连通的正是那名奇怪女子进入的房间。

在房间里，一整群生物坐在那儿讨论着什么。卡西尔贴着细长的窗户，向内窥视，身体惊险地贴在约莫五十尺高的墙壁上。那些生物全都有同样银亮的皮肤，只是其中两个的皮肤比其他人深上少许。要分辨这些个体很困难；他们都很苍老，男性都是光头，女性也差不了多少。每个人都穿着那种式样独特的长袍——白色，有可以掀开的兜帽，袖口周围有银色的刺绣。

奇怪的是，来自墙壁的光芒在这个房间里较为昏暗。这种现象在那些生物或坐或站的位置附近尤为显眼。就好像……他们本身正在吸收光线。

至少他认出了先前那名女子，依据是她干瘪的嘴唇和长长的手指。她长袍上的那圈银色更粗一些。"我们得把时间表提前了，"她正在对其他人说，"我不认为这次目击只是巧合。"

"呸，"有个坐在座位上，手拿一杯发光液体的男人说，"你总为那些故事一惊一乍的，艾隆诺伊。并非每个巧合都是某人吸引运势的征兆。"

"你是在反对小心为上吗？"艾隆诺伊问他，"我们来到这么远的地方，又付出了那么多的努力，不能让战利品就这么溜走。"

"存护的容器就快失效了，"另一名女子说，"我们袭击的时机即将到来。"

"一整块神瑛，"艾隆诺伊说，"是我们的了。"

"如果守卫看到的那个是灭绝的代理人呢？"坐着的男子问，"如果我们的计划被发现了呢？也许此时此刻，灭绝的容器就在观察我们。"

这话似乎让艾隆诺伊心烦意乱，她抬起头，仿佛要在天空搜寻那位神瑛注视的眼睛。她回过神来，语气坚定。"我愿意承受这种风险。"

"我们无论如何都会引来他的怒火，"另一个生物评论道，"如果我们之一升华为存留，就安全了。到那时才能安全。"

那些生物沉默下来的时候，卡西尔咀嚼着这些信息。所以其他人可以取代神瑛。绒毛就快死了，但如果有人能在他死去的时候夺取他的力量……

但存留告诉过卡西尔，这种事是不可能办到的，不是吗？*你无论*

如何都没法拥有这种力量了,存留是这么说的。你和我的联结不够充分了。

在那片瞬间之间的空间里,他亲眼看到过。莫非这些生物和存留的联结不知怎么充分到足以接管力量?卡西尔很怀疑。那他们的计划又是什么?

"我们继续前进。"坐着的男人说着,看向其他人。他们轮流点头。"忠爱护佑我们。我们继续前进。"

"你们不需要忠爱,伊尔雷奥,"艾隆诺伊说,"你们有我。"

除非我死,卡西尔心想。或者说……好吧,反正就是那么个意思。

"那么时间表就得加快了,伊尔雷奥,"那个拿着杯子的男人说。他喝下发光的液体,随后站起身来。"去金库?"

其他人点点头。他们一起离开了房间。

卡西尔一直等到他们全体离去,这才尝试钻进窗户。窗口小到没法让人通过,但他本来也不完全是人了。他融入石头几寸深,然后费力地扭曲身体,挤进了那道开口。

他最后滚进房间里,肩膀伴随"噗"的声响恢复原本的形状。这段体验让他头痛欲裂。他坐起身来,背靠墙壁,等待痛楚消散,接着站了起来,把房间翻了个底朝天。

他的收获不多。几瓶酒,一把随意地留在某个抽屉里的宝石。那些都是真实的物件,并非被拖进这个界域的灵魂。

房间有一扇通往要塞深处的门,于是——在窥探过后——他钻了进去。下一个房间看起来更有希望。那是间卧室。他在抽屉里翻找,发现了几件长袍,就像那群干瘪的男女身上的那种。接着,在壁炉边的一张小桌里,他中了头奖。那是一本素描簿,里面满是奇怪的符号,和他脑海里出现过的那个类似。他依稀觉得自己能理解这些符号。

是的……那些是文字，尽管大部分书页都满是他根本无法理解的词汇，但他甚至开始能读懂那些符号本身了。那些词汇包括"阿多拿西"，"联结"，"界域论"。

　　然而，最后的几页却描述了这些笔记和草图的结论。一台形状是球体的神秘装置。你可以打碎球体，吸收其中的力量，让你和存留短暂联结——就像他在瞬间之间的空间看到的那些线。

　　这就是他们的计划。前往存留死亡的场所，准备好这台设备，然后吸收他的力量——实现升华，取而代之。

　　很大胆。正是卡西尔会欣赏的那种计划。而现在，他终于知道自己该从他们手里偷走什么了。

四

盗窃是最可信的恭维方式。

你拥有的东西足够迷人和有魅力，又或者足够值钱，能让另一个人不惜代价想要得到它——还有什么比这件事更让人满足的吗？这就是卡西尔人生的目标：提醒人们他们所爱事物的价值。通过取走那些事物来提醒。

现如今，他已经不在乎那些小打小闹了。没错，他把他在楼上找到的宝石收进了口袋，但那更多的是出于实用主义。经历过海司辛深坑以后，他对偷窃普通财物已经没兴趣了。

不，现在他只会偷窃重要得多的东西。卡西尔会偷窃梦想。

他蹲在要塞外面，藏在两块扭曲的黑色岩石构成的高塔之间。他现在理解他们在存留与灭绝领地的伸手可及之处打造这么一座强大要塞的目的了。要塞保护的是一座金库，金库里收藏有难以置信的机遇。那颗种子能让一个人在合适的条件下成为神灵。

得到它恐怕会非常困难。他们有守卫、锁、陷阱以及他没法提早防备的神秘设备。潜入和掠夺那座金库需要他将自身的技艺发挥到极限，即便如此，他也很可能失败。

他决定不去尝试。

这就是有人守卫的大型金库的问题。从现实角度来说，你不可能把大部分财产永远留在里面。你迟早都会用到自己保护起来的东西——这就让卡西尔这样的人有了可乘之机。于是他等待，准备，谋划。

约莫一周过后——他是根据守卫的排班判断天数的——终于有一支远征队离开了要塞。这支二十人的盛大队伍骑着马，高举手里的提灯。

马儿，卡西尔这么想着，悄然穿过黑暗，跟上那支队伍。**这我可没想到。**

好吧，他们就算有坐骑，速度也算不上很快。他能轻松跟上他们，毕竟他不会像在世时那样疲惫。

他看到了五个那种干瘪的老人，以及一支有十五名士兵的部队。古怪的是，那些老人的打扮都几乎相同，穿着相似的长袍，戴着兜帽，肩上挂着皮革挎包，每匹马身上还有相同式样的鞍囊。

诱饵，卡西尔如此判断。如果有人袭击，他们可以分头离开。这么一来，敌人也许就不知道该追哪一个了。

卡西尔可以利用这点，尤其是因为他相当确定那台联结装置在谁身上。艾隆诺伊，那个看起来是首脑的专横女子，不是那种允许力量从她的纤细手指间溜走的类型。她打算成为存留；让同僚之一携带装置就太冒险了。万一他们有什么想法呢？万一他们自己使用呢？

不，她肯定把那件武器藏在身上。唯一的问题在于，该怎么从她那里拿走。

卡西尔耐心等待。他在昏暗的风景里穿行了数日，在跟上队伍的同时制订计划。

盗窃有三种基础方式。第一种需要用到一把抵住喉咙的刀子，以及在耳畔说出的威胁。第二种和夜间偷窃有关。至于第三种……好吧，那是卡西尔的最爱。它需要一条如簧巧舌。它要用到的不是刀子，而是混乱，比起在夜晚潜行，这种方式更适合公开场合。

最好的盗窃会让你的目标搞不清究竟发生了什么。顺利带走战利品是不错，但如果城市守卫第二天就来砸你家的门，那就没什么意义了。他宁愿脱身时的收获只有一半，但骗局在随后的几周内都不会被揭穿。

真正的收获是完成一场非常巧妙的盗窃，让目标甚至察觉不到有人拿走了东西。

每个"夜晚"，这支队伍都会扎营歇息，一小群拥挤的睡袋围着一堆营火，后者和卡西尔背包里的那个颇为相似。那些老人拿出发光的罐子，引用并回复他们皮肤的光亮。他们不怎么说话；这些人看起来不像朋友，反而更像一群出于必要结盟的贵族。

在每晚用餐后不久，那些老人就会钻进睡袋。他们会安排守卫，但不会睡在帐篷里。帐篷在这儿能有什么用？没必要挡雨，也不需要遮风。这儿只有黑暗，沙沙作响的植物，以及一个死人。

不幸的是，卡西尔想不出取走那件武器的方法。艾隆诺伊睡觉的时候抱着背包，还有两个守卫负责看守。每天早上，她都会确认那件武器还在里面。卡西尔在某天早上成功瞥见了一眼，看到了里面耀眼的光芒，这让他有理由确信，她的背包不是什么诱饵。

好吧，会有机会的。他的第一步是播下一颗误导的种子。他等到了一个合适的夜晚，先将身体推向地面，让他的本质沉入地表之下。然后他牵引自身穿过岩石。感觉就像在非常浓稠的液体泥土里游泳。

他在艾隆诺伊睡觉的位置附近上浮，只把嘴唇伸出地面。**如果老多看到这一幕，肯定会放声大笑**，卡西尔心想。好吧，卡西尔太过傲慢，反而不会顾虑什么自尊心。

"所以,"他用他们的语言对艾隆诺伊耳语道,"你自以为能掌握存留的力量。你觉得自己对抗我的时候会比他出色么?"

他随即将自己拖入地下。那里漆黑如夜,但他能听到自己那番话引发的沉重脚步声与惊呼声。他游到远处,然后将一只耳朵露出地面。

"是灭绝!"艾隆诺伊在说,"我发誓,那肯定就是他的容器。他在对我说话。"

"所以他的确知道。"另一个老人说。卡西尔觉得那是伊尔雷奥,那个在要塞质疑过她的人。

"你的防护应该能预防这种事!"艾隆诺伊说,"你说过这样能阻止他察觉装置的!"

"他不需要察觉到球体,也有办法知道我们的事,艾隆诺伊,"另一名女性说,"这种技巧又很费力。"

"他发现我们的方式不是问题,"伊尔雷奥说,"问题在于,他为什么没有摧毁我们。"

"灭绝的容器还活着,"另一位女子思忖道,"这也许就是灭绝不能直接干涉的原因。"

"事态不妙,"伊尔雷奥说,"我想我们应该折返。"

"我们已经付出了太多,"艾隆诺伊回答,"我们继续前进。不准反驳。"

营地里的骚动最终平息下来,那些老人回到睡袋里,但守夜的守卫比以往更多了。卡西尔笑了笑,在艾隆诺伊的脑袋旁边再次上浮。

"你想怎么死,艾隆诺伊?"他低声说了一句,随即躲回地下。

这一次,他们没有继续睡觉。到了第二天,这支跨越黑暗地貌的队伍显得睡眼惺忪。当天晚上,卡西尔又刺激了他们一次。然后又一次。他让这支队伍在接下来的一周里生不如死,他对不同成员耳语,向他们承诺可怕的未来。他为自己想出的各种令人分心、恐惧和紧张的话语而自豪。他没能找到夺走艾隆诺伊背包的机会——非要说的话,他们比原先更警惕了。他们在某天早上拔营离开的时候,他成功抢走了另一只背包。里面空无一物,只有一颗伪造的玻璃球体。

卡西尔继续他的扰乱作战,等那队人马来到长着一片奇怪树木的丛林时,他们的耐心崩溃了。他们对着彼此大喊大叫,每天休息的时间也越来越短。半支队伍都确信应当打道回府,但艾隆诺伊坚持说,"灭绝"只是和他们对话,就足以证明他无力阻止。她敦促这支分歧愈发严重的队伍向前,进入森林。

这点正中卡西尔的下怀。在这片错综复杂的丛林里,想超过马匹的速度会很轻松,毕竟他能径直穿过那些植物,如同无物。他溜到前方,为这队人马安排了一点小小的惊喜,返回时发现他们再次开始了争吵。完美。

他将自己挤进其中一棵树的中心,缩起身体,只把手留在外面,拿着纳兹给他的那把刀。马匹经过的时候,他伸长了手,划过其中一头牲畜的侧腹。

那头牲畜发出痛苦的尖叫,队伍顿时陷入混乱。靠近前排的那些人——卡西尔这一周来的耳语折磨早就让他们神经紧绷——没能控制住自己的坐骑。卫兵们大喊大叫,发出遇袭警告。老人们催促马儿跑向不同方向,还有些和那些牲畜一起摔倒在丛林下的灌木丛里。

卡西尔飞奔着穿过丛林,追上了前排那些人。艾隆诺伊基本上控制住了坐骑,但树林里比外面的光线更暗,提灯又随着那头牲畜的走动剧烈摇晃。卡西尔从艾隆诺伊旁边飞奔而过,赶去前方的某个位置:他把斗篷挂在了那里的两棵树之间,又用藤蔓将它固定。

就在他爬上一棵树,靠近那件斗篷的时候,那支队伍的前排——凌乱不堪,数量锐减——抵达了。他将自己的炊火丢进斗篷,在他们靠近时让它活了过来。其结果是一道披着斗篷的燃烧身影,突然出现在本就疲惫不堪的队伍上空。

他们尖叫起来，大喊说"灭绝找来了"，然后毫无章法地四散逃跑，场面混乱不堪——有些逃向一边，还有些逃向另一边。

卡西尔跪在地上，穿过黑暗，和艾隆诺伊以及那个勉强跟上她的守卫齐头并进。那女人的坐骑很快就被一丛杂乱的灌木困住了。完美。卡西尔藏起身形，取回他储存的补给品，然后披上他在要塞找到的那些长袍之一。他匆忙穿过灌木丛，长袍不时被树枝钩住，最后来到了艾隆诺伊视野之内的近处。

接着，他走到她能看到的地方，向她招呼，又挥了挥手。她以为能和大部队会合，于是和她仅有的守卫策马走来。但这个举动反而让他们远离了其余同伴。卡西尔领着她走到更远的地方，然后躲进黑暗里，抛下她和那名守卫。

随后他匆忙穿过昏暗的灌木丛，朝队伍的其余成员那边走去，幻影的心脏狂跳不止。

就是这个。他念念不忘的就是这个。

这种骗局。像摆弄乐器那样随意摆布他人的兴奋感，把他们耍得团团转，让他们的脑子打结。他匆忙穿过树林，听着惊恐的叫声，士兵之间的呼喊，还有马匹的嘶鸣和鼻息。这片茂盛的树林化为了一阵恶魔般的不和谐音。

在附近，其中一个干瘪男子正在召集士兵和同僚，呼吁他们保持镇定，又开始带领他们原路返回，也许是要和最初走散的那些人会合。

卡西尔——他仍旧穿着那件长袍，肩上挎着偷来的背包——躺倒在他们前方的路上，等待有人发现他。

"那边！"有个守卫说，"那是——"

卡西尔将身体沉入地面，只留下长袍和背包。看到其中一位老人似乎融化消失的情景，那守卫尖叫起来。

卡西尔在稍远处钻出地面，而那群人聚拢在他的长袍和背包周围。"她的身体崩溃分解了,古老者!"那守卫说,"我亲眼看到了。"

"那是艾隆诺伊的袍子。"有个女人低声说着,手掌惊恐地按住胸口。

另一个老人看着背包。"空的,"他说,"仁主慈悲……我们到底在想什么?"

"回去!"伊尔雷奥说,"回去!所有人上马!我们要走了。该死的艾隆诺伊和她的主意!"

他们很快就离开了。卡西尔漫步穿过森林,走到丢弃在地的长袍边上——他们抛下的长袍边上——听着这支远征队的主要部分横冲直撞地穿过丛林,只为逃离他。

他摇摇头,然后在灌木丛中穿行了一小段路,来到艾隆诺伊和那名守卫所在之处,他们此时正尝试循着大部队的声音找过去。考虑到各种情况,他们的表现已经相当好了。

趁那位老人没注意的时候,卡西尔抓住那守卫的脖子,把他拖进了黑暗里。那人扑腾挣扎,但卡西尔迅速锁住他的喉咙,又毫不费力地打晕了他。他悄无声息地拖走那具身体,然后回到原地,发现孤零零的老人站在自己的马匹旁边,手拿提灯,狂乱地转身张望。

丛林陷入了诡异的寂静。"有人吗?"她大喊道,"伊尔雷奥?莱埃娜?"

卡西尔在阴影里等待的时候,呼喊声变得越来越慌乱。最后那位女子发不出声音了。她无力地坐倒在森林里,精疲力竭。

"放下它。"卡西尔低声说。

她抬起头,双眼红肿,惊恐不已。无论活了多少年头,她显然还能感受到恐惧。她的双眼飞快地看向一边,然后是另一边,但他藏得很好,她不可能发现。

"放下它。"卡西尔重复了一遍。

他没必要再重复了。她颤抖着点点头,取下背包并打开,倒出一只硕大的玻璃球体。它散发出的光芒很耀眼,卡西尔不得不退后几步,以免暴露。是的,那颗球体里有力量,强大的力量。里面满是那种发光的液体,纯净和明亮程度都远胜于古老者们喝下的那些。

那位女子爬回马背上,一举一动都透出疲惫。

"步行。"卡西尔命令道。

她看向黑暗,在其中寻找,却看不到他。"我……"她说着,舔了舔皱缩的嘴唇,"我可以为您效力,容器阁下。我——"

"离开。"卡西尔命令道。

她缩了缩身子,解下鞍囊,又以迟钝的动作挎到肩上。他没有拦阻她。她恐怕需要那些发光液体才能存活,而他不想要她的命。他只希望她走得比同伴要慢。一旦她追上他们,他们也许就会比对说法,然后发现自己上当了。

也可能不会。艾隆诺伊跑进了丛林。希望他们都会断定自己的确被灭绝挫败了。卡西尔等到她走远,这才走上前去,拾起那只硕大的玻璃球。它乍看之下没有开启的方法,直接砸碎除外。

他将发光的球体举在身前,晃了晃,凝视着里面那些难以置信又令人着迷的液体光辉。

这是他许久以来最快乐的一次经历了。

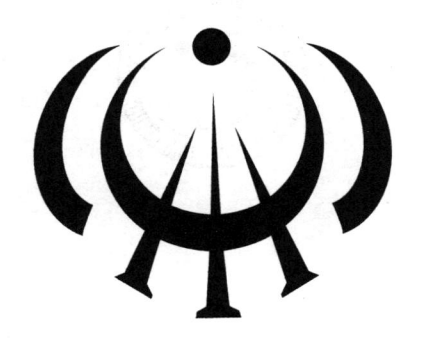

第六部分　英雄

一

卡西尔在破碎的世界里奔跑。在离开海洋、回到组成最后帝国的雾气土地上的那个瞬间，麻烦就显而易见了。他在这里发现了一座海边城市的残骸。粉碎的房屋，破碎的街道。整座城市似乎都滑入了海中，而他原本没能完整拼凑出这个事实，直到他站在城镇高处，注意到那些耸立在海岸线远处的岛屿上、被阴影笼罩的建筑残骸为止。

从这里开始，状况也愈发糟糕。空无一人的镇子。大堆的灰烬在这一边呈现为起伏的山丘，而他在其中穿行了好一会儿，才意识到它们究竟是什么。

在回家的路上奔跑了数日后，他经过了一座小村，那儿有几个发光的灵魂拥挤在一栋房屋里。在他惊恐的注视下，屋顶坍塌下来，将灰烬倾泻在他们身上。三道光芒立刻熄灭，那三个被灰烬淹没的司卡人的灵魂出现在知界域里，他们和现实世界的联系已被切断。

存留没有现身来问候。

卡西尔抓住其中之一的手，那个上了年纪的女子吓了一跳，瞪大眼睛看着他。"统御主!"

"不,"卡西尔说,"但也差不多。发生什么事了?"

她的身体开始拉长。她的同伴已经消失了。

"要结束了……"她低声说,"全都结束了……"

然后她就不见了。留下抓着空气,心烦意乱的卡西尔。

他再次开始奔跑。把马儿留在森林让他很内疚,但那头牲畜留在那边总比在这儿要好。

他太迟了吗?存留已经死了吗?

他拼命奔跑,背包里的玻璃球体显得格外沉重。也许是因为那种紧迫感,在向外旅行的过程中,他选择的路线越来越接近直线。他不想看到逐渐衰落的世界,还有发生在周遭的死亡。与之相比,奔跑的疲惫反倒更容易忍受,因此他选择了后者,跑到自己筋疲力尽。

他前进了一天又一天。一周又一周。从未驻足,从未观察。直到……

卡西尔。

在一片狂风劲吹的灰烬之地,他猛地停下了脚步。他的脑海浮现出现实世界里雾气的清晰印象。发光的迷雾。力量。他在这儿看不到,但能在周围感觉到。

"绒毛?"他说着,将一只手伸向额头。那声音是他想象出来的么?

别走那条路,卡西尔,那声音说着,听起来很遥远。但没错,那是存留。**我们不……不……在那儿……**

无比沉重的疲惫感袭向卡西尔。他在哪儿?他四下张望,寻找某种地标,但在这里很难找到类似的东西。灰烬掩埋了运河;几星期前,他记得自己还曾游向地底,寻找运河。最近……他除了奔跑,什么都没做……

"所以在哪儿?"卡西尔问,"绒毛?"

好……累……

"我知道,"卡西尔低声说,"我知道,绒毛。"

法德瑞斯。来法德瑞斯。你很近了……

法德瑞斯城?卡西尔年轻时去过那儿。它就在……

南边。在知界域里,他勉强能辨认出远方莫拉格山幽暗的山顶。那边是北方。

他转身背对灰山,用尽全力奔跑。仿佛一眨眼的时间后,他就抵达了城市,看到的是一幕令人愉快的温暖景象。灵魂。

这座城市还活着。塔楼里和城市周围的高大石制结构上都有守卫。人们在街道上,睡在自家的床上,用美丽耀眼的光芒充塞那些建筑物。卡西尔径直穿过城市大门,进入了一座光芒四射的绝妙城市:这里的人民还在抗争。

他沐浴在那种光芒的暖意里,知道自己来得不算太晚。

不幸的是,他不是唯一关注此地的存在。在奔跑的时候,他一直在抵抗抬头张望的冲动,但他现在忍不住直面那团沸腾的搅动之物。黑蛇般的形体相互交错,向四面八方延伸而去。它在看。它就在这儿。

所以存留在哪儿?卡西尔步行穿过城市,享受着其他灵魂的存在,缓解漫长的奔跑带来的疲惫。他在一处街角停下脚步,随即发现了某个东西。一条发光的细线,就像一根特别长的头发,出现在他的脚边。他跪在地上仔细辨认,发现它沿着街道一路延伸出去——异常纤细,微微发光,却又坚固到他无法折断的程度。

"绒毛?"卡西尔说着,循着那条线找去,发现它和另一条发光的线相连——看起来就像遍布全城的晶格图案。

是的。我……我在尝试……

"做得好。"

*我没法和他们对话……*绒毛说。*我要死了,卡西尔……*

"撑住,"卡西尔说,"我有收获了;就在我的背包里。是从你提到的那些生物那儿弄来的。埃瑞会。"

我什么都没感觉到,绒毛说。

卡西尔犹豫了。他不想把那东西暴露给灭绝。于是他拿起那条颇为松弛的细线,将它塞进背包,贴在球体上。

"这样呢?"

噢……感觉到了……

"这东西能帮上你么?"

很不幸,不能。

卡西尔的心又沉了下去。

这力量……这力量是她的……但灭绝掌控了她,卡西尔。我没法……我没法给它……

"她的?"卡西尔问,"纹的?她在这儿么?"

那条线在卡西尔的指间震颤,就像乐器的弦。波浪顺着它从另一边传来。

卡西尔循着细线前进,再次注意到了存留用本质覆盖这座城市的方式。也许他觉得,既然他无论如何都会神志恍惚,倒不如躺下来,充当一块负责保护的毛毯。

存留领着他来到一座小小的城市广场上,这里挤满了发光的灵魂和墙壁上的小块金属。它们的光芒格外耀眼,在他经历过数月的黑暗后尤其如此。这些灵魂之中有纹么?

不,他们都是乞丐。他在其中行走,用指尖感受他们的灵魂,瞥见他们在另一个界域的模样。蜷缩在灰烬里,咳嗽和颤抖。最后帝国的堕落子民,就连普通司卡人通常都会看不起的人。他那些宏大的计划丝毫没能改善这群人的生活,对吧?

他停下了脚步。

最后那个乞丐,靠着一堵老旧砖墙坐着的那位……他有点不对劲。卡西尔后退几步,再次触碰那个乞丐的灵魂,看到了这么一幅画面:那个男人的双手和脸都被绷带包裹,白发从绷带下伸出。发色纯白,涂抹上去的灰烬没能完全遮住那张脸。

卡西尔震惊不已,一股强烈的痛楚顺着手指涌入他的灵魂。那乞丐看向这边的时候,他向后跳去。

"你!"卡西尔说,"漂流者!"

那乞丐挪了挪屁股,随即看向另一边,在广场上搜寻。

"你在这儿做什么?"卡西尔问。

发光的身影没有给出任何回应。

卡西尔反复拍打自己的手,想要甩开那种痛楚。他的手指真的麻木了。究竟怎么回事?那个白发漂流者是如何影响在这个界域的他的?

一道小小的发光形体落在附近的屋顶上。

"噢,见鬼。"卡西尔说着,目光在纹和漂流者之间来回游移。他立刻做出反应,纵身扑向那栋建筑物的墙壁,拼命爬向纹的身边。"纹。纹,离那人远点儿。"

当然了,大喊毫无意义。她根本听不到。

但卡西尔还是抓住了她的肩膀,看到了实界域里的她。她是在何时成长得如此自信,如此世故的?她的双肩曾经会胆怯地缩起,现在却能让她摆出胸有成竹的姿态。那双曾经惊讶地瞪大的眼睛,如今却敏锐地眯起。她留长了头发,但不知为何,她纤瘦的身体似乎比他们初次见面时强壮了不少。

"纹,"卡西尔说,"纹!拜托听我说。那个人很麻烦。别靠近他。别——"

纹歪了头,随即跳下屋顶,远离漂流者。

"见鬼,"卡西尔说,"她真的听到我的话了?"

还是说那是巧合?卡西尔跟着纹跳了下去,漫不经心地离开那栋房子。他没有镕金术,但现在的他很轻,坠落也不会受伤。他轻飘飘地落地,又飞奔着穿过富有弹性的地面,尽可能尾随纹,径直穿过房屋,忽视墙壁的存在,努力跟紧。她仍旧远远跑在前方。

卡西尔……存留耳语般的声音说。

某种东西嗡鸣着穿过他的身体,那是种熟悉的力量震颤,是自内而外的暖意。这让他想起了燃烧金属的感觉。存留的本质在给予他力量。

他跑得更快,也跳得更远了。这并非镕金术,而是某种更加粗糙和原始的东西。它涌过卡西尔的身体,温暖他的灵魂,让他能够赶到纹的身边——后者在一座大型建筑物前方的街道上停下了脚步。在他抵达后不久,她再次沿着街道迈开步子,但这一次,卡西尔能勉强跟上她了。

而且她知道他的存在。他能从她跳跃的方式,从她试图甩掉"尾巴"、至少是确认跟踪者模样的方式看出来。她很优秀,但他早在她出生的几十年前就在玩这种游戏了。

她能感觉到他。为什么?怎么做到的?

她加快了速度,而他费力地跟上。他的动作很笨拙;存留一直在推着他走,但他缺少真正镕金术的灵巧。他没法推或者拉;他只能跳起来,抓住建筑物被阴影笼罩的墙壁,然后再次飞跃而出。

但他仍旧满面笑容。他没意识到自己有多么怀念和纹在雾中的训练:和另一个迷雾之子较量,看着他这位门徒逐渐朝卓越迈进。她现在很优秀了。甚至是出色。关于每次推的力道,以及自身重量与锚点的平衡,她的判断都可圈可点。

他感受到了活力,还有兴奋。他几乎忘掉了自己面对的麻烦。几乎觉得这样就足够了。如果他能在夜晚和纹于雾中共舞,那么"设法夺回在实界域的人生"这件事,或许也没那么重要了。

他们来到了一处岔道口,转向城市边缘。纹借助金属之线向前跃去；卡西尔落到地上，存留的力量在体内涌动，做好了跳起的准备。

某种东西落在他的周围。那片黑暗来自撕碎物体的尖刺，来自抓挠空气的蜘蛛腿足，来自墨黑色的迷雾。

"哎呀，"灭绝的声音从四面八方传来，"哎呀呀。卡西尔？我怎么会才发现你？"

那股力量令他窒息，迫使他倒向地面。在前方，一具小小的身影跟着纹跃出，以黑色的迷雾制成，以和刚才的卡西尔相似的韵律脉动。那是某种诱饵。

就像他从前做过的那样，卡西尔心想。*模仿绒毛来欺骗纹*。他沮丧地想要挣脱那些束缚。

存留却在卡西尔的脑海里发出孩童般的呜咽，随即离开了他。带来暖意的力量从卡西尔体内淡去。奇怪的是，那股力量减弱的时候，灭绝压抑卡西尔的能力也变弱了。灭绝的力量变得不那么沉重，卡西尔勉强站起身来，推开锐利雾气的遮盖，跌跌撞撞地前进。

"你去了哪儿？"灭绝问。卡西尔身后的力量浓缩起来，构成了他先前见过的那个红发男人的形状。男人皮肤下的动作这次减弱了不少。

"很多地方。"卡西尔说着，看向纹。他现在不可能追上她了。"我打算看看风景。弄清楚死亡能开出什么价码。"

"噢，你还真腼腆。你去拜访过埃瑞会了？我猜他们把你赶走了。是的，我能猜到。我想知道的是你为何回来。我还以为你肯定会逃跑。你的戏份已经结束了；你已经做完了我需要你做的事。"

卡西尔放下背包，希望能藏起里面发光的球体。他走向前去，轻松地绕过灭绝呈现的模样。"我的戏份？"

"第十一种金属，"灭绝的语气带着笑意，"你以为那只是个巧合？从未有人听过的故事，杀死永恒君王的秘密手段，就这么碰巧出现在你面前了？"

卡西尔不为所动。他早已明白灭绝触碰过盖穆尔,而他自己沦为了这个生物的棋子。但纹为什么能听到我的声音?我遗漏了什么线索?他再次看向纹。

"噢,"灭绝说,"那个孩子。你还觉得她会打败我,是吗?即使在她释放了我以后?"

卡西尔转向灭绝。该死的。这家伙知道多少?灭绝笑了笑,走向卡西尔。

"别碰纹。"卡西尔嘶声道。

"别碰她?她是我的,卡西尔。正如你是我的。我从那个孩子出生起就知道她,为此准备的时间甚至更长。"

卡西尔咬了咬牙。

"太可爱了,"灭绝说,"你真以为这些都是你自己的想法,是吗?最后帝国的陨落,统御主的末日……还有当初招募纹?"

"想法从来都不是独创的,"卡西尔说,"只有一样东西除外。"

"是什么?"

"风格。"卡西尔说。

然后他一拳打在灭绝的脸上。

或者说他尝试打过去。灭绝在他刚靠近时就凭空消失,片刻后,完全相同的另一个他出现在卡西尔身边。"噢,卡西尔,"他说,"这样明智吗?"

"不,"卡西尔说,"这只是在强调观点。别碰她,灭绝。"

灭绝朝他露出怜悯的笑容,随后一千根细长如针的黑色尖刺便从那个生物的身体射出,撕裂了构成衣物的长袍。它们像长矛那样刺穿了卡西尔,磨损他的灵魂,带来一股让他眼前发黑的痛苦波浪。

他尖叫着跪倒在地。就像初次进入这个界域时的拉伸感,只是给人以强迫和侵入的感受。

他倒在地上,痉挛不止,雾气的卷须从灵魂渗出。尖刺消失了,灭绝也一样。但那生物当然没有真的离开。它在起伏的天空观察，同时遮蔽一切。

事物是无法毁灭的，卡西尔，灭绝的声音低语着，径直侵入他的心灵。这是人类无法理解的事。万事万物只会变化、分解、成为某种崭新的事物……完美的事物。存留和我，我们其实是一块硬币的两面。因为当我消失的时候，他会最终得到他渴望的静止与不变。任何东西，无论身体还是灵魂，都无法加以干涉。

卡西尔吸气又呼出，用他在世时的熟悉动作来恢复平静。他最后呻吟一声，跪坐起来。

"你活该。"存留的声音在远处评论道。

"的确，"卡西尔说着，摇摇晃晃地起身，"但值得一试。"

二

随后的几天里,卡西尔尝试复制那次成功,想让纹再听见他的话。不幸的是,此时灭绝在监视他。卡西尔每次靠近,灭绝都会妨碍他,包围他,阻止他。用黑色的烟雾令他窒息,将他赶走。

灭绝似乎很喜欢看着卡西尔绕着纹的法德瑞斯城外营地转悠,没有把他赶走。但每当卡西尔尝试直接和她对话时,灭绝都会惩罚他。就像父母拍开孩子离火焰太近的手。

这令他恼火,尤其是因为灭绝挖苦他的那些话。卡西尔达成的一切,本质上都只是那东西获取自由的总体计划的一部分。而且那东西的确能以某种方式影响纹。它可以出现在她面前,甚至在某天将她引出营地,那种突如其来的举动令卡西尔困惑。

他试图跟上,追赶灭绝制造的幻影。它就像迷雾之子那样跃起,而纹跟了上去,显然认定自己发现了间谍。他们彻底离开了营地。

卡西尔放慢脚步,站在城外的雾气地面上,看着他们消失在远处,他感觉自己很没用。她能感觉到那东西,而且只要它还在这儿,卡西尔就会笼罩在它的阴影里。他永远没法和她说话。

灭绝引开纹的理由很快显现。某种东西向纹和依兰德的克罗司大军发起了袭击。卡西尔从营地的喧闹声中推断出了这一点，又赶在实界域的人们之前抵达了现场。看起来，有一台攻城装置被人推到了克罗司营地上方的山脊处。

它朝那些野兽降下雨点般的死亡。卡西尔什么也做不了，只能目睹这场突袭杀死数以千计的克罗司人。那些克罗司人被毁灭的时候，他不觉得遗憾，但这样似乎很浪费。

这些克罗司人既愤怒又沮丧，他们没法反击敌人。奇怪的是，他们的灵魂开始出现在知界域了。

而且那些都是人类。

完全不是克罗司人，而是人类，身上的装束各式各样。其中许多是司卡人，但也有士兵、商人、甚至是贵族。男女都有。

卡西尔目瞪口呆。他不太清楚克罗司人的本质，但他没料到这一幕。普通人，以某种方式制成了野兽？他飞快地跑到那些垂死褪色的灵魂之间。

"你遭遇了什么，"他问其中一名女子，"这种事是怎么发生的？"

她表情困惑地看着他。"哪儿，"她说，"我在哪儿？"

片刻后，她便消失不见。似乎是过渡带来的震惊太强烈了。其余灵魂也表露出了相似的困惑，伸出手来，仿佛为他们变回了人类而惊讶——但也有不少灵魂似乎松了口气。卡西尔看着数千道那种身影出现，随后又淡去。另一边是一场屠杀，岩石从四面八方倾泻而下。其中一颗径直穿过卡西尔的身体，然后滚向远处，碾碎躯体。

他可以利用这点，但他需要某种特别的东西。不是司卡人农夫，甚至不是狡猾的领主。他需要某个能够……

就在那儿。

他穿过褪色的魂灵，避开尚未死去的生物发光的灵魂，跑向某个刚刚出现的魂灵。秃头,双眼周围有刺青。一位圣务官。这个人似乎惊讶的部分较少,听天由命的部分更多。等卡西尔赶到的时候,那位瘦长圣务官的身体已经开始拉长。

"怎么回事?"卡西尔觉得这个圣务官知道的应该比克罗司要多,"你怎么会遇到这种事?"

"我不知道。"那人说。

卡西尔的心沉了下去。

"那些野兽,"那人续道,"我不该蠢到当什么圣务官的!我是他们的管理人,他们却对我做出了这种事?这世界完蛋了。"

不该蠢到当圣务官?卡西尔抓住那个圣务官的肩膀,后者的身体开始朝虚无拉伸。"怎么回事?拜托,究竟是怎么一回事?人类是怎么变成克罗司的?"

圣务官看着他,在消失的同时说出了一个词。

"钉子。"

卡西尔再次目瞪口呆。在他周围这片雾气平原上,闪烁强光的灵魂涌入这个界域——随后彻底褪色消失。就像被扑灭的人类篝火。

钉子。就像审判者的钉子?

他走向那些倒在地上的尸体,跪下来审视。是的,他能看到。金属在这一边闪耀,那些尸体之中有小小的钉子——就像余烬,渺小却闪耀光辉。

这些在活着的克罗司身上很难分辨,因为灵魂同样会散发强光,但在他看来,那些钉子是刺入灵魂的。秘密就在于此么?他朝几个克罗司大喊,他们朝他看了过来,然后困惑地四下张望。

那些钉子转化了他们,卡西尔心想,*就像转化审判者那样*。这就是他们接受控制的方式吗?通过刺穿灵魂?

那些疯子呢?他们的灵魂也被撬开,允许类似之物进入么?他不安地离开这片空地和那些死者,尽管这场战斗——确切地说,是屠杀

——似乎即将告终。

卡西尔穿过法德瑞斯城外的迷雾旷野，随后逗留在那儿，远离人们的灵魂，直到纹回来，身后是一道她似乎没有察觉的影子。她从旁经过，随即消失在营地那边。

卡西尔在存留其中一条细小的卷须边坐下，碰了碰它。"他已经染指了一切，对吧，绒毛？"

"是的，"存留说着，声音脆弱又微弱，"看。"

某种东西出现在卡西尔的脑海里，那是一连串画面：审判者抬头看向灭绝，聆听他的声音。纹在那东西的影子里。有个他不认识的男人坐在燃烧的王位上，看着陆沙德城，嘴角挂着扭曲的笑容。

然后是小雷司提波恩。鬼影身穿一件似乎太过宽大的焦黑斗篷，灭绝蹲伏在附近，用卡西尔的声音对那个可怜的小家伙耳语。

在他身后，卡西尔看到沼泽站在落下的灰烬之间，被长钉刺穿的双眼盲目地看向远处的风景。他似乎一动不动；灰烬不断堆积在他的肩膀和脑袋上。

沼泽…… 看到自己兄弟的这副模样，卡西尔一阵反胃。卡西尔的计划需要沼泽成为圣务官。他推断这就是接下来发生的事。他们发现了沼泽的镕金术，还有他那种狂热的生活方式。

热情与关怀。沼泽的能力从来都不如卡西尔。但作为一个人，他向来更优秀。

存留为他展示了另外几十个人，大都是掌握权力的人在率领追随者走向灭亡，他们大笑和起舞，而灰烬越堆越高，谷物在雾气里枯萎凋谢。那些人要么被金属刺穿，要么受到身边被金属刺穿之人的影响。他在升华之井就该察觉这种联系的：他在脉动里看到，灭绝能和沼泽以及其他审判者对话。

金属。它是通向一切的钥匙。

"这么多的毁灭，"卡西尔对着那些影像低语道，"我们别想幸免于难了,对吧?就算真能阻止灭绝,我们也在劫难逃。"

"不,"存留说,"不是在劫难逃。记住……希望,卡西尔。你说过的,我……我……是……"

"我是希望。"卡西尔低声说。

"我救不了你。但我们必须相信。"

"相信什么?"

"相信过去的我。相信……计划……征兆……还有那位英雄……"

"纹。他掌控了她,绒毛。"

"他知道的没有他以为的那么多,"存留低声说,"这是他的弱点。是……所有聪明人的……弱点……"

"当然,我除外。"

存留还有能被他逗笑的精力,这让卡西尔有些欣慰。他站起身来,拍去衣服上的灰尘。这其实没什么意义,毕竟这里没有灰尘——更别提他身上没有真正的衣服了。"说真的,绒毛,你什么时候看到我犯过错?"

"噢,比如——"

"那些不算数。那时的我不完全是我自己。"

"那么……你是在什么时候……变回了完全的自己?"

"就现在。"卡西尔说。

"你每次……都能用……那种借口……"

"你总算跟上状况了,绒毛,"卡西尔双手叉腰,"我们就用你神志正常时推动的那个计划,如何?那好。我该怎么帮你?"

"帮?我……我不……"

"好了,要果断。大胆点儿!优秀的集团领袖总是很有自信,即使实际上没有。尤其是在没有的时候。"

"这不……合理……"

"我已经死了。我不需要合理。有想法吗？现在你是集团领袖了。"

"……我？"

"当然。你的计划。你负责。我是说，你是个神。我猜这应该是有意义的。"

"感谢你……终于……认可了这点……"

卡西尔沉思片刻，把背包放回地上。"你确定这计划没人能帮忙？它能构建人和神之间的关联。我觉得它应该能治疗你之类的。"

"噢，卡西尔，"存留说，"我告诉过你，我已经死了。你没法……拯救我。去拯救我的……继承者吧。"

"那我就把它给纹。这样能帮上忙么？"

"不。你必须告诉……她。你可以……穿过灵魂的间隙……而我不能。告诉她，她不能信任……被金属刺穿的人。你必须释放她，让她拿走……我的力量。全部力量。"

"好吧，"卡西尔说着，收起那只玻璃球体，"释放纹。简单。"

他只需要设法绕过灭绝就好。

三

"所以，米吉，"卡西尔对正在打盹的男人低声说，"你听懂了吗？"

"任务……"衣着邋遢的士兵喃喃道，"幸存者……"

"你不能相信任何被金属刺穿的人，"卡西尔说，"告诉她这句话。一字不差。这是幸存者给你的任务。"

那人喷着鼻息醒了过来；他原本的工作是放哨，这时接班的士兵走了过来，他也晃晃悠悠地站起身。卡西尔打量着那些发光的造物，满心焦虑。他花了宝贵的好几天——在此期间，灭绝始终不让他接近纹——在这支军队里寻找脑子不正常，拥有与众不同的疯狂灵魂的人。

他们并没有精神崩溃，和他原本猜想的不同。他们只是……开放了自己。这个叫米吉的男人似乎再合适不过。他对卡西尔的话语有反应，又不像其他人那样精神错乱，以至于左耳进右耳出。

卡西尔急切地跟着米吉穿过营地，来到其中一座炊火边，米吉和那里的其他人热切地交谈起来。

告诉他们吧，卡西尔心想。**把消息传遍营地。让纹听到。**

米吉继续说话。其他人在火边站了起来。他们在听！卡西尔碰了碰米吉，试图听到他在说的话。但他分辨不出内容，直到一条存留之线触碰了他——接着那些话语开始在他的灵魂里震颤，在他耳中依稀可辨。

"没错，"米吉说，"他跟我说了话。说我很特别。说我们不应该相信你们任何一个。我是神圣的，你们不是。"

"什么？"卡西尔没好气地说，"米吉，你这白痴。"

状况从这里急转直下。炊火边的那些人开始争吵和相互推搡，随后打起群架的时候，卡西尔转身走开了。卡西尔叹了口气，坐在一块巨石的雾气阴影上，看着自己几天的努力化为泡影。

有人一手按在他的肩头，他转头看向出现在那里的灭绝。

"当心点，"卡西尔说，"你会弄脏我的衬衣的。"

灭绝轻笑起来。"放任你行动让我很担心，卡西尔。不过看起来，你在我离开的时候帮了我大忙。"有人一拳打在德穆的脸上，让灭绝的表情抽搐了一下。"很好。"

"你应该多体验一会儿，"卡西尔喃喃道，"挨拳头的时候，你需要全身心投入才行。"

灭绝露出心照不宣、令人厌恶的深沉笑容。**见鬼**，卡西尔心想。**希望这话不是在形容我自己。**

"你现在肯定也明白了，卡西尔，"灭绝说，"无论你做什么，我都会反制。抗拒只会对我有利。"

依兰德·泛图尔赶到了现场，用卡西尔羡慕的钢推滑翔而来，看起来很有帝王风范。那个男孩长成了卡西尔预想不到的出色男人。那副愚蠢的胡子除外。

卡西尔皱起眉头。"纹在哪儿？"

"嗯?"灭绝说,"噢,在我手里。"

"在哪儿?"卡西尔问。

"在远处。在我能掌控她的地方,"他朝卡西尔前倾身体,"把时间浪费在疯子身上,这样很好。"他消失了。

我真的太讨厌那家伙了,卡西尔心想。灭绝……在内心深处,他并不比存留出色。见鬼,卡西尔心想,我比他们更适合当这个什么神。至少我能激励他人。

不幸的是,这个"他人"也包括米吉和其余参与斗殴的人。卡西尔在石头上站起身,终于承认了他一直想要逃避的事实。他在这儿什么都做不了,毕竟此时此刻,灭绝的精力完全放在纹和依兰德身上。卡西尔必须去找别人。也许可以是萨兹德?或者沼泽。如果他能趁灭绝分心找到他的兄弟……

他只能指望球体的防护能避开那位黑暗神灵的注视,就像卡西尔刚刚来到法德瑞斯城时那样。他需要离开这儿,向外进发,让灭绝对自己失去兴趣,随后尝试联络沼泽或者鬼影,让他们把消息转达给纹。

把她留在灭绝的魔掌里让他伤心,但他对此无能为力。

卡西尔在一个钟头之内就离开了。

四

神最终死去的时候,卡西尔不在某个特别的地方。

他没法确认自己的位置。附近没有城镇,至少没有尚未被灰烬埋葬的那种。他本打算前往陆沙德城,但在所有地表都被覆盖,又没有太阳指引的情况下,他不确定自己走的方向是否正确。

大地在震颤,雾气地面也在颤抖。卡西尔猛地停下脚步,看向天空,起初他以为是灭绝造成了这种颤抖。

然后他感觉到了。或许是因为他在升华之井时和存留建立的微弱联结。也或许是因为神灵放在他的体内——放在所有人体内——的那块碎片。灵魂之光。

无论理由是什么,卡西尔都能感觉到末日的到来,仿佛一声刻意拖长的叹息。这让一股寒意攀上他的背脊,而他匆忙寻找起存留之线。在这段旅程的早些时候,那些线在地面上随处可见,可现在他却一无所获。

"绒毛!"他尖叫道,"存留!"

卡西尔……那声音震颤着传过他的身体。再见了。

"见鬼，绒毛！"卡西尔说着，在天空中不断搜寻，"抱歉。我……"他吞了口唾沫。

真奇怪，那声音说。这么多年来，我总是出现在死去之人的面前，可我从没想过……我自己的消逝会如此冰冷而孤独……

"我可以帮你。"卡西尔说。

不。你帮不了我。卡西尔，他在切割我的力量。他在打碎它。它会消失……变成瑛灵……他会摧毁它。

"他想都别想。"卡西尔说着，丢下背包。他把手伸了进去，抓住那颗充斥液体的发光球体。

它不是你的，卡西尔，存留说。它不属于你。它属于另一个人。

"我会交给她的。"卡西尔说着，拿起球体。他深吸一口气，用纳兹的刀子砸碎了球体，将发光的液体洒在手臂和身体上。

细丝般的线条从他身体迸发。光辉灿烂。就像从正在燃烧的钢或是铁延伸出来的线，只是指向万物。

卡西尔！存留说着，抬高了嗓门。努力比上次的你做得更好吧！他们称你为神，你却对他们的信仰满不在乎！人心不是你的玩具。

"我……"卡西尔舔了舔嘴唇，"我明白了。吾主。"

努力做到更好，卡西尔，存留命令道，声音逐渐微弱。如果末日到来，把他们送到地下。也许会有用。而且记住……记住我很久以前告诉过你的话……做我办不到的事，卡西尔……

幸存下去。

这些话语震颤着穿过他的身体，卡西尔倒吸一口凉气。他了解那种感受，也记得那句命令本身。他在深坑听过那个声音。那个声音唤醒了他，驱策他前进。

也救了他的命。

卡西尔低下头去，感到存留的存在终于淡去，向着黑暗延伸而去。

随后，充斥着借来光芒的卡西尔抓住在周围旋转的线条，然后用力一拉。那股力量在抵抗。他不知道原因——他对自己在做的事只有基本的认识。为什么这种力量能和一些人调谐，和其他人却不行？

好吧，他以前也拖动过顽固的锚。他用全身的力量去拉，将那股力量拖向自己。它挣扎反抗，如同活物……直到……

它突然破碎，涌入他的身体。

然后，死亡幸存者卡西尔升华了。

他欢欣地叫出声来，感受流过身体的力量，就像强大了一百倍的镕金术。令人兴奋、熔化和燃烧的能量在冲刷他的灵魂。他大笑起来，升入空中，向外扩张，无处不在，身化万物。

怎么回事？ 灭绝的声音问。

卡西尔发现自己在面对作为对立面的那位神灵，他们的形体向着永恒延伸而去——一边是来自凝固不动的生命的冰冷凉意；另一边是属于腐朽、不断挣扎和崩溃的粗暴黑暗。卡西尔感受到了灭绝全然而彻底的震惊，不禁咧嘴笑了。

"你之前，"卡西尔问，"是怎么说的来着？无论我做什么，你都会反制？那这样呢？"

灭绝大为恼火，力量化作耀眼的愤怒飓风。那副伪装分裂开来，暴露出那东西本身，那股纯粹的能量已经策划和盘算了太久，现在才有了阻止它的机会。卡西尔笑得更欢了，他愉快地想象那种感觉：亲手撕碎这个杀死了存留的怪物。消灭这种对能量的浪费，因为它既无用又过时。碾碎它肯定让人很满足。他用意志驱使那股无边无际的能量发起攻击。

但什么都没发生。

存留的力量仍旧在抗拒他。它在躲避他的杀戮意图，无论他如何敦促，都没法让它伤害灭绝。

他的敌人震颤和抖动,那阵颤抖变成了类似笑声的响动。翻搅的深色雾气卷土重来,变回了一名在天空伸展四肢的神圣男子的形象。"噢,卡西尔!"灭绝大喊道,"你以为我会介意你做的事么?嘿,我是特意挑选你接受这份力量的!这样才完美!毕竟你只是我的一个化身而已。"

卡西尔咬紧牙关,将狂风构成的手指伸向前去,仿佛要抓住灭绝,将他扼杀。

那家伙反而笑得更大声了。"你根本控制不了它,"灭绝说,"就算它真能伤害我,你也做不到这种事。看看你自己吧,卡西尔!你没有身体和形状。你不是活物,只是个念头。一段掌握力量之人的记忆,不可能和关联三界的真人抗衡。"

灭绝轻松地推开了他,但那东西的触碰让卡西尔感觉到了一阵噼啪声。两股力量的相互影响就像火和水。这让卡西尔确信,他拥有的这种力量是可以摧毁灭绝的。如果他能想到该怎么做的话。

灭绝的注意力离开了卡西尔,于是卡西尔趁机尝试熟悉这份力量。不幸的是,他的所有尝试都遭遇了阻力——既来自灭绝的能量,也来自存留自己的力量。他现在能看到在灵界域的自己了——那些黑色的线条还在,将他和灭绝连在一起。

他掌控的力量完全不喜欢这种状况。它在他体内翻腾搅动,尝试挣脱。他现在能控制住它,但他知道一旦放手,那股力量就会逃脱,他也永远不可能拿回来了。

但那股力量非常庞大,不可能只是灵魂。他又能看到实界域了,虽然金属在他眼里仍旧闪耀强光。能看到雾气阴影和发光灵魂之外的东西让他松了口气。

他只希望自己看到的景象别这么令人气馁。无边无际的灰烬海洋。寥寥无几的城市,又像火山口那样空空荡荡。燃烧的山峰吐出的不只是灰烬,还有岩浆和硫黄。大地开裂,制造出座座裂谷。

他努力把这些抛开,只思考人们的事。他能感觉到人的存在,正如他能感觉到这颗星球的地壳和地核。他轻易找到了那些对他敞开灵魂的人,又匆忙前往接触。在这些人里,他肯定能找到能给纹送去口信的人。

但无论他如何向他们耳语,他们似乎都没法听见他的话。这点令人沮丧和困惑。他拥有了永恒的力量。可他怎么会失去从前就有的能力,那种和自己的同胞沟通的能力?

灭绝在他周围大笑起来。

"你以为你的前任没试过么?"灭绝问他,"你的力量是没法渗进这些裂缝的,存留。那种力量一直在努力加固和保护裂缝。只有我才能扩大裂缝。"

他给出的理由是对是错,卡西尔并不清楚。但他一次又一次地确认,那些疯子的确听不到他的声音了。

然而,他现在能听到别人的声音了。

所有人,不只是疯子。他能听到他们的想法,就像听到话语那样——他们的希望,他们的担忧,他们的恐惧。如果他关注某些人太久,将注意力集中在一座城市上,数量庞大的念头就有将他压垮的风险。那是一股嘈杂的嗡嗡声,他发现自己很难从群体里分辨出个人的声音。

在这一切之上——陆地、城市、灰烬——悬挂着迷雾。它们覆盖万物,即使在白天也一样。彻底被困在知界域的时候,他没能发现它们有多么无孔不入。

*这就是力量,*他这么想着,凝视着它。*我的力量。我应该能掌控它,操纵它。*

但他不能。这就让灭绝远比他强大。存留为什么会放着那些迷雾不管?当然了,它仍旧是他的一部分,但它就像是……像是一支分散开来的大军,像斥候那样遍布整个国家,而非聚集起来准备作战。

灭绝就没这么拘谨了。卡西尔能看到，他的力量此时正在运作，以他在升华前无法识别的宏大方式揭示自身。灭绝撕开灰山的顶端，撑住两边，让死亡从中喷出。他触碰全帝国的克罗司，让他们陷入杀戮的疯狂。等他们无人可杀的时候，他又会愉快地让他们自相残杀。

他在剩下的每座城市里都掌握了许多人。他的阴谋诡计难以置信——复杂又狡诈。卡西尔没法循着所有线索找过去，但结果显而易见：混乱。

卡西尔无能为力。他拥有无法想象的力量，却仍旧无力。更重要的是，灭绝必须反制他的一举一动。

这是个重要的发现。他和灭绝同样无处不在；他们的灵魂是这颗星球的骨骼本身。但他们关注的对象……只能用天壤之别来形容。

卡西尔尝试改变灭绝关注的东西，但每次都会失败。当卡西尔尝试阻止灰山喷发的时候，灭绝撕开山口的双臂总比尝试合拢的他要有力。当他试图以鼓舞的方式增强纹的军队时，灭绝就会扮演封锁线，阻止他接近。

在一次绝望的尝试中，他努力接近了纹本人。他不确定自己能做什么，但他想要赶走灭绝——也是在逼迫自己，看看他能做到什么。

他使出全部的力量，奋力对抗灭绝。他和纹越来越近，也感受到了他们本质接触时的摩擦，后者把自己锁在了法德瑞斯宫殿的一个房间里。他和灭绝本质的相遇，引发了大地的震动和颤抖。一场地震。

他可以靠近她了。他能感受到纹的心灵，听到她的想法。她对状况知之甚少——就像一开始的他那样。她不知道存留的事。

这番冲突推开了卡西尔的本质，将存留从他身上撕去，暴露出他的核心——就像撕去血肉以后露齿而笑的颅骨。黑暗内衬的灵魂，却以某种方式和纹联结。通过构成灵界域的神秘细线和她相连。

"纹！"他扯着嗓子，痛苦地大喊。他和灭绝的争斗令地震愈发剧烈，而那种毁灭令灭绝狂喜。在那短暂的一瞬间，他因此分了心。

"纹！"卡西尔叫着，更加靠近，"另一位神灵，纹！还有另一支势力！"

困惑。她看不见。某种东西从卡西尔身上渗出，朝她靠近。在震惊中，卡西尔看到了可怕的一幕，他从未猜想过的一幕。纹的耳朵里有个金属的光点，和她璀璨灵魂的颜色如此相似，以至于他在如此接近前始终没能发现。

纹被钉子刺穿了。

"镕金术的第一条规则是什么，纹！"卡西尔大喊道，"我教你的第一件事是什么！"

纹抬起头。她听到了么？

"钉子，纹！"卡西尔再次开口，"你不能信任——"

灭绝在此时归来，以突然爆发的力量推开了卡西尔，打断了他的话。继续坚持就代表让灭绝从他身上彻底剥离存留的力量，于是他放弃了。

灭绝把他推出宫殿，又彻底推到城市之外。他们的冲突给卡西尔带来了难以置信的痛楚，而他无法忍受那种感觉：身为神灵，却要一瘸一拐地离开城市。

灭绝太过关注这里了。在这里太强大了。他几乎把所有注意力都放在纹和这座法德瑞斯城上了。他甚至把沼泽也带来了。

也许……

卡西尔尝试接近沼泽，将注意力放在他的兄弟身上。那儿有和纹身上相同的线，这些联结之线将卡西尔和他兄弟的灵魂连在一起。也许他也能和沼泽对话。

不幸的是，灭绝轻易就察觉了他的举动，先前的冲突又让卡西尔太过虚弱，或者说痛得厉害。灭绝轻松击退了他，但在此之前，卡西尔听到了从沼泽那边传来的某种声音。

记住你自己，沼泽的念头低语道。*战斗，沼泽，战斗。记住你*

是谁。

卡西尔逃离灭绝,感到一阵自豪。沼泽身体里的某种东西,某种属于他兄弟的东西,幸存了下来。然而,卡西尔现在完全没有帮助他的办法。无论灭绝想在法德瑞斯城做什么,卡西尔都只能听之任之。在这里和灭绝对抗是不可能的,因为在正面对峙中,卡西尔不是灭绝的对手。

幸运的是,卡西尔的老本行让他清楚该在何时避开公平战斗。骗局已经开始,当警卫提高警惕的时候,你最好的选择就是暂时低调。

既然灭绝对法德瑞斯城如此关心,别的地方肯定就有空子可钻。

五

努力做到更好,卡西尔。

他观察和等待。他可以做到谨慎。

人心不是你的玩具。

他飘了起来,变成雾气,观察灭绝的棋路。审判者是他的主要手段。灭绝对他们的安排都经过深思熟虑。

这是所有聪明人的弱点。

一个空隙。卡西尔需要这样的空隙。

幸存下去。

灭绝以为他掌控了整个最后帝国。他对自己充满自信。但漏洞是存在的。他对残破的邹都城投去的注意力越来越少,毕竟那里只有空空的运河和饥饿的居民。他的其中一条线围绕一名年轻男子转动,后者用布裹住双眼,身披烧焦的斗篷。

是的,灭绝以为这座城市已是他的囊中之物。

但卡西尔……卡西尔认识那个男孩。

卡西尔将注意力集中在鬼影身上的时候，后者——他承受了太多的压力，眼看就要疯了——在人群面前蹒跚走上一处舞台。灭绝扮成卡西尔的模样，把他逼到了这一步。他想把这个男孩变成审判者，同时让这座城市在暴动和骚乱中熊熊燃烧。

　　但他在这座城市的做法和其他许多地方相似。他的注意力分散于各处，真正关注的只有法德瑞斯。他在邬都城也做了安排，但并未将它视为优先目标。他已经发动了计划：灭绝人们的希望，让城市焚烧殆尽。他只需要让一个迷茫的男孩犯下谋杀罪就好。

　　鬼影站在台上，准备在人群的目睹下杀死目标。卡西尔吸引了他的注意，就像一阵雾气，谨慎而沉默。他是鬼影脚下地板的脉动，是被呼吸的空气，是焰于火。

　　灭绝就在那儿大发雷霆，要求鬼影立刻动手。这次不是那副态度谨慎、面带微笑的伪装了。这次的形象是更纯粹、更原始的力量化身。这一小部分的他只有灭绝为数不多的注意力，也没有携带全部的力量。

　　它没注意到卡西尔和力量拉开距离，暴露出自己的灵魂，让它靠近鬼影。那些线还在，那些熟悉、家庭和联结之线。说来奇怪，他和鬼影的这些联系，要比和沼泽和纹更坚定。为什么会这样？

　　快，你必须杀死她，灭绝对鬼影说。

　　在那种愤怒之下，卡西尔对鬼影破碎不堪的灵魂耳语。希望。

　　你想要力量吗，鬼影？灭绝怒喝道。你想成为更优秀的镕金术师吗？噢，力量总得有个来源。它从来不是免费的。这女人是个射币。杀死她，你就能得到她的能力。我会把它交给你。

　　希望，卡西尔说。

　　你来我往。杀戮。灭绝送去印象和话语。谋杀，摧毁。灭绝。

　　希望。

　　鬼影把手伸向胸口的金属。

不！灭绝震惊地大喊。鬼影，你想变回普通人吗？你想变回一无是处的样子吗？你会失去你的白镴，重新变得虚弱，就像你任凭自己叔叔死去时那样！

鬼影看向灭绝，神情痛苦，然后他切开自己的身体，拔出了那颗钉子。

希望。

灭绝发出无法置信的尖叫，身影模糊不清，尖刀般的蛛腿刺穿了他那副破碎的伪装身体。毁灭从那副身体涌现，变成了黑色的雾气。

鬼影无力地跪在平台上，随后向前倒下。卡西尔跪在地上，撑住了他，将存留的力量引回身体。"噢，鬼影，"他低声说，"你这可怜的孩子。"

他能感觉到那个年轻人的灵魂劈啪作响。破碎了。裂缝直达核心。男孩的想法飘向卡西尔。关于他爱过的女子。他自己的失败。各种混乱的念头。

男孩的内心深处是他追随灭绝的理由：他不顾一切地想要卡西尔的指引。他那么努力，就是为了变成卡西尔那样。

目睹这个年轻人的信仰让卡西尔头晕目眩。信仰他。幸存者卡西尔。

一位伪装的神。

"鬼影。"卡西尔低声说着，再次触碰鬼影的灵魂。话语哽在了他的喉咙里，但他强迫自己说出了口。"鬼影，她的城市在燃烧。"

鬼影发起抖来。

"成千上万的人会死在火焰里。"卡西尔低声说。他摸了摸男孩的脸颊。"鬼影，好孩子。你想变成我这样？真的像我一样？那就在失败的时候继续奋战吧！"

卡西尔抬起头，看向灭绝盘旋翻腾的形体，满心愤怒。灭绝正将更多的注意力集中在这边。它很快就会赶走卡西尔了。

这只是一场小小的胜利，但它同时也是证据。抵抗那东西是可能的。鬼影就做到了。

而且会再做一次。

卡西尔看着自己怀里的男孩。不，他不是孩子了。他向鬼影敞开自我，说出了一句简单而强大的命令。

"幸存下去！"

鬼影尖叫起来，燃烧金属，迫使自己恢复清醒。卡西尔在胜利的喜悦中站起身。鬼影跪在地上，灵魂逐渐有力。

"无论你做什么，"灭绝对卡西尔说，就像初次见到他的时候那样，"我都会反制。"

毁灭的力量向外爆发，将黑暗的卷须送入这座城市。他没有推开卡西尔。卡西尔不确定原因：也许他仍旧有太多注意力放在别处，也许他不在乎卡西尔是否会留下来见证这座城市的末日。

火焰。死亡。在一闪而过的瞬间，卡西尔明白了那东西的计划：把这座城市烧光，消灭灭绝失败的所有痕迹。终结这里的居民。

鬼影已经迈开步子，面对周围的人群，像统御主本人那样发号施令。还有那边的……

萨兹德！

看到那个沉默的泰瑞司人走向鬼影的时候，卡西尔感到了一股令人安心的暖意。萨兹德永远都有答案。但这里的他显得憔悴、混乱又疲倦。

"噢，我的朋友，"卡西尔轻声说，"他都对你做了些什么？"

人群听从了鬼影的命令，飞奔离开。鬼影缓缓跟在后面，沿着街道前进。卡西尔在灵界域看到了未来之线。一座被黑暗包裹的城市毁灭了。许多可能性就此终结。

但留下的仍有几条光辉之线。没错，可能性还在。首先，这个男孩必须拯救他的城市。

"鬼影。"卡西尔说着,为自己塑造出一具力量之躯。没人能看到他,但这不重要。他跟在鬼影身边,后者在名副其实地蹒跚前行。一步一步,格外缓慢。

"继续走。"卡西尔鼓励道。他能感受到鬼影的痛苦,他的疼痛和困惑。他的信仰伤痕累累。不知为何,卡西尔可以通过联结和他对话了,尽管他完全无法和其他人交流。

鬼影每次痛苦地迈出颤抖的脚步,卡西尔都能感受到他的疲惫。他一次又一次念出那些字眼。*继续走*。那句话变成了咒语。鬼影身边那位年轻女子赶来,搀扶着他。卡西尔走在另一边。*继续走*。

谢天谢地,他照做了。这个精疲力竭的年轻人不知怎么走完了这段路,来到一栋燃烧的建筑物前方。他停在外面,而萨兹德选择了回避这一幕。卡西尔从他们垂下的双肩,从他们眼里的恐惧神色和反射的火光看懂了他们的态度。他听到了他们涌现的想法,那些平静而恐惧的念头。

这座城市注定会毁灭,他们很清楚。

鬼影任由其他人将他从火边拖开。情绪,记忆,想法从男孩身上浮现。

卡西尔不在乎我,鬼影心想。他不关心我。他记得其他人,但不记得我。他会给他们分配工作。我对他根本不重要。

"我给你取了名字,鬼影,"卡西尔低声说,"你是我的朋友。这样还不够吗?"

鬼影站定脚跟,试图挣脱其他人的手。

"抱歉,"卡西尔哭泣着说,"这是你非做不可的事。幸存者。"

鬼影甩开了其他人。灭绝在头顶大发雷霆、气急败坏、大吼大叫——他终于把注意力转到了这边,开始驱赶卡西尔——的时候,这个年轻男子走入了火焰之中。

也拯救了这座城市。

六

卡西尔坐在一片陌生而翠绿的田野上。到处都是绿草。如此古怪。如此美丽。

鬼影走了过去,坐在他身旁。男孩摘下那块蒙眼布,摇了摇头,随后用手指梳了梳头发。"这是什么?"

"半梦半醒。"卡西尔说着,摘下一根草叶,咀嚼起来。

"半梦半醒?"鬼影问。

"你差点就死了,孩子,"卡西尔说,"你的灵魂损坏得厉害。有好多裂缝。"他笑了笑,又说:"也给了我进入的机会。"

不止如此。这个年轻人很特别。最起码他们的关系很特别。鬼影对他抱有无人可及的信任。

在思索这件事的同时,卡西尔又摘下一根草,咀嚼起来。

"你在做什么?"鬼影问。

"看起来好奇怪,"卡西尔说,"就像梅儿总说的那样。"

"所以你在吃草?"

"基本上是咀嚼,"卡西尔说着,把草叶吐到一边,"只是好奇。"

鬼影吸气又呼气。"这不重要。这些都不重要。你不是真的。"

"好吧,这话对了一半,"卡西尔说,"我不完全是真的。从我死后就这样了。但话说回来,我现在也是个神了……我觉得是。情况很复杂。"

鬼影皱眉看着他。

"我需要能和我说话的人,"卡西尔说,"我需要你。某个已经破碎,但选择抵抗他的人。"

"另一个你。"

卡西尔点点头。

"你一直都这么严厉,卡西尔,"鬼影说着,看向绵延起伏的绿色草原,"我能看出在你内心深处,你真的很讨厌贵族阶层。我觉得是那种憎恨让你如此强大。"

"就像疤痕那样强大,"卡西尔低声说,"管用,但僵硬。我宁愿你永远不需要那种力量。"

鬼影点点头,似乎听懂了。

"我为你骄傲,孩子。"卡西尔说着,亲切地捶了一记他的手臂。

"我几乎搞砸了一切。"他说着,目光低垂。

"鬼影,如果你知道我有多少次差点毁掉整座城市,你就不好意思说这种话了。见鬼,你甚至都没毁掉那座城市。他们扑灭了大火,救出了绝大部分居民。你是个英雄。"

鬼影抬起头,笑了。

"这就是问题所在,孩子,"卡西尔说,"纹不知道。"

"知道什么?"

"钉子的事,鬼影。我没法把口信传达给她。她必须知道。还有鬼影,她……她身上也有一根钉子。"

"统御主……"鬼影低声说,"纹?"

卡西尔点点头。"听我说。你很快就会醒来。我需要你记住这部分，就算你会忘掉梦里的其余一切。终结到来时，让人们到地下去。送口信给纹。把口信刻在金属上，因为没有刻入金属的一切都不能信任。

"纹需要知道灭绝和他的假面具。她需要知道钉子的事，那种埋在人们体内、允许灭绝对他们耳语的金属。记住这句话，鬼影。别相信任何被金属刺穿的人！就算再微小的碎片也能造成污染。"

鬼影的身体开始模糊，即将苏醒。

"记住，"卡西尔说，"纹在听灭绝的话。她不知道该信任谁，所以你必须送出这条口信，鬼影。这件事的零星片段早已传开，但没人当回事。你这条线索是其他人都不知道的。替我送出去吧。"

鬼影点点头，随即从梦中醒来。

"好孩子，"卡西尔低声说着，露出笑容，"你做得好，鬼影。我为你骄傲。"

七

有个男人离开了邬都城,稳步穿过迷雾和灰烬,开始前往陆沙德的长途跋涉。

个人而言,卡西尔不认识这个名叫葛拉道的男人。然而,那股力量认识他,知道他在年轻时成为了统御主的卫兵,指望自己和家人能过上更好的生活。他是卡西尔一旦有机会就会无情杀死的那种人。

现在,葛拉道也许能拯救世界。卡西尔在他身后飞翔,在迷雾里感受那种愈发强烈的期待。葛拉道带着一块刻下了秘密的金属板。

灭绝像阴影那样越过这片土地,俯视着卡西尔。他看着葛拉道奋力穿过群山中仿佛高高雪堆的灰烬,大笑起来。

"噢,卡西尔,"灭绝说,"这就是你最有力的手段?你在邬都城那个孩子身上花了那么多精力,就为了这个?"

卡西尔哼了一声,而灭绝的力量找到了一双手,随后呼唤了它们。在现实世界里,几个钟头过去了,但在神灵眼里,时间是可以改变的。它会按照神灵的意愿流动。

"你玩过猜牌么,灭绝?"卡西尔问,"在你还是普通人的时候?"

"我从来不是普通人,"灭绝说,"过去的我只是在等待自己力量的容器。"

"那容器在打发时间的时候都做什么?"卡西尔问,"猜牌么?"

"不太可能,"灭绝说,"我可没那么低俗。"

卡西尔叹了口气,这时灭绝的那双手终于到来,飞翔于高空,穿过落下的灰烬。那道身影的双眼被钉子刺穿,嘴角翘起,露出讥讽的笑容。

"小时候,"卡西尔轻声说,"我很擅长猜牌。我最初的骗局用的就是牌。不是那种转动三张牌的花招;那太简单了。我更喜欢那种有你自己,一副牌,还有人观察你的一举一动的把戏。"

在下面,沼泽和倒霉的葛拉道扭打,最终杀死了他。看到他哥哥不只是谋杀,还沉迷于死亡,被灭绝的污染逼疯的模样,卡西尔缩了缩身子。奇怪的是,灭绝在努力抑制他。就好像此时此刻,他失去了对沼泽的掌控。

灭绝小心翼翼地阻止卡西尔接近。他甚至没法接近到能听见他哥哥想法的距离。灭绝大笑起来,而在杀戮后全身是血的沼泽终于找到了鬼影送出的那封信。

"你以为,"灭绝说,"自己很聪明,卡西尔。刻在金属上的文字。我读不了,但我的仆从可以。"

当沼泽摸着鬼影派人刻字的那款金属板,大声为灭绝念出文字的时候,卡西尔降了下去。他为自己塑造了一副身躯,跪在灰烬中,无力地双手撑地,神情挫败。

灭绝在他旁边成形。"没关系,卡西尔。这才是万物该有的样子。是它们被创造出来的理由!别去哀悼找上门来的死亡;歌颂已然逝去的生命吧。"

他拍拍卡西尔,然后消散不见。沼泽蹒跚起身,灰烬仍旧黏在他被鲜血打湿的衣服和脸上。他随即跳了起来,跟上灭绝,追随他主人的召唤。终结正在迅速接近。

卡西尔跪在那位死去男子的尸首旁,后者缓缓被灰烬覆盖。纹饶了他一命,但卡西尔终究还是害死了他。他探入知界域,那名男子的魂灵在雾气和阴影之地蹒跚而行,此时正看向天空。

卡西尔走上前去,抓住了那人的手。"谢谢你,"他说,"很抱歉。"

"我失败了。"葛拉道说着,身体开始拉长。

卡西尔的内心很苦恼,但他不敢开口反驳。*原谅我。*

现在他该做的是保持安静。卡西尔让自己再次飘起和散开。他不再尝试阻止灭绝的影响。抽身离开的同时,他发现自己起到了一点点作用。他阻止了几场地震,减缓了岩浆的流动。数量微不足道,但至少他做了点什么。

现在他放开了手,让灭绝自由行动。终结加速到来,围绕着一名年轻女子的一举一动,后者在风暴到来之际赶回了陆沙德。

卡西尔闭上双眼,感到世界安静下来,仿佛大地本身屏住了呼吸。纹搏斗、起舞、将自己逼迫到了能力的极限——然后超越了极限。她直面灭绝召集的审判者队伍,搏斗时那种威严的气质令卡西尔惊讶。她比他对付过的那些审判者出色,比他见过的任何人都出色。比卡西尔本人更出色。

不幸的是,要对抗一整群审判者,这种出色还远远不够。

卡西尔强迫自己按兵不动。见鬼,这太难了。他坐视灭绝掌控大局,坐视那些审判者殴打纹,直到她投降。战斗结束得飞快,而结果是残破又挫败的纹听凭沼泽的摆布。

灭绝走上前去,对她耳语。*天金在哪儿,纹?*他说。*你对它了解多少?*

*天金?*卡西尔凑上前去,这时沼泽跪倒在纹身边,准备伤害她。

天金。为什么……

他恍然大悟。灭绝同样不是完整的。在这座残破的陆沙德城里——暴雨倾盆而下，灰烬阻塞街道，审判者们栖息在此，用被钉子刺穿、全无感情的双眼监视——卡西尔明白了。

存留的计划。行得通！

沼泽折断了纹的手臂，咧嘴一笑。

就是现在。

卡西尔用尽全力击中了灭绝。这些力量不算多，他的掌控也远算不上熟练。但这一击出人意表，也引开了灭绝的注意力。两股力量相会，那种冲突——那种对抗——产生了摩擦。

痛楚涌过卡西尔。全城的地面都在颤抖。

"卡西尔，卡西尔。"灭绝说。

在下方，沼泽放声大笑。

"你知道，"卡西尔说，"为什么我猜牌总能赢么，灭绝？"

"拜托，"灭绝说，"这重要吗？"

"那是因为，"卡西尔说着，发出痛楚的咕哝，绷紧自己的力量，"我每次都能，强迫，别人选择，我希望他们选的牌。"

灭绝迟疑片刻，低头看去。那封信——由葛拉道送出，并非寄给纹，而是寄给沼泽的那封信——发挥了作用。

沼泽扯下了纹的耳环。

世界凝固了。庞大而不朽的灭绝看向那边，目光带着彻底而纯粹的恐惧。

"你将错误的人选成为了审判者，灭绝，"卡西尔嘶声道，"你不该选择那个善良的哥哥。他一直有个'坏'习惯：他会做正确的事，而非聪明的事。"

灭绝看着卡西尔，难以置信地将全部注意力转向了他。

卡西尔笑了。看起来，就连神灵也会败在经典的误导骗局之下。

纹向迷雾伸出手,卡西尔感到内在的力量在颤抖和渴望。它们就是为此存在的;这是它们的意义本身。他感觉到纹的渴望,也感受到了她的询问。她从前在哪儿感受过这种力量?

卡西尔纵身撞向灭绝,两股力量相互碰撞,暴露出他的灵魂。他发黑磨损的灵魂。

"这力量当然来自升华之井,"卡西尔对纹说,"它们归根结底是同一种力量。固体的它存在于你喂给依兰德的金属里。液体的它在你燃烧的池水里。而气体的它在夜晚的空气里。藏匿你,保护你……"

卡西尔深吸一口气。他感到存留的能量正从他身上剥离。他感觉到灭绝的狂怒在持续殴打他,剥开他的皮,渴望摧毁他。他用最后的瞬间感受了世界。最遥远的灰烬雨,南方远处的居民,打着转的风,还有这颗星球上竭力挣扎、想要存续的生命。

接着卡西尔做出了有生以来最艰难的一件事。

"给你力量!"他对纹大吼一声,放开了存留的本质,让她能够接收。

纹将迷雾吸入体内。

灭绝的全部怒火也撞上了卡西尔,将他打倒,撕开他的灵魂,令他四分五裂。

八

卡西尔在遍布全身的撕裂痛楚中裂开——就像被扯到脱臼的骨头。他坠落下去,无法视物和思考——面对攻击,他除了尖叫什么都做不了。

他最后出现在某个迷雾环绕的地方,除了飘动的雾气什么都看不到。这次是真的死了么?不……但很接近了。他能感觉到那种拉伸再次到来,哄骗着他,试图将他拖向其他人都会前往的那个"原点"。

他很想去。他伤得太重了。他想要这些全都结束,想要离开。一切。他只想要这种痛苦停止。

在海司辛深坑里,他感受过这种绝望。和那时不同的是,现在的他没有存留的声音指引,但他——哭泣和颤抖着——将双手埋进周围这片雾气构成的广阔地面,然后抓住。紧紧抓住,不肯离开。拒绝那股呼唤着他、向他许诺平静和结束的力量。

它最终平息下来,那股拉伸感也随之淡去。他拥有过神祇的力量。最终的死亡是没法带走他的,除非他自己愿意。

又或者，除非他被彻底毁灭。他在迷雾中颤抖，感激它们的拥抱，但仍旧不确定自己身在何方——也不确定灭绝为何没有赶尽杀绝。他有过这种打算；卡西尔能感觉到。幸运的是，面对全新的威胁，卡西尔的毁灭成了眼下不重要的细节。

纹。她做到了！她升华了！

卡西尔呻吟着站起身，发现灭绝的那次攻击太过沉重，将他击打到了知界域富有弹性的雾气地面的深处。他费力地将自己拖了出来，瘫倒在地面上。他的灵魂扭曲受损，就像被巨石砸中的身体。它从一千个窟窿向外漏出黑烟。

他躺在那里，缓缓重组的时候，那种痛楚终于退去。时间流逝。他不知道过去了多久，但肯定足有好几个钟头。他不在陆沙德。解除升华——随后又被灭绝的力量碾碎——令他的灵魂飞到了远离城市的地方。

他眨了眨幻影的眼睛。高处的天空中有一片白色与黑色卷须的暴风雨，看起来就像云朵在互相攻击。在远处，他听到了让界域颤抖的源头。他强迫自己站起身，迈开步子，最后登上一座小山，看到下方那些光芒构成的人影正在激战之中。一场战争，人类对抗克罗司。

存留的计划。他见过计划本身，又在最后的几个瞬间理解了它。灭绝的身体是天金。计划的目的是制造出某种特别的新东西——能通过燃烧灭绝身体的方式摆脱它的人。

下方，人们在拼死奋战，他看到他们超脱了实界域，因为他们燃烧了神灵的身体。上方，灭绝在和存留碰撞。纹的表现远比卡西尔出色；她拥有迷雾的全部力量，除此之外，她控制那种力量的方式也显得很自然。

卡西尔拍去身上的灰尘，整理了服装。他穿的仍然是很久以前和审判者搏斗时那套衬衣和长裤。他的背包和纳兹给他的刀子去哪儿了？遗失在这里和法德瑞斯城之间无边无际的灰烬原野上了。

他穿过战场,避开愤怒的克罗司与能够看到灵界域——尽管方式很受限制——的超脱之人。

卡西尔来到一座小山顶上,停下脚步。在不算太远的另一座小山上,他能分辨出依兰德·泛图尔站在一堆尸体之间,正在和沼泽交锋。纹悬浮在上方,庞大而不可思议,那是一道放射出光辉与惊人力量的身影——就像太阳和云朵的灵感来源。

依兰德·泛图尔抬起手,随后迸发出光芒。白色的线从他的身体向四面八方散去,穿透一切。这些线联结了他和卡西尔、未来以及过去。

他能完整地看到,卡西尔心想。*瞬间之间的那个地方。*

依兰德最后将一把剑刺入沼泽的脖子,直视卡西尔,超脱了三个界域。

沼泽的斧子狠狠埋进依兰德的胸膛。

"不!"卡西尔尖叫道,"不!"他跌跌撞撞地走下山坡,跑向泛图尔。他翻过在这一边被阴影笼罩的尸体,匆忙爬向依兰德死去之处。

没等他赶到那儿,沼泽就砍下了依兰德的脑袋。

噢,纹。对不起。

纹的全部注意力都围绕着那名倒地的男子。卡西尔麻木地停下脚步。她会暴怒。她会失控。她会……

于荣光中升起?

他敬畏地看着纹的力量汇聚。从她身上涌出的情绪不带丝毫恨意,反而令万物平静。在她的头顶,灭绝大笑起来,再次觉得自己早有预料。那笑声戛然而止,因为纹朝他飞去,仿佛一根辉煌耀眼的力量长矛——克制、慈爱、富有同情心,但同时也不屈不挠。

卡西尔这才明白,为什么做这件事的人必须是她,而不是他。

纹让那股力量狠狠撞上灭绝的力量,遏制了他。卡西尔走到山顶上，看着这一幕，从那股力量里感受到了某种熟悉。当纹做出这种最伟大的英雄行为的时候，有种亲切感温暖了他的内心深处。

她为毁灭者带去了毁灭。

结局是一阵迸发的强光。丝缕雾气——色彩有黑有白——从天空倾斜而下。卡西尔笑了，他明白一切终于结束了。迷雾匆忙地旋转，化作两根高度难以置信的圆柱。力量被释放了。它们犹豫、颤抖，仿佛一场正在酝酿的风暴。

现在没人在掌控它们……

卡西尔胆怯而颤抖地伸出手。他可以……

依兰德·泛图尔的灵魂蹒跚走进他身边的知界域，绊倒在地。他发出呻吟，卡西尔朝他露齿而笑。

依兰德眨了眨眼，这时卡西尔伸出一只手。"我总以为死的时候，"依兰德说着，让卡西尔拉他起来，"我一生爱过的所有人都会来问候我。我没想到其中也包括你。"

"你应该多留心一点，孩子，"卡西尔说着，上下打量他，"制服不错。是你特意让他们把你打扮成统御主的廉价仿冒品，还是说这纯属意外？"

依兰德眨了眨眼。"哇哦。我已经开始讨厌你了。"

"别这么着急下结论，"卡西尔说着，拍拍他的背脊，"因为在大多数情况下，这种情绪终究会消退成轻微的恼火。"他看着仍然在他们周围流转的力量，随后皱起眉头，因为一具光芒构成的形体正迅速穿过这片原野。它的身形很眼熟。它走向纹的尸体，后者坠落到了地上。

"萨兹德。"卡西尔低声说着，碰了碰他。看到老友这副模样的时候，那种突然涌现的情绪令他猝不及防。萨兹德的情绪是惊恐、怀疑、崩溃。灭绝死了，但世界仍旧在走向终结。萨兹德本以为纹能拯救他们。说实话，卡西尔也这么想。

但看起来，他还有另一个秘密。

"是他，"卡西尔说，"他就是那位英雄。"

依兰德·泛图尔一手按在卡西尔肩头。"你应该多留心，"他评论道，"孩子。"他放开了卡西尔，而萨兹德向力量伸出双手，每只手都有一种力量。

卡西尔看着力量结合为一，惊叹不已。他一直把这两种力量看作对立的存在，但它们此时却在萨兹德周围打转，仿佛不分彼此。"怎么会？"他低声说，"他和这两种力量的联结竟然是均等的？为什么不只是存留？"

"他在这一年里改变了，"依兰德说，"灭绝不只是死亡和毁灭。伴随这些事物的还有和平。"

那种转变还在继续，尽管这一幕令人敬畏，卡西尔的注意力却被另一件事吸引了过去。在他附近的小山顶上，有一股力量正在汇聚。它形成了一名年轻女子的形状，又轻松进入了知界域。她甚至没怎么踉跄，这点既恰当，又不公平得要命。

纹瞥了眼卡西尔，然后笑了。那是欢迎而温暖的笑容。笑容带着喜悦和认可，这点令他很自豪。他多希望自己能早些找到她，最好是梅儿还在世的时候。她需要父母的时候。

她先去了依兰德那边，给了他一个长久的拥抱。卡西尔看向萨兹德，后者扩展开来，化为世间的一切。噢，这样也好。这份工作很辛苦；就让给萨兹德吧。

依兰德对卡西尔点点头，纹走了过去。"卡西尔，"她对他说，"噢，卡西尔。你总是自己定规矩。"

他犹豫片刻，没有拥抱她。他伸出手，有种古怪的虔诚感。纹握住那只手，指尖在他的掌心蜷起。

不远处，另一道力量汇聚的身影出现，但卡西尔没理睬他。他朝纹那边走了几步。"我……"他本来想说什么？见鬼，他不知道。

这一次，他真的不知道。

她拥抱了他，而他发现自己在哭。他从未有过的女儿，那个混迹街头的小女孩。虽然她还是很小，却超越了他。而且仍然爱他。他将他的女儿拥入自己破碎灵魂的怀中。

"你做到了，"他最后轻声说，"做到了没人能做到的事。你牺牲了自己。"

"噢，"她说，"你知道的，我有个好榜样。"

他紧紧抱住她，就这么过了一会儿。不幸的是，他最后不得不放开手。

灭绝在旁边站起身，连连眨眼。又或者……不，它已经不是灭绝了。它只是那个容器，亚提。掌控力量的那个人。亚提用手梳理他那头红发，然后四下张望。"威克斯？"他说着，语气透出困惑。

"抱歉。"卡西尔对纹说，然后放开了她，快步走向那名红发男子。

到了那里，他一拳打在那人的脸上，把他放倒在地。

"棒极了。"卡西尔说着，晃了晃手掌。那人在他脚边看着他，然后闭上眼睛，叹息一声，身体朝着永恒延伸而去。

卡西尔回到其他人那边，经过一道泰瑞司人的身影，后者将双手交扣在身前，垂下的袖子盖住手掌。"嘿，"卡西尔说着，看向天空和那个发光的形体。"你不是……"

"一部分的我在那儿。"萨兹德回答。他看向纹和依兰德，将双手分别伸向两人。"这样全新的开始要感谢你们两个。我治好了你们的身体。如果你们愿意，可以回去。"

纹看向依兰德。卡西尔惊恐地看到，依兰德的身体开始伸长。他看向卡西尔看不到的某种东西，某种位于彼界的东西，面露微笑，接着朝那个方向走去。

"这样恐怕是不行的，萨兹德，"纹说着，亲吻了他的脸颊，"谢谢。"她转过身，牵起依兰德的手，朝那个遥远而不可见的点延伸出去。

"纹！"卡西尔大喊一声，抓住她的另一只手，紧紧攥住，"不，纹。你掌控过力量，你不必离开的。"

"我知道。"她说着，回头看向他。

"拜托，"卡西尔说，"别走，留下，和我一起。"

"噢，卡西尔，"她说，"关于爱，你还有很多要学的，不是吗？"

"我懂得爱，纹。我所做的一切——帝国的灭亡，我放弃的力量——全都是为了爱。"

她笑了。"卡西尔，你是个伟大的人，也应该为你所做的事自豪。而且你的确会爱。我很清楚。但与此同时，我不认为你理解什么是爱。"

她将视线转回依兰德，后者正在消失，只有他的手——握在她手里的那只手——依然可见。"谢谢你，卡西尔，"她回望着他，低声说，"谢谢你所做的一切。你的牺牲很了不起。但为了做到你必须做的事，为了保护这个世界，你必须成为某种存在。某种让我担忧的存在。

"你给我上过关于友谊的重要一课。我应当回报那堂课。就当是最后的礼物吧。你应当去了解，你应当问自己。你所做的那些事，有多少是为了爱，又有多少是为了证明某些事？证明你没有被人背叛、挫败和打倒？你能说实话么，卡西尔？"

他对上她的目光，看懂了没有挑明的另一个问题。

那个问题是：有多少是为了我们？又有多少是为了你自己？

"我不知道。"他对她说。

她捏了捏他的手，笑了——那是他当初找到她的时候，她始终没能露出的那种笑容。

比起其余的一切，这一幕令他格外为她骄傲。

"谢谢你。"她再次耳语。

然后她放开了他的手,跟着依兰德进入了彼界。

九

大地晃动，呻吟着死去，随后重生。

卡西尔行走在大地上，双手插在口袋里。他大步穿过世界的终结，力量向四面八方喷洒，让他能看到全部三个界域的景象。

天空降下火雨。石头相互碰撞，四分五裂。海洋沸腾冒泡，水汽化作新的迷雾。

卡西尔还在行走。他迈动步子，仿佛能从一个世界前往另一个，从一段人生前往下一段。他没有被抛弃的感觉，但的确感到孤单。就好像他成了全世界最后一个人，也是时代的最后一个见证人。

岩石大地化作液体，吞没了灰烬。在卡西尔身后，高山破碎坍塌，应和他脚步的节奏。河水从高处倾泻下来，填满了海洋。生机涌现，树木萌芽，直指天空，在他周围构成了森林。那一幕稍纵即逝，而他出现在迅速干燥的沙漠中，沙砾从萨兹德创造的大地深处涌出。

十几种不同的环境在眨眼的时间里从旁掠过，大地在他身后，在他的影子里增长。卡西尔最终停在了一片巍峨的高原上，俯瞰全新的世界，来自三个界域的风吹乱了他的衣服。青草在他脚下生长，随后花朵涌现。梅儿的花朵。

他跪在地上，垂下头，手指停在其中一朵花上。

萨兹德出现在他身旁。在卡西尔眼里，现实世界的景象缓缓淡去，他再次被困在知界域里。一切变成了周围的雾气。

萨兹德在他身旁坐下。"我就说实话吧，卡西尔。我加入你的集团的时候，想象的可不是这种结局。"

"反叛的泰瑞司人。"卡西尔说。他身在雾气的世界里，却能依稀看到现实世界的云彩。它们从他脚下飘过，在山脚周围涌动。"就算在那时候，你也是个活生生的矛盾存在，萨兹德。我早该明白的。"

"我没法把他们带回来，"萨兹德柔声说，"现在不行……也许永远都做不到。彼界是我无法触及的地方。"

"没关系，"卡西尔说，"帮我一个忙吧。你能想办法为鬼影做点什么吗？他的身体状况不佳。他把自己逼得太狠了。能帮他改善一下么？也许可以顺便让他成为迷雾之子。在接下来的世界里，熔金术师肯定是能派上用场的。"

"我会考虑的。"萨兹德说。

他们一起坐在那儿。在世界的边缘，在时间的终结与伊始的一对朋友。最后萨兹德站起身，朝卡西尔鞠了一躬。考虑到他自己就是神，这个动作显得充满敬意。

"你觉得呢，萨兹德？"卡西尔凝视着这个世界，询问道，"我有办法摆脱这种状态，在实界域重活一次么？"

萨兹德犹豫了片刻。"不。我想不能。"他拍拍卡西尔的肩膀，随即消失不见。

哈，卡西尔心想。他掌握了双份的创造之力，是神中之神。

可他撒起谎来还是这么蹩脚。

终　章

　　鬼影感觉很不舒服，因为别人的生活捉襟见肘，他却住在豪宅里。但他们的态度很坚决——除此之外，这儿也很难算是豪宅。的确，大多数人都住棚屋的时候，他住的却是两层楼的木屋。也的确，他有自己的房间。但那个房间很小，晚上又很闷热。窗子不是玻璃做的，如果他打开窗扇，虫子就会飞进来。

　　这个完美的新世界正常到让人失望的程度。

　　他打了个呵欠关上房门。房间里有一张简易床和一张书桌。没有蜡烛或者油灯；他们的资源没有充足到这种程度。他满脑子都是微风关于"如何成为国王"的教导，和哈姆的训练让他手臂酸痛。贝尔黛等着不久后和他共进晚餐。

　　在楼下，有扇门发出一声"砰"，鬼影吓了一跳。他总以为响亮的声音会给耳朵带来远比实际要多的疼痛，而且就算过去了那么多个星期，他还是不习惯四处走动却不遮眼睛。他的侍从之一在书桌上留下了一块小小的写字板——他们没有纸——上面有用炭笔写的字,列出了第二天的一些安排。最下方是一段简短的笔记。

我总算让工匠做出了您要求的东西,虽然他不太敢处理审判者长钉。我不清楚您为何这么想要它,陛下。但它就在这儿。

在那块板子底下,是一根像是耳环的小小钉子。鬼影犹豫着将它拿起,举在面前。话说回来,他为什么会想要这个?他记得一些事,在梦里的某些耳语。找根钉子,打造成耳环。用过的审判者长钉就可以。你可以在曾经的克雷迪克·宵底下的洞穴里找到这么一根……

梦?他思索片刻,随后——也许违背了他的判断——用那东西刺穿了自己的耳朵。

卡西尔出现在他所在的房间里。

"呃!"鬼影说着,向后跳去,"你!你已经死了。纹杀了你。萨兹德的书上说——"

"没事的,孩子,"卡西尔说,"我是真货。"

"我……"鬼影磕磕绊绊地说,"那是……呃!"

卡西尔走上前去,手臂勾住鬼影的双肩。"你看,我就知道这样能成。你现在两者都有。破碎的心灵,血金术钉子。你可以清楚看到知界域。这就代表我们可以合作,你和我。"

"噢,见鬼。"鬼影说。

"好了,别这样,"卡西尔说,"我们的工作很重要。非常关键。我们要解开这个宇宙的谜团。也就是三界宙的谜团。"

"你……这话是什么意思?"

卡西尔笑了。

"我觉得我要吐了。"鬼影说。

"外面是个很大很大的地方,孩子,"卡西尔说,"远比我所知的要大。无知几乎让我们失去了一切。我不会允许那种事再发生一次了。"他轻敲鬼影的耳朵。"死的时候,我得到了一次机会。我的心灵扩展开去,而我知道了一些事。我当时没注意这些钉子,否则我应该早就全想明白了。我知道的部分还是多到危险的程度,我们两个要弄清楚剩下的部分。"

鬼影向后退去。他现在是个自由人!他不需要去做卡西尔要求的任何事。见鬼,他甚至不知道这一个是不是真的卡西尔。他已经被骗过一次了。

"为什么?"鬼影问,"这关我什么事?"

卡西尔耸耸肩。"你知道的,统御主是不朽的。通过力量的结合,他让自己不会衰老——在大多数情况下都不会死亡。你是个迷雾之子,鬼影。在那条路上已经走到一半了。你不好奇自己还能做到什么吗?我是说,我们有一小堆审判者长钉,而且没人在乎我们拿来做什么……"

不朽。

"那你呢?"鬼影问,"你能得到什么?"

"没什么了不起的,"卡西尔说,"只是一件小事。有人解释过我的问题。我的线——将我和现实世界拴在一起的那条线——被人切断了。"他笑得更欢了。"噢,我们得给我找一条新的线才行。"

后　记

在创作最初的三部曲的时候，我就开始筹划这个故事了。那时候，我向我的编辑兜售了"三部曲的三部曲"这个点子（也就是《迷雾之子》系列会随着三界宙的成熟改变时代和科技水平这个点子）。我同样知道，卡西尔会在未来的系列作品里扮演重要角色。

我不反对让角色死去；我想在我创造的所有系列里，都会有一些视角人物遭遇重大且永久性的事故。与此同时，我很清楚卡西尔的故事尚未结束。他在第一卷结尾时知道了一些事，但他的旅程尚未结束。

所以我从很早就开始计划让他回归。我在《永世英雄》里塞满了他在幕后那些行动的线索，甚至还悄悄埋了几处伏笔。我还明确地回答过提问的书迷，告诉他们卡西尔从来不擅长做他该做的事。

我非常清楚，角色复活这种剧情是很危险的，我至今仍在努力寻找其中的平衡。我不认为这次的剧情特别有争议，部分原因是我做好了铺垫。但我确实希望死亡在我的故事里是非常真切的危险，或者说后果。

也就是说，卡西尔从一开始就是要回归的——虽然我也曾数次犹豫要不要写这个故事。我担心一旦写出来，会给人以不连贯的感觉，毕竟已经过去了那么久，又经过了那么多的叙事阶段。我开始创作这个故事是在最终出版的数年前，期间调整了许多次情节。

　　写完《悲悼护腕》的时候，我突然发现自己需要尽快向读者解释一下。这让我在创作故事的时候更勤勉了。最后的成果让我很高兴。就像我担心的那样，它有那么点不连贯。然而，终于有机会讲述三界宙的幕后故事，无论对我还是对书迷来说，都是非常值得的事。

　　话说在前头，我知道卡西尔和鬼影在故事结束后要去做什么。我也知道卡西尔在《瓦克斯与韦恩》系列的纪元做了什么。（那些书里有一些提示，就像最初的三部曲有关于本故事的提示那样。）

　　我不能保证还会写《秘史》的第二或者第三部。我要写的已经太多了。但我会把那种可能性藏在脑海深处的。

泰尔丹星系

泰尔丹星系

粒子环

泰尔丹

泰尔丹星系

泰尔丹是三界宙中最奇异的星球之一，但这件事反而让我感到奇怪。我是在泰尔丹的暗面长大的，即使过了这么多年，我的一部分意识仍旧本能地认为这颗星球的运转方式是正常而自然的。

泰尔丹是一颗被潮汐锁定的行星，位于双星系统中，同时受到两颗恒星的引力影响。其中较小的恒星是一颗光芒微弱的白矮星，它被包裹在粒子环中，从行星的暗面几乎无法观测到。我们这些来自暗面的居民认为，整颗星球都笼罩在黑暗中才是常态（通常可以想象成太阳刚落山时的暮色）。

我们的星球并不灰暗，只有无知的人才会这么认为。紫外线穿透粒子环，使许多动植物发出某种反光。其实，我遇到过少数访客，他们经常觉得这里的景色介于炫目与华丽之间。

星球的另一面是亮面，它面朝双星中体积较大的恒星，那是一颗与矮星同轨运行的蓝白色超巨星。亮面有一片广阔的沙漠，太阳是绝对的主宰，大部分动植物只能生活在地表之下。

多年来，我们一直认为我们的神瑛"自主"只在亮面通过阳光授能。现在我们知道原理没有这么简单，只是运用这种假设才能妥善解释其中的机制。神能从天而降，被沙地表面像地衣一样生长的微生物吸收，沙子便呈现出亮白色（表示神能注满）或深黑色（表示神能耗尽）。

给小植物浇水会引起一系列连锁反应，包括瞬时生长、释放能量，以及界域间的移动。某些人可以控制这种反应，利用体内的水分来短暂建立知界域纽带。他们可以直接从灵界域汲取极少量神能，用来控制沙子。

虽然效果显著，但实际使用的能量却很少。这种法术更偏重技巧而非原始力量。

亮面是两种著名文化的发源地，暗面则更为热情和多样。两面的动植物都奇异非凡，只可惜眼下打算前来的访客还无法目睹。自主近来奉行的孤立主义政策阻断了泰尔丹的进出，而且已经有好多年了（我得补充一句，这和她对其他星球的干涉形成了鲜明对比）。

我很清楚这一点。

白　沙

摘录自 2016 年出版的图画小说，随后的文章是创作于 1999 年，作为改编基准的草稿。

所以……

……这就是宗师之路。再提醒我一下,我当初为什么会觉得这是个好主意?

白沙

原作:布兰登·桑德森
脚本:瑞克·霍斯金
绘画:朱利叶斯·戈佩斯
上色:罗斯·坎贝尔
字体:马歇尔·迪伦
编辑:瑞奇·杨

我猜我只是想向我父亲——沙宗的领袖——证明我自己。

"那这一个呢,资深宗师滕德尔?他看起来有前途吗?"

"是的,宗主大人。他是今年表现非常出色的那一批之一。"

好了,孩子,把你的名字告诉宗主大人。

特莱本,先生。

给我们展示一下你现在的御沙能力。

……
你明白自己可以开始了吗，特莱本？
呃啊！
是个好开始。
宗主会给你在沙宗安排个位置，让你学习正确的御沙技巧。
就这样，每一位未来的门徒都会在加入前证明自己未经打磨的能力。
有些弱小。
有些强大。
嗡
惊人的表现。我有好几年没见过这么强大的新人了。他是？
德里尔，瑞恩斯特·里莱的儿子。
唔。这可是个重大收获，不止一种意义上的。

现在轮到我了。

最后一个未来门徒是您的儿子——肯顿。

当然了，我父亲未置一词。作为他最小的儿子，我是长长的失望名单上的最后一个，我们没有一个展示过御沙术方面的任何天赋。

我父亲身为宗主，却没法生出一个能够御沙的孩子——这是前所未有的丑闻！

有谣言说，这是因为我们的母亲来自暗面，她彻底污染了家族血脉，毒害了家族树的根须。

我要做的就是证明他们错了。证明他们全都错了。

郁结的决心和正义感的问题在于——

咔折——！

——它们无法替代真正的能力。

呼呼呼……

很……抱歉，宗主大人。

没关系。不是每个孩子都该成为御沙师的。

可……这位是——

是的。

带他们离开。有能力的那些可以加入沙宗；其余的就选个别的行当吧。

我要成为御沙师！这是我的权利！

你没有御沙天赋，孩子！回家去。

你看到了。按照律法，我的天赋足够了！

你研究过律法，是吗，孩子？那你就该知道，作为宗主，只有我能批准沙宗内部的晋升——

你会发现沙宗里的生活并不轻松，孩子。

但如果这就是你想要的，那就加入吧。

——而且只有得到我的许可，御沙师才能分配到位阶。

第一位阶除外！

加入然后失败——这是他的言外之意。

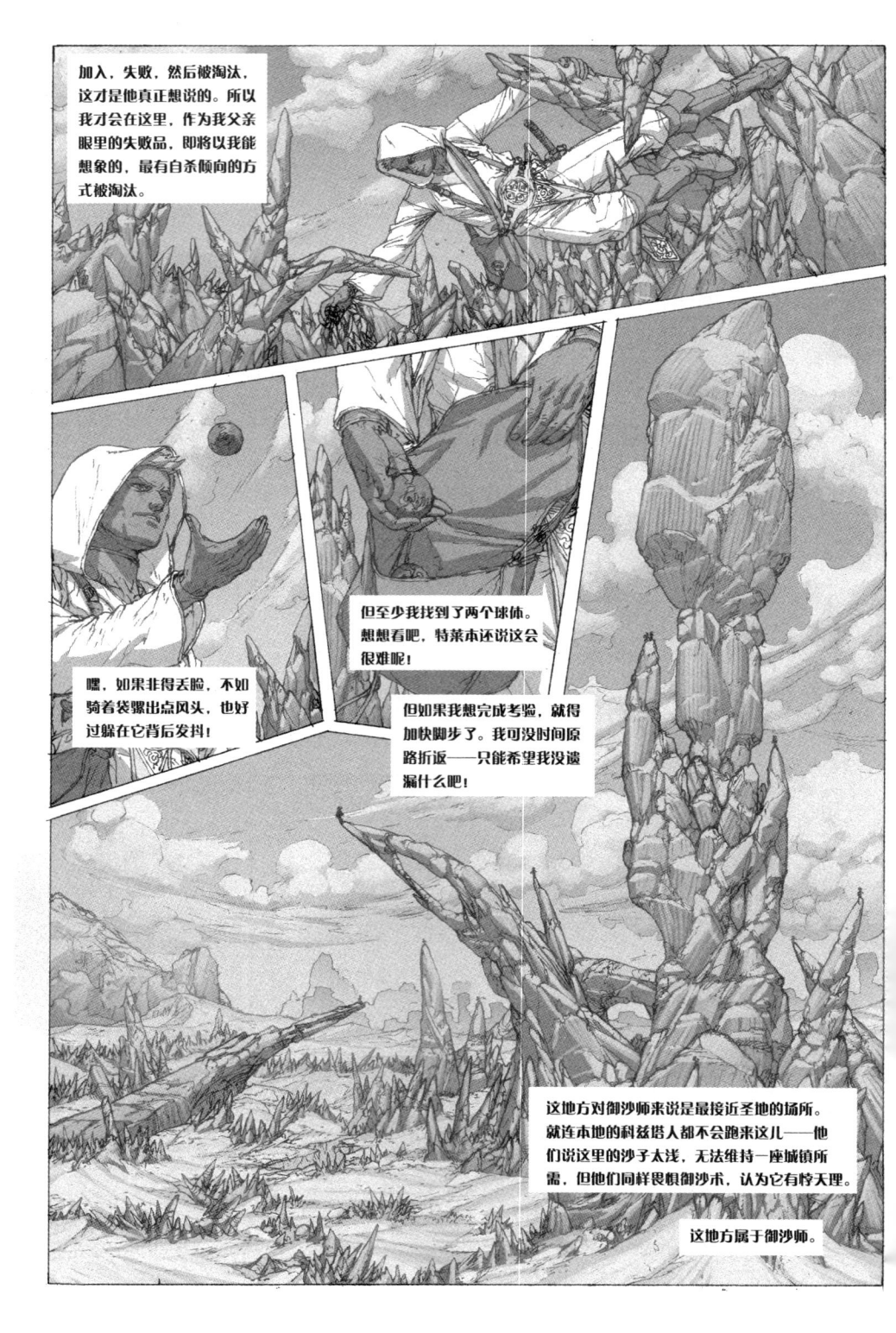

加入，失败，然后被淘汰，这才是他真正想说的。所以我才会在这里，作为我父亲眼里的失败品，即将以我能想象的，最有自杀倾向的方式被淘汰。

但至少我找到了两个球体。想想看吧，特莱本还说这会很难呢！

嘿，如果非得丢脸，不如骑着袭骡出点风头，也好过躲在它背后发抖！

但如果我想完成考验，就得加快脚步了。我可没时间原路折返——只能希望我没遗漏什么吧！

这地方对御沙师来说是最接近圣地的场所。就连本地的科兹塔人都不会跑来这儿——他们说这里的沙子太浅，无法维持一座城镇所需，但他们同样畏惧御沙术，认为它有悖天理。

这地方属于御沙师。

新学徒会被分配到基于他们能力的地位。

和这座峡谷相比，我微不足道的能力带给我的社会地位要低得多。

好吧，够高的。比我预想的要高，但路确实是这条——那面标记旗就是证明。所以真正的考验要开始了。

对御沙师来说，力量就是一切。我在年轻时就明白了这点，就在入选沙宗之后不久。

但在我看来……

……能力重要……

……控制也同样重要。

当然，我的手法也许不够华丽——

——但足以完成工作。

一旦使用，沙子就不再是白色——而是黑色。这代表能量已经耗尽。

这提醒了我，我在这里该留意的不只是沙子的能量——还有我自己。

我口干舌燥，这是脱水的最初征兆。御沙术消耗的不只是力气——还需要水，会吸走御沙师体内的宝贵液体。

御沙师学习的第一件事就是留意体内的水量。

他必须避免过度运用御沙术，以免身体因脱水而承受永久损伤。

他在做什么？！！

希望行得通！

御沙师应当流动起舞，驾着光芒四射的沙云翱翔——不是像没睡醒的沙兽那样爬墙！

我没法悬浮太长的距离——那样要消耗的沙子数量超出了我的能力。

但这样也有好处——绕远路代表你能看到风景！

就这样。我轻松找到了第三颗球,而耗尽的沙粒展示出了第四颗球藏匿的位置,和任何人造标记同样清晰。

阳光为经过操控的沙子补充能量、让它变回白色需要四个小时。御沙师藏起这颗球却是不到四个小时之前的事。

但到达那些球体的位置需要时间,而我不能浪费时间。无论我多么努力,所剩的时间都寥寥无几,体内的水分也快要耗尽。

要是我会化水术就好了。

真蠢。我父亲的严苛堪比沙子本身。他永远不会允许我成为宗主,就算我找到了全部……

……五个……?

难以置信。那就是最后的球体。我办到了!

看到这地方了吗？科拉的风要花上多少年才能雕刻出这样的风景？

呼。

我本以为最后一颗球会藏得最隐蔽，最难找到。但它就在……

……深沙区域！

很少有人——甚至是科兹塔人——会喜欢到深沙区域游荡。

主啊！

有哪里不对劲。

非常、非常不对劲。

唰

我总算想起科兹塔人
不敢踏入深沙的原因了！

就是因为这些东西——沙兽。
能在沙子里轻松滑行的捕食者。
它们动作敏捷，几乎坚不可摧。
住在深沙之中，只会在狩猎时现

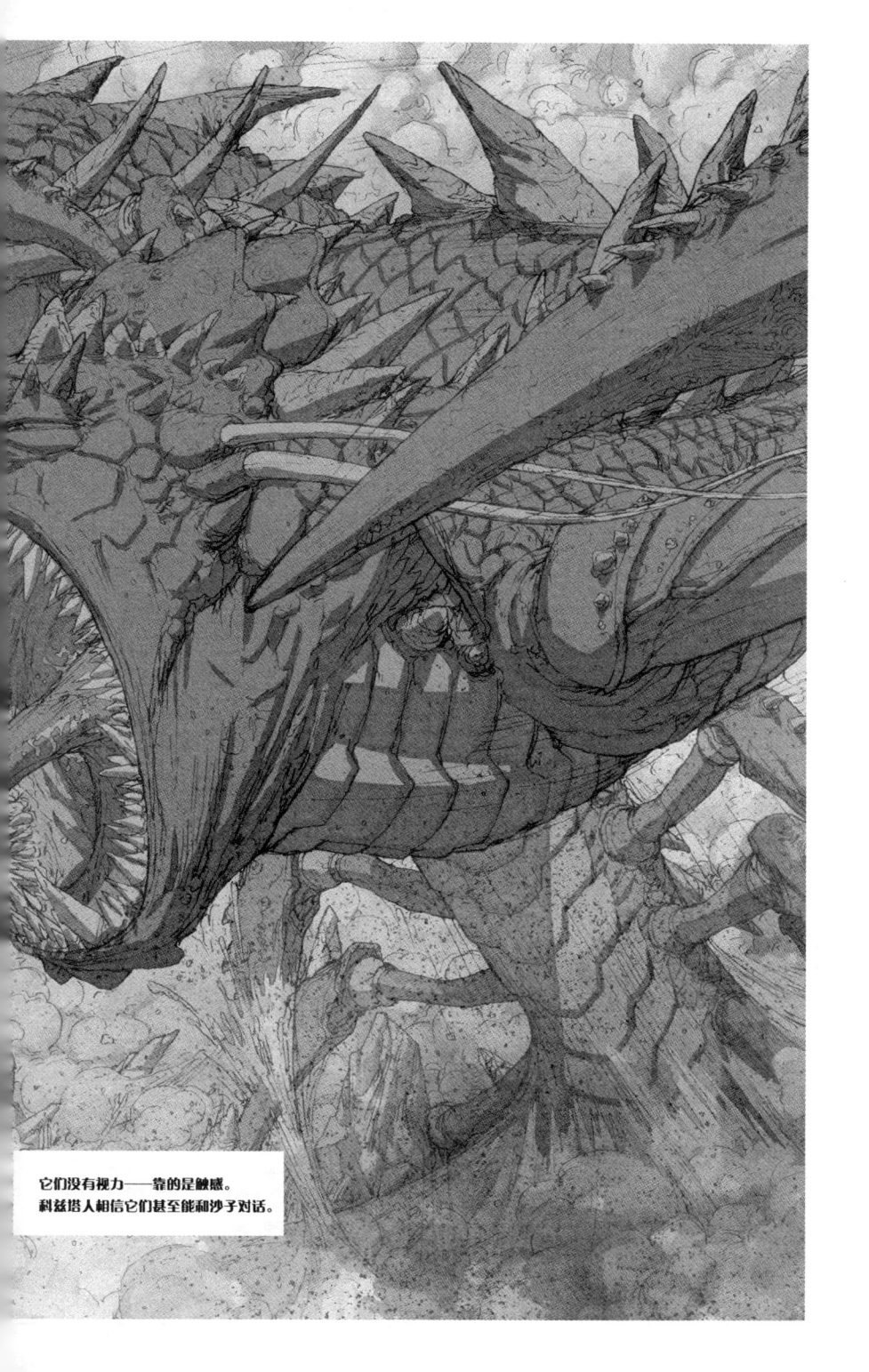

它们没有视力——靠的是触感。
科兹塔人相信它们甚至能和沙子对话。

我突然感谢起自己和高塔的士兵对练的那些时间了。全靠那段磨炼反应的日子，我才能在过去的五秒里幸存下来。

看看我能不能再撑五秒吧！

这目标似乎是个奢望。

唯

肯顿！除非你开口，否则我们不能插手！

我也许没法同时操控十来条沙之带，但如果只有一条——

——我的速度和精准就是无人可比的。

当然,这头沙兽具有斥沙性——它不受御沙术的影响。它光是触碰就会摧毁沙子里的能量。

你听到我的话了吗,小子?快请求我们救你离开!

不。

我该做的事很明显。所有沙兽都有一个重大弱点:水。那种液体能融化它们的外壳和皮肤。

宗师之路测试里的最终挑战,就是最为强大的御沙技巧——化水。

宗主大人,您必须叫停了。否则您的儿子会死——

规则很明确,埃洛林。肯顿必须主动要求介入才行。

化水是我办不到的事之一。
但我懂得另一些技巧。
只要动作够快，就算同时只控制一条沙带，也可以像是许多条。
但我为了找到球体耗尽了贵重的资源。我的水分眼看就要耗尽。第一天的第一课：为了沙宗的利益着想，就连接近过度御沙的界线都是应当避免的。
就在那儿！
可……等等！
另一颗球？但这不可能！

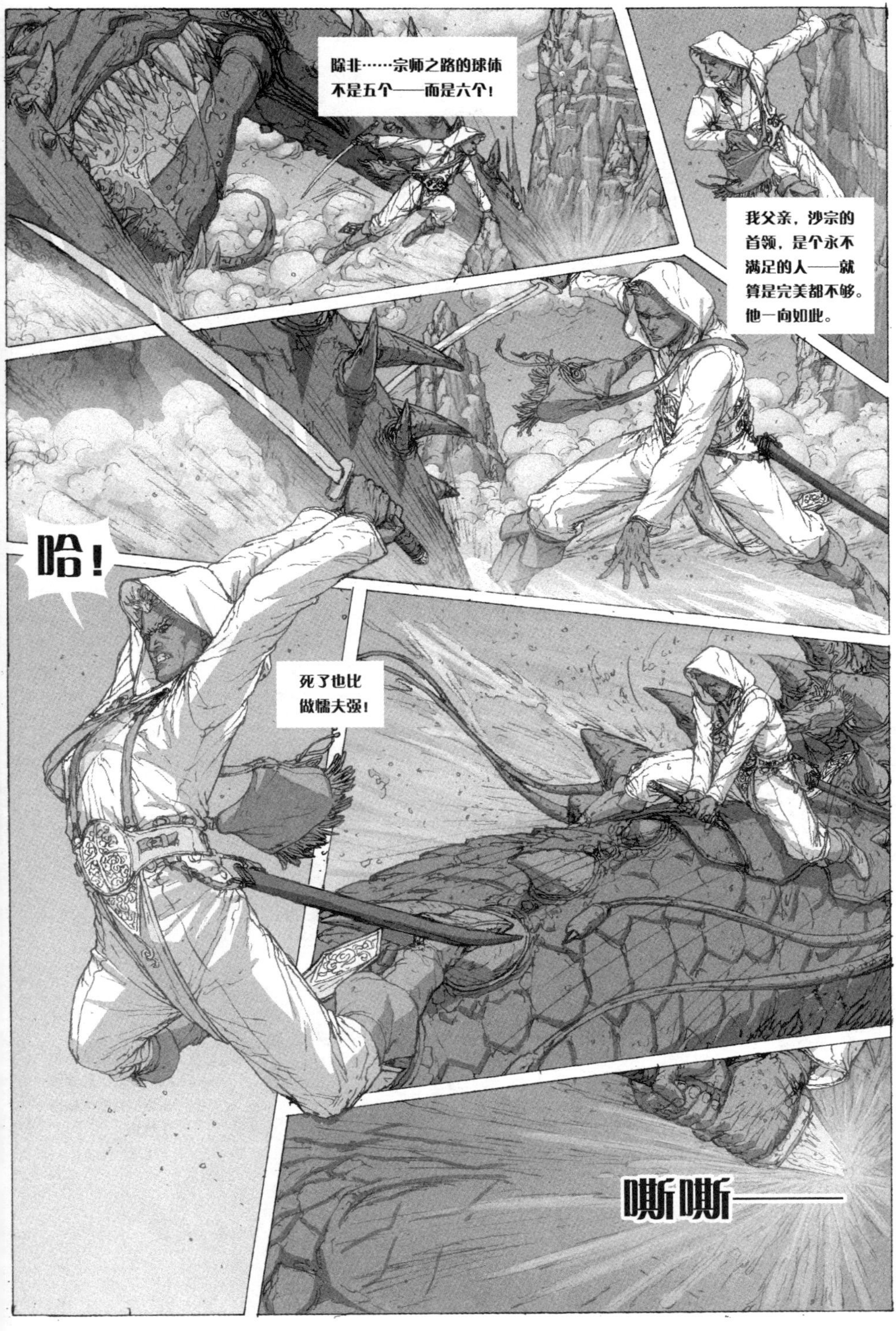
除非……宗师之路的球体不是五个——而是六个！
我父亲，沙宗的首领，是个永不满足的人——就算是完美都不够。他一向如此。
哈！
死了也比做懦夫强！
嘶嘶——

呃啊！

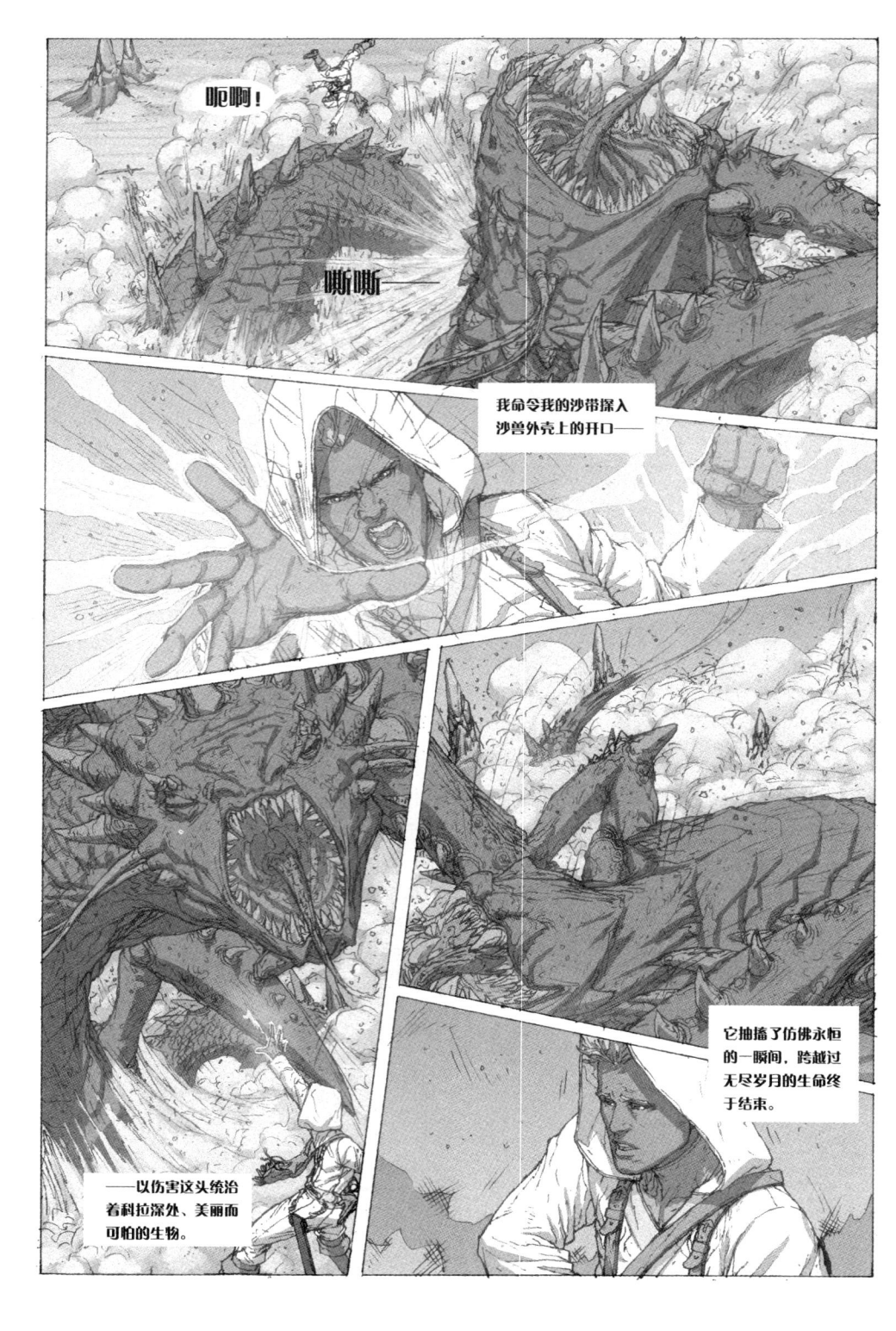

嘶嘶——

我命令我的沙带探入沙兽外壳上的开口——

——以伤害这头统治着科拉深处、美丽而可怕的生物。

它抽搐了仿佛永恒的一瞬间，跨越过无尽岁月的生命终于结束。

我的时间几乎耗尽，
但我得收好这个尾才行。
六颗球体！
这不可能！
我放的是五颗。
第六颗是从哪来的？
水！给这
小伙子拿水来！
他把自己逼到了极限
——感谢沙之主，他
活下来了。您肯定很
为自己的儿子骄傲，
宗主大人。
是吗？

序　章

在低语声中，风轻轻抚过荒凉的沙丘，抓起细细的沙粒，随后裹挟向前，仿佛那是成千上万辆小巧的战车。这些沙粒，就像它们堆砌的沙丘那样，是骨白色的。漂白它们的是太阳严厉的凝视——这凝视从不懈怠，因为在这里，在白沙的帝国里，太阳从不落下。它一动不动地挂在空中，既不升起也不落下，始终注视着这些沙丘，仿佛一位满心猜忌的君王。

普拉西顿能感觉到风吹来的沙粒在啃咬他的脸颊。他戴上了长袍的兜帽，但似乎没什么分别。他觉得那些沙粒在袭击他的侧脸，仿佛狂暴的昆虫。御沙师们得加快速度了——只需要几分钟时间，风就能把科拉的沙子从淤塞的死水变为狂舞的龙卷风。

十来个身影站在不远处，身穿棕色长袍。他们戴上了兜帽以抵御狂风，但从那些矮小的轮廓能轻易看出，他们都是孩子，才刚刚进入人生的第二个十年。这些男孩不安地站着，在抽打衣袍的风中紧张地变换重心。他们知道今天有多重要。但他们没有普拉西顿这么清楚；

他们不可能知道将来的自己会多少次回顾这场测试，测试的结果又会有多少次决定他们人生的走向。但他们能感觉到即将发生之事的重要性。

在一位白袍宗师的命令下，男孩们把手伸进长袍，拿出小小的布袋。作为宗主，也就是御沙师们的领袖，普拉西顿以严肃的表情——也是他一贯的表情——监督着这场测试。他用不带感情的双眼看着每个男孩从袋子里拿出一把白色沙子。他们必须攥紧拳头，免得被愈发强烈的风夺走这些沙子，再洒落到科拉各处。

普拉西顿皱起眉头，仿佛自己单纯的不悦就能迫使风势平息。测试的地点位于克瑞达山附近——这里是科拉境内有石块从沙漠伸出的少数几个场所之一。在这里，风通常会被两座高山和周围的峭壁挡住。

他摇摇头，不再思考风的问题，因为第一个男孩已经开始了测试。两位宗师站在他面前，用被风声淹没的音量给出指示。普拉西顿听不到他们的话，但能看到结果——男孩盯着手掌里的沙子看了片刻，一阵风揭示了他专注的神情。他以保护式动作捧起的那些沙子短暂地发光，随后转为暗淡的黑色，仿佛焦黑的余烬。

"是个好开始。"资深宗师滕德尔在他身后喃喃道。普拉西顿沉默地点点头——滕德尔说得对；这是个好兆头。那个男孩——普拉西顿记得他叫特莱本，是个低阶御沙师的儿子——能让沙子发亮到在短距离外都能看到，这就代表他至少拥有中等程度的力量。

测试继续，有些男孩发出了类似特莱本那样的光，还有些只能勉强把沙子变成黑色。但总体来说，这批受试者的能力非同寻常地强大。他们会让沙宗增强不少力量。

随后是一道突如其来的闪光，在格外明亮的同时发出一声爆炸般的"噼啪"，甚至盖过了风声。普拉西顿惊讶地眨眨眼，试图清除眼中明亮的余像。两位主持测试的宗师震惊地站在一个手掌发颤的小孩子面前。

在普拉西顿旁边,滕德尔吹了声口哨。"我有好几年没见过这么强大的新人了,"老宗师说,"他是?"

"德里尔,"普拉西顿脱口而出,"瑞恩斯特·里莱的儿子。"

"这可是个重大收获,不止一种意义上的。"滕德尔评论道。

主持测试的宗师们回过神来,走到下一个,也是最后一个男孩面前。尽管年岁不小,不但拥有难以动摇的冷静,而且天性严厉,但最后那个孩子聆听指示的时候,普拉西顿却觉得自己的心脏稍稍加快了跳动。

噢,拜托,他发现自己正在下意识地低声祈祷。他不是信仰宗教的那种人,但这是他最后的机会了。他之前失败了那么多次……

男孩看着自己的手。他的兜帽被风掀开,他有一张圆脸和金色短发,脸上是无比专注的表情。普拉西顿屏住呼吸,等待着,又不由自主地兴奋起来。

男孩盯着沙子,咬紧牙关。但什么也没发生,普拉西顿感觉自己的兴奋逐渐消散。最后,那捧沙子发出了非常微弱的光——弱到让普拉西顿怀疑那是自己想象出来的——然后褪为暗淡的黑色。

普拉西顿明白自己没有露出失望的表情,但他能感觉到周围那些资深宗师的身体因期待而绷紧。

"很……抱歉,宗主大人。"滕德尔在他身边说。

"没关系,"普拉西顿说着,轻描淡写地摆了摆手,"不是每个孩子都该成为御沙师的。"

"可……这位是您最后的儿子了。"滕德尔指出了事实——在普拉西顿看来,这样的确认毫无必要。

"带他们离开。"普拉西顿大声下令。*所以这就会是我遗留的东西*,他自顾想着。*一位没法生出哪怕一个御沙师孩子的宗主。我会作为"娶了来自暗面的女子,因此玷污了自己血脉的人"而受人铭记*。

他叹息一声，说了下去。"有能力的那些可以加入沙宗；其余的就选个别的行当吧。"

御沙师们动作飞快，脚底轻易陷入这些不断打旋、沙粒细小的沙丘。他们渴望避开如此狂暴的天气。然而，有道身影没有跟在那些白袍宗师的身后。那个矮小瘦削的男孩伫立在愈发猛烈的风中。他的袍子在身周甩动，就像一头即将惨死的野兽在不断翻滚。

"肯顿。"普拉西顿低声说。

"我要成为御沙师！"那个小男孩说着，嗓音在风中依稀可辨。不远处，那支正在后撤的宗师和男孩的队列停了下来，好几颗脑袋惊讶地转了过来。

"你没有御沙天赋，孩子！"普拉西顿怒斥道，又挥手示意那群人继续前进。他们敷衍了事地迈开步子，做出服从命令的样子。很少有人会挑衅宗主，年轻男孩就更少了。这样的景象难得一见，值得站在沙尘暴里旁观。

"按照律法，我的天赋足够了！"肯顿反驳道，他细小的嗓音近乎尖叫。

普拉西顿皱起眉头。"你研究过律法，是吗，孩子？"

"是的。"

"你研究过律法，是吗，孩子？那你就该知道，作为宗主，只有我能批准沙宗内部的晋升，"普拉西顿说着，权威遭到质疑让他愈发恼火。和一个孩子对质已经很丢脸了，何况那还是他自己的儿子。"只有得到宗主的许可，御沙师才能晋升位阶。"

"第一位阶除外！"肯顿回以大吼。

普拉西顿迟疑片刻，感到怒意在增长。一切都在和他作对——令人厌恶的狂风，这个男孩的无礼，还有其他御沙师的眼神……最难以忍受的是他心知肚明的事实。他知道男孩是对的。严格来说，任何能让沙子发光的人都有资格加入沙宗。能力不及肯顿的孩子都当上过御沙师。当然了，他们都不是宗主本人的孩子。如果肯顿加入沙宗，他的无能就会削弱普拉西顿的威信。

男孩仍然站在那里，态度坚定。风刮来的沙子堆积在他的双腿周围，没过了他膝盖以下的身体，仿佛一座不断变化的古坟。

"你会发现沙宗里的生活并不轻松，孩子，"普拉西顿嘶声道，"沙子在上，明白点事理吧！"

肯顿一动不动。

普拉西顿叹了口气。"好吧！"他高声宣布，"你可以加入。"

肯顿露出得意的笑容，将双腿从沙丘中抽出，匆忙追上那队学生。普拉西顿站在原地，看着男孩的背影。

狂风拉扯他的长袍，沙子奋力钻进他的眼睛和双唇之间。这样的不适完全比不上肯顿即将了解的痛苦——沙宗这个地方充斥无情的政治，评判御沙师的标准往往是纯粹的力量。不，如此弱小之人的生活不可能轻松，尤其是因为他父亲如此强大。无论普拉西顿做什么，其他学生都会因为想象中的溺爱和偏袒而怨恨肯顿。

男孩对前路的磨难浑然不觉，就这么朝不远处的洞穴走去。看起来，普拉西顿最后一个孩子会成为他最大的耻辱。

第一章

在肯顿看来,这些沙子仿佛会呼吸。沙粒反射着来自静止太阳的热量,扭曲了空气——也让沙丘仿佛是由小小的煤炭组成,散发着白热的能量。在远处,肯顿能听到穿过岩石缝隙、仿佛呜咽的风声。在科拉这片沙丘覆盖的庞大土地上,只有在这里能找到凸出于地面的岩石:这里,以及克瑞达山,那个对御沙师来说的神圣之地。在别的地方,沙子都太深了。

已经成年的肯顿再次站在一群宗师面前。在很多方面,他都和八年前站在这里的那个男孩很像。他有同样剪短的浅亚麻色头发,同样的圆脸和坚定的神情,以及——这点最为重要——同样叛逆而坚决的眼神。他如今穿着御沙师的白色袍子,但和大部分同僚不同,他没有彩色的腰带。他的腰带是朴素的白色——这在沙宗里代表尚未分配到位阶的学生。他的腰间系着另一件与众不同的东西——那是一把剑。他是这群御沙师里唯一佩带武器的。

"可别告诉我,你打算去做这么愚蠢的事。"肯顿面前的那个男人说。普拉西顿——他看起来比沙子本身更苍老——站在沙宗里二十位金色腰带的宗师前方。普拉西顿只经历了六十个年头,皮肤却干瘪皱缩,仿佛被阳光曝晒过的果子。就像大多数御沙师那样,他没留胡须。

肯顿挑衅地回应注视,这是他在过去八年里非常擅长的事。普拉西顿用混合了厌恶和难堪的目光打量他儿子。接着,在一声叹息过后,这位老人做出了令人意外的举动。他离开了沉默地站在岩石高地上的宗师们。肯顿困惑地看着这一幕,而普拉西顿在离其他人足够远,能够进行私下对话的距离站定,又招手示意他过来。肯顿难得地服从了命令,走上前去,想听听这位宗主要说什么。

普拉西顿回头看向宗师们,随后转向肯顿。他的双眼短暂地转向系在肯顿腰带上的长剑,随后抬起头来,盯着肯顿的眼睛。

"你瞧,孩子,"普拉西顿说话的时候,嗓音略显沙哑,"这八年以来,我都在忍受你的傲慢和花招。只有沙之主知道你惹过多少麻烦。你就非得不断违抗我吗?"

肯顿耸耸肩。"因为我擅长这个?"

普拉西顿皱起眉头。

"宗主大人,"肯顿说了下去,语气严肃了些,但挑衅丝毫不减,"一旦御沙师接受位阶,就永远固定下来了。"

"所以?"普拉西顿问。

肯顿没有回答。他已经拒绝了四次晋升,这种举动让他在沙宗里沦为了谈资和笑柄。笨拙的学生有时需要花费五年时间才能成为门徒,但在御沙的历史上,从未有人整整八年都是学生。

普拉西顿又叹了口气,拿起他的水囊喝了一口。"好吧,孩子,"普拉西顿最后说,"尽管痛苦——尽管丢脸——我也要承认,你很努力。沙之主知道你没多少天赋可言,但至少你用仅有的那些做出了成绩。放弃走完宗师之路的愚蠢决定,明天我会给你个宗客位阶。"

宗客。这是御沙师九个位阶里倒数第二低的位阶；再往下只有次宗客——那是他在四年前向肯顿许诺的位阶。

"不，"肯顿说，"我想成为宗师。"

"主啊！"普拉西顿咒骂道。

"别急着骂我，父亲，"肯顿提议道，"等我成功完成宗师之路再说。到时候，您会怎么做？"

然而，肯顿挑衅的话语要比他心中所想更乐观。就在他父亲怒不可遏的同时，肯顿发现这些问题重新浮出了水面。

我究竟在做什么？八年前，没人觉得我能当上御沙师，现在我却有机会晋升为沙宗里的体面位阶。这不是我想要的，可……

"孩子，你的笨拙能让白痴都显得聪颖。完成宗师之路什么都证明不了。它属于宗师——不属于微不足道的门徒。"

"律法没说过学生不能走这条路。"肯顿说着，关于自己无能的念头仍在脑海中挥之不去。

"我不会让你当宗师的，"普拉西顿提醒他，"就算你找到全部五个球体，我也不会允许。这条路不是什么测试或者证明。宗师可以自愿走这条路，但只会在晋升以后。你的成功不会有任何意义。你永远不会成为宗师——你甚至连当御沙师都没资格！"

普拉西顿的话语蒸发了肯顿的疑虑，仿佛阳光下的积水。如果说有谁能给肯顿的反抗之火添一把柴，那就是普拉西顿了。

"那我就当个门徒一直到死吧，宗主大人。"肯顿交叠双臂，答道。

"你不会成为宗师的，"普拉西顿重申道，"你没有那种力量。"

"我不相信力量，父亲。我相信能力。宗师能做到的事，我都能做到；我只是会用不同的手段。"这是个老论调了，他在过去八年里都是这么说的。

"你能化水么？"

肯顿迟疑了。不，这是他做不到的。化水，将沙子变成水的能力，是御沙术的终极技艺。它和御沙师其余的能力截然不同，肯顿的创意和巧思都无法加以复制。

"不会化水的宗师也是存在的。"肯顿无力地回答。

"只有两个，"普拉西顿说，"而且那两位都有能力同时操控数量超过两打的沙带。你能操控多少条呢，孩子？"

肯顿咬了咬牙。然而，这问题很直接，他不能拒绝回应。"一条。"他最后承认。

"一条，"普拉西顿重复道，"一条沙带。我没听说过哪位宗师控制的沙带少于十五条。你是想告诉我，你用一条能办到的事能比得上他们的十五条？你为什么就看不出这话有多荒谬？"

肯顿微微一笑。多谢你的鼓励，父亲。"噢，那我就只能证明给您看了，宗主大人。"他说着，嘲讽地鞠了一躬，转过身去。

"宗师之路属于宗师，孩子，"普拉西顿沙哑的声音在他身后重复道，"大部分宗师甚至不会去走——太危险了。"

肯顿没理那位老人，反而朝站在不远处的另一位御沙师走去。他矮小的轮廓没有投下影子，因为在克瑞达山南边这片参差的岩地上，太阳就挂在他的正上方。那位御沙师是个光头，有一张微胖的椭圆脸蛋。他的腰间系着少宗师的黄色腰带，那是仅次于宗师的位阶。那人朝靠近的肯顿露出笑容。

"你确定要这么做吗，肯顿？"

肯顿点点头。"是的，埃洛林，我确定。"

"你父亲的反对是有充分理由的，"埃洛林提醒他，"宗师之路是一群自我膨胀的家伙创造的，他们极度渴望证明自己比同侪更优秀。它是为那些拥有庞大力量的人设计的。就算是宗师，也有死在这条路上的。"

"我明白。"肯顿说，但他内心里很好奇。完成过宗师之路的人都会被禁止揭露它的秘密。肯顿做过那么多研究，但至今无法判断，为什么一场穿越科拉的简单竞速会如此危险。是因为缺水么？还是险峻的峭壁？这些对训练有素的御沙师都算不上太大的挑战。

埃洛林说了下去："那好吧。宗师大人让我从旁斡旋。我们这群人会看着你穿过宗师之路，评估你的进度，确保你不会作弊。除非你开口，否则我们不能帮忙，而且一旦我们出手干预，你就不能再走下去了。"

矮小男子将手伸进他的白色御沙袍，拿出一个小巧的红色球体。"这条路上藏着五个这种球体，"他解释道，"你的目标是找齐五个。等我给出指示，你就可以开始了。你的时间从月亮被山遮住算起，到它重新出现在另一边为止。超过时限或者找到第五颗球体的那一刻，测试就结束了。"

肯顿抬头看去。月亮每天都会环绕天空，高度只超过地平线少许。它很快就会移动到克瑞达山的后方。他应该有大约一个小时，也就是一百分钟的时间，来走完这条宗师之路。

"所以我不用返回出发点？"肯顿想要问个明白。

埃洛林点点头。"月亮重新出现的那一刻，测试就结束了。我们会计算你找到的球体数量，那就是你的得分。"

肯顿点点头。

"你不能带着水囊。"埃洛林告诉他，又伸出一只手，拿走了肯顿身侧的储水容器。

"还有那把剑。"普拉西顿在后方喊道，嘴角下弯，露出他特有的不赞同的表情。

"规则里没有这条，老头子。"肯顿反驳道，手落在剑柄上。

"真正的御沙师不需要这种笨重的武器。"普拉西顿主张说。

"规则里没这条。"肯顿重复了一遍。

"他是对的，宗主大人。"埃洛林附和说。他也在皱眉——这位少宗师很和善，虽然他同样不赞同肯顿带上长剑的做法。在大多数御沙师的眼里，武器是粗俗的东西，只适合士兵这种低等职业的人。

普拉西顿懊恼地翻了个白眼，但没有继续反驳。几分钟过后，月轮彻底消失在那座山峰后方。

"愿沙之主保佑你，年轻的肯顿。"埃洛林说。

* * *

这条路的开头很简单，肯顿迅速找到了前两个球体。事实上，那些红色砂岩球的位置过于好找，他都开始担心自己看漏了什么。不幸的是，肯顿知道自己没时间回头去确认了。如果他没法在第一次尝试就找全，就肯定会失败。

这份决心驱使肯顿继续奔跑，迅速跨越一片岩架顶端。在他周围，从沙地伸出的石头排列成奇怪的形状，有些高达数百尺，还有些仅仅探出头来。这一幕对他来说很熟悉——御沙师们每年都会来到这里，挑选新成员，以及奖赏有功的老成员。这里几乎是个圣地，虽然御沙师通常是不信教的。科拉的科兹塔居民都不会跑来这儿——这里的沙子太浅，无法维持一座城镇所需。事实上，连知道它存在的人都寥寥无几。这地方属于御沙师。

而且，在四年的时间里，它都是个令人难堪的地方——至少对肯顿来说是这样。在这四年里，他站在沙宗的全体成员面前，提出不会被许可的晋升请求。他知道其他人大都觉得他是个傻子——傲慢的傻子。有时候，他怀疑他们也许是对的。他为什么总要争取自己配不上的位阶？为什么不肯满足于普拉西顿愿意给他的那些？

沙宗的生活对肯顿来说并不轻松。御沙师的社会古老而阶层分明——新学生会立刻得到基于能力的领导职位和照顾。能力较差的御沙师会成为更有天赋者实质上的仆人和随从——这种状况蔓延到了御沙师等级制度的每个角落。

对他们来说,力量就是一切。肯顿观察过和他同组的门徒,也看到了御沙术对他们而言有多轻松。他们用不着尽最大努力,不需要学习如何操控沙子。他们解决任何问题的方式,就是朝它丢出十来根沙带,再指望问题消失。今天,肯顿会证明还有更好的做法。

肯顿突然停下了脚步。他脚下的地面到达了尽头——在他的正前方,沙子覆盖的大地出现了一条陡峭的深沟。另一边大约在五十尺远处。他能依稀分辨出飘扬在峡谷另一边的旗帜——那是一面标志,指出了他要去的方向。

所以真正的测试开始了,肯顿这么想着,俯身从地面抓起一把沙子。换成别的御沙师,更强大的那种,完全可以跳过这道鸿沟,用沙子的溪流推动自己穿过空气。肯顿就没有那样的选项了。

所以他就这么跳下了山崖。

他笔直地落向地面,白色长袍在风中甩动。他没有向下看,反而将注意力集中在拳头里攥着的沙子上。

沙子骤然间焕发生机。

在迸发的光线里,沙子从骨白色变成了散发微光的珍珠母的颜色。肯顿在落下的途中摊开手掌,命令沙子开始移动。它向前飞去,构成了一条光的缎带,从他的手掌向下方迅速接近的沙丘延伸而去。

沙子落到地面的时候,他命令它从下方的沙丘聚集沙粒,再原路返回。一秒钟过后,有条发光的御沙之线将肯顿与地面连在了一起。他仍在下落,但在他命令沙子推动的同时,下降的速度减缓了。这些沙子仿佛闪闪发亮的线圈,在他接近地面期间不断减缓他的速度。与此同时,他释放了对沙子的掌控,闪闪发亮的沙粒立刻暗淡下去,不再动弹。不再是白色,在能量耗尽后变成了无光的黑色。

肯顿沿着峡谷底部奔跑,强迫自己保持速度,忽视御沙术带来的疲惫。他开始后悔自己坚持要带上这柄剑了——随着他的奔跑,那把武器也愈发沉重，不断拉扯他的身侧。

没有跳过去，而是沿着峡谷的底部奔跑，这种做法耗费了他宝贵的时间。他已经用掉了这个钟头的大约六十分钟。他舔了舔越来越干的嘴唇。御沙术消耗的不只是力气，还需要水，它会吸走御沙师体内的宝贵液体。御沙师必须避免过度运用御沙术，以免身体因脱水而承受永久损伤。

肯顿来到第二座峭壁前，抬起目光，积蓄力量。他在远处看到了一队身着白袍的影子。那是正在评估进展的宗师们。即使这么远的地方，肯顿也能从他们的站姿中感受到他们的判断。他们断定他陷入了困境——众所周知，肯顿只能用沙子把自己抬高几尺。当然了，这件事本身很了不起——别的御沙师可没法只用一根沙带就做到这种程度。然而，无论有多了不起，他的能力都不足以让自己到达这座至少上百尺高的峭壁顶端。

宗师们转过头去，用远到听不见的声音交谈。肯顿没理睬他们，只是俯下身去，抓起另一把沙子。他赋予了沙子生命，感到它开始在他手中扭动和发光。沙子散发强光——甚至比宗师的光更强烈。肯顿只能操控一根沙带，但它却比御沙师迄今为止创造过的任何沙带都要强大。

最好能成功……肯顿心想。

他让沙子向前滑去，落在地面上，仿佛一条水的溪流。他在那里聚集了更多沙子，在他能力允许的限度内赋予它们生命——足够组成一根大约二十尺长的细绳。然而，这一次，他没有让沙子组成沙带。他反而创造了一级台阶。

的确，他没法把自己抬得太高。御沙师越是让自己提升高度，需要的沙子也就越多，肯顿能操控的沙子数量又相对较少。但他能固定自己的位置。

他深吸一口气，踏上这块小小的沙之平台，身体贴上粗糙的岩壁。随后，他尽可能抓牢，同时避免向下看，开始向侧面挪动，让沙子从平台一侧落下，换到另一侧。他专心让沙子附着在岩壁上，钻进缝隙，维持这种不完美的形状，而非从地面升起。肯顿缓缓地朝侧面移动，让这座沙子平台逐渐倾斜，以对角线的形式朝峭壁上方移动。

他看起来肯定蠢透了。御沙师应当流动起舞，驾着光芒四射的沙云翱翔——不是像没睡醒的沙兽那样爬墙。但这套方法行之有效，仅仅几分钟过后，他就接近了裂谷顶端。直到这时，他注意到了某样东西——在山崖侧面，往下大约十尺的地方，有个小小的岩架。岩架上有颗小巧的红色球体。

肯顿得意地笑了笑，笨拙地爬上那片岩架。他随即将长方形的沙子转为带状，让它取来那颗球体。在他的命令下，那根沙之绳索裹住球体，将它带回给主人。要找的球体只剩下两颗。不幸的是，他只有三十分钟多一点的时间了。

他慢跑着经过标记旗帜，又找到远处的另一面旗帜时，那队宗师皱起眉头，震惊地看着他。岩石在这里越来越常见，构成了洞穴和石墙。肯顿沿着沙子覆盖的地面前行，双眼搜寻一切红色的迹象。下一个球体肯定不远了——如果他没猜错的话，宗师之路就是一个环形，而他已经接近了出发的位置。有那么一瞬间，那种担忧重新浮现——他是错过了整整两个球体么？

在不远处，好几道发光的沙粒之线标志着那些无言的跟随者的位置。他们无愧于宗师身份，分别展现出强大的力量，将尽可能多的沙带聚拢在周围。用御沙术真正飞翔是不可能的，但强大的宗师可以让自己跳得很远，足足跨越数百尺。每个跳跃的宗师都会在身后留下沙子的踪迹——让沙子推挤地面，以此作为推进的手段。

宗师们停在不远处的一根岩柱顶端。肯顿变跑为走，谨慎地打量他们。他们落下的位置太过合适，不太可能是随意选择的——球体肯定就在附近某处。肯顿在周围搜寻，双眼扫过阴影和能够藏起那种小球的地方。不幸的是,可能的选项很多。

稍远处的沙地里,竖立着一块墙壁似的硕大岩石。它上面满是拳头大小的孔洞,每个孔洞的尽头都一片漆黑。肯顿心下一沉,明白这就是他的下一次考验。

这些孔洞都可能放着球体! 他这么想着,在心里发出呻吟。如果他有能力操纵两打沙带,在这些孔洞里搜寻就花不了什么时间。然而,如果用他仅有的一条沙带这么做,就算耗尽他剩下的时间恐怕也不够。

但这似乎是他唯一的选择。肯顿叹了口气,赋予一把沙子以生命。也许他运气够好,可以选中正确的孔洞。然而,在送出沙带前,他迟疑了片刻。肯定有更好的方法。

他的双眼掠过这面石壁。讽刺的是,他从自己缺乏能力的事实上学到的一件事,就是有时候,御沙术并非答案。他的双眼就快从解答之道上掠过的时候,他的大脑察觉了它。那是一小堆黑色的沙子。只有两样东西能把沙子由白变黑——水,或者御沙术。

肯顿笑了笑,走向那堆褪色的沙子。它并非纯黑,更接近暗灰色。阳光多半已经给它补充了一两个小时的能量——再过几个钟头,它就会和周围的白沙毫无分别了。肯顿抬起目光,看向沙子正上方的墙壁。在刚刚高过头顶的位置,他在某个孔洞的入口发现了一条黑色沙粒的痕迹。

肯顿把手伸进那个孔,取出了藏在深处的红色砂岩球体。尽管肯顿转头看向宗师们的时候,嘴角挂着笑容,但他内心却在担忧。假如那位藏起球体的御沙师不够粗心——如果他用的是手而非御沙术——肯顿是不可能找到它的。

但他看到宗师们跳跃离开,用曲折的沙带带他们飞到空中的时候,满足感依旧油然而生。现在只剩下一个球体了。如果肯顿能找到,就代表他成功做到了难倒过许多宗师的事。

肯顿正打算再次奔跑，却发现其中一位宗师留了下来。尽管那根岩柱离得很远，肯顿却知道那具佝偻的身影属于他父亲。肯顿抬头看向普拉西顿的脸，而狂风吹过周围岩石间的空洞，发出阵阵哀号。

宗主表情不悦。肯顿盯着他看了好一会儿，试图表达自己的蔑视。最后，普拉西顿抬起双手，从下方的地面呼唤来十几条沙之细绳。它们像活物那样在他周围扭动，明亮的半透明光芒不断以受控的沙子特有的方式改变色彩。普拉西顿一跃而起，沙带将他掷向空中，而肯顿独自留在那道岩壁边。

还差一个。肯顿深吸一口气，再次迈开步子。他快没时间了——不仅是因为月亮很快会重新出现，他也感觉到了御沙术带来的影响。他口干舌燥，又分泌不出唾液，双眼也开始传来火烧般的疼痛。他在奔跑开始时还满是汗水的额头，如今留下了一层残留盐分的硬壳。这是御沙师必须付出的代价，他的技艺消耗的燃料就是自己体内的水分。

口腔和眼睛的干燥是即将对自身造成永久损伤的最初征兆。御沙师最先学习的就是关注自身的水分，为的就是调整步调，免得将御沙术使用过度。那些只是接近过度使用的学生都会受到严厉惩罚。

要是我会化水术就好了，他心想，而这不是第一次了。这种化沙为水的能力会被视为御沙师最有价值的技巧，是非常合理的。

肯顿抛开这种念头，继续奔跑。岩壁再次高耸于他的周围。就在他开始觉得这片区域眼熟的时候，他绕过一个转角，停了下来。在前方高处，他依稀辨认出了自己开始宗师之道的那片岩石高地。宗师们站在上面，等待他靠近。

肯顿呻吟着停下脚步，依靠着光滑的岩壁。他的呼吸开始愈发困难；奔跑和御沙术都在削弱他的力量，他干涸的喉咙让每次呼吸都很痛苦。宗师们拿着他的水囊和里面的水——他无比期待喝下的第一口水，几乎已经不关心自己失败的事实了。

而且他的确失败了。在这条路上的某个地方,他错过了一个球体。他做得很好——五分之四已经是值得尊敬的成绩了。他认识的一些总是只找到了三个。不幸的是,肯顿不能承受完美之外的结果。普拉西顿看到的不会是他儿子找到的四个球体,而是他漏掉的那一个。

肯顿把后脑勺靠在岩石上,就这么过了一会儿。他短暂地考虑转身回去寻找球体,但他恐怕只剩下十分钟了。这点时间只够他勉强赶回上一个球体所在的那面岩壁。他睁开眼睛,站直身子。他知道自己的表现已经远超任何人的想象了。

肯顿踢开堆积在脚边的风积沙,大步走到这片盆地的中央。从现实角度考虑,他知道就算他成功完成宗师之路,也不会改变普拉西顿的想法。宗主的严苛堪比沙子本身;能让他印象深刻的事物屈指可数。

肯顿拿起一把沙子——他必须运用那种制造台阶的手段,爬上这片岩石盆地的背面,和宗师们会合。他只是迟疑了片刻,观察周围奇怪的岩层构造。其侧面光滑陡峭,几乎构成了一个底部满是沙子的深坑,宽度大约五十尺。科拉干燥的风要花上多少年,才能雕刻出如此奇怪的碗状结构?

肯顿停在原地,突然的动作扬起了一片沙子。他扫视盆地的时候,目光落在了某个令人格外吃惊,几乎导致他失衡摔倒的东西上。在那片圆形的沙地中央,有一抹红色。它静静地躺在那里,仿佛一滴鲜血,在白色的背景里格外刺眼。沙地的起伏让他早先看漏了它,但此时看来,那无疑是一颗红色球体。

肯顿抬起头,困惑地看向宗师们。他们站在盆地边缘,白袍仿佛整齐划一地随风飘动。

有哪里不对劲。应该还有——还有某种考验。这是最后一个球体。它本该是最难找到的才对。

仅仅片刻过后,他感觉脚下的沙子开始移动。

"主啊！"肯顿惊叫一声，向后跳去。该不会是……

球体附近的沙子开始翻腾，仿佛沸水。下面有什么东西——有东西正在升起。

深沙区域！肯顿震惊地想。这个填满沙子的深坑肯定比他以为的更深。

一具黑色的形体破开地面，扬起的沙浪埋起了那只球体。肯顿看着钻出沙子的那个生物，因惊愕而喘息起来。那只二十尺高的巨兽抬起身体，水流那样的沙子自它的甲壳流淌而下。它的身体由层层相叠的球根状几丁质体节构成。一对手臂从体节相交的"腰部"那里伸出，手臂的末端是参差不齐的厚实爪子。它的脑袋——如果用这个词合适的话——和盒子差不多，上面有深黑色的圆点，而非眼睛，而且没有明显的嘴巴。最糟糕的是，肯顿知道这生物的大部分身体多半仍然藏在沙子下面。

他忙着观察那只生物的模样，险些被它挥出的爪子碾碎。肯顿惊叫一声，向侧面躲闪，又冲向盆地侧面的岩壁。那头沙兽的身体很大——恐怕有十尺宽。肯顿光是躲开它都很困难。

在肾上腺素和兴奋情绪的刺激下，他的身体不再迟钝，他的心脏开始狂跳，但思绪运转得更快。肯顿读过关于沙兽的记载，甚至看过画像，但他从未亲自造访过深沙区域。很少有人——即使是科兹塔人——会蠢到在深沙区域游荡。他在头脑里搜寻关于沙兽的记载，但这一头似乎不符合任何描述。肯顿再次躲过那头沙兽朝他伸出的爪子。这头生物似乎正在沙子里滑行，仿佛那是水——肯顿依稀能看到，那头巨兽的甲壳上排列着数千根发丝般的细小触须，这就是它移动的手段。

他抛开了继续观察的想法，因为那只生物的爪子重重拍在了他的正前方。肯顿倒在沙子上，勉强以翻滚避开第二只划过他头顶空气的爪子。这头生物快得出奇——人们害怕深沙区域是有理由的。据说潜伏在这片区域深处的生物是几乎坚不可摧的。

肯顿翻身站起,对他和高塔士兵对练的那些时间心怀感激。他用左手拔出长剑,用右手抓起一把沙子,动作迅速而灵敏。

"除非你开口,否则我们不能插手!"有个声音从高处传来。肯顿看都没看那边,只顾专心面对敌手。那生物的头部两侧有作为眼睛的小点——要让它吃惊可不容易。当然了,据说沙兽的视力很差。它们真正能感觉到的是沙子本身。这种能力可不只是感受动向而已;不知为何,沙兽甚至能感觉到完全静止的身体所在的位置。科兹塔人说,深沙兽其实能和沙子对话,虽然来自洛山德的人很少会相信他们的神秘主义论点。

"你听到我的话了吗?"肯顿再次躲闪的时候,那声音重复道,"快请求我们救你离开!"这是埃洛林说的。肯顿没理他,只是旋身避开一只爪子,同时赋予沙子生命。他抬起长剑,挡住了另一次攻击。那生物的力量大得惊人,让他的格挡几乎是徒劳,但他的确争取到了避开攻击,甚至发起进攻的时间。

在转身的同时,肯顿抬起拳头,命令沙子向前。沙子挣脱他的手掌,飞向那头沙兽的脑袋。它就像长矛那样,从肯顿的手中伸出,留下一条发光的尾迹。沙子移动飞快,仿佛在空中呼啸——肯顿也许没法同时操控十几条沙带,但在仅限一条的情况下,他是无可匹敌的。任何御沙师在移动沙子的时候,速度和精准度都不及他的一半。

沙子猛地拍在那生物头部的外壳上,随即失去了光泽,洒向侧面,仿佛一条撞上石墙的水流。肯顿困惑地站在那儿,不知所措,以至于那生物的下一次攻击打中了他的身体侧面,将他甩向石壁,也在他的肩膀留下了一条深深的伤口。肯顿的剑从他震惊的手指间松脱,落在沙子上。

这头沙兽具有斥沙性。它不受御沙术的影响。

肯顿又骂了一声,感觉血液开始从肩膀流出。他当然读过关于斥沙生物的记载，但这种生物本该极其罕见才对。只有最古老也最受人畏惧的深沙兽——据说受到沙之主本人保佑的生物——会具备斥沙性外壳。这种沙兽怎么可能跑来浅沙区域和岩层的正中央居住？

无论如何，他该做的事都显而易见。所有沙兽，无论是否来自深沙区域，都有个重大弱点：水。那种液体会融化它们的外壳和皮肤，留下的只有一摊烂泥。

这说得通。宗师之路的最终挑战就是测试最强大的御沙技巧——将沙子转换成水的能力。有了化水术，御沙师只凭一个念头就能融化沙兽的外壳。不幸的是，肯顿不会化水。埃洛林让他逃跑的提议突然合乎情理起来。

肯顿把这些念头抛到一边，专注于活下去。他的动作越来越慢了；他能感觉到自己愈发虚弱。他努力忽视肩膀的疼痛，在奔跑时俯下身去，抓起另一把沙子。下一次攻击到来时，他操控沙子作为助力，高高跳向空中，却被爪子绊倒了。

肯顿重重地摔在地上，随即爬向那头沙兽原本的位置。球体就在沙子里的某处。他其实不需要杀死沙兽；他只需要找到球体，然后离开。

他放开那把沙子，让发黑又失去生气的它落在地上。随后，他将手放在最后一次看到球体的地面附近。他呼唤一条又一条沙带，命令它们跳开，然后解除操控。沙子从他跪倒位置的地面飞出；他接连不断地操控又释放沙带，看起来仿佛在同时控制不止一条。

不幸的是，那头沙兽没有留给他挖掘的时间。肯顿的跳跃迷惑了它，但它迅速找回了方向感。它朝他扑来，发出的惟有沙子相互摩擦的声响。肯顿挖掘到了最后关头，接着迅速躲开，不顾一切地奔跑。他能感觉到皮肤的干燥，而且每次眨眼，他都会觉得眼皮仿佛和眼球黏在了一起。他的肺开始传来灼痛，呼吸也很艰难。他就快耗尽体内最后的水分了——光是现在这种程度，他恐怕就会受罚了。为了沙宗的利益着想，就连接近过度御沙的界线都是应当避免的，这段教诲对肯顿来说耳熟能详。是时候放弃了。

然而，就在他决定逃跑的时候，他看到了。这片盆地另一边的石壁边有一抹红色，比他身后那条深色的血迹明亮得多。肯顿大喊一声，改换方向，俯身钻过沙兽的前肢下方，和它的身体离得那么近，甚至能闻到它外壳上仿佛硫磺的刺鼻气味。

从那头生物身边跑过的时候，他感受着因为沙兽的动作在他脚下滑动的沙子，注意到了难以置信的一幕。有另一颗红色球体卡在沙兽甲壳上的两条碗状裂口之间。

肯顿继续奔跑，头脑一片混乱。他停在墙边，挖掘沙子，直到手指找到了某种又圆又硬的东西。他抽出球体，皱眉看着它，又将视线转回沙兽身上。在这个角度，他看得很清楚——那是个红色球体，就和他刚刚找到的第五个一般无二。宗师之路的球体并非五个，而是六个。

肯顿把球体丢进身侧的袋子，随后抬起目光，看向这面峭壁的边缘。他能看到，正上方有二十位宗师正在低头看着他。他现在可以逃了；反正他的时间多半已经耗尽。他赢了——他找到了全部五个球体。他还在等什么？

不知为何，他转头看向那头沙兽。它的外壳和皮肤有斥沙性，但它的体内……

肯顿明白，完美也没法让他父亲满意——向来如此。普拉西顿会要求更多。好吧，肯顿会满足他的。

看到肯顿从墙边跑开，神情坚定的样子，宗师们惊讶地大喊起来。

"蠢孩子！"普拉西顿的声音在他身后响起。

肯顿赋予沙子生命，让它从那头生物旁边掠过，抓住他先前丢在地上的剑。沙子的手指带着那把利刃掠过空气。肯顿矮身躲过沙兽的第一次攻势，接住长剑，在距离那头生物的胸口几寸的距离站起身，同时抄起第二把沙子。

肯顿发出坚定的呐喊，将长剑重重扎向那生物的身侧。剑刃划过一块甲壳，割开一块缺乏保护的皮肤，深深埋进甲壳之间的柔软地带。肯顿用剩下的全部力气推动剑柄。

他的剑突然抽动了一下，随即挣脱他的双手，被一股巨力推向后方。破口位置爆发出响亮的嘶嘶声。他刺破了沙兽的皮肤。辛辣的气体喷到了肯顿脸上——那是沙兽体内代替血液的东西——紧接着，那头怪物的一条腿狠狠抽中了他的胸口，将他甩向空中。

在飞离那头生物的同时，肯顿将生命赋予了拳头里的沙子。他命令它向前，使出浑身解数来驱使它。肯顿重重撞上岩壁的同时，沙子也击中了那头生物的胸口，但他没有停止操控。他感到身体无力地倒向地面，却忽略了痛楚，只顾命令沙子找到破口，扭动着越过斥沙性的外壳，进入那生物洞穴般庞大的体内。他不得不对抗空气压力和逐渐模糊的意识，但他仍旧拒绝释放那些沙子。

他感觉到它在突破，气压的抵抗突然消失。肯顿最后一次猛然发力，命令那条沙带四处乱转，切开怪物胸腔内部的器官。肯顿指挥沙子大致向上移动的时候，那头沙兽开始颤抖和痉挛，而沙兽突然身躯僵硬，又朝周围洒出沙子。接着，它用和生前同样悄无声息的动作，就这么向着侧面倒下，身体略微陷入沙子，最终不再动弹。

肯顿不知道从哪里找到了力气，摇晃着起身，跨越沙子。他只是依稀记得自己取回了剑，又用它从那生物的甲壳上撬下了第六个球体。

然而，有个画面清晰地留在了他的脑海里——他抬头看向岩架的时候，看到了他父亲严厉而愤怒的脸。在那位宗主身后，高大的克瑞达山耸立于远处。在肯顿的注视下，月亮的银色边缘开始从山后探出头来。

后 记

我原本觉得,《迷雾之子:秘史》是这本选集里从最初创意到最终出版间隔最久的一部作品,但我随即想起还有这一部。

关于《白沙》,该说些什么呢?这本图像小说终于能够出版,让我非常激动。(也非常感谢 Dynamite 出版社允许我们在这本选集里收录这篇节选。)《白沙》始于我在很久以前想象的一个简单画面:寻找埋在沙中的一具尸体。这是我写下的第一本小说——也是第八本,因为在深入学习写作以后,我又彻底重写了一遍。你们在这里看到的节选来自 1999 年版,而非 1995 年版。

这个故事的出版之路非常漫长。我至今仍旧非常迷恋这个世界,考虑将它作为三界宙的主要部分。(克丽丝在背景展开的过程中扮演了重要角色,从这点应该就能看出来。)然而,当我有能力把故事放进三界宙的时候,却又发现很难安排。我还有那么多书要写,我根本不知道该把这个三部曲塞到哪儿。这时 Dynamite 出版社找上了我们,提议出版这本图像小说。我立刻表示了赞成,因为这种方式能让故事的正规版本出现在读者们的书架上,而且比我原本的日程安排快上许多。

至于我先前提到的场景——好吧，你们可以从中看出，我从第一部作品的写作风格就是专注于魔法体系的。在当时，我读了很多本《时光之轮》和类似作品。我喜爱强大的角色，但我又想创作这么一个故事，展现某个在魔法方面不是特别强大的角色。肯顿就诞生于我的尝试：设想一种手法巧妙与纯粹力量同等重要的魔法，于是御沙术应运而生。

他必须运用那种魔法完成的考验（而且是很多人认定他无法通过的考验）似乎是证明这点的完美方式。效果的确绝佳——那本图像小说里的男孩栩栩如生。在我创作的所有魔法体系里，这套体系似乎最适合这种媒介，因为它的视觉表现力非常优秀。

天挽星系

天現星系

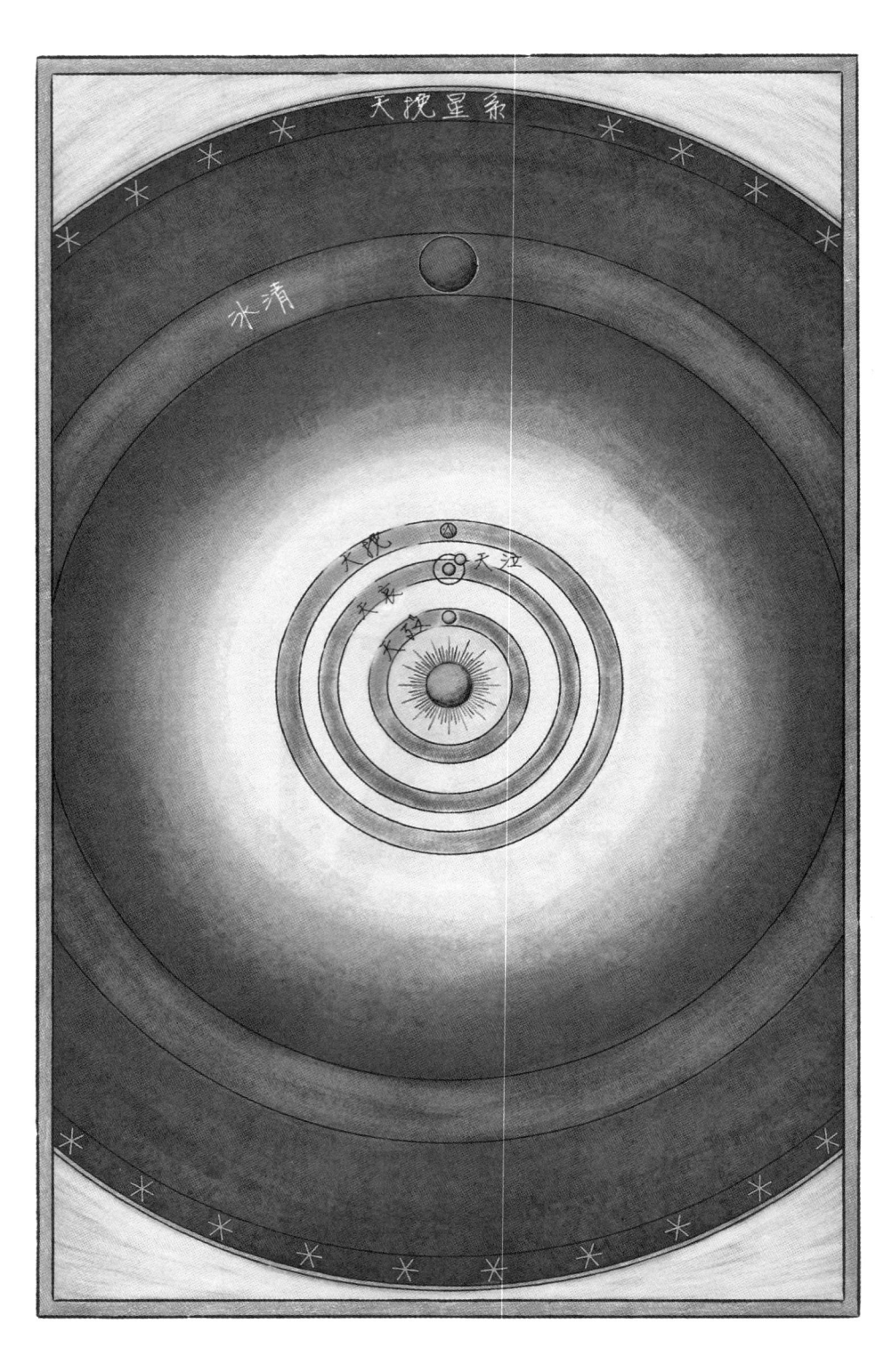

水清

天現　天泣
天哀
天怒

天挽星系

天挽星系是一个被一场古老冲突所扭曲的地方。很久以前,在阿多拿西破碎之后,神瑛"仇恨"与"意志"在这里发生了冲突(双方受了致命伤)。尽管最后的行动发生在别处,但意志还是化为了瑛灵。

两位阿多拿西神瑛的直接冲突对这个星系的行星产生了深远的影响。虽然战斗发生在行星间的广阔太空中(真正的较量则主要发生在其他界域),但毁灭与变革的波浪却涤荡了整个星系。关于星系中其他行星如何因此而改变的调查都毫无结果,因为那些星球都没有垂贯点①,不能实地前往。

所幸我有机会接触来自天挽的人。天挽是星系中的第三颗行星,从纳兹②提供的记录来看,在两位神瑛开战之前,行星上必然存在一定程度的神能。然而,毁灭的浪潮携带着意志被撕裂后的力量碎片,扭曲了天挽的居民与星球。

天挽有两片独立的大陆。其中面积较大的大陆因为一种被称作

---

①三个界域的交汇点,可用于跃界。
②本文作者的下属,其人来自天挽世界。

"邪灵"的力量作祟，已被遗弃，就连纳兹也语焉不详。那是一种蔓延的黑暗，一种吞噬了整片大陆的可怕力量，以人类的灵魂为食。我不知道这其中有多少是隐喻，又有多少是字面意思。从面积较小的那片大陆派出的探险队已经失踪，即使是在知界域，去这个地方也很危险。

面积较小的大陆是一片蛮荒，基本还没有开发和命名，只有几处文明的堡垒。我拜访过其中最大的一处，但它还是给我一种尚未完工的感觉，仅仅由漂洋过海的难民草草建成，缺乏生活必需品。他们主要将它作为要塞，其次才是家园。这是有道理的，因为那里的居民总是害怕邪灵会设法越洋而来。

又或许他们是在害怕亡灵。天挽人都患有一种特殊的疾病，他们死后有时会转变成所谓的"知界域幽影"。我姑且不谈知界域幽影是否就是人的灵魂，这个问题应该由神学家或哲学家来探讨。

不过，我可以解释其中的魔法原理。被注入额外神能的灵魂往往会在所得的神能上留下印记。就像柔刹的灵体会逐渐因为人们对飓能的关注而变得具备自我意识一样，这些过量的神能在脱离实体形态后，也能获得维持智慧的能力。

当地人认为这些知界域幽影是鬼魂，但它们其实是一类（勉强）具备自我意识的神能。这是一个值得深入研究的领域。只可惜访问这颗星球非常困难，因为星球上没有稳定的垂贯点，现有的垂贯点都很不稳定，而且很难预测，来源也有些可怕。

地狱森林的寂静幽影

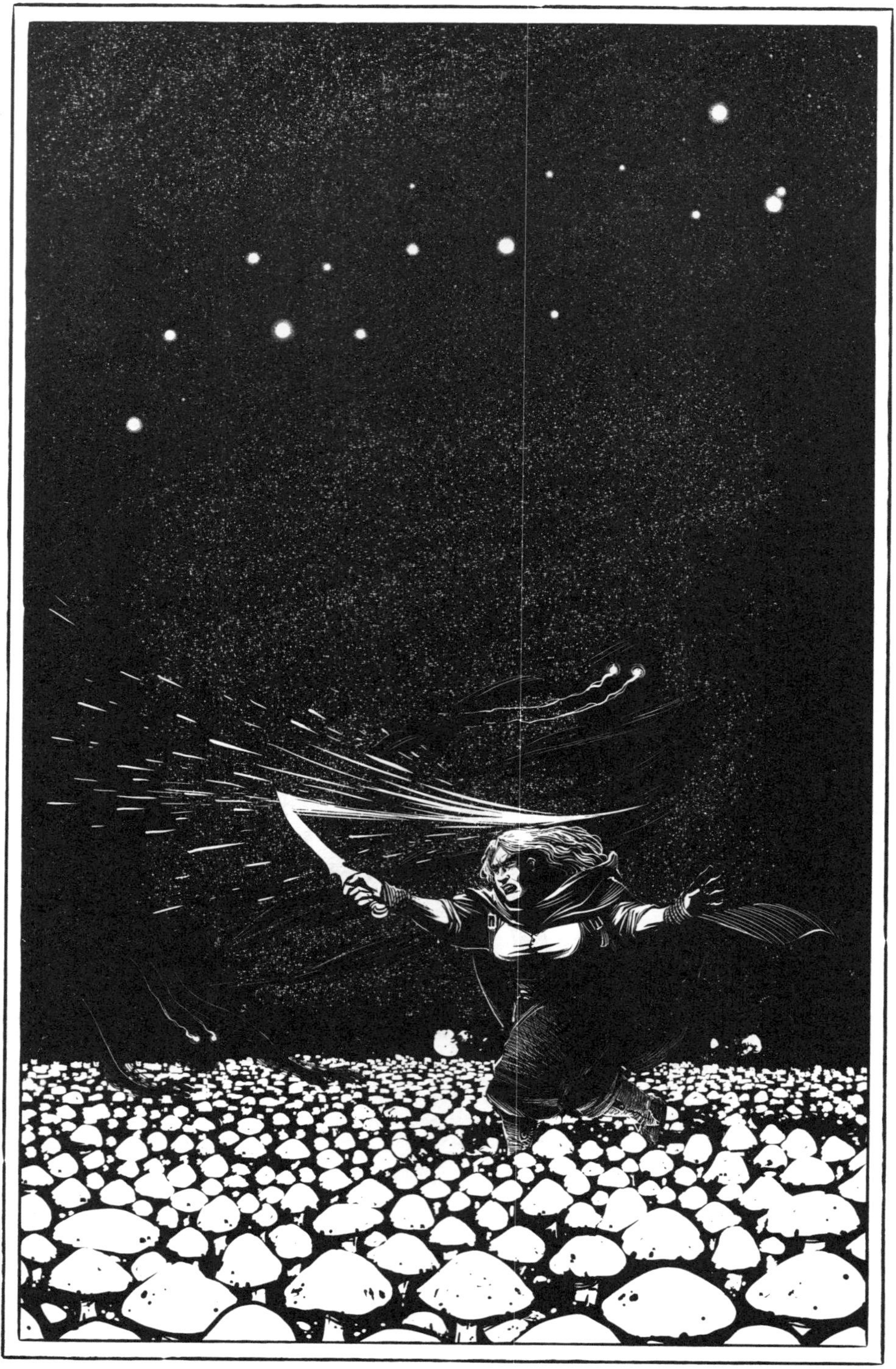

"你必须留意的是白狐,"达贡说着,抿了口啤酒,"据说他和邪灵本身握过手,拜访过堕界,又带着怪异的力量回归。他能在最深邃的夜晚点燃火焰,没有哪个阴魂敢于攫取他的灵魂。是的,白狐。他肯定是这附近最卑鄙的杂种。祈祷他不会注意到你,朋友。否则你就死定了。"

　　达贡的酒伴有像葡萄酒瓶那样细长的脖子,脑袋仿佛一颗顶部被打歪的土豆。他的嗓音很尖,那是终港地区的口音,话声在旅舍公共休息室的屋檐下回响。"他……他为什么会注意我?"

　　"这要看情况,朋友。"达贡说着,四下张望,好几个衣着张扬的商人悠闲地走进门来。他们穿着黑色外套,前襟是凸出的褶饰花边,头戴堡民的那种高顶宽檐帽。他们在这片森林里撑不过两星期。

　　"看情况?"达贡的饭桌伙伴催促道,"什么样的情况?"

　　"很多情况,朋友。你知道的,白狐是个赏金猎人。你犯过什么罪?你做过什么?"

　　"什么也没做。"那尖叫声就像生锈的轮子。

"什么也没做？没有人'什么也没做'就跑来这片森林的，朋友。"

他的同伴左顾右盼。他自称"厄尼斯特①"。但话说回来，达贡还自称为"阿米蒂"②呢。名字在森林里的意义不大。也或许名字意味着一切。但仅限真名。

厄尼斯特靠向椅背，用力弯下自己钓鱼竿似的脖子，仿佛想要消失在自己的啤酒里。他上钩了。人们喜欢听关于白狐的事，达贡又觉得自己是这方面的专家。至少他很擅长讲述故事，好让厄尼斯特这样暴躁的男人给他出酒钱。

我会给他焦虑的时间，达贡想着，暗自笑了笑。让他担心去吧。厄尼斯特很快就会求我给出更多信息了。

等待的时候，达贡后仰身子，审视房间。那些商人令人生厌，他们大声要求送上食物，表示要在一个钟头之内动身。这证明他们是傻瓜。在夜晚穿过这片森林？继承了自耕农优良血统的人应该能做到。但这些人……他们恐怕不用一个钟头就会违反某一项"简单规则"，然后引来阴魂。达贡把这些白痴赶出了脑海。

但角落里的那个家伙……一身棕色，就算在室内仍然戴着帽子。那家伙看起来真的很危险。*不知道是不是他*，达贡心想。据他所知，没有人见过白狐还能活着的。十年时间，领到了超过一百份赏金。肯定有人知道他的名字。毕竟赏金是由堡垒的当权者付给他的。

旅舍的主人寂静女士从桌边经过，粗鲁地放下达贡的饭菜。她皱着眉给他倒满啤酒，些许酒沫洒到了他的手上，然后一瘸一拐地走开。她是个壮实的女子，个性坚强。森林里的人都很坚强。至少活下来的那些都是。

他早已知晓，寂静女士的皱眉是她特有的问候方式。她多给了他

---

①字面意思为"诚挚、真诚"。
②字面意思为"友好"。

一份鹿肉；她经常这么做。他喜欢想象她中意自己。也许某一天……

别犯傻了，他暗自想着，舀了一口浇上浓稠肉汁的食物，又喝了几大口啤酒。娶一块石头也比取寂静·蒙塔内要好。石头表现出的好感都比她要多。她多给他这块肉，很可能是因为她认同常客的价值。最近走这条路的人越来越少了。阴魂太多了。然后还有切斯特顿。生意不好做啊。

"所以……这个什么狐狸，他是个赏金猎人？"自称为"厄尼斯特"的男人似乎流起了汗。

达贡笑了。这家伙完全咬钩了。"他不是随便哪个赏金猎人。他很特别。但白狐不会找无名小卒的麻烦——无意冒犯，朋友，但你看起来很像个无名小卒。"

他的朋友更紧张了。他究竟做过什么？"可是，"那人结结巴巴地说，"他不会来找我——呃，当然，假设我真的做过什么——总之，他不会跑到这儿来，对吧？我是说，寂静女士的旅舍，这儿是受到保护的。所有人都知道这点。她亡夫的阴魂潜伏在这儿。我有个亲戚见过他。"

"白狐不怕阴魂，"达贡说着，身体前倾，"好了，听着，我不认为他会冒险跑来这儿——但不是因为什么阴魂。所有人都知道，这里是中立地带。就连森林里都是有安全场所的。但……"

达贡朝经过的寂静笑了笑，她正在返回厨房的途中。这次她没有朝他皱眉。他肯定把好意顺利传达给她了。

"但？"厄尼斯特尖声道。

"好吧……"达贡说，"我可以告诉你一些白狐抓人方式的细节，但你也看到了，我的酒杯就快空了。真可惜。我想你应该很有兴趣知道，白狐是怎么抓住'调停人'罕不什尔的。那可是个精彩的故事。"

厄尼斯特尖声让寂静再拿一杯啤酒来，但她匆忙走进了厨房，没能听见。达贡皱起眉头，但厄尼斯特将一枚硬币放在了桌子边上，表示等寂静或者她女儿回来时会要求续杯。这样就行了。达贡自顾一笑，开始讲述故事。

* * *

寂静·蒙塔内关上了通往公共休息室的门，随即转过身，背靠门板。她放缓呼吸，试图平复自己狂跳的心脏。她表现出什么明显的征兆了吗？他们知道她认出他们了吗？

威廉·安从旁走过，用一块布擦了擦她的双手。"母亲？"那位年轻女子迟疑着问。"母亲，您——"

"拿上那本书。快点，孩子！"

威廉·安顿时脸色发白，又匆忙走进后面的食品储藏室。寂静抓着围裙，让自己平静下来，然后走向离开储藏室的威廉·安，后者拿着个厚实的皮革小书包。来自藏匿处的白色面粉洒在书包正面和侧面。

寂静拿过书包，在高高的厨房案几上打开，显露出里面那叠活页装订的纸。大部分纸上都画着人脸。寂静翻动书页的时候，威廉·安走到窥视孔那边，观察公共休息室里的情况。

有那么一会儿，伴随寂静的沉重心跳声的，只有匆忙翻页的声音。

"是那个细长脖子的家伙，对吧？"威廉·安问，"我在一张悬赏单上见过他的脸。"

"那只是悲叹·瓦恩拜尔，一个小马贼。他最多就值两个单位的白银。"

"那又是谁？后面那个戴帽子的男人？"

寂静摇摇头，在那叠纸的底部找到了连续的几张。她审视上面的画。彼界神啊，她心想。我不确定自己希不希望是他们。至少她的手不再颤抖了。

威廉·安快步走回，又伸长脖子，越过寂静的肩膀看去。十四岁那年，这女孩的个子就已经比她母亲高了。有个比你高的孩子是种美好的痛苦。尽管威廉·安抱怨自己瘦长又笨拙，她苗条的体型却在预示即将到来的美丽。她继承了她父亲。

"噢，彼界神啊，"威廉·安说着抬起一只手，捂住了嘴，"您是说——"

"切斯特顿·迪外德。"寂静说。下巴的形状，那种眼神……都是一样的。"他径直走进了我们的手心，带着他的四个手下。"他们五个的赏金足够支付一年份的补给费用。也可能是两年。

她的视线转向图画下方的文字，那是扎眼的粗体印刷字母。*极度危险。因谋杀、强暴、勒索而被通缉*。当然了，还有写在最后的那几个大字：*以及刺杀*。

寂静一直想知道，切斯特顿和他的手下是故意杀死了这片大陆最强大的堡垒城市的统治者，还是说那只是一次意外。只是一场出了岔子的抢劫。无论如何，切斯特顿都明白自己做了什么。在那次事件前，他只是个普通——但足够成功——的公路劫匪。

现在他成为了更加有力，也危险得多的人物。切斯特顿知道他一旦被俘，就不会得到宽恕或者仁慈。终港将切斯特顿描绘成了无政府主义者、危险人物和精神病患者。

切斯特顿没有退缩的理由。他也的确没有退缩。

噢，彼界神啊，寂静想着，看向在下一页继续罗列的罪行。

在她身边，威廉·安低声自语。"他就在外头？"她问，"但在哪儿？"

"那些商人。"寂静说。

"什么？"威廉·安跑回窥视孔那儿。那边的木头——事实上，是整个厨房的木头——都经过用力擦拭，甚至都发白了。瑟布鲁琪最近又在打扫了。

"我看不出来。"威廉·安说。

"仔细看。"寂静起先也没看出来，尽管她每晚都会看那本书，努力熟记那些面孔。

又过了一会儿，威廉·安倒吸一口凉气，以手掩口。"这样似乎太蠢了。他为什么要像这样抛头露面？就算是做了伪装。"

"所有人都会记得，那只是又一队来自堡垒的愚蠢商人，自以为能无所畏惧地穿过森林。这是个聪明的花招。等他们几天后在道路上消失的时候，别人只会假定——如果真有人在意的话——是阴魂干掉了他们。还有，这么一来，切斯特顿就能大摇大摆地继续旅行，沿途拜访旅舍，听取信息。"

切斯特顿就是这么寻找适合袭击的目标的吗？他们是否早就来过她的旅舍？这个念头让她的胃翻腾起来。她喂饱过许多罪犯；其中一些还成了常客。在这片森林里，所有人都可能是罪犯，就算只是因为逃避堡民强加给他们的税赋。

切斯特顿和他的手下是不同的。她不需要那张罪名列表，也清楚他们能做到什么。

"瑟布鲁琪在哪？"寂静问。

威廉·安摇摇头，仿佛这才从恍惚中回神。"她在喂猪。幽影啊！您该不会觉得他们会认出她吧？"

"不，"寂静说，"我担心她会认出他们。"瑟布鲁琪也许才八岁，但她的观察力有时强到惊人——或者说让人不安——的程度。

寂静合上了那本悬赏册。她的手按在书包的皮革上。

"我们要去杀了他们，对吧？"威廉·安问。

"是的。"

"他们值多少？"

"有时候，孩子，重要的不是一个人价值多少。"寂静听着自己话语里无力的谎言。世道愈发艰难，棱堡丘和终港的白银价格也随之上涨。

有时候，重要的不是一个人价值多少。但这次不属于那些"时候"。

"我去拿毒药。"威廉·安离开窥视孔，穿过房间。

"找些颜色淡的，孩子，"寂静提醒说，"这些人很危险。如果有东西不同寻常，他们会发现的。"

"我不是傻瓜，母亲，"威廉·安语气冷淡，"我会用泽草。他们在啤酒里是尝不出来的。"

"半份就好。我可不希望他们倒在桌边。"

威廉·安点点头，走进旧储藏室，在那里关上房门，开始撬起木板，拿出毒药。泽草会让人思维模糊，头晕目眩，但不会致死。

寂静不敢冒险尝试更致命的毒药。一旦有人怀疑她的旅舍，她的事业——多半还有她的性命——就会结束。在旅行者的头脑里，她必须是个反复无常却漂亮的旅店老板，从不做多余的打听。她的旅舍是公认的安全之地，即便对最粗暴的罪犯来说也是。她每晚都会满心恐惧地睡下，生怕有人发现那个事实：白狐解决的悬赏对象在死前数日、于寂静旅舍逗留的数量多到了可疑的程度。

她走进储藏室，收起那本悬赏册。这儿的墙壁同样被擦拭得干干净净，架子不久前用砂纸打磨过，又拂去了灰尘。是那个孩子。谁听说过哪个孩子比起玩耍更愿意打扫？当然，考虑到瑟布鲁琪经历过的那些事……

寂静忍不住把手伸到顶层的架子上，摸了摸收在那儿的那把弩。银制箭头。她收藏这把弩是为了提防阴魂，但从未用它对付过人。在这片森林里，见血是件危险的事。只是一旦发生真正的紧急状况，她随时可以拿起这件武器——这件事仍旧令她安心。

收起悬赏册以后,她去确认了瑟布鲁琪的情况。那孩子的确在照看猪猡。寂静喜欢饲养健康的家畜,但当然不是为了吃。据说猪可以防止阴魂靠近。她会运用手头的一切工具,让这间旅舍显得更加安全。

瑟布鲁琪跪在猪棚里。矮个子女孩有深色的皮肤,还有长长的黑发。没人会觉得她是寂静的女儿,虽然他们并未听说瑟布鲁琪不幸的过去。那孩子刷着窝棚的墙壁,小声哼唱着什么。

"孩子?"寂静说。

瑟布鲁琪转向她,露出微笑。一年能带来太多的改变了。曾经的寂静敢发誓说,这孩子再也不会笑了。来到旅舍的前三个月里,瑟布鲁琪是以凝视墙壁的方式度过的。无论寂静把她放在哪儿,这孩子都会走到最近的那堵墙边,坐下来,盯着它看上一整天。始终一言不发。眼神死气沉沉,就像阴魂……

"寂静阿姨?"瑟布鲁琪问,"您还好吗?"

"我很好,孩子。只是有记忆在困扰我。你在……打扫猪棚?"

"墙壁需要好好刷洗了,"瑟布鲁琪说,"猪也喜欢干净的墙壁。好吧,雅龙①和以西结②喜欢这样。其余的好像不在乎。"

"你没必要这么卖力打扫的,孩子。"

"我喜欢打扫,"瑟布鲁琪说,"感觉很好。这是我能做到的事。能帮上忙。"

好吧,刷洗墙壁总好过茫然地盯着它看上一整天。今天,寂静为女孩有事可忙而高兴。无论如何,只要她不去公共休息室就好。

"我想猪们会喜欢的,"寂静说,"你要不要再继续刷洗一会儿?"

瑟布鲁琪看了她一眼。"出什么事了?"

幽影啊。她的观察力太敏锐了。"公共休息室里有些说话粗鲁的

---

①Jarom,出自《摩门经》的人物,尼腓人先知。
②Ezekiel,《圣经》里的犹太人先知。

人,"寂静说,"我可不希望你学会他们的脏话。"

"我不是小孩子了,寂静阿姨。"

"不,你还是,"寂静坚定地说,"而且你要听话。别以为我不会打你的屁股。"

瑟布鲁琪翻了个白眼,但继续干起了活,也开始轻声哼唱。和瑟布鲁琪说话的时候,寂静会稍微模仿她祖母的口气。这孩子很吃严厉管教这一套。她似乎渴望严厉,也许这是因为这象征着受控。

寂静希望一切真的还在控制之内。但她是佛斯寇特①的一员——这个姓氏来自她的祖父母,代表那些最先离开故土,探索这片大陆的人。是的,她是个佛斯寇特,如果让任何人得知她经常在内心感觉到的无助,她是不会原谅自己的。

寂静穿过这座大型旅店的后院,注意到厨房里的威廉·安正在调配糊状物,好让它融化在啤酒里。寂静从旁走过,顺便看了眼马厩。不出所料,切斯特顿说他们会在用餐后离开。很多人都会寻求旅舍在夜晚的相对安全,但切斯特顿及其手下肯定习惯了睡在森林里。就算周边有阴魂,自己建造的营地恐怕也比旅舍的床铺更让他们安心。

在马厩里,多布——那位老马夫——刚刚给马刷完身子。他还没有给它们喂水。寂静特别指示过他,让他最后再给马喂水。

"做得很好,多布,"寂静说,"你干吗不休息一下呢?"

他对她点点头,咕哝道:"谢啦,夫人。"他一如既往地找到了前门廊,又找出他的烟斗。多布拥有的智慧不足以擦出火花,他对她究竟在旅舍做些什么一无所知,但在威廉去世前,他就跟着她了。她从没见过像他这么忠诚的人。

寂静在他身后关上了门,借着从马厩后部那个锁上的橱柜里拿出几个小袋子。她借着暗淡的光线确认了每一个,将它们放在刷毛用的

---

①Forescout,字面意思是"前方侦查"。

桌子上，然后给第一匹马上鞍。

她就快装好马鞍的时候，门被人轻轻推开了。她僵直身体，立刻想到了桌上那些小袋子。她为什么没把这些塞进围裙里？太粗心了！

"寂静·佛斯寇特。"门口传来一个圆润的嗓音。

寂静压下一声呻吟，转身面对她的访客。"西奥波利斯，"她说，"在一位女性的住处这么偷偷转悠可不够礼貌。我应该用非法侵入的理由把你赶出去。"

"好了，好了。那样就像是……马儿在踢喂养它的主人，嗯？"西奥波利斯瘦长的身体靠着门框，交叠双臂。他穿着简单的衣物，没有官职标志。堡垒的税务官通常不希望碰巧经过的人得知他们的职业。他的脸刮得干干净净，永远挂着那副施恩于人的笑容。他的衣服太干净又太新，不像是这片森林的居民。他既不是花花公子，也不是傻瓜。西奥波利斯很危险，只是和大多数人危险的方式不一样。

"你来这儿干吗，西奥波利斯？"她说着，将最后一只马鞍放到一头喷着鼻息的杂色骟马背上。

"我来找你还能是为什么，寂静？肯定不是因为你令人愉快的表情，对吧？"

"我的税金都付清了。"

"那是因为你的大部分税金都被免除了，"西奥波利斯说，"但你还没支付上个月那批白银的货款。"

"最近生意有点差。就快了。"

"你那些弩箭呢？"西奥波利斯问，"我不禁觉得，你其实想忘掉那些银制箭头的价格，对吧？还有那批保护环的替换部位？"

他带着牢骚的口气让正在扣上马鞍的她缩了缩身子。西奥波利斯。幽影啊，真是倒霉的一天！

"噢天啊。"西奥波利斯说着，走向梳毛台。他拿起一只小袋子。"好了，这些又是什么？看起来像湿韭树的树液。我听说如果用合适的光线照上去,它就会在夜晚发光。这就是白狐那些不可思议的秘密之一么?"

她抢过那只袋子。"别说那个名字。"她嘶声道。

他咧嘴一笑。"你找到了悬赏对象!令人欣喜。我一直想知道你是怎么找到他们的。在上面戳个针眼儿,把它固定在马鞍底侧,然后跟着它落下的痕迹找过去?嗯?你也许会跟踪他们很久,在离这儿很远的地方杀了他们。免得别人怀疑这座小旅舍?"

是啊,西奥波利斯很危险,但她需要有人替她转交悬赏对象。西奥波利斯是只老鼠,就像所有老鼠那样,他最了解孔洞、沟槽和裂缝。他在终港有熟人,能以白狐的名义帮她拿到赏金,却不会暴露她。

"要知道,我最近都有点想要告发你了,"西奥波利斯说,"很多团体就那只恶名昭彰的狐狸的身份设下了赌局。我可以用这份知识成为有钱人,对吧?"

"你已经很有钱了,"她没好气地说,"而且你也许有很多缺点,但你不是傻瓜。这种做法十年都没出过问题。你总不会宁愿拿钱财去换取一点点恶名吧?"

他笑了笑,但没有反驳。她从每份赏金里赚到的钱,他都会留下一半。这样的安排对西奥波利斯很不错。他不用承受危险,而她明白,他喜欢这样。他是个公务员,不是赏金猎人。她唯一一次看到他杀人的时候,对方根本无力反抗。

"你太了解我了,寂静,"西奥波利斯笑着说,"真的了解过头了。哎呀呀。一个悬赏对象!我很好奇会是谁。我得去公共休息室里瞧瞧。"

"你可别做这种事。幽影啊!你以为税务官的脸不会惊动他们么?你别跑去坏我的事。"

"别激动,寂静,"他说着,笑意不减,"我遵守你的规则。我特意避免经常在附近出现,也没有给你招来怀疑。反正我今天也不会留下过夜;我来这儿,只是为了向你提出一份交易。只不过现在,你恐怕不需要了!噢,真可惜。毕竟你的名义都给我带来那么多麻烦了,对吧?"

她身体发冷。"你能帮到我什么?"

他从自己的小背包里拿出一张纸,然后用格外细长的手指小心地展开。他准备拿起那张纸,但她却一把夺了过去。

"这是什么?"

"让你摆脱债务的方法,寂静!也是让你再也不用担心这种事的方法。"

那张纸是一份扣押令,授权让寂静的债权人——西奥波利斯——索取她的财产作为偿付。堡垒声称拥有道路和整片陆地的管辖权。他们的确会派士兵来巡逻。偶尔会。

"我收回刚才的话,西奥波利斯,"她吐了口唾沫,"你绝对是个傻瓜。你放弃了我们的一切,就为了贪婪地夺走我的地产?"

"当然不是,寂静。这么做不用放弃任何东西!嘿,看到你一直欠我的债,我的确觉得很不舒服。如果我接管旅舍的生意,难道不会更有效率吗?你可以继续在这儿工作,猎捕悬赏对象,一如既往。只不过,你不需要再担心债务的事了,对吧?"

她把那张纸揉成一团。"你想把我和我的人变成奴隶,西奥波利斯。"

"噢,别这么夸张。终港那些人开始担心了,因为这种重要地标的所有者是个来历不明的人。你在吸引注意,寂静。我还以为这是你最不希望的事呢。"

寂静紧攥拳头,更用力地捏住那团纸。畜栏里的马匹不安地挪动蹄子。西奥波利斯咧嘴一笑。

"噢,"他说,"也许这是不必要的。也许你这次的赏金会是很大一笔,对吧?能不能给我点提示,免得我自己揣摩一整天?"

"滚出去。"她低声说。

"亲爱的寂静,"他说,"佛斯寇特的血脉,到最后一口气都顽固不化。他们说你的祖父母是最早的佛斯寇特。最早前来侦查这片大陆的人,最早在这片森林开荒的人……最早冒险占据地狱本身的人。"

"别用'地狱'这个词。这儿是我的家。"

"但在邪灵到来之前,人们就是这么看待这片土地的。你不觉得好奇吗?地狱,受诅咒的土地,亡者的幽影定居于此。我一直在想:你过世丈夫的阴魂是真的在守护这儿,还是说那只是你告诉别人的又一个故事?为了让他们感觉安全,是吗?你在白银上花了一大笔钱。真正的保护来自于它,可我始终没能找到你的婚姻记录。当然了,如果不存在这种记录,那么亲爱的威廉·安就是——"

"滚。"

他咧嘴笑了笑,但还是朝着她轻触帽檐,走出门去。她听到他爬上鞍座,然后策马离开。夜幕很快就会落下;期待阴魂能解决西奥波利斯多半是种奢望。她早就怀疑他在附近有个藏身处,也许是一座内壁铺上白银的洞穴。

她放缓呼吸,试图让自己平静下来。西奥波利斯让人沮丧,但还有些事是他不知道的。她强迫自己将注意力转回马儿,又拿出一桶水来。她将小袋里的东西倒了进去,接着开始给马儿喂水,它们急不可耐地喝了起来。

像西奥波利斯说的那样,让袋子滴落树液,是很容易被人发现的。如果悬赏对象在夜晚摘下马鞍,发现那些袋子,又会发生什么?他们会知道有人在追捕自己。不,她得用不那么明显的方法。

"我究竟该怎么做呢?"一匹马在水桶里喝水的时候,她低声说,"幽影啊。他们正在从四面八方逼近。"

杀了西奥波利斯。如果是祖母的话应该会这么做。她考虑起来。

不，她心想。我不会变成那样。我不会变成她。西奥波利斯是个恶棍和无赖，但他没有违反任何法律，而且据她所知，他也没有直接伤害过任何人。即便在这儿，规矩也是必要的。界限也是必要的。也许在这方面，她和堡民没有太大分别。

她会另找一条路。西奥波利斯只有一份债务令；他必须拿给她看才行。这就表示她还有一两天筹钱的时间。一切都得整齐有序。那些堡垒城市的人自称是文明人。这些规矩给了她机会。

她离开马厩。她透过公共休息室的窗户瞥了一眼，发现威廉·安正在给切斯特顿匪帮的"商人"送上饮品。寂静停下脚步，观察起来。

她身后的森林在风中颤抖。

寂静聆听了片刻，然后转头面对森林。从不肯面对森林的姿态就能判断出堡民的身份。他们会偏开目光，避免注视深处。庄严的树木覆盖了这片大陆的几乎每一寸土地，树叶朝地面投下阴影。平静。沉寂。有动物住在森林里，但堡垒的勘探员声称这儿没有掠食者存在。阴魂很早就解决了那些野兽，因为洒出的鲜血会引来它们。

注视森林似乎会让树木……后退。深处的黑暗会撤退，穿过落叶的啮齿动物的响动取代了平静。佛斯寇特懂得直视森林的重要性。佛斯寇特都知道，那些勘探员是错的。这儿是有掠食者的。森林本身就是其一。

寂静转过身去，走到厨房的门边。保住这座旅舍是她的首要目标，所以她必须尽快拿到切斯特顿的赏金。如果她没法付钱给西奥波利斯，一切恐怕都很难保持原样了。他的一只手已经抓住了她的喉咙，因为她不能离开这座旅舍。它没有堡垒的市民权，如今的时局又太过紧张，本地自耕农不可能收留她。不，她必须留下，为西奥波利斯打理旅舍，他也会榨干她，拿走赏金里越来越大的份额。

她推开厨房的门。那儿——

瑟布鲁琪坐在厨房的案几上，膝头放着那把弩。

"彼界神啊！"寂静惊呼一声，走进门去，带上了门，"孩子，你在做——"

瑟布鲁琪抬头看着她。那双令人不安的眼睛——全无生气和情绪的眼睛——回来了。像是阴魂的眼睛。

"我们有客人，寂静阿姨。"瑟布鲁琪用冰冷单调的口气说。弩的曲柄就放在她旁边。她凭借自己的力量成功装上了弩箭。"我给箭头涂上了黑血。我做得没错，对吧？这样的话，毒就肯定能杀死他了。"

"孩子……"寂静走上前去。

瑟布鲁琪转动膝头的那张弩，将它倾斜抬起，一只小手按在扳机上。箭头对着寂静。

瑟布鲁琪目视前方，双眼空洞。

"这样行不通的，瑟布鲁琪，"寂静严肃地说，"就算你能把那东西搬进公共休息室，也不可能射中他——就算射中，他的手下也会出于报复杀光我们的！"

"我不在乎，"瑟布鲁琪轻声说，"只要我能杀掉他就好。只要我能按下扳机就好。"

"你完全不在乎我们？"寂静厉声道，"我收留了你，给了你一个家，这就是你的报答？偷走武器？威胁我？"

瑟布鲁琪眨了眨眼。

"你有什么毛病？"寂静说，"你想在这座庇护所里见血？引来阴魂的袭击，再破坏我们的防护措施？如果它们攻破这儿，就会杀死我屋檐下的每一个人！我答应给予安全的人。你怎么敢这样！"

瑟布鲁琪发起抖来，仿佛蓦然醒来。她脸上的"面具"破碎，又丢下了那把弩。寂静听到了一声"噼啪"，然后弩弦松开了。她感觉到弩箭在距离脖子不到一寸的地方掠过，然后打碎了身后的窗子。

幽影啊！那支弩箭擦伤她了么？瑟布鲁琪让这儿见血了吗？寂静抬起一只颤抖的手，但幸好没感觉到血液。那支弩箭没能碰到她。

片刻过后，瑟布鲁琪在她的臂弯里啜泣不止。寂静跪在地上，紧紧抱住那孩子。"嘘，亲爱的。没事了，没事了。"

"我都听到了，"瑟布鲁琪轻声说，"母亲没有哭出声。她知道我在那儿。她很坚强，寂静阿姨。所以我也可以坚强，就算有血落下。浸湿我的头发。我听到了。我全听到了。"

寂静闭上双眼，紧紧抱住瑟布鲁琪。只有她愿意去调查那座冒烟的农庄。瑟布鲁琪的父亲偶尔会在旅舍住宿。他是个好人。是邪灵占据故土以后为数不多的好人之一。

在那座农庄闷燃的残骸里，寂静找到了十几个人的尸体。切斯特顿及其手下屠杀了那户人家的全部成员，连孩子都没放过。唯一剩下的就是年纪最小的瑟布鲁琪，她当时被塞进了卧室地板下面的窄小空间里。

她当时躺在那儿，全身浸透了母亲的血，就连寂静找到她以后都一声不吭。她能找到那女孩，只是因为切斯特顿在准备杀戮的时候谨慎地用银粉覆盖了房间。寂静本想收回一部分从地板之间落下的粉末，于是透过缝隙和她对上了目光。

切斯特顿在去年烧毁了十三座农庄。超过五十人遇害。只有瑟布鲁琪死里逃生。

女孩全身发抖，啜泣让她胸口起伏。"为什么……为什么？"

"没有为什么。抱歉。"她还能怎么做？来一通愚蠢的陈词滥调，还是用彼界神来安慰她？这儿可是森林。靠陈词滥调是活不下去的。

但寂静还是抱着那女孩，直到她的哭泣开始平息。威廉·安走进门来，随后停在案几边，拿着装满空酒杯的托盘。她的视线落向那把落地的弩，紧接着又转向破碎的窗户。

"你会杀了他吗？"瑟布鲁琪低声说，"你会带给他正义吗？"

"正义在故土已经死了，"寂静说，"不过是的，我会杀了他。我向你保证，孩子。"

威廉·安怯怯地走了过来，拾起那把弩，转了半圈，展示它已经折断的弩身。寂静长出了一口气。她不该把这东西放在瑟布鲁琪能碰到的地方的。

"去照看顾客吧，威廉·安，"寂静说，"我带瑟布鲁琪上楼去。"

威廉·安点点头，又看了眼破碎的窗户。

"没人流血，"寂静说，"我们没事的。不过如果你有了空闲，就去找找那支弩箭。箭头是银制的。"在这种时候，她们可不能再浪费钱了。

威廉·安将弩收进食品储藏室，而寂静小心翼翼地把瑟布鲁琪放在厨房里的凳子上。女孩抱着她，不肯放开，于是心软的寂静又抱了她一会儿。

威廉·安深吸了几口气，像是在平复心神，随后回到公共休息室，将饮品送到不同人的桌上。

瑟布鲁琪终于放开了寂静一会儿，让她有时间调和药水。她抱着女孩去了公共休息室上方的阁楼，那是她们三个睡觉的地方。多布睡在马厩里，客人们睡的则是二楼更好的房间。

"你现在要让我睡着了。"瑟布鲁琪用发红的眼睛看着杯子说。

"明早的世界会光明很多。"寂静说。*而且我得避免你今晚溜出去的风险。*

女孩不情不愿地接过药水，喝了下去。"对不起。我是说弩的事。"

"我们会想个办法，让你用工作偿还修理费。"

这话似乎让瑟布鲁琪安下了心。她是农家之女，在这片森林出生。"你以前会在晚上唱歌给我听，"瑟布鲁琪轻声说着，闭上双眼，躺了下去，"你刚带我来这儿的时候。就在……就在……"她吞了口唾沫。

"我当时可不确定你听没听到。"在那段日子里,寂静眼里的瑟布鲁琪就像是什么都察觉不到。

"我听到了。"

寂静坐在瑟布鲁琪那张小窗旁边的凳子上。她现在不想唱歌,所以只是轻声哼唱。那曲调是她给威廉·安唱过的摇篮曲,当时后者刚刚出生,日子也很辛苦。

没过多久,那些歌词便脱口而出:

"安静,我亲爱的……别害怕。夜晚降临,但阳光会破晓而来。睡吧,我亲爱的……让你的泪水消散。黑暗包围着我们,但总有一天,我们会醒来……"

她握住瑟布鲁琪的手,直到那孩子睡着为止。床边的窗子能够俯瞰庭院,寂静看到多布牵出了切斯特顿的马儿。五个身穿花哨商人服的男人跺着脚走出门廊,爬上马鞍。

他们排成一列,骑着马来到公路上;然后森林覆盖了他们的身影。

* * *

入夜的一小时后,寂静借着壁炉的火光收拾背包。

她的祖母点燃了那座壁炉的火,它从此再也没有熄灭过。她为了点那堆火几乎丢掉性命,却不肯付钱给火贩子让他们生火。寂静摇了摇头。祖母向来离经叛道。但话说回来,寂静又能好到哪里去?

别点火,别让他人流血,别在夜晚奔跑。这些行为会引来阴魂。这些就是"简单规则",每个自耕农的生存之道。她不止一次违反了这三条规则。令人惊讶的是,她到现在还没有枯萎为阴魂。

在她准备杀戮的时候,火的温度显得那么遥远。寂静瞥了眼那座旧神龛,它其实只是个壁橱,总是上着锁。火焰让她想起了祖母。有时候,她会觉得这团火就是她祖母。直到最后都藐视阴魂和堡垒。她将祖母留在旅舍的东西都处理掉了,只留下那座供奉彼界神的神龛。它被布置在食品储藏室旁边一扇上锁的门后,门边上曾经挂着她祖母的银匕首,那是那种古老宗教的象征物。

那把匕首蚀刻着神灵的符号,能起到辟邪的作用。寂静此时将插在鞘中的它挂在身侧,并非为了辟邪,而是因为它是银制品。在森林里的时候,带上多少白银都不嫌多。

她仔细地收拾背包,先是放入医药箱,然后是相当大的一袋银粉,能够治疗枯萎。她随后放入的是十只厚实的粗麻布袋,内侧涂有焦油,防止内容物泄露。最后,她补上了一盏油灯。她不想动用它,因为她不相信火。火会引来阴魂。然而,她在先前外出的时候发现它很有用,于是带上了它。只有遇到已经生好火的人的时候,她才会点亮油灯。

做完这些以后,她犹豫片刻,去了旧储藏室。她移开地板,拿出放在毒药旁边的那只干装小桶。

那是火药。

"母亲?"威廉·安的询问声吓得她跳了起来。她没听到女孩走进厨房的声音。

寂静差点在震惊中弄掉了那只桶子,这让她的心脏几乎停跳。她咒骂着自己的愚蠢,将小桶夹在腋窝下面。没有火,它是不会爆炸的。她明明知道的。

"母亲!"威廉·安说着,看向那只桶。

"我也许不会用到它。"

"可——"

"我知道。嘘。"她走了过去,将桶子放进背包里。固定在小桶侧面,金属握柄之间塞着布料的那个东西,是她母亲的点火器。引燃火药也算是生火,至少在阴魂眼里是这样。无论日夜,这么做都会引来阴魂,几乎和见血同样迅速。来自故土的早期难民很快就发现了这件事。

在某种程度上,见血更容易避免。单纯的鼻血或者经血不会引来阴魂;它们甚至察觉不到。必须是他人的血因你的手洒出——而阴魂会首先袭击那些流血的人。当然,等那个人死后,它们通常不会在乎下一个杀死的是谁。一旦陷入暴怒,阴魂对周围的所有人都是威胁。

直到装好火药以后,寂静才注意到威廉·安穿上了旅行用的长裤和靴子。她拿着和寂静相似的那只背包。

"你以为自己要去做什么,威廉·安?"寂静问她。

"您打算独自杀死五个只服下了半份泽草的男人么,母亲?"

"我做过类似的事。我了解独自行事的手段。"

"那只是因为没人能帮您。"威廉·安将背包挎在肩头,"现在不一样了。"

"你年纪还太小。上床去吧;看好旅舍,等我回来。"

威廉·安看起来完全不打算离开。

"孩子,我告诉过你——"

"母亲,"威廉·安说着,牢牢抓住她的手臂,"您已经不年轻了!您以为我看不出您腿瘸得更厉害了吗?您不能什么事都自己来!您迟早要开始让我帮忙的,该死的!"

寂静凝视着她的女儿。她这股狠劲儿是继承了谁?她很容易就会忘记,威廉·安也是佛斯寇特的一员。母亲恐怕会很厌恶她,这让寂静感到骄傲。威廉·安是有真正的童年的。她并不软弱,只是……普通。就算没有砖石般的心肠,女人也可以很坚定。

"别对着你母亲说脏话。"最后,寂静这么对女孩说。

威廉·安扬起一边眉毛。

"你可以跟来,"寂静说着,掰开她女儿的手,"但你得照我说的做。"

威廉·安长出一口气，接着热切地点点头。"我会告诉多布，我们要出门。"她转身离开，以自耕农那样自然而缓慢的步子踏入黑暗。尽管身在旅舍银环的保护之内，她仍旧会遵守简单规则。在安全时忽视规则，会导致不再安全的时候疏忽大意。

寂静拿出两只碗，将两种不同的发光膏混合起来。然后她将成品倒进两个不同的罐子，装进自己的背包。

她走到门外的夜色里。空气清新而冰冷。森林寂然无声。

不用说，阴魂们就在外头。

其中几个在草地上走动，柔和的光线肉眼可见。附近这些虚无缥缈、身体透明的阴魂都很古老了；它们的人类外形几乎已经消失。头部泛着涟漪，脸孔就像烟圈那样变化不定。它们的身后拖着大约一臂长的起伏白色。寂静一直猜想那是它们破烂遗体上的衣物。

没有哪个女人——包括佛斯寇特在内——能够看着这些阴魂，却感觉不到发自内心的寒冷。当然了，阴魂白天也在周围；只是你看不到它们。只要生火或是见血，它们在白天也会找上你。但在夜晚，它们会变得不同。会更快地回应违反规则之举。在夜晚，它们还会对动物迅速地做出反应，这是在白天不会发生的事。

寂静拿出一罐发光膏，让她的周围沐浴在淡绿色的光线里。那种光很微弱，但均匀又稳定，不同于火把的光线。火把是不可靠的，因为它们一旦熄灭，你就没法再次点燃。

威廉·安拿着两根提灯杆，等在正门处。"我们得悄悄赶路，"寂静将罐子粘在长杆上，同时对她说，"你可以说话，但要放低声音。我说过的，你要听我的话。无论什么事，你都得立刻听从。我们追赶的那些人……他们会不假思索地杀死你，或者做出更可怕的事。"

威廉·安点点头。

"你还不够害怕。"寂静说着，用一块黑布裹住那罐比较亮的发光膏。黑暗顿时笼罩了她们,但今天星带高挂在夜空之上。它的光线总会有一部分渗过树叶,尤其是在不离公路太远的情况下。

"我——"威廉·安开了口。

"记得哈罗德的猎犬去年春天发疯的事么?"寂静问,"还记得那头猎犬的眼神么?六亲不认?渴望杀戮?好吧,这些人就是这样的,威廉·安。就像狂犬。我们得干掉他们,就像干掉那头猎犬。他们不会把你当人看。他们眼里的你就是一块肉。你明白了吗?"

威廉·安点点头。寂静看得出来,她的兴奋还是多过恐惧,但她对此无能为力。寂静把连着那罐较暗发光膏的灯杆递给威廉·安。它发出淡蓝色的光,但照亮不了多少东西。寂静把另一根灯杆搭在右肩上,背包挎在左肩上,然后朝道路的方向点点头。

不远处,一只阴魂朝旅舍的边界飘去。碰到地面上纤细的银制屏障时,白银发出火花的噼啪声,迫使那东西抽搐着向后退去。阴魂朝反方向飘去。

每一次类似的触碰都会耗费寂静的钱财。阴魂的触碰会毁掉白银。她的顾客就是为此才付钱的:这间旅舍的边界超过一百年都没被打破过,还有个历史悠久的传统,那就是不会有不请自来的阴魂困在界线内。某种程度上的和平,在这片森林里最受人欢迎的东西。

威廉·安跨过边界——凸出于地面的庞大银环的弧度标出了它的位置。这些银环用混凝土固定在地下,没法直接拔起。更换某只银环的重叠部分——她用三只同心银环围住了旅舍——需要向下挖掘,再解开捆住对应区域的铁链。这些工作费时费力,寂静很清楚。每次还不到一星期,他们就得旋转或者更换某个区域。

附近的那道阴魂飘向远处。它对她们视若无睹。究竟是因为不违反规则的普通人在它们眼中不可见,还是因为那种人根本不值得关注,寂静就不清楚了。

她和威廉·安来到昏暗的道路上,这里的野草有些茂盛。森林里的每条道路都缺乏保养。如果堡垒能遵守承诺，也许情况就不会这样了。但人们还是会走这些路。自耕农会为了交易粮食从一座堡垒前往另一座。生长在林间空地的谷物比山里长出的那些更茂盛，也更美味。用陷阱捕获或者在畜栏里养大的兔子和火鸡可以换到不少白银。

但猪除外。只有堡垒城市的居民才会粗鲁到吃猪肉。

总之，这儿有贸易，道路也因此老旧磨损，尽管周围的树木有向下探出树枝——就像张开手掌的胳膊——试图盖住路面的倾向。它们想要夺回自己的土地。森林不喜欢滋生其中的人类。

两位女子谨慎而从容地走着。不慌不忙。直到走了仿佛永恒那么久的时间以后，她们前方的路上才开始出现东西。

"在那儿！"威廉·安低声说。

寂静暂时松了口气。在发光膏的光线里，某种散发蓝光之物标出了道路的所在。西奥波利斯对于她追踪猎物之方式的猜测是准确的，但不够完整。是的，这种发光膏的光线又名"亚伯拉罕之火"，它的确能让湿韭树液发光。而湿韭树液又碰巧能让马匹小便失禁。

寂静审视着地上那条发光树液和尿液之线。她原本担心切斯特顿及其手下会在离开旅舍后立刻深入森林。那种可能性不高，但她还是很担心。

现在，她能肯定自己找到了痕迹。就算切斯特顿要进入森林，也会在离开旅舍几个钟头以后再去，这是为了确认伪装没被识破。她闭上双眼，长出一口气，然后发现自己生硬地念着祷告词。她迟疑了片刻。她是从哪里学来的？肯定是很久以前的事了。

她摇摇头，抬起目光，沿着道路继续前行。她给全部五匹马都下了药，因此有稳定的痕迹可以跟随。

今晚的森林显得……很暗。夜空中星带的光线透过树枝的缝隙照射下来，但远不如原本那样明亮。阴魂的数量也似乎比平常要多，它们在树干之间徘徊，微微发光。

威廉·安紧抓着提灯杆。当然了,这女孩有过夜晚外出的经历。没有哪个自耕农喜欢在夜晚出门,但他们也不会畏惧这种事。你不能就这么被困在房间里,在对黑暗的畏惧中度过一生。如果像那样生活……好吧,你就不比堡垒的居民好到哪去了。森林的生活很艰难,往往还有生命危险。但与此同时,这种生活是自由的。

"母亲,"她们前行的时候,威廉·安低声说,"为什么您不再信仰彼界神了?"

"现在适合聊这个吗,孩子?"

威廉·安低着头,看着再次经过的尿液之线,它在路面上散发着蓝光。"您总是这么说。"

"平常你问起的时候,我确实会试图回避问题,"寂静说,"但我平常也不会在森林里走夜路。"

"现在我觉得这件事很重要。您觉得我不够害怕,但您错了。我连呼吸都有困难,但我知道旅舍卷入了多大的麻烦。每次西奥波利斯大师来访以后,您都会非常生气。您更换边界银环的频率也不比过去。您每两天就有一天只吃面包。"

"你觉得这跟彼界神有关系……为什么?"

威廉·安仍旧低垂着头。

噢,幽影啊,寂静心想。她觉得我们被惩罚了。傻女孩。和她父亲一样傻。

他们经过老桥,走在它快要散架的木板桥面上。光线充足的时候,你能分辨出峡谷下方的新桥的木板,它代表了堡垒城市与它们的礼物——总是看起来漂亮,但很快就会磨损。瑟布鲁琪的父亲就是帮忙重新搭建老桥的那些人之一。

"我相信彼界神。"等她们抵达桥对面的时候,寂静说。

"可是——"

"我不信仰神,"寂静说,"可这不代表我不相信。在那些古书里,他们对这片土地的称呼是'受诅咒者的家乡'。对于已经受了诅咒的人,我很怀疑信仰能有什么意义。就这样。"

威廉·安没有答话。

他们又走了整整两个小时。寂静考虑过走那条穿过森林的近道,但远离道路再返回的风险似乎太高了些。还有,那些在发光膏隐约的光线下散发出柔和蓝白色的痕迹……这些才是真实的。在四面八方的阴影里,它是一条光的生命线。这些线对她和她的孩子象征着安全。

有两人同时默数每道尿液痕迹相隔的时间,她们就不会错过任何一条岔道。只要走上几分钟都看不到痕迹,她们就会一言不发地折返,开始搜寻道路的两边。寂静原本担心这会是追捕中最难的那部分,但她们轻松找到了那些人进入森林的位置。发光的蹄印就是标记;有匹马踩到了另一匹马洒在路面的尿,就这么踩着它进入了森林。

寂静放下背包并打开,拿出她的绞喉索,接着将一根手指竖到嘴唇前,示意威廉·安等在路边。女孩点点头。寂静在黑暗中看不清她的表情,但她能听到女孩的呼吸声更急促了。身为自耕农,习惯在夜间外出是一回事。独自待在森林里……

寂静拿起蓝色的发光膏罐,用她的手帕盖住。然后她脱下鞋子和长袜,悄然步入夜色。每次这么做,她都觉得自己变回了孩子,正在和她祖父一起到森林里去。她的脚趾踩在泥土上,试探树叶或者细枝破裂时是否会发出噼啪声,从而暴露她的行踪。

她几乎能听到他的声音在给出指示,告诉她如何判断风向,以及在穿过容易发出响动的地带时,如何利用树叶的沙沙声来掩盖自己的声音。他热爱森林,直到被森林夺去性命的那一天都是。*永远别用"地狱"来称呼这片土地*,他这么说过。*尊敬这片土地,就像尊敬一头危险的野兽,但不要憎恨它。*

阴魂穿过附近的林木,在没被光线照亮的情况下,它们近乎不可见。她保持了距离，但即便如此，当她偶尔转头张望的时候，还是会看到有阴魂从旁飘过。撞上阴魂会让你送命，但这种意外并不常见。除非被激怒，否则阴魂会避开太过接近的人类，就像是被轻风吹开了似的。只要你保持脚步缓慢——也应当如此——就不会有事。

　　除了要仔细查看某块痕迹的时候，她的手帕始终裹着那只罐子。发光膏会照出阴魂，而被照亮的阴魂也许会暴露她接近的事实。

　　一声呻吟在附近响起。寂静僵在原地，心脏几乎跳出胸腔。阴魂不会发出呻吟；那肯定是个人。她紧张而安静地搜寻，最后发现他就藏在一棵树的树洞里。他扭动身子，揉搓太阳穴。威廉·安的毒药带来的头痛正在影响他。

　　寂静思考了片刻，接着悄然绕到那棵树后。她蹲下身子，等待他再次移动，就这么度过了难熬的五分钟。他再次抬起手，树叶沙沙作响。

　　寂静猛然扑向前去，将绞喉索绕在他的脖子上，然后收紧。在森林里，绞杀并非最好的杀人方式。耗时太久了。

　　那个放哨的人开始挣扎，抓挠喉咙。附近的阴魂纷纷驻足。

　　寂静更加用力。那人因毒药而无力，想要用腿踢她。她向后移动双脚，紧抓着绞喉索，同时观察那些阴魂。它们扫视周围，就像嗅着气味的动物。好几个阴魂变得模糊不清，自身微弱的自然冷光褪去，身形开始由白转黑。

　　这可不是好兆头。寂静感觉自己的心跳就像体内传来的雷鸣。*快死吧，你这该死的！*

　　那人终于停止了抽搐，动作也愈发无精打采。他最后颤抖了一下，然后不再动弹，寂静屏住呼吸，熬过了仿佛永恒的一段时间。最后，附近的阴魂褪回白色，继续以它们曲折的路线前进。

　　她解开绞索，长出了一口气。她花了片刻找回方向，然后丢下那具尸体，缓缓回到威廉·安那边。

女孩的表现令她骄傲；她藏得很好，寂静甚至没发现她的位置，直到她轻声说："母亲？"

"对。"寂静说。

"感谢彼界神。"威廉·安说着，爬出用落叶盖住的地洞。她抓住寂静的胳膊，颤抖不止。"您找到他们了？"

"我杀了那个放哨的，"寂静说着，点点头，"另外四个应该在睡觉。接下来的事，我需要你帮忙。"

"我准备好了。"

"跟上。"

她们回到寂静刚才的路线上。她们从哨兵的尸体边经过，威廉·安用毫无怜悯的眼神审视着他。"是他们之中的一个，"她低声说，"我认得他。"

"当然是。"

"我只是想确认一下。毕竟我们……您知道的。"

在离岗哨不远的地方，他们找到了营地。四个男人在阴魂之间席地而睡，就像真正的森林之子会做的那样。他们将一罐小巧的发光膏摆在营地中央，放在地上挖出的坑里，免得发出太强的光线，暴露他们的行踪，但也足以照亮拴在几尺外营地另一侧的几匹马。绿色的光线同样映出了威廉·安的脸，寂静震惊地发现，女孩的脸上没有恐惧，只有强烈的怒意。她迅速转换了角色，如今是保护瑟布鲁琪的大姐姐。她终于做好了杀人的准备。

寂静朝最右边的男人比了个手势，威廉·安点点头。这部分很危险。剂量只用了半份，伙伴垂死的响动完全可能惊醒任何一个人。

寂静拿出背包里的一只粗麻袋，递给威廉·安，接着拿出了锤子。这不是什么战斗武器，就像她祖父常说的那样。只是一件简单的工具，可以敲钉子。或者别的东西。

寂静朝第一个人弯下腰去。看到他的睡脸，一阵寒颤传遍了她的身体。某种原始的情绪让她绷紧身体，等待那双眼睛猛然睁开。

她朝威廉·安抬起三根手指，然后接连垂下，每次一根。等到第三根手指垂下之时，威廉·安将麻袋套在了那人的脑袋上。在他抽搐的时候，威廉·安用锤子狠狠砸在他的太阳穴侧面。颅骨传来开裂声，那颗脑袋也略微垂落。那人挣扎了一下，然后就瘫软下来。

寂静紧张地抬头，在威廉·安收紧麻袋的时候监视其他人。附近的阴魂停下脚步，但这次的吸引力没法和绞喉相比。只要麻袋内侧的焦油能阻止血液渗出，她们就是安全的。寂静又砸了那人的脑袋两次，然后确认脉搏。脉动停止了。

她们小心翼翼地解决了第二个。这份工作很残忍，就像在屠宰动物。把这些人视为疯狗——就像她之前对威廉·安说的那样——很有帮助。想起这些人对瑟布鲁琪的伤害就没有好处了。这只会令她愤怒，而她不能承受愤怒的后果。她需要冷漠、安静而又高效。

第二个人的脑袋多挨了几下锤子才死，但他清醒的速度比他的朋友要慢。泽草会让人头昏眼花。这种药物非常适合她的手段。她只需要他们昏昏欲睡，再稍微分不清方向。而且——

下一个男人在铺盖卷里坐了起来。"怎么……？"他用含混不清的声音问。

寂静扑向了他，抓住他的肩膀，将他重重摔向地面。附近的阴魂转过身来，仿佛听到了某种巨响。寂静抽出绞喉索的同时，那人伸出双手，想要将她推开，而威廉·安倒吸了一口凉气。

寂静缠住那人的脖子，就地一滚。她用力拉紧，直到那人甩打手脚，令阴魂骚动起来。她就快杀死他的时候，最后一个人从铺盖里一跃而起。在眩晕和惊慌中，他选择了逃跑。

幽影啊！最后那个是切斯特顿本人。如果他引来阴魂……

寂静喘息着离开第三人，抛开了谨慎，追向切斯特顿。如果阴魂令他消散为尘土，她就什么都拿不到了。没有可以上交的尸体，也就代表没有赏金。

营地周围的阴魂消失于视野的时候,寂静追上了切斯特顿,他来到了营地边缘的马匹那儿。她不顾一切地用腿去绊他,让那个头晕眼花的男人倒在地上。

"你这婊子,"他用含混的嗓音说着,对她又踢又打,"你是那个旅店老板。你给我下了毒,你这婊子!"

森林里的阴魂变得一片漆黑。绿色的眼睛骤然亮起,开启了俗世视野。那些眼睛追随着一道模糊的亮光。

寂静拍开切斯特顿奋力挣扎的双手。

"我会报仇的,"他说着,双手抓向她,"我会报仇——"

寂静的锤子砸上他的胳膊,让他尖叫起来。然后她用锤头砸在他的脸上,发出一声"嘎扎"。当他呻吟和挣扎的时候,她扯下自己的毛衣,勉强裹住了他的脑袋和那把锤子。

"威廉·安!"她尖叫起来,"我需要袋子。拿麻袋来,孩子!给我——"

威廉·安跪在她身旁,在鲜血渗透毛衣的同时将麻袋套在切斯特顿的头上。寂静忙乱地将手伸向旁边,抄起一块石头,砸在那颗麻袋裹住的脑袋上。毛衣减弱了切斯特顿的尖叫,但也减弱了石头的力道。她被迫砸了一次又一次。

他终于不再动弹。威廉·安用麻袋紧贴他的脖子,阻止鲜血流出,她的呼吸变得急促。"噢,彼界神啊。噢,神啊……"

寂静鼓起勇气抬头看去。几十只绿色的眼睛悬停在森林里,就像黑暗里的火苗那样闪闪发光。威廉·安紧闭双眼,低声祷告,泪水顺着脸颊流下。

寂静的手缓缓伸向身侧,拔出了银匕首。她想起了另一个夜晚,另一片发光绿眼睛的海洋。她祖母的最后一夜。*跑啊,孩子!快跑!*

那个夜晚,逃跑是选项之一。她们离安全地带很近。即便如此,祖母也没能逃脱。她原本可以的，但她没有。

那一夜令寂静惊恐不已。祖母所做的事，寂静所做的事……好吧，今晚她只有一个希望。逃跑是救不了她们的。安全地带太远了。

幸运的是，那些眼睛开始缓缓退去。寂静坐回地上，任由那把银匕首从指缝间滑落到地上。

威廉·安睁开了眼睛。"噢，彼界神啊！"阴魂重新出现于视野的时候，她说。"真是个奇迹！"

"不是奇迹，"寂静说，"只是运气。我们及时杀死了他。再过一秒钟，它们就该暴怒了。"

威廉·安搂住自己。"噢，幽影啊。噢，幽影啊。我还以为我们死定了。噢，幽影啊。"

突然间，寂静想起了什么。第三个人。切斯特顿逃跑之前，她没能彻底勒死他。她摇晃着站了起来，转过身去。

他躺在地上，一动不动。

"是我解决了他的，"威廉·安说，"我被迫用手掐死了他。用我的手……"

寂静回头看向她。"你做得很好，孩子。你也许救了我们的命。如果你没有跟来，我是不可能既杀死切斯特顿，又不触怒那些阴魂的。"

女孩仍旧盯着树林里，凝视那些平静下来的阴魂。"究竟要发生怎样的事，"她问，"您才会觉得它是奇迹，而非巧合？"

"显然得真的发生奇迹，"寂静说着，拾起她的匕首，"而非单纯的巧合。来吧。我们给这些家伙套上第二层麻袋。"

威廉·安跟在她身后，没精打采地帮忙把麻袋套在这些匪徒头上。每人两层，以防意外。血是最危险的东西。奔跑会引来阴魂，但过程缓慢。火会立刻激怒它们，但同样会让它们无法视物，陷入混乱。

但血液……在愤怒中洒出，暴露于空气的血液……仅仅一滴就足以让阴魂残杀你，然后它们视野内的一切都会遭殃。

为防万一，寂静确认了每个人的心跳，但没有发现。她们给马儿上鞍，把尸体——包括那个放哨的——搬到马鞍上，用绳子捆住。她们也拿走了铺盖和其余器具。希望这些人带着些银制品。赏金法允许寂静保留她找到的东西，除非那是被特别提及的失窃物件。以这次的情况来说，堡垒只想要切斯特顿的命。几乎所有人都想。

寂静收紧一根绳索，然后停止了动作。

"母亲！"威廉·安说着，注意到了同一件事。森林里的树叶在沙沙作响。她们先前拿走了遮住绿色发光膏罐的布，和匪徒的那只放在一起，所以这座小小的营地有充分的照明，足以看到那八个骑着马的男女穿过森林。

他们来自堡垒。得体的衣着，不断观察林中阴魂的动作……肯定是堡民。寂静迈步向前，由衷地希望锤子还在手里，让她显得至少有点威胁。那把锤子仍旧绑在切斯特顿脑袋周围的麻袋里。上面沾着血，所以她在血迹干透之前——或者身在某个非常、非常安全的地方——没法将它取出。

"噢，瞧瞧，"为首的那名男子说，"我都不敢相信托比亚斯侦察回来的时候告诉我的事，但看起来是真的。切斯特顿匪帮的全部五人，死在了两个森林自耕农的手里？"

"你们是什么人？"寂静问。

"瑞德·杨，"那人点了点帽檐，说，"我追踪这群人已有四个月。非常感谢你们替我解决他们。"他朝几个手下摆摆手，他们下了马。

"母亲！"威廉·安嘶声道。

寂静审视瑞德的眼睛。他手持一根棍棒，身后的一名女子拿着那种新式弩弓，用的是钝头的弩箭。这种弩的曲柄转得更快，打击沉重,但不会让人流血。

"离开那几匹马,孩子。"寂静说。

"可——"

"离开。"寂静放下自己牵着的那匹马身上的绳子。三个堡民拿起绳索,其中一名男子用挑逗的眼神看向威廉·安。

"你是个聪明人。"瑞德说着,俯下身来,审视寂静。他手下的一名女子从旁走过,牵走了切斯特顿的马,还有瘫在马鞍上的那具尸体。

寂静走上前去,一手按在切斯特顿的马鞍上。牵马的女子迟疑片刻,看向她的首领。寂静悄悄拔出了匕首。

"你得分我们点儿,"寂静对瑞德说着,藏起拿着匕首的那只手,"毕竟我们做了这些。四分之一,我就不会多说什么。"

"当然。"他说着,朝她碰了碰帽边。他露出假笑,就像画里的那样。"就四分之一。"

寂静点点头。她的匕首贴在某根将切斯特顿固定于马鞍的细小绳索上。因此那女子牵开马儿的时候,匕首留下了深深的切痕。寂静退开几步,手按威廉·安的肩膀,悄然将匕首塞回鞘里。

瑞德又朝着她轻点帽檐。片刻过后,这些赏金猎人就穿过林木,退回了道路的方向。

"四分之一?"威廉·安压低声音说,"您觉得他会付账?"

"不太可能,"寂静说着,拿起自己的背包,"他没直接杀了我们就算走运了。来吧。"她朝森林深处走去。威廉·安跟在她身旁,两人迈着在森林里必要的谨慎步子。 "你也许该回旅舍去了,威廉·安。"

"您又要去做什么?"

"拿回我们的赏金。"她可是个佛斯寇特,该死的。那些衣冠楚楚的堡民别想夺走她的东西。

"我猜您打算在白拱道那里堵住他们。可您打算怎么做？我们对付不了这么多人，母亲。"

"我会找到办法的。"那具尸体对她的女儿们意味着自由——还有人生。她不允许它就像烟雾那样从指缝间溜走。她们踏入黑暗，经过不久前还随时准备让她们枯萎凋零的阴魂。如今那些阴魂纷纷飘动避开，对她们的血肉毫不关心。

*思考吧，寂静。*有些事很不对劲。这些人是怎么找到营地的？因为光？他们偷听到了她和威廉·安的对话么？他们声称追捕了切斯特顿好几个月。她应该在此之前就收到风声，不是么？这些男女的打扮也太过干净，不可能是在森林里追踪过几个月的杀手。

这些导向了她不想承认的那个结论。有个人知道她今天会去追捕悬赏对象，也看到了她计划跟踪的方式。那个人有理由夺走她的这份赏金。

*西奥波利斯，我希望自己是错的，*她心想。*因为如果幕后黑手是你……*

寂静和威廉·安在森林内部费力地穿行，在这里，贪婪的树冠吞没了所有的光线，令下方的地面一片荒芜。阴魂在这些木头的走廊中巡逻，就像盲目的哨兵。瑞德和那些赏金猎人来自堡垒。他们会尽量在道路上前进，这就是她的优势。森林并非自耕农的朋友，正如对裂谷的熟悉，也丝毫不会减少坠落的风险。

但寂静是这片深渊里的水手。她乘风破浪的本领超过任何一个堡垒居民。也许是时候制造一场风暴了。

自耕农称之为"白拱道"的，是一段两边都是蘑菇地的道路。穿过森林去白拱道需要一个钟头，等到抵达那里的时候，寂静感觉到了整晚没睡的代价。她没有理会那种疲惫，大步穿过蘑菇地，拿着散发绿光的罐子，为树木和田地里的犁沟染上病态的色彩。

道路蜿蜒穿过森林，随后朝这边折回。如果那些人要去终港或者附近的什么堡垒，他们就会往这边来。"你继续往前走，"寂静对威廉·安说，"只要再徒步一个钟头，就能回到旅舍。去确认那里的状况。"

"我不会抛下您的，母亲。"

"你答应过会听话。你想违反誓言么？"

"您也答应过让我帮您。您要打破自己的誓言么？"

"这件事不需要你，"寂静说，"而且会很危险。"

"您打算怎么做？"

寂静在路边停下脚步，跪在地上，摸索着背包内部。她拿出了那一小桶火药。威廉·安的脸色顿时白得就像蘑菇。

"母亲！"

寂静解开祖母的点火器。她不确定它还能不能用。她不敢按压那两条看起来像是火钳的金属臂。将金属臂压在一起会让末端相互摩擦，制造出火花，然后接合处的一根弹簧会让它们重新分开。

寂静看着她女儿，然后把点火器举到脑袋旁边。威廉·安退后几步，看向两侧的阴魂。

"情况真的很糟糕吗？"女孩低声说，"我是说，对我们来说？"

寂静点点头。

"那好吧。"

傻姑娘。好吧，寂静不会打发她离开。事实上，她恐怕真的需要帮忙。她打算弄到那具尸体。尸体是很沉的，她也没办法只砍下脑袋。在到处是阴魂的森林里不行。

她把手伸进背包，拿出医疗用品。这些东西绑在两小块准备用作夹板的木板之间。把木板捆在点火器两侧并不费事。她用泥铲在路面的柔软泥土里挖出了一个小坑，和她那只火药桶大小相仿。

随后，她拔出火药桶的塞子，把桶放到洞里。她用灯油浸泡手帕，一端塞进桶子，再将捆着点火器的木板放到路上，手帕另一端靠近它能制造火花的末端。她用落叶盖住这套装置，一个原始的陷阱就此完成。如果有人踩在顶端的木板上，就会将它压下，摩擦出火花并点燃手帕。希望如此。

她无法承受亲手点火的风险。阴魂会攻击点火的那个人。

"如果他们没踩上去呢？"威廉·安问。

"那我们就把它搬到路上的另一个位置，再试一次。"寂静说。

"您应该明白，这样是可能会见血的。"

寂静没有答话。如果陷阱在踩踏下触发，阴魂不会觉得寂静才是始作俑者。它们会首先袭击触发陷阱的人。但如果见了血，它们就会暴怒。要不了多久，罪魁祸首是谁就不重要了。所有人都会有危险。

"我们还剩下几个小时的黑暗，"寂静说，"盖好你的发光膏。"

威廉·安点点头，匆忙盖上她那只罐子。寂静再次审视她的陷阱，然后抓住威廉·安的肩膀，拉着她来到路边。这里的灌木丛更浓密，道路又有在树冠层的缺口下蜿蜒向前的倾向。人们总是在森林里寻找能看到天空的位置。

赏金猎人们终于到来。他们默不作声，被各自手里的发光膏照亮。堡民不会在晚上聊天。他们从陷阱边经过，寂静将它布置在了最狭窄的那段路面。她屏住呼吸，看着马匹经过，看着一只又一只错过木板所在的隆起地面的蹄子。威廉·安捂住耳朵，蹲下身子。

一只马蹄踩中了陷阱。什么都没发生。寂静恼火地呼出一口气。如果点火器坏了，她又该怎么做？她能否想个别的法子——

爆炸向她袭来，那股巨力的波浪令她身体颤抖。阴魂眨眼间消失不见，绿色的眼睛猛然睁开。马儿人立而起，发出嘶鸣，男人和女人大呼小叫。

寂静从呆滞中回过神来，抓住威廉·安的肩膀，拉着她离开藏身之处。她陷阱的效果比预想中更好；那块燃烧的布让触发陷阱的马儿走出了几步，然后爆炸才真正到来。没有流血，只有受惊的马儿和混乱的人。那一小桶火药没起到她预想中的破坏——关于火药威力的传闻就像故土的故事一样充满幻想——但那声音着实惊人。

寂静挤开那些困惑的堡民，找到了她想找的东西，双耳仍旧嗡鸣不止。切斯特顿的尸体躺在地上，人立的马儿和磨损的绳索让他从鞍座落到了地上。她抓住那具尸体的腋下，威廉·安抓住双腿。她们转向道路侧面，进入森林。

"蠢货们！"在这片混乱中，瑞德吼道，"阻止她！这——"

他停了口，因为阴魂们涌上了道路，朝他们扑来。瑞德先前勉强控制住了马儿，但面对阴魂，他只能驱使它们连连后退。暴怒的阴魂变成了漆黑色，但强光和火焰显然让它们陷入了茫然。它们四下飘动，就像扑火的飞蛾。绿色眼睛。不幸中的大幸。如果那些眼睛变成了红色……

有个赏金猎人一直站在路上，晕头转向，这时中了招。他弓起背脊，黑色脉络的触须在他的皮肤上交错。他跪倒在地，放声尖叫，而他脸上的血肉逐渐收缩，贴紧他的颅骨。

寂静转过脸去。威廉·安惊恐地看着那个倒下的人。

"慢点走，孩子。"寂静用她希望的安慰语气说。她不觉得其中带着多少安慰。"当心点。我们来得及远离他们的。威廉·安。看着我。"

女孩转头看向她。

"看着我的眼睛。继续走。这就对了。记住，阴魂首先会去找火焰的源头。它们混乱又不知所措。它们能嗅到火的气味，就像嗅到血气，然后它们会寻找在附近迅速移动的东西。放慢速度，放轻松。就让乱成一团的堡民吸引它们的注意力吧。"

她们以慎重到堪称折磨的动作缓缓进入森林。面对这么多的混乱，这么多的危险，她们的步伐却堪比爬行。瑞德组织了抵抗。因火焰发疯的阴魂是可以用银来对抗和消灭的。越来越多的阴魂会到来，但如果那些赏金猎人足够聪明和走运,就能消灭附近的阴魂,然后缓缓离开火源。他们可以躲藏,幸存。也许吧。

除非其中之一意外见了血。

寂静和威廉·安穿过一片蘑菇地,这些蘑菇散发着仿佛老鼠头骨的光芒,在她们脚下无声地破碎。运气并不完全站在她们这边,因为在那些阴魂摆脱爆炸造成的迷失方向以后,外围的两个转过身,朝正在逃跑的两名女子扑来。

威廉·安倒吸一口凉气。寂静从容地放下切斯特顿的肩膀,然后拔出匕首。"继续前进,"她轻声说,"拖着他走。慢点儿,孩子。慢点儿。"

"我不会抛下您的!"

"我随后就来,"寂静说,"你还应付不了这种场面。"

她没去看威廉·安是否听了话,因为那些阴魂——漆黑色的身影掠过满是白色球形物的地面——已然逼近。对抗阴魂的时候,力量毫无意义。它们没有实质存在。重要的只有两件事:身手的敏捷,还有别让自己害怕。

阴魂很危险,但只要你手里有白银,就可以一战。很多人死去,是因为他们选择逃跑,然后引来了更多的阴魂,而非毫不退缩地战斗。

阴魂来到身前的时候,寂静挥出了武器。**地狱的猎犬,你们想伤害我女儿?**她这么想着,发出一声怒吼。你们真该去堡民那里碰运气的。

她的匕首从第一个阴魂体内横扫而过,就像祖母教过她的那样。面对阴魂,不要后退和畏缩。你有佛斯寇特的血脉。你拥有森林的所有权。你是森林的造物,就像其他人那样。就像我……

她的匕首穿过阴魂,伴随着轻微的拉扯感,明亮的白色火花从阴魂体内喷涌而出。阴魂抽身后退,黑色的触须蠕动不止。

寂静转向了另一个。它朝她伸出手，漆黑的夜空让她只能看到那东西的眼睛，那是骇人的绿色。她奋力刺出。

它虚无的手掌按在她身上，冰冷的手指抓住她手肘下方的胳膊。她能感觉到。阴魂的手指拥有实质；它们能抓到你，束缚你的自由。只有白银能阻挡它们，只有用白银才能和它对抗。

她的手臂伸向更前方。火花从它的背后迸射而出，四下飞溅，就像一桶洗涤用水。那种恐怖而冰冷的痛楚让寂静倒吸凉气。她的匕首从失去知觉的手指间滑落。她趔趄着向前，跪倒在地，这时第二个阴魂向后倒去，接着旋转起来，画出疯狂的螺旋形状。前一个阴魂就像垂死的鱼儿那样在地上扑腾，想要起身，上半身却不听使唤。

她手臂上的冰冷那么刺骨。她盯着受伤的手臂，看着手上的血肉自行枯萎，朝着骨骼贴近。

她听到了哭泣声。

你站在那儿别动，寂静。祖母的声音。来自她第一次杀死阴魂的记忆。你要照我说的做。不许哭！佛斯寇特不会哭泣。佛斯寇特从不哭泣。

她是从那天开始讨厌她的。那天晚上，十岁大的她拿着自己小小的刀子，瑟瑟发抖，啜泣连连，因为她的祖母用一圈银粉将她和一只飘动的阴魂圈在了一起。

祖母当时在周围奔跑，用移动的方式激怒它。而寂静被困在里面。和死亡困在一起。

想要学会，唯一的方法就是实践，寂静。你能学会的，无论用什么方法！

"母亲！"威廉·安说。

寂静眨眨眼，甩开了那段记忆，与此同时，她女儿将银粉倒在她暴露的皮肤上。枯萎停止了，因为威廉·安强忍几乎盈眶的泪水，将一整袋应急用的银粉倒在了那只手上。金属反转了枯萎的过程，皮肤变回了粉红色,黑暗也在白色的火花中融化、消散。

太多了,寂静心想。威廉·安在匆忙之下动用了所有银粉,远比一道伤需要的要多。但她很难让自己发怒,因为知觉涌回了那只手,冰冷的感觉也随之退去。

"母亲?"威廉·安问,"我照您说的走了。但他太沉了,我没能走多远。我回来找您了。很抱歉。我回来找您了!"

"谢谢,"寂静喘着气说,"你做得很好。"她抬起手,抓住女儿的肩膀,随后用曾经枯萎的那只手去草地里寻找祖母的匕首。拾起它以后,她发现匕刃有几处发黑,但仍能使用。

在道路上,那些堡民组成了圆环,用银头长矛抵挡阴魂。那些马儿要么逃跑,要么被杀死。寂静在地上摸索,拿起一小把银粉。其余的都在治疗过程中耗尽了。太多了。

现在操心这些也没用了,她这么想着,将那把银粉塞进口袋。"来吧,"她说着,努力起身,"抱歉,我没教过你和阴魂战斗的方法。"

"你教过的,"威廉·安擦着眼泪说,"您全都跟我说过。"

说过,没有展示过。幽影啊,祖母。我知道自己让您很失望,但我不会对她那么做。我做不到。但我是个好母亲,我会保护好她们的。

两人离开蘑菇地,重新拿起她们骇人的战利品,然后步履沉重地穿过森林。更多发黑的阴魂从旁经过,飘向那场战斗的位置。全都是被火花吸引过去的。那些堡民死定了。吸引了太多注意,又做出了太多挣扎。不出一个钟头,袭击他们的阴魂就会超过一千。

寂静和威廉·安慢慢走着。尽管大部分冰冷都从寂静的手中退去,但那里还残留着……某种东西。藏在深处的战栗。阴魂碰触的肢体会有好几个月感觉不适。

这比本该发生的事要好得多。如果没有威廉·安的迅速反应,寂静恐怕会落下残疾。一旦枯萎定型——要花上一点点时间,但根据情况会有所变化——就无法逆转了。

有东西在树林里沙沙作响。寂静僵直身体,这让威廉·安停下脚步,四处张望。

"母亲?"威廉·安低声说。

寂静皱起眉头。今晚漆黑一片,她们又被迫放弃了光源。**有东西在那儿**,她这么想着,试图看透黑暗。**你是什么?**如果这场战斗引来了深幽邪物之一,她们就只能指望彼界神保佑了。

那声音没有重复。寂静不情不愿地继续前行。她们走了整整一个钟头,而在这片黑暗里,寂静甚至没发现她们回到了道路附近,直到她们真正踏上路面的那一刻。

寂静呼出一口气,放下那件重物,活动疲惫双臂的关节。来自星带的某些光线渗透下来,落在她们身上,映出了左方那个像是巨大颚骨的东西。老桥。她们快到家了。这儿的阴魂甚至不显得焦虑;它们的步调懒洋洋的,几乎像是蝴蝶。

她的胳膊很痛。那具尸体仿佛每一刻都在增加重量。人们往往意识不到尸体能有多沉。寂静坐了下来。她们休息了一会儿,然后继续前进。"威廉·安,你的水壶里还有水吗?"

威廉·安发出了啜泣声。

寂静吓了一跳,连忙爬起身来。她女儿站在桥边,某个黑色物体站在她身后。一道绿光突然照亮了夜色,因为那道黑影拿出了一小瓶发光膏。借着那种病态的光芒,寂静能看出那道身影是瑞德。

他拿着一把刀子,抵着威廉·安的脖子。那场战斗让这个堡民状况不佳。他的一只眼睛变成了奶白色,半张脸发黑,嘴唇翻起,露出牙齿。有个阴魂碰到了他的脸。他能活下来就很走运了。

"我猜到你们会从这边回去。"他说,皱缩的嘴唇让他的话语模糊不清。唾沫从他的下巴滴落。"银,把你们的银给我。"

他的刀子……那是普通的钢铁。

"快!"他咆哮一声,刀子更加贴近威廉·安的脖子。如果他割伤了她,阴魂会在几次心跳的时间里扑过来的。

"我只有这把匕首,"寂静撒了谎,拿出匕首,丢在他面前的地上,"你的脸已经完了,瑞德。枯萎已经定型了。"

"我不在乎,"他嘶声说,"现在是尸体。离他远点儿,女人。远点儿!"

寂静让到一边。她能在他杀死威廉·安之前靠近他么?他肯定得捡起那把匕首。如果她在恰当的时机跳出去……

"你杀了我的手下,"瑞德咆哮道,"他们都死了,一个不剩。神啊,要不是我滚到了那个地洞里……我只能听着。听着他们被屠杀的声音!"

"你是唯一的聪明人,"她说,"你救不了他们的,瑞德。"

"婊子!是你害死了他们。"

"是他们害死了自己,"她低声说,"你们跑来我的森林,拿走我的东西。我只是在你的手下和我的孩子之间做选择而已,瑞德。"

"好吧,如果你想要你孩子活命,就待着别动。小丫头,去把刀子捡起来。"

威廉·安啜泣着跪在地上。瑞德效仿她的动作,紧跟在她身后,看着寂静,稳稳握着刀子。威廉·安用颤抖的双手拾起匕首。

瑞德抽走威廉·安手里的银匕首,一手拿着它,另一只手里的普通刀子贴近她的脖子。"好了,让这女孩搬尸体,你就等在这儿。我可不希望你靠近。"

"当然。"寂静说着,心里已经开始了盘算。她负担不起立刻发起攻击的风险。他太谨慎了。她会跟着他穿过森林,沿着道路,等待他暴露弱点的瞬间。然后她会发起攻击。

瑞德朝旁边吐了口唾沫。

然后一支裹住箭头的弩箭从夜色中射出，击中了他的肩膀，让他吃了一惊。他的刀子划过威廉·安的脖子，几滴血顺着脖颈流下。女孩惊恐地睁大眼睛，尽管那只是一道擦伤。她的喉咙遭受的威胁并不重要。

重要的是血。

瑞德跌跌撞撞地后退，喘息着单手捂肩。几滴血在他的刀子上闪闪发亮。周围的林间阴魂变成了黑色。发光的绿眼睛骤然亮起，然后转为深红。

夜晚的红色眼睛。空气里的鲜血。

"噢，该死！"瑞德尖叫道，"噢，该死。"红色的眼睛挤满了他的周围。没有犹豫，没有困惑。它们径直扑向那个导致见血的人。

阴魂们扑来之时，寂静朝威廉·安伸出了手。瑞德抓住女孩，推着她穿过一道阴魂，想要阻止它。他转过身，朝反方向冲去。

威廉·安穿过阴魂，脸开始枯萎，下巴和眼睛周围的皮肤不断收紧。她跟跄着穿过阴魂，投入寂静的怀里。

一阵迫在眉睫、势不可挡的恐慌从寂静的心头涌出。

"不！孩子，不！不！不……"

威廉·安翕动嘴巴，发出窒息声，嘴唇向牙齿蜷曲，眼睛张大，皮肤绷紧，眼皮颤抖。

银，我需要银。我能救她。寂静猛地抬起头，依旧紧抓着威廉·安。瑞德沿路飞奔，银匕首四下挥舞，洒下光芒和火花。阴魂包围了他。数以百计，就像返回栖息处的渡鸦群。

那条路不行。阴魂很快就会解决他，然后开始寻找血肉——任何血肉。威廉·安的脖子上还沾着血。它们随后就会来找她。就算不会，女孩也在迅速枯萎。

那把匕首不足以救下威廉·安。寂静需要粉末，银的粉末，然后喂她女儿吃下去。寂静在口袋里翻找，拿出了那一小把银粉。

太少了。她知道这些太少了。祖母的训导帮助她平静心神,一切顿时变得清晰起来。

旅舍很近了。她在那儿有更多的银。

"母……母亲……"

寂静把威廉·安抱在怀里。太轻了,血肉正在干涸。然后她转过身去,用全身的力气跑过桥梁。

她的手臂刺痛,拖着尸体走了那么远让她虚弱无力。那具尸体……不能丢下它!

不。她不能想这些。等瑞德完蛋以后不久,阴魂就会夺走它,毕竟那堆血肉仍有余温。不会有赏金了。她得把注意力放在威廉·安身上才行。

寂静跑了起来,风吹打着她,冷却了她脸上的泪水。她女儿在她怀里颤抖和摇晃,抽搐着逐渐死去。如果她这么死去,就会化作阴魂。

"我不会失去你的!"寂静对着夜色说,"拜托。我不会失去你。……"

在她身后,瑞德发出一声长长的痛苦嚎叫,在最后戛然而止:阴魂开始享用大餐了。她附近的其余阴魂停止动作,双眼转为红色。

空气里的血。深红的眼睛。

"我恨你,"奔跑的同时,寂静对着空气低声说。每一步都伴随剧痛。她上了年纪。"我恨你!恨你对我做过的事。恨你对我们做过的事。"

她不知道自己这番话的对象是祖母还是彼界神。很多时候,两者在她脑海里是一回事。她从前没想到过这一点吗?

她奋力向前,树枝抽打着她。前面那是光吗?是旅舍吗?

成百上千只红色的眼睛在她前方睁开。她踉跄着倒下,耗尽了力气,威廉·安在她的怀里就像一捆沉重的树枝。女孩身体颤抖,双眼翻白。

寂静拿出了她早先回收的那一小把银粉。她很想把它倒在威廉·安的身上，让她的痛苦稍许减轻，但她明白，这是种浪费。她低头哭泣起来，然后拿起粉末，在两人周围画了个小小的圆环。她还能怎么做呢？

威廉·安全身痉挛，粗重喘息，抓挠寂静的手臂。数十只阴魂到来，聚集在两人周围，它们嗅到了血的气味，血肉的气味。

寂静把女儿抱在怀里。她真该去拿那把匕首的；它治不好威廉·安，但有了它，她至少还能反抗。

她没有匕首，什么都没有，所以她失败了。祖母一直都是正确的。

"安静，我亲爱的……"寂静低声说着，紧闭双眼，"别害怕。"

阴魂们扑向她脆弱的屏障，迸发火花，这让寂静睁开了眼睛。它们向后退去，另一些靠上前来，拍打银环，发光红眼照亮了蠕动的黑色身影。

"夜晚降临……"寂静轻声说着，嗓音哽咽，"……但阳光会破晓而来。"

威廉·安弓起背脊，然后不再动弹。

"睡吧……我……我亲爱的……让你的泪水消散。黑暗包围着我们，但总有一天……我们会醒来……"

好累。我真不该让她来的。

如果她没有来，切斯特顿应该会从她手下逃脱，而她多半也会死在阴魂手里。威廉·安和瑟布鲁琪会沦为西奥波利斯的奴隶，或者更糟。

没有选择，没有出路。

"为何要让我们落到这种境地？"她尖叫着抬起头，目光越过那成百上千的发光红眼，"这有什么意义？"

没有回答。从来都没有。

是的，前面有光；她能透过前方低矮的树枝看到。她离旅舍只有几码远。她会死去，就像祖母那样，距离住处仅有几步之遥。

她眨了眨眼，在那道小小的银制屏障失效的瞬间，她将威廉·安搂在了怀里。

她前方的那根……那根树枝。它的形状很奇怪。又长又细，没有叶片。完全不像是树枝。反而像是……

一支弩箭。

今天早些时候从旅舍射出以后，它就嵌入了树干。她想起自己不久前注视这根箭矢，盯着它反光的箭头。

银制箭头。

* * *

寂静·蒙塔内冲进旅舍的后门，拖着身后那具干枯的躯体。她跌跌撞撞地进入厨房，连走路都有困难，枯萎的手弄掉了那支银头弩箭。

她的皮肤继续绷紧，身体不断皱缩。她没能避免枯萎，毕竟她要对抗那么多的阴魂。那支弩箭勉强清出了一条路，让她以狂乱的冲刺跨过了最后那段路。

她几乎看不见东西。泪水从朦胧的双眼泉涌而出。即使流着泪，她的眼睛却干涸到像是在风里瞪大眼睛站了一个钟头。她的眼皮拒绝眨动，嘴唇也无法动弹。

她还有……银粉。有吧？

思考。头脑。什么？

她不假思索地向前走着。窗台上的罐子。这是在防护圆环破损时使用的。她用木棍般的手指拧开盖子。看着那些手指，她头脑的某个偏僻角落涌出了惊恐。

要死了。我要死了。

她把那罐银粉在蓄水池里泡了泡,随后将它拿出,蹒跚走向威廉·安。她跪在女孩身边,洒去大部分的水。她抬起颤抖的手臂,将剩下那些洒在她女儿的脸上。

拜托。拜托。

黑暗。

* * *

"我们受命来到这里,就必须坚强。"祖母说着,站在俯瞰水面的悬崖边缘。她花白的头发在空中卷曲,像阴魂的触须那样扭动不止。

她转头看回寂静,下方拍岸的浪花让她饱经风霜的脸上满是水滴。"彼界神派我们来到这里。这是计划的一部分。"

"你当然可以轻松说出这种话,不是么?"寂静吐了口唾沫,"那种含糊不清的计划可以套用在每件事上。甚至包括毁灭世界在内。"

"我不想听你亵渎神明,孩子。"那嗓音就像靴子踩在碎石上的声音。她朝寂静走来。"你可以抱怨彼界神,但这样什么都改变不了。威廉是个蠢货和傻瓜。你就好多了。我们是佛斯寇特。我们生存。总有一天,我们会打败邪灵。"她从寂静的身边走过。

自从她丈夫死后,寂静从没看到祖母笑过。笑是浪费力气。至于爱……爱属于故土的那些人。因邪灵而毁灭的那些人。

"我怀上了。"寂静说。

祖母停下脚步。"威廉的?"

"还能是谁的?"

祖母继续向前走。

"不谴责了?"寂静说着,转过身去,交叠双臂。

"结束了,"祖母说,"我们是佛斯寇特。如果我们只能以这种方式延续下去,那就这样吧。我更担心的是旅舍,还有怎么付清欠那些该死堡垒的钱。"

我有个主意,寂静心想,她考虑的是最近开始收集的悬赏单。这是连你都不敢尝试的方法。危险的方法。难以置信的方法。

祖母走到森林边,皱眉看了看寂静,然后戴上帽子,走进树木之间。

"我不会让你干涉我的孩子,"寂静在她身后大喊,"我会用自己的方式养育我的孩子!"

祖母消失在阴影里。

拜托。拜托。

"我会的!"

我不会失去你。我不会⋯⋯

* * *

寂静喘息着醒来,抓向地板,抬头看去。

活着。她还活着!

马夫多布跪在她身边,手里拿着那罐银粉。她咳嗽起来,抬起手指——恢复血肉的圆润手指——摸向脖子。那儿血肉充实,只是有些凹凸不平,那是因为她强行咽下的白银薄片。她的皮肤上洒着黑色的小块废银。

"威廉·安!"她说着,转过身去。

那孩子躺在门边的地板上。威廉·安的身体左侧——最初被阴魂碰到的位置——变成了黑色。她脸的状况不算太差,但她的手却成了干枯的骨架。只能截肢了。她的腿看起来也很糟糕。在处理伤势之前,寂静说不清究竟有多糟。

"噢,孩子……"寂静跪在她身边。

但女孩还在呼吸。考虑到发生的一切,这样就足够了。

"我努力过了,"多布说,"但您已经做完能做的事了。"

"谢谢。"寂静说。她转向那位老人,看着他高高的额头和呆滞的双眼。

"您抓住他了吗?"多布问。

"谁?"

"那个悬赏对象。"

"我……是的,我抓住他了。但我又被迫放弃了他。"

"您会找到下一个的,"多布用单调的语气说着,爬起身来,"白狐总是能找到下一个。"

"你知道这事多久了?"

"我是个白痴,夫人,"他说,"但不是傻瓜。"他朝她点点头,然后转身走开,一如既往地佝偻身子。

寂静爬起身来,然后呻吟着拉起威廉·安。她扶着女儿去了楼上的房间,开始照料她。

那条腿的状况没有寂静担心的那么差。也许会失去几根脚趾,但脚掌本身还算健康。威廉·安身体的整个左半边都变成了黑色,就像被火烧灼过。随着时间的流逝,这些会变成灰色。

看到她的任何人都会立刻明白发生了什么。很多人会再也不敢触碰她,担心受到她的污染。这也许会让她注定过上孤独的人生。

我对这种人生略知一二,寂静想着,将一块布在水桶里蘸了蘸,开始擦洗威廉·安的脸。让这女孩睡上一整天吧。她距离死亡,距离化作阴魂只有咫尺之遥。这具身体不会太快恢复的。

当然,寂静也很接近这两者。然而,她有过类似的经历。那是祖母的另一次准备的功劳。噢,她真的很讨厌那个女人。但寂静能成为今天的她，也是因为那些训练的磨炼。她可以同时感谢和厌恶祖母么？

寂静结束了给威廉·安的擦洗，给她穿上柔软的睡袍，让她就这么躺在床上。瑟布鲁琪还在沉睡，那是因为寂静给她喝下的药剂。

于是她去了楼下的厨房，思考那些麻烦事。她失去了赏金。阴魂肯定已经找到了那具尸体；皮肤化为尘土，头骨发黑、残缺。她没法证明自己解决了切斯特顿。

她坐在厨桌边，双手在身体面前交扣。她很想喝点威士忌，好冲淡这一晚的恐怖。

她思考了好几个钟头。她能想办法还清西奥波利斯的债么？从别人那儿借钱？找谁呢？或许可以再找个悬赏对象。但最近路过旅舍的人太少了。西奥波利斯的债务令已经给了她警告。他最多再等个一两天，如果拿不到欠款，他就会将这间旅舍据为己有。

她经历了这么多，却还要一败涂地么？

阳光落在她的脸上，从破碎的窗户吹来的凉风让她脸颊发痒，将趴睡在桌上的她唤醒。寂静眨了眨眼，伸了个懒腰，四肢仍在抱怨。然后她叹了口气，走向厨房的案几。她昨晚做准备用的材料都放在那儿，那些陶碗里盛着微微发亮的发光膏。她丢下的那支银头弩箭还在后门边的地上。她得把这儿打扫干净，给她少得可怜的客人准备早餐。然后想办法……

后门打开，有人走了进来。

……想办法应付西奥波利斯。她轻轻呼出一口气，看着他整洁的衣物和那种居高临下的笑容。他进门时把烂泥带到了她的地板上。

"寂静·蒙塔内。今早天气不错，对吧？"

幽影啊，她心想。*我现在可没有能应付他的心力。*

他走到窗边，关上窗子。

"你在做什么？"她问。

"嗯？你不是提醒过我，你讨厌被人看到我们出现在一起么？担心他们会猜到，你一直在把赏金对象交给我？我只是想保护你。发生什么事了么？你气色很差，嗯？"

"我知道你干了什么。"

"是吗？但你瞧，我干过很多事。你想说的是哪一件？"

噢，她真想割下他嘴唇上的那种笑容，再切下他的喉咙，踩死那种令人恼火的终港口音。但她不能。该死的，他实在太擅长表演了。她有自己的猜测，或许很合理。但没有证据。

换成祖母，肯定会立刻杀了他。为了证明他的错误，她真的能不惜一切吗？

"你当时也在森林里，"寂静说，"瑞德在桥边突然袭击的时候，我觉得自己听到的声音——黑暗里的沙沙声——是他。但不是。按照他话里的暗示，他一直在桥边等我们。黑暗里的那东西，是你。你用弩射中了他，导致了他的伤人。为什么，西奥波利斯？"

"血？"西奥波利斯说，"在晚上？你还活下来了？我得说，你真够走运的。了不起。还发生了什么？"

她什么也没说。

"我是来收账的，"西奥波利斯说，"所以你没有悬赏对象可以上交，嗯？也许我们还是得用到我的文件。我好心带了另一份过来。这件事对我们双方都很有好处。你难道不同意么？"

"你的脚在发光。"

西奥波利斯犹豫片刻，然后低头看去。的确，在发光膏的光芒里，他的鞋底带来的烂泥泛着非常淡的蓝光。

"你跟踪了我，"她说，"昨晚你也在场。"

他抬头看她，表情乏味而冷漠。"所以？"他向前一步。

寂静向后退去，脚跟撞上了身后的墙壁。她四下摸索，拿出钥匙，打开了身后的门。西奥波利斯抓住她的手臂，将刚好拉开门的她拽到一边。

"又想去拿你藏着的武器?"他冷笑着问,"你藏在储藏室架子上的那把弩么?是的,我知道它。我很失望,寂静。我们就不能文明交流吗?"

"我不会签你那份文件的,西奥波利斯,"她说着,朝他脚边吐了口唾沫,"我宁愿死,宁愿失去住处和家园。你可以凭武力夺走这间旅舍,但我不会为你工作。你这杂种可以自己下地狱去,我不在乎。你——"

他一巴掌打在她的脸上。那动作迅速而不带感情。"噢,闭嘴吧。"

她蹒跚后退。

"你真是口若悬河,寂静。该不会只有我希望你能人如其名吧,嗯?"

她舔舔嘴唇,感受着被掌掴的痛楚。她将一只手抬到脸旁边。她收回那只手的时候,有滴鲜血染红了指尖。

"你以为我会害怕?"西奥波利斯问,"我知道我们在这儿是安全的。"

"堡垒城市的傻子。"她低声说着,将那滴鲜血甩向了他。它落在了他的脸颊上。"简单规则是要始终遵守的。就算是在你觉得没必要的时候。而且我打开的门并不通向你以为的食品储藏室。"

西奥波利斯皱起眉头,看向她打开的那扇门。门里是那座老旧的小神龛。她祖母的彼界神神龛。

门的底部镶着白银。

在西奥波利斯身后的空气中,红色的眼睛睁开,一具墨黑色的形体在昏暗的房间内成型。西奥波利斯犹豫片刻,转过身去。

阴魂用双手抓住他的脑袋,抽走他的生命之时,他甚至来不及尖叫。那是个相对较新的阴魂,除了扭动的黑色衣物之外,它的体格仍旧强壮。那是个高大的女子，面容严厉，一头卷发。西奥波利斯张开嘴，那张脸随即枯萎皱缩，双眼陷入颅骨。

"你应该逃跑的，西奥波利斯。"寂静说。

他的脑袋开始粉碎。身体瘫向地板。

"绿眼要藏，红眼要逃。"寂静说着，从后门边拿起那支银头弩箭。"这是你的规则，祖母。"

阴魂转向她。寂静打了个哆嗦，看着那双死气沉沉、呆滞无神，属于她痛恨和爱戴的那位长辈的眼神。

"我恨你，"寂静说，"也感谢你让我恨你。"她将那支弩箭举在身前，但那阴魂并未攻击。寂静缓缓绕向侧面，迫使阴魂后退。它飘向远处，退回那座三面内壁的底部镶有白银的神龛里，寂静多年前将它困在了那儿。

寂静心脏狂跳着关上门，让屏障恢复完整，然后再次锁上了门。无论发生什么，那个阴魂都会放过寂静。她几乎觉得它还有记忆。寂静也几乎感到了内疚，因为她将那个灵魂困在小小的隔间里困了这么多年。

* * *

六个钟头的搜寻后，寂静找到了西奥波利斯藏身的洞穴。

就和她猜想的一样，它就在距离老桥不远的那几座小山里。那儿有一套银制屏障。她可以收走这些白银。这可值好大一笔钱。

在那座小型洞穴里，她找到了切斯特顿的尸体，西奥波利斯趁着阴魂杀死瑞德，然后去猎捕寂静的时候把它拖到了这儿。这一次，我很庆幸你是个贪婪的人，西奥波利斯。

她得再找个人开始为她上交悬赏对象了。这会很困难，尤其是在如此仓促的情况下。她把尸体拖到洞外，丢到西奥波利斯那匹马的背上。步行了一小段以后，她回到道路上，犹豫了一会儿，然后沿路向前，找到了瑞德的尸体，他已经枯萎皱缩，只剩下骨头和衣服。

她翻出祖母的那把匕首，战斗给它留下了焦黑与刻痕。它回到了她身侧的皮鞘里。她迈开步子，疲惫地回到旅舍，将切斯特顿的尸体藏在马厩后面的冰冷地窖里，再将西奥波利斯的遗体放到一旁。她费力地走进厨房。在神龛门边，曾经挂着祖母那把匕首的位置，她将瑟布鲁琪在不知情下为她送来的银头弩箭放了上去。

当她解释西奥波利斯的死讯时，堡垒的当权者会怎么说呢？也许她可以声称自己发现的时候，他就已经是那副模样了……

她迟疑片刻，然后露出微笑。

* * *

"看起来你很走运，朋友，"达贡说着，抿了口啤酒，"白狐短时间里不会来找你了。"

那个瘦削男子——他坚持说自己名叫厄尼斯特——在座位里的身子又往下沉了一点儿。

"你怎么还在这儿？"达贡问，"我都去过终港了。没想到会在回程的路上见到你。"

"我在附近一户自耕农那儿干活，"脖颈细长的男人说，"注意，那是份好工作，踏实的工作。"

"然后你每晚都花钱在这儿过夜？"

"我喜欢这儿。感觉很平和。农舍那儿没有像样的白银防护。他们就这么……让阴魂走来走去。甚至进屋。"那人打了个哆嗦。

达贡耸耸肩，在寂静·蒙塔内跛着脚经过时抬了抬酒杯。是的，她看起来很健康。他真应该找个时间追求她。他的笑容让她皱起眉头，把碟子丢在他面前。

"我觉得我开始打动她了。"她离开以后，达贡说——基本上是在自言自语。

"你得非常努力才行，"厄尼斯特说，"在过去这个月里，有七个男人跟她求了婚。"

"什么！"

"赏金！"细长男子说，"抓获切斯特顿的赏金。真是个走运的女人，寂静·蒙塔内，能像那样找到白狐的巢穴。"

达贡舀了一大勺食物。他不怎么喜欢显露的真相。那个花花公子西奥波利斯就是白狐？可怜的寂静。她怎么会误打误撞地跑到他的洞穴，又发现在洞里早已枯萎的他？

"他们说西奥波利斯用尽最后的力气杀死了切斯特顿，"厄尼斯特说，"然后把他拖进了那个洞里。西奥波利斯在拿起银粉之前就枯萎了。很有白狐的风格：不惜代价，一心只想拿到赏金。短时间里恐怕不会有他这样的猎人了。"

"恐怕是吧。"达贡说，虽然他宁愿那家伙还活着。现在达贡该跟谁讲他的故事？他可不喜欢自己掏酒钱。

在附近，有个模样油腻的家伙用餐完毕，拖着脚走出旅店，看起来半醉半醒，虽然现在才到中午。

有些人啊。达贡摇了摇头。"敬白狐。"他说着，举起酒杯。

厄尼斯特跟达贡碰了碰杯。"敬白狐，这座森林有史以来最卑鄙的杂种。"

"愿他的灵魂安息，"达贡说，"也要感谢彼界神，因为他始终觉得我们不值得他花费精力。"

"阿门。"厄尼斯特说。

"当然了，"达贡说，"血腥肯特还在。现在他才是危险人物。你最好指望他不知道你的赏金数目，朋友。也别跟我一脸无辜。这儿是森林。这里的人都做过些不希望别人知道的事……"

后　记

　　这篇故事始于一场我和乔治·R. R. 马丁的一次签售会，当时他探过身子跟我说："嘿，你写短篇小说吗？"

　　我告诉他，我早就开始写短篇小说了。于是他邀请我参加他的选集之一的撰写——这令我由衷感到荣幸。他和加德纳·多佐伊斯的这本选集是那种"谁是谁"式的推想小说[①]，尽管乔治如今以小说闻名于世，但他在文学行业内，向来以编辑水平为人所知。（顺带一提，加德纳也同样有名——能得到他们的邀请的确是件幸事。）

　　对于这本名为《危险女人》的选集，我花了很长时间去思考它的本质。我担心以此为题材写出的所有故事都会落入俗套，朝着完全相同的方式去塑造危险的女人。（幸好事实并非如此）我不想写出又一篇关于蛇蝎美人的老套故事，或者是那种"女战士"，但本质上只是个长了乳房的男人。

　　还有什么办法能让人危险起来？我早已决定让一位中年母亲来做故事的主角。天挽星系本就是个设定完整的世界，我也知道它对三界

　　[①] speculative fiction，一种广泛的文学分类，与科幻、奇幻等类型都有重叠，其特征是故事中的某种超自然现象以外的一切都符合现实。

宙很重要。我考虑将故事设定在那儿,而当我创造与宗教相关的家谱,又想到一位名叫"寂静"的女子时,最终的故事便在我的脑海里浮现。

谁会给自己的女儿取名叫"寂静"?这听起来就像是清教徒式的漂亮名字①,不适合大多数设定——但对天挽星系再适合不过。[迟早会有人从我们这儿打听到纳兹(Nazh)的真正名字]这就是故事的发端。

关于本故事的设定,还有几个很酷的要点。首先,应对鬼魂的手段源于犹太律法中,在安息日能做和不能做的那些事,只是细节做了模糊化处理。以撒,我们不知疲倦的制图师,命名了天挽星(纳兹的名字也是他取的)。关于寂静旅店里那些人的框架故事,曾有两三次几乎被删去——加德纳刚开始阅读本故事的时候,也怀疑过它的意义。到头来,它们证明了自己存在的价值,因为这些描述提供了到寂静视角的过渡,也让故事的收尾更加顺畅。我认为它是必要的,但这也同样意味着故事的开头稍显薄弱。

你会在将来看到更多关于这个世界的故事——可能性很大。

---

①清教徒喜欢给儿女取"有意义"的名字,或是出自《圣经》典故,或者名字本身是常见的形容词或名词。

德罗米纳星系

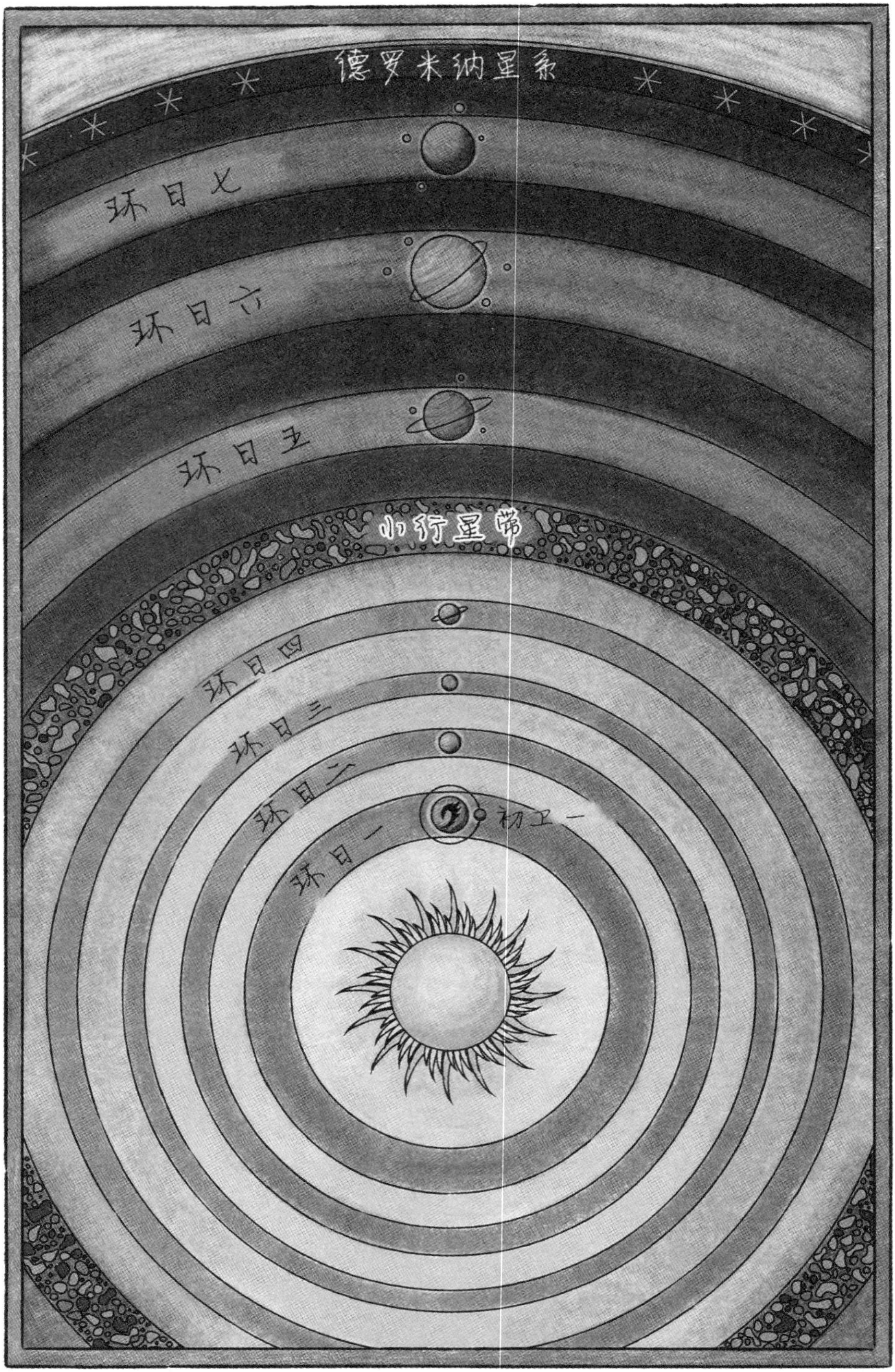
德罗米纳星系
环日七
环日六
环日五
小行星带
环日四
环日三
环日二
初卫一
环日一

德罗米纳星系

三界宙的许多星球上都有人居住，但目前没有神瑛存在。当然，不管人们居住在哪颗星球上，他们的生活、激情和信仰都是重要的，但只有少数星球才和更广阔的三界宙息息相关。

这主要是因为星际间的往来依赖于垂贯点（至少在实界域），而垂贯点就是人们从裂影界转移到星球表面的地方。如果一个世界没有垂贯点，人们便只能从知界域对其进行研究，但无法实地前往。

一般而言，存在神瑛的星球才会产生垂贯点。大量神能汇聚在知界域和实界域，产生了……一些摩擦点，其中也存在某种通道。实界域的物质、知界域的思维和灵界域的本质在这些位置上融为一体，人们便能在界域间穿行。

星球上的垂贯点（通常在实界域表现为聚集神力的水潭）是神瑛存在的标志，所以环日一才如此有趣。

这个被人称作"德罗米纳"的星系有三颗非同寻常的行星，居住着发达的人类社会（宜居带内还有第四颗行星）。这在三界宙是绝无仅有的，只有柔刹星系能与之匹敌，但那里的某颗星球只居住着瑛灵。

这四颗星球的地貌都以水体为主，其中第一颗星球有一个垂贯点。
　　我还没有查明这个垂贯点存在的原理。当然，并没有神瑛栖息在星系中。我也说不清是怎么回事，但这个特征一定暗示了环日一的过往。这颗星球的某处很可能也有神能存在，但我还没有机会亲自勘察。垂贯点周边的区域非常危险，银光城派出的几支探险队都是有去无回。

黄昏的第六子

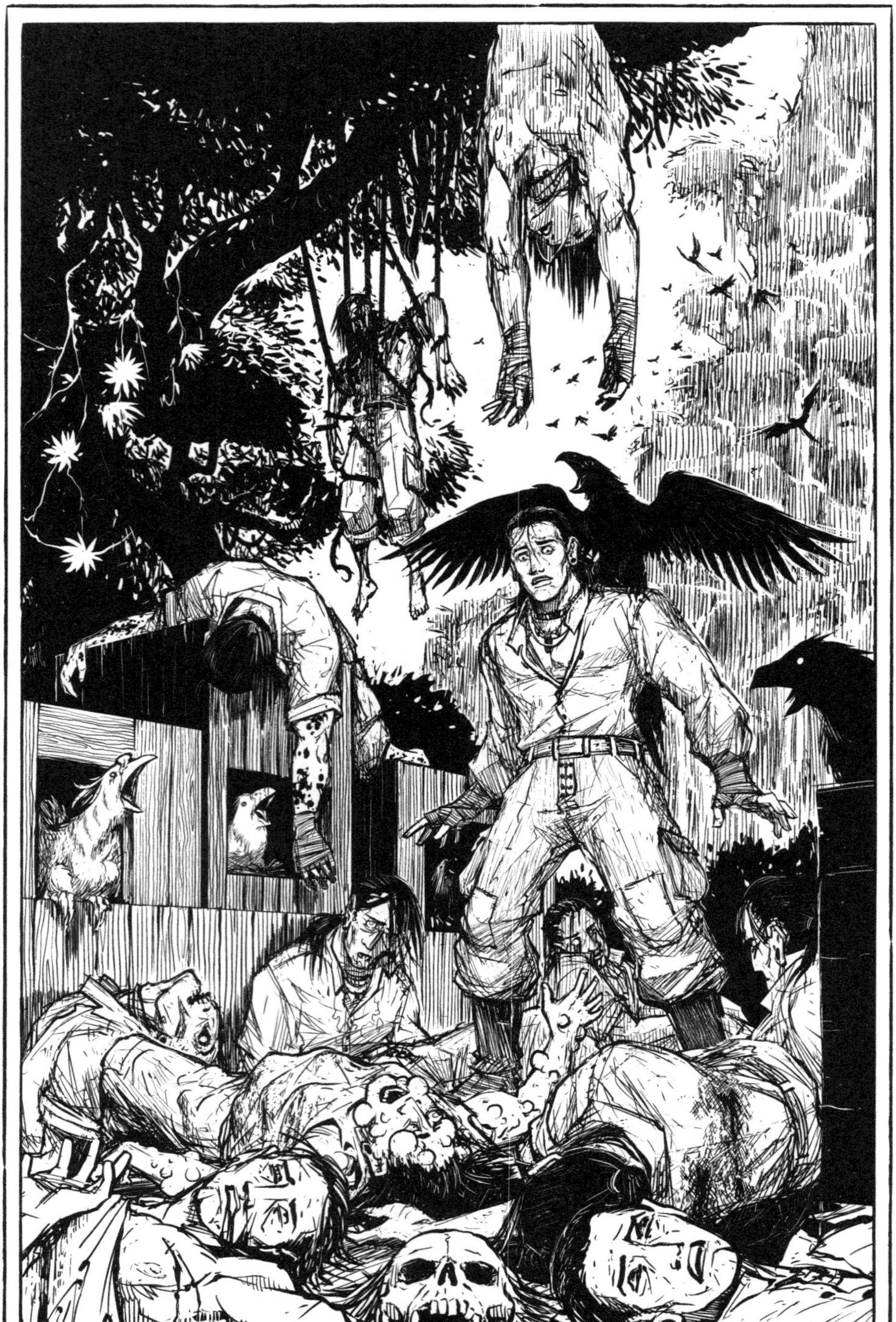

死亡在波涛之下狩猎。黄昏看到了它的接近，那是深蓝内部的一团庞大的黑暗，是一具阴影笼罩的形体，足有六条窄船①捆起来那么宽。黄昏的双手紧抓船桨，心脏狂跳，他立刻开始寻找寇克里。

　　幸运的是，那只彩色鸟儿栖息在老位置，也就是小船的船头那儿，正懒洋洋地啃咬一只抬到嘴边的爪子。寇克里放下脚爪，松动羽毛，仿佛对水下的危险毫不关心。

　　黄昏屏住了呼吸。在开阔海域不幸撞见那些东西之一的时候，他总会这么做。他不清楚它们在波涛之下的模样。他希望自己永远不会知道。

　　阴影逼近，此时几乎来到小船边上。一群从旁游过的苗鱼在银亮的浪花里跃入空中，逼近的阴影惊动了它们。吓坏的鱼儿落回水里，发出雨点般的响声。阴影没有偏离方向。它对这些苗鱼不感兴趣，毕

---

　　①narrowboat，通常指为英国运河设计的运河船，这里以字面直译。

竟它们实在不够吃。

但小艇里的乘客……

它从船下径直游过。萨克在黄昏肩头轻声啁啾；第二只鸟儿似乎有那么些危机感。类似那道阴影的生物狩猎时凭借的不是气味或者视觉，而是感受猎物的心智。黄昏又瞥了眼寇克里，面对能够将他的小船整个吞吃的危险，那就是他仅有的保护。他一直没有剪掉寇克里的翅膀，但在这种时候，他也能理解为何这么多水手更喜欢不能飞走的羽类。

小船微微摇晃；苗鱼的跃动停止了。波浪拍打着船的侧面。那道影子停下了么？在犹豫么？它感觉到他们了么？寇克里的保护灵光向来是够用的，但……

阴影缓缓消失。*它转而向深处游去了*，黄昏反应过来。没过多久，他在水里就什么都看不到了。他犹豫起来，然后强迫自己拿出那副新面具。这件现代化装置是他在上上次补给旅行中弄到的：那是一块玻璃面板，两边是皮革。他把面具放在水面上，俯下身去，看向深处。他眼里的海水变成了透明的，就像一片平静的泻湖。

什么都没有。只有无尽的深邃。*真蠢*，他这么想着，收起面具，拿出船桨。*你不是刚刚才断定自己不想看到那些东西么？*

但再次开始划桨的时候，他明白在剩下的这段旅途里，他会觉得那道阴影始终在船底跟着他。这片水域的本质就是如此。你永远不知道下面潜伏着什么。

他继续旅途，划着他的独木舟，根据拍打的浪花来判断位置。对他来说，这些海浪的作用堪比罗盘。在过去，所有亦拉钦人——他的同胞——都能做到这种事。现如今，只有捕兽人才会学习这些古老的技艺。但必须承认，就连他也带着一副最新型的罗盘，和一套新海图，一起收在他的背包里——那些海图是天外人今年早些时候来访时赠予的礼物。据说这些比最新的勘探结果更精准，所以他购买了一套,以防万一。**你没法阻止时代改变,**他母亲这么说过,**正如你没法阻止海浪翻涌。**

在参照过浪潮后不久,第一座岛屿就出现在他的视野里。索里是万神殿群岛的一座小岛,也是访客最多的一座。她的名字的意思是"孩子";黄昏清楚地记得自己和叔叔在她的海岸边训练的情景。

他上次向索里焚烧献祭已经是很久以前的事了,尽管他在那儿度过了美好的年轻时代。也许一次小小的供奉不算违规。帕吉不会嫉妒的。没有谁会嫉妒最不起眼的索里。正如索里会欢迎所有捕猎者那样,据说万神殿的其余岛屿都对她疼爱有加。

尽管如此,但索里岛上没有多少有价值的猎物。黄昏继续划桨,绕过他的同胞所知的万神殿群岛的一条"腿"。从远处看,这片群岛和亦拉钦人的母岛——如今距离他有三周路程——没有太大区别。

远看和近看,简直天差地别。在随后的五个钟头里,黄昏划着船经过了索里岛,然后是她的三位亲戚。他从未踏足过那三座岛的任何一座。事实上,在万神殿的四十余座岛屿里,他真正踏上过的很少。结束学徒期的时候,捕猎者会选择一座岛屿,然后毕生都在那里工作。他选的是帕吉岛——那已经是大约十年前的事了。感觉上远没有那么久。

黄昏没有在波涛下看到别的阴影,但他没有放松警惕。这倒不是说他真有能力保护自己。寇克里包揽了这方面的工作:它快活地栖息在船头,半闭眼睛。黄昏给它喂了种子;寇克里对种子的喜爱远胜于干果。

没人知道阴影这样的巨兽为何只待在这儿,栖息在万神殿附近的水域。为什么不跨越海洋,到亦拉钦人的岛屿或者大陆那边去?那里食物充足,而寇克里这样的羽类罕见得多。在过去,没人会问这种问题。大海就是大海。但现在,人们会窥视和探究一切。他们问:"为什么?"他们说:"我们应该解释清楚。"

485

黄昏摇摇头，把桨浸入水中。在大部分时间里，那种声音——木头拍水的声音——都是他的旅伴。他对拍水声的理解远胜于对人类语言的理解。

虽然有时候，那些问题会钻进他的内心，拒绝离开。

经过那几位亲戚以后，大多数捕猎者会转向北方或者南方，沿着群岛的分支前进，最后抵达他们选择的岛屿。黄昏继续向前，进入群岛的中心，直到某个形状隐现于他面前。那是帕吉岛，万神殿最大的岛屿。它高高耸立于海面，就像一只楔子。这地方有不适合居住的高山，悬崖，以及茂密的丛林。

你好啊，古老破坏者，他心想。*你好啊，父亲*。

黄昏抬起船桨，放到小船里。他静静地坐了一会儿，咀嚼昨晚捕获的鱼，把碎屑喂给萨克。那只黑色羽毛的鸟儿庄严地吃着。寇克里继续蹲坐在船头，不时发出啁啾。它肯定很渴望上岸。萨克似乎从来不会渴望去做任何事。

靠近帕吉岛不是什么简单的事，就算那些在海岸捕猎的人也一样。黄昏考虑在哪里登陆的时候，这条船继续与波涛起舞。最后，他收起鱼肉，将船桨重新浸入水中。尽管接近岛屿，这里的海水仍旧是蓝色，而且很深。万神殿的某些成员有能够遮风避雨的海湾和平缓的海滩。帕吉岛对这种愚蠢毫无耐心。它的海滩遍布岩石，还有陡峭的山壁。

在它的海岸上，从来都没有安全可言。事实上，这些海滩正是最危险的部分——在海滩上，能接近你的不仅是陆上的恐怖生物，深渊怪物的魔爪也仍然笼罩着你。黄昏的叔叔再三提醒过他这一点。只有傻瓜才会在帕奇岛的海岸睡着。

潮汐对他有利，而他也避开了那些会让他在坚硬岩壁上撞得粉碎的涌浪。黄昏接近了一片能提供部分遮掩的峭壁和露出的岩层，那就是帕吉岛版本的"海滩"。寇克里离开小船，飞向那些树木，不断啁啾和鸣叫。

黄昏立刻看向海水。没有阴影。但当他跳下独木舟,将它拖到岩石上,温暖的海水冲刷双腿的时候,他还是有种赤身裸体的感觉。萨克仍旧停在黄昏的肩膀上。

在附近的海浪里,黄昏看到一具尸体在水中起伏。

你的幻象这么早就开始了,朋友? 他这么想着,看向萨克。羽类通常会等到彻底上岸才赠予祝福。

黑色羽毛的鸟儿只是看着波浪。

黄昏继续忙碌。他在海浪里看到的尸体属于他自己。这告诉他要避开那片水域。也许那儿有一只会刺伤他的多刺海葵,也或许有不起眼的暗流在等着他。萨克的幻象不会展示那种细节,只会给出警告。

黄昏将小船拖出海水,然后解开浮子,将它们更牢固地绑在独木舟的舟身上。随后,他小心地将船靠岸,避免尖锐的岩石刮伤船体。他得把这条独木舟藏到丛林里。如果别的捕猎者发现了它,黄昏就得在这座岛上多待好几周,才能准备好替代用的小船。那样一来——

他停下了脚步,因为在沿着岸边后退的时候,他的脚跟撞上了某种柔软之物。他低头看去,以为会发现一堆海草。但他看到的却是一件潮湿的衣服。一件衬衣?黄昏将它拿起,然后在海岸上发现了另一些更不起眼的痕迹。那是几段破碎的木头,经过砂纸的打磨。几张纸片在漩涡里飘动。

那些蠢货,他心想。

他继续搬起了独木舟。在万神殿的岛屿上,匆忙行动从来不是理智的做法。但他还是加快了步子。

抵达林木线那边的时候,他看到自己的尸体吊在附近的一棵树上。蕨类植物般的树梢上潜伏着切割藤。萨克在他肩上轻轻地叫了一声,而黄昏从岸上举起一块大石头,丢向了那棵树。它撞上树木,随后果不其然,那些藤蔓像渔网那样落下,上面还满是倒刺。

它们需要花费几个小时才能收回。黄昏将独木舟拖了过去,藏在那棵树附近的一丛灌木里。希望其余捕猎者能明智地绕过切割藤——这样就不会撞见他的小船了。

在盖上最后的伪装用蕨叶前,黄昏拿出了背包。尽管捕猎者的职责几世纪以来都没多少变化,现代世界还是带来了便利。比起让双腿和胸口暴露在外的简单缠腰布,他穿上的是腿部有口袋的厚实长裤,还有一件带纽扣的衬衣,以保护皮肤不受尖锐的树枝和叶片伤害。黄昏脚上的也不是便鞋,而是结实的靴子。他拿的也不是兽牙打磨的棍棒,而是上好的钢铁打造的弯刀。他的背包里装着各种"奢侈品",像是带铁钩的绳索,提灯,还有压合两边握柄就能制造火花的点火器。

他看起来和家乡那些画里的捕猎者相去甚远。他不在乎。他宁愿活下去。

黄昏离开独木舟,挎上背包,弯刀收入身侧的刀鞘。萨克挪到了他的另一边肩膀。离开海滩之前,黄昏迟疑了片刻,看着他仍旧被树上那些不可见藤蔓吊起的半透明尸体。

他真的会蠢到被切割藤缠住么?据他所知,萨克只会展示合乎情理的死亡。他很想认为,其中大多数的可能性都很低——那种幻象代表的是他粗心大意——又或者他叔叔的训练不够全面——的情况下将会发生的事。

黄昏曾经会远离他看到尸体的位置。如今驱使他反其道而行的并非勇气。他只是……需要直面那种可能性。他需要在清楚自己有能力应付切割藤的前提下离开这片海滩。如果他逃避危险,技巧就会迅速生疏。他不能太过依赖萨克。

因为帕吉岛会抓住所有可能杀死他的机会。

黄昏转过身,徒步穿过海边的岩石之间。这么做违背了他的本能——他通常会尽快前往内陆。不幸的是,他不能就这么离开,不去调查早先看到的残骸的源头。他强烈怀疑它们都来自某个地方。

他吹了声口哨，寇克里发出鸣啭，拍着翅膀离开附近的一棵树，飞到海岸上空。他靠近时提供的保护更强一些，但在岛上狩猎心灵的野兽不像海里的阴影那样庞大，也没有那么强大的心智。黄昏和萨克在它们眼里应该是隐形的。

沿着海岸走了约莫半个钟头以后，黄昏找到了一座大型营地的残留部分。破碎的箱子，磨损的绳索半浸在潮水池里，撕碎的帆布，从前可能是墙壁的碎木片。寇克里落在一根断掉的杆子上。

附近看不到他的尸体。这可能代表这片区域暂时没有危险。也可能代表杀死他的那东西会将尸体囫囵吞下。

黄昏小心地踩在被破坏的营地边缘的潮湿石面上。不。这儿比普通营地要大。黄昏的手指拂过一块断裂的木头，上面印有"北方利益贸易公司"几个字。那是来自他家乡的强大贸易势力。

他告诫过他们的。不要靠近帕吉岛。这些蠢货。他们还在海滩上扎了营！那个公司难道没人能听懂人话吗？他在石头上的几道深沟边停下脚步，后者和他的上臂一样宽，足有十步那么长。通向海洋。

阴影，他心想。**深渊巨兽之一**。他叔叔说他看到过其中一头。那是个庞然大物……就这么从海水深处猛然跃出。它杀死了十来头正在啃咬海边野草的克雷尔兽，然后带着它的大餐回到了海中。

黄昏发起抖来，想象这座岩石上的营地当时的景象：到处都是忙着拆箱的人，他们在准备建造向他描述过的那座堡垒。可他们的船去哪儿了？那艘铁制船身的蒸汽动力船，据说甚至能抵挡最深处的阴影的攻击？它如今是否在保护海底，成了苗鱼和章鱼的家？

黄昏的视野里没有任何幸存者，就连尸体都没有。阴影肯定吞吃了他们。他退回到稍微安全一些的丛林边缘，然后扫视树叶，寻找有人从这边经过的迹象。袭击发生在不久前，应该不超过昨天。

他心不在焉地从口袋里拿出一粒种子，喂给萨克的时候，发现了一连串通向丛林内部的破碎蕨叶。所以幸存者是有的。也许足有五六个。他们在匆忙之中各自选择了不同的方向。为了逃离袭击。

在丛林里奔跑是个寻死的好法子。这些公司老觉得自己既顽强又准备充分。他们错了。他和其中不少人说过，试图说服尽可能多的"捕兽人"放弃这次航程。

那是白费力气。他很想归咎于天外人，是他们的造访引发了这种对进步的愚蠢追求，但事实上，这些公司从好些年前就考虑在万神殿群岛设立前哨了。黄昏叹了口气。好吧，那些幸存者现在多半已经死了。他应该留下他们自生自灭的。

只是……光是想到外人来到帕吉岛，某种混合了厌恶和焦虑的情绪就让他全身颤抖。他们在这儿。这是错的。这些岛是神圣的，而捕猎者就是岛屿的祭司。

植物在附近沙沙作响。黄昏挥舞弯刀，将它举起，同时去拿口袋里的投石器。离开灌木丛的并非逃难者，甚至不是捕食者。一群老鼠似的小型生物爬了出来，嗅着空气。萨克发出粗厉的叫声。它一向不喜欢米克尔鼠族。

*食物？*那三个米克尔鼠族向黄昏送来讯息。*食物？*

这些是最基本的念头，直接投射到他的脑海里。尽管他不想为此分心，但也没有放过这次机会。他拿出几块肉干，递给米克尔鼠族。它们围在肉干边上，向他送来感激的时候，他看到了它们锐利的牙齿和嘴巴末端那颗长长的尖牙。他叔叔告诉过他，米克尔鼠族对人类是很危险的。咬上一口就足以致死。几个世纪以来，这种小生物已经习惯了捕兽人。它们的心智超越了那些蠢笨的野兽。他几乎觉得它们和羽类一样聪明。

*你们记得吗？*他通过心灵送去话语。*你们记得自己的工作吗？*

*别人，*它们欢快地回应。*咬别人！*

捕兽人会忽视这些小小的野兽；黄昏认为凭借某些训练，米克尔鼠族就能带给他的对手意料之外的突袭。他摸索口袋,手指拂过一片僵硬的老旧羽毛。接着,不想错失良机的他从背包里拿出几根亮绿和红色相间的长羽毛。那些是交配羽,是他在寇克里上次换羽毛的时候特意留下的。

他走进丛林,米克尔鼠族激动地跟在后面。靠近它们的巢穴以后,他将交配羽粘在几根树枝上,就像是自然掉落在那里的。路过的捕兽人也许会看到羽毛,认定附近有羽类的巢,里面还有刚下不久、可供掠夺的蛋。这会把他们引过来。

咬别人,黄昏又教了一遍。

咬别人!它们回答。

他犹豫片刻,陷入深思。也许它们看到了那个遇袭公司的人?还能给他指出正确的方向。你们看到过别人吗?黄昏送出念头。在最近?在丛林里?

咬别人!回应传来。

它们聪明……但没那么聪明。黄昏向这些动物道别,转身走向森林。片刻的思考过后,他发现自己朝内陆进发,穿过——随后跟随——其中一个逃难者的痕迹。他选择的那道痕迹看起来会靠近——近到令他不安的程度——他自己的安全营地之一,后者位于丛林深处。

尽管有树荫遮蔽阳光,丛林的树冠层下还是更热一些。那是种令人舒心的闷热。寇克里跟了过来,飞向前方的一根树枝,有几只小型羽类正在那儿啁啾。寇克里的个头高大许多,却热情地对着它们鸣唱。在人类身边长大的羽类向来都无法适应自己的族群。在羽类身边长大的人类也一样。

黄昏跟着逃难者留下的痕迹,觉得自己随时可能撞见那人的尸体。但他没有,反而是他自己的死尸不时地出现在路上。他看到烂泥里被吃剩一半的尸体,或者压在倒下的圆木下面,只露出双脚。只要萨克蹲在他的肩上,他永远不可能过度自满。萨克的幻象是真实抑或虚构并不重要；他需要这种持续不断的提醒，让他记住帕吉岛是如何对待粗心大意之人的。

他换成了那种熟悉但并不舒适、属于万神殿群岛的捕兽人的慢跑方式。警觉，谨慎，避免触碰可能爬着咬人昆虫的树叶。只在必要时用弯刀劈砍，以免留下他人可以跟随的痕迹。侧耳聆听，随时关注他的羽类，永远别把寇克里甩太远，或者让他在前方拉开太多距离。

那个逃难者没有死于这座岛上常见的危险——他会横穿兽道，而非沿着兽道前进。想要遭遇捕食者，最可靠的办法就是和它们的食物相遇。那个逃难者不懂如何掩饰痕迹，但他也没有意外撞见火咬蜥，或者触碰亡草树的树皮，又或者是踏入那片饥饿泥地。

也许那也是个捕兽人？年轻的那种，没受过完整的训练？看起来像是公司会做的事。经验丰富的捕兽人不会接受雇佣；没人会蠢到带领一群职员和商人在岛上转悠。但年轻的、尚未选择岛屿的捕兽人呢？也许这个年轻人心怀不满，因为导师要求他只能在索里岛练习，直到判断他的学徒期可以结束为止？黄昏在十年前也有过这种感受。

所以公司最后还是雇了个捕兽人。这就能解释他们为何胆大妄为到组织这场远征了。但跑来帕吉岛？他这么想着，跪在一条细小河流的岸边。这条小河没有名字，但他很熟悉它。他们为何会跑来这儿？

答案很简单。他们是商人。对他们来说，最大的就是最好的。何必把时间浪费在那些小岛上？为什么不直接跑来这座"父岛"？

寇克里落在高处的一根树枝上，开始啄食一颗果子。那个逃难者在河边停下过。黄昏离他越来越近了。以那个男孩陷入淤泥的脚印来判断，黄昏能想象出他的体重和身高。十六岁？也许更小？捕兽人会在十岁开始当学徒，但就算是公司，黄昏也无法想象他们会雇用如此缺乏训练的人。

他走了两个小时，黄昏这么想着，翻过一根折断的茎秆，嗅了嗅汁液的气味。那小子的路线仍在接近黄昏的安全营地。怎么可能？黄昏没跟任何人提起过那儿。也许这个年轻人的导师是来过帕吉岛的捕兽人之一。也许其中有人发现了他的安全营地,然后提到了他。

黄昏皱眉思索。在帕吉岛的十年里,他只亲眼见过其他捕兽人几次。每一次,他们都会转身朝相反的方向离开,一言不发。这就是规矩。他们会尝试杀死对方,但不会亲手这么做。让帕吉岛夺走对手的性命,总好过直接弄脏自己的手。至少他叔叔是这么教导他的。

有时候,黄昏会为此而沮丧。他们迟早都会死在帕吉岛。何必要帮父亲一把呢?但这就是规矩,所以他选择走个过场。无论如何,那个逃难者径直前去了黄昏的安全营地。那个年轻人也许是不懂规矩。也许他是来寻求帮助的,他不敢前往自己导师的安全营地,生怕会遭受惩罚。或者……

不,最好别多想。黄昏已经满脑子都是站不住脚的猜测了。他会亲眼确认真相的。他得把注意力放在丛林和这里的危险上才行。他开始远离小河,与此同时,他看到自己的尸体突然出现在前方。

他单脚向前跳去,然后猛然转身,听到了一声微弱的"嘶"。那个独特的声音来自于地面的一道细小裂口逸出的空气,随后大群黄色的细小昆虫从中涌出,每只都像针头那么小巧。是一窝新的死亡蚁?如果他在那里多站片刻,扰动那个隐藏的巢穴,它们就会顺着他的靴子爬上去。只要一口,他就会死。

他盯着那滩四处爬动的昆虫,久到了不谨慎的程度。它们没有找到猎物,于是回到了巢穴。有时候,小小的鼓包会宣示它们的位置,但今天他什么都没看见。全靠萨克的幻象拯救了他。

这就是帕吉岛上的生活。就连最谨慎的捕兽人都可能犯错——就算不犯错,死亡还是会找上他们。帕吉岛是个专横又有仇必报的家长,会尝试杀死踏上海岸的每一个人。

萨克在他肩头发出咽啾。黄昏揉揉她的脖子表示感谢,尽管她的鸣叫带着歉意。她的警告差点就来得太迟了。没有她,帕吉岛今天就会夺走他的性命。黄昏压下那些蠢蠢欲动的疑问——他不该想这些的——然后继续前进。

等到傍晚降临这片岛屿的时候,他终于靠近了安全营地。他设下的两根陷阱拉发线被人剪断和解除了。这并不令他意外;这些本来就是摆在明面上的。黄昏缓缓绕过地面上的另一座死亡蚁巢——这一座更大,有永久敞开的裂口,让蚂蚁可以爬出,但此时有根闷燃的细枝堵住了开口。此外,黄昏花费多年在这里培育的夜风菇被人浸没在水里,防止孢子逃逸。后面两条拉发线——不打算让人发现的那些——也被剪断了。

干得漂亮,孩子,黄昏心想。他不但避开了陷阱,还将其拆除,以防有必要朝这个方向迅速逃跑的情况。但真的应该有人教教这小子避免留下痕迹的方法。当然了,这些痕迹本身也可能是个陷阱——为的是让黄昏粗心大意。于是他在缓缓前进的时候格外小心。是的,这个年轻人留下了更多的脚印,断裂的草茎和其余痕迹……

上方的树冠层有东西在动。黄昏犹豫片刻,眯眼看去。有个女人垂吊在树枝下,困在一张黏胶线藤构成的网子里——这些会让人麻木,无法移动。看来他总算有个陷阱发挥作用了。

"呃,你好?"她说。

是个女人,黄昏想着,突然觉得自己很蠢。**小巧的足迹,轻盈的步子……**

"我得澄清一下,"那女人说,"我完全没打算偷走你的鸟儿,或者侵犯你的领地。"

黄昏在暗淡的光线里走近了些。他认出了那个女人。他和公司的人碰面的时候,她是在场的职员之一。"你切断了我的陷阱拉发线。"黄昏说。这些字眼在他嘴里怪怪的,说出口时又不太流畅,就像是刚刚吞下了不少灰尘。这是好几周没有说话的结果。

"呃,是的,是我干的。我以为你可以换几条新的。"她犹豫片刻。"抱歉！"

黄昏站定在原地。网子里的女人缓缓转动，他注意到有只羽类贴着网子外面——就像他的鸟儿那样，它约莫有三只拳头立起来那么高，只是羽毛是柔和的白色与绿色。那是只彩带鸟，一种并不栖息在帕吉岛上的羽类。他对它们了解不多，只知道就像寇克里那样，它们能保护心灵不受捕食者的影响。

落日投下阴影，天空逐渐昏暗。很快，他就得在夜晚选择蛰伏，因为黑暗会带来这座岛屿最危险的捕食者。

"我发誓。"被困网中的女人说。她叫什么来着？他相信她说过，但他想不起来了。某个颠覆传统的名字。"我真没想偷你的东西。你还记得我，对吧？我们在公司大厅见过的？"

他没有答话。

"求你了，"她说，"我真的不想头下脚上地吊在树上，身上还沾满会引来捕食者的血。放过我对你也没什么坏处。"

"你不是捕兽人。"

"噢，不是，"她说，"你也许注意到我的性别了。"

"女性捕兽人也是有的。"

"有一个。只有一个女性捕兽人，'勇敢者'雅拉妮。我听过她的故事上百次。你也许会奇怪，几乎所有社会都有关于女性扮演相反性别的传说。她会扮成男子参战，或者率领父亲的军队去打仗，或者被困在岛上。我相信这些故事之所以存在，是为了让父母告诉他们的女儿：'你不是雅拉妮。'"

这个女人在说话。很多话。在亦拉钦人的岛屿上，人们也都是这样。她的皮肤是和他相似的褐色，说起话来也像他的同胞。她那种轻微的口音……他在造访母岛时听到的频率也越来越高。那是受过教育的人的口音。

"能放我下来么？"她说着，语气略带颤抖，"我的手都没知觉了。让人……不安。"

"你叫什么名字?"黄昏问,"我都忘了。"话语太多了。他耳朵疼。这地方本该很安静的。

"瓦茜。"

这就对了。这名字很不妥当。没有提到她的出生顺序和出生日期,反而像那些大陆居民会用的名字。这在他的同胞之中很不寻常。

他走上前去,拿起附近那棵树上的绳索,放下了网子。女人的羽类拍着翅膀落下,发出恼火的尖叫,护着一边翅膀,那儿显然受了伤。瓦茜落在地上,就像深色卷发和绿色亚麻连衣裙的混合体。她摇晃着站起身,却再次坐倒。藤蔓的触碰会让她的皮肤再发麻十五分钟左右。

她坐在那儿,摇摆双手,仿佛想甩开那种麻木感。"所以……呃,不需要砍脚踝放血?"她满怀希望地发问。

"这是家长讲给孩子的故事,"黄昏说,"我们其实不会这么做。"

"噢。"

"如果你也是个捕兽人,我会直接杀了你,而不是留给你向我报复的机会。"他走向她那只羽类,后者张开鸟喙,发出嘶嘶声,又抬起双翼,仿佛想让自己显得更高大。萨克在他肩头啁啾,但那只鸟儿似乎毫不关心。

是的,一只翅膀沾着血。但瓦茜懂得照顾鸟儿,这让人高兴。很多母岛居民对自己羽类的需求浑然不觉,对待他们的方式更像物品而非智慧生物。

瓦茜先前拔掉了鸟儿伤口附近的羽毛,包括一根血羽。她用纱布包扎了伤口。但那只翅膀的状况看起来不太妙。也许骨折了。她打算裹住鸟儿的两边翅膀,阻止它飞起。

"噢,米里斯,"瓦茜说着,终于站起身来,"我本想帮她的。你瞧,我们摔了一跤,就在那只怪物——"

"把她拿起来，"黄昏说着，审视天空，"跟上。踩着我的脚印走。"

瓦茜点点头，没有抱怨，虽然她的麻木应该尚未消失。她从藤蔓里拿出一只小背包，抚平裙子。她的衣服外面套着件贴身的马甲，有某种金属管从背包里伸出。是地图匣？她拿起自己的羽类，后者快活地蜷缩在她的肩头。

黄昏走在前面，她跟了上来，而且没有尝试在他转身时发起攻击。很好。黑暗逐渐降临，但他的安全营地就在前方，而他早已将沿路前往的每一步牢记在心。走路的时候，寇克里降低高度，落在那女人的另一边肩头，然后开始发出亲切的啁啾。

黄昏停下脚步，转过身。为了远离寇克里，那女人的羽类沿着她的衣裙挪开了几步，趴在她的裙子上身附近。鸟儿轻声嘶鸣，但寇克里——他一如既往地毫无察觉——继续欢快地鸣叫。幸好他这个品种在心灵的探查下如同隐形，就连死亡蚁都会觉得他只是一块不可食用的树皮。

"这是……"瓦茜说着，看向黄昏，"你的？噢，当然。你肩头的那只不是羽类。"

萨克安稳地坐在那儿，抖松了羽毛。是的，她的品种不属于羽类。黄昏继续走在前头。

"我从没见过捕兽人带着不属于群岛的鸟儿。"瓦茜在后面说。

这不是询问。因此，黄昏觉得没有回答的必要。

这座安全营地——他在岛上共有三座——坐落于一段曲折小径尽头的矮山上。在那里，一棵壮实的古拉树撑起了一座单间式建筑。树木是帕吉岛上相对安全的过夜处之一。树顶是羽类的领地，而大多数大型捕食者都只在地面行走。

黄昏点燃了提灯，随后高高举起，让橘色的光线覆盖他的家。"上去。"他对那女人说。

她回头看向愈发黑暗的丛林。借着灯光,他看到她的眼白因为缺乏睡眠而发红,但她只是露出满不在乎的笑容,沿着他钉在树干上的木桩爬了上去。她身体的麻木应该已经消失了。

"你怎么知道的?"他问。

瓦茜站在通向他家的那扇活板门边,犹豫了片刻。"知道什么?"

"知道我的安全营地的位置。谁告诉你的?"

"我是跟着水的声音找过来的,"她说着,朝山腰涌出的一小汪泉水点点头,"找到陷阱的时候,我就知道自己走的方向没错。"

黄昏皱起眉头。不可能有人听得见水声,因为水流在几百码外就消失不见了,在某个出人意料的位置重新露出地面。跟着水声来到这儿……基本上是不可能的。

所以她是在撒谎,还是单纯运气好?

"你想找到我。"他说。

"我只是想找个人,"她说着,推开活板门,爬进那栋房子,话声也变得模糊不清,"我觉得捕兽人会是我幸存的唯一机会。"她来到一扇网子盖住的窗户边,寇克里仍旧站在她的肩头。"真不错。对一座怪物包围的孤岛的死亡丛林中央的山坡小屋来说,这儿算是很宽敞了。"

黄昏爬了上去,用牙齿咬着提灯。树顶的这个房间约莫四步见方,高度可以站直身子,只是有些勉强。"抖开那些毯子,"他说着,朝那堆东西点点头,放下提灯,"然后拿起架子上的所有杯子和碗,确认里面有什么。"

她瞪大了眼睛。"我该找什么?"

"死亡蚁,蝎子,蜘蛛,刮血虫……"他耸耸肩,把萨克放到窗边属于她的栖木上,"这屋子设计上是密封的,但这儿是帕吉。父亲喜欢出人意表。"

她犹豫着把背包放到一旁,开始干活的时候,黄昏爬上另一条梯子,去检查屋顶。那儿有整齐的两排盒子,鸟儿大小,里面放着鸟巢,还有可以自由出入的孔洞。在由他亲手养大的情况下,这些鸟儿都不会飞太远,除非发生特殊情况。

寇克里落在一座鸟窝上,发出鸣啭——但声音很轻,毕竟夜幕已经降临。咕咕声和啁啾声从其余盒子里传来。黄昏爬到屋顶上,检查了每一只鸟受伤的翅膀和脚爪。这些成对的羽类是他毕生的事业;每一只孵化的雏鸟都会成为他的主要货物。是的,他可以在岛上设下陷阱,尝试找到巢穴和野生雏鸟——但效率远不如直接养育鸟儿。

"你的名字是'第六子',对吧?"瓦茜在下面说,抖动毯子的声音和话声同时响起。

"是的。"

"是个大家庭。"瓦茜评论道。

只是普通大。至少在过去很普通。他父亲排行第十二,他母亲则是第十一。

"什么的第六子?"瓦茜在下方继续发问。

"黄昏的。"

"所以你是在傍晚出生的,"瓦茜说,"我一直觉得传统姓名非常……呃……具有描述性。"

*真是句毫无意义的评论,*黄昏心想。母岛人为什么觉得有必要没话找话?

他继续检查下一个鸟巢,察看里面的两只昏昏欲睡的鸟儿,然后检查了它们的排泄物。它们以幸福的情绪回应他的到来。人类养大的羽类——尤其是从小用自身天赋帮助人类的那些——会将人视为族群的一部分。这些鸟儿并非他的同伴——就像萨克和寇克里那样——但他们对他来说仍然是特别的。

"毯子里没有昆虫。"瓦茜说着,从他身后的活板门里探出头来,她那只羽类蹲在肩头。

"杯子里呢?"

"我这就去确认。所以这些就是你的育种鸟,是吧?"

这显而易见,所以他没必要回答。

她看着他检查鸟儿。他感觉到她的视线落在他身上。最后,他开了口:"你们公司为什么不听我们给出的建议?跑来这儿就是一场灾难。"

"是啊。"

他转身看向她。

"是啊,"她说了下去,"整个远征恐怕都是一场灾难——让我们朝目标更进一步的灾难。"

他接下来检查了西西斯鲁,在初升月亮的光线里忙碌。"愚蠢。"

瓦茜的双臂交叠在身前,露出屋顶,下半身仍旧位于活板门下面的小房间。"你觉得我们的祖先学会在海上寻路的途中,没有经历过几次灾难?最早的捕兽人呢?你拥有的是世代相传的知识,通过不断试错得来的知识。如果最早的捕兽人觉得探索太过'愚蠢',又怎么会有今天的你呢?"

"他们独自行动,训练充分,和一整船的职员和码头工人不一样。"

"世界在改变,黄昏的第六子,"她轻声说,"来自大陆的那些人越来越渴望羽类同伴;这种曾经专属于大富之家的东西,如今连普通人都能有资格得到。我们学习了许多,但羽类仍然是个不解之谜。为什么在母岛长大的雏鸟无法授予他人天赋?为什么——"

"愚蠢的论据,"黄昏说着,把西西斯鲁放回巢里,"我不想听到下一次。"

"那天外人呢?"她问,"他们的科技,他们制造的那些奇迹呢?"

他犹豫片刻,随即拿出一双厚实的手套,朝她的羽类指了指。瓦茜看着那只白绿相间的羽类,发出抚慰的咋舌声,又用双手拿起她。

那鸟儿忍了下来，只是恼火地轻咬了几下瓦茜的手指。

黄昏用戴着手套的双手小心地接过鸟儿——对他来说，啃咬就不会那么轻了——然后解开了米里斯的绷带。接着他清理了伤口——也收到了那只鸟儿的不少抗议——然后小心地换上一副新绷带。接着，他用另一条绷带绕着鸟儿的身体裹住它的翅膀，但没裹太紧，免得她无法呼吸。

她显然不喜欢这样。但考虑到骨折，飞翔只会加重那只翅膀的伤势。她迟早会咬掉绷带，但现在，她会得到痊愈的机会。包裹完毕以后，他把她和他的其余羽类放到一起，后者发出友好的轻声啁啾，安抚那只激动不安的鸟儿。

瓦茜似乎并不反对她的鸟儿暂时留在那儿，但她饶有兴趣地看完了全过程。

"你今晚可以在我的安全营地睡觉。"黄昏说着，转头看向她。

"然后呢？"她问，"你要把我丢进丛林里等死？"

"你来这儿的路上做得很好。"他不情愿地说。她不是捕兽人。学者本不该做到她这种程度。"你也许能活下来。"

"我只是运气好。我不可能跨越整座岛的。"

黄昏迟疑了片刻。"跨越这座岛？"

"到公司的主营地去。"

"你们还有人来了？"

"我……当然。你该不会以为……"

"发生了什么？"现在谁才是傻瓜？他自顾想着。你应该一开始就问的。交谈。他一直都不擅长这个。

她瞪大眼睛，避开了他的目光。他的表情很危险么？也许他问出最后那个问题的时候语气太凶了。没关系。她还是开了口，他也得到了想要的答案。

"我们在另一边的海岸扎了营，"她说，"我们有两条配备加农炮的铁壳船在水域警戒。有必要的话，这些船甚至能解决一个深渊行者。两百名士兵，其中一半在科学家和商人那里。我们决心一劳永逸地查明真相：为什么羽类必须出生在万神殿群岛，才能授予天赋。

"一个团队从这个方向过来，侦察另一座堡垒的建造场地。公司决心不惜代价占据帕吉岛。我觉得这场小规模远征是个坏点子，但我自己有环绕这座岛的理由。所以我跟去了。再然后，那个深渊行者……"她看起来有些反胃。

黄昏几乎听不下去了。两百个士兵？在帕吉岛上爬来爬去，就像落地的一块水果上的蚂蚁。无法容忍！他想象他们吵闹的话声打破丛林的寂静。人类朝彼此呼喊的声音，金属碰撞的声音，跺脚走动的声音。就像城市。

黑色羽毛的抖动声告诉他，萨克从下方飞来，落在了瓦茜身边那扇活板门的边缘。那只黑色羽毛的鸟儿一瘸一拐地跨越屋顶，靠近黄昏，伸展双翼，显露出左翼的伤疤。就算只是飞出十几尺，对她来说也是种煎熬。

黄昏伸出手，挠了挠她的脖子。事情已经发生了。入侵。他得想个办法阻止。想方设法……

"抱歉，黄昏，"瓦茜说，"我对捕兽人很痴迷；我在书上读过你们做事的规矩，也很尊重这些。但这种事迟早会发生的；无可避免。这些岛屿总会被驯服的。羽类太贵重了，不能留在几百个古怪的林中居民手里。"

"酋长们……"

"议会的全部二十位酋长都赞同这次计划，"瓦茜说，"我当时在场。就算亦拉钦不把这些岛屿和羽类抓在手里，也会有别人这么做的。"

黄昏注视着夜色。"去确认杯子下面没有昆虫。"

"可——"

"快去，"他说，"确认杯子下面没有昆虫！"

女子轻叹一口气，但还是退回房间，留下他和他的羽类。他继续给萨克的脖子挠痒，以熟悉的动作与她的存在寻求抚慰。他能指望那些阴影危险到公司和铁壳船无法应付吗？瓦茜似乎很有信心。

她没告诉我加入侦察团队的理由。她看到了阴影，见证它摧毁自己的团队，但仍旧保持镇定，成功找到了他的营地。她是个坚强的女子。他得记住这点才行。

她同时也是个公司佬，是他这辈子最不理解的那类人。士兵、手艺人、甚至是酋长他都可以理解。但这些说话温和的抄写员用贸易的利剑默默征服了世界，这让他困惑不已。

"父亲，"他低声说，"我该怎么做？"

除了夜晚的正常响动以外，帕吉岛没有给出任何回复。那是生物在移动，狩猎，沙沙作响。在夜晚，羽类会入睡，这座岛上最危险的捕食者也有了机会。远处传来一头夜喉的叫声，它骇人的尖叫在林木间回响。

萨克展开双翼，前倾身体，脑袋前后甩动。那种声音每次都会令她颤抖。黄昏也一样。

他叹了口气，站起身，将萨克放在自己肩头。他转过身，看到脚边自己的尸体时几乎一个趔趄。他立刻警惕起来。这次是因为什么？树枝间的藤蔓？一只从头顶悄悄落下的蜘蛛？在他的安全营地里，应该不存在能够杀死他的东西才对。

萨克发出像是带着痛苦的尖鸣。

在附近，他的另一只羽类同样叫出声来，粗厉、尖锐和悦耳的叫声构成了刺耳的杂音。不，不只是它们！周围的一切……来自近处和远处的回音，那是野生羽类的叫声。它们在树枝上沙沙有声，就像一阵大风吹过林木的声音。

黄昏转身四顾，双手捂住耳朵，双眼睁大，而尸体出现在他周围。它们层层堆叠,有些浮肿,有些鲜血淋漓,有些只剩骨头。徘徊不去。足有好几十具。

他跪在地上,发出大喊。这让他和自己的尸体对上了目光。只是这具尸体……还没死透。鲜血从它的嘴唇滴落,仿佛在试图说话,以口型向黄昏比出他无法理解的字眼。

它消失了。

全都消失了,一具不剩。他狂乱地转身,但视野里没有了尸体。羽类的响动平静下来,他的鸟群也回到了各自的巢里。黄昏做了次深呼吸,心脏狂跳。他绷紧身体,仿佛随时会有阴影在他营地周围的黑暗里炸开,将他吞没。他能预想到这一幕,也能感觉到它的到来。他很想逃跑,逃到某个地方去。

那究竟是什么?在和萨克结伴的这些年来,他从未见过类似的东西。究竟是什么能在同时扰乱所有羽类的心神?是他刚才听到的那头夜喉么?

别犯傻了,他心想。这次不一样,和你见过的所有东西都不一样。和你在帕吉岛见过的所有东西都不一样。可究竟是什么?是什么改变了……

萨克没有像其余羽类那样平静下来。她盯着北方,看向瓦茜声称入侵者建立主营地的位置。

黄昏站了起来,然后爬到下面的房间里,萨克蹲在他的膝头。"你们的人在做什么?"

他严厉的语气让瓦茜匆忙转身。她刚才在看窗外,看向北方。"我不——"

他以双手抓住她背心的前襟,将她拉向自己,对上她相距仅有几寸的双眼。"你们的人在做什么?"

她瞪大了眼睛,他能感觉到她的颤抖,但她咬紧牙关,迎向他的视线。抄写员本不该拥有这样的勇气。他见过他们在没有窗户的房间里匆匆书写的模样。黄昏将她的背心抓得更紧，令织物陷进了她的皮肤，他发现自己在轻声咆哮。

"放开我，"她说，"我们可以谈。"

"呸。"他说着，放了手。她的身体下落了几寸，"咚"地一声落到了地板上。他没发现自己都拽得她双脚离地了。

她向后退去，在房间允许的限度下和他保持距离。他大步走向窗户，透过纱窗看向夜色。他的尸体从上方的屋顶落下，撞在下方的地上。他向后跳去，担心那一幕会重演。

它并未重演，至少和先前的方式不同。只是当他转身看向房间的时候，他的尸体躺在角落里，沾血的嘴唇分开，瞪大无神的双眼。无论那危险是什么，都尚未过去。

瓦茜坐在地板上，抱住脑袋，颤抖不止。他吓得她那么厉害吗？她看起来厌倦又疲惫。她用双臂抱住了自己，等到看向他的时候，目光带上了先前没有的含意——就像看着一头挣脱了锁链的野兽。

听起来很合适。

"你对天外人了解多少？"她问他。

"他们住在星星里面。"黄昏说。

"我们这些公司成员见过他们。我们不理解他们的行事作风。他们看起来就像我们；有时候说话方式也像我们。但他们有……规矩，有他们不愿解释的法律。他们拒绝出售他们那些奇迹，但同样地，他们似乎被禁止拿走我们的东西，即使是以贸易的方式。他们承诺说将来会的，等到我们更先进的那一天。就好像，他们觉得我们只是小孩子。"

"我们为什么要在乎？"黄昏说，"如果他们不来打扰，我们只会过得更好。"

"你没见过他们能做到的事，"她轻声说着，眼神带上了冷淡，"我们才刚刚研究出能够逆风航行的船只。但那些天外人……他们能航行于天空，航行于群星之间。他们知道很多事，却不肯告诉我们哪怕一件。"

她摇摇头，把手伸进裙子的口袋。"他们在寻找某些东西，黄昏。我们有什么能引起他们的兴趣？我听他们说过，有很多类似我们的世界，那里的文明也没法在群星间航行。我们并不独特，但天外人却一次又一次地回到这里。他们的确想要些什么。你能从他们的眼神看出来……"

"那是什么？"黄昏说着，朝她从口袋里拿出的那个东西点点头。它躺在她的手掌里，就像一只蚌壳，只是上半边看起来就像镜面。

"这是一台机器，"她说，"像是钟表，但永远不需要上发条，而且它……能显示一些东西。"

"什么东西？"

"噢，它能翻译语言。把我们的语言翻译成天外人的那种。它还能……显示羽类的位置。"

"什么？"

"它就像一张地图，"她说，"能指出羽类所在的方位。"

"你就是这么找到我的营地的？"黄昏说着，朝她靠近了一步。

"是的。"她用拇指擦了擦那机器的表面。"我们本不该得到它的。它属于一位被派来和我们共事的使者。几个月前，他在用餐时噎死了。他们看起来是会死的，甚至死于再平凡不过的理由。这……改变了我对他们的看法。

"他的族人问起了他那些机器，我们很快就会被迫交还。但这一台把他们的目标告诉了我们：羽类。天外人向来对羽类很着迷。我觉得他们想设法换到这些鸟儿，以他们的法律允许的方式。他们暗示过，我们也许并不安全，因为并非所有天外人都会遵循他们的法律。"

"可为什么羽类会有刚才那样的反应？"黄昏说着，重新看向窗外，"为什么……"为什么我会看见刚才那种景象？看见现在这种不无相似之处的景象？无论他看向哪儿，他的尸体都会出现。倒在外面的树边，倒在房间的角落里，挂在屋顶的活板门外。他太粗心了。他应该关上那扇门的。

萨克钻进他的头发，就像附近有捕食者的时候那样。

"还有……第二台机器。"瓦茜说。

"在哪儿？"他问。

"我们的船上。"

羽类注视的那个方向。

"第二台机器要大很多，"瓦茜说，"我手边这台的有效范围很有限。大的那台能制造一张庞大的地图，涵盖整座岛屿，然后在纸上画出那张地图的副本。那张地图会用光点代表每一只羽类。"

"而且？"

"而且我们会在今晚启动那台机器，"她说，"准备需要花上几个钟头——就像逐渐变热的炉子——才能完成。按照时间表，我们会在今天日落后启动机器，这样在明早就能使用了。"

"其他人，"黄昏问，"他们不等你就会启动？"

她面露苦相。"他们求之不得。如果尤斯托船长听说我参加的侦察队一去不回，可能会高兴得跳起舞来。他一直担心我会接管这次远征。但那台机器是无害的；它只会定位羽类而已。"

"它以前也这么做过么？"他说着，朝夜色摆了摆手，"你上次使用的时候，它也吸引过所有羽类的注意么？让它们不安？"

"呃，没有，"她说，"但不安的瞬间已经过去了，不是吗？我想那没什么大不了的。"

没什么大不了。萨克在他肩头瑟瑟发抖。黄昏在身周各处看到死亡。他们启动那台机器的瞬间，尸体就堆积如山。如果再用一次，结果会很可怕。黄昏很清楚。他能感觉到。

"我们得阻止他们。"他说。

"什么?"瓦茜问,"今晚?"

"是的。"黄昏说着,走到一个藏在墙内的小橱柜边。他拉开柜门,开始翻找里面的补给品。第二盏提灯。备用灯油。

"这太疯狂了,"瓦茜说,"没人会在夜晚的岛屿走动。"

"我这么做过一次。和我叔叔一起。"

他叔叔死在了那次旅途中。

"你肯定在说笑吧,黄昏。夜喉都出来了。我都听到了。"

"夜喉追踪的是心灵,"黄昏说着,把补给品塞进背包,"它们几乎是彻底的聋子,而且接近于瞎子。如果我们迅速行动,穿过这座岛的中央地带,就能在早上赶到你的营地。我们可以阻止他们再次使用那台机器。"

"可我们为什么要去?"

他挎起背包。"因为如果我们不去,它就会毁掉这座岛。"

她歪了歪头,朝他皱眉。"你不可能知道。你为什么会觉得自己知道?"

"你的羽类受了伤,她得留在这儿,"他没理会她的问题,"如果我们发生意外,她是没法飞走的。"同样的理由对萨克也适用,但他不能没有那只鸟儿。"等我们阻止那台机器,我就把她还给你。来吧。"他走到地板上的门边,将它拉开。

瓦茜站起身,但背靠着墙壁。"我要留下。"

"你公司的人不会相信我的话,"他说,"得由你来阻止他们。你得来。"

瓦茜舔了舔嘴唇,这似乎是她紧张时的习惯。她看向两边,寻找逃生的路线,又再次看向他。就在这时,黄昏注意到他的尸体挂在下方树干处的木桩上。他吓了一跳。

"怎么了?"她问。

"没什么。"

"你总是朝侧面看，"瓦茜说，"你觉得自己看到了什么，黄昏？"

"我们该出发了。立刻。"

"你在这座岛上孤身待了很久，"她显然在努力让语气显得令人宽心，"我们的到来让你不安。你没法清晰思考。我理解。"

黄昏深吸了一口气。"萨克，让她看。"

鸟儿离开他的肩膀，拍打翅膀穿过房间，落在瓦茜身上。她转向鸟儿，皱起眉头。

然后她倒吸一口凉气，跪倒在地。瓦茜贴着墙壁蜷成一团，双眼左顾右盼，嘴唇翕动，却没说出哪怕一个字。黄昏让她感受了一小会儿，然后抬起手臂。萨克拍着黑色的翅膀回到他这边，一根深色的羽毛落在地上。她落回他的肩头。飞行这么一小段路对她来说都很困难。

"那是什么？"瓦茜质问道。

"来吧。"黄昏说着，拿起背包，开始爬出房间。

瓦茜匆忙来到敞开的地板门边。"不，告诉我，那是什么？"

"你看到了自己的尸体。"

"到处都是。我视野里的每个角落。"

"萨克能授予那种天赋。"

"不存在这种天赋。"

黄昏抬头看向她，一只脚踩在木桩上。"你看到了自己的死亡。这就是你的朋友动用那台机器时会发生的事。死亡。我们全部。羽类，还有住在这儿的一切。我不知道原因，但我知道它会发生。"

"你发现了一种新羽类，"瓦茜说，"怎么……在什么时候……？"

"把提灯递给我。"黄昏说。

她一脸麻木地照做了。他用牙齿咬住，顺着木桩爬到地上。然后他高举提灯，看向山坡下方。

夜晚的墨黑色丛林，就像大海的深渊。

他打了个哆嗦，然后吹了声口哨。寇克里从上方飞下，落在他的另一边肩膀上。寇克里会隐藏他们的心灵，这么一来，他们就有机会。但还是算不上轻松。丛林的生物依赖心灵感应，但其中很多仍旧能凭借嗅觉或是其他感官能力来狩猎。

在他身后，瓦茜沿着木桩爬下，肩头挎着背包，那只奇怪的管子从中探出。"你有两只羽类，"她说，"你能同时使用？"

"我叔叔有三只。"

"这怎么可能？"

"他们喜欢捕兽人。"问题太多了。她就不能在发问之前自己思考可能的答案吗？

"我们真要这么做了，"她低声说着，仿佛在自言自语，"夜晚的丛林。我应该留下的。我应该拒绝……"

"你也看到这么选择的死法了。"

"我看到的是你声称的我的死法。新品种的羽类……都好几个世纪了。"尽管她的语气仍然不情愿，但还是跟着他走下山坡，经过他那些陷阱，再次进入丛林。

他的尸体坐在树下。这让他立刻去寻找能够杀死他的东西，但萨克的感官能力似乎出现了混乱。这座岛屿迫在眉睫的死亡压倒性地强烈，似乎抑制了较小的危险。在摧毁那台机器之前，他恐怕没法依靠她的幻象了。

厚实的丛林树冠层吞没了他们，即使在夜晚，这儿也很热；海风吹不到这么深的内陆。空气因此浑浊沉闷，充满丛林的气息。真菌，腐叶，花儿的芬芳。伴随这些气味的，是岛屿苏醒过来的响声。灌木丛里不断响起的沙沙声，就像蛆在一堆干树叶里蠕动的声音。提灯的光似乎照不到平时那么远。

瓦茜从后方跟到他的近处。"你上次这么做是为什么？"她轻声说，"我是说在晚上出门。"

又是问题。幸运的是,声音算不上太危险。

"我当时受了伤,"黄昏轻声道,"我们只好从一座安全营地跑去另一座,那儿有我叔叔储备的抗毒剂。"因为黄昏当时双手发抖,摔碎了带着的那一瓶。

"你活下来了?噢,我是说,这是当然。我只是很吃惊。"

她说话似乎只是为了活跃气氛。

"它们也许在看我们,"她说着,看向黑暗,"我是说夜喉。"

"它们没有。"

"你怎么知道?"她压低声音问,"那片黑暗里可能有任何东西。"

"如果夜喉看到我们,我们就死定了。我就是这么知道的。"他摇摇头,弯刀滑出刀鞘,劈断了前方的几根树枝。每一片树叶都可能有死亡蚁爬过。在黑暗里,想要辨认会很困难,因此推开树叶前进恐怕是个坏主意。

我们没法绕路了,他这么想着,率先穿过一条满是淤泥的冲沟。他被迫踩在石头上,以免沉下去。瓦茜以惊人的灵巧跟在后面。*我们得走快点儿。我没法砍断路上的每一根树枝。*

他跳下一块石头,踩在冲沟的边缘,也经过他沉入淤泥的尸体。在附近,他看到了第二具尸体,透明到几乎看不见。他抬高了提灯,希望那一幕不会重演。

别的尸体没有出现。只有那两具。至于那道非常模糊的影像——是的,那儿有个沉洞①。萨克轻声啁啾,于是他从口袋里摸出一颗种子给她。她想到了帮助他的办法。那些较为模糊的影像是更紧迫的威胁——他得留意那些才行。

"谢谢。"他低声对她说。

"你的那只鸟儿,"瓦茜在昏暗的夜色里轻声说,"还有别的么?"

---

①sinkhole,通常指表层坍塌形成的地面坑洞。

他们爬出冲沟,继续向前,跨越夜色中一道克雷尔兽的足迹。他示意瓦茜停下脚步,以免不小心踩上一窝死亡蚁。瓦茜看着那群列成直线的细小黄色昆虫。

"黄昏,"他们绕过那些蚂蚁的时候,她问,"还有别的么?你为什么没把幼鸟带到市场出售?"

"我手里没有幼鸟。"

"所以你只找到这一只?"她问。

问题,问题。在他周围嗡嗡乱转,就像飞虫。

别傻了,他压下恼火,这么告诉自己。如果你看到别人带着新羽类,也会问出同样的问题。他一直对萨克的事守口如瓶;好些年来,他甚至不会带着她离开这座岛。但她的翅膀受伤以后,他不想抛下她。

内心深处,他清楚自己没法永远保守这个秘密。"她的同类有很多,"他说,"但只有她能授予天赋。"

他继续开辟道路的时候,瓦茜停在了原地。他转过头,看着独自站在这条新路上的她。他先前将提灯交给了她。

"这是大陆的鸟儿。"她说。她举高提灯。"我第一眼就认出来了,当时我以为它不属于羽类,因为大陆那边的鸟儿没法授予天赋。"

黄昏转回视线,继续劈砍。

"你把大陆的雏鸟带到了万神殿,"瓦茜在他身后低声说,"然后它获得了天赋。"

他一刀砍断一根树枝,然后继续向前。她这次仍然不是在提问,所以他也没必要回答。

瓦茜匆忙跟在后面,提灯的光晃动着他在前方的影子。"肯定有别人试过。肯定……"

他不清楚。

"可他们为什么要去试?"她轻声说了下去,仿佛在自言自语,

"羽类很特别。所有人都知道不同种类和各自的能力。为什么要假设在岸上养大的鱼儿就能学会呼吸空气？为什么要假设并非羽类的鸟儿在帕吉岛长大就能成为羽类……"

他们在夜色中继续步行。黄昏领着他们绕过了许多危险，但他发现自己严重依赖萨克的帮助。别在那条河边上走，你的尸体正在水里浮沉，别碰那棵树，腐烂的树皮有毒，别走那条小路，你的尸体上有死亡蚁的咬痕……

萨克不会跟他说话，但每条信息都清晰无误。他停下脚步，让瓦茜喝她水壶里的水，自己用双手围拢萨克的身体，却发现她在颤抖。她没有像平时那样啄他。

他们站在一片小小的空地上，周围漆黑一片，云层遮蔽了天空。他听到远处有雨点落在树上。在这里算不上稀罕事。

夜喉接二连三地嘶吼。它们只会在刚刚杀死了生物，或者想要吓唬猎物时发出这种叫声。克雷尔兽经常睡在羽类的栖息处附近。吓跑那些鸟儿，就能感觉到克雷尔兽。

瓦茜拿出那根管子。它不是卷轴匣——考虑到她握着它，再将某种东西倒进去的举动，它跟学术也完全无关。这么做完以后，她举起它来，就像举起一件武器。在她脚下，黄昏残破的尸体躺在那儿。

他没有问起瓦茜的武器，尽管她拿出一根又短又细的矛，装进管子顶端。任何武器都无法穿透夜喉的厚实皮肤。要么避开它们，要么等死。

寇克里飞落在他肩头，啁啾不止。黑暗似乎让他困惑不已。我们为什么要像这样出门，选在鸟儿通常不会出声的晚上？

"我们必须继续前进。"黄昏说着，把萨克放在他的另一边肩膀上，拿出他的弯刀。

"你应该明白，你的鸟儿会改变一切。"瓦茜轻声说着，跟在他身边，将背包挎在肩头，另一只手拿着那根金属管。

"会有一种新品种的羽类。"黄昏低声说着,跨过自己的尸体。

"这是最不重要的一点。黄昏,我们假设在这些岛上长大的雏鸟没有显露出能力,是因为周围没有训练它们的人。我们假设它们的能力是天生的,就像我们说话的能力——这能力与生俱来,但需要别人的帮助才能显露。"

"的确有这种可能,"黄昏说,"另一些品种,比如萨克,只能通过训练学会说话。"

"那你这只鸟儿呢?它受过别人的训练么?"

"也许吧。"他没有说出自己真实的想法。这是捕兽人之间的秘密。他注意到他们前方的地上有具尸体。

那不是他的尸体。

他立刻抬起一只手,示意想要继续提问的瓦茜停下。那是什么?骨头上的血肉被剔去了大半,衣物洒得到处都是,被饱餐过的野兽撕碎。真菌似的小小植物洒在周围的地上,细小的红色触须向上伸出,缠住了那具骸骨的某些部分。

他抬头看向那棵大树,尸体就躺在它的树根那里。树上的花没有开。黄昏松了口气。

"这是怎么了?"瓦茜低声问,"死亡蚁?"

"不。帕吉之指。"

她皱起眉头。"那是……某种诅咒?"

"那是个名字。"黄昏说着,小心地走上前去,审视那具尸体。弯刀,靴子,粗糙的装备。死去的是他的一位同行。他觉得自己能通过衣物认出那个人。一个老捕兽人,名字叫"天空的长子"。

"是个人的名字?"瓦茜说着,越过他的肩头偷偷看去。

"是树的名字,"黄昏说着,戳了戳那尸体的衣物,提防可能潜伏在里面的昆虫,"把灯举高。"

"我没听说过这种树。"她怀疑地说。

"在帕吉岛上才有。"

"我读过许多关于群岛花草的书……"

"在这里，你就是个小孩子。给我光。"

她叹了口气，为他抬高提灯。他用树枝捅了捅破碎衣物的口袋。杀死这个人的是一群獠奔兽，那是一种主要在白天出没的大型捕食者——几乎和人类一样高大。它们的活动模式可以预测，除非有人碰巧撞见了一棵正在开花的帕吉之指。

有了。他在那人的口袋里找到了一本小册子。黄昏将它拿起，然后退开。瓦茜越过他的肩头看去。母岛人总是和别人站得很近。她就非得站在他的手肘边上吗？

他确认了最初的几页，找到了一串日期列表。是的，根据最后写下的日期来判断，这人才死去几天。后面的几页详细标出了天空的安全营地的位置，外加守护每一座营地的陷阱的说明。最后一页则是道别。

我是天空的长子，终于死在了帕吉岛。我在苏鲁克岛有个兄弟。请照顾好他们，我的对手。

字不多。这很好。黄昏自己也带着一本类似的册子。在尾页写的字比这更少。

"他希望你照看他的家人？"瓦茜问。

"别说蠢话了，"黄昏说着，收起那本书，"是照看他的鸟儿。"

"真好，"瓦茜说，"我一直听说捕兽人的地盘意识特别强。"

"的确。"他说着，注意到了她那句话的口吻。又是把捕兽人当成野兽的语气。"但如果没人照料，我们的鸟儿也许会死——他们习惯了人类。把他们交给对手也好过让他们死掉。"

"即使那个对手就是杀死你们的人？"瓦茜问，"你们设置的陷阱，你们试图妨碍其他人的方式……"

"这是我们的规矩。"

"这借口很差劲。"她说着,抬头看向那棵树。

她说得对。

那棵树很高大,叶片低垂。每片叶子的末端都有一朵合拢的硕大花朵,几乎有两只手加起来那么长。"这棵树似乎杀死了这个人,"她评论道,"但你看起来并不担心。"

"只有开花的时候才危险。"

"因为孢子?"她问。

"不。"他拾起落地的弯刀,但没碰天空的其余物品。就让帕吉岛带走他吧。父亲很喜欢谋害自己的儿女。黄昏领着瓦茜继续向前,没去理睬他挂在一根圆木上的尸体。

"黄昏?"瓦茜说着,抬高提灯,匆忙赶到他身边,"如果不是孢子,树又是怎么杀人的?"

"你的问题很多。"

"我人生的意义就在于提问,"她答道,"还有得到答案。如果我的同胞想在这座岛上工作……"

他用弯刀又砍断了几根植物。

"这件事注定会发生,"她的语气更加轻柔,"抱歉,黄昏。你不能阻止世界改变。也许我的远征会遭遇挫败,但其他人还是会来。"

"因为那些天外人。"他没好气地说。

"他们也许促进了这一切,"瓦茜说,"的确,等我们最终说服他们,我们发展的程度有资格进行贸易的时候,我们就能像他们那样航行于群星之间了。但就算没有他们,改变也会到来。世界在进步。仅仅一个人无法拖慢那个过程,无论他有多坚定。"

他在路上停了下来。

*你没法阻止潮汐的改变,黄昏。无论你有多坚定。*这是他母亲的话。是他对她仅剩的印象之一。

黄昏继续向前。瓦茜跟在后面。他需要她的帮助,但在他心里某个背信弃义的角落,有个声音在低声说,要解决她会很容易。她的问题会消失,更重要的是,她所寻求的答案也会消失。那些他怀疑她随时可能察觉的答案。

你没法改变……

他的确没办法。他痛恨这一点。他很想保护这座岛,就像他的同行许多个世纪以来所做的那样。他在这座丛林工作,他爱这里的鸟儿,喜爱它的气味和声音——尽管这儿还有其余的一切。他多希望自己能向帕吉岛证明,他和其他人配得上这些海岸。

也许,也许这么一来……

呸。好吧,杀死这个女人也没法真正保护这座岛。此外,他何时堕落到了这种地步,竟然要冷血地杀死一个软弱无力的抄写员?他甚至不会对别的捕兽人这么做,除非他们靠近他的营地,又不肯离开。

"那种花儿会思考,"他带着她绕过一座土丘,那里有獠奔兽拱土的痕迹,却发现自己在开口解释,"帕吉之指的花儿。就算开花的时候,那种树本身也没有危险——但它们会模仿受伤野兽满是痛苦和担忧的念头,然后引来捕食者。"

瓦茜倒吸一口凉气。"一棵植物,"她说,"能散播思想标记?你确定吗?"

"是的。"

"我需要一朵那种花儿。"灯光摇晃,那是她转身想要返回。

黄昏猛然转身,抓住她的手臂。"我们得继续前进。"

"可——"

"你会有下一次机会的,"他深吸一口气,"你们的人很快就会在这座岛上大量出没,就像腐肉上的蛆虫。你还会看到别的树。但今晚,我们必须赶路。黎明就快到了。"

他放开她的手,转身继续开路。按照他的判断,她以母岛人来说很聪明。也许她会听进去。

她听了。她跟在后面。

帕吉之指。天空的长子，那个死掉的捕兽人，不该死在那个地方。的确，这种树没那么危险。它们的生存方式是开很多花儿，吸引捕食者过来享用大餐。捕食者会彼此争斗，而那棵树会吸收尸体的营养。天空肯定是不小心撞见了一棵正在开花的这种树，然后卷入了随后的混乱。

他的羽类不足以遮蔽这么多盛开的花儿。谁会料到这种死法？在岛上待了那么多年，从可怕得多的危险中幸免于难，却落入了这些朴素花儿的陷阱。从帕吉岛的角度来看，这个可怜人的遭遇几乎值得嘲笑。

黄昏和瓦茜脚下的道路继续向前，地势很快变得陡峭。他们得往山上走一阵子，然后转到向下的山坡，后者通往岛屿的另一侧。幸运的是，他们走的这条路会绕开帕吉岛的主峰——那座楔形山峰的最高点耸立于这座岛的最东侧。他的营地在南侧附近，瓦茜所说的位置在东北侧，所以他们可以绕过那座楔形山峰的山脚，前往另一边海岸。

他们有节奏地前进，而她安静了片刻。终于，在爬上一段尤其陡峭的斜坡以后，他点头示意休息，然后蹲坐在地，喝起自己水壶里的水来。在帕吉岛上，你不能草率地坐在木桩或者圆木上休息。

担忧和相当不少的懊恼吞没了他，所以等他发现瓦茜在做什么的时候，一切已经迟了。她找到了某个黏在树枝上的东西——那是一根彩色的长羽毛。一根交配羽。

黄昏一跃而起。

瓦茜朝那棵树低处的枝条伸出手。

瓦茜拉动那根树枝的时候，几根钉着钉子的绳索从附近的一棵树上落下。绳索甩落的同时，黄昏赶到她身边，伸出一条手臂去阻挡。其中一根刺中了他，长而细的钉子穿透他的皮肤，从另一侧凸出，沾血的尖端停在与瓦茜脸颊仅有毫厘之差的位置。

她尖叫起来。

帕吉岛上的许多捕食者听力欠佳，但尖叫仍然算不上明智。黄昏不在乎。他扯下陷入皮肤的钉子，暂时没去关心流血的情况，查看了那个"落绳陷阱"上面的其余长钉。

没有毒。谢天谢地，钉子没有涂毒。

"你的手臂！"瓦茜说。

他哼了一声。不痛。暂时还不。她开始在背包里翻找绷带，而他就这么接受了她的照料，没有抱怨或是呻吟，尽管痛楚此时已然涌现。

"真的很抱歉！"瓦茜结结巴巴地说，"我找到了一根交配羽！这代表附近有羽类的巢，所以我想看看那棵树。我们是撞见了另一个捕兽人的安全营地么？"

她在包扎的同时喋喋不休。这似乎很合理。他紧张的时候会比平时更安静。她则相反。

她很擅长包扎，这又让他吃了一惊。伤口没碰到任何一条主动脉。他不会有事，但使用左手会更加费力。这会相当让人恼火。等她带着困窘和内疚的表情包扎结束后，他垂下手，拾起了她弄掉的那根交配羽。

"这东西，"他把羽毛举到她面前，严厉地低声说，"象征了你的无知。在万神殿群岛上，不存在轻松或者简单的事。另一个捕兽人把那根羽毛放在那儿，用来诱捕那些没资格来到这里的人，那些觉得能轻松找到战利品的人。你不能成为那个人。在行动之前，永远要质问自己：这会不会太轻松了？"

她脸色发白。然后她拿过那根羽毛。

"走吧。"

他转过身，继续前进。那些是该讲给学徒听的话，他反应过来。在他们犯下第一次重大失误的时候。这是捕兽人之间的仪式。他究竟中了什么魔,才会对她这么说?

她跟在后面,垂着脑袋,恰如其分地感到羞愧。她没有意识到他给了她多大的荣幸,尽管他是无意中这么说的。他们继续向前,就这么过了一个多钟头。

不知为何,等她开口的时候,在丛林的声音中忽然响起的话语几乎令他愉快。"对不起。"

"你没必要道歉,"他说,"当心点就好。"

"我明白。"她深吸一口气,跟在他身后的路上,"而且我很抱歉。不只是因为你的手臂。也因为这座岛。因为将要发生的事。我觉得这种事不可避免,但我的确希望如此伟大的传统不会就此终结。"

"我……"

字句。他讨厌这种斟字酌句的感觉。

"我……出生的时候,不是黄昏。"他最后说了这么一句,砍断一根沼地藤,面对它释放出的毒烟屏住了呼吸。这种毒烟只在短短几个瞬间内有害。

"抱歉?"瓦茜说着,和那根沼地藤保持了距离,"你出生在……"

"我母亲给我取名不是因为出生的时刻。我之所以得名,是因为我母亲看到了我们同胞的黄昏。我们的落日很快就会到来,她经常这么告诉我。"他回头看向瓦茜,让她从旁走过,进入一片小小的空地。

奇怪的是,她朝他笑了笑。他为什么会想说这些?他跟着进入空地,担心起自己来。他都没和他叔叔说过这些;只有他父母知道他名字的来历。

他说不清自己为何不反感这个抄写员的陪伴。但……说出这番话的感觉的确不错。

一头夜喉从瓦茜身后的两棵树之间穿过。

这头巨兽如果站直身子,会和树一样高大。但它以潜行的姿势身体前倾，有力的后腿承受了大部分体重，两只长着爪子的前腿撕扯着地面。它长长的脖子伸向前方，张开锋利而致命的喙。它看起来有点像鸟儿——正如狼看起来有点像宠物狗。

他掷出了弯刀。这是本能的反应，因为他没有思考的时间。他没有恐惧的时间。那只不断咬合的喙——足有房门那么高——会迅速夺走他们两人的性命。

他的弯刀在喙上弹开，割伤了那头生物的头部侧面。这吸引了它的注意，当它犹豫了仅仅一瞬间。黄昏扑向瓦茜。她退开了几步，将那根管子的底部抵着地面。他得拖开她，然后——

爆炸声震耳欲聋。

烟雾在瓦茜的周围涌出，后者站在那儿——等待研究——弄掉了提灯，灯油洒了出来。突然的响声让黄昏大吃一惊，几乎和瓦茜撞在一起，而那只夜喉蹒跚倒地，身体向前滑行，冲击令地面震颤不止。

黄昏发现自己趴在地上。他匆忙起身，远离那头在前方几寸处抽搐的夜喉。在明暗不定的提灯光线下，它皮革似的皮肤凹凸不平，就像失去了羽毛的鸟儿。

它死了。瓦茜杀死了它。

她说了些什么。

瓦茜杀死了一头夜喉。

"黄昏！"她的声音显得很遥远。

他将一只手抬到额前，汗水在那里伴随刺痛姗姗来迟。他受伤的手臂抽痛不止，但他的身体本就绷得很紧。他觉得自己本该逃跑的。他从未如此靠近过这种生物。从来没有。

她真的杀死了它。

他转向她，睁大眼睛。瓦茜在发抖，但掩饰得很好。"所以它是有效的，"她说，"我们原先还不确定，虽然它是为了夜喉特意制造的。"

"它就像加农炮,"黄昏说,"就像船上的那种,只是你用手就能拿着。"

"是的。"

他再次转头看向那头野兽。事实上,它没有死,没有彻底死掉。它在抽搐,发出令他震惊的哀伤尖叫,尽管他此时听到的声音模糊不清。她的武器将那根矛笔直地射入了野兽的胸口。

这头夜喉全身颤抖,一条腿虚弱无力地摆动。

"我们可以杀光它们。"黄昏说。他转过身,跑到瓦茜面前,用右手——那条手臂没有受伤——抓住她的手。"有这些武器,我们可以杀光它们。每一头夜喉。或许还有那些阴影!"

"噢,是啊,我们讨论过这个。然而,它们是这些岛屿上的生态系统的重要部分。移除顶级捕猎者可能造成不良后果。"

"不良后果?"黄昏用左手抓了抓头发,"它们会消失。全部!我不在乎你们觉得可能引发的问题。它们会全部死掉。"

瓦茜哼了一声,拾起提灯,踩灭了开始蔓延的火苗。"我还以为捕兽人与大自然关系紧密呢。"

"是的。所以我才会知道,没有这些东西只会对我们有好处。"

"你矫正了我对你们这一行的很多浪漫印象,黄昏。"她说着,绕过那头垂死的野兽。

黄昏吹了声口哨,抬起手臂。寇克里从高处的枝条飞落下来;在混乱和爆炸声中,黄昏没看到那只鸟儿飞走。萨克仍旧紧抓他的肩膀不放,爪子透过衣服埋进了他的皮肤。他毫无察觉。寇克里落在他的手臂上,发出带着歉意的啁啾。

"这不是你的错,"黄昏安抚道,"它们会在夜晚徘徊捕猎。就算它们感应不到我们的心灵,也能闻到我们的气味。"它们的嗅觉据说灵敏得惊人。这一头是沿着他们身后的足迹找来的;它肯定是经过了他们走的路,然后跟了过来。

危险。他叔叔总说夜喉变得越来越聪明,说它们知道自己不能只凭心灵来狩猎人类。*我带路的时候应该再多跨过几条河的*,黄昏这么想着,抬起手,轻揉萨克的脖颈来安抚她。但时间不够……

他的尸体出现在视线所及的所有地方。挂在岩石上,从树上的藤蔓垂下,瘫在那只垂死夜喉的爪下……

那头野兽又颤抖了一次,然后惊人地抬起它可怕的脑袋,发出临终的嚎叫。没有平常在夜晚会听到的那么响亮,却令人毛骨悚然。黄昏不由自主地后退几步,萨克发出紧张的嘀啾。

在远处的夜色里,另一头夜喉的尖叫声响起。那声音……按照他听过的教诲,那就是死亡之声。

"我们该走了。"他说着,大步穿过这片地带,将瓦茜从濒死的野兽身边拖走,后者垂下脑袋,陷入了沉寂。

"黄昏?"她没有抗拒他的拖拽。

另一头夜喉的声音再次在夜色中响起。它更靠近了么?*噢,帕吉,拜托*,黄昏心想。*不要。别这样。*

他拖着她加快了步子,又伸手去拿身侧的弯刀,但它不在那儿。他刚才丢出去了。他抽出先前掉在死去的竞争对手身边的那把,把她拖出空地,回到丛林,步履匆匆。他没工夫去担心可能碰到死亡蚁的问题了。

更大的危险即将到来。

死亡的呼唤再次响起。

"它们是不是更近了?"瓦茜问。

黄昏没有回答。这是个问题,但他不知道答案。至少他的听力正在恢复。他放开她的手,加快步子,几乎小跑起来——远比他平时穿越丛林的速度要快,无论白天还是夜晚。

"黄昏!"瓦茜嘶声道,"它们会来吗?跟着那只濒死夜喉的叫声过来?它们平时会这么做吗?"

"我怎么知道?我以前都不知道夜喉是可以杀死的。"他看向她再次扛在肩头的管子,她手里的提灯照亮了它。

这让他迟疑了片刻,尽管他的本能在朝他尖叫,要求他继续前进,而他觉得自己像个傻瓜。"你的武器,"他说,"还能再用么?"

"是的,"她说,"还有一次。"

"一次?"

五六声尖叫在夜色中响起。

"是的,"她答道,"我只带了三根矛,还有足够射击三次的火药。我对阴影试射了一次。没什么效果。"

他没再开口,不顾自己受伤的手臂——绷带该换了——就这么带着她穿过丛林。叫声一次又一次响起。带着激动。究竟怎么才能摆脱夜喉的追猎?他的羽类停在他身上,一边肩膀一只。他们穿过一条冲沟,从另一边钻出,而他被迫从自己的尸体上方跃过。

该怎么摆脱它们?他想起了叔叔的训练。从一开始就别去吸引它们的注意!

它们的速度很快。寇克里会隐藏他的心灵,但如果它们在死去的夜喉那边找到了他的足迹……

水。他在夜色中停下脚步,转向右边,接着是左边。他该去哪儿找一条小河?帕吉是座岛。新鲜的淡水基本上来自雨水。最大的湖泊……仅有的一座……在楔形山上。靠近山顶。岛屿的东侧有好几座四面都是峭壁的高山。雨水在那里的"帕吉之眼"聚集。那条河就是他的眼泪。

带着瓦茜去那儿太危险了。他们所走的路线绕过向上的山坡,横穿岛屿,前往北部海滩。他们很近了……

后方传来的尖鸣促使他不断前进。他只能指望帕吉岛原谅他接下来要做的事了。黄昏抓住瓦茜的手,拖着她前往更接近正东的方向。她没有抱怨,只是不时回头张望。

尖鸣声越来越近。

他开始奔跑。他从未想过自己会在帕吉岛上如此疯狂而鲁莽地奔跑。跃过深沟，绕过覆盖苔藓的倾倒圆木。穿过黑暗的灌木丛，吓跑了米克尔鼠族，也惊动了在上方枝条处沉睡的羽类。这太愚蠢了。太疯狂了。但这重要吗？不知为何，他知道其余事物不会夺走他的性命。帕吉岛的王者正在猎捕他；那些较为弱小的威胁不敢偷走强者的猎物。

瓦茜艰难地跟在后面。她的裙子添了不少麻烦，但黄昏偶尔停下，用弯刀在灌木丛里开路的时候，她就会追上来。急切又慌乱。他指望她能跟上，她也做到了。一小部分的他——深埋在恐惧之下的他——颇为钦佩。这名女子可以成为非常出色的捕兽人。但事实上，她恐怕会毁掉所有捕兽人。

他的动作突然停滞，因为尖鸣声在后方响起，这次离得很近。瓦茜倒吸一口凉气，而黄昏转身继续开路。已经不远了。他在浓密的灌木丛里劈出一条路，然后迈步飞奔，汗水沿着脸颊的每一边流下。瓦茜的提灯从后方投来剧烈晃动的光线；他前方的场景变成了在丛林的树枝、叶片、蕨类和岩石上舞动的可怕影子。

这是你的错，帕吉，他的思绪带着出乎意料的愤怒。尖鸣声几乎紧随在后。他是不是听到了后方的灌木丛破碎的声音？*我们是你的祭司，你却痛恨我们！你痛恨我们所有人。*

黄昏钻出丛林，踏上那条河的岸边。以大陆标准来说很小，但也足够了。他带着瓦茜踏入水中，溅起冰冷的水花。

他朝上游走去。他还能怎么做？下游只会离那些声音——死亡的呼声——更近。

是黄昏的，他心想。*黄昏的*。

河水只到他们的小腿，冰冷刺骨。它是这座岛上最冷的水，虽然他不清楚原因。他们跌跌撞撞地奔跑，尽全力前往上游。他们经过河道两边爬满地衣、足有常人两倍高的狭窄岩壁,然后径直冲入这片盆地。

这地方人迹罕至。他只来过一次。一座冷漠的翡翠色湖泊坐落于此,与世隔绝。

黄昏带着瓦茜走向一边,离开河水,朝一片灌木丛靠近。也许她不会看到。他蜷缩在她旁边的地上,将一根手指举到嘴边,然后调暗了她手里那盏提灯的光。夜喉视力欠佳,但就算昏暗的光线恐怕也能带来帮助。不止一方面的帮助。

他们在这座小湖的岸边等待,希望河水能洗去他们的气味——希望那些夜喉会陷入混乱,或者转移注意力。这儿的特点之一,在于盆地周围有陡峭的岩壁,除了河道没有离开的路。如果那些夜喉沿河来到这里,黄昏和瓦茜就无路可逃了。

尖鸣响起。那些野兽抵达了河边。黄昏在附近的黑暗中等待,双眼紧闭。他在向帕吉祈祷,向他热爱的——也是他憎恨的——帕吉祈祷。

瓦茜轻轻地倒抽一口气:"怎么……?"

所以她看到了。她当然会看到。她是探寻者,学习者,询问者。

为什么人类总喜欢问问题?

"黄昏!这儿有羽类,在那些树枝上!成百上千。"她压低声音,语带惊恐。即便在等待死亡本身,她还是看到了,也忍不住开了口。"你看到了吗?这是什么地方?"她犹豫片刻,又说,"这么多幼鸟。几乎连飞行都不会……"

"它们会来到这里,"他低声说,"每一座岛上的每一只鸟儿。小时候,它们都必须来到这里。"

他睁开眼睛,抬头看去。他被迫调小了灯火,但这里的光线足以看到栖息的鸟儿。其中一些因为光线和声音骚动起来。在夜喉发出的尖鸣声中,它们骚动得更厉害了。

萨克在他肩头啁啾，惊恐不已。寇克里难得地默不作声。

"每座岛上的每一只鸟……"瓦茜说着，努力理解这番话，"都会来到这儿，这个地方。你确定么？"

"是的。"这是只有捕兽人知道的事。如果一只鸟还没去过帕吉岛，你就不能捕捉它。

否则它就无法赋予他人天赋了。

"它们会来这儿，"她说，"我们知道鸟儿会在岛屿间迁徙……可它们为什么会来这儿？"

继续隐瞒还有什么意义呢？她自己也能想明白。但他没有开口。让她自己去想吧。

"它们的天赋是在这里得到的，对吧？"她问，"以什么方式？它们会在这儿受训么？你们就是这样把并非羽类的鸟儿变成羽类的吗？你们把雏鸟带到这儿，然后……"她皱起眉头，抬高提灯。"我记得这几棵树。这些就是你所说的'帕吉之指'。"

这儿生长着十几棵那种树，是这座岛上最大的一片。果子散落在树下的地面上。很多只剩果核，还有些被吃了一半，那是形形色色的鸟儿留下的咬痕。

瓦茜看到了他的目光，皱起眉头。"是那些果子？"她问。

"虫子。"他轻声回答。

她的双眼似乎亮起了光芒。"不是鸟儿。从来都不是……是一种寄生虫。它们身上有一种能赋予能力的寄生虫！所以在岛屿之外养大的鸟儿无法得到能力，所以你带到这儿的大陆鸟儿可以。"

"是的。"

"这件事会改变一切，黄昏。一切。"

"是的。"

黄昏的第六子。是诞生于那个黄昏，还是黄昏的使者？他究竟做了什么？

在下游那里，夜喉的尖鸣更接近了。它们决定来上游寻找。它们很狡猾，比群岛之外的人自以为的还要狡猾。瓦茜倒吸凉气，看向那座河流冲刷而成的小小峡谷。

"这样不是很危险吗？"她低声说，"树要开花了。夜喉会过来的！不对。有这么多羽类。它们能掩盖这些花儿，就像掩盖人类的心灵那样，是吗？"

"不，"他说，"在这里，所有心灵始终都是不可见的，无论有没有羽类在。"

"可……怎么会？为什么？因为那些虫子?"

黄昏不知道，此时也不在乎。*我是想保护你，帕吉！*黄昏看向那几棵帕吉之指。*我得阻止这些人和他们的装置。我知道！为什么？你为什么要猎捕我？*

也许是因为他知道得很多。太多了。比任何人知道的都要多。因为他同样问过问题。

人类。还有他们的问题。

"它们是沿着河过来的，对吧？"她问。

答案显而易见。他没有答话。

"不，"她说着，站起身来，"我不要知道了这些却又死掉，黄昏。我不要。肯定有什么办法。"

"有的。"他说着，在她身边站起。他深吸一口气。*所以我终于要付出代价了。*他小心地拿起萨克，把她放在瓦茜肩头。他同样撬开了寇克里的爪子。

"你在做什么？"瓦茜问。

"我会尽量跑远一点，"黄昏说着，把寇克里递给她。鸟儿恼火地咬向他的双手，但不足以让他流血。"你得抓紧他。他会想跟着我的。"

"不，等等。我们可以藏在湖里，它们——"

"它们会找到我们！"黄昏说，"它的深度不足以藏起我们。"

"但你不能——"

"它们离得很近了，女人！"他说着，把寇克里塞进她手里，"就算我让公司那些人关掉设备，他们也不会听。你很聪明，你能让他们停手。你能赶到他们那儿。有寇克里在，你就能够及时赶到。准备动身吧。"

她震惊地看着他，但她似乎明白除此之外无路可走。她站起身，双手抓牢寇克里，而他拿出"天空的长子"的日记，然后是他那本列出自己羽类位置的册子，塞进她的背包。最后，他退入河中。他能听到下游传来的跑动声。他必须在夜喉抵达前尽快跑到这座峡谷的尽头。如果他能把它们引入丛林，就算只跑出一小段路，瓦茜也可以趁机溜走。

踏入河水的同时，他的死亡幻象终于消失不见。不再有沉浮于水中，又或是躺在岸上的尸体。萨克终于理解了状况。

她发出最后一声啁啾。

他开始奔跑。

其中一棵帕吉之指——生长在峡谷入口旁边的那棵——正在开花。

"等等！"

他本不该因为瓦茜的大喊停下脚步的。他本该继续奔跑，因为时间紧迫。然而，看到那朵花儿——以及听到她的叫声——让他迟疑了。

那朵花……

他突然想到了什么——瓦茜肯定也一样。一个主意。瓦茜跑向自己的背包，放开了寇克里，后者立刻飞向他的肩膀，用啁啾声恼火地责备起他来。黄昏充耳不闻。他摘下那朵花——它和人头一般大，中央部位有硕大的凸起。

它在盆地里是"隐形"的，就像在这里的所有生物那样。

"能够思考的花朵，"瓦茜气喘吁吁地说着，在背包里翻找起来，"一朵能吸引捕食者注意力的花儿。"

黄昏拿出绳索的同时，她拿出武器，做好击发的准备。他将花儿捆在从金属管探出一小段的矛尖部位。

夜喉的尖叫声在峡谷里回荡。他能看到它们的影子，听到它们溅起的水花声。

他匆忙后退，而瓦茜蹲坐在地，将那件武器的另一头抵着地面，然后拉动底座处的一根操纵杆。

爆炸声又一次几乎令他失聪。

盆地边缘的所有羽类发出尖鸣和惊恐的叫声，展开翅膀。羽毛和拍打的风暴随之而来，在此过程中，瓦茜的那根矛射向空气，矛尖捆着花儿。它以弧线越过峡谷，飞入夜色。

黄昏抓住她的肩膀，拖着她沿河道退入湖泊本身。他们匆忙踏入浅水，寇克里站在他肩上，萨克则在她的肩头。他们没有熄灭提灯，让静谧的光线照亮这片突然空旷的盆地。

湖水不深，只有两三尺。就算蹲下身子，湖水也无法完全淹没他们。

那群夜喉在峡谷里停下了脚步。他的提灯照出了阴影里的其中几头，它们像小屋那么高大，此时转身看向天空。它们很聪明，但就像米克尔鼠族，它们没有人类那么聪明。

帕吉，黄昏心想。帕吉，拜托……

夜喉们转向峡谷的另一头，跟随花朵散播的思想标记。接着，在黄昏的注视下，他在水中浮沉的尸体变得愈发透明。

然后彻底消散不见。

黄昏数到了一百，然后钻出湖水。裙子湿透的瓦茜抓起提灯，一言不发。他们丢下了那件耗尽弹药的武器。

夜喉的叫声越来越远，而黄昏率先走出峡谷，然后转向北方，坡度略微向下。他总觉得那些尖鸣声会掉转方向，然后跟在他们身后。

但它们没有。

* * *

公司堡垒是一道引人瞩目的可怕风景。它伫立于水边，由圆木和加农炮构成，庞大的铁壳船护卫着它。烟雾从中升起，那是晨间的炊烟。在不远处，一具肯定属于阴影的生物尸体在阳光下腐烂，高山般的残骸一半浸在水中，一半露出水面。

他在这儿完全看不到自己的尸体，但在最后这段前往堡垒的旅途中，他看到了好几次。每次都是迫在眉睫的威胁。萨克的幻象恢复正常了。

黄昏转身看向堡垒，他没有进去。他宁愿留在遍布岩石的熟悉海岸上——距离入口约莫二十尺——而当那些公司人跑出大门，迎接瓦茜的时候，他受伤的胳膊隐隐作痛。他们在上部城墙的斥候谨慎地盯着黄昏。捕兽人是不值得信任的。

即使站在这儿，距离堡垒宽大的木门大约二十尺的位置，他也能嗅到这里气味的异样。这地方充斥着人味儿——身上的汗，油的气味，还有另一些比较新的气味，他在最近拜访母岛的时候闻到过。那些气味让他身在同胞之中，却觉得自己是个外乡人。

这些公司人穿着结实耐穿的衣物，裤子和黄昏的相似，但做工出色很多，还有衬衣和粗糙的夹克。穿夹克？在这么热的帕吉岛上？这些人朝瓦茜鞠躬，向她表示了出乎黄昏预料的顺从态度。他们开口说话的时候，会将手掌从一边肩膀划到另一边——表示他们的尊敬。愚蠢。谁都能做这种手势；它没有任何意义。真正的尊敬远不是在空气里摆摆手那么简单。

但他们的态度不像是在面对普通的抄写员。她在公司里的地位比他以为的要高。但无论如何,这都不是他要操心的问题了。

瓦茜看着他,又看看她那些同事。"我们得尽快赶到机器那里,"她对他们说,"天外人的那台。我们得关掉它。"

很好。她会扮演好自己的角色。黄昏转身走开。他是不是该在分别时说点什么?他从来不觉得有这种需要。但今天,他感觉……什么都不说才是错的。

他迈开步子。言语,他从来都不擅长言语。

"关掉?"后排的一个人说,"瓦茜女士,您是指什么?"

"用不着装无辜,温兹,"瓦茜说,"我知道你们趁我不在的时候启动了机器。"

"可我们没有。"

黄昏愣住了。什么?那人的口气很诚恳。但话说回来,黄昏并非人类情绪方面的专家。从他见过的母岛居民来看,他们能伪装情绪,就像伪装尊敬姿态一样轻松。

"那你们做了什么?"瓦茜问他们。

"我们……拆开了它。"

噢不……

"你们为什么要拆开它?"瓦茜问。

黄昏转身看向他们,但他其实不需要听到回答。答案曾经摆在他眼前,在他错误解读的那座死亡之岛的幻象里。

"我们觉得,"那人说,"应该看看能不能弄清机器的原理。瓦茜,机器的内部……复杂程度超出了我们的想象。但这会成为契机。我们可以——"

"不!"黄昏说着,朝他们冲去。

高处的哨兵将一支箭射在他的脚边。他猛地停下,狂乱的目光从瓦茜转向城墙。他们看不到吗?泥土里那团代表死亡蚁巢穴的隆起。

那条兽道。切割藤独特的卷曲。这还不明显吗？

"它会毁掉我们，"黄昏说，"不要去探寻……你们不明白吗……？"

有那么一瞬间，他们全都凝视着他。这是他的机会。言语，他需要运用言语。

"那台机器就是死亡蚁！"他说，"是个巢穴，是个……呸！"他该怎么解释？

他解释不了。焦虑让言语能力离他而去，就像飞入夜色的羽类。

其他人终于开始迈动脚步，带着瓦茜前往那座离经叛道的堡垒安全的内部。

"你说过尸体消失了，"穿过城门的时候，瓦茜说，"我们成功了。我会保证他们这次不会启动机器！我向你发誓，黄昏！"

"可是，"他高声回答，"你们从一开始就不该碰它！"

堡垒庞大的木门在嘎吱声中合拢，她也从他的视野里消失不见。黄昏咒骂起来。他为什么就没法解释呢？

因为他不知道该怎么说话。在他这辈子，谈吐似乎头一次重要起来。

在恼火与沮丧之中，他转身远离这地方，还有它可怕的气味。然而，在朝林木线走到一半的时候，他停下脚步，转过身去。萨克拍着翅膀落在他肩上，发出轻柔的咕咕声。

问题，那些试图钻入他头脑的问题。

他选择朝那些守卫大喊。他要求他们把瓦茜还给他。他甚至尝试了恳求。

毫无效果。他们不肯跟他说话。最后，他开始觉得自己很蠢。他转回林木的方向，迈开步子。他的假设或许是错的。毕竟那些尸体都不见了。一切都可以恢复正常。

……正常。有那座堡垒耸立在他身后，一切还能恢复正常吗？他摇摇头,进入树冠之下。帕吉岛丛林的浓密与潮湿应该能让他冷静下来。

但它反而令他恼火。朝另一座安全营地走去的时候,他心烦意乱得就像年轻时初次登上索里岛那样。他险些直接踩上那座洞开的死亡蚁巢穴;他甚至没注意到萨克送来的幻象。这一次,是偶然的运气救了他:他的脚趾无意中踢到了什么,于是低下头去,这才发现他的尸体,以及那道爬满黄色细小物体的裂缝。

他咆哮一声,然后冷笑起来。"你还想杀了我么?"他抬头看向树冠层,大喊道,"帕吉!"

沉默。

"你最想杀的就是保护你的人,"黄昏大喊道,"为什么!"

这些话语消失在丛林里。被它吞没。

"将要发生的事,"他说,"是你活该。你活该被毁掉!"

他呼吸凌乱,汗水淋漓,为自己终于说出这番话而满足。也许言语也有其意义。一部分的他——和瓦茜和她的公司同样叛逆的那部分他——为帕吉将会灭亡于他们的机器而高兴。

当然,随后灭亡的会是公司本身,亡于天外人之手。再然后是他的全体同胞,以及全世界。

他在树冠层的阴影里低下头,汗水沿着他的脸颊滴落。然后他跪在地上,毫不在乎仅仅三步之遥的蚁巢。

萨克用鸟喙磨蹭他的头发。在上方的树枝间,寇克里发出犹豫不决的啁啾。

"你们瞧,这是个陷阱,"他低声说,"天外人有规矩。他们不能和我们做生意,除非我们足够先进。就像有良知的成年人不会和没长大的孩子做交易。所以他们留下机器,让我们发现、摆弄和研究。死掉的天外人是个诡计。他们本来就想让瓦茜得到那些机器。"

"还会有像是无意间留下的说明,供我们钻研和学习。在不久的将来的某个时刻,我们会打造出类似的机器。我们会以过快的速度成长。我们还是会像孩子那样无知,但天外人的律法会允许这些访客和我们做生意。再然后,他们就会将这片大地据为己有。"

这些才是他该说的话。保护帕吉是不可能的。保护羽类是不可能的。保护整个世界是不可能的。他为何没有这么解释?

也许是因为,那样也毫无意义。正如瓦茜说过的……进步终将到来,如果你愿意称之为"进步"的话。

黄昏已至。

萨克离开他的肩头,振翅飞走。黄昏看着她,然后咒骂起来。她没有停在附近。尽管飞行对她而言很艰难,她还是拍打翅膀,消失于他的视野。

"萨克?"他说着,站起身来,跌跌撞撞地跟在后面。他跟着萨克粗厉的叫声,费力地沿途返回。没过多久,他就跌跌撞撞地钻出了丛林。

瓦茜站在要塞前方的岩石上。

黄昏在丛林边缘犹豫起来。瓦茜独自一人,就连那些哨兵都离开了墙头。他们把她赶出来了么?不。他能看到城门开着一条缝,还有些人在里面朝外张望。

萨克停在位于低处的瓦茜肩头。黄昏皱起眉头,向侧面伸出手,让寇克里落在他的手臂上。然后他大步向前,在穿过那片岩石海岸的途中镇定心神,直到最后站在瓦茜面前。

她换了条新裙子,虽然头发仍有缠结。她散发着花香。

她的眼神带着惊恐。

他曾与她结伴穿行于黑暗,面对过夜喉,见过死亡逼近时的她,而她从未露出过这种担忧的表情。

"怎么?"他说着,发现自己嗓音沙哑。

"我们在机器内部找到了说明书,"瓦茜低声说,"有关操作方式的手册就留在那儿,就像是有人干活的时候不小心忘在了里面。那本手册用的是他们的语言,但我那台小型机器……"

"可以翻译。"

"手册详细描述了那台机器的构造,"瓦茜说,"复杂到我几乎无法理解,但似乎解释了很多概念和原理,而不是仅仅给出机器的运作方式。"

"你们不高兴吗?"他问,"你们很快就会有自己的飞行机器了,瓦茜。快到任何人都无法想象的地步。"

她无言地举起了某个东西。那是一根羽毛——一根交配羽。她还留着它。

"在行动之前,永远要质问自己:这会不会太轻松了?"她低声说,"我拿到这根羽毛的时候,你说它是个陷阱。我们找到那本手册的时候,我……噢,黄昏。他们打算对我们做出……我们正在对帕吉岛做的事,不是吗?"

黄昏点点头。

"我们会失去一切。我们没法和他们对抗。他们会找到借口,他们会夺走羽类。这合情合理。羽类利用那种虫子。我们利用羽类。天外人利用我们。这是不可避免的,不是吗?"

是的,他心想。他张口想要这么说,这时萨克发出啁啾。他皱起眉头,转身看向这座岛。耸立于大海之中,如此傲慢。如此有破坏性。

帕吉。父亲。

最后,黄昏总算明白了。

"不。"他低声说。

"可——"

他把手伸进裤袋深处,摸索起来。最后,他拿出了某个东西。一根羽毛的残余部分,如今只剩下羽干。那是他叔叔多年以前给他的一根交配羽,当时他第一次落入了索里岛上的陷阱。他将羽干举起,想起了他听过的那番教诲,每个捕兽人都听过的教诲。

这东西象征了你的无知。轻松或者简单的事是不存在的。

瓦茜拿起了她那根。旧与新。

"不,他们别想得手,"黄昏说,"我们会看穿他们的陷阱,也不会中他们的诡计。因为我们接受父亲的训练正是为了这一天。"

她盯着他那根羽毛,然后抬头看他。

"你真这么想吗?"她问,"他们很狡猾。"

"他们也许狡猾,"他说,"但他们不住在帕吉岛。我们会聚集其余捕兽人。我们不会这么坐以待毙。"

她犹豫着点点头,恐惧似乎减轻了些许。她转过身,朝身后那些人挥手,示意他们打开通向堡垒内部的门。人类的气味再次冲刷他的全身。

瓦茜回头看了看,然后朝他伸出手。"这么说,你愿意帮忙?"

他的尸体出现在她脚边,萨克也发出警告的啁啾。危险。是的,前方的道路会相当危险。

黄昏仍旧握住瓦茜的手,踏入了那座堡垒。

后　记

在本故事最初的版本里，黄昏自称为"第六子"，这让读者非常难以理解。我喜欢这种写法，是因为它与众不同，但到头来，我还是认同了那些反馈意见——因为这样才是正确的。"黄昏"不但比"第六子"更贴合主题，在句子里也容易分辨得多。

来说些不为人知的秘密吧：本故事是某一期《写作借口[①]》集思广益的结果。我们会在四期节目中开展头脑风暴，然后我们之中的某人再用点子写一篇故事。最初的作品很失败，我对那个故事提不起兴趣。于是我们又试了一次，本故事就是成果。

在这本选集中，只有这篇故事的世界没有列入最初的三界宙计划。然而，我在三界宙大纲里为几个尚未明确定义的世界留下了空间——因为我知道，迟早会有我想要讲述、却不适合放在神瑛所在星球的故事。我们的头脑风暴并不是专为三界宙故事而进行的，但在研究框架的时候，我对于"用共生关系（全新的那种）来体现三界宙神能"这个点子产生了兴趣。

[①] Writing Excuses，一档播客节目，于 2008 年开播。

我迅速爱上了这个点子，以及随之诞生的故事。你也许想看到有关这颗星球的居民的更多故事，但我没有创作相关故事或者小说的计划。也许你从《阿尔卡特拉兹》系列和《飓光志》里的吃角族文化已经看出来了，我对波利尼西亚文化相当痴迷。"在拍打的浪花中寻找道路"这种概念是我念念不忘的东西之一，而创作独自在海上航行的角色——从许多角度来说都与世隔绝——也令我着迷。另外，考虑到我在书里创作过那么多健谈的角色，能尝试"黄昏"这种新鲜的角色也是件乐事。

　　按照这本选集的时间线来说，它比所有故事都要靠后。所以，在克里斯写下对应星系的介绍时，故事里的时间还没有真正发生。

　　如果你想以文字的方式观看我们最初的头脑风暴过程，以及本故事的早期版本（外加《写作借口》的另外三位主持人：玛丽·罗比内特·科瓦尔，丹·威尔斯以及霍华德·泰勒创作的那三个故事），可以在一本名叫《下方的阴影》的选集中找到。

柔刹星系

小行星带

庇雷

嘉刹　秘昼
萨拉斯　诺梦

埃辛

柔刹星系

柔刹是一个纷繁之地。这个名字既可指代三界宙中的一颗行星和该行星上的主大陆,又可指代其所在的星系,从中可以看出柔刹人特有的强烈自信。虽然司卡德瑞尔星系看似空旷,但柔刹星系总给人拥挤之感,一连串气态巨行星紧密分布在星系外围,只是这类天体在裂影界中的征象非常微弱,无法直接观测到。

星系的宜居带有多达三颗行星,每颗行星都或多或少有人居住。那颗燃烧的星球是埃辛,很久以前遭受了一场大灾难,人们只能生存在极小的据点内,比如著名的浮空城市。最远离恒星的星球是庇雷,尽管那里寒冷得不适宜居住,却拥有一个由具备自我意识的瑛灵(当地称为"灵体")构成的生态系统。我认为这里的某些瑛灵可能是知界域幽影,但相关的研究过于艰险,暂且搁置不论。

星系中的研究范本莫过于处在埃辛和庇雷之间的柔刹。柔刹的体积为三界宙标准的 0.9 倍,重力为三界宙标准的 0.7 倍,拥有富氧环境,形成了独特的多样性生态,其中就有引人注目的巨型动物以及生物(包括类人生物和非类人生物)与带有神能的瑛灵之间的共生关系。

在上述特征中，最迷人的便是人类和具备自我意识的灵体的共生关系，这也是施行飓能术的基础。飓能术深深植根于自然物理，灵体就是力量（当地称为"飓能"）的化身：重力、强基子①力、表面张力……种种力量皆因而活，而一些更为抽象的概念（如转化和传送）也是如此。

不过，这种人类和灵体缔结纽带的模式只是柔刹自然规律的扩展。甲壳动物能够长出硕大的体型，却不会被自身体重压垮，这不单是出于星球的性质，更是出于动物与灵体的共生关系。某些动物通过类似的方式得以飞行，还有一类马通过与灵体缔结纽带适应了柔刹的环境，获得了高度的自我意识，几乎可被称为智慧生物。

我不会在此探讨柔刹不同生态间的关系，这个话题太大，无法在概述中说明。然而，前往这颗星球的访客应该注意防范飓风。数千年来，饱含神能的飓风塑造了柔刹的生命，随之而来的危险无论怎么强调都不为过。

据我推测，飓风就和许多灵体一样，是在神瑛"荣誉"和"培养"到来之前形成的。然而，神瑛的存在影响并改变了这颗星球的本质，人们很难区分哪些是阿多拿西破碎之前的原始面貌，哪些才是新的发展。当然，星球上现存的不少灵体都生自荣誉、培养和仇恨之间的摩擦。

说到仇恨，谨记柔刹星系是目前该神瑛在实界域和知界域的栖息地。仇恨使忠爱、统御和荣誉都化为了瑛灵，而在三界宙中，或许还有其他受害者。

前往柔刹的访客还应该知晓，由于这里是富氧环境，火会产生异常的反应，我认为这也是星球上早期的人类发明替代光源的部分原因。请注意，文中和故事中所涉及的长度和时间单位一般采用当地的

---

①三界宙中不可再分的最小微粒。

计量法，柔刹的一年和一尺均高于三界宙标准。在这颗如风暴般气势磅礴的星球上，有时很难不感到渺小。

缘　舞

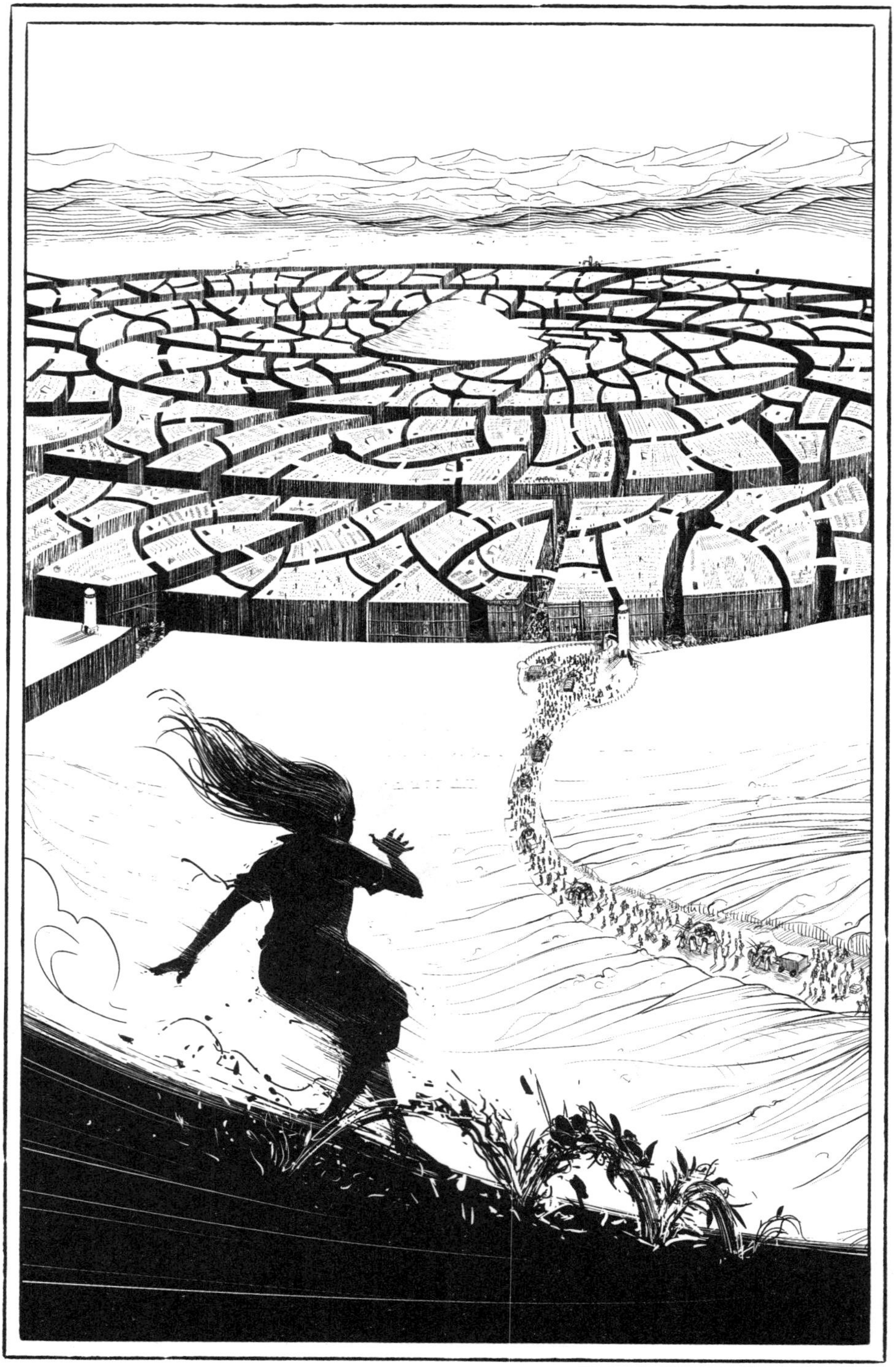

一

莉芙特正要大显神通。

她在塔石科北部的旷野上疾步飞驰,那里距离阿兹米尔有一周多一点儿的路,沿途丛生的棕草只有一两尺高,零星的树木挺拔虬曲,树干宛如交织的藤蔓,树枝没有往外长,而是直指苍穹。

这种树本来有学名,但她认识的人都一口一个"倒毙树",因为它的树根能屈能伸,整棵树在飓风期间会自行躺平,之后才会重新起立,像是在对拂过的风比画粗鲁手势。

莉芙特的脚步惊动了一群在附近吃草的斧蹄鹿。这些瘦巴巴的动物将两条前爪收在身前,撒开四条腿,一蹦一跳地逃开了。它们身上不长什么壳,可好吃了。但这回,莉芙特就是没心情填肚子。

她逃跑还来不及呢。

"主人!"她的宠物虚渡温达喊道,变成藤条的形状,沿着地面急速生长,与她步伐一致。此时他没有露脸,却还能讲话,真是扫兴。

"主人,"他苦苦央求,"我们就不能回去吗?"

没门。

莉芙特使出神功,汲取身体里能让她发光的神物,把它抹在脚底,发动溜滑术。她纵身一跃,开步滑行。

顷刻间,地面失去了摩擦力。她如履冰层,迅速穿过草地,周围的草受了惊,一拨拨地向她"折腰",赶忙缩回石坑里。

她飞快穿梭,黑色长发迎风飘扬,棕色的贴身背心好好地塞在宽脚裤里,套在外面的宽松衬衫恣意随风翻飞。

她在风的陪伴下一路滑行,倍感自由。空中有只白丝带般的小风灵跟上了她。

结果她却撞到了一块石头。

那块可恶的石头纹丝不动,被一簇簇长在地上的苔藓固定住了。这些苔藓附着在石头之类的东西上,为它们遮风挡雨。莉芙特的脚蹭了上去,一阵剧痛袭来,她被掀翻到半空,脸朝下地摔倒在石地上。

她下意识地给脸施上神功,用脸贴着地面继续滑行,碰上一棵树才停下来。

那棵树缓缓倒地装死,枝叶簌簌而动。

莉芙特坐起身子,揉了揉脸。她刚才划伤了脚,但伤口被神功封上了,很快就愈合了。她的脸也不怎么疼了。当她某个肢体部位变得灵光时,那个部位就不会和任何表面产生摩擦,像是能……直接滑过去。

可她还是觉得自己傻透了。

"主人。"蜷成一团的温达过来了。那些爱讲究的人就喜欢在家宅外头种上他这样的藤条,用来遮盖比较寒酸的地方。只是温达身上还有一些晶体,这些晶体出人意料地探出头来,像是脚指甲长到脸上去了。

温达移动的时候不像泥鳅那样扭来扭去,而是逐渐往前生长,在身后留下一道痕迹。这道痕迹稍后就会结晶,再化为粉末。虚渡可真奇怪。

他像绳子一般缠绕成好几圈,形成一座"藤塔","塔顶"长出一张由藤条、藤叶和宝石构成的脸庞。

他开"口"说:"拜托了,主人,别玩了好吗?我们得回阿兹米尔!"

莉芙特起身道:"回阿兹米尔?我们才从那儿逃出来!"

"什么话!进了宝殿哪有逃出来的?主人,你可是陛下的贵宾!要什么有什么,想吃什么就吃什么——"

莉芙特两手叉腰,大声埋怨:"都是骗人的。不就是想蒙我吗?他们会吃了我的。"

温达听了,顿时变得吞吞吐吐。像他那样的虚渡长得还不算吓人。他肯定被别的虚渡嘲笑过,说他喜欢戴傻里傻气的帽子。他肯定会纠正别的虚渡,在它们坐享人类的灵魂时,向它们说明必须用哪种叉子。

"主人,"温达说,"人类不会吃同类,何况你又是贵宾!"

"对啊,可这是干吗呢?他们给了我好多东西。"

"因为你救了陛下的命!"

"那我本来应该能吃几天的白食。"莉芙特说,"有一次我去劫狱,把人给搞出来了,那伙计就让我在他屋里白住了整整五天,还送了我一块好看的手帕。这已经算大方的了,回头看看那帮亚泽尔人,他们会让我想待多久就待多久吗?"她摇头否认,"他们就是想捞到点什么。没别的解释,他们都饿疯了,就盼着吞了我。"

"但是——"

莉芙特又跑了起来。冰凉的石地坑坑洼洼的,随处是草洞,踩下去感觉很舒服。她没穿鞋。鞋有什么好的?青铜宝殿的大臣们送给她成堆的鞋,还有漂亮的衣服——都是些宽松舒适的外套和袍子,会让

551

人迷失其中,而她难得才喜欢上柔软的衣料。

这还没完,他们又问起莉芙特:为什么不去上几堂课,学着认几个字?由于她救了高克斯,他们都很感激,而高克斯又是阿卡希克斯大帝,顶着亚泽尔统治者的威名。看在她对大帝有恩的分上,他们信誓旦旦地说可以请几个先生,教她怎么写字、怎么穿戴得体。

虽然他们是一片好心,但莉芙特快招架不住了。要是留在宝殿里,她还能当多久的莉芙特?距离她变成脸面依旧,整个人却变了味的女孩,还要过多久?

她又用起了神功。大臣们在宝殿里讨论过远古力量的复苏,还说到了光辉骑士团和代表基本自然力的飓能。

我会铭记那些已被忘却的人。

莉芙特发动溜滑术,在地上滑了几尺,然后滚进了草丛里。

她用拳头捶了捶身下的岩石。这破地方。神功也好可恶。脚上比铺了层油还滑,这叫人怎么站得牢?她真该跪下来,像划水那样前进,这可简单多了,既能保持平衡,又能用双手把握方向,活脱脱就是一只四处横行的小螃蟹。

他们身姿美极,不仅能优雅穿梭,就连最细的绳索也能驾驭。他们还能在屋顶翩然而舞,有如风中的飘带……

那个百般追杀她的黑煞在宝殿里说过这番话,还说有些古人和莉芙特拥有同样的力量。他可能一直在撒谎,毕竟在那个节骨眼上,他早就准备杀了她。

可他为什么要撒谎呢?他的态度那么轻蔑,仿佛她什么都不是,仿佛她一钱不值。

她咬咬牙,站了起来。温达还在喋喋不休,但她没去搭理,而是踏上荒原尽快开跑,这惊到了周围的草丛。她来到一座小山的山顶,一跃而起,给双脚覆上法力,然后猛地撒腿滑步。

前方的空气形成阻力,莉芙特一咬牙,干脆为全身覆上法力。

她飞速破风而行，一个侧转就下了山坡。气流滑过她的皮肤，仿佛够不到她似的，就连照过来的阳光也像是消解了。她完全进入运动状态，处在物质的结构之间，不受气流和地面的影响，速度快得连叶子都来不及缩回去。草丛在四周摇曳涌动，被她的力量拨到边上。

她的皮肤发出光亮，腾起缕缕氤氲的光雾。她欢笑着来到小山坡的脚下，纵身跃过几块大石头。

刚跳过去，她就迎面撞上了另一棵树。

笼罩着她的力场突然"砰"的一声消失，那棵树翻倒在地，旁边还有两棵树或许以为自己错过了什么，也决定学个样。

她四仰八叉地躺在树干上，两臂和树枝交缠在一起，盯着天上的太阳傻笑，一只形如光球的金色傲灵绕着她头顶打转。

这一幕被温达一览无余。"主人？"他问，"主人，你在宝殿里不是挺开心的？我都看在眼里！"

她没有回应。

温达接着说："还有陛下，他会想你的！你都没告诉他你要走！"

"我给他留了张纸条。"

"纸条？你会写字了？"

"风操的，我才不会。就在他们正要给他送饭时，我吃掉了盘盖下面的大餐，高克斯会明白的。"

"我看不会，主人。"

她在倒地的树上爬起来，伸了个懒腰，把挡在眼前的头发吹开。她没准真能在屋顶翩然而舞、没准真能驾驭绳索、没准真能……什么来着？平地生风？咳，这点她肯定做得到。她从树上跳下来，继续在荒原上前行。

只可惜她肚子饿扁了，看样子已经用去了太多神功。她平时也得靠进食维生，但比常人更加依赖食物。她能从一切吃的食物中摄取神功，但神功耗尽后，她就做不出厉害的事了，只好再补充营养。

现在她的肚子咕咕直叫,她都以为它在说她坏话呢。她在口袋里摸索了一通。今天早上包里就没吃的了,先前她还带了很多。不过,在她还没扔掉行囊之前,不是在包的最下面找到了一根香肠吗?

哦,对了,她几小时前还在观赏河灵,看着看着就把香肠吃掉了。可不管怎样,她还是把手插进口袋,结果只掏出了一块手帕,她就是用这张手帕把一大堆大饼塞进行囊的。她把手帕的一角塞进嘴里,嚼了起来。

"主人?"温达问。

她一边嚼手帕一边说:"上边口(可)能有打(大)饼屑。"

"你就不该滥用飚能术!"一旁的温达沿着地面蜿蜒前行,留下一道藤蔓和结晶的痕迹,"我们应该待在宝殿里。唉,我怎么会碰到这种事?我本该好好做个园丁。我拥有的椅子可是最华丽的。"

"椅纸(子)?"莉芙特顿了顿。

"对,就是椅子。"温达在她身边绕成好几圈,在顶部形成一张脸斜对着她,"在裂影界的时候,我收集了你们那边椅子的灵魂,都是最华丽的!我把它们栽培成了雄伟的晶体,有一些是温斯特牌的,还有一个很漂亮,是肖伯牌的。我还有很多靠背椅藏品,甚至有一两个王座!"

"乃(你)还摘(栽)培过椅纸(子)?"她又往前走去。

"我当然栽培过椅子。"绕成圈的温达将藤条的一端甩到地上,跟上了莉芙特,"不然我还能栽培什么?"

"滋(植)物呗。"

"植物?好吧,裂影界里是有植物,但我不是普通的园丁,我可是园艺家!哎呀,就在我打算办沙发展的时候,议团却偏偏把我选去干这种苦差事。"

"尊似花哩滴苦恰细。"

温达没好气地问:"你能不能把嘴里的东西拿出来?"

莉芙特照做了。

温达愤愤地叹出一口气。谁知道这根细藤条是怎么叹气的，但他次次都这样。"你到底想说什么？"

"我乱讲的，"莉芙特说，"就想看看你的反应。"她把手帕的另一边塞进嘴里吮吸起来。

他们继续前行，温达叹了一声，仍在嘀咕园艺的话题，抱怨生活的可悲。他一看就是个怪虚渡。仔细想想，她从来没见过他对吞噬人类灵魂表现出哪怕一点点兴趣。莫非他喜欢吃素？

他们穿过一座小树林，其实就是许多树的残骸，但这个表达有些奇怪，她似乎没在那里发现尸体。这些树甚至不是"倒毙树"，它们往往成簇生长，但彼此分离。它们的枝条会在生长过程中相互缠绕，压得密密实实的，好直面飓风。

这才是世道，对不对？别人都会并肩相靠，众志成城。但莉芙特就是一棵"倒毙树"，只是走自己的路，不会纠结、不会被卷入是非。

没错，她就是这样的人，所以她才非要从宝殿出走。每天醒来都瞧见老花样，这种生活又有谁过得下去？必须不断前进，否则别人就会渐渐认识你，就会对你有所期待，可这距离人生变味也只有一步之遥了。

她在树林中停下脚步，站在专门有人开辟和维护的步道上，回头遥望北面的亚泽尔。

温达问她："你是来那个了吗？我对人类不太了解，但我觉得这种事还是很正常的，就是比较难为情。你并没有伤到自己。"

莉芙特抬手挡着眼睛。那些错误的事正在改变。她就该保持自我，该改变的是她周围的世界。她也曾这么请求过，不是吗？

难道她被骗了？

"我们……要回去吗？"温达满怀希望地问。

"不。"莉芙特说，"我只是想说声再见。"说完就把双手插进口袋，转身继续在树林中穿行。

二

夜铎是莉芙特一直想去的城市之一。这地方在塔石科，一个比亚泽尔还奇怪的国家。她总觉得塔石科人太客气了，又很拘谨，还穿着让人捉摸不透的衣服。

然而都说夜铎不容错过，毕竟那是最像瑟瑟马勒克达的城市，而她这辈子估计是去不了瑟瑟马勒克达了，因为那里大概打了十亿年的仗。

莉芙特两手叉腰，站在原地俯视夜铎城，不禁觉得传言是真的。简直太壮观了。亚泽尔人总以为自己有多显赫，其实他们只会往房子上贴金，或是铺一层青铜什么的，还以为那就足够了。有什么用呢？不就是能照出她的脸吗？她都看腻了，心里一点儿也不佩服。

但山下那座城市可厉害了，竟然是在饿死人的地里挖出来的。

一些打扮花哨的亚泽尔官员就谈过相关的话题，听说夜铎是一百年前才建起来的，用的是从亚泽尔帝国租来的碎瑛刃。这些瑛刃没有长期投入战斗，一般拿来开矿或切割岩石，总之相当实用，就像踩着王座去取高架子上的东西。

所以，莉芙特以前把王座当凳子使的时候，实在不该挨骂。

不管了，反正夜铎原先只是一大片平原，现在这模样是拿碎瑛刃开凿出来的。她站在城外的山顶上，能清楚地看到石地上凿出的数百条沟壑。它们互相连通，恍如一座巨型迷宫。有些沟壑比较宽，隐约构成螺旋形，通向中间那座山包般的宏伟建筑，这是夜铎城内唯一一处凸出地表的地方，周遭几乎没有房屋，一切都在下面。

人们在开裂的大地上务农，但平时住在有两三层楼那么深的岩沟里。他们要怎样才能不被飓风带来的大水冲走？答案就在防护措施上。他们辟出了通向城外的排水管道，里面好像没有住人，虽说看着不太安全，但酷毙了。

她之所以想来夜铎，就是因为她能好好地藏在那里。

夜铎城没有城墙，但城市周围有一些戍塔。她下山的路正巧和一条大路相交，大路上有很多人在排队等待进城的许可。

"他们究竟是怎么挖走这么多石头的！"一旁的温达化为一团扭结交叠的藤蔓，恰好能够到她的腰。他侧过"脸"对着城市。

莉芙特说："用碎瑛刃啊。"

"哎哟，原来是碎瑛刃。"温达不自在地动了动，缠绕的藤条发出"吱嘎吱嘎"的声音，"嗯，是得用碎瑛刃。"

莉芙特抄起双臂。"真该搞一把来，你说呢？"

温达居然重重地叹了一声。

"我看黑煞有一把吧？"莉芙特展开说，"他用过，就在他想杀了我和高克斯的时候。我也要弄到一把。"

"好啦，随你！"温达说，"我们干脆去市场里逛一圈，拿一把价值连城的传奇神剑好了！听说东方的春天一来，这剑就从地里长出来了，都是成批成批卖的。"

"闭嘴，臭虚渡。"莉芙特看了看温达那张纠结的"脸"，"你是不是知道点儿有关碎瑛刃的事?"

藤条似乎蔫了下来。

"那就是了。说吧,你都知道些什么?"

他摇摇"头"。

"说。"莉芙特厉声提醒。

"我不能说。你必须靠自己发现。"

"我就在靠自己发现啊。我在问你话呢,快说,不然看我咬死你。"

"什么?"

"我要咬死你、啃死你,臭虚渡。你是根藤条吧?有时我也吃素的。"

温达辩白:"哪怕我身上的结晶没有磕掉你的牙,我这么点儿大的东西也没营养,只会碎成粉末。"

"我不稀罕营养,我要折磨你。"

想不到,温达竟用他那双奇怪的水晶眼望过来。"主人,我实在觉得你没这个本事。"

莉芙特冲他吼了几句,他变得更蔫了,但没有泄露秘密。风操的,他总算有点骨气了……不对,这是在说人的志气,说植物应该用"植气"吧?

"你得听我的话。"莉芙特把双手插进口袋,沿路往城里走,"真没规矩。"

"我哪里没规矩了?"温达气呼呼地说,"你只是不了解罢了。听好,我是园丁,不是士兵,别想用我去打人。"

莉芙特停下脚步。"我干吗用你打人?"

温达蔫得都快枯了。

莉芙特叹了口气,只好继续往前走,让温达跟着。他们来到大路上,转向守关的戍塔,经过一辆红甲蟹拉的车。

温达问:"我们要去的地方,就是一座凿在地里的城市?"

莉芙特点点头。

"不早说。我还怕会被飓风卷走!"

"为啥?又没下雨。"近来天气很怪,泣雨季先是停了,后来又来了,再后来又停了。这都快变成平常的天气了,原来绵长的风雨不见了踪影。

"我也不清楚。"温达说,"但事情有点儿不对劲,主人。我觉得世上已经不太平了。你听说了吗?阿勒斯卡的国王给陛下写了封信。"

"是说新的风暴要来了吧?"莉芙特问,"还是往反方向刮的?"

"对。"

"那群傻瓜都说这很荒唐。"

"傻瓜?"

"就那群围着高克斯转的人。他们一直跟他唠叨,教他怎么做事,还想让我穿袍子。"

"你指的是亚泽尔的大臣?他们可是帝国的大官,要给帝王进谏的!"

"好吧,可这帮人只会甩手哭鼻子,脑子进水了吧。反正他们也觉得事情是那个臭脾气大爷——"

"——轩亲王达力拿·寇林,阿勒斯卡真正意义上的国王,世界上最强大的统帅——"

"——编出来的。"

"不无可能。但你感受到了吗?远处是有什么东西在酝酿吧?"

"像是快打雷了。"莉芙特低声说着,望向城市以西的远山,"要么就是……好比有人把锅子一摔,眼看就要落地,往后总会有哐啷一声。"

"你确实感受到了。"

"也许吧。"莉芙特刚说完,之前那辆红甲蟹拉的车就驶了过去,谁都没有多瞧她一眼——没人会这样。别人也看不见温达,而她是特别的,所以才看得到。"你的虚渡朋友难道都不晓得吗?"

"我们不是……莉芙特,我们是灵体,只是我的同类——也就是培灵——地位不高。我们没有自己的王国,甚至没有自己的城市,我们和人类缔结纽带,也是因为包括秘灵和荣灵在内的所有灵体都开始行动了。我们几乎什么也不懂,就跳进了晶珠海!了解方法的灵体都死了几百年了!"

他沿着一旁的路面生长。他们跟着那辆蟹车走,车子在路上又颠又晃,车轮发出辘辘的声响。

"反正一切都乱套了,简直莫名其妙的。"温达接着说,"和你缔结纽带的难度本该更大,有时我的记忆很模糊,但我能想起来的东西确实越来越多了。我没有经历大家预想中的痛苦,可能是拜你的……特殊情况所赐。可是主人,你听我说,有大事要发生了,现在不是离开亚泽尔的时候。我们在那儿很安全,而这正是我们所需要的。"

"但现在也不是回去的时候。"

"嗯,大概吧。至少往前走还能避避风头。"

"没错,只要黑煞没有干掉我们。"

"黑煞?就是那个在宝殿里袭击你,还差点把你杀了的破天骑士?"

"对。"莉芙特说,"他在城里。你没听我说要搞一把碎瑛刃吗?"

"在城里……也就是我们马上要去的夜铎?"

"是呀。宝殿里的傻瓜们有眼线,我们还没跑的时候,就有人报告说他在夜铎。"

"等等。"温达向前一窜,在身后留下一道藤蔓和结晶的痕迹。他生长到蟹车的车尾,缠住她跟前的木板,生出一张脸直面她。"所以我们才突然走掉,来到这儿?你是来追那个魔头的吗?"

"怎么可能。"莉芙特把手插进口袋,"这也太蠢了。"

"你就不蠢?"

"我才不蠢。"

"那我们干吗过来?"

"因为这边有煎饼啊。里面还有馅儿呢,应该特别好吃。趁着泣雨季的当口,有十种口味。我每一种都要偷一个。"

"你抛下荣华富贵一路赶来,就是为了吃几只煎饼?"

"煎饼可美味了。"

"但城里还有个神一般的碎瑛武士啊?那人大老远跑来就想把你处死,这你都不管?"

莉芙特答道:"他就是不想让我使用法力。在别的地方也有人见过他。宝殿里的傻瓜们对他特别感兴趣,还专门去调查他。大伙儿的注意力都放在那个专门要国王脑袋的秃子身上了,谁知这家伙也杀遍了柔刹,连天真的小孩和不声不响的老实人都不放过。"

"那我们凭什么来这儿?"

莉芙特耸耸肩:"反正到哪儿都一样。"

温达从车尾滑下来:"其实不一样,更糟的是——"

"你还以为我吃不了你?"莉芙特问,"要吃你很方便的。你还有好些藤条吧?我可以找几根啃一啃。"

"主人,我包你觉得难吃到底。"

莉芙特闷哼一声,肚子咕咕直叫。形如褐色小飞虫的饿灵出现了,在她身边飘浮。这不奇怪,很多排队的人早就把它们吸引过来了。

"我有两种法力,"她说,"我不仅能发动神功滑来滑去,还能让东西长出来,那我能不能长出可以吃的植物?"

"那肯定需要更多飓光的能量,而你摄入的营养无法达到。你先别多嘴,这是天地间的法则,就连你也不能视而不见。"温达顿了顿,"反正我是这么想的,但轮到你头上,又有谁知道?"

"毕竟我很特别嘛。"莉芙特说着便止住脚步。他们终于排进了那个等候进城的队伍。"可我饿了。饿死啦,这下都不特别了。"

她从队伍中探头望了望。几个守卫正站在进城的斜坡上,几个穿着奇装异服的塔石科文书也跟他们一道。那些官员就是拿一条长得离谱的布裹住身子,从额头缠到脚,弄得非常复杂:腿和胳膊都要单独包住,有时还要在腰间围成一圈。除了守卫之外,所有男女都是这么打扮的。

放人进城的速度肯定很慢,排队的人也多得是。他们都是马卡巴克一族,有一双黑眼睛,肤色也是黑的,比生着褐肤的莉芙特还要黑。很多人都携家带口,穿着亚泽尔的平民服装,像是裤子和脏兮兮的半裙,有些上面还有花纹。他们吵吵嚷嚷的,引来了不少疲灵和饿灵,真够烦的。

莉芙特还以为排队的都是商人,没想到会碰到这么多家庭。他们都是谁?

她的肚子又开始叫了。

温达问:"主人?"

"嘘。我饿得连话都说不出了。"

"你——"

"饿了?还用说,快闭嘴。"

"可——"

"我敢说那些卫兵有吃的。大家总要养他们啊,肚子饿扁了还怎么能打中别人的脑袋?事实就是这样。"

"要么就用陛下拨给你的球币买点吃的。"

"没带。"

"你……你没带钱?"

"我趁你不注意全扔了。没钱就不会被抢,带球币是自找麻烦。"莉芙特眯眼看着那些守卫,"再说,只有出手阔绰的人才会那样带钱。

我们只是平凡人，得用别的办法。"

"那你现在是平凡人了，不特别了？"

"当然。奇怪的是别人。"

没等温达回应，她就闪到蟹车底下，溜到队伍的前头去了。

三

哈乌卡掀起车上的油布，发现下面有一堆可疑的谷物。她问："这是从亚泽尔运来的溻娄米？"

坐在车头的人局促不安地说："那是、那是，长官。我就是个小农民。"

哈乌卡心里琢磨着：手上没有老茧，还穿得起高档的里亚弗靴子、系得起丝质腰带，会是个小农民？她用矛的钝头戳进那堆米，却没碰到任何走私品和藏身其中的流民，这是前所未有的。

她对车主说："先要验明通关文牒。把车拉到一边去。"

对方低声说了几句闲话，但服从了。他掉转车头，把红甲蟹赶到哨所旁边的位置。这座岗亭是夜铎上方少有的建筑之一，另外还有一些分开来的戍塔，可以向那些妄图利用斜坡或地势来攻城的人放箭。

农民赶车时异常小心，因为他们就在悬崖边上，下面是城里的移民区。来这儿的没有富人，只有交不出关牒的人和妄图逃避检查的人。

哈乌卡卷起车主的凭证，从岗亭附近走过。午饭正在准备，屋里飘来阵阵香味，那些还在排队的人又有得好等了。一位名叫尼西康的年迈文书坐在哨所门前，他很乐意出来晒太阳。

哈乌卡向他鞠了一躬。尼西康是处理移民事务的副书记，今天当值。这名长者穿着黄色的席裓，从头到脚都裹了个严严实实，只把脸上的一块地方拉下来，露出满是皱纹的面庞和凹陷的下巴。他们还没走出故乡，无需藏匿在塔氏神的敌人奴雷唤面前。塔氏神会保佑他们的。

哈乌卡头戴帽子，身穿胸甲，腰下是一条裤子，披在身后的斗篷有着独特的纹样，代表她所属的氏族和所学的专业。像她这样的亚泽尔人，塔石科人很自然地就接纳了。这边的兵源并不充足，凭借那几张由阿兹米尔大臣开具的资格证，她可以在马卡巴克大区的任何地方找到类似的工作，当一个警卫官，不过要做战地指挥官，她还不够格。

尼西康一推眼镜，看了看她递过来的关牒，张口就问："司令，他是不是想逃税？"

哈乌卡回答："没事，税费已经放进保险箱了。但我怀疑那人不是干农活的。"

"难不成在偷渡难民？"

"米堆里、车底下都查过了，没有窝藏难民。"哈乌卡回头一看，发现车主笑开了花，"车里全是新米，熟得有点烂了，但能吃。"

"城里会欢迎的。"

他的话在理。都说埃穆尔和图卡之间的战争打得愈发激烈，然而在这几年，事态却改变了。毕竟图卡人有一个神王，围绕这个神王的各种流言……可谓是荒诞不经。

"我知道了！"哈乌卡说，"那人准保去过埃穆尔。趁着当地的壮丁还在抵御侵略，他便去田里搜刮了一通。"

尼西康摸摸下巴，点头同意，然后翻了翻卷宗。"那就罚他走私和销赃。我想……嗯，行，扣三重税。余额依照三七一公投结果划拨，向难民供应伙食。"

"谢谢。"哈乌卡松了口气，接过表格。抛开塔石科人古怪的穿着和宗教信仰不谈，他们显然知道该怎么起草民事法令。

"我可以付你润石。"尼西康说，"你想要充过光的吧？"

"当真！"哈乌卡说。

"之前不是有场突如其来的飓风吗？我表亲正好把一些润石忘在了在笼子里，简直撞了大运。"

"好极了。"哈乌卡说，"过会儿我就和你换。"她现在握有让尼西康颇感兴趣的情报。在塔石科，情报和润石一样，可以当钱用。

飓风在上，发光的润石是好东西啊。泣雨季过后，多数人手上连一颗都没有，城里又严禁明火，这可太风杀的麻烦了。找不到能用的润石，晚上她都没办法看书。

她走回到私枭身边，翻阅着手里的表格，随后递给对方一张。"你得交税，还得填一下这个。"

那人惊呼："这不是窝赃许可和走私许可吗！太狠了吧！"

"对，没得商量。"

私枭使劲一拍表格。"这种指控压根不成立。"

"好吧。"哈乌卡说，"要是能证明你非法闯入埃穆尔境内，在勤劳的人民忙于打仗时搜刮了他们的田地，之后又未经允许，将偷来的东西运回这里，那我就得把这车溻娄米给没收了。"她凑近了点，"别把事情搞复杂，你可以轻易脱身，这点你知我知。"

对方迎上她的目光，又紧张兮兮地移开视线，开始填表。很好，今天没碰上麻烦，正合她的意——

盖在米车上的油布沙沙作响，哈乌卡一愣，皱着眉头把油布往后一掀，竟在米堆里发现了一个小女孩。她长着浅褐色的皮肤，像是雷希人或赫达孜人，可能十一二岁，脖子以下的部位都埋在濐娄米里。她冲哈乌卡龇牙一笑。

她刚才可没在米车里。

"这玩意难吃死了。"那丫头说着亚泽尔话，嘴里塞得满满当当，像是在吃生米，"所以才要先加工好。"她把食物吞下去，"有喝的没？"

私枭在车上站起，语无伦次地指着那丫头。"她泡在里面，毁了我的货！警卫大姐，想想办法！我的米里可躲着个脏兮兮的流民！"

这下好了，上报的程序得烦死了。"小朋友，快从车里下来。你有爸爸妈妈吗？"

"废话，人人都有啊。"那丫头翻了个白眼，"可我爸爸妈妈已经死了。"她歪过头，"那是什么味儿？不会是……煎饼吧？"

哈乌卡顿觉机会上门，于是说："对呀，是阳日饼，你可以拿一个来吃，只要——"

"谢啦！"那丫头从米堆里一跃而出，把米撒得到处都是，私枭见状惊声尖叫。哈乌卡想要抓住那孩子，但对方居然挣脱她的掌控，跳过她的双手，直接站到了她肩上。

眼看有个小女孩压上来，哈乌卡痛得直哼哼。那丫头趁机从她肩上跳下去，在她背后落地。

哈乌卡身子一歪，下盘不稳。

"塔氏神在上！"私枭说，"她刚才踩到您风操的肩膀上了，长官。"

"多谢提醒。待在这儿别动。"哈乌卡把帽子扶正，连忙冲上去，跟着那丫头跑，后者与尼西康擦身而过，进了岗亭，害得尼西康怀里的卷宗都掉地上了。这样倒也不坏，那屋里没别的出口。哈乌卡跌跌撞撞地走到门前，把矛一放，从腰带上取下短棍。她不想伤害那个小流民，但吓吓人并不违规。

567

那丫头在木地板上一溜而过，仿佛板面上上了油，正好从一张桌子底下滑过去，几个文书和哈乌卡手下的两名卫兵还在那儿吃饭。小姑娘起身往桌子边上一撞，吃饭的人吓得纷纷退避，还把食物扔在了地上。

"对不起！"小姑娘在一片狼藉中喊道，"我不是故意的。"她把脑袋从翻倒的桌边探出来，嘴里叼着一块煎饼，"好吃。"

哈乌卡的部下霍地跳起，一头雾水。哈乌卡挤过他们，一个猛扑，试图伸手逮住小流民，指尖刚划过那丫头的胳膊，那丫头却再度挣脱，趴到地上，莫名其妙地在雷兹的两腿间滑过。

哈乌卡又一头冲上去，把那丫头逼到岗亭的墙边。

那丫头则抬起手，钻出屋里唯一一扇窄窗。哈乌卡看得目瞪口呆。那么细的窗口，不光是大人，就连小孩也无法轻易通过。她紧靠墙壁，望向窗外，起初什么也没看见。很快，那丫头就设法上到了屋顶，还把脑袋伸下来。

女孩的黑发在微风中扬起。她说："喂，那到底是什么饼？我要把十块都吃了。"

"快回来。"哈乌卡伸出手，想要抓住那丫头，"你还没办入境手续。"

那丫头的脑袋忽地就收了上去，屋顶传来她的脚步声。哈乌卡暗骂一句，手忙脚乱地出了前门，后面跟着两名部下。他们把小岗亭的屋顶搜了个遍，但毫无所获。

"她又进来了！"一名还在岗亭里的文书喊道。

没一会儿，那丫头就贴着地面滑了出来，两手各拿一块煎饼，嘴里还叼着一块。她从几个守卫面前经过，连忙往走私车那里赶，车主已经下了车，正嚷嚷着，说自己的米被弄脏了。

哈乌卡跳过去揪住那丫头，这次抓牢了一条腿，可惜恰在此时，她的两个部下也朝那丫头伸出手，谁知竟绊了一跤，懵懵地撞成一团，直接跌到她身上。

然而哈乌卡没有放手。即便有人压在背上，她还是死死抓着那个小女孩的腿，一边还在喘气。她抬起头，按捺住叫苦的欲望。

那个流民丫头就坐在哈乌卡跟前的石地上，脑袋歪向一边。她先将一块煎饼塞进嘴里，再飞快地把手伸到背后，去摸套红甲蟹的地方。挽具松了，那丫头一按下边，钩子咔的一声就开了，一点都没卡住。

风操的，这下糟了。

"快从我身上下来！"哈乌卡吼道，只得放了那丫头，把两名部下推开。那个蠢私枭后退几步，像是被搞糊涂了。

车子滑向后方的悬崖，估计会撞破木栅，落进沟里。哈乌卡爆发出一股劲，猛地扑过去抓住车侧。车子拖着她驶了一阵，她想到了可怕的后果，以为车子就要翻下悬崖，落到城里移民的头上。

然而车子却缓缓停下。哈乌卡在原地扎稳脚步，抓着车子不敢放手。她抬头仰望，只见那丫头又坐到了米堆上，一边吃最后一块煎饼，一边直说"真好吃"。

"那是图可饼。"哈乌卡受尽折腾，感到精疲力竭，"来年求个好福气。"

"哦？那就该天天吃，嗯？"

"大概吧。"

那丫头点点头，站到一边踢倒车的挡板，渴娄米哗啦啦地溢了出来。

哈乌卡还没见过这等怪事。虽然车子没什么坡度，那堆米却如液体一般流出，还……微微发着光，朝城里倾泻而下。

那丫头冲哈乌卡笑了笑，拔腿一跳，随着渴娄米而去。

哈乌卡倒抽一口气，另两名守卫总算清醒了，赶来救场并把牢了米车，私枭则在一旁叫个不停，怒灵涌出地面，仿佛一摊摊沸腾的血浆。

漯娄米淌了下去,在空中翻涌,灌进移民区时,还送出了一大波烟尘。移民区位于高崖之下,但在粮食浇到居民头上时,那边绝对传来了欢呼声和叫好声。

眼看车子稳住了,哈乌卡走到悬崖边。那丫头已经没影了。风操的,她难道是什么灵体吗?哈乌卡又找了一遍,还是一无所获,就她脚边还留着一团古怪的黑灰。在她观望之时,这些粉末就被风吹走了。

"司令?"雷兹问。

"代我把一小时的关口,雷兹。我得歇一会儿。"

发生了这种风操的事,她到底要怎么在汇报里说明?

四

莉芙特不该摸到温达的。这只虚渡净爱说些废话,像是"我们之间有根纽带又怎样,我在这个界域还是没有足够的存在感"和"你肯定有一部分陷在知界域了"之类的。

就让他说去吧。反正她碰得到他,有时非常方便,比如跳下一个不高的悬崖时,就有东西抓了。温达在她纵身跃起的一刻惊声尖叫,但立马攀到崖壁上,动作比她还快。他总算长点心眼了。

莉芙特把他当作绳子,在坠崖时一直抓着他,指间的藤蔓滑溜溜的。这么做尽管作用不大,但确实减慢了她下落的速度。她重重地掉在沟底,还好有神功相助,不然这一下对多数人来说实在太不稳当了。

她熄灭神功发出的光,跑向一条小巷,把熙熙攘攘的人群甩在后头。那些人看到粮食洒下来,纷纷开始赞美令使和诸神——如果他们真心这么认为,倒也无可厚非——但他们似乎都明白这些米不是上天的恩赐,因为他们抢米的速度可比抢巴甫兰德美妓的速度还要快。

才不过几分钟,一整车的米就被抢得只剩随风翻飞的空壳。莉芙特坐在巷口观望,周围有股潮气,到处都蒙着长长的阴影,她像是一下子从中午跌进了黄昏。

这里的房屋都造在石头里,门窗等结构都是直接开凿出来的。外墙漆成亮色,经常做成柱状,以区分不同的"建筑"。密集的人潮来回涌动,交谈声、脚步声和咳嗽声交织在一起。

这么生活还算不错。莉芙特很爱活动,却不甘寂寞,不爱独自待着。她起身迈开步子,手插在口袋里,想要一下子就把四周的景色看遍。这里实在太棒了。

"你也是大方,主人。"温达在她身旁一路生长,"刚听说车主是个贼,就把他的米给倒了。"

"哪有。"莉芙特说,"万一你打盹儿了,我只是想掉在比较软的东西上。"

她经过了很多衣着各异的行人,他们大多身穿席褂,或是亚泽尔式的花衣裳。不过街上也有一些佣兵,估计不是从图卡来的,就是从埃穆尔来的。剩下的人则是一袭浅色的乡下打扮,可能是埃姆或德施那边的。她很喜欢这两个国家,在当地几乎没人想杀她。

只可惜那里没什么可偷的,除非能吃惯米粥和什么菜里都会放的怪肉。那种肉取自一种住在山坡上,浑身长满脏毛的丑陋动物,莉芙特觉得很难吃,而她以前还尝过屋顶上的瓦片。

总之,街上的塔石科人似乎远比外国人要少。上面是怎么叫这地方的?移民区?那她也许不会太显眼。她还路过了一些雷希人,可他们衣衫褴褛,大都挤在巷子的棚屋附近。

这里居然有棚屋?够古怪的。她很久没见过棚屋了,上次见还是在索瓦菲斯的旧矿井里。在柔刹的大部分地区,刚造起来的陋屋马上会被飓风刮走,叫人只能坐在尿壶上干瞪眼,四面无遮无拦。

而这里的棚屋都建在小路上,像车轮的辐条一样连接着前后两条大路。不少区域都住满了人、搭满了临时屋、挂满了毯子，放眼望去，不见尽头。

怪了，这一切全是压在桩子上的，就连最不牢固的建筑也要比沟底高出四尺。莉芙特站在一条巷子的巷口，两手插在衣兜里，看着稍宽的岩缝。她早就发现，城里的石壁上都凿出了一连串商店和住户，外面漆上不同的颜色，以免和邻居混淆。要进去的话，只能先走上三四级石阶。

"看着就和淳湖差不多。"莉芙特说，"什么都在高处，好像没人愿意碰到地面似的，因为地面咳嗽得厉害，他们觉得太恶心了。"

"房屋结构倒是很巧妙，"温达说，"能防风。"

"可大水还是会把这地方冲走。"莉芙特说。

她的话显然没有成真，否则这地方就不会存在了。她继续在街上逛着，路过了一排排凿在石头里的民居，其间还穿插着别的民居。眼前的棚户区好诱人啊，住在里面不会受冻，热热闹闹的，人气又旺，还能见到如尘埃般飘来飘去的绿色生灵，这种灵体一般只会在成片的草木附近出现。遗憾的是，一个地方不管条件再好，也不会永远为外国的流浪儿敞开大门。莉芙特亲身经历过，心知肚明。

"都怪你带的路，还好没被抓走。现在怎么办？"温达沿着她脑畔的石壁攀爬，在身后留下一道藤蔓的痕迹。

莉芙特饥肠辘辘："我想吃东西。"

"你才吃过呀！"

"是这样没错，可我为了逃出那几个饿死鬼守卫的手掌心，已经把力气用光了。现在比一开始还饿！"

温达恼火地说："噢，母神保佑，你怎么就不能好好地排队呢？"

"那样就没吃的了。"

"你不是把吃下去的食物全燃烧成飓光，还跳下了悬崖吗！还不是一样！"

"我就想吃煎饼!"

他们绕开一群怀抱篮子的塔石科女子。那些人正在抱怨里亚弗的手工艺品,在莉芙特经过时,有两人下意识地遮住篮子,握紧了手柄。

"难以置信。"温达说,"我就是这样过活的吗?我以前可是备受尊崇的园丁!现在呢,无论我们去哪儿,都会碰到异样的眼神,仿佛我们是扒手似的。"

"刚才那帮人又没什么好偷的。"莉芙特回头一望,"席褂上连个口袋也没有,不过那些篮子……"

"你知道吗?我们也曾考虑和一位好心的鞋匠缔结纽带。老先生待人亲切,对小孩也体贴。我本该过着平静的生活,一边协助他,一边做鞋,之后就能办一场盛大的鞋展了!"

莉芙特插嘴问:"话说回来,西边是在打仗吗?危险就要来了?"

"鞋子是重要的作战装备。"温达继续他的话题,在身边的墙上吐出一簇藤蔓,谁知道这是什么意思,"你以为光辉骑士都是光脚上战场的吗?我和那个慈祥的老鞋匠可以给他们做鞋,而且要做很好的鞋。"

"无聊死了。"

温达叫苦道:"你是准备拿我砸人了,对不对?我要变成武器了吗?"

"说什么瞎话,虚渡?"

"我得让你念出真言,对不对?这是我的职责吧?哎哟,我怎么这么惨。"

温达经常说这种话。做虚渡的脑子大概都不正常,所以不怪他。莉芙特从口袋里掏出一本小书,捧在手上翻了起来。

温达不解地问:"看什么呢?"

莉芙特应道:"这是我从哨所里偷的,原本想卖掉。"

"让我瞧瞧。"温达沿着石壁生长,再缠住她的腿和身体,最后顺着她的胳膊来到书页上。他伸出许多细小的藤条黏住她的皮肤,不让自己移位。莉芙特觉得怪痒的。

温达伸出别的分枝钻进书里,包住了整本书。"嗯……"

莉芙特靠上石壁,觉得这地方不像是城市,而是……通往城市的隧道。尽管明晃晃的天空就挂在头上,但这条街太偏僻了。一般的城里通常远远就能见到鳞次栉比的高楼,隔着几条街也能听到别人的喊声。

就算街上人头攒动,挤得不得了,整条街还是给人偏僻的感觉。一只怪里怪气的小飓虫在一旁的石壁上爬来爬去,体型比多数飓虫要小,通体黑色,长着薄薄的壳,背上有一道棕色的条纹,毛茸茸的,看上去很松软。塔石科的飓虫都很怪,而柔刹的这种虫就是越往西越怪,在靠近山区的地方,有些竟然还会飞。

"嗯,这么讲吧。"温达说,"主人,这只是一本执勤簿,可能没什么用。守备队的司令会在上面记下每天离岗后交接夜班的时间,也就是十点整。她工作起来一丝不苟,每周都会去大宣府作详细的周报,但我估摸着没人会有兴趣买她的执勤簿。"

"肯定会有人要吧?这可是一本书啊!"

"莉芙特,书的价值在于内容。"

"我懂,就是一页一页的。"

"我指的是一页一页上面印的东西。"

"墨?"

"我指的是用墨印的东西。"

她挠挠脑袋。

"亚泽尔的先生教你习字时,你真该好好听讲。"

"所以……就不能换吃的了?"她的胃还在咕咕叫,又引来了饿灵。

"不能。"

可恶,都怪这本破书和那帮蠢货。她念念有词地把书往后一扔,谁知却砸中了一个抱着一篮子纱线的女人,惹得后者叫出声来。

"喂,站住!"有人喊道。

莉芙特皱皱眉。一名穿着卫兵制服的男子穿过人群,正指着她。

"你刚才有没有袭击那名女士?"卫兵冲她吼道。

"没!"莉芙特回吼。

卫兵大步朝她走来。

"跑吧?"温达问。

"嗯。"

莉芙特躲进一条巷子,卫兵见状又哇哇大叫,火速追了上来。

五

大约半小时后,莉芙特躺在棚屋顶上一张铺开的油布上,累得直喘气。那个卫兵真是穷追不舍,她跑了好一会儿才甩掉他。

满是棚户的巷子里吹来一阵风,她随意晃了晃身子。油布之下,一个由父母和三个儿子组成的五口之家正在谈论贫民窟里发生的奇迹,说有一车的米突然浇了下来。

我会铭记那些已被忘却的人,莉芙特曾如此起誓。念出这句重要的真言后,她才救活了高克斯。可那是什么意思?莉芙特的妈妈呢?明明没人记得她。

没人记得的人多了去了。一个小女孩实在记不住。

"莉芙特?"温达问道,他盘起身上的藤叶,变成了一个随风飘舞的小藤塔,"你怎么从来不回雷希群岛?那里是你的故乡吧?"

"我妈妈是这么说的。"

"那为什么不去看看呢?你都穿越了半个柔刹,怎么就不能回老家呢?"

她耸耸肩,抬头仰望傍晚的天空,感受着拂面而来的微风。比起臭气熏天的沟底,这里的空气清新多了。城里一直弥漫着陈味,一点儿也不好闻,就像笼子里的动物。

"你知道我们离开亚泽尔的原因吗?"莉芙特小声问。

"知道。我们要去追那个叫黑煞的破天骑士。"

"不,不是这样的。"

"那好吧。"

"其实是因为别人开始知道我是谁了。在同一个地方待得太久,就会和别人熟络起来。店主清楚我叫什么,我去店里,他们会对我笑,因为他们记住了我的需求,懂得该卖给我什么。"

"这是坏事吗?"

莉芙特点点头,仍在仰望天空。"一旦他们把我当成朋友,那就更糟了。像高克斯啦、那些大臣啦,他们不会什么都不想。他们自以为了解我,往后就会对我产生期待。我非得变成别人想象中的模样,而不是去做真正的我。"

"那真正的你又是谁,莉芙特?"

这下问题来了吧?她以前不是有过答案吗?要么就是她年纪太小,根本不在乎?

别人是怎么知道的?油布在微风中摇曳,她蜷成一团,想起了妈妈的怀抱、妈妈的体香和温柔的嗓音。

她的肚子饿得咕咕直叫,突然疼了起来,她的思绪也被打断了。生理上的需要暂时压过了对过去的渴求。她叹了口气,在油布上站起来,说:"来吧,我们去找几个小孩问问看。"

六

"有饭的。"小女孩说,"婆婆有好吃的饭。"她身上很脏,两只手也许在她会抠鼻子后就没洗过了,而且小小年纪,竟缺了那么多颗牙。

"给小孩不?"

"嗯。"女孩点点头,"婆婆用大石头打巴掌,眼神好凶。她讨厌小孩,但给我们饭吃,好怪。"

"因为外人?"莉芙特问,"给小孩吃饭,收外人的光?"

"有可能,"女孩说,"但还是好怪。我搞不清,好乱。"

"谢啦,给。"莉芙特如约把手帕交给女孩,作为交换消息的报酬。

女孩把手帕包在头上,张开漏风的小嘴冲莉芙特一笑。塔石科很流行情报交易,这是他们的传统。

脏兮兮的女孩欲言又止,她最后说:"我听说天上闪闪发光,还掉下了饭。是你这外人干的不?"

"对。"

女孩转身欲走,但又想了想,把手搭到莉芙特胳膊上。

"外人,我问你。"

"什么?"

"你在听吗?"

"我在听啊。"

"别人都不听的。"女孩又对莉芙特笑了笑,赶紧跑开了。

莉芙特重新在巷子里蹲下来,对面是一座公用灶间。这个灶间凿在石墙内,顶上有巨大的烟囱,烧的是从地里采来的石壳木外壳。夜铎的居民不能在家中生火,但谁都能去城中心的灶间做饭。这事据说有渊源,以前一次火灾烧遍了好多贫民窟,烧死了成千上万人。

在巷子里是看不到炊烟的,只能偶尔瞥见星点的润石光芒。眼下本是泣雨季,多数润石已经变暗,只有一些在几天前碰到不期而至的飓风,还凑巧把润石放到室外的人才有照明。

"主人,"温达说,"我从没听过别人这么说话,太奇怪了。我以前还给一些敏灵造了一座园林呢。"

"我倒觉得没什么奇怪的,那只是街上的小孩。"

"奇怪的是你的说话方式!"温达驳斥。

"我说话怎么了?"

"你用的词都很奇怪。你怎么学会的?"

"凭感觉呗。"莉芙特说,"我爱说啥就说啥。总之,她说塔氏之光孤儿院里有吃的,我们问的另一个人也是这么讲的。"

"那我们干吗不去?"温达问。

"没人喜欢那个女院长。他们信不过她,说她坏得要死,送吃的只是为了迎合来考察的领导。"

"那恕我还你一句话,主人。你爱吃啥就吃啥。"

"对啊。"莉芙特说,"只是……干吗要吃别人给你的东西?这有哪里难的?"

"吃吃别人给你的东西是不光彩,但肯定死不了人,主人。"

可惜他是对的。她饿得都使不出神功了,只好当个普通的小乞丐。不过她目前还没行动。

别人都不听的。那莉芙特会听吗?她经常会,是吗?可一个流浪儿干吗要费心去听?

莉芙特站起来,两手往口袋里一插,小心地穿过摩肩接踵的窄街,免得有人拍到她或打到她。这里的人爱做一件怪事,他们会用长线把润石串起来,哪怕放在钱袋里也是如此。她见过的钱都在玻璃球的底部钻了孔,这样就能串成一串了。可是要怎么找出特定的零钱?难道要解开钱串,把钱数出来再装回去?

不管怎样,他们起码还用润石。再往西走,就只用宝石片了。这些碎片有时会裹在玻璃块里,有时不会,实在容易丢。

每次莉芙特丢了钱,总会被别人吼。他们对钱的态度很离奇,竟会一门心思地扑在一个不能吃的东西上面。不过她觉得,这也许才是他们用润石的理由。他们不会拿一包吃的去换东西,因为钱被吃光后,又哪来的什么社会呢?

塔氏之光孤儿院造在街角,大门口漆成亮橙色,对着移民区的主街,另一侧则对着一个特别宽的巷口,边上凿了几排座位,形成一个半圆状,就如剧场一般,不过中间是隔开的,方便通行。这条巷子很深,却不像某些巷子那么破败,有几座棚屋甚至还有门,回荡在路上的干呕声似乎挺文明的。

流浪儿们告诉她,不要从主街去孤儿院,那是达官贵人的道儿,小孩应该从巷子过去。莉芙特索性走到露天小剧场的石凳附近——那里坐着一群穿席褂的老人——然后敲了敲门。门上的一块石头被涂成金红两色,还刻了字,她看不懂。

有个小伙开了门。他长着一张大饼脸,莉芙特已经习惯和这种非同寻常的家伙打交道了。他把莉芙特打量了一番，指着长凳说："先坐这儿，吃的待会儿就来。"

莉芙特两手叉腰，问他："要多久？"

"怎么？你还赶着去见人啦？"小伙问道，随后一笑，"坐好，待会儿给你吃的。"

莉芙特叹了口气，但还是在老人聊天的地方坐了下来。她觉得这些人是从远处的贫民窟里来的，这边的巷口凿成开放的环形，可以吹吹风，还有台阶可以坐。

太阳快下山了，地沟变得越来越暗。夜里可以照明的润石不多，人们可能会比平时早睡觉，这在泣雨季很常见。莉芙特缩着身子坐在一个座位上，温达在则一旁扭动。她死盯着孤儿院可恶的大门和建筑，可恶的肚子又叫了起来。

"那个应门的小子到底有什么毛病？"温达问。

"谁晓得。"莉芙特说，"有些人生来就那样。"

她一边在台阶上等，一边听塔石科贫民有说有笑。过了一会儿，终于有人影走进了巷子，像是个全身裹着黑布的女人。她没有穿地道的席褂，可能是个想要伪装起来隐瞒身份的外国人。

女人哭哭啼啼地牵着一个大概十岁出头的大孩子，带他来到孤儿院门前，把他抱在怀里。

男孩在流口水，瞎眼直盯前方。他脑袋上有个疤，已经快好了，但还红红的。

女人低下头，弯腰撇下男孩，男孩只是坐在原地傻瞪眼。莉芙特见多了，在篮子里熟睡的婴儿是童话故事里才有的。有些孩子到了一定岁数，不需要再照顾了，但还不能自理，也没法给家里做事，就只能被送进孤儿院。

"她刚才那是……不要她儿子了？"温达惊恐地问。

"她可能有了别的孩子，快吃不饱饭了。她不能一直只照顾这个孩子。"莉芙特轻声说着,越说越揪心。她想移开视线,却做不到。

她反而起身向男孩走去。像亚泽尔的大臣那般有钱的人,往往对孤儿院有种古怪的看法。他们以为那里住满了圣洁的小孩,还以为这些小孩勇敢善良,渴望劳动和拥有一个家。

但从莉芙特的经历来看,孤儿院收留的儿童其实更多都像这个男孩,很难照顾,要么老是需要管教,要么头脑糊涂,要么就有暴力倾向。

她很讨厌有钱人对孤儿院的幻想。他们以为那里充满了欢歌笑语,而不是沮丧、痛苦和烦扰。真是好极了。

她坐到比自己大的男孩身边,对他说了声"嗨"。

男孩眼神呆滞地望着她。现在她能看清他的伤口了,他头上有一边的头发没有长回来。

"会没事的。"莉芙特握住男孩的手。

男孩一声不吭。

不久后,孤儿院的门开了,一个干瘪的妇女露出脸来,仿佛是一把扫帚和一团冥顽不化的苔藓的孩子。她松弛的皮肤耷拉下来,像是在贫民窟里沾上脏物后要砍掉的东西。她的手指骨瘦如柴,莉芙特都以为那是指节掉了后,用树枝粘上去的。

老太两手一叉腰,居然没有弄断骨头。她打量起他们俩,评论说:"一个小痴呆,一个讨白食的。"

"喂!"莉芙特爬起来,"他不是痴呆,就是脑袋被撞了一下。"

"我在说你呢,小姑娘。"老太挨着头上有伤的男孩跪下,啧啧道,"没用的小东西。还以为我看不穿你们的把戏?你们撑不了多久的,走着瞧。"她往后一指,莉芙特刚才见过的小伙走了出来,抓住男孩的胳膊把他领进孤儿院。

莉芙特刚想跟上去,那个树枝手老太就挡在前面,对她说:"饭只有三顿,你想吃的时候就来拿,吃完拉倒。你这样的小姑娘碰到我算走运的，我还愿意可怜你。"

"你什么意思？"莉芙特追问。

"不希望船上有耗子，就没必要去喂。"老太摇摇头，动手关门。

"等等啊！"莉芙特说，"我要找地方睡觉。"

"那你来对地方了。"

"是吗？"

"嗯。天黑以后，这边的石凳一般没人睡。"

"石凳？"莉芙特质问，"你竟然要我睡石凳？"

"哎哟，叫个屁啊，现在甚至都不下雨了。"老太关上门。

莉芙特唉声叹气地看着温达。片刻后，之前那个小伙打开门，扔给她一大只又厚又糙，中间夹了辣酱的稞莱麦面包卷。

"就没煎饼吗？"莉芙特问小伙，"我得吃——"

小伙二话没说便关了门。莉芙特叹了一声，只好挨着几个老人坐到石凳上，大口吃起了面包卷。这东西不怎么好吃，但热烘烘的，能填肚子。"叫风吹死那个老巫婆。"她边吃边骂。

"别对人家太苛刻，孩子。"一个坐在石凳上的老头突然发话。他穿着黑席褂，但已经把包住脸的部分拨到了后面，露出灰色的小胡子和眉毛。他长着深褐色的皮肤，笑起来特别矍铄。"处理别人的麻烦可是很棘手的。"

"她何必这么小气。"

"否则孩子们会围在这儿乞求施舍的。"

"那又怎样？孤儿院不就是要干这个的吗？"莉芙特边嚼边说，"竟敢让我睡石凳，看我不把她的枕头给偷了。"

"街头小毛贼她见多了，应该早有防备。"

"我这样的她肯定没见过，我可神了。"她低头看了看剩下的食物。如果她使出神功，自然又只会变饿。

老头笑道："他们管她叫'树墩婆婆'，因为她就跟个树墩似的，狂风都吹不倒。我想你占不到她的便宜，小家伙。"他凑近说，"不过我这边有情报，你要是感兴趣，我们就做个交易。"

塔石科人的秘密？莉芙特翻了个白眼。"我可没东西和你交换。"

"那就占用你一点时间。你回答我一个问题，我来告诉你该怎么讨树墩婆婆的欢心，这样你没准还能搞到一个床位。怎么样？"

莉芙特对老头挑挑眉。"成交。我无所谓。"

"那我就把秘密说给你听吧。树墩婆婆有个小小的……嗜好，她在洗钱呢，帮人换润石。给她找个主顾，她就会重赏你。"

"洗钱？"莉芙特问，"以钱换钱有意义吗？"

对方耸耸肩。"她老是遮遮掩掩的，可拼命了，肯定是大手笔。"

"好没劲的秘密。"莉芙特把最后一点面包塞进嘴里。稞莱麦做的东西更像是糊糊，很容易咬烂。

"那你还想回答我的问题吗？"

"要看你的问题有多没劲。"

"好吧。我问你，你觉得自己最像身体的哪个部位？是忙忙碌碌的手，还是指挥全身的头脑？你觉不觉得自己更像……一条腿？腿支撑着大家，却很少有人注意。"

"呃，好没劲的问题。"

"怎么会，这问题可关键了。每个人只是一个大整体中的一环，只是组成这座城市的宏大有机体的一部分。这就是我在构建的哲学理念。"

莉芙特瞅了他一眼。这下倒好，不光有个脾气火爆的树墩婆婆管着孤儿院，外面还有个胡言乱语的怪老头。她掸掸双手。"那我就是鼻子。我身上什么怪玩意都有，谁知道会有什么掉下来。"

"嗬……有意思。"

"我没说这话管用啊。"

"是不管用，可你说的是实话，这是优秀哲学的基石。"

"那是当然。"莉芙特从石凳上跳下,"虽说和你一起胡扯是很有劲,但我还得去个重要的地方。"

"你要去吗?"原先还盘绕在旁边石凳上的温达立了起来。

"去啊。"莉芙特说,"我赶着去见人呢。"

七

莉芙特担心自己来晚了,她向来算不准时间。

现在她倒能搞清楚重要的部分了,比如日出日落的点,但其他的时间点……算了,她从没觉得这有什么要紧。不过别人都很看重时间,所以她得快点穿过地沟。

"你是要给孤儿院的老太找润石,哄她开心吗?"一旁的温达沿着地面蜿蜒而行,在路人的两腿间穿梭。

莉芙特嗤之以鼻:"才不是,那是骗人的。"

"是吗?"

"没得说。她可能在洗黑钱,把所谓的'捐款'转手给别人。这边官府盯得紧,得捂着风声,想把钱洗干净,就得破费。当然,也可能没那么阴险。她没准会利用人们的罪恶感,让他们捐出发光的润石,换走她那些没光的。她会说孤儿有多可怜,博取别人的同情,这样她就能把发光的润石交给钱商,捞点小利润。"

"这也太无耻了,主人!"

莉芙特耸耸肩。"不然你还要拿那些孤儿怎么办？总要做点善事，不是吗？"

"可是利用别人的怜悯真的好吗？"

"怜悯是非常强大的工具。谁心里有疙瘩，谁就好控制。"

"我想……也是？"

"不过得确保这种事不会出在我身上。"莉芙特说，"这样我才能坚强地活下去，明白吗？"

她回到之前走入地沟的地方，四处看了看，终于找到了进城的斜坡。斜坡又长又缓，必要时可以把车子赶下去。

她沿着斜坡往上爬了一段，正好瞥到了把关的岗亭。后面仍旧排着队伍，现在的队伍比她排在里面时还要长。不少人都在石地上扎营了，有些殷勤的商贩正在卖食物和清水，甚至还有帐篷。

祝你们好运，莉芙特心想。多数还在排队的人仿佛只带了身上那层皮，也许还有一两种怪病，另外就不剩什么东西了。莉芙特往后退了退。眼下她的神功没那么厉害，不能再冒险碰上守卫，她便躲进了斜坡脚下的小石缝，看着一个卖毯子的商贩经过。那人赶着古怪的小白马，那匹马毛茸茸的，头上有角，像是西部才有的那种动物，很难吃。

"主人，"温达在她脑畔的石壁上说，"我不太懂人类，但我至少懂点植物。你们和植物很相似，都需要光、水分和养分。不同的是，植物有根，可以在刮飓风时定住自己，否则就会被吹走。"

"有时被吹走也不错。"

"那万一是很强的飓风呢？"

莉芙特朝西望去，那边……确实有什么正在酝酿。亚泽尔的大臣曾议论道：*往反方向吹的飓风？绝无可能。阿勒斯卡人在玩什么把戏？*

几分钟后，守备队司令下了斜坡，完全是在拖着步子走。离开其他守卫的视线后,她的肩膀耷拉下来,像是遇到了不顺心的事。怎么了?

莉芙特缩着身子坐下,但那女人连瞧都没瞧一眼就走了过去。莉芙特赶忙起身跟上。

夜铎城里没有多少暗巷和岔路,跟踪别人很容易。正如莉芙特所料,天黑后街上行人越来越少了,要再热闹起来,或许得等到初月当空时,现在光线不够。

"主人,"温达说,"你在干吗?"

"就想看看那大姐住哪儿。"

"为什么?"

不出意外,司令就住在岗哨的不远处,离城中心有几条街,可能在移民区之外,但比较靠近那块地方,所以房价会便宜点,而且不是单间,而是公寓。从外面看,就是一面装了好些窗板的石墙,非常怪异。

司令进了门,莉芙特却没跟着,反而伸长脖子往上看。过了一阵子,司令开窗透气,屋顶附近的一扇窗透出润石的光芒。

"嗯,"莉芙特冲着黑夜眯起眼,"我们爬到墙上去吧,虚渡。"

"主人,请用我的名字称呼我。"

"我可以用一大堆名字称呼你。"莉芙特说,"你要庆幸我没什么想象力。走吧。"

温达叹了口气,但还是弯着身子,攀到司令寓所的外墙上。莉芙特把他身上的藤蔓当作抓手和脚垫,爬了起来。她爬过很多扇窗户,但只有几扇是亮的。同一边的两扇窗户之间有一根晾衣绳,莉芙特顺手拿下一件席褂。晒衣服的人太好了,把衣服挂这么高,只有她才能够到。

她爬到司令房间的窗户外,但没有停下,让温达吃了一惊。她一直爬到屋顶,总算来到一片秋谷田上。一串串秋谷长在藤蔓的硬荚内，农民把它们种在不到一尺宽的石缝里，等藤蔓聚成一团，长出的硬荚就能牢牢抵在石缝内，不会被狂风拔起。

农民已经收工了，留下一堆堆杂草，让下一场不知何时会来的飓风吹走。莉芙特坐到沟渠边上俯瞰整座城市，星星点点的润石辉泽映入眼帘，数量不多，但也比想象中亮。地下腾起道道光芒，像是某个中心很亮的物体上的裂缝。要是润石再多点，城里会是什么样？她想到了璀璨的光柱从洞里升起的画面。

楼下的司令关上窗，似乎罩住了她的润石。莉芙特直打哈欠。"你不用睡觉吧，虚渡？"

"不用。"

"那就盯着这幢房子。要是有人进去了，或是司令出来了，马上叫醒我。"

"你起码可以说说我们为什么要监视守备队的司令。"

"不然还能干吗？"

"就这样？"

"无聊。"莉芙特又打了个哈欠，"到时候叫醒我，听到没？"

温达嘟哝了几句像是牢骚的话，但她已经睡过去了。

才没过一会儿，温达就碰了碰她，让她醒来。

"主人？"温达呼唤，"主人，你的机灵和愚蠢真叫我佩服。"

莉芙特打了个哈欠，在偷来当毯子的席褥上一翻身，拍打四处飘舞的生灵。还好没做梦。她讨厌做梦，她梦到的生活要么很遥远，要么很恐怖，能有什么好？

"主人？"温达又叫了一次。

莉芙特坐了起来，才发现自己睡的地方长满了藤蔓，都扎进了衣服。她跑到上面来是干吗的啊？她捋了捋缠在一起、像刺一样竖起来的乱发。

天边泛起鱼肚白，农民已经下地干活了。她在藤蔓丛中坐起来，有几个农民扭过头,不解地看着她。跑到他们的田地里,睡在悬崖边上的雷希小姑娘多半不太常见。她咧嘴一笑,冲农民招手。

"主人,"温达说,"你前面还叫我一等有人进屋就弄醒你。"

这话没错。莉芙特一怔,想起了要做的事,头脑逐渐清晰。"怎么了?"

"那个差点在宝殿里把你杀了的黑煞,刚才进了下面的楼。"

黑煞。莉芙特一阵惊恐,她抓紧崖边,几乎不敢探头去看。她就怀疑他会来。

"你这回进城,果然是来追他的。"温达说。

"纯属巧合。"莉芙特嘟囔道。

"不是巧合。你故意向那个司令展示你的能力,明知道她会把见闻上报。你也知道这会引起黑煞的注意。"

"我不能只为他一个人就搜遍城里,得想办法让他来找我。可我没料到他这么快就发现这里了,一定是叫了书记帮他看那些汇报。"

"你这是干吗呢?"温达几乎带着哭腔说,"干吗去找他?他可是危险分子。"

"这不是明摆着的吗?"

"噢,主人,简直荒唐。他——"

"他会杀人。"莉芙特轻声说,"大臣们已经追踪到他了。他杀了不少根本不搭界的人。大臣们都不理解,可我很清楚。"她深吸一口气,"他正在城里追杀别人,温达。有人……也像我一样会神功。"

温达接不了话,只慢慢地挤出一声"哦",表示理解。"我们下去,到窗口旁边去。"莉芙特说完,没管农民就直接翻下了悬崖。城市渐渐苏醒,但光线还是很暗。在城里变得繁忙之前,她应该不会太扎眼。

温达好心地在她跟前生长,给她提供抓手。她不太清楚自己的动机。她可能只是想找到一个同类,让对方解释她的身份和她最近的生活为什么失去了意义；又或者，她可能只是不喜欢黑煞追杀无辜的人——这些人和她一样，什么都没做错，至少没犯下大错，除了拥有黑煞觉得不妥的力量。

她把耳朵贴在司令房间的窗板上，清清楚楚地听到了黑煞的嗓音：

"是个小姑娘，不是赫达孜人就是雷希人。"

"明白，长官。"司令说，"您介意我再看一下文件吗？"

"都就绪了。"

"只是……要称呼您'亲王特使'？我从没听说过这种头衔。"

"这是古时就有的官职，但不常用。"黑煞说，"快讲讲这小孩到底有什么能耐。"

"我——"

"再讲一遍。"

"好吧。她真是让我们好一番折腾，溜进岗亭不说，还弄翻摆设，偷走了吃的。罪大恶极的是，她把那车米倒进了城里。她肯定是故意的。小贩已经告了守备队，说队员玩忽职守。"

"这案子站不住脚。"黑煞说，"当时他还没有获准通关，由不得你管。他真要告，也就只能告队员敲诈勒索。"

"我就是这么跟他说的！"

"不怪你，司令。你面对的是你无法理解的力量，我也无权向你解释。不过我需要一些细节作为证据。那女孩身上有没有发光？"

"我……这个……"

"司令，她发光了吗？"

"是的。我绝对没发疯，也没眼花，长官。她确实发光了，连大米都跟着微微发亮。"

"她身上滑不滑？"

"比上了层油还滑，长官。我从没摸过这么滑的东西。"

"不出我所料。来，在这上面签字。"

他们发出沙沙的响声。莉芙特紧靠原处，耳朵贴在墙上，心脏咚咚直跳。黑煞有一把碎瑛刃，假如他认为她就在墙外，便能用剑刺穿墙壁，把她劈成两半。

"长官？"司令问，"您能告诉我这是怎么回事吗？我现在很茫然，就像个在战场上找不着大部队的士兵。"

"恕不奉告。"

"呃……明白，长官。"

"给我提防这小孩。吩咐你的部下也这样做，发现她的踪迹后立马上报。我会跟进的。"

"遵命，长官。"屋里传来脚步声，黑煞这是要出去了。但在离开之前，他似乎留意到了什么。"司令，这种天你都有发光的润石？运气真好。"

"全是换来的，长官。"

"壁灯里的倒是暗了。"

"它们几周前就没光了，还没换上新的呢，长官。这……要紧吗？"

"不要紧。牢记你的命令，司令。"黑煞关门告辞。莉芙特又爬上墙——呜呜乱叫的温达紧随其后——藏在顶上，看着黑煞走上下面的街道。清晨和煦的日光洒在她的后颈上，可她还是止不住地发抖。

黑煞身穿黑银两色制服，皮肤如马卡巴克人般黧黑，脸颊上有一块月牙形的白斑胎记。

那双眼睛死气沉沉，不论对方是人、是红甲蟹，还是石头，黑煞都浑不在意。他把文件塞进外套的口袋，戴上长手套。

"我们已经找到他了。"温达悄声说，"现在怎么办？"

"怎么办？"莉芙特咽了口口水，"跟着他呗。"

八

跟踪黑煞和跟踪守备司令的体验完全不一样。现在天都亮了,尽管还是大清早,但恐怕会有人发现莉芙特。还好,刚才睡醒后碰见黑煞,叫她完全没了困意。

她起先想在崖顶的菜园里穿行,只是不容易做到。地缝上空架着一些桥,但不常见,并不好用。每次黑煞来到岔口,她都直打颤,就怕黑煞拐进相隔甚远的道路,害她没法跳过去。

最后,她爬下绳梯,选了更险的路线,在一道沟里跟踪黑煞。幸好行人似乎有互相推搡的习惯。这边的街道其实不窄,不会让人放不开手脚,不过周围的岩壁确实加强了幽闭感。

这种情况莉芙特见多了,她保持低调,没有偷东西,错过了几次良机——有人就那么举起钱袋,这不是叫人去抢嘛。要不是在跟踪黑煞,她真可能会重操旧业,来上几手。

但她没有发动神功,反正神功也快用光了。昨晚她就空着肚子,而且不用神功,它过个半天左右便会消失,不知怎么搞的。

她避开去下地的农民、提水的妇女和蹦蹦跳跳去上学的孩童。上学就是在教室里坐成几排听老师讲课,再干点没什么技术含量的活儿,像是绣绣花啦,把学费付掉。想得倒美。

看见黑煞到来,行人纷纷退开,让出一条大道,仿佛谁最近吃完东西忍不住放了个屁,熏得尽人皆知。莉芙特挨着几个小孩,在几个箱子的顶上匍匐前进,想想就笑了。只是黑煞不是俗人,莉芙特想象不出他吃饭的样子。

一名店主把莉芙特和顽童们从箱子上赶走,好在莉芙特已经看清了黑煞的位置,可以和身边的温达快步跟上去。

黑煞从不停下来考虑路线,也从不看街头小贩卖的东西。他的脚步也太利索了,如风如影,莉芙特有好几次都差点跟丢他。奇怪吧?她明明从没跟丢过别人。

黑煞终于来到一个摆着许多水果的市场。看这里的架势,像是有人预谋了一场水果大战,到头来却只能无奈叫停,改而售卖大战的"武器"。莉芙特拿起一只紫色的无名水果,店主则像常人那样惴惴不安地望着黑煞。

"喂!"店主忽然吼道,"给我站住!"

莉芙特转身四顾,马上把手放到背后,丢掉水果,再用脚后跟把它踢进人群,嘴上扬起讨好的笑容。

店主没注意她,倒是在看另一个伺机行窃的小贼。那女孩比莉芙特大几岁,刚顺走了一整篮水果,被店主抓到现行后,弯腰抓紧篮子拔腿就逃,老练地冲过人流。

莉芙特暗暗哀叹道:*别,别去那儿,别往——*

黑煞在人群中抓住了那个小姑娘,身姿如流。他直冲女孩而去,一把揪住她的肩膀,快得仿佛捕鼠夹在逮耗子。女孩不停打他,拼命挣脱,他却岿然不动,似乎没留意她的举动,要么就是根本不在乎。他俯身抱起被偷的那篮水果,向店铺走去,一边还拖着那个小贼不放手。

"谢谢您!"店主拿回篮子,打量着黑煞的制服,"哟,这位官爷?"

"我是亲王特使,有权在全国各地执法。"黑煞从外衣口袋里掏出一纸文件,把它举起。

小贼拿起篮子里的一只水果就往黑煞身上扔,水果"啪嗒"一声从他胸前弹开,可他毫无反应,被她咬到手也没有退缩。他只是放回给店主过目的文件,转头看着女孩。

与这双冷漠淡然的眸子对视,莉芙特明白是什么感受。在黑煞面前,落网的女孩畏畏缩缩,像是吓坏了,她伸手拔出腰刀,气势汹汹地挥舞着,巴不得刺中黑煞的胳膊,可对方空手就把刀子挡开了。

围观群众察觉了不对劲,没人敢出声,市场的别处倒还忙碌。莉芙特退回到一辆破旧的小车旁——这辆车造得很窄,可以在地沟里通行——躲在那儿的几个顽童正在打赌,看缇卡"这回"要花多长时间脱身。

黑煞应景地召唤出碎瑛刃,捅进还在挣扎的女孩的胸脯。

长长的瑛刃没入女孩的皮肉,直至剑柄。女孩倒抽一口气,瞪大了眼睛,随后瘫软下去,双目焦枯,两缕黑烟袅袅升空。

店主失声大叫,手捂胸口,水果篮掉到地上。

莉芙特紧紧闭上眼睛,耳边传来女孩尸体落地的声响。黑煞波澜不惊地说:"把这张表交给市场的治安人员,叫他们处理尸体,记录口供。让我签一下时间和日期……"

莉芙特奋力睁开眼睛。一旁的两个小孩吓得合不拢嘴,其中一个放声大哭,不敢相信缇卡的死。

黑煞填完表,捅了捅店主,逼他签字作证,之后简短地写明了事发的经过。

完成后,黑煞点点头,转身就走。店主无力地捏着文件,直盯着尸体，脚边是散落的水果，身旁是一堆堆箱子和篮子。怒灵涌出地面，犹如一摊摊沸腾的血泊。

"何必呢！"店主喝道，"塔氏神……塔氏神在上！"

"塔氏无心眷顾你们。"黑煞动身离开，"祈祷他别来你们的城市，大概不会有人欢迎他。至于那个小贼，偷东西被抓无非是坐牢，然而胆敢用刀剑袭击官员，就是死罪。"

"这……这也太野蛮了！就不能……砍掉她的手，或者……做点别的？"

黑煞收住脚步回望店主，后者立刻畏缩了。

"我也想过酌情定罪。"黑煞说，"只是这些盗贼，被砍掉一只手，多数实诚活便没法干了，只能继续行窃，极易沦为惯犯。如果我这么做，非但不会减少犯罪，反倒会让情况恶化。"

他歪过头，看看店主，又看看女孩的尸体，仿佛不明白怎么会有人看不惯他的做法。他没有多虑，转身继续赶路。

莉芙特看呆了，但她立马压住惊诧，奔向倒地的女孩，才不管有没有被人看见。她按住女孩的肩膀，俯身呼出在体内燃烧的光能，传入女孩的尸体。

有那么一会儿，神功似乎起效了，一个人形发光体绕着尸体颤动，很快便消散而去，女孩仍然纹丝不动地躺在原地，双眼烧尽。

"不……"莉芙特说。

"救不活了，主人。过太久了。"温达细声说，"对不起。"

"高克斯比她还久。"

"高克斯不是被碎瑛刃杀死的。"温达说，"我……我觉得人类一般不会一下子死掉。我想不起来了，我的记忆有好多空白，主人。可我知道，碎瑛刃的情况不一样。假如在女孩被杀之后第一时间赶过去，或许还有希望。你有这个本领，只是过太久了，而且你的力量还不够。"

莉芙特疲惫地跪在石地上。女孩死的时候甚至没有流血。

"可她确实动刀了。"温达小声说。

"那是被吓的好吗！她怕死黑煞的眼神了。"莉芙特咬牙切齿地站起身，赶紧走到店主那边，抓起两只水果，就着其中一只咬了一大口。她嚼着多汁的水果，瞪了店主一眼，那人吓了一跳，连忙后退。

接着她就去追黑煞了。

"主人……"温达呼唤。

莉芙特没理他，专心跟在那个没心没肺的杀人犯后面。总算又找到他了。这回，他甚至引起了更大的骚动。她瞥见他走出市场，上了几级阶梯，穿过一个大拱门。

她小心地跟在后面，望见了一片不寻常的城区。那里打了一个锥形的大岩坑，里面很深，储满了水。

这个池子非常非常大，有几座房子那么大，用来收集飓风带来的雨水。

温达解释道："哦，蓄水池边上是加高的，可以隔开别的城区。街上的雨水会外流，不会流进池子，弄脏里面的水。其实大多数街道似乎都有坡度，方便把雨水抽到外面去。不过这些水要流到哪里去呢？"

管它呢。莉芙特打量着大水池，水面上真有一座漂亮的桥——这么大的蓄水池，是得造桥——站在桥上的人都是用绳子把水桶放下去取水的。

黑煞没有过桥，显然想要走不太挤的路线。水池外围正好有一圈步道，上面人要少一点。

莉芙特在蓄水池的入口处徘徊，奋力压下挫败感和无力感。由于她不小心挡了道，还被人骂了几句。

她叫缇卡，莉芙特心想，*我会记得你，缇卡，因为很少有人会记得你。*

人们不停取水，桥下的大水池泛起涟漪。假如跟着黑煞走上外围的步道，就没人挡着了，那样莉芙特就会暴露。

不过黑煞不太爱回头看，不妨冒个险。莉芙特往步道上迈了一步。

"别！"温达说，"主人，不要送上门。小心他暗中有眼线。"

莉芙特只好混入如潮的行人，走上阶梯。过桥是捷径，但桥上人也很多。在熙熙攘攘的人群中，她这个小个子很快便跟丢了黑煞。

她的脖子后面渗出冷汗。要是她看不见黑煞，她就荒唐地觉得黑煞一定在看她。她反复回忆着那人在市场现身捉贼的始末，和他轻灵不凡的动作。他了解莉芙特这类人，也熟悉她的力量。

莉芙特使出神功，只是这次没有发动溜滑术，而是让光芒充盈在体内，给自己提神。这种力量有时感觉是活的。它源于灵体，是渴望的精髓，在她东躲西闪，努力挤过桥上的人潮时驱使她前进。

她来到桥的另一端，却没有在步道上发现黑煞。风操的。她穿过另一边的拱门，悄悄回到城里，走上宽阔的十字路口。

裹着席褂的塔石科人在她眼前经过，有时还会见到穿着花衣裳的亚泽尔人。这里准保是城里条件比较好的地方。旭日光芒熠熠，照亮了街上的壁画，画中描绘了塔氏神带领九位使者维系世界的功绩。她路过一些带着仆族奴隶的行人，那些仆族的皮肤上都长着黑红相间的纹理。仆族奴隶在塔石科并不常见，不及亚泽尔。也许她只是还没去过城里的富人区。

这边不少屋子都在门前种着小树或观赏花木，都是反应迟钝的品种，免得它们在人群靠近时收起枝叶。

莉芙特心想：仔细观察人群，看看哪里有行踪诡异的人。

她匆匆穿过十字路口，凭直觉认路。她注意到行人的站姿和眼神，发现了一丝波澜，宛如游鱼掀起的波流，无声地涌动着。

她转了一个弯儿，瞥见黑煞走上挨着一排小树的阶梯，进到一幢楼房里，顺手关上了门。

莉芙特蹑手蹑脚地来到黑煞刚进去的楼房旁，脸蛋擦到了小树的树叶，树叶纷纷收回。它们反应是很慢，但还没笨到被碰了还不动的程度。

"你前面说什么'暗中有眼线'？"她问起在一旁缠成一团的温达，"我反正看不见。"

"应该有我这样的灵体跟着他。"温达应声，"那只灵体很可能只有他自己看得见，你和别人都看不见。"

"你有时候好笨，虚渡。"

温达叹了口气。

"别担心，我大部分时候也好笨。"莉芙特安慰道，挠挠脑袋。走完楼梯就是房子的门口了，她敢推门溜进去吗？要想弄明白黑煞的底细和他在城里的行动，光找到他的住处是不够的。

温达发话了："主人，我可能是笨，但我可以很肯定地告诉你，你不是那家伙的对手。你还有好几句真言没念。"

"我当然没念过真言。你从来都不听我的话吗？我是个天真可爱的小姑娘，决不会瞎胡扯。我才没那么笨。"

温达叹道："真言不是胡扯，主人。我——"

"你给我闭嘴。"莉芙特在楼房门前的那排小树旁蹲下，"我们得进去，看他有什么企图。"

"主人，拜托别去送死，否则我会伤心的，得过几个月才能放下！"

"就几个月，比我快多了。"莉芙特抓抓脑袋。这一趟，她不能像对待守备司令那样挂在建筑外墙上偷听黑煞讲话。这里可是个高档的地方，现有又是大中午的。

再说，她的目标比单纯偷听更高级，必须闯进屋里才行。可怎么进去？屋子都是直接在石头里开凿的，似乎没有后门，说不定可以钻过门脸上的窗子,但这样也太可疑了。

她望了望路过的人群。顽童从窗户闯入民宅,似乎是个麻烦,城里人不会放过,但别的时候,他们总会忽略最显而易见的事。

她之前吃了水果,神功也许还有剩的。她看着一扇距离地面五六尺的百叶窗,它造在楼房的第一层,但造得有点高,因为城里所有建筑都是这样。

莉芙特蹲下来,呼出一部分神功。旁边的小树朝天抽枝发芽,发出轻轻的"噗"声,树叶舒展开来,像是在打早起的哈欠。莉芙特不慌不忙地让树冠变大,直到遮住窗户。她脚边满是被风吹来的石壳木,它们像发起来的热馒头那样逐渐胀大。藤条缠住了她的脚踝。

没有路人发现。小孩乱挠屁股会被人打,但没人相信他们会创造奇迹。莉芙特苦笑着叹了口气。总之,钻窗子时只要动作审慎,那棵树便能挡住她。她继续发动神功安抚树木,让它的反应更为迟缓。形如绿色光点的生灵冒了出来,绕着她上下翻飞。

她在过路的人群中等了一会儿,然后飞身抓住一根树枝,爬到树上。这棵树吸收了神功,没有收回叶片。树上气味馥郁,仿佛放了高汤的调料,一根根藤蔓像温达那样缠住树枝,抽出新叶。被层层叠叠的枝杈包围,感觉很安全。

可惜她的神功快用完了。几片水果提供不了多少营养。她把耳朵凑到厚厚的防风窗板上,却听不到楼房里的动静。她用手掌轻轻摇了摇窗板,听声音辨别插销的位置。

瞧,我会听的。

当然,这还不算正宗的"听"。

这扇窗被闩住了,另一头有一根长棍,可能插在板条后面。还好这里的窗板不像别的城镇里那么紧,由于地沟里没有风雨之扰,也许没有这个必要。她让吸收了飓光的藤条缠绕在树枝上,再扭动手臂,伸进板条间的缝隙。藤条把板条撑大,挤压着窗闩。

她把最后一点神功覆在窗板的铰链上，让它们悄无声息地滑开。她就这么进了一个密闭的石头房间，生灵在她身后涌现，如发光的絮磨籽那般在空中舞动。

"主人！"温达生长到墙上，"主人啊，太棒了！为什么不忘掉破天骑士团的破事，开开心心地办个农场？农场多好呀，天天都能修剪植物，吃到肚子胀！主人？"

莉芙特悄悄走在房间里，发现墙上挂着一架子没有出鞘的寒剑，对练时穿的皮衣摆在屋角的地上。空气中弥漫着油味和汗味，该是门口的地方却没有门。她探头看着一条黑乎乎的走廊，竖起耳朵。

前面有个三岔口，左右两边是辟了成排房间的走廊，中间是一条更长的走廊，里面越来越暗，传来阵阵声响。

她面前的走廊深深打入岩石，远离窗户和出口。她往右看，望着建筑的入口。有个老头坐在门边的椅子上，穿着黑白相间的制服——这衣服她只见过黑煞和他手下穿过。老头几乎全秃，只留着几缕头发，眼睛雪亮，面庞清瘦，就像一个想要冒充人类的干瘪水果。

老头站起来，透过门上的小窗，疑神疑鬼地看着外面的人群。莉芙特趁机冲进左边的走廊，躲进隔壁房间。

形势更加有利了。虽然房间里没开窗，光线很暗，但这里好像是个作坊或书房。莉芙特把窗板微微拉开，让亮光透进来一点，随后迅速扫了一眼。架子上摆满了地图，没什么好看的，写字台上也只有几本书和一架子对芦。有只箱子靠墙放着，但锁住了。她闻到了某种味道，突然萌生出绝望。

她瞟了门口一眼，发现门卫老头已经走开了。她听到那人在别的地方吹口哨的声音，还听到了他往夜壶里撒尿的声音。

莉芙特潜入左边走廊的深处，远离门卫老头。下一个房间是一间卧室，门开了一条缝。她溜进去，发现有件挺括的外套挂在钩子上。外套肯定是黑煞的，胸前有一块圆形的果汁渍。

衣服下面,有一个带金属盖子的托盘摆在地上。有钱人都爱这么做,这样菜凉了就不用看着它们了。莉芙特在盖子下面找到了三盘煎饼,仿佛那是宁静园的绿宝石。

黑煞的早点到手了,任务完成。

她开始大吃特吃,一阵报复的快感袭上心头。

一旁的温达显出一张藤蔓脸。"主人?你……你费了这么多周折,只是为了偷他的吃的?"

"是啊。"莉芙特咽下食物,"这还用说。"她又咬了一口给温达看。

"哦,当然了,"温达重重地叹了口气,"倒也是好事。没有举着无辜的灵体乱挥,也没有拿它捅人,只是去偷了点吃的。"

"这可是给黑煞吃的。"莉芙特去宫殿偷过东西,还在亚泽尔的倒霉帝王身上顺了一笔,下一手自然不能无趣。

填饱肚子的感觉还真好。有一只煎饼是咸的,放了剁碎的菜叶,另一只是甜的,第三只口感更软,几乎没什么馅儿,但可以蘸酱吃。她啧啧有声地把第三只煎饼吞了下去——谁还有空蘸酱?

她吃得干干净净,连渣都不剩,接着靠在墙上,绽出笑意。

"所以,我们大老远赶过来,"温达说,"跟踪那个头号危险分子,就是为了让你偷他的早点?真没有别的目的吗?"

"你有吗?"

"风杀的,我才没有!"温达扭过藤蔓脸望着走廊,"我是说,我们在这儿度过的每一刻都很危险。"

"那是。"

"我们应该逃走,照我说的去开农场,别管那家伙了。但他真有可能在城里追杀别人。他的目标都是我们这样的,没人打得过他。他会在他们开始掌握力量之前就把他们干掉……"

他们坐在房间里,身边放着空空的托盘。莉芙特感到体内又涌起了神功。

"我们要不去监视他们吧?"她问。

温达低声抱怨了几句,居然点了点"头"。

九

莉芙特悄悄靠近传来讲话声的地方。温达说:"尽量别死得太惨,主人。千万不要开膛破肚,轻轻拍一下脑袋就好。"

那绝对是黑煞的声音,她一听就浑身发冷。那人在亚泽尔的宝殿里和她对峙时,表现得就非常冷静。哪怕不得已要为自己的行动道歉,他也不动一丝感情。

"听说闷死不错,"温达说,"但你临死的时候可不要看着我,我不知道我能不能承受住。"

别忘了在市场上的那个女孩。淡定点。

风操的,她的手还是颤抖不止。

"摔死就难说了,"温达补充道,"好像很麻烦,但至少不用动刀。"

走廊的尽头是一个大房间,被平稳柔和的钻石光芒照亮。这些钻石不是齐普,甚至连球币都不是,它们要大多了,而且是原石。莉芙特在虚掩的门边蹲下,躲在暗处。

黑煞穿着一身挺括的白衬衫,在两个穿着黑白两色制服、腰间佩剑的下属面前踱步。其中一个人是马卡巴克族,长着憨憨的圆脸;另一个人是女的,肤色比较浅,像是雷希人,尤其是那一头紧紧扎成发辫的黑色长发。她长着一张方脸,肩膀很结实,但鼻子也太小了,仿佛原来的鼻子已经拿去换新鞋了,然后又从垃圾堆里挖了一个接到脸上。

"只用这种借口是没有资格加入破天骑士团的。"黑煞继续说,"如果你们想赢得灵体的信任,从新手进阶为碎瑛武士,你们就必须全情投入,证明自身的价值。今天早上,我跟随你们俩遗漏的线索,在城里发现了另一名罪犯。"

"长官!"雷希女人说,"我在巷子里制止了一起袭击!有人碰上了流氓!"

黑煞仍在不紧不慢地来回踱步。他回应道:"无妨。只是要多加注意,不要费神去办琐碎的案子。我也明白,一旦维系社会的法则产生缺口,想要保持专注就难了。切记以大局为重、以大案要案为重。"

"查办飓能者。"女人脱口而出。

飓能者是莉芙特的同类,他们会用神功完成不可能完成的任务。莉芙特不怕溜进宫殿,但她缩在门边,看着那个被她叫作"黑煞"的家伙,发现自己吓坏了。

"只是……"男见习骑士说,"真的要……我是说,我们不该盼着别的骑士团回归吗?这样我们就不是硕果仅存的骑士团了。"

"可惜不是。"黑煞说,"我也这么想过,但艾沙让我看清了事实。与灵体重新建立纽带后,人类自然会发现誓言的巨大威力。如果没有荣誉来调节这一切,那么接下来发生的事就有可能让虚渡再次跃界,导致灭世重现。即使世界毁灭的可能性很小,这种风险也不是我们能承担的。我们必须绝对忠于艾沙赋予我们的使命,依法保卫柔刹。"

"你弄错了。"黑暗中幽幽地传来一个声音,"你也许是神……但你还是弄错了。"

莉芙特生生地吓了一大跳。恶风啊!居然有人坐在门口,刚好挨着她的藏身之处。先前她一心看着黑煞,都没瞧见他。

那人坐在地上,穿着破破烂烂的白色衣服。他长着惨白的皮肤,留着寸短的棕发,仿佛最近忘了剃光。他拿着一把插在银鞘里的长剑,剑柄抵在肩头,剑身贴着身体和腿。他把手臂搭在剑鞘上,仿佛抱着小孩的玩具。

他在原地动了动,然后……风操的,他背后留下了一道缥缈的白色残影,像是人眼盯着发亮的宝石所产生的余像。残影转眼即逝。

"它们已经回归了。"他带着圆润飘逸的深族口音低声说,"虚渡已经重返人间。"

"弄错的人是你。"黑煞说,"虚渡并没有回归。你在破碎平原上看到的景象只是几千年前的遗存,它们一直藏匿在我们之间。"

白衣人突然抬起头,莉芙特赶紧闪开。那人又留下一道残影,只亮了片刻就化为乌有。风打雷劈的,他不光穿着白衣,还会奇能异术,又是秃顶的深族人,怀里有把碎瑛刃。

这不就是白衣刺客吗!真是饿死人!

"我亲眼见到它们回来了。"刺客喃喃道,"它们长着红眼,随之而来的是新的风暴。神之子宁,弄错的人终究是你。"

"这纯属意外。"黑煞斩钉截铁地说,"我联系过艾沙了,他叫我放心。你目睹的不过是某些听者,它们来自过去,可以随意变成旧的形态。那些听者召来了一群虚灵,我们以前也在柔刹发现过它们的残余。它们都好好地躲着。"

"那场风暴又怎么说?那场带着红色闪电的新风暴?"

"没什么大不了的。"黑煞似乎不介意被人质问,似乎没什么事是他关心的。他波澜不惊地说:"肯定是反常情况。"

"你弄错了,而且大错特错……"

"虚渡并没有回归。"黑煞的语调坚定不移,"艾沙拿得准,他绝不会说谎。我们要尽到责任。内荼罗之子泽斯,你倒是起疑心了,这是懦夫的表现,不是什么好事。起疑心的人不会拿出实际行动。只有选择一种准则并遵循它,才能保持理智和积极性,所以我当初才来找你。"

黑煞转身从同伴身边走过。"人的思想是脆弱的,人的情绪则是多变的,而且往往不可预测。通往荣誉的唯一途径就是坚守你选择的准则。这是光辉骑士之道,也是破天骑士之道。"

站在附近的男人和女人双双向黑煞行礼。白衣刺客只是再次低下头,眼睛一闭,两手握紧那把古怪的银鞘碎瑛刃。

"您说城里还有一名飔能者,"女下属说,"我们可以去找——"

"她的事归我管。"黑煞沉静地说,"你们要继续执行任务,找到那个自从我们来到这里,就一直躲着的人。"他眯起眼睛,"如果我们不去阻止一个人,其他人就会抱成一团。这五年来,我常常发现,如果我放过他们,他们就会互相联络。他们一定是被彼此吸引的。"

他转身面对两名新手,仿佛没注意到刺客似的,除非刺客跟他说话。"你们的猎物会犯错,也会违法。其他骑士团总是认为自己不受法律的约束,只有破天骑士团才懂得界限的重要性,以及选择外物指导自己的重要性。你们的头脑并不可靠,就连我的头脑——尤其是我的头脑——也不可靠。

"我已经给了你们足够的帮助。你们拥有我们的授权,获准在城里采取行动,还希望一切顺利。找出那个飔能者,揭露他的罪恶,并以全柔刹的名义将他绳之以法。"

两名见习骑士又行了个礼,房间里却突然变暗了。女人身上散发出幽光,她满面通红,怯生生地看着黑煞。"保证把人找到,长官!正在调查中。"

"我手头上也有线索。"男人说,"今晚一定拿到情报。"

"跟我一起行动。"黑煞说,"这不是比赛,只是能力的检测。我给你们的期限是日落之前,再往后我就不等了。别人已经陆续到位,风险太大。天黑后我会自行解决。"

"扯淡。"莉芙特低声斥道。她摇了摇头,赶紧沿着走廊退回去,远离那群人。

"慢着。"温达跟了上来,"'扯淡'?我记得你说过,你不会讲这种话——"

"他们都在扯淡,"莉芙特说,"除了那姑娘,但光看脸很难说。反正我没讲脏话,因为这只是我的观察。"她来到走廊的岔口,往左一瞧。看门的老头在打瞌睡,莉芙特趁机溜进了她最先进入的房间,爬到树上,再关上窗。

没一会儿她就快步拐进一条巷子,身子一瘫,背靠着岩壁坐倒,心脏怦怦直跳。再往前一点,有一家子正在棚屋里吃煎饼。那屋子有两堵完好的墙,还不错。

"主人?"温达问。

"我饿了。"莉芙特抱怨道。

"你不是刚吃过吗!"

"我可是花了大力气才进了那间饿死人的楼房。"莉芙特闭上眼睛,压下忧虑。

黑煞的口气也太冰冷无情了。

他们和我一样会发光、会……神功?该下诅咒之地的,这到底是怎么回事?

还有白衣刺客。他要去杀高克斯吗?

"主人?"温达绕在莉芙特腿上,"噢,主人,你听到他们怎么称呼他了吗?他叫宁,这是令使纳兰的一个名字!不可能啊,他们都离开了,不是吗?我们甚至都有相关的传说。万一那人真的是令使……

莉芙特,怎么办?"

"不晓得,"她嘟囔道,"我哪儿知道。风操的……我干吗要来啊?"

"我想我一直在问这个问题,自从——"

"闭嘴,虚渡。"她硬是翻身跪起来。在狭窄的小巷深处,刚才那家人的父亲伸手去拿棍子,他妻子则拉上了门帘。

莉芙特叹了口气,只好走回移民区。

十

来到孤儿院外面,莉芙特才明白它挨着巷口空地的原因。那个叫树墩婆婆的院长已经打开大门,放孩子们出来了。他们在史上最无聊的操场上玩耍,那里有阶梯座位,还有空地。

他们似乎很开心。有人笑嘻嘻地在台阶上跑上跑下,还有人在地上围坐成一圈,用涂成彩色的石子玩游戏。他们引来了好大一群笑灵,那些笑灵就像窜来窜去的银色小鱼,在十尺高的空中飞舞。

这么多小孩,平均下来的年龄都比莉芙特想象的要小。据她所知,他们大多脑回路和一般人不一样,要么就是缺胳膊少腿的。

莉芙特晃到宽敞的巷口附近,一旁有两个盲女孩在玩游戏:一个人把形状大小各异的石子扔到地上,让另一人根据石子落地时的声音来猜。前一天那群穿着席褂的老头老太又聚集在半月形的阶梯座位后面,边聊天边看孩子们玩耍。

"我记得你说过,孤儿院就是个糟心的地方。"温达攀缘在一边的墙上。

"能出来放风，谁都会高兴一会儿。"莉芙特看着树墩婆婆。那个干瘦的老太蹙着眉头，把一辆车推出门，朝露天剧场走去。好极了，又是稞莱麦做的面包卷。这玩意只比稀粥好一点点，而稀粥也只比冰袜子好一点点。

尽管这么想，莉芙特还是排进了领取面包卷的队伍。轮到她时，树墩婆婆指了指车子边上，一句话也没说。莉芙特站到一边，没力气和她争。

树墩婆婆给每个孩子都发了面包卷，最后只剩两个了，她打量着莉芙特，随后递出一个。"只有三顿，这是第二顿了。"

"第二顿！"莉芙特没好气地说，"还没有——"

"昨晚的算一顿。"

"我又没问你讨！"

"可你吃了。"树墩婆婆吞下最后一只面包卷，把车推走了。

"臭老巫婆。"莉芙特小声嘀咕，在石凳上找到了一个空位。她从不和普通的孤儿坐在一起，她可不想被人说长道短。

"主人，"温达爬上阶梯，来到她身边，"你说你离开亚泽尔，是因为他们想替你穿漂亮衣服、教你识字，我一开始还不相信。"

"是吗？"她边说边嚼面包卷。

"你明明喜欢那些衣服。要上课时，你似乎也很喜欢玩捉迷藏的游戏。他们没逼你干什么事，只是给了你机会。宝殿里的生活没你说的那么闷。"

"可能就是不适合我吧。"她坦言。

倒是很适合高克斯。廷臣对新任帝王抱有各种期望，比如学识和君威。人们来看他吃饭，甚至可以看他睡觉。在亚泽尔，帝王为全民所有，就像一只流浪的斧狐犬，爱亲近人，被七家人喂养，每一家都认它。

"我没准就是不想让别人对我有太高的期待。"莉芙特说，"日子长了,认识的人就会开始依赖你。"

"那就不能承担起责任吗?"

"当然不能,我只是个饿死鬼一样的街头流浪儿。"

"说是流浪儿,却还来这儿追踪一个像是令使的人,那家伙不光发了疯,身边还带着一个已经干掉了好几个君主的刺客?好吧,我想你肯定是在逃避责任。"

"臭虚渡,你还敢顶嘴了?"

"大概吧?说实在的,我没听懂你的话,但听你的口气,我得说我可能顶嘴了,而且你可能活该被我顶嘴。"

莉芙特哼唧着作为回应,嘴里嚼着面包卷。难吃死了,像是隔夜的。

"妈妈总是叫我去旅行,"她说,"去许多地方,趁我还小。"

"所以你才从宝殿里出走?"

"不知道,也许吧。"

"净胡说。主人,到底是什么原因啊?莉芙特,你究竟有什么目的?"

她低头看了看手里吃了一半的面包卷。

"一切都在变。"她小声说,"这我无所谓,世界不会一成不变。只是,不该变的人是我啊。我专门去求过,她应该要满足我的要求。"

"是说夜妖?"温达问。

莉芙特点点头,浑身发冷,倍感渺小。孩子们在周围嬉戏、欢笑,但不知怎么的,她的心情只是越来越差。三年前,她头一次去寻找古魔法,可不管她这几年来怎么视若无睹,现在的她明显已经比那时候高了。

她的视线越过孩子们,投向朝外的街道,只见一群妇女抱着纱线篮子匆匆走过;一个一本正经的阿勒斯卡男人正往另一个方向赶,他留着笔直的黑发,盛气凌人,至少比街上的行人高一尺;清洁工则在扫大街、捡垃圾。

树墩婆婆把车停在巷口，去管教一个动手打架的小孩。阶梯座位的后面，老头老太笑成一团，还有人倒茶递给别人。

他们似乎都很有自觉。飓虫会逃窜、植物会生长，一切都各得其所。

"我只会找东西吃。"莉芙特低声说。

"你说什么，主人？"

一开始，要吃饱是很难的，过了一阵子她才找到窍门，然后就上手了。

只是不会一直饿肚子了，那还要怎么办？大家怎么就知道？

有人戳了戳她的胳膊，她转过头，发现有个小孩凑了过来。那小子精瘦精瘦的，头发都剃光了。他指了指莉芙特吃了一半的面包卷，嘟囔了几句。

莉芙特叹口气，把吃的给他。他等不及了，大吃起来。

"我认得你。"莉芙特歪过头说，"昨晚你妈妈不要你了。"

"妈妈。"他望过来，"我妈妈……啥时候回来？"

"呃，原来你会讲话啊。"莉芙特说，"昨晚你一直傻瞪着眼，我还以为你是哑巴。"

"我……"男孩眨眨眼，瞅着莉芙特。今天他没流口水，肯定过得不错，真是伟大的成就。"我妈妈……会回来吗？"

"可能不会。"莉芙特说，"对不起，小哥。你爸妈不会回来了。你叫什么？"

"我叫米克。"男孩答道，不解地看着莉芙特，仿佛在认她，但怎么都认不出，"我们……是朋友吗？"

"不是。"莉芙特说，"你做不成我的朋友。我的朋友都是要当皇帝的。"她抖了几抖，凑近说，"连鼻子都有人替他抠。"

米克茫然地望着她。

"我没瞎说,是有人替他抠鼻子。一个女的帮他梳头,我偷看到她把什么东西伸进他的鼻子,好像在用小镊子挖鼻屎。"莉芙特晃了晃身子,"当皇帝太诡异了。"

树墩婆婆拖走一个打架的小孩,让他坐到石头上。奇怪的是,她给了那小孩一副像是用来御寒的耳罩。男孩戴上以后就闭上了眼睛。

树墩婆婆一愣,望着莉芙特和米克。"又打算偷我东西了?"

"啥?"莉芙特说,"才没有!"

"只有最后一顿了。"老太竖起一根手指,随后指向米克,"走的时候别忘了带上他。我知道他是装的。"

"装的?"莉芙特扭头看着米克,米克不知所措地眨眨眼,像是在努力跟上话头,"别开玩笑。"

"流浪儿为了讨吃的才装病,我一眼就能看破。"树墩婆婆恶声恶气地说,"那孩子一点都不傻,全是装的。"说完,她气冲冲地走开了。

米克消沉下来,低头看地。"我想妈妈。"

"这不是很好吗?"莉芙特说。

米克蹙着眉望过来。

"还有妈妈的记忆,"莉芙特起身道,"已经比我们大多数人要好了。"她拍拍米克的肩。

不久后,树墩婆婆宣布不能再玩耍了。她让孩子们回孤儿院小睡,不过不少人已经过了这个年龄了。当米克进去时,她不高兴地看了一眼,但没有赶他走。

莉芙特还坐在石头座位上,使劲去拍爬上旁边台阶的飓虫。这只活该饿死的虫子居然躲开了,几条甲壳腿咔嚓作响,仿佛在嘲笑她。这里的飓虫确实古怪,完全不是她习惯的种类。怪了,在看到飓虫之前,竟然会忘记自己身在他乡。

"主人,决定好接下来怎么办了吗?"温达问。

决定。干吗要她决定？她通常只是行动：接受层出不穷的考验，漫无目的地四处跑，去没见过的地方。

一直在看小孩玩闹的老头老太慢慢站了起来，就像一棵棵遭飓风之后舒展枝条的古树。他们陆续离开了，只剩下一个人。那人一身黑席褂，只把头上的缠布拉下来，露出一张留着两撇灰胡子的脸。

"喂，大爷，"莉芙特冲他嚷道，"你怎么还那么吓人呀？"

"我天生就是这样的。"老头说。

莉芙特模棱两可地"嗯"了一声，从座位上爬下来，溜达到老头身边。先前在这里玩的小孩没带走石子，涂在上面的颜色都磨掉了。那是穷孩子做的假玻璃弹珠，莉芙特一脚踹上去。

她把双手插进口袋，问老头："你心里怎么就有底呢？"

"对什么有底，小姑娘？"

"不管是什么。"莉芙特答道，"谁告诉你要怎么打发时间的？是你爸妈吗？到底有什么秘诀？"

"关于什么的秘诀？"

"做人的秘诀。"莉芙特轻声说。

老头呵呵直笑："这我可未必知道，至少不比你懂。"

莉芙特抬头望着天空。窄墙上的植物都被刮干净了，但墙面又漆成了墨绿色，像是要仿造那种效果。

"怪事，"老头说，"人们总是嫌时间少。好多我认识的人都说，还没来得及把事情搞定，一天就结束了，到了晚上，又没有照明。"

莉芙特看了他一眼，没错，还是好吓人。"估计是你年纪大了，想到自己会死。就像谁要撒尿，就会就近找个巷子解决。"

老头咯咯笑道："小鼻子，人生是会过去的，但城市的有机组成部分仍然存在。"

"我才不是鼻子，"莉芙特说，"只是脸皮有点厚。"

"鼻子、脸皮，都在脸上呀。"

莉芙特翻了个白眼。"我可没说这个。"

"那你是什么？耳朵吗？"

"不晓得，大概吧。"

"这还不够，但接近了。"

"好吧，那你是什么？"莉芙特问。

"我每时每刻都在变。一会儿我是观察市井百态的眼睛，又一会儿我是讲述哲理的嘴巴。它们如病害般传播蔓延，有时我就成了病害。多数病害都是活的，你知道吗？"

"你……不是认真的吧？"莉芙特问。

"我是认真的。"

"好吧。"莉芙特本想询问要怎么成为一个负责任的大人，却偏偏挑了个脑子里进了菜汤的家伙。她转身就走。

"孩子，你能为城里做点什么？"老头问，"这是我要问的一个问题。你会自由选择，还是只顾大局？如果你是城市，你会做雄伟的宫殿，还是贫民窟？"

莉芙特扭头往回走，直面坐在台阶上的老爷子："看透我的人才不会这么说。"

"为什么？"

"因为最起码贫民窟心里清楚自己是干什么用的。"说完，她转身走进街上的人流。

十一

"我想你不懂这里面的规矩。"温达盘绕在一旁的石壁上,"主人,你……好像没兴趣发展我们的关系。"

莉芙特耸耸肩。

"真言这东西——至少我们是这么称呼的——更像是一套鲜活有力的理念,必须让它渗入灵魂。你就得这么对待我。那些见习破天骑士不都说了要更进一步吗?到时候……嗯……他们就能得到碎瑛刃了……"

温达冲莉芙特一笑,蔓生的藤条沿着墙壁追赶,接连现出千变万化的表情,就如上百幅画像,每张脸都略微不同,似笑非笑,结合起来才算是笑了。要么这份笑意只存在于藤条脸变幻的间隙中。

"我只会做一件事,那就是偷黑煞的午饭。我一开始图的不就是这个嘛。"莉芙特说。

"咦,我们不是偷到了吗?"

"我们要偷的是午饭,不是吃的东西。"她眯起眼睛。

"啊……"温达说,"可是我们得劫走他打算处决的人。"

莉芙特在一条小路上游荡,最后进了一座花园。那是一个碗装的石头坑,有四个通往不同道路的出口。崖壁的背风面长满了藤蔓,到了另一面则渐渐让位给盾木,这种植物形如扁平的碟子,能起到防护作用,植物的茎从侧面朝着阳光向上伸展。

温达哼了一声,来到旁边的地上。"都没怎么修剪,这算哪门子的花园。园丁就该挨骂。"

"我喜欢。"莉芙特朝一些生灵扬起手,它们在她的指尖上跃动。花园里熙熙攘攘,有人来来去去,有人四处乱转,还有人在讨钱。她在城里没见过多少乞丐,大概有五花八门的规章限制乞讨的时间和做法吧。

她停在原地,两手叉腰。"亚泽尔和塔石科的人都太喜欢写东西了。"

"那还用说。"温达缠绕在几根藤蔓上,"嗯,没错,主人,这些至少是水果藤,看着还好点,不是那么乱七八糟的。"

"他们也喜欢情报,爱和别人交易。这话没错吧?"莉芙特问。

"那还用说。这是他们文化认同中的一大要素。宝殿里的先生是这么教的,当时你没去,是我代你听的。"

"至少他们很看重文字。"莉芙特说,"但用完了怎么办?扔掉?还是烧掉?"

"扔掉?母神的圣藤啊!千万别扔,怎么能随随便便就扔东西呢!以后说不定还有用。我就会找地方好好藏起来,保养得干干净净的,以备不时之需!"

莉芙特点点头,抄起手。城里人正是这个态度。人人都在记笔记、制定规章,每时每刻都在推销点子……唉,从某个角度看,这地方简直满是温达那样的人。

黑煞已经命令手下搜捕那个身怀异能的人。城里的小孩早饭吃什么都有记录,要是有谁发现了怪事,肯定会记下来的。

莉芙特在花园里奔跑,脚趾擦过藤蔓,藤蔓便一扭一扭地收了回去。她蹦到一条长凳上,旁边是潜在的交易对象:一个身穿褐色席褂的年长女人。那人拉动头上的缠布,露出一张中年妇女的脸,化过妆,做过的头发隐约可见。

女人一见莉芙特就皱起鼻子,这也太不公平了。莉芙特大概一周前还在亚泽尔洗过澡,肥皂什么的全用上了。

"走开。"女人冲她摆摆手,"我没钱给你,别过来。"

"我又不讨钱。"莉芙特说,"我只想和你做情报交易。"

"我什么也不要。"

"我可以什么也不给你。"莉芙特安下心,"这我可擅长了。只要我走开,我就什么也给不了你。你只需要回答我一个问题。"

莉芙特蹲在长凳上一动不动,之后挠了挠屁股。那女人生气了,像是要走人。莉芙特立马凑上去。

"你违反了乞讨规定。"女人没好气地说。

"乞讨?我在做交易啊。"

"服了你了。你想知道什么?"

莉芙特答道:"城里有没有一个地方,是用来保存所有文字的?"

女人皱皱眉,抬手指向一条径直通往远处的街道,城中心有一座浑圆的楼堡拔地而起,凌驾于沟堑之上,大得足以俯瞰周围的一切。

"你在说大宣府?"女人问。

莉芙特眨眨眼,匪夷所思地斜过头。

女人趁机逃开了。

"那地方一直都在吗?"莉芙特问。

"嗯,是的。"温达说,"当然在。"

"真的?"莉芙特挠挠头,"原来如此。"

十二

温达在巷子的一侧迂回穿行，莉芙特不顾别人的眼光，攀着藤条翻上崖顶，来到一片田地。农民在那儿望着天空，抱怨着。季节都乱套了。这段时间本该经常下雨，不是种庄稼的好时机，因为雨水会冲走粉碎的种子。

可是已经好几天没下雨了。没有飓风，就没有降水。莉芙特路过一些农民，他们播下的种子会长成小谷荚，最后谷荚会长成巨石的大小，再绽出满满的谷子。用手或任由飓风将谷子捣碎，便能得到新的种子粉。莉芙特总是不明白，她吃完饭后胃里怎么不长谷荚，而且也没有人直接回答过她。

百思不解的农民把席褂拉到腰间，着手干活。莉芙特在路过时谛听着。

往年的这个时节其实不用下地。往石缝里种秋谷肯定是要的，毕竟秋谷田不怕水淹，但是谷瓜、漡娄米和稞莱麦这类利润更高的劳动密集型作物，就没必要种了。

但农民没有罢休。只是万一明天下雨,冲走了所有的劳动成果,该怎么办?要是往后再也不下雨了呢?城里的蓄水池积满了泣雨季的降水,目前还很充裕,但也不是长久之计。农民都在犯愁,只见一滴滴形如紫色胶状体的惧灵正聚集在开垦着田地的石丘边。

生灵则从谷荚里冒出,朝着莉芙特上下飘动,跟在她后面,恍如一缕纷飞发亮的绿色尘埃。前方的大宣府拔地而起,那是一座庞大而浑圆的岩堡,仿佛一个光头的人把脑袋探出了椅背。

城里处处都环绕着这个中心地标,街道蜿蜒通向此地,莉芙特越走越近,发现大宣府周围有一大圈沟壑。这座圆堡没多大看头,但显然不受风雨的侵扰。

温达解释道:"位于中央的大宣府肯定是城里的制高点,往外的话就是下坡,城里人想必是默认了,便把这凸出来的一块地方建成了要塞。"

而这个要塞,居然是放书的。那些人怎么那么奇怪?下方,以塔石科居民为主的汹涌人潮不断进出大宣府,他们脚下宽阔的螺丝形坡道是直通的。

莉芙特坐到悬崖边上,晃荡着双脚。"有点像男人的老二。有人长了这么一把小短剑,别人都觉得惨兮兮的,只好对他说:'喂,我们要照着样子盖一座大雕像,尽管放在身上是小了点,但造出来就会很大!'"

温达连声叹气。

莉芙特辩解道:"我可没有说粗话,那叫诗意。白发老妖曾说,笨蛋不懂艺术,高雅的人才懂艺术,所以在宫殿里挂裸女画,也没什么大不了的。"

"主人,你说的白发老妖,不会是那个故意要被玛拉贝提亚的巨壳生物吃掉的家伙吧?"

"是啊。那人疯疯癫癫的,比得上一箱醉醺醺的水貂。我好想他。"白发老妖在跳进巨壳生物的血盆大口之前,还冲莉芙特使了个眼色,把周围的人吓得不轻。莉芙特总是一厢情愿地以为他并没有被吃掉。

温达把自己盘起来,形成一张脸,上面长着水晶眼睛,嘴巴是细密的藤网。"主人,你有什么打算?"

"打算?"

温达叹道:"我们得进那幢楼。你不会是心血来潮吧?"

"还用说。"

"那我能提提建议吗?"

"只要不去吸别人的灵魂就好,虚渡。"

"我才不是——听好,主人,那幢楼其实是一座档案馆。就我对这个地区的了解,里面的房间肯定堆满了法典、记载和报告,而且数量众多,成千上万都不止。"

"好嘞。"莉芙特把手握成拳头,"这么多记录,肯定会有怪事!"

"那我们怎么去找我们要的具体信息?"

"很简单,去读呗。"

"……去读?"

"没错。我们进去,你读书,然后就能知道怪事的来源,黑煞的午饭也就有着落了。"

"……全读完?"

"是啊。"

"你到底清不清楚那里涵盖的信息量?"温达问,"档案馆里的报告和账目动辄几十万份——我跟你明说吧,几十万比十大,你根本数不过来的。"

"我又不傻。"她不客气地回击,"手指头数完了,还有脚趾头呢。"

"可我还是读不完。我不能为你筛选所有信息,这我办不到,绝对不行。"

莉芙特瞪了温达一眼。"好啊，那我也许能把某个人的灵魂给你吃，要么就选税吏的吧……只不过他们不是人。这样可以吗？或者需要三个这样的灵魂才能组成一个正常人的灵魂？"

"主人！我没在讨价还价！"

"拜托，人人都知道虚渡爱贪小便宜。你非得吃大人物的灵魂吗？没人爱的笨蛋可以吗？"

"我才不吃灵魂呢。"温达吼道，"我不想跟你讨价还价！我说的是实话。我没法看遍档案馆里的材料！你怎么就理解不了——"

"冷静，别朝我乱晃触手。"莉芙特动动脚，用脚跟蹭了蹭石崖，"我都听到了。你那么嚷嚷，我想不听到都难。"

身后的农民问起她是哪家的丫头，为什么不像别的小孩那样给他们送水。莉芙特皱着脸，动起脑筋，嘴里喃喃地说："我等不到晚上再溜进去了。黑煞会抢着要了那个倒霉蛋的命。再说，文官们是靠墨水吃饭的，肯定要忙到夜里。既然他们能编写新法案，规定该用几根手指拿勺子，那干吗还要睡觉呢？

"他们非常内行，还到处卖情报。大臣们总是写信过去问，主要是想了解世界各地的新闻。"莉芙特咧嘴大笑，起身道，"你说得对。我们是得换个法子。"

"没错。"

"我们要放聪明点、狡猾点，要像虚渡那样思考。"

"我不是那个意思——"

"别唧唧歪歪了。"莉芙特说，"我要去偷点上档次的衣服。"

十三

莉芙特可喜欢轻软绵绵的衣服了。亚泽尔人的外套和长袍柔软得就跟丝滑的布丁一样。幸好生活中不全是粗糙的东西,也有软暖的枕头和松软的糕点,自然还少不了甜言蜜语和疼你、爱你的妈妈。

如果有柔软的衣服,世界倒也不会一无是处。莉芙特现在穿的衣服对她来说太大了,但没关系,她就喜欢宽松一点。她缩在长袍里,往椅子上一坐,两手交叉放在腿上,头上戴着帽子。这套行头花色艳丽,肯定很显气派,因为亚泽尔人一谈起花纹就滔滔不绝。

莉芙特面前的女官很胖,需要三件席褂才能裹住身体,不然就只能找给马穿的尺寸了。他们居然给文官吃这么多东西。要这么多能量干吗?笔真的很轻。

女官戴着一副眼镜,没有把脸露出来,哪怕她身在信仰塔氏神的国度。她用笔轻敲桌面,对莉芙特说:"你是从亚泽尔的宝殿来的。"

"对啊,"莉芙特说,"我是大帝的朋友。我本来叫他高克斯,后来他们把他的名字改了。无所谓,叫高克斯是有点傻,大帝总不能犯傻吧。"她歪过头,"不过,要是他开口说话了,那就没办法了。"

温达在一旁的地上唉声叹气。

莉芙特凑近女官:"你知道吗?他们还雇人替他抠鼻子。"

"小姑娘,我觉得你是在浪费我的时间。"

"浪费你的时间?这也太侮辱人了。"莉芙特在座位上坐直,"毕竟你们在这里似乎没什么事可做。"

这倒不假。大宣府里到处都是文官,他们东奔西走,怀揣成堆的纸卷,去往一个个没有窗户的小间。甚至还有灵体在这里徘徊,莉芙特都没见过几次。它们就像空中的细小涟漪,又像落入池塘的雨滴——只是没有雨,也没有池塘。温达管它们叫专灵,因为它们会被专注的人所吸引。

不管怎样,大宣府里存放的文献也太多了,都要仆族运送!外面的走廊上,有个女人抱着一大箱纸卷经过,想必是要搬给亿亿万万的文官中的一个。那些人往往坐在书桌边,四周摆满了闪烁的对芦。根据温达的说法,他们在答复来自世界各地的咨询,传递信息。

和莉芙特一起的女官等级要高一点。莉芙特按照温达的建议,一声不吭地走进了房间。大臣们也爱这么做,只是点头哈腰,什么也不说。她递上卡片,上面写着温达用藤条比画的文字。

前面的人诚惶诚恐地领着莉芙特穿过走廊,进了这个比其他房间都要大的厅堂。即便如此,这里仍然没有窗户,漆成白色的墙上倒是有一块黄褐色的污渍,可以假装是照进来的阳光。

对面的墙上有一个架子,上面摆着一长排对芦,后面挂着几块亚泽尔织锦。在这儿办公的文官是亚泽尔政府的某种联络员。

进屋后,莉芙特实在没法逃避了,只好开口讲话。不就是说服别人嘛。

胖女官问:"这身衣服你是抢来的吗?是谁这么倒霉?"

"说得好像我是直接从别人身上扯下来似的。"莉芙特翻了个白眼,"好啦,快拿一支发光的笔联系亚泽尔的宝殿吧。我的虚渡说,我们得把你们这儿的一堆材料都看一遍。"

女官站起身,莉芙特简直能听到椅子如释重负的慨叹。那人轻慢地冲门口一指,示意莉芙特退下,这时却有一个一身黄席褂,头戴黄棕相间的怪帽子的低阶瘦文官走了进来,冲前者耳语了几句。

胖女官看起来很不高兴。刚进来的女官尴尬地耸耸肩,很快便走了出去。胖女官回看莉芙特:"把你在宝殿里认识的大臣的名字告诉我。"

"嗯,我认识达尔克希,她的鼻子可好玩了,像个龙头;还有大胖爷爷,我念不出他的名字,不然会噎着;要说扁屁股老爹,他不算大臣吧,应该叫'宗卿',反正也是一种官职。啊!别忘了厚嘴唇大姐!她是管事的。其实她嘴唇不厚,但她不喜欢我这么叫她。"

女官盯着莉芙特看了一会儿,转身向门口走去。"在这儿等着。"说完便出了门。

莉芙特弯腰冲地上问道:"我表现得怎么样?"

"烂透了。"温达说。

"是啊,我也发觉了。"

"你要是能听大臣们的话,好好学学谈吐礼仪,就不会这么多事了。"温达说。

"废话。"莉芙特去到门边,隐约听见文官在外面交谈。

"……边关守备队司令在城内下达了搜捕令,描述正吻合……"有人说,"那丫头竟然堂而皇之地过来了!还好司令就在这儿做汇报,我们已经派人去请她了……"

"该下诅咒之地的,他们要来抓我了,虚渡。"莉芙特小声说着,赶紧后退。

"我就不该帮你实现这个荒唐的想法!"

莉芙特来到房间的另一边,架子上的对芦都有标目。她招呼温达:"快来,告诉我要挑哪一支。"

温达沿着墙壁生长,将身上的藤条探进铭牌。"哇,都是很重要的对芦,瞧瞧……那边的第三支,直通宝殿的官署。"

"太好了。"莉芙特拿起温达所说的对芦,爬到桌上。她把笔尖对准写字板,拧了拧笔上的红宝石,立马就收到了回复。宝殿里的文官不常离开对芦,他们宁愿放弃自己的手指。

莉芙特握牢芦笔,抵在纸面上。"呃……"

"唉,看在培养的分上,"温达说,"你压根没用心学吧?"

"嗯。"

"那快说你要传什么信。"

莉芙特一五一十地说了,温达又长出藤条,在桌面上拼写。莉芙特握着笔,一个字母一个字母地把那些破词抄下来,花了很长时间。写东西太可笑了,就不能好好说话吗?干吗要发明这种背地里指使别人的做法?

她写道:我是莉芙特,快去叫厚嘴唇大姐,我惹了祸,就指望她了。要是高克斯没在让人抠鼻子,也把他找来——

门开了,莉芙特呀呀尖叫,转了转红宝石,赶紧爬下桌子。

门外聚集了很多人,有五个文官,那个胖女人也在,还有三个卫兵,其中一个就是守关的女司令。

莉芙特心里一沉:风操的,也太快了吧。

她闪身朝他们冲去。

"留点神!"司令喊道,"她滑头得很!"

莉芙特发动神功,司令察觉不妙,猛地推开文官,冲进房间里动手掩门。莉芙特在人腿的空隙间轻松滑过,却在大门关上的一刹那撞了上去。

司令扑了过来,莉芙特惊声尖叫,不由得为全身覆上神功。对方一把擒住她,她的亚泽尔式广袖外袍顺势滑落,露出她常穿的衬衣,以及搭配裤子的下裳。

她慌忙穿到房间的另一侧，想要沿着墙壁摸爬逃窜，但眼看司令就要临头了。

"主人！"温达大吼，"主人，小心别中招！听到没？别被尖锐的东西刺到！钝头的也不行！"

莉芙特气得叫出了声，这时又有卫兵进来，门很快就关上了，一个卫兵在房间里来回转悠。

莉芙特接连躲闪，又往对芦架子上捶了一拳，几支芦笔应声掉落，文官见状哇哇直叫。

莉芙特夺门而出，却被司令抱住，另一人也压了上来。

莉芙特扭动身子大显神通，挣脱了别人的掌控，只要——

"维系世界的万神之神塔氏在上！"一名文书忽然低叹道，宛如蓝色烟圈的敬灵在她脑畔绽开。

莉芙特挣脱卫兵们的掌控，踏上一人的后背，清清楚楚地看到桌上的对芦在书写。

"总算回复了。"她从卫兵身上跳下，坐到椅子上。

司令在后方站直，嘴里骂骂咧咧的。

胖女官制止道："可以消停了，司令！"然后望了望穿着黄席褂的瘦文官，"再取一支和亚泽尔宝殿配对的对芦。不，取两支来！这事需要确认。"

"确认什么？"瘦文官来到桌边，司令也走过去查看芦笔写下的内容。

看完后，三人缓缓仰起头，瞪大眼睛望向莉芙特。

温达伸长藤条伏在书桌上，读道："马卡巴克大帝阿卡希克斯·雅拿贡一世诏曰：应给予这位名叫莉芙特的姑娘应有的礼遇和尊重，要像服从本王那样服从她。她进城所造成的费用一律计入帝国的国库。以下是该女子的外貌描述和只有她能回答的两个问题，作为验明身份的证据。但请注意,如果她受到任何伤害或怠慢,你们就将品尝到帝国的愤怒。"

"谢啦,高克斯。"说完,莉芙特抬头瞅着官员和卫兵,"那你们就得听我的!"

胖女官问:"那么……你有什么吩咐?"

莉芙特回答:"看情况吧。你们中午饭打算吃什么?"

十四

三小时后,莉芙特坐在胖女官书桌的中央吃着手抓煎饼,头上戴着瘦女官的帽子。

成堆的书籍如盛宴余下的碎蟹壳那般散落一地,一群品级较低的文官正在四处翻找报告。胖女官则站在桌边,向莉芙特朗读高克斯通过对芦传来的最后几句话。她总算把遮脸布拉下来了,原来她长得很漂亮,比莉芙特想象的要年轻多了。

胖女官读道:"莉芙特,眼下人人自危,我也非常不安。西部传来消息,新生的风暴裹挟着红色闪电,已经扫过斯提恩和埃姆,风向还是反的。阿勒斯卡的统帅所言不虚。"

女官抬头看着莉芙特:"他说得没错,尊贵的——"

"快说。"莉芙特敦促。

"——煎饼大人。"

"怎么样?多顺溜的叫法!"

"陛下说得没错,是有一场古怪的新风暴出现了。风特别大,带着红色闪电从西边刮过来,我们从深国和伊里的联络员那里得到了确认。"

"那些怪物呢?"莉芙特问,"在黑的地方,它们的眼睛是红的。"

"一切都乱套了。"名叫吉娜的胖女官说,"我们没有收到明确的答复,但我们看了东海岸发来的报告,对目前的状况略有了解。风暴扫过东海岸,然后刮到了海上。人们大多觉得那是危言耸听,毕竟风雨总会过去。可是,风暴居然绕到了西部……听说亲王大人正要在全国采取紧急措施。"

莉芙特望了望盘绕在旁边桌上的温达,只听他小声说:"虚渡。都是真的。至上的美德啊……灭世又降临了……"

吉娜继续朗读高克斯的传书:"莉芙特,这样下去会遭殃的,逆向的风暴刮过来,谁都来不及做准备。然而,阿勒斯卡人也没强到哪儿去。他们怎么知道那么多?风暴难不成是那个统帅召唤来的?"念完,吉娜放下笺纸。

莉芙特嘴里的煎饼口感绵密,中间捣成糊状的馅非常黏稠,也非常咸,旁边的煎饼则撒着脆籽。它们的味道都不如她几小时前尝过的两种煎饼。

正吃着,她问:"啥时候来啊?"

"你问那场风暴?很难说,但大多数报告都表示它的风速比普通的飓风要慢,再过三四个小时就会抵达亚泽尔和塔石科。"

"把下面的话传给高克斯。"莉芙特边吃煎饼边说,"这儿有好吃的,有好多种煎饼,其中一种还夹了糖心馅。"

女官愣住了。

莉芙特说:"快写啊,不然我还要让你用傻乎乎的名字来称呼我。"

吉娜叹了口气,但照办了。

芦笔写下了高克斯的下一句话,女官读道:"莉芙特,这时候就别扯吃的了。"这时，肯定有十五六个大臣和宗卿围着高克斯指导他的措辞，等他同意了再落笔。

"我就要扯。"莉芙特答，"别忘了，风暴也许就快来了，但人们还是得吃东西。就算明天是世界末日，到了后天，人们也还是会问早饭吃什么。这是你的职责。"

"那还管不管更大的事了？"高克斯回复，"阿勒斯卡人提醒我们要提防仆族，鉴于时间紧迫，我只能尽力而为，可所谓的虚渡呢？"

莉芙特望了望满堂的文官，说："我在查呢。"随后站起，趁着吉娜作记录的当口，用身上花哨的袍子擦了擦手，"你们这些聪明人有什么发现吗？"

文官们抬头看着她，其中一人说："少主，我们压根不知道要查什么。"

"查怪事！"

"哪种'怪事'？"发问的是一个穿着黄衣的男官，他骨瘦如柴，谢顶的头上没戴帽子，显得傻乎乎的，"城里天天都有怪事，你想打听什么？号称养出了双头猪的家伙？还是见证了杰泽尔在墙上的青苔里显灵的兄弟？还是预感姐妹要败落，最后坏事成真的女人？"

"这算什么，只能算一般。"莉芙特说。

"那什么才叫不一般？"男官恼火地问。

莉芙特身上发出亮光。她召唤着神功，神功从皮下逸散而出，让她活像一颗润石。

一旁没吃过的煎饼上的脆籽抽丝发芽，长出相互缠绕的藤条，并吐出叶片。

"就像这样。"莉芙特往一旁瞥了一眼。这下可好，煎饼毁了。

文官们叹为观止，莉芙特大声拍手，叫他们回去工作。温达叹了口气，想必在考虑什么事。三个小时过去了，还是没什么实质性进展。温达说得对，塔石科人就爱动笔，凡事都会记下，这才是问题所在。

"陛下还有消息要告诉你。"吉娜说,"嗯,尊贵的煎饼大……风杀的,太蠢了。"

莉芙特嘿嘿直笑,瞄了一眼笺纸。上面的字运笔雅致,挥洒自如,可能出自厚嘴唇大姐之手。

吉娜读道:"莉芙特,你还回来吗?我们想你了。"

莉芙特问:"厚嘴唇大姐也想我吗?"

"嗯,诺乌拉大臣也想你。莉芙特,别再流落街头了,青铜宝殿就是你的家。"

"如果我回去,我要怎么过日子?"

高克斯传书:"随便你,我保证。"

这就麻烦了。

尽管屋子里都是人,莉芙特还是有种……古怪的孤独感。她回应:"可我不知道该干吗。以后再说吧。"

吉娜瞪了她一眼,显然认为亚泽尔大帝应当心想事成,这个雷希小姑娘不该养成违逆的习惯。

门又开了,守备司令探头进来。莉芙特从台子上跃下,跑到司令身边,一蹦一跳地查看她手里拿着的东西:果然是一份报告。好吧,字又变多了。

"有什么发现?"莉芙特急不可耐地问。

"你说得没错。"司令说,"我一个在城区里的同事是监管塔氏之光孤儿院的。女院长——"

"是树墩婆婆,"莉芙特插嘴道,"她最坏了,会把小孩的骨头当下午茶吃。有一次,她和一幅画比赛大眼瞪小眼,最后还赢了。"

"——正在接受调查。她做的是洗钱生意,但仔细一查,却叫人费解。她换来的都是小面值的球币,如果没有其他的收益,最后难免要破产。据说她是从犯罪集团那儿拿的捐款,再转手给别的团伙,中间提取分成，并毁尸灭迹。其实内情不止这些，不过孤儿院的孩子一直是她做这等勾当的挡箭牌。"

"我早跟你说过了，"莉芙特一把夺过报告，"你就该抓了她，把她的钱都用来买汤喝。你要分给我一半作为报酬，因为线索是我提供的。我不会告诉别人。"

司令抬了抬眉毛。

"要写就写下来吧，"莉芙特说，"弄得正式一点。"

"先不管受贿、胁迫、勒索和挪用公款的指控。"司令说，"至于孤儿院的事，我无权管辖，但我可以保证，我的同事会对这位……树墩婆婆采取行动。"

"好极了。"莉芙特爬回到书桌上，面对一群文官，"你们到底有什么发现？有没有人会发光？像是个风操的圣人之类的？"

"这么大的事，提前不打招呼，你好意思就这么提出来！"胖女官怨声道，"少主，相关的调查一般要做好几个月。给我们三周时间，我们才能写好详细的报告！"

"哪有三周时间，只有三小时都不到了。"

无所谓。莉芙特在剩下的几个小时里好说歹说，甚至手舞足蹈地威逼利诱，最后只好丧心病狂地闭了嘴，静静地让文官们念来念去。过了一阵子，他们依然一无所获，却也满载而归。司令的报告里倒是写了一大堆语焉不详的奇闻，讲到有人从高处坠落却没有摔死；一个女的抱怨在窗外听到怪声；某家的女主人要是每天早上不留一碗糖水给门外的灵体，灵体就会中邪。然而这些案子的目击者都只有一人，除了一些传言，司令没有查到特别蹊跷的东西。

每次出了怪事，莉芙特就想摔门、破窗而出，去寻找当事者，温达总是叫她悠着点。假如司令上报的都是真的，那城里简直人人都是飓能者。在上百份由日常迷信引起的记录里，她若只追查一人，便会白费时间，到头来扑个空。

她觉得自己就在做无用功，心里又郁闷又烦躁，嘴边还没有煎饼吃。

"主人，对不起。"温达说。他们刚好排除了一份记录，里面提到一个雅克维德女人，说她的宝宝得到了"塔氏神的保佑"，"长得比孩子的父亲要白，方便了和外国人交流"。

"比起前面的，这也不算怪事。我觉得还是随便挑一个好了，希望能撞大运。"

最近莉芙特可讨厌碰运气了。她很难相信自己还没到倒霉的年纪，所以她也顾不上运气了。她甚至把自己的好运润石换成了一块猪奶酪。

她越是纠结这个问题，就越觉得运气是神功的对立面：神功是可以施放的，运气却是无可避免的。

当然，运气并非不存在，信不信由你。要么就去听沃林教祭司的那番说辞：是穷是富天注定，穷人之所以穷，是因为他们蠢到没有向全能之主请求生而富贵。

"接下来怎么办？"莉芙特问。

"这样吧，随便挑一个案子，"温达说，"那桩小宝宝的除外，那位母亲估计没讲真话。"

"是吗？"

莉芙特打量着铺在眼前的文件。每一份报告都含糊地记录着稀奇的事，她却看不懂。风操的，只要押对了就能救人，没准还能找到她自己的同道。

可一旦押错，黑煞和他的仆从就要背着大众，悄无声息地处死一名无辜者，而且没人会记得。

莉芙特忽然恨死黑煞了。她怒火中烧，连自己都吓了一跳。她以前可没有真正讨厌过任何人。但黑煞这家伙……他的眼神似乎冷酷无情。莉芙特恨他的原因还是他做事都不知道心虚。

"主人？"温达问，"选哪个？"

"我选不出。"莉芙特咕哝道，"不知道怎么选。"

"随便选一个。"

"不行。我不做选择，温达。"

"胡说！你明明天天都在做选择。"

"不，我只是……"莉芙特往往闻风而动。一旦下了决定，就等于做了承诺，表示没有问题。

门嘭的一下开了，一个莉芙特不认识的卫兵站在外面，气喘吁吁，浑身是汗。"亲王勒令紧急状态升为五级，即刻通报全国。全城进入紧急状态。逆向的风暴预计两小时后来袭。

"疏散所有行人至防风堡避风，将仆族关押起来，或是驱赶到风雨中。夜铎的居民需要从城巷和沟渠中撤离，官员奉命至分管的防风堡报到，清点人数、起草汇报、排解疑难纠纷。在每一个避风点张贴亲王令，令状已经发出。"

屋里的文官放下手中的活儿，抬起头，立马动手收拾书卷和账目。

"等一下！"莉芙特在传令官走动时说，"干什么呢？"

"现在不是你最大了，小不点。"吉娜说，"研究得先放一放了。"

"要多久！"

"要等亲王大人决定解除紧急状态。"吉娜迅速收好架子上的对芦，放进带衬垫的盒子里。

"但是大帝传信来了！"莉芙特抓起高克斯的通笔记录晃了晃，"他说要帮我的！"

"我们很乐意帮你去防风堡。"守备司令说。

"可是，得有人帮我解决这个问题！他命令你们服从！"

"大帝的命令我们当然会听。"吉娜说，"我们会认真听的。"

但他们未必会服从。大臣们曾经解释过：亚泽尔可能声称自己是一个帝国，而周边地区的国家大多只是随大流，这就像一个小孩自视为套环游戏的组长，或许会有人跟着玩，但当他变得贪得无厌时，他就只能对着空巷子干吼了。

塔石科的文官办事效率很高。没过多久，他们就把莉芙特领到走廊上，交给她一沓她看不懂的报告，之后便分头跑去执行任务了。只有一个不比莉芙特大多少的属官留了下来，要带莉芙特去防风堡。

在第一个路口，趁着属官对一个穿褐色席褂，双眼迷离的老学究解释紧急情况的当口，莉芙特极力甩掉那个小姑娘，窜进边巷，脱下花哨的亚泽尔式服装丢在角落里，露出原本的衣裤和敞开的衬衫。她走进屋里人比较少的地方，听到百官在大走廊里吵吵嚷嚷的声音。想不到这群骨瘦如柴，血管里流着墨水的老头老太也能这么闹腾。

屋里很黑，莉芙特多希望自己没有换走好运润石。走廊上铺着纹样鲜明的亚泽尔式地毯，不过仅此而已。润石灯沿墙一字排开，每五盏灯里只有一盏灯装着充过光的润石。飓光仍旧缺得很。她握住一盏灯，对着插销一阵好咬，想要打开，可灯被锁得紧紧的。

她继续前行，路过一个个塞满纸卷的房间，但她没想到里面没有那么多书架。这些房间不像是书库，墙上倒满是抽屉，拉开来就能看见里面的纸堆。

她越是深入，周围就越安静，仿佛她正走在树的陵墓里。她揉皱手里的文件塞进口袋，可是有那么多纸，她手都没地方放。

"主人，时间不多了。"温达在后方的地上说。

"我在考虑呢。"莉芙特没讲真话。她现在才不想考虑。

"对不起，计划没有成功。"温达说。

莉芙特耸耸肩。"可你又不想待在这里。你只想当个园丁吧？"

"是的，我打算开一家最上品的靴子馆呢。"温达说，"但是……我想我们不能在世界毁灭的时候坐下来搞园艺吧？假如我一开始就被派到那个慈祥的伊里老先生身边，就不会有今天了，是不是？你想救的那个光辉骑士就死定了。"

"大概横竖都是死。"

"可不妨一试,对吗?"

这个乐天派虚渡真是笨蛋。莉芙特瞄了他一眼,抽出那沓纸。"没用的玩意。我们得重新制订计划。"

"时间更紧迫了。太阳眼看要下山,风暴就快来了。怎么办?"

莉芙特把纸扔下。"有人知道该去哪儿。黑煞的女徒弟说要去搞调查,口气很自信。"

"哎,你难道以为……会有一群查案头的文官?"温达问。

莉芙特歪过脑袋。

"这才是明智之举。"温达解释道,"我是说,就连我们也能想到。"

莉芙特咧嘴大笑,拔腿就往来时的方向跑去。

十五

"没错,"胖女官翻了翻书,慌张地说,"就是毕德勒的小组,232室。你描述的那个女人两周前雇了他们搞机密项目。我们非常重视客户的保密工作,"她叹了口气,合上书,"除非有帝国授权。"

"谢谢。"莉芙特抱住了胖女官,"实在是太感谢啦。"

"我也想知道这一切意味着什么。飓风在上……你真以为我无所不知吗?可半数时间我都觉得,就连君王也看不清世界的局势。"女官摇摇头,看向还抱着她的莉芙特,"我得去指定的避风点了,你也最好找地方躲一躲。"

"好的,再见。"莉芙特抽开身,冲出堆满账目的房间。她在走廊上匆匆而过,正背着通往大宣府避风点的台阶。

吉娜探头望着走廊。"毕德勒肯定撤离了!门是锁着的。"她顿了顿,"别弄坏任何东西!"

"虚渡,你能找到她说的门牌号吗?"莉芙特问温达。

"嗯。"

"太好了。我可没那么多脚趾。"

他们在空洞的大宣府里疾步穿行，亲王令下达不过半小时，就疏散了所有人。风暴即将来临，人们锁上门，转移到安全地带。有固定住所的人待在家里就够了，穷人都得进防风堡。

仆族好可怜。城里本来就没几个仆族，不像在亚泽尔，但亲王令一出，他们都被集中到一起，赶出去直面风雨。莉芙特觉得太不公平了。

然而没人听得进她的牢骚。温达也含蓄地说过……他们可能会变成虚渡，到时候他肯定会知道。

即便这样，也还是不公平。莉芙特就不会把温达丢到风暴里，哪怕他说这可能伤不到虚渡。

温达领着她上了两层楼，开始数门牌号，她一路跟着他的藤条。这层楼安着漆木地板，走上去感觉怪怪的，就不会断了塌下去吗？莉芙特总觉得木头楼房很不结实，于是落脚很轻，就怕出事——

那是什么？她皱皱眉，蹲下来左看右看。

"221室……222室……"温达还在数门牌号。

"闭嘴，臭虚渡！"莉芙特低声呵斥。

温达扭着身子，匍匐在一旁的墙上。莉芙特背靠着墙，弯腰转过拐角，靠到一侧走廊的墙上。

一阵靴子踩在地毯上的咚咚声传来。"真不敢相信，这都算线索？"一个女的说。莉芙特一听，是黑煞的一个徒弟。"你原来不是守卫吗？"

"亚泽尔的情况不一样。"一个男的没好气地回敬道，是另一个见习骑士，"塔石科人总是遮遮掩掩的，他们应该有话直说。"

"你指望塔石科的街头情报贩子能搞清楚吗？"

"当然了，他不就是干这一行的吗？"

两人大步走过，还好没往莉芙特所在的走廊看。风操的，他们穿得可真有派头，一袭挺括的东部风格制服外套，靴子是高帮的，手套的翻边很宽，看着就像战场上的将军。

莉芙特恨不得跟上去看看他们去了哪里，却不得不在原地等待。

果不其然，不一会儿又有个人影从走廊里经过。那个刺客衣衫褴褛，没有前面两人那么多话，只是低着脑袋，将大剑放在肩头。那把剑肯定是碎瑛刃。

"我也不知道，剑兄。"他悄声道，"我再也信不过自己的头脑了。"说完顿了顿，像是在聆听回话，"这可不是安慰，剑兄。不，这不是……"

他跟在另两人后面，在空中留下一道发光的微弱残影，几乎难以察觉，没有在黑煞总部时那么明显，毕竟他在不停走动。

"噢，主人！"温达蜷着身子说，"吓死我了！他在走廊里那么一站定，我还以为他看到我了！"

至少走廊里黑咕隆咚的，润石灯几乎褪尽了华彩。莉芙特悄悄来到走廊上，跟在刺客等人后面，心中忐忑不安。他们在右边那扇门前停下，其中一人掏出一把钥匙。莉芙特以为他们要搜查或洗劫这个地方，但何必呢？他们做事都有法可依。

其实她也一样，真奇怪。

黑煞的两个徒弟进了房间。白衣刺客则留在外面的走廊上，正对房门席地而坐，将那把古怪的碎瑛刃放在腿上。他大部分时候都一动不动，但只要动一下，就会留下逐渐消散的残影。

莉芙特又躲进了边上的走廊，背靠墙壁。有个叽叽喳喳的声音从远处的大悬府①里传来，喝令人们遵守秩序。

"我得想办法进那个房间。"莉芙特说。

温达在地上蜷缩起来，收紧藤条。

---

① 莉芙特记错了大宣府的名字。后文的"大炫府""大虚府""大萧府"同理。

莉芙特摇摇头："可要进去，就得先绕过那个饿死鬼刺客，风操的。"

"交给我吧。"温达小声说。

"倒也好。"莉芙特心不在焉地说，"弄点动静引开他算了，只是这么做会惊动屋里那两个人。"

"交给我吧。"温达又说了一次。

莉芙特歪过头，掂量着他的话，低头望了他一眼。"那么由你来引开他？"

"不，主人。"温达身上的藤条交缠在一起，紧紧相扣，"我是说我可以溜到房间里。我……我觉得他们的灵体看不到我。"

"你连这个都不确定？"

"嗯。"

"那就悬了。"

温达身上的藤条紧紧缠绕在一起，发出吱嘎吱嘎的声音。"你真的这么认为？"

"当然。"莉芙特在墙角探头望了望，"那个穿白衣的家伙有些不对劲。你能被杀死吗，虚渡？"

"我只能被摧毁。"温达说，"这和人类的死法不同，可我……见过有些灵体……"他低声悲鸣，"现在让我进去，或许太危险了。"

"也是。"

温达安定下来，盘起身子。

"可我还是要进去。"他低语。

莉芙特点点头。"你去听听那两个人在说什么，把他们的话记下来，然后赶快回来。如果出了什么事，就尽量喊大声点。"

"好的，只管听人说话和大喊大叫是吧？行，这种事我很擅长。"他发出深呼吸的声音，可她知道他其实不用换气。他嗖的一下来到走廊上，形成一根带着结晶的藤条，沿着墙角、墙壁和地面的交接处一路生长。小小的绿色枝条从他身侧蔓延而出,覆盖在地毯上。

刺客连头都没抬。温达来到门口,进了那两个见习破天骑士所在的房间。莉芙特在外面什么也没听到。

风操的,她可烦等人了。她活着,就是不想等人,或者等某件事发生。她想做什么就做什么,想什么时候做就什么时候做。这多好啊,不是吗?大家都该做自己想做的事。

当然,如果那样的话,谁还会种地呢?如果满世界都是莉芙特这样的人,地种到一半,就会跑去抓贝蛙了吧?也没有人会巡街、开会,更没有人会书写、治国。大家都会七手八脚地抢夺彼此的食物,最后吃个精光,倒在地上死掉。

她心中有个小人站了出来,两手叉腰,态度挑衅地对她说:你明明*知道。你又不是不懂现在的世道,可你还是去求夜妖,说不要长大。*

不要长大只是个借口。她只是找了一个可以接受的理由。

莉芙特干等着,什么事也不能做,心里痒痒的。他们在里面说什么?他们发现温达了吗?他们不会在虐待他吧?吓唬说……要夷平他的园子?

听,她的一部分意识低语道。

可她当然什么也听不见。

她真想冲进去向他们扮鬼脸,然后在这幢该死的楼房里四处跑,叫他们追。这可比坐在这里胡思乱想,一边担心,一边自责要好得多。

一直很忙的话就不用考虑其他事了。很多人不会一时冲动就放弃,而妈妈又是那么温暖、慈祥,那么乐于照顾大家。全柔刹还会有比妈妈更好的人吗?简直难以想象。

妈妈本来不该死的。至少,在她日渐消瘦的时候,应该有一个能有她一半好的人来照顾她。

这人反正不能是莉芙特,因为她又笨又自私。

而且很孤单。

她绷紧神经,准备冲出角落。温达却在这时蹿进走廊,沿着地面疯长,来到她身边,在墙缘留下一道藤蔓分解后的粉尘。

片刻后,黑煞的两个门徒走出房间,莉芙特和温达赶紧退回到侧廊。周围黑黑的,她蹲伏在地,以免被远处的光线打亮。穿制服的那对男女很快阔步走过,都没有看走廊一眼。莉芙特松了口气,指尖拂过温达的藤条。

刺客路过时半途作停,朝莉芙特的方向一望,一手握住剑柄。

莉芙特吓得连大气也不敢出。**不要施展神功,不要施展神功!** 要是在黑暗中使出神功,她身上就会发光,那样铁定会暴露。

她只好蹲伏在原地。刺客眯起眼睛,那双眼睛形状奇特,似乎大了点。他把手伸向系在腰带上的口袋,抖出一个小小的发光体,是一颗润石。

莉芙特惶惶失措,不知是该跑,还是使出神功,还是按兵不动。惧灵在她周围翻滚,被润石的光照亮。她迎上刺客的目光,恍然大悟。刺客看得到她。

刺客把剑拔出一寸,黑烟从剑身涌出,弥漫到地上,在他脚边汇聚。莉芙特突然感到一阵强烈的恶心。

刺客端详着她,把剑插了回去。出人意料的是,他二话没说就跟着另外两人走开了,身后是一道混沌的残影。他的脚步落在地毯上,几乎无声无息,和另外两人的脚步声相比,就像一阵微风。即使在走廊深处,莉芙特也还是能听到那两人咚咚的脚步声。

三人很快进了楼梯间,不见了踪影。

"风操的!"莉芙特仰面瘫倒在地毯上,"去他的世界之母和飓风之父!他差点没把我吓死。"

"可不是!"温达说,"我都不敢呜呜叫。你听见了吗?"

"没听见。"

"我吓得都不敢出声了!"

莉芙特坐直身子,擦去额头上的冷汗。"哇,好吧……真有你的。他们都说了什么?"

"哦,这个啊!"温达好像完全忘记了自己的使命,"主人,他们做了一整套研究!花了好几周时间找城里的怪事。"

"好极了!他们下了什么结论?"

"不知道。"

莉芙特又往后一倒。

"他们讲了一大堆我听不懂的话。"温达说,"但是,主人,他们知道那人的身份了,正要赶过去行刑!"他用一根藤条戳了戳莉芙特,"那么……我们也许应该跟着他们?"

"嗯,好啊。"莉芙特说,"我想我们能办到。应该不会太难,对吗?"

十六

其实还是很难的。

走廊上空荡又阴森,无法靠得太近,而且岔路数都数不清,到处都是窄廊和房间,墙上的润石照明也不多,要跟上前面三人可太费劲了。

不过莉芙特做到了,她尾随他们到了这破地方的门口。她爬出门边的一扇窗户,落在外面楼梯附近的草丛里,蜷缩在原地,等那三人走到俯瞰城市的平台上。

风操的,又能呼吸新鲜空气的感觉可真好。但乌云已经遮住了快要落山的太阳,整座城市蒙上了一层阴影,凉意渐渐浓了起来。

街上空无一人。

先前还有很多通过台阶和坡道进出大宣府的人,现在只剩寥寥几个掉队的,他们也没闲着,立马弯腰进门寻求庇护,很快就没影了。

刺客扭头遥望西方:"风暴就快来了。"

"那就更得快点了。"女见习骑士从兜里掏出一颗润石举到身前,吸走其中的光芒。光芒涌入她体内,她身上开始发亮,可以施展神功了。

她腾空而起。

饿死鬼啊,她竟然升到了空中!

莉芙特心想:*他们怎么就会飞?该死的,我怎么就不会?*

女见习骑士的同伴也在一旁升了起来。

会飞的女见习骑士低头看着平台上的白衣男子:"来吗,刺客?"

"我曾在那场风暴中乘风起舞,"刺客低声说,"但那天我死了。我看还是算了吧。"

"照这么磨蹭下去,你是进不了破天骑士团的。"

刺客保持沉默。两名悬空的见习骑士面面相觑,那个男的耸了耸肩。两人越升越高,迅速掠过城市上空,免去了在地沟内通行的不便。

风操的,他们真的会飞。

刺客轻声问:"他要捉拿的人就是你,对不对?"

莉芙特听得直发毛。她站起身,从刺客所在平台的一侧探出头来,刺客也在此时回眸看她。

"我就是个小人物。"莉芙特说。

"他杀的都是小人物。"

"你就不杀吗?"

"我杀国王。"

"比杀小人物好多了。"

刺客眯着眼睛看着莉芙特,然后蹲下来,把入鞘的剑挎在肩上,两手垂荡在胸前。他说:"也没有好到哪儿去。我一看见影子,就会听到死人的惨叫和哀求。那些声音纠缠着我,争先恐后地要把我逼疯。它们恐怕已经赢了,现在跟你说话的人,已经分不清什么是胡话什么不是胡话了。"

"好吧,好吧。"莉芙特说,"可你没有袭击我。"

"是啊。我那把剑很喜欢你。"

"太棒啦,我也很喜欢你那把剑。"她朝天上望了一眼,"嗯……你知道他们要去哪里吗?"

"报告里介绍了一个怪胎,有几个人发现他消失了。他会拐进小巷,可等其他人跟上去,巷子里却是空的。据说那家伙会变脸,我的同伴一致认为他就是所谓的织光骑士,所以得阻止他。"

"这难道不犯法吗?"

"宁已经取得亲王诫令,严禁在国内使用飓能术,除非得到特别授权。"刺客打量着莉芙特,"令使跟你一折腾,想必是学聪明了,懂得绕开地方当局,直接向中央报告。"

莉芙特望着两名见习骑士远去的方向。天色愈发昏暗,这可不是个好兆头。

"那个被你叫做令使的家伙,他是不是弄错了?"莉芙特说,"他说虚渡没有回归,但它们其实回归了。"

"那场新风暴就揭示了这一点。"刺客说,"然而……我又有什么资格评论呢?我已经疯了。我想那个令使也是。我同意宁的意见,人的头脑是不可靠的。我们要追随远大的目标,用它来指明方向,但我的誓约石行不通……如果一个愚蠢或残忍的人也能心血来潮地订立法则,那追求更伟大的法则又有什么意义?"

"好啦,好啦。"莉芙特说,"你爱怎么疯就怎么疯,没事,我喜欢疯子。他们一会儿舔墙壁,一会儿咬石头,可好玩了。不过,你能不能不要跳舞,先告诉我那两个家伙要去哪儿?"

"你追不上他们的。"

"那告诉我也不会少块肉,对吗?"

刺客笑了,但他眼里似乎并无笑意。"那个会凭空消失,估计是织光骑士的家伙,其实是一位在移民区很有名的老哲人。他大部分时候都坐在露天小剧场里,和愿意倾听的人交谈。这个地方就在——"

"——就在塔氏之光孤儿院旁边。风操的,我早该想到的。他几乎和你一样怪。"

"你会和他们战斗吗,小不点骑士?"刺客说,"你只有一个人,可你要对付两名手法熟练的破天骑士,一旁还有令使伺机而动。"

她瞥了温达一眼。"我怎么知道?但我非去不可,是不是?"

十七

莉芙特发动神功,深深汲取神力,召唤力量、速度和溜滑术。黑煞那两个下属飞来飞去时,好像不在乎被人看到,她也决定学他们的样。

她从刺客身边跳开,让脚底变滑,落到挨着楼外台阶的缓坡上,准备沿着台阶的一侧滑下去,回到城里。

当然,她只坚持了片刻,双脚就朝着不同的方向滑去。她胯部先着地,重重地摔在石头上。一阵剧痛传来,她疼得龇牙咧嘴,没来得及多想,就直接从高台阶的边上摔了下来。

她很快栽倒在地,出尽了洋相,还好神功没有让她受重伤。温达见状马上从墙上爬过来,担心地大叫着。莉芙特没理他,而是连滚带爬地站起来,拔腿奔向通往孤儿院的地沟。

没时间搞砸!像往常那样跑不够快,敌人可会飞呢。

她回想起了去孤儿院的走法。全城以高出地表的大虚府为中心向外倾斜,应该可以沿着人迹稀少的街道滑下去,借力沿途的崖壁、裸岩和建筑，每推一下，都能加快速度。

她应该像一根离弦的箭，直指目标，无拘无束。

虽然她明白这一点，但她做不到。她又滑了一段路，却没踩稳，双脚往后一挪，整个人迎面摔到石地上，眼前闪过白光。她抬起头，空荡荡的街道在眼前乱晃，但她很快就被神功治好了。

这条暗乎乎的街道是城里的主干道，却冷冷清清的，空无一人。居民已经收起雨篷，停好推车，只把垃圾留在外头。四面都是崖壁，不免让莉芙特感到压抑。大家都知道，飓风来临时不能待在峡谷里，不然会被大水冲走。可是，这儿的人居然公然违反这一点，建造了一整座活该饿死的城市。

在她身后的远处，天空隆隆作响。在风暴来袭之前，那个可怜的疯老头就要见到两个自以为是的杀手了。她必须阻止这一切，她也说不清为什么。

好了，莉芙特，别激动。你可以变得很厉害，你也一直都很厉害。现在你又多了一份厉害，就尽管去吧，你做得到的。

她怒吼着撒腿飞奔，身子一倾，开始滑行。她能够做到，也愿意——

这回，她磕到一个岔路的拐角，最后四仰八叉地摔在地上，气得她把头往后一磕。

"主人？"温达蜷成一团，匍匐来到她身前，"啊，我讨厌这风暴的声音……"

莉芙特站起来，羞愧难当，可就是一点也不厉害，于是她决定还是一路跑下去。她的能力可以让她跑得飞快却不会累，但她觉得这还不够。

似乎过了很长时间，她才跟跟跄跄地在孤儿院外面停下，疲灵在四周打转。没多久之前她就用尽了神功，肚子饿得咕咕直叫，像是在抗议。露天剧场里自然没人。她左手边就是凿石而建的孤儿院，前方是小剧场，再往外就是条黑巷子，杂乱无章的木棚户和楼房挡住了视线。

天色已经暗了下来，但她不知道即将来临的是黄昏还是风暴。

巷子深处传来一声撕心裂肺的低鸣，令她背脊发凉。

温达的意见是对的，刺客说得也没错。她到底在干什么？她肯定打不过两个训练有素又会神功的士兵。她瘫倒在露天剧场的中央，精疲力竭。

"要进去吗？"一旁的温达问她。

"我没法力了。"莉芙特低声道，"光是跑来这儿就用光了。"

这条巷子总是给人这么幽深的感觉吗？里面布满了黑黝黝的棚户、垂荡的帘布和七横八竖的木板，就像一个加长版的路障，要走过去还窄得不行。这里幽暗、隐蔽，似乎和城里的其他地方截然不同，只能存在于阴影之中。

莉芙特摇摇晃晃地站起来，往巷子走去。

"你在干什么？"有人喊道。

莉芙特一转身，发现树墩婆婆站在孤儿院门口。

"你应该去防风堡！"老太太大吼道，"傻孩子。"她气冲冲地走上来，抓住莉芙特的胳膊，把她拖进孤儿院，"别以为你送上门，我就会照顾你。这里容不下你这种人，别给我装病，也别喊累。要占我们的便宜，谁都会装样子。"

尽管嘴上这么说，树墩婆婆还是没有把莉芙特赶出孤儿院。她哐的一声关上大木门，闩上门闩。"你就庆幸吧，我还往外看了一眼是谁在尖叫。"她打量着莉芙特，重重地叹了口气，"肚子饿了吧？"

"你还欠我一顿饭。"莉芙特说。

"说实在的，你这么胡闹，我都想把这顿饭让给别的孩子了。"树墩婆婆说，"这种天不去防风堡里待着，还站在外头大声嚷嚷？如果你以为只要卖惨就能博得我的同情，那就大错特错了。"

她念念有词地走开了。门后的大堂宽敞开阔，小孩们都围坐在垫子上，被一颗红宝石照亮。他们似乎都吓坏了，有几个人依偎在一起，还有人一听到外面的打雷声就捂住耳朵哭了起来。

莉芙特坐到一张空垫子上，恍然有种格格不入的感觉。她刚才浑身有力，发着光一路跑过来，随时准备面对在空中飞翔的怪物。可在这里，她不过是一个无家可归的流浪儿。

她闭上眼睛，听小孩们说话。

"我好害怕。飓风要刮很久吗？"

"为什么大家非得进来呢？"

"我想妈妈。"

"巷子里那些老人怎么办？不会有事吧？"

小孩们不安的情绪牵动着莉芙特的心弦。在妈妈死后，她也进过这种地方，之后辗转各地的孤儿院，不下几十次，里面都是些被人遗忘的孩童。

她曾发誓说要记住这类人。这只是无心之举，就这么自然地发生了，她的人生也是如此。

"我要自己做主。"她低声说。

"主人？"温达问。

"白天，"她说，"我把我来这儿的理由告诉你，你说你不信，还问我有什么目的。"

"我记得。"

"我就想自己做主，"莉芙特睁开眼睛，"当然不是像国王那样。我只是想稍稍把握自己的人生，不要再被别人或命运摆布。我……我希望选择权能在我手上。"

温达盘绕在墙上，在她身边伸出一张"脸"。"主人，虽然我不太了解你的世界是怎么运转的，但这个愿望似乎比较合理。"

"你听到小孩们说的话了吗？"

"他们害怕这场风暴。"

"而且突然说要避风,一个人孤零零的,心里七上八下……"

她听到树墩婆婆在隔壁跟一个年长的助手咬耳朵:"难说,这不是飓风天。以防万一,我还是把润石放在屋顶吧。希望能有人告诉我们出什么事了。"

"我不明白,主人。"温达说,"这样能听出什么来啊?"

"嘘,臭虚渡。"莉芙特还在偷听。接着她打住了,睁开眼睛皱了皱眉,起身走到大堂的另一边。

一个脸上有疤的男孩正在和另一个男孩聊天。他抬头望向莉芙特:"喂,我认得你。你见过我妈妈吧?她说过啥时候回来吗?"

他叫什么来着?"米克?"

"是我。"米克说,"你瞧,我不属于这里,对吗?前几周的事我都没什么印象了,可是……我是说,我不是孤儿,我还有妈妈。"

这就是前一天晚上被送来的男孩。莉芙特搞不懂了:当时你还在流口水,吃饭时说个话也像个白痴,现在怎么成这样了?风操的,我究竟对你做了什么?脑子坏了的人她是治不好的吧?至少她自己是这么认为的。这家伙又有什么差别?是不是因为他不是天生的,而是脑袋被撞了?

莉芙特丝毫不记得自己治好过他。风操的……她是说过想自己做主,可她压根不会运用手头的资源。她过来时只用跑的,就已经证明了这一点。

这时,树墩婆婆端着大盘子回来了。她动手给孩子们分发煎饼,轮到莉芙特时递出了两块,还晃晃手指说:"这是最后一顿了。"说完继续分发食品。

"谢啦。"莉芙特含糊地应了一句。煎饼已经不烫了,可惜是她吃过的口味,不过中间夹了甜心,她可喜欢了。看来树墩婆婆不完全是坏人。

可她仍旧是个暴力的老贼，莉芙特边吃边提醒自己，恢复神功的存量。这个老太婆在洗钱，还拿孤儿院打掩护。然而就算如此，她或许也能顺便干点好事。

"我想不通了，你在打什么主意，主人？"温达问。

莉芙特朝结实的大门看了看。那个老头肯定已经死了。反正没有人关心，也很可能没有人注意。风暴过后，人们会在巷子里找到老头的尸体。

只是莉芙特……莉芙特不会忘了他。

"来吧。"她走到门口。趁着树墩婆婆背过身去数落一个小孩的空当，她推开门闩，悄悄溜了出去。

十八

饥饿的天空隆隆作响,阴霾密布,风云翻滚。这感觉莉芙特再熟悉不过。好长时间没吃饭,自然会不计代价地到处觅食。

飓风还没有刮来。但遥看闪电,这新生的风暴似乎没有飓幕,缺了排山倒海之势,移动缓慢,不会瞬间侵袭,而是像个暗巷歹徒那般逼近,等待猎物走过。

莉芙特来到孤儿院旁边的巷口,蹑手蹑脚地摸了进去,穿行在弱不禁风的棚户之间。尽管城市的规划可以把风力减到最小,这里的垃圾也还是太多了。用力打个喷嚏,巷子里的半数人就没地方住了。

这道理他们还是懂的,因为绝大多数人都去了防风堡,但也有些钉子户和懒鬼没有去,从窗帘里狐疑地探出头,真是奇景。期灵从一边的地里冒出来,像一根根红色条幅。莉芙特不怪这些人。政府突然下达命令,还希望疏散所有人?这种事她一般都不管的。

只是他们真该看看天气、听听雷声。这不就有一道红色的闪电照亮了四周?今天,这些人可得竖起耳朵。

莉芙特慢慢深入巷子，走进了一片不可名状的暗处。上方乌云密布，润石又都被收走了，四下里黑得几乎不见五指，静得只能听到天上的震响。风操的，老头真在这儿吗？没准他已经去避风了。先前的尖叫声可能跟他没关系，对吧？

不，不可能。莉芙特转念一想，一阵凉意袭了上来。好吧，就算老头还在，怎样才能找到他的尸体呢？

"主人，我实在不喜欢这里，有点不对劲。"温达小声说。

一切都不对劲。被黑煞追杀以来，这感觉就挥之不去。莉芙特没有停步，经过了一些黑压压的东西，可能是挂在晾衣绳上的衣服，在黑暗中活像扭曲的碎尸。即将来临的风暴又带来一道闪电，但无济于事。猩红的电光降下，崖壁和棚户似乎都蒙上了血色。

这条巷子到底有多长？最后莉芙特被地上的什么东西绊了一下，这才松了口气。她弯腰摸了摸，是条被衣服包着的手臂。有个死人。

她俯下身，眯起眼睛，想要看清老头的模样，一边心想：*我不会忘了你的。*

"主人……"温达带着哭腔呼唤着。莉芙特感到温达缠到她腿上，越绕越紧，就像个小孩抱着妈妈。

巷子的寂静瞬间被打破，一阵窸窸窣窣的刮擦声将她包围。怎么回事？她头一次发觉刚才摸过的死人好像没有穿席褂，袖子的面料又厚又僵挺。

*妈呀，发生什么了？*莉芙特心想，吓坏了。

此时电光一闪，只见那具尸体是个女人，仰面躺着，双眼无神，一袭黑白相间的制服被闪电染红，上面蒙着某种柔滑的物质。

莉芙特倒吸一口气，赶紧往后一跳，却又撞上另一具尸体。她一转身，那喀嚓喀嚓的声音变得越来越躁动。又一道闪电划过，周围变得明亮起来，她看清了第二个死人的模样。那是个男的，紧挨着巷子的墙壁，身体被绑在一座棚户上，头歪向一边。这人她认识，还有那个女的。

她领悟道：黑煞的两个爪牙都死了。

"有一次，我去了一个你永远不会去的地方，听到了一个很有趣的观念。"

莉芙特浑身一僵。是那个老头在说话。

"有一群人相信，人每天睡着后就死了。"老头接着说，"他们认为意识不会延续下去——如果意识中断了，肉体苏醒后就会产生新的灵魂。"

风操的，风操的，风操的！莉芙特暗暗咒骂，四处张望。周围的墙壁似乎在腾挪滑动，仿佛覆了一层油。她想要避开尸体，却……找不到尸体在哪里。这是她来时的方向吗？还是说，她会走进这条噩梦般的小巷的深处？

"这种哲学自然有问题，"老头说，"至少旁观者会这么觉得。不然还谈什么记忆，还谈什么文化、家庭和社会的延续？在奥姆尼西派的教义中，每一个人都会在早晨从前世的灵魂那里一一继承这些东西。某些脑组织会保留记忆，帮助你尽可能过好一天的生活。"

"你是谁？"莉芙特低声问道，慌张地扭头四顾，想要看透这片黑暗。

"那些人身上最有趣的地方，莫过于他们是怎么生存下去的。"老头说，"在一般人眼里，谁要是真心相信只有一天可活，那不就乱套了吗？那些人的信仰确实夸张，可他们也过着和你们大致相同的生活。我常常想知道这意味着什么。"

在那儿，莉芙特心想，在一团黑影中认出了老头的人形，但在电光下，还是能看出他不是人。他身上少了好几块肉，右胳膊没了，还风操地没穿衣服，肚子和大腿上都有奇怪的窟窿，甚至一只眼睛都不见了。他身上没有流血，借着一连串电光，莉芙特发现有东西爬到了他腿上，全是飓虫。

窸窸窣窣的声音就是这么来的。千千万万只飓虫爬满墙壁，每一只都有手指般大小。这种小甲壳虫会搓动腿足，发出可怕的响动。

"这种哲学的问题在于很难被推翻。"老头说，"你怎么知道今天的自己和昨天的自己就是一个人？如果有个新的灵魂附到你身上，只要它拥有相同的记忆，你就永远不会知道。但是……如果它的行为和你一样，而且它认为自己就是你，那又有什么关系？小不点骑士，做自己的感受是什么样的？"

闪电愈发频繁地划过，莉芙特看着一只背上有个球状凸起的飓虫在老头脸上爬过。虫子爬进一侧的眼窝后，她才发现那个球状凸起是个眼珠。别的飓虫蜂拥而至，开始填补老头身上的窟窿，形成了缺失的右臂。每只虫子背上都有一个类似皮肤的部位，它们背朝外抱成团，用腿足紧紧相扣。

"对我来说，这只是空谈罢了。"老头说，"我跟你们不一样，我从不睡觉，至少全身上下没有全部睡着过。"

"你到底是谁？"莉芙特问。

"也是个流民。"

莉芙特不禁往后退了几步。她才不管脚下是不是来时的方向，只要能远离这个怪人就好。

"别怕，"老头说，"我们已经并肩作战好几千年了。古代的光辉骑士称我为朋友和盟友，但后来一切都变了。终极灭世到来之前的那些日子是多么美好啊，那时候……还存有荣誉。现在都已经过去了，早就过去了。"

"你把那两个人都杀了！"莉芙特嘶声道。

"那是为了自卫。"他咯咯直笑，"就当我在骗你吧，反正他们杀不死我，我不能拿自卫当理由，士兵杀小孩也是如此。可他们确实随口说要和我较量，我就答应了。"

他朝莉芙特走来。一道电光划过，只见他举起新长出来的那只手，屈伸着手指。一只生着细足的飓虫融入虫群，形成拇指。

"你不是来和我较量的，对吧？"他说，"我们关注的是其他人：那个刺客、那个医师、那个骗子，还有那个轩亲王，只是没有你。别人都不把你放在眼里……可我敢说，这是个误会。"

他取出一颗润石，让整个地方沐浴在幽光中，然后朝莉芙特笑了笑。莉芙特发现他身上充斥着飓虫相互咬合的交错纹路，但这具皮囊饱经风霜，满是皱纹，已经快看不出来了。

他只是像个老头罢了，不是真的。他的皮下没有血肉，只有成百上千只飓虫，拼凑成一个假人。

许多飓虫还在墙上爬，被润石的光芒照亮。莉芙特不知不觉地绕过了被杀士兵的尸体，退回到两座棚户之间的死胡同。她抬头看了看。有了光线，往上爬似乎并不难。

"如果你逃走了，"老头说，"他会杀掉你想救的人。"

"可你不是好好的？"

怪物扑哧一声笑了。"那两个笨蛋搞错了。纳尔没在追杀我，他知道要远离我和我的同类。他另有目标，而且会连夜尾随，伺机下手。他是司掌正义的令使，虽然疯疯癫癫的，但不会半途而废。"

莉芙特迟疑地把手放到棚户的屋檐上，准备翻上去。墙上的飓虫纷纷退开，好让她通过。她从没有一次性见过这么多虫子。

老头知道，如果她想跑，他就该放她走，真是个聪明的怪物。

不远处，那怪物沐浴在冷光下。与莉芙特跌跌撞撞走过的地方相比，光线就如篝火般明亮。他打开一件黑席褂，动手包住右胳膊。

"我喜欢这个地方，"他解释道，"还有什么地方能让我找借口把全身都遮住？几千年来，我一直在培育单体，却还是不能让它们很好地组合在一起。最近，我敢说我终于能像锡奥部落那样扮成人类的样子了，但只要仔细观察就会发现瑕疵，真叫我失望。"

"你了解黑煞和他的计划吗？"莉芙特问，"还有光辉骑士、虚渡之类的东西?"

"你问得相当全面,"他说,"但我得承认,你问错人了。我的同胞对你们光辉骑士更感兴趣。你要是碰上别的无眼者,就说你跟阿克洛聊过了,我想你会得到他们的支持的。"

"这算哪门子答案?不是我想要的那种。"

"我不是来答疑解惑的,人类。我来这里只是因为我有兴趣,而你激发了我的好奇心。就像亚克西斯老伙计常挂在嘴边的那样,一个人获得了永生,就必须找到超越生存的意义。"

"你好像在长篇大论中找到了生存的意义,"莉芙特说,"可你的话对谁都没用。"她爬到棚户顶上,没有再往高处去。温达攀在一旁的墙上,惊退了飓虫。那些虫子能感觉到他吗?

"我的话可有用了,能解决的事可远不止你个人的小问题。我在构建一门意义非凡、历久弥新的哲学。听好,孩子,我身上可以想长出任何我需要的东西。要是头脑快装满了,就长出专门用来储存记忆的新单体;要是得感知城市的状况,利用多长眼睛的单体,或者长了拥有味觉和听觉的触角的单体就能解决问题。只要有时间,我几乎可以为我的身体制造任何我需要的东西。"

"但你……你只拥有一副身体,那要怎么办呢?我开始怀疑,城里的人都是某个无形的庞大系统的一部分,就像构成我的同类的单体。"

"那太好了。"莉芙特说,"可你之前说过黑煞在追杀别人吧?他还没有在城里干掉目标吗?"

"哦,那是肯定的。他正在追杀那人呢,而且马上就会知道手下栽了跟头。"

风暴在头顶隆隆作响,离得越来越近了。莉芙特恨不得快走,找地方躲一躲,可……

"告诉我,"她说,"那人是谁?"

怪物笑道："保密。这儿是塔石科吧？我们不如做个交易？你老实回答我的问题，我就给点提示。"

"干吗选我？"莉芙特说，"就不能改天去问别人吗？"

"这你就不懂了，你那么有意思。"怪物把席褂缠在腰上，再分别去缠两条腿。飓虫在他周围涌动，有几只还爬到了他脸上。组成他眼睛的虫子爬了出来，新的虫子再补上去，让他从暗眼种变成了光眼种。

他边缠席褂边说："莉芙特，你跟其他人不一样。假如每座城市都是生命体，你就是最特殊的器官，随处漂泊，带来蜕变。你们光辉骑士……我得了解你们对自身的看法。这将成为我哲学研究中的重要部分。"

我很特别，莉芙特心想，我会神功。

那我怎么会不知道该怎么办呢？

潜藏在心底的恐惧冒了出来。怪物还在唠叨他那套鬼话，说到城市、居民和他们的归属。他对莉芙特称赞有加，但每一句说她特别的无心之词都让她备感尴尬。风暴就要来了，黑煞到夜里还要杀人，而她现在只能瑟缩在两个死人旁边，面前是个由小蠕虫组成的怪物。

听，莉芙特。你在听吗？别人都已经不听了。

"你的家乡怎么就知道要把你创造出来？"怪物的话没有停，"我是可以随意培育单体，可到底是什么孕育了你？为什么这座城市现在能召唤你过来？"

又来了。你凭什么来这儿？

莉芙特低声问："如果我只是个平常人也可以吗？"

怪物顿了顿，望着她。温达在墙上直叫唤。

莉芙特接着说："如果我一直在撒谎，而我这个人其实没有那么神通广大呢？如果我不知道该怎么过下去，又会怎么样？"

"我相信直觉会指引你的。"

守备司令曾说：我现在很茫然，就像个在战场上找不着大部队的士兵。

听。她没有不听吧？

吉娜文官曾说：半数时间我都觉得，就连君王也看不清世界的局势。

没有人还在听了。

树墩婆婆曾说：希望能有人告诉我们出什么事了。

"万一你看错了呢？"莉芙特低声问，"要是'直觉'没有指引我们该怎么办？要是大家都很害怕，没有人拿得出答案怎么办？"

这个结论把她吓坏了，她一直不敢去想。

有必要吗？她仰头看着墙上的温达，她的小虚渡。飓虫正围着他不停噬咬。

听。

一阵犹豫后，莉芙特拍了拍温达。她也只能接受了，对吗？

一时间，她感到了一种类似恐惧的释怀。她处在黑暗之中，但她也许还是可以应付过去。

她起身说："我是因为害怕才离开亚泽尔的，我那双破脚带我来到了塔石科。可是今晚……今晚我决定留在这里。"

"你在胡说什么？"阿克洛问，"这对我构建的哲学有什么用？"

她歪过头，恍然大悟：嘿，真想不到。

"我……没有治好那个男孩。"她小声说。

"什么？"

"树墩婆婆是因为需要飓光才洗钱的。她以大换小，很可能拿不发光的润石换来了发光的润石。她也许不知不觉就吸收了飓光！"莉芙特低头看着阿克洛，咧嘴一笑，"你还不明白吗？她照顾那些天生就有病的小孩，收留他们，因为她的本领没法把他们治好，但其他人倒是能好起来。这种事太多了，树墩婆婆起了疑心，以为那些小孩都是装病来讨吃的。树墩婆婆……是个光辉骑士。"

无眠者与莉芙特对视,叹了口气。"我们下次再聊吧。我跟纳尔一样,不会半途而废。"

他把润石丢到巷子里。润石"叮叮"地落在石地上,滚回孤儿院,照亮了道路。莉芙特纵身跳下,撒腿飞奔。

十九

雷霆紧追不舍，风声在地沟间呼啸，一闪而过的风灵似乎在逃离即将来临的奇诡风暴。狂风拍打着莉芙特的背脊，卷起四周的碎纸和垃圾。她来到巷口的露天小剧场，斗胆回头望了一眼。

她踉跄着停下脚步，惊呆了。

风暴在空中涌动，黑压压的雷雨云赫然奔流着，红色闪电穿行其间。巨大的风暴遮天蔽日，内部闪烁着狰狞的电光。

雨点逐渐打在她身上。尽管没有飓幕，风势也变得猛烈起来。

温达绕着她盘成一圈。"主人？主人，哎呀，这可不妙。"

她后退几步，呆望着汹涌的黑红两色风暴。闪电劈向一道道沟壑，雷声振聋发聩，仿佛要把她甩出去。

"主人！"

"进去。"莉芙特赶紧跑向孤儿院的大门。天色漆黑如墨，连崖壁都看不清，可到了门口，她马上就察觉了异样。门是开着的。

她出去以后肯定有人关门吧？她溜进了屋里。大堂里黑咕隆咚，密不透风,但她摸了摸大门,发现门闩被切断了,可能有人从外面拿武器砍过。什么武器可以干净利落地切割木材?碎瑛刃。

莉芙特浑身颤抖着,在地上摸到被割断的门闩,努力把它插好,将大门闩死。她转过身,听到了小孩的哭声和抽泣声。

"主人,你打不过他的。"温达低声说。

我知道。

"你要念真言。"

念了也没用。

今晚,念真言倒变容易了。

小孩们的情绪难免感染到了莉芙特。她也吓得瑟瑟发抖,愣在了大堂中央。不过,要想阻止黑煞的行动,她就不能蹑手蹑脚,以免绊倒别的小孩。

多层孤儿院的深处,传来了"咚咚"的脚步声,靴子重重地踩在二楼的木地板上。

莉芙特立即摄取神功,让全身发亮。她的胳膊上腾起光芒,仿佛热烤盘冒出的蒸汽。光芒不是很亮,但在漆黑的大堂里,还是足以照亮那些发出动静的小孩。他们安静下来,满心佩服地望着她。

"黑煞!"莉芙特吼道,"或者叫你宁或纳尔!要么是判官纳公!我来了。"

楼上的脚步声停息了。莉芙特走到隔壁房间,顺着楼梯往上看。"是我!"她大喊道,"就是那个你想在亚泽尔杀掉,结果却没杀掉的人。"

通往露天剧场的门被风刮得吱嘎作响,仿佛有人想要闯进来。楼上的脚步声又响了起来,黑煞出现在楼梯顶上,一手举着一颗紫晶润石,一手握着寒光凛凛的碎瑛刃。紫光从下面打到他脸上,勾勒出下巴和脸颊的轮廓,却没有照亮双眼。这对黑沉沉的眸子空洞无物,就像莉芙特在外面碰到的虫怪。

"想不到你接受了制裁。"黑煞说,"我还以为你会一直待在安全的地方。"

"没错。"莉芙特对他喊道,"你知道吗?全能之主赐给子民头脑的那天,我出去讨了大饼。"

"你冒着飓风过来,和我都被困在了这里。"黑煞说,"我知道你在这座城市犯下的罪行。"

"——可等到全能之主赏脸的时候,我就赶回来了。"莉芙特接着说,"你呢,你是因为什么事耽搁了?"

这种侮辱似乎没有任何效果,但她最喜欢这么骂人。黑煞迈步下楼,动作如烟雾般迅速,脚步越来越轻,制服随着无形之风一起一伏。风操的,看看这身行头,挺括的外套再配上长手套,讲究得就像律法的化身。

莉芙特赶紧往右跑,远离其他小孩,深入孤儿院的底楼。她闻到了香味,于是循着那个方向进了一间昏暗的厨房。

"上墙!"她吩咐温达,温达便爬到门边的墙壁上。她从台面上顺了一段长根薯,抓住温达身上的细藤开始攀爬,爬到顶角线后才撤掉神功,熄灭光芒。

黑煞在下方进屋,左看右看,但没有抬头。莉芙特趁着他往前走的当儿,落在他身后。

黑煞猛地一转身,单手挥舞碎瑛刃,切穿了门边的墙壁,还在莉芙特面前划过一指宽的距离。

莉芙特用力往后一退,撞到地上,浑身迸出神功的光芒。她让屁股变滑,好让自己从黑煞跟前滑开,最后撞上了台阶下面的墙壁。她撒开手脚,爬起楼梯。

"你这种人简直是所属骑士团的耻辱。"黑煞大步跟着她。

"哼,大概吧。"莉芙特喊道,"风操的,我这种人连我自己都觉得耻辱。"

"还用说。"黑煞走到楼梯底下，"这话压根没意义。"

莉芙特冲着他吐舌头。这么迎战半神是完全合理的吧？黑煞似乎不介意，他也根本不会管的。他只有一副耳屎做的铁石心肠，真惨。

在孤儿院的二楼，左边满是小房间，右边则是上楼的楼梯。莉芙特冲向左边，囫囵吞下生的长根薯，寻找树墩婆婆的身影。黑煞得手了吗？有些房间放了儿童床，树墩婆婆不会让孩子都睡在大堂里，他们可能是因为刮飓风才聚集在那里的。

"主人！"温达说，"有计划了吗？"

"我能生成飓光。"莉芙特喘着气说，稍微发动神功。她看了看走廊对面的房间。

"嗯，莫名其妙，却是真的。"

"黑煞他就不行。而且现在润石很稀罕，没人想得到泣雨季中间会刮飓风，所以……"

"啊……也许可以跟他耗着！"

"似乎是最好的选择，我也打不过他。"莉芙特说，"不过，可能要溜下去多弄点吃的。"树墩婆婆在哪儿？没见着她躲在屋里，也没见着她的尸体。

莉芙特又躲进走廊。黑煞正堵在靠近楼梯的另一头，慢慢朝她走来。他用奇怪的反手姿势握着剑，杀气腾腾的一端指向背后。

莉芙特撤掉神功，熄灭光亮。既然要跟黑煞耗着，就得让对方以为她的飓光储备快耗尽了，这样他也不会省着用。

"很抱歉，我必须这么做。"黑煞说，"曾经我也会把你当作亲妹妹来看待。"

"才不要。"莉芙特说，"你根本不觉得抱歉吧？你体会过像是伤心的感觉吗？"

黑煞愣在走廊里，一手还攥着提供照明的润石，好像真的在思考她的问题。

好，是时候行动了。莉芙特决不能被逼到墙角，有时难免要跟握着臭碎瑛刃的家伙硬碰硬。黑煞在她扑上去的刹那架起剑姿，迈步挥剑。

莉芙特侧身避开，发动溜滑术，贴着地板滑到黑煞的左边。虽然顺利滑了过去，但感觉太轻易了。黑煞审慎地打量她，目光敏锐，肯定料想到了失手的结果。

他扭身再次逼近，脚步飞快，不让莉芙特下到底楼，于是莉芙特来到上楼的台阶附近。黑煞似乎想引她上去，所以她忍住了，只是沿着走廊往回走。可惜这一头只有一个房间，就在厨房楼上。莉芙特踹开房门，往里一瞧。是树墩婆婆的卧室，有一个梳妆台，地上铺着被褥，但树墩婆婆不见了。

黑煞仍在逼近。"你说得对。看来我终于放下了以前履行职责时遗留的负罪感。荣誉充盈着我，改变了我。我已经等了太久了。"

"好吧，那你现在就跟个冷漠无情的灵体似的。"

"喂，"温达说，"放尊重点。"

黑煞没听到温达的话。他接着说："不，我只是一个人，而且是一个完美的人。"他朝莉芙特晃了晃润石，"人都需要光明，孩子。我们独自身在黑暗中，我们的行动往往是随机的，基于多变的主观思维。然而光是纯粹的，不会因为日常的冲动而改变。因为恪守准则而产生负罪感，那就是在浪费感情。"

"那其他感情就不浪费吗？"

"许多感情还是有用的。"

"那你一直完全能感受到。"

"当然……"黑煞渐渐没了声音，似乎又在琢磨莉芙特的话。他歪过头。

莉芙特趁机往前一跳，再次施展溜滑术。黑煞正挡着下楼的路，但她无论如何都要从他身边溜过去，回到楼下拿吃的，让他不停上楼下楼，直到他耗尽力量。她就知道黑煞会挥剑，所以在剑落下时，她闪到一边，为全身覆上溜滑术，只有手掌除外，因为她要用手控制方向。

不料黑煞扔掉润石，以出乎意料的速度行动，浑身迸出飕光。他丢下碎瑛刃，碎瑛刃马上就消失了。他抄起腰带上的匕首，莉芙特一经过，他就把匕首往下一插，戳进了她的衣服。

风操的！要是受了伤，一般都能被神功治好；如果黑煞想逮住她，溜滑术也足以让她挣脱。可这把匕首插进了木头，偏偏挂住了她外衣的衣角，把她拽住了。尽管她身上很滑，但她只能反弹回来。

黑煞横出手，再次召唤碎瑛刃。莉芙特拼命挣脱，但匕首扎得很深，黑煞也一直没放手。风操的，他力气太大了！莉芙特对着他的手臂又啃又咬，但没有用。她费劲地脱下外衣，只让身上变滑。

碎瑛刃显形了，黑煞把它举起来。莉芙特挣扎着，衣服脱到一半，大半视线被遮住了，但她能感到剑劈了下来——

忽然梆的一声，黑煞呻吟起来。

莉芙特探头望去，发现树墩婆婆正抄着一大根木棍站在楼梯上。黑煞摇摇头，想要清醒过来，但又被打了一下。

"离孩子们远点，你这个恶霸。"树墩婆婆冲他怒吼道，身上还在滴水。她当然把润石带到了屋顶充光，她之前提到过。

她把木棍高举过头。黑煞叹了口气，挥剑把木棍砍成两半，又从地上拾起匕首，放开了莉芙特。*得救了！*

谁知他踹了莉芙特一脚。她完全失控，滑向了走廊尽头。

"不！"莉芙特撤掉溜滑术，翻了个身才停下，眼前一阵晃动。只见黑煞转向树墩婆婆，掐住她的喉咙，把她从台阶上拽起，往地上一丢。老太太瘫倒在地，一动不动，骨头嘎嘎作响。

黑煞捅了树墩婆婆一刀，用的是匕首，而不是碎瑛刃。为什么？为什么不结果她？

671

黑煞转向莉芙特，先前丢下的润石为他打上朦胧的光影。在那一刻，他比莉芙特在巷子里见到的无眠者更像个怪物。

"她还活着，"他对莉芙特说，"只是在流血，失去了知觉。"他把润石踢开，"她还是个新人，不知道怎么在这种情况下摄取飓光。而你呢，我只能把你刺穿，等着你死透。至于这个老人，就让她失血死掉吧，已经无法挽回了。"

我能治好她，莉芙特绝望地想道。

黑煞很了解这一点，他在等她上钩。

她再也没时间耗尽他体内的飓光了。他剑指莉芙特，只显出一道黑乎乎的影子，这下真的成了黑煞。

"我不知道该怎么办。"莉芙特说。

"念出真言。"一旁的温达说。

"我在心里默念过。"但有什么用？

除了自己的想法，很少有人会倾听别人的想法。但在这个关头，倾听又有什么好处？她只能听到屋外的风雨声，还有震颤岩石的电闪雷鸣。

轰隆隆。

新的风暴来临了。

我打不败他，我要改变他。

听。

莉芙特唤起所有没用完的神功，朝黑煞爬去。黑煞走上前来，一手握着匕首，一手举着碎瑛刃。她越靠越近，可他又挡住了下楼的路，显然以为她会走那边，或是来到昏迷的树墩婆婆身边，努力为她治疗。

莉芙特没有照做。她从他们俩身边滑过，转身爬上树墩婆婆刚才走下来的楼梯。

黑煞骂骂咧咧地用剑砍她，但没砍中。她上了三楼，黑煞紧追不舍,还警告说:"你这是由着她自生自灭。"莉芙特找到一段较短的台阶,但愿是通向屋顶的,得让黑煞跟上来……

天花板上的活板门挡住了她的去路,她只能猛地把门拉开,踏入诅咒之地。

室外怒风阵阵,暴雨如刀般刺骨,不时有恐怖的红色闪电划过。所谓"屋顶"只是一座俯瞰城市的平台,四处不见树墩婆婆的润石笼。风刮得特别猛,雨水模糊了视线,莉芙特穿过活板门,只得立马蜷成一团,趴在石面上。温达哀号着形成把手,紧紧抓住她。

黑煞从崖顶的门洞里爬出来,出现在风暴中。一见莉芙特,他就上前举起碎瑛刃,仿佛那是一把斧子。

他挥下一剑。

莉芙特惊声尖叫,放开温达的藤条,两手高举。

温达轻轻地长叹一声,身子渐渐消融,化为一根银色的金属棍。

这武器不是剑——莉芙特才不懂什么破剑——而是一根在黑暗中发光的银棍。莉芙特迎上黑煞挥下的瑛刃,挡住一剑,手臂却在颤抖。

好痛! 温达的声音浮现在她脑海中。

雨点拍打在周围,黑煞背后劈过猩红的电光,在莉芙特眼中留下明晰的残影。

"孩子,你以为你打得过我吗?"黑煞恶狠狠地说,用剑抵着莉芙特的棍子,"我乃不朽者。我屠戮过半神,也曾在灭世中幸存下来。我乃司掌正义的令使。"

"我会倾听那些被忽视的人的心声!"莉芙特喊道。

"什么?"黑煞质问道。

"我听到你刚才说的话了,黑煞!你想阻止灭世降临。快回头看看!否认你亲眼看到的一切!"

这时,闪电划破空气,城里响起了号叫声。农田上,红宝石般的强光照亮了一群凄惨的可怜人，他们依偎在一起，都是被赶出来的仆族。

红色闪电似乎与他们相伴。

他们的眼睛在发光。

"不。"纳尔说着，风暴似乎停息了片刻，"这只是……孤立事件。那些仆族……是当时幸存下来的……"

"你失败了。"莉芙特吼道，"灭世来了。"

纳尔仰望黑压压的雷雨云。雷声隆隆，红光不停地在云层里翻滚。

奇怪的是，在这一刻，他好像流露出了别样的情感。她真蠢，以为在风雨和红色闪电的包围下，自己能看出他眼神的变化，可她绝对看出来了。

纳尔似乎也回过神，像是刚从昏迷中醒来。他的剑从指间滑落，归于雾气。

他颓唐地跪了下来。"风杀的。杰兹雷恩……艾沙……这是真的。我失败了。"

他埋下头，哭了起来。

莉芙特被淋得湿透，浑身发冷。她喘着气，放下手里的棍子。

"几周前我就失败了。"纳尔说，"那时我醒悟了。噢，神哪，全能之主啊，灭世重现了！"

"对不起。"莉芙特说。

黑煞望着她，脸部被不断划过的闪电映红，淌下的泪水和雨水混在一起。

"你倒还道歉了。"他一摸脸颊，"我可不是一直这样的。情况越来越糟了，对吗？这是真的。"

"我不知道。"说完，莉芙特做了一件出于本能的事。她以前觉得这是不可能的。

她抱住了黑煞。

这个冷酷无情的怪物依偎着她，在风暴中失声痛哭。一声响雷滚过，他推开她，迎着风走在湿滑的石面上，脚步踉踉跄跄，身上开始发光。

他飞向黑暗的天空，消失了。莉芙特猛地站起来，赶紧下去为树墩婆婆疗伤。

二十

"所以你不用变成剑。"莉芙特坐在树墩婆婆的梳妆台上,树墩婆婆可没有像样的桌子给她坐。

"传统上是变成剑。"温达说。

"但又不是非要变成剑。"

"那是当然。"他生气地说,"只不过必须变成金属。我们的力量在凝聚时,会和金属……产生联结。虽然也有灵体变成弓的传说,但我不知道弓弦是哪来的。不会是光辉骑士自己带的吧?"

莉芙特点点头,但她根本没在听。反正什么有趣的东西都能变,谁管它变成弓还是剑呢?

"我倒是很好奇自己变成剑的样子。"温达说。

"可你昨天还抱怨了一整天,说我用你打人!"

"我当然不想变成别人手里的剑,不过碎瑛刃散发着华丽的气息,很值得拿出来显摆。我觉得我能变成一把威风凛凛的好剑。"

楼下传来敲门声,莉芙特兴奋起来。只可惜,不像是文书来了。

只听树墩婆婆在和某个声音很细的人讲话。不久后门关上了,树墩婆婆上了楼,端着一大盘煎饼走进莉芙特的房间。

莉芙特的肚子咕咕直叫。她在梳妆台上站起来,问树墩婆婆:"这些煎饼是你留给自己的,对吗?"

树墩婆婆还是那么沧桑,她一愣:"给谁留的又有什么关系?"

"可有关系了。"莉芙特说,"这些煎饼不是给小孩吃的。你本来想自己吃的,对吗?"

"我能吃下十几块煎饼吗?"

"怎么不能?"

"好吧。"树墩婆婆翻了个白眼,"那我们就假装我全都要吃吧。"她把那盘煎饼放到梳妆台上,一旁的莉芙特立马大吃起来。

树墩婆婆抄起瘦骨嶙峋的胳膊,回头看了看。

"谁在门口?"莉芙特问。

"是一个妈妈。她很惭愧,说什么也要把孩子领回家。"

"真的吗?"莉芙特一边吃煎饼一边说,"米克的妈妈真的回来找他了?"

"她显然知道儿子在装病。都是骗人的,为了……"树墩婆婆渐渐没了声音。

还好,莉芙特心想。米克的妈妈不可能知道儿子已经康复了,这只是昨天的事。风暴之后城里真是一团糟,幸好损失没有那么严重。不管风暴往哪个方向吹,在夜铎都不要紧。

但她实在想了解帝国其他地区的情况。一切好像又乱套了,只是这次换了种方式。

不过能听到点好消息总不坏。米克的妈妈真的回来找他了,看来这种事偶尔也会发生。

"你说我一直在治那些孩子,你确定吗?"树墩婆婆摸了摸她的席褂。这身衣服早已被黑煞砍穿,后来洗了一下,但布料上仍然留着血迹。

"我确定。"莉芙特咬了一口煎饼,"应该有个奇怪的小东西在你身边游荡——不是说我,而是某种更奇怪的东西,比如藤条?"

"应该叫灵体吧。"树墩婆婆说,"但我的灵体长得不像藤条,倒像光线被镜子反射到墙上的样子……"

莉芙特瞥了一眼紧贴在附近墙上的温达。他露出一张藤条做的脸,点了点头。

"这样当然就行了。恭喜你,树墩婆婆,你也是光辉骑士啦!你用了不少润石给小孩治病疗伤,大概也是想做一些弥补,没错吧?你对待他们就像对待旧衣服一样。"

树墩婆婆直愣愣地望着还在大嚼煎饼的莉芙特,说:"我还以为光辉骑士会更威风呢。"

莉芙特冲树墩婆婆绷紧脸,把手横到一边召唤温达。温达变成了一根银光闪闪的大叉子,就叫他"碎瑛叉"好了。

莉芙特拿着温达插进煎饼里,可惜他径直戳穿了煎饼和盘子,还在树墩婆婆的梳妆台上戳出了几个洞。她不管,还是叉起一只煎饼大咬一口。

"威风得就像诅咒之地的生殖器!"莉芙特喊道,冲树墩婆婆晃了晃变成叉子的温达,"这样说才高雅,我的叉子不会抱怨我粗俗。"

树墩婆婆好像回不上话了,只能目瞪口呆地望着莉芙特。幸好楼下有人敲门,她才没有出丑。有个老师打开门,树墩婆婆一听到是谁来了便连忙下楼。

莉芙特让温达消失。用手吃东西可比用叉子方便多了,哪怕那是一根特别好的叉子。温达变回一根藤条,盘绕在墙上。

不久后,大萧府的胖文官吉娜走了进来。树墩婆婆对她深深鞠了一躬,脑袋都快擦到地板了。莉芙特只是瞅了一眼,就觉得吉娜的地位可能比想象中要高,只是她肯定没用过魔法叉子。

"我不常来……这类寓所。"文官说,"人们一般会亲自上门。"

"你一看就不爱动。"莉芙特说。

文官嗤之以鼻,把包放到床上。"先前,我们和陛下断了联系,他有点生气。但考虑到最近的情况,他肯定会谅解的。"

"帝国怎么样了?"莉芙特吃起了煎饼。

"算是熬过来了,"文官说,"但国内陷入了混乱。小村庄受灾最严重。虽然这场风暴刮得比普通的飓风更久,但风力没有那么强。最可怕的倒是闪电,不少外出的人就不幸被击中了。"

她把文具摆出来,放好纸笔和对芦的写字板。"陛下很高兴你能和我联系,早就传话问候你的身体了。"

"那就告诉他,我的煎饼还远远没吃够。"莉芙特说,"我的脚趾头上有个奇怪的瘊子,割掉之后还会长出来,估计是神功治好的,太麻烦了。"

文官看了她一眼,叹了口气,读起高克斯传来的消息。帝国会渡过难关,但还需要很长时间重建,尤其是风暴还会持续出现,仆族则是更大的威胁。其实高克斯不想通过对芦透露国家机密,他最想知道莉芙特是否安好。

莉芙特还算安好。文官写下她刚才说的话,这足以告诉高克斯她没事了。

"还有,"莉芙特在文官做记录时补充道,"我又找到了一个光辉骑士,只是她年纪很大了,长得有点像营养不良的去壳螃蟹。"她望了望树墩婆婆,半带歉意地耸耸肩。树墩婆婆肯定明白。她会照镜子,对吧?

"不过她人其实还不错,会照顾小孩,我们应该把她招进来。等到打虚渡的时候,让她恶狠狠地瞪着它们,叫它们全都崩溃。它们会告诉她,它们吃光了饼干,还把这一切怪到慧希头上。慧希就是那个说话不利索的小姑娘。"

反正慧希打呼噜了，她活该。

文官翻了个白眼，但如实写了下来。莉芙特点点头，吃完了最后一只煎饼。煎饼口感浓稠，几乎有点粉粉的。"好嘞，"她站起来，宣布道，"这是第九种煎饼了，还有一种呢？我准备好了。"

"还有一种？"树墩婆婆问。

"煎饼不是有十种吗？"莉芙特说，"我就是冲着煎饼才进城的。我已经吃过九种了，还有一种在哪儿？"

文官一边写，一边心不在焉地说："第十种煎饼要献给塔氏神。这种煎饼只能想象，嘴里吃不到。我们就烤九种，留下最后一种来纪念他。"

"慢着，"莉芙特说，"所以只有九种能吃？"

"对。"

"你们都骗了我？"

"还没有这么——"

"该下诅咒之地的！温达，那个破天骑士呢？他真该好好听听。"她指了指文官，又指了指树墩婆婆，"洗钱的事，要不是因为我的坚持，他是不会放过你的。等他听说你们连煎饼的事都骗我，我可能就拦不住他了。"

文书和树墩婆婆怔怔地看着她，好像觉得自己是无辜的。莉芙特摇摇头，从梳妆台上跳下来。"失陪了，"她说，"我要去光辉骑士的茶室，这是一种高雅的说法——"

"在楼下。"树墩婆婆说，"往左拐，跟今天早上一样。"

莉芙特告别了她们，蹦蹦跳跳地下楼去了。她向一个在大堂里观望的孤儿眨眨眼，溜出了前门，温达则匍匐在一旁的地上。她深吸一口气，四周仍然弥漫着灭世风暴带来的湿气。城里遍地是垃圾、破裂的木板、掉落的树枝和废弃的布料，缠结在通往街道的台阶上。

然而城市挺过了风暴，人们已经开始了清理工作。他们一辈子都生活在飓风的阴影下，已经适应了，以后也会适应下去。

莉芙特笑了笑，踏上了街道。

"所以，我们要走了吗？"温达问。

"对呀。"

"就这样，都不说声再见？"

"不说。"

"事情就是这样，不是吗？来到一个城市，还没来得及扎根就又要上路？"

"当然。"莉芙特说，"不过这次，我想我们可能要回阿兹米尔的宝殿了。"

温达惊讶得都被莉芙特赶超了。他赶紧蹿上来，急切得就像只小斧狐犬。"真的？噢，主人，你当真？"

"我看没人知道自己活着在做什么，对吧？"她说，"所以高克斯和那帮无趣的大臣们都需要我。"她一拍脑袋，"我想明白了。"

"想明白什么了？"

"没什么。"莉芙特自信满满地说。

可她心里却琢磨着：**我会倾听那些不受重视的人的心声，哪怕是黑煞那种我宁愿没听说过的人。也许这样会有帮助。**

他们在城里穿行，然后走上斜坡，路过了守备司令。司令在那里执勤，接待更多想要进城的难民，灭世风暴让他们失去了家园。司令见到莉芙特，吓了一大跳。

莉芙特笑着从口袋里掏出一只煎饼。黑煞造访这女人都是莉芙特的缘故，这件事是莉芙特欠她的，于是莉芙特把只剩一团的煎饼抛过去，然后从吃下肚的煎饼中摄取飓光，开始为难民疗伤。

司令拿着煎饼，默默看着莉芙特沿着队伍，依次向难民呼出飓光，像是在证明自己没有口臭。

这么做可真难，但这就是煎饼的作用，可以让小孩好受点。任务完成后，飓光也耗尽了，她疲倦地挥挥手，大步走上城外的平原。

"你真是太好心了。"温达说。

莉芙特耸耸肩。似乎没有多大区别，只是一小批人而已，只不过他们会被大多数人遗忘和忽视。

"比我好心的骑士可能会留下，把大家都治好。"莉芙特说。

"那可是大事，或许大过头了。"

"但也是很小的事，都一样。"莉芙特把手插进口袋，走了一会儿路。虽然没法解释，但她知道更大的事快来了，她要赶去亚泽尔。

温达清清嗓子。莉芙特准备听听他这次要抱怨什么，比如一路从阿兹米尔走过来，却在两天后又走回去的蠢事。

但他只是问道："我变成叉子时可威风了，是不是?"

莉芙特瞥了他一眼，咧嘴一笑，歪过了头。"温达，真奇怪，我开始觉得你可能不是虚渡了。"

后 记

莉芙特是我在"飓光志"系列中最喜欢的角色之一,然而到目前为止,她的出场时间还非常有限。我打算让她在作品的后续中扮演更重要的角色,但这也带来了一些挑战。等到她成为主角的时候,她在故事中已经念过好几条誓言了,不向读者展示她宣誓的背景似乎不太合适。

在创作卷三时,我还发现剧情的连贯性出了点小问题。卷三中的令使纳尔接受了自己数百年来的使命(监视光辉骑士的动向,确保他们不会回归)已经失去意义的事实。这是他个人身份认同和目标的重大转变,让他在没有交代的情况下就经历这种觉醒似乎也不太合适。

因此,《缘舞》正是解决这两个问题的机会,也能让莉芙特这个角色大放异彩。

我乐意描写莉芙特的一部分原因在于,我可以将滑稽古怪的措辞融入角色的成长和高光时刻。比如在《光辉真言》的插曲章节中,她开玩笑说自己连着三年都是十岁,这里就是一处铺垫。她其实以为自己到了十岁就长不大了,而且她有充分的理由。

只是对作者来说,大部分角色都不能这么写。

另外，我还借着这个故事展示了塔石科人的风貌，因为他们当中没有视点主角，在主线剧情中也很可能不会得到重大的发展。

我原计划为这部中篇小说写一万八千字，结果却写了四万字左右。哎呀，有时是会发生这种事，特别是等你成了我这样的人的时候。

九界秘典

ARCANUM UNBOUNDED